scherz & SCHUND

Eva Deutsch | David Pfister

SONJA UND BERND
in Thailand

Eine unzensierte Paarsatire

Illustriert von Gerhard Haderer

Kapitel 1, in welchem Sonja beim Landeanflug nach Bangkok gar nicht so arg mit den Nachwirkungen ihrer Schlaftablette zu kämpfen hat und Bernd mit seinem Sehvermögen hadert.

BERND

Ganz großartiger Reisestart. Hat sich ungefähr so angefühlt, wie mit Oliver Baier Sex haben zu müssen. Aber der Reihe nach. Tatsächlich hat es gar nicht so übel begonnen. Nachdem die Mama verabschiedet worden war und ich mich gesorgt hatte, ob sie in dem riesigen Parkhaus-Labyrinth je wieder ihr Auto finden würde, haben die Sonja und ich ein paar Gin Tonics am Flughafen gekippt. Weil sie lange nicht mehr geflogen und das gut für ihre, respektive meine Nerven ist. Und weil ich gerne besoffen bin. Die Gin Tonics waren selbstverständlich obszön teuer und der Alkohol im Tonic eigentlich kaum merkbar. In eine der Kreditkarten-Business-Lounges haben wir ja leider nicht gehen können, weil Sonja nicht einmal eine Holliknolli-Kreditkarte hat.

Geld – gutes Stichwort. Aufgrund Sonjas finanzieller Situation – also arm – hatten wir uns für folgende Reiseroute entscheiden müssen: Wien – Düsseldorf, Düsseldorf – Abu Dhabi, Abu Dhabi – Bangkok, Bangkok – Koh Samui. Na, gute Nacht. So viel saufen und Xanax fetzen kann man gar nicht, dass diese Anreise noch leiwand wird. Aber dafür haben wir, oder habe ich mir, 400 Euro gespart.

Nach einer Ahnung von beschwipst-Sein dann Check-In featuring Kontaktlinsen-Aufbewahrungsmittel-Problematik. Ich hatte insgesamt einen Liter davon mit. Ist zu viel. So eine große Menge Flüssigkeit darf man nicht mit an Bord nehmen. Allerdings kann man Kontaktlinsenmittel nicht umfüllen. Weil wenn es sich mit Sauerstoff mischt, verliert es seine Wirksamkeit. Ich hab also meine doch wichtigen Medikamente weggeworfen und auf gut ausgestattete Flughafen-Apotheken in Düsseldorf, Abu Dhabi oder Bangkok gehofft.

Der Flug Wien – Düsseldorf war unproblematisch, der Flug Düsseldorf – Abu Dhabi dann schon etwas schwieriger. Trotz erhöhten Alkoholkonsums in der Luft wurde Sonja von Minute zu Minute aufgeregter. Sie begründete dies mit ihrer angeblichen Flugangst. Aber sie ist halt einfach ein ungeduldiger Mensch. Alle paar Minuten wurde ein Buch, eine Bürste oder ein Labello herausgeholt, um in derselben Minute wieder zurück in den Rucksack gestopft zu werden. Dazwischen absolvierte sie diverse Reisen aufs Klo. Und die ganze Zeit Gequatsche. Wenn ich so nachdenke, verlief der Flug eigentlich wie ein durchschnittlicher Abend zu Hause. Sonja ist nervig, aber in ihrer Hilflosigkeit halt auch lieb. Sonst hätte ich es ja nicht schon so lange mit ihr ausgehalten.

Ankunft am Flughafen in Abu Dhabi um 7.00 Uhr in der Früh. Der Flughafen schien mir riesig groß und verwirrend. Er war mit Reisenden vollgestopft, die auf Anschlussflüge warteten und leicht bis stark rochen. Die Sonja war inzwischen so gut angesoffen, dass ihr langsam schlecht wurde. Wir versuchten, mit einem riesigen Starfucks-Kaffee mit Heidelbeer-Topping oder weiß-der-Teufel-was-noch, entgegenzuwirken. Hat nur bedingt geholfen. Nach etwa drei Stunden Wartezeit inklusive erfolgloser Kontaktlinsenflüssigkeits-Apotheken-Suche dann der Anschlussflug nach Bangkok. Und auf diesem öffneten sich die Schleusen der Hölle.

Inzwischen war auch ich schon gut betrunken. Beflügelt von einer halben Schlaftablette entnahm ich meinen Augen die harten Kontaktlinsen, um die restlichen Flugkilometer hindurch zu schlummern.

Weil: Man kann mit harten Kontaktlinsen in den Augen nicht gut schlafen. Sie neigen dann dazu zu verrutschen, dann muss man ewig in den Augen herumstirdln, bis man sie wieder findet und das tut weh. Eingezwängt auf einem Flugzeugsitz möchte man sich das nicht antun. Schon das bloße Herausnehmen der Linsen ist ähnlich super, wie das Schreiben einer Mathematikschularbeit, wenn man grippekrank ist. Aber was soll's. Möchte man am Strand von Koh Samui eine Kokosnuss essen, muss man halt ein bissl was auf sich nehmen.

Die Sonja war inzwischen eingeschlafen und so konnte ich eine Handvoll Stunden ganz gemütlich vor mich hin dösen. Die Sonja konnte ja nicht reden, weil sie, dank ganzer Schlaftablette, tief und fest schlief. Ich nutzte das, um von Sex mit fremden Frauen zu träumen.

Hungrig und mit einer Erektion bin ich dann aufgewacht. Ich kramte in Sonjas Rucksack nach meiner Brille. Für die harten Kontaktlinsen waren die Augen nämlich inzwischen zu wund. Eigentlich wäre es jetzt an der Zeit gewesen, die Linsen zu reinigen. Aber ich hatte mein kostbares Kontaktlinsenmittel ja abgeben müssen, damit ich damit nicht das Flugzeug entführte. Ich tastete also im Hipster-Rucksack von Sonja zwischen klebrigen Zuckerln, alten Kondomen und Plastik-Dosen nach meiner optischen Brille und wurde zunehmend nervöser. Ich fand sie nämlich nicht. Mit etwas Bauchweh und längerem, aber liebevollem Rütteln, fragte ich die Sonja, wo sie die Brille denn hingegeben hätte. Bauchweh hatte ich, weil ich ihre Reaktion fürchtete. Die konnte nur oarsch sein. Entweder weil sie meine Brille vergessen hatte oder weil sie angefressen war, weil sie halt gerne angefressen ist. Also, wie soll ich das schreiben: Die Sonja übernimmt nicht gerne Aufgaben.

Ich mache es kurz: Die Brille war nicht da. Ich war mir sicher, das Etui in ihren Rucksack gehaut zu haben. Aber sie verneinte das und hat mir tatsächlich ins Gesicht gesagt, ich solle endlich selbstständig werden. Unglaublich. Wer zahlt die Miete, ihre Chef-Menüs oder den Thailand-Urlaub?

Es kam also zu einem unglaublichen Streit. Wie immer, wenn wir streiten, wurde die Sonja laut und hysterisch und weckte alle Leute in den sieben Reihen vor und hinter uns auf. Die Brille war also nicht da. Die Kontaktlinsen konnte ich mir nicht mehr in die Augen drücken, weil ich mein Kontaktlinsenmittel gebraucht hätte, um diese adäquat zu benetzen. Mit Spucke oder Wasser funktioniert das nämlich nicht. So landete ich also blind, verzweifelt, verkatert und mit einer hysterischen Freundin an der Hand am Flughafen Bangkok.

Der Umstand, dass Sonja nicht wirklich gut Englisch kann, verzögerte dann auch die „Immigration“. Ich konnte das Formular am

Schalter, an dem man das Touristen-Visum bekommt, nicht ausfüllen, weil ich ja nichts sah und Sonja… Herrgott, die Sonja ist halt die Sonja. Übrigens, unser Flugzeug hatte eineinhalb Stunden Verspätung gehabt, was mich für unseren Anschlussflug nach Koh Samui nicht unbedingt zuversichtlich stimmte.

SONJA

Wie lange bin ich jetzt schon wach, 22 Stunden? Ich bin zu müde, um nachzurechnen. Es ist ja wirklich tricky, vor allem wegen der Zeitverschiebung. Fünf Stunden plus oder minus? Aber es ist eh wurscht, weil endlich Urlaub!

Ein steirisches Paar Mitte vierzig mit 90er-Jahre Tribaltattoos und bunten Dreadlocks, das vor uns in der Reihe im Flieger von Düsseldorf nach Abu Dhabi saß, hat sich die meiste Zeit über seinen Jetlag in spe unterhalten. Damit haben sie mich den gesamten Flug ordentlich malträtiert. Bin eh selber schuld. Ich muss, speziell bei den langweiligen Gesprächen, immer mithören. Ich habe zum Beispiel in der U-Bahn gerne meine Kopfhörer auf, tue aber nur so, als ob ich Musik hören würde. Bin halt extrem neugierig.

Ich bin froh, die Anreise überlebt zu haben. Bin immer etwas nervös, ob eh alles klappt und so. Gepäck weg, Streik, Drogenrazzia, Terroranschlag und/oder Absturz, Treiben im Meer, langsames Erfrieren,

Tod. Hat es alles schon gegeben. Bernd hat vom Gespräch des Tribal-Pärchens und meiner Nervosität nichts mitbekommen. Er musste bereits in Schwechat Cocktails trinken und sich sofort über die sauteuren Preise aufregen. Mir hätte ein stilles Wasser gereicht, aber ein Gin Tonic um 12,50 Euro musste her.

Bernds Mutter hatte uns zum Flughafen gebracht. Das war natürlich sehr nett von ihr, denn mit den Öffis hätten wir ewig gebraucht. Außerdem hätte ich drei Wochen lang meinen fetten Daunenparka durch Thailand schleppen müssen. Also alles eh voll lieb von ihr. Wenn man aber ständig erwähnen muss, wie chevaleresk die Mutti nicht ist, dass sie uns in der Rush Hour nach Schwechat fährt und sie beim Zurückfahren vielleicht wieder im Stau steht und die Autofahrt dann insgesamt zwei Stunden, also 120 Minuten ihrer wertvollen Lebenszeit, kosten könnte, dann darf es mir schon zustehen, neben dem ganzen Bedanken und untertänigstem Kopfnicken und breitem Grinsen ein bisschen angefressen das Gesicht zu verziehen.

Im Touri-Bomber nach Bangkok gab's dann Kinofilme zum Anschauen. Die Fluglinie wollte mir das als supertolles „Bord-Entertainment" verkaufen. Aber die Auswahl war eine Frechheit: „Skyfall", „Life Of Pi", „Cloud Atlas", den ich noch immer nicht verstehe, „Der letzte Samurai", „Der Hobbit" und, als einzigen Frauenfilm, „Eat Pray Love". Ich hasse diesen Film. Er ist das anti-feministischste, was seit langem rausgekommen ist. Obwohl er den Bechdel-Test wahrscheinlich bestehen würde.

Ich hab mir dann meinen iPod reingestöpselt, das „The Last Resort"-Album vom Trentemøller gestartet, mir die Kapuze meines Hoodies tief in die Stirn gezogen und eine Schlaftablette aus Bernds mobiler Benzo-Apotheke geschluckt. Bernd fand das ja nicht so super. Er meinte, das Schlafmittel würde mir ewig in den Gliedern stecken. Wir hätten ja nicht so viel Zeit in Bangkok für den Anschlussflug nach Koh Samui und ich käme ohnehin immer so schwer auf.

Wegen meinem niedrigen Blutdruck ist das, weiß ich eh. Bernd glaubt aber, es wäre wegen meinem fehlenden Ehrgeiz generell, vor allem am Morgen, und dem never-ending Schlummermodus meines Smartphones. Ich bin halt Studentin und muss nicht wie er jeden Tag um 8.30 Uhr im Büro hocken. Das hat ja nichts mit Faulheit zu tun, sondern mit einem anderen Lebensrhythmus.

Die Schlaftablette hat zunächst nicht richtig gewirkt. Ich war körperlich zwar total müde, aber im Geist hellwach! So ist das eigentlich meistens in meinem Leben. Also kein Trentemøller, dafür seichtes Bord-Entertainment. Ich hab mich dann für „Der Hobbit" entschieden. Ab Spielminute 34 oder so hat es mir die Augen zugedrückt. Ich muss sagen, die Schlaftablette hat letzten Endes super gewirkt, ich hab nicht einmal das Servieren des Frühstücks im Flugzeug mitbekommen – und ich liebe Frühstück!

Erst beim Sinkflug auf Bangkok bin ich munter geworden. Sehr durstig, sehr k.o., müde nicht, aber doch etwas benommen. Bernd meinte, er hätte mich schon ewig lange versucht wachzurütteln. Mit seinem halben Corpus ist er auf mir gelegen und hat panisch in meiner Handtasche nach seiner optischen Brille gesucht. Wenn der Bernd im Stress ist, wird er von Sekunde zu Sekunde hektischer. Es sammeln sich dann weiße Spuckereste in seinen Mundwinkeln. Das erinnert mich immer an meinen Biologielehrer im Gymnasium. Der hatte zwar ein Schuppenproblem, aber das war ähnlich grauslich.

Noch ekelhafter ist es, wenn ein tobender Bernd, völlig übernächtigt und immer lauter fluchend, sein abgefucktes „He-Man"-Brillenetui in meiner Tasche statt in seinem Handgepäck sucht, dieses natürlich nicht findet, mir auch noch die Schuld daran geben will und ich ihn an der Hand aus dem Flieger führen muss, als wäre ich sein Blindenhund.

Kapitel 2, in welchem Sonja und Bernd auf Koh Samui landen, es einen kleinen Zwischenfall gibt und sie ziemlich kurz Sex haben.

SONJA

Endlich habe ich einen leichten Anflug von sommerlichem Urlaubsfeeling gespürt! Nachdem ich den ganzen Inlandsflug über den blinden Bernd ertragen musste, war ein positives Erlebnis essentiell für meine gute Laune. Ich musste Bernd mit dem grauslichen Schokomuffin füttern, den wir als Snack serviert bekommen haben.

Wenn wir beide einmal alt sind, werde ich ihn sicher nicht pflegen. Ich würde das nervlich nicht aushalten. Ich müsste ihn entweder langsam vergiften wie die Elfriede Blauensteiner das mit ihren Männern gemacht hat. Oder ich würde ihn in ein Heim abschieben. Er ist ja kein Kind. Bei Kindern wäre ich sicher eine super Mutter.

Also, Urlaubsfeeling: Grund dafür war der wunderschöne Open-Air-Flughafen von Koh Samui. Ein richtig bunter Willkommensstrauß für alle Reisenden. Wow! Der Wartebereich rund um die Gepäckbänder war gesäumt von Orchideen, Ziegenfußwinden, Rosellen, Helikonien und Puderquastensträuchern. Ich kenne mich mit Blumen und Sträuchern urgut aus, meine Mutter ist Floristin und hat mir als Kind sogar die lateinischen Ausdrücke beigebracht.

Auf anderen Flughäfen gibt es ja nur triste Gänge, enge Raucherkabinen und die immer gleichen Fast Food-Shit-Ketten. Dort stopfen sich die Leute überteuerte beige Chicken-Sandwiches rein. Der farbenprächtige Happy-Flughafen von Koh Samui hingegen ist vergleichbar

Calliandra haematocephala

Hibiscus
sabdariffa

mit dem Auenland. Nur ohne den Hobbit und seine schambehaarten Plattfüße.

Selbst das Warten auf unser Gepäck wurde Bernd und mir in Koh Samui verkürzt, denn folgendes lieb-groteske Szenario spielte sich ab: Zwei kleine, süße, lindgrüne Geckos spielten miteinander auf dem noch leeren Gepäckförderband Fangen. Bernd hatte die lieben Viecherl zuerst nicht gesehen, weil er ja noch immer ohne Kontaktlinsen und Brille war.

Die Geckos sind also auf dem Fließband hin- und hergefetzt. Ich hab dann einen kleinen Fehler begangen, gebe ich zu. Ich wollte Bernd dieses entzückende Schauspiel zeigen, habe ihn zum Gepäckband geführt und ihn zwecks Überraschung im Dunklen gelassen. Am Fließband hat der meckernde Bernd seine Nase ganz nahe an den Rand gedrückt, um besser sehen zu können. Einer der Geckos ist ob Bernds Riesengesicht erschrocken und ihm ins Gesicht gehüpft. Eh nur ganz kurz.

Aber das Problem ist, Bernd hat nahezu panische Angst vor kleinen Tieren, die schneller krabbeln können als er und deswegen unberechenbar sind. Heuschrecken, zum Beispiel, hasst Bernd oder Käfer. Bernd ist ein Kontrollfreak und wenn er nicht einmal erahnen kann, was sein Gegenüber – sei es Mensch, Insekt oder Gecko – als Nächstes machen wird, bekommt er eine Heidenangst.

Das verängstigte Viecherl ist sofort unter dem Fließband verschwunden, das zweite hinterher und Bernds Gesicht hat sich dunkelrot verfärbt. Eigentlich war es kein richtiges Dunkelrot, eher ein brombeerfarbener Rotstich. Diese Gesichtsfarbe bekommt Bernd, wenn er sehr gerne sehr laut schreien würde, es aber wegen verschiedenster Umstände nicht kann.

Beim Begräbnis seiner Großmutter etwa, wo mein altes Nokia-Handy just in dem Moment schrill zu bimmeln angefangen hat, als der Sarg ins Familiengrab gelassen wurde. Ich hab panisch das Telefon in meiner Manteltasche gesucht, doch es ist mir in der Hektik aus den Händen ins Grab gerutscht. Es ist wirklich so passiert und ja, das ist mir bis heute recht unangenehm.

Diese Situation erinnert mich jedes Mal an eine sehr witzige britische Komödie – „Sterben für Anfänger". Der Film beschreibt, wie eine Trauerfeier im Chaos versinkt. Inklusive eines Begräbnisbesuchers auf LSD und Peter Dinklage, dem „Tyrion Lannister" aus „Game Of Thrones". Na, jedenfalls hat mich Bernd mit weit aufgerissenen Augen angestarrt und ist zur Wartebank zurückgetapst.

Ich bin dann ein paar Minuten auf Sicherheitsabstand gegangen und hab mich im Touri-Shop hinter den Chips-Packungen versteckt, bis seine Gesichtsfarbe wieder zu einem fahlen Schweinchenrosa übergegangen war. Aber he! Wir sind auf Koh Samui im Urlaub! In Österreich hat es gerade minus fünf Grad, hier gute 30 plus und die Sonne scheint grell vom Himmel! Riab rooi! Das heißt „Alles wird gut" oder so auf Thai.

Das „Atari Beach Hotel" hat mich dann für alle Reisestrapazen sofort entschädigt. Es ist, glaube ich, das teuerste Hotel der Insel und, was soll ich sagen, es ist großartig! Ich war ja noch nie in so einem Luxushotel, das kann ich mir gewöhnlich nicht leisten. Aber ich könnte mich schon sehr daran gewöhnen.

Ich hätte ja auch in diesen Bungalows ohne WC um 10 Euro die Nacht geschlafen, aber Bernd hatte sich extrem gegen so einen „Abenteuerurlaub" gesträubt. Er sei ja nicht der scheiß Leo DiCaprio in „The Beach". Also hat er mich eingeladen und alles gezahlt.

Die Empfangsdame hat mich mit „sawadee kha" begrüßt, mit ganz langgezogenen Vokalen und so einem komischen hochgezogenen „a" zum Schluss. Zu Bernd hat sie irgendetwas mit „Krabbe" am Schluss gesagt, schon sehr witzig.

Im Hotelzimmer mit unverbautem Meerblick haben wir uns dann ein großes Clubsandwich mit Pommes Frites aufs Zimmer kommen lassen. So typisch amerikanisch, wie man das aus Blockbusterfilmen kennt, wo man sich nach einer durchzechten Nacht in Las Vegas erst mal was Fettiges gegen den Kater gönnt.

Weil wir pappsatt, also wieder gut gelaunt, und noch immer übernächtigt waren, haben wir dann Sex unter der Regenwalddusche gehabt. Also für mich war es ein Quickie, weil der Bernd war irre schnell fertig. Er war halt schon sehr müde und da könne er sich dann nie lange zusammenreißen, sagt er.

Und einmal ganz ehrlich, es war mir eh egal, denn als Frau kommt man bei einem Quickie eh nie. Vor allem komme ich sicher nicht, wenn ich mich an der rutschigen Fliesenwand abstützen muss und wegen dem Doggie-style den Kopf von der Regenwalddusche im Gesicht hab.

BERND

Wir haben den Anschlussflug nach Koh Samui gepackt. Es war ein Gewaltakt. Ich war ja praktisch blind und die Sonja völlig überfordert, weil sie die Organisation hat übernehmen müssen. Das Boarding unseres Inlandsfluges nach Koh Samui hat sie besonders gefordert. In Stressmomenten muss man sich sammeln und darf seine Kraft nicht mit Geraunze und Panik verschwenden. Manchmal hilft es, wenn man ruhig die Anzeigetafel studiert und nicht, wie vom tasmanischen Tiger gebissen, kopflos in irgendeine Richtung läuft. Aber ich konnte ja kaum etwas sehen und musste an der Hand von Sonja ihrer Führung und Intuition vertrauen. Unser Gepäck wurde Gott sei Dank durchgecheckt, so musste ich mich nicht um diesen Aspekt sorgen.

Ich weiß nicht genau wie, aber schweißgebadet haben wir es irgendwie zum richtigen Gate und in den richtigen Flieger geschafft. Auf dem Weg zum Gate hab ich eine Apotheke oder Drogerie erkennen können, aber dafür hatten wir natürlich keine Zeit. Aber für's Klogehen hatten wir Zeit. Also für Sonjas Klogang. Ich verstehe nicht, warum sie das nicht schon im Flugzeug erledigt hatte. Es war ja schon abzusehen, dass wir es etwas gnädig mit der Zeit haben würden. Die Sonja hat also gut Lulu gehen und ich dafür kein Kontaktlinsenmittel kaufen können.

Na, was soll's. Im finalen Anflug auf die Insel ist die Sonja dann augenblicklich eingeschlafen und ich hatte eine Stunde lang köstlichen Frieden und Ruhe.

Der Flughafen in Koh Samui ist sehr hübsch. Er ist wahrscheinlich der schönste Flughafen der Welt. Die Flughafengebäude sehen alle aus wie Tiki-Bars. Zwischen den Schaltern wachsen die Palmen in den Himmel, die Schalter stehen teilweise einfach so in der Natur herum und sind nur rudimentär überdacht. Dafür kriechen halt aber auch überall Viecher herum.

Vor den halb zerquetschten Geckos auf den Gepäckbändern hat's mir gut gegraust. Die Sonja hat's lieb gefunden. Aber die findet ja jedes Tier lieb, das wuzi-klein ist.

Ein kleines Theater gab es dann doch noch, weil ihr Hello Kitty-Trolley irgendeinen Kratzer abbekommen hatte und mit den Rollen irgendetwas nicht in Ordnung war. Keine Ahnung, ich konnte ja kaum was sehen. Und so musste halt zur Abwechslung mal sie die Koffer schieben. Hat sie aber eh ausgehalten. Die kommt ja vom Bauernhof – sie müsste also ein gewisses Maß an körperlicher Arbeit gewöhnt sein.

Unser Hotel ist großartig. Es ist das teuerste am Chaweng Beach. Das war mir wichtig. Ich habe keine Lust, nach gefühlten 98 Stunden Anreise mit unglaublich vielen Horror-Elementen in einem linksradikalen Hostel in einem Strohsack mit Che Guevara-Bettzeug zu schlafen. Hat auch die Sonja eingesehen. Wäre ja auch komisch, wär's nicht so. Sie zahlt keinen Cent für das „Atari Beach Hotel" oder wie das heißt.

Das luxuriöse Hotel und das exotische Ambiente haben uns gut getan, wir haben sogar kurz geschmust. Danach gab es Sex in der Dusche. Gekommen bin ich erst, als die Sonja kurz mal zum Strand runter wollte und ich die Dusche für mich alleine hatte.

Und jetzt kämpfen wir beide mit Schlaflosigkeit. Ist ja auch klar, nach dem Jetlag und all den unsäglichen Strapazen. Ich hätte ja noch gerne wegen meines Kontaktlinsenmittels eine der 24-Stunden-Apotheken aufgesucht, aber Sonja wollte nicht mehr so spät raus. Sie liegt lieber schlaflos neben mir und facebookt.

Kapitel 3, in welchem Bernd versucht, Linsenflüssigkeit zu kaufen, das Frühstücksbuffet nicht verschlafen wird und der Strand lockt.

BERND

Was für ein köstliches Frühstück. Die Sonja wollte die Erforschung des üppigen Buffets gar nicht mehr aufgeben. Wenn das die nächsten Tage so weiter geht, kratzt sie demnächst an der 80-Kilo-Grenze. Aber es war auch wirklich herrlich.

Am meisten haben mich der Wodka und der Tomatensaft beeindruckt. Die haben tatsächlich, als wär's das Normalste auf der Welt, alle Zutaten für eine Bloody Mary neben den Säften und den Teesackerln aufgestellt. Selbstverständlich hat die Sonja gemurrt, als ich mir statt eines Liters Kaffee den dritten Cocktail gegeben hab, aber die soll nicht so tun. Drei Stunden später hat sie sich dann ja auch ein paar ihrer geliebten Gin Tonics an der Strandbar bestellt.

Am Frühstückstisch musste Sonja dann übrigens auch noch ausführlich über ihre Verdauung plaudern, weil sie noch nicht groß am Klo gewesen war. Das hat sie aber nicht mir, sondern einer anderen Hotelgästin aus Wuppertal erzählt. Die benickte Sonjas Vortrag verstehend.

Um Gottes Willen, haben Frauen eigentlich niemals normalen Stuhlgang, sondern entweder Verstopfung oder Durchfall? Hat das was mit der Regel zu tun? Ich hoffe, dass sie die Sonja nicht demnächst bekommt. Wäre ein großes Trara, wenn sie in all der tropischen Herrlichkeit ihre Menstruation bekommen würde.

Vor dem Frühstück habe ich Ausgang bekommen und mir frisches Kontaktlinsenmittel kaufen dürfen. War sehr unproblematisch. Die sind hier auf Koh Samui auf Touristen mit Kontaktlinsen-Nöten gut vorbereitet. Ich konnte aus einem großen Sortiment wählen. Dafür waren die Tropfen mit Hyaluronsäure auch nicht günstig.

Freilich wäre es für mich einfacher gewesen, wenn mich die Sonja zur Apotheke begleitet hätte, weil ich ja noch immer halb blind war. Aber sie wollte die Zeit nutzen, um in Ruhe aufs Klo zu gehen. Hatte aber eh nichts gebracht, wie mir dann ausführlich erzählt wurde. Die soll froh sein! Über Verstopfung klagen in Asien nur sehr wenige Touristen.

Jetzt haben wir Nachmittag. Es ist sauheiß und ich bin vom Strand wieder ins Zimmer gegangen. Die Sonja ist nach ihren Gin Tonics auf der Liege eingeschlafen. Ich lass sie jetzt mal in Ruhe und schau mir „Dr. House" an. Die haben sogar RTL hier. Und einen DVD-Player.

Hab neben der Apotheke ein Standl mit schwarz gebrannten DVDs entdeckt. Da werde ich mich die nächsten Tage gut mit Filmen eindecken. Den „Hobbit" beispielsweise würde ich gern endlich mal sehen. Haben die sicher.

SONJA

Ich hatte mir extra den Wecker gestellt, um das Frühstücksbuffet nicht zu verpassen. Das Buffet war großzügig, es gab frische Papayas und das gängige Continental Breakfast mit scrambled eggs und baked beans.

Was es leider nicht gab, waren klassische thailändische Frühstücksgerichte, wie zum Beispiel Joke โจ๊ก. Das ist so dickflüssiger Porridge, statt mit Haferflocken wird der in Thailand mit Reis zubereitet. Serviert wird Joke โจ๊ก mit einem aufgeschlagenen Ei in der Mitte, etwas Schweinefleisch, Ingwer und Petersilie.

Ich hatte mir für die Thailandreise nämlich einen Reiseführer gekauft, wo so typische Thai-Gerichte drinnen stehen, weil mich interessieren die Kultur und die Geschichte eines Landes und ich kann auch zwei Wochen lang auf ein Schnitzerl und den Käsekornspitz verzichten.

Gott sei Dank konnte Bernd vor dem Frühstück einen Liter Linsenflüssigkeit in einer Apotheke in der Nähe unseres Hotels kaufen. Denn das Frühstück hätte ich als Blindenhund für Bernd sicher nicht genossen.

Bernd hat, wenn wir in einem Hotel übernachten, eine sonderbare Art zu frühstücken. Er füllt sich nicht einen Teller voll und isst sich dann in Ruhe satt. Er holt sich immer kleine Happen und benützt Kaffeeuntertassen als Teller. Er beginnt zum Beispiel mit zwei Stück frischer Ananas, dann holt er sich je ein Blatt Käse und Schinken, dann einen Klecks Joghurt mit Erdbeermarmelade, dann ein Spiegelei, dann ein Croissant mit Butter und so weiter. Neben ihm stapelt sich dann das Geschirr, weil er sich pro Minigang natürlich eine frische Untertasse holt. Das ist wie Running Sushi, nur mit dem unangenehmen Nebeneffekt, dass man ständig aufstehen muss. Mich macht das wahnsinnig.

Danach sind Bernd und ich zum Strand spaziert. Mehr kann ich nicht erzählen, weil ich die meiste Zeit auf der gepolsterten Liege geschlafen habe. Ich war halt noch völlig k.o. vom Jetlag, mein Biorhythmus auch. Ich habe nur mitbekommen, dass sich Bernd neben mir ständig Cocktails bestellt hat. Er hat, glaube ich, sein „Ich koste die Karte durch“-Spiel gespielt. Er hatte beim Frühstück schon mit zwei Bloody Marys und einem Long Island Icetea begonnen – „um sich einzugrooven“, wie er meinte.

Ich glaube, Bernd verwendet Alkohol als Mittel, um dem Alltag zu entfliehen. Ich denke, er hat einfach ein typisch österreichisches, mittelleichtes Alkoholproblem. Also eh normal. Ich gehe jetzt massieren.

Kapitel 4, in welchem Sonja und Bernd den ersten Abend auf Koh Samui verbringen, shoppen gehen und in einer Strandbar landen.

BERND:
„Der Hobbit", „Hunger Games Teil 4", der letzte „Resident Evil"-Film, „Paranormal Activity 16" und alle „Rambo"-Teile. Sonja und ich haben den Night Market besucht. Obwohl: Einen richtigen Night Market gibt es auf Koh Samui eigentlich nicht. Die ganze Straße entlang des Chaweng Beach ist ein einziger Night Market. Oder Night & Day Market, weil jedes Geschäft, jedes Standl nahezu immer offen hat. Dazwischen die üblichen Rotlicht-Massagebuden.

Ich hab gleich mal bei den DVDs zugeschlagen. Die nächsten Tage sind also gesichert. Alle DVDs haben insgesamt 1000 Baht gekostet, also etwa 26 Euro. Als ich schon im Begriff war zu zahlen, hat die Sonja, nachdem sie fast eine Minute lang auf die sehr langen Fingernägel des untersetzten DVD-Verkäufers gestarrt hatte, ihren Reiseführer gezückt und begonnen, aus dem Kapitel „Thai-Vokabeln für unterwegs" vorzulesen. Hat sich genauso angehört, wie man sich das vorstellt. Eine Shopping-irre, leicht sonnenstichige Sonja versucht, die Lautsprache aus dem Reiseführer mit der Zunge und dem Mund nachzumalen.

Der freundliche Verkäufer hat Sonjas kreativen Umgang mit seiner Muttersprache selbstverständlich nicht verstanden. Ich hab auch erst sehr spät mitgekriegt, was ihr Begehr war. Sie wollte handeln. Auf Thai. Mit Hilfe ihres 3000 Seiten starken Lonely Planet. War mir schrecklich peinlich. Mir doch scheißegal, ob die Handvoll DVDs 5 Euro mehr oder weniger kostet. Es ist mir auch wurscht, dass es hier angeblich Tradition ist zu handeln. Ich will nicht handeln. Und im Übrigen, glaube ich, sind die Thailänder auch froh, wenn man nicht handelt und einfach die wahnsinnig übertriebenen Touristenpreise zahlt.

Ich muss mir merken, sie bei ihrem nächsten Flughafen-Duty-Free-Einkauf zum Handeln aufzufordern. Wenn sie sich das nächste Mal Swarovski-Hello-Kitty-Ohrringe kauft. Oder irgend so einen Schmarrn. Da ist das Handeln bei Weitem angebrachter, als bei einem Haschisch-süchtigen Inselbewohner im Ruderleiberl mit Shakira-Aufdruck.

Aber egal. Ich hab sie nach dem kleinen Intermezzo beim DVD-Stand, oder soll ich sagen: Streit beim DVD-Stand, alleine weitershoppen lassen und bin erst mal was trinken gegangen. In eine ziemlich nette Strandbar namens „Pink Dragon". Dort wurden auf einem riesigen Flatscreen alte „Simpsons"-Folgen gespielt. War richtig was los dort. Auch viele Einheimische und ziemlich hübsche Mädels.

Unglaublich, was für grazile Figuren die Thai-Frauen haben. Auch die alten. Ich glaube, das hat nicht nur mit den Genen zu tun. Die fressen einfach nicht so viel und schauen auf sich.

Also auf sich schauen tut die Sonja auch, da kann man nichts sagen, ich finde sie eh scharf. Aber jetzt, wo ich sie die ganze Zeit im Bikini oder Badeanzug sehe, frage ich mich schon, ob sie nicht wenigstens eine Mahlzeit am Tag auslassen könnte. Karten auf den Tisch: Frühstück, Chips am Vormittag, Pommes Frites mit Chicken-Nuggets zum Mittagessen, Oreo-Kekse am Nachmittag und ein reguläres Abendessen, das ist nicht wenig. Vielleicht fordere ich sie die nächsten Tage auf, vor dem Frühstück mit mir am Strand laufen zu gehen. Da sagt sie eh niemals ja dazu. Und versteht hoffentlich den Wink.

Nach guten zwei Stunden Wartezeit in der Strandbar ist die Sonja dann mit vier prall gefüllten Sackerln aufgetaucht. Hat ausgesehen, als hätte sie Hals über Kopf mit dem wichtigsten Hab und Gut vor

den Russen flüchten müssen; Kosmetika und Fetzen und, nicht zu vergessen, unglaublich viele kleine Snacks hat sie da angeschleppt, mein kleiner, lieber Packesel.

Es gab dann noch einen kleinen Zwischenfall. Als sie ankam, hab ich gerade bei einer der Bardamen ein neues Bier bestellt und da hat sie natürlich gleich eifersüchtig werden müssen. War ja klar, dass kein Tag vergehen konnte, an dem sie sich nicht von den zierlich-schlanken Thai-Frauen bedroht fühlte. Mir geht auf die Nerven, dass Männern immer kollektiv vorgeworfen wird, geil auf Asiatinnen zu sein. Wäre ich das, wäre ich ja nicht mit der Sonja zusammen.

Wie auch immer, die Sonja hat dann auch begonnen, Bier zu trinken. Nur eine halbe Stunde später waren sie und „Cherry", die Bardame, beste Freundinnen und haben sich gegenseitig die Fingernägel lackiert.

SONJA

Ich rieche von oben bis unten nach Tigerbalsam. Selbst nach einer ausgiebigen Dusche bekomme ich diese Mischung aus Menthol, Kampfer und Cajeputöl nicht weg. Die Dame bei der Nuad-Massage hat mir auch die Füße ausgiebig massiert und meinte dann zu mir in gebrochenem Englisch: „Beautiful little foot." Da hab ich innerlich sehr lachen müssen, weil ich statt „foot" natürlich „Fut" verstanden habe.

Ich bin vom Humor her ein bisschen versaut. Da ergänzen Bernd und ich uns wirklich sehr. Also beim Thema Sex. Selbst wenn es im Alltag nicht, also fast nie, ohne Komplikationen abläuft, verstehen wir uns körperlich einmalig. Ich hab Bernd den Fut-Schmäh erzählt und wir mussten beide herzlich lachen. Tatsache ist, dass meine Vagina wirklich sehr schön und auch zierlich ist, sofern man sich an gängigen Pornobeautymaßstäben orientieren möchte. Sprich frische rosa Farbe, kein Salatbuffet und nur wenig Urwald.

Am Abend sind Bernd und ich nach dem Essen dann ins Zentrum gegangen zum Bummeln. Bummeln... verwendet das Wort eigentlich noch jemand? Voll 2004!

Thailand ist ja ein Dienstleistungs-Schlaraffenland. Man bekommt alles und das rund um die Uhr. Thai-Valium (150 Baht), Algenchips (15 Baht), SangSom Rum (270 Baht) und Brot, das aussieht wie abgetrennte Körperteile. Das habe ich aber nur im Reiseführer gelesen. Gibt's in einer Bäckerei in Bangkok zu kaufen! Und, nun ja, sicher kann man sich auch rund um die Uhr Sex kaufen, aber dafür bin ich nicht die Zielgruppe.

In Bangkok gab's einmal einen Night Market, wo man bis weit nach Mitternacht einkaufen konnte. Der ist aber irgendwann vor ein paar Jahren abgebrannt. Schade! 7-Eleven-Supermärkte gibt es auch alle fünf Meter. Das ist, verglichen mit den österreichisch-christlichen Öffnungszeiten, ja wie im Himmel.

Wir haben im Touri-Epizentrum auf Koh Samui beim Chaweng Beach auch einen Markt besucht und ich schätze, auf diesem Areal gab es 4000 kleine Shops, in denen man von Schnittblumen über Holzmasken, Schlangen, Bernhardiner-Welpen, „Same-Same"-T-Shirts in XXXS bis zu gefakten Birkenstock-Schlapfen (500 Baht) alles kaufen konnte. Ich hab gehandelt was das Zeug hielt. Die Thais mögen sowas ja und ich sehe das auch als kleine sportliche Disziplin. Wenn ich den Preis des pinken Pashminaschals um nur 10 Baht (also rund 27 Euro Cent) runterhandeln konnte, war mir schon leichter ums Herz.

Bei einem Stand gab es neben DVDs auch kleine, silberne Plastik-Prinzessinnenkrönchen für Schoßhunde. Der Verkäufer wollte mir partout keinen Rabatt geben, dabei hätte ich ihm zehn Stück abgenommen! Er war mir sowieso unsympathisch, weil er mir ständig mit seinen extrem ungepflegten Händen vorm Gesicht rumfuchtelte. Glauben die Thai-Männer, dass sie mit langen Fingernägeln – am liebsten mit nur einem langen Nagel am kleinen Finger plus einem Siegelring – wie ein verruchter Dandy aussehen?

Na, jedenfalls bin ich immer patziger geworden, Bernd immer beerenroter im Gesicht und der Mann hat immer vehementer den Kopf geschüttelt. Im Endeffekt hab ich diese Krönchen dann nicht gekauft, sie wären eh nur ein Gag für die nächste Wohnungsparty gewesen.

Bernd meinte danach zu mir, dass dieser misslungene Krönchen-Deal der wohl bisher peinlichste Moment in seinem Leben gewesen wäre. Ich hab darauf gar nicht geantwortet, weil ich wieder an diesen britischen Film mit dem Begräbnis denken musste und weil ich in dem Moment ein Ledertaschengeschäft erspäht habe. Bernd meinte, ich solle ihm mal in die Augen schauen und tief durchatmen, weil ich nämlich schon wieder diesen fiesen Shoppingfieberblick, wo meine Augen unablässig die unmittelbare Umgebung abscannen, hätte. Ich scheiß da immer auf den Bernd, weil ich finde sowas einfach geil!

Nach geschätzten zwei Stunden habe ich Bernd in einer kleinen Strandbar an der Theke nicht unweit des Markts gefunden. Die Strandbar stand zwar nicht im Reiseführer, aber der Name war super: „Pink Dragon"-Bar. Nach drei Flaschen Singha Bier hat sich Bernd dann auch wieder beruhigt.

Ich kenne ihn nach so vielen Jahren Beziehung in- und auswendig und weiß, wie ich ihn vom angefuckten Mecker- in den Chillmodus umswitchen kann. Er überreißt noch immer nicht, dass ich liebevoll seine Knöpfchen drücke, wie es mir passt.

Als ich zur „Pink Dragon"-Bar gekommen bin, ist neben Bernd eine etwas mollige Person gesessen und hat sein rechtes Knie getätschelt. Ich hab schon von 15 Metern Entfernung gecheckt, dass das ein Ladyboy ist. Wegen dem Adamsapfel und den muskulösen Waden. Ich finde das an den Thais ja super, dass die einfach leben und leben lassen. Dass es keine Grenzen gibt, wie man seine Sexualität ausleben möchte. Farang-Bernd war stocksteif.

Als ich zum Tisch kam, sah er mich mit weit aufgerissenen Augen an. Ganz so, als ob ich ihm eine Eifersuchtsszene machen wollte.
Aber ich bin nicht so der eifersüchtige Typ und fand den Ladyboy

ganz niedlich. „Cherry" sei sein Name, meinte der Ladyboy, als er sich vorstellte. Er sei die Bardame hier und wir mussten beide lachen. Also Cherry und ich. Bernd wirkte noch immer verstört.

Zwei weitere Singha Biere und ein Gin Tonic später haben Cherry und ich unsere Handynummern ausgetauscht und waren schon auf Facebook befreundet. Dass Cherry Bernd in meiner Abwesenheit gefragt hatte, ob er ihm einen blasen solle, hab ich erst im Hotelzimmer erfahren.

Kapitel 5, in welchem Sonja und Bernd auf einer Fähre nach Koh Phangan sitzen und Sonja fürchterlich übel wird.

SONJA:

Nach ein paar Tagen Strand, Schlafen, Essen, Shoppen, Massieren und Lesen hat es Bernd und mich dann doch schon etwas gejuckt. Koh Samui ist super, aber wir waren voller Energie und wollten nicht wie ein 70-jähriges Ehepaar nur in der Hotelanlage unseren Urlaub verbringen. Also haben wir in so einem Reiseshop einen Ausflug zur Full Moon-Party nach Koh Phangan gebucht.

Diese Full Moon-Partys sind ja legendär. Feierlaunige Leute aus der ganzen Welt treffen sich dort am Strand von Haad Rin und feiern bis in die frühen Morgenstunden miteinander. Angefangen hat das laut meinem Reiseführer Ende der 1980er-Jahre, als ein paar Trance- und Goa-Fans dort eine private Party in einer Bungalowanlage gefeiert haben. Das war anscheinend so super, stundenlang bei Vollmond am Strand zu tanzen, dass sich diese Full Moon-Partys etabliert haben. Mittlerweile hat sich daraus eine gewinnbringende Partykultur entwickelt mit zig Bars und Discos. Da kommen jährlich bis zu 30 000 Menschen hin, vor allem zu Neujahr gehts dort ab! Dass diese Full Moon-Partys richtige Massenevents sind, haben Bernd und ich zunächst nicht gewusst…

Na, jedenfalls mussten wir zuerst mit der Fähre nach Koh Phangan. Jeder an Bord hatte vorher ein rundes Pickerl in hellblau (Vollmond!!) bekommen, wo Koh Phangan oben stand. Ich denke, mit diesem

Pickerlfarbsystem können die Thais das Ziel der Farang-Lemminge auf einen Blick erkennen und müssen nicht groß mit ihnen reden. Würde ich auch so machen, top organisiert alles. „Fähre" ist übrigens ein sehr großzügiger Ausdruck, denn wir sind an Bord einer mickrigen Nussschale gegangen, deren letzte Farbe 1982 abgeblättert war.

Mir war ja schon seit zwei oder drei Tagen in der Früh etwas mulmig. Erstens konnte ich schon seit unserer Ankunft in Thailand nicht groß aufs Klo gehen und zweitens fühlte ich mich deswegen total aufgebläht und demnach auch dick. Bernd meinte, dass das kein Übelkeits-, sondern ein Übersättigungsgefühl sei. Ein klassisches Sodbrennen, das man halt bekommt, wenn man zu viel fettiges Zeug isst und zu viel Alkohol konsumiert. Bla bla.

Wir zwei haben es uns in den letzten Tagen, ehrlich gestanden, wirklich gut gehen lassen. Nicht einmal im Toskanaurlaub im Sommer, wo wir zwei Wochen lang jeden Tag Pizza gegessen und literweise Grappa gesoffen haben, ging es mir so mies.

Aber am offenen Meer ist mir dann richtig übel geworden. Zudem hatte ich noch Zeitungsberichte in Erinnerung, die von gekenterten Fähren und ertrunkenen Touristen berichtet hatten. Mir war richtig zum Weinen zumute. Übergeben habe ich mich aber nicht, obwohl ich am WC öfter knapp dran war. Bernd meinte, ich sei nur nervös und vielleicht auch etwas seekrank, aber irgendwie hat sich diese Übelkeit anders angefühlt als sonst.

Interessanterweise habe ich dann an Land sofort irrsinnigen Hunger bekommen und mir gleich beim nächstbesten Restaurant am Hafen ein rotes Thai-Curry einverleibt. Vielleicht war es doch nur eine temporäre Seekrankheit.

BERND

Ich mag Boote und Schiffe sehr. Ich bin ja praktisch auf dem Wasser aufgewachsen. Mein Papa hatte einen Katamaran auf dem Neusiedlersee und nahm mich oft zum Segeln mit.

Ich hab mich also echt auf unseren Ausflug auf die Nachbarinsel Koh Phangan gefreut, die ist eher berüchtigt als berühmt für ihre Full Moon-Partys. Jeden Monat findet am Haad Rin Nok-Strand bei Vollmond ein riesiger Outdoor-Rave statt, inklusive Hurerei im Sand, mieser synthetischer Drogen und Schmierinfektionen.

Eigentlich gehen mir Techno, Trance und Goa voll am Arsch. Die Full Moon-Party hat mich ähnlich gereizt wie eine Mundhygiene in Bukarest, aber Sonja wollte unbedingt hin und ich unbedingt mit dem Schiff auf die Insel fahren und so haben wir unsere unterschiedlichen Interessen ausnahmsweise mal unter einen Hut gebracht.

Die Fähre nach Koh Phangan ist ein hübsches, bunt bemaltes, kleines Schiffchen. Man kann entweder unter Deck auf komfortablen

Bänken sitzen oder oben auf dem offenen Deck. Ich hab der Sonja erklärt, dass es unten im Schiffsbauch viel gemütlicher wäre, weil es klimatisiert und die Sitze gepolstert wären. Aber Sonja wollte aufs Deck in die gleißende Mittagssonne.

Die kühle Brise während der kurzen Überfahrt war tatsächlich angenehm, muss ich zugeben. Trotzdem hatte ich nach zehn Minuten einen schönen Sonnenbrand im Gesicht. Hallo Hellboy! Die Sonja meinte, ich hätte mich ja einschmieren können, nur bekomme ich von ihrem „Tiroler Nussöl" mit Lichtschutzfaktor 6 eitrige Pickel. Dann lieber Hautkrebs.

Ich hätte jedenfalls, Sonnenbrand hin oder her, noch stundenlang übers Meer fahren können. Aber leider vertragen nicht alle Menschen das Schifffahren, manche müssen seekrank werden. Zuerst hat es ein paar australische Hippie-Affen mit Rasta-Locken erwischt, die so blöd waren, voll in den Wind zu kotzen. Na, frage nicht. Ihre gesamte Wäsche war danach natur-gebatikt.

Ich fand das sehr lustig, Sonja weniger. Die Kotz-Stimmung ist auf sie übergekippt und sie begann zu quengeln, wie lange die Fahrt noch dauern würde, wo die Rettungsringe wären, ob es eh genug Rettungsringe für alle Passagiere gäbe, warum die Thais selbst neben kotzenden Australiern Fischspeisen essen könnten und so einen Scheiß. Wie es halt kleine Kinder bei einer langen Autofahrt machen.

Dann wurde sie urplötzlich kalkweiß im Gesicht und ist bis zum Anlegen nicht mehr aus dem Klo rausgekommen. Dass eine lange Menschenschlange vor diesem einzigen Klo wartete, weil sie es ebenfalls gerne in Anspruch genommen hätte, war Sonja egal.

Die kann wirklich eiskalt sein, wenn es um ihre Bedürfnisse geht. Ich glaube ja, sie hat sich da in etwas reingesteigert. Sie jammert fast täglich über ihre Verdauung. Ich kenn mich schon gar nicht mehr aus, ob sie jetzt gerade verstopft ist oder nicht. Was soll ich sagen? Mein Stuhlgang ist hier in Thailand wohl aufgrund des ungewohnten Essens und den vielen Chilis auch nicht der aller-leiwandste und gestern habe ich sogar feuchtes Toilettenpapier gekauft, aber binde ich ihr das auf die Nase?

Das ist so eine Situation, in der ich wirklich nicht weiß, wie ich am gescheitesten mit ihr umgehe. Nehme ich ihre Wehwehchen ernst, gerät sie in Panik. Versuche ich, sie zu beruhigen, hält sie mir vor, ich nähme sie nicht ernst und mir wäre egal, wie es ihr geht. Kurioserweise habe ich sie immer noch gern.

Kapitel 6, in welchem sich Sonja und Bernd einen Kübel Schnaps kaufen, fast niemanden kennen lernen und finden, dass Techno auch nicht mehr das ist, was er einmal war.

BERND

Sonja weinte. Oder war knapp davor. Dieser Ausflug nach Koh Phangan entwickelte sich zu einer Irrfahrt durch Sonjas Gefühlswelt. Zunächst einmal war es schwierig, sie aus dem Schiffsklo rauszubringen. Minuten nachdem die Fähre am Hafen angelegt hatte, hat sie sich noch auf dem Häusl versteckt. Erst als die Kapitänin gegen die Klotür trommelte und ungehalten schimpfte, ist sie mit roten Augen wieder rausgekommen.

Ich habe mir erlaubt, vorsichtig zu fragen, was denn nun genau los sei, aber sie hat mir nur wortlos ihre Umhängetasche in die Hand gedrückt und ist starren Blickes von Bord getaumelt. Ich nehme mal an, es war die Seekrankheit. Die Seekrankheit und ihr Charakter.

Trotzdem wollte sie wenige Minuten nach der Ankunft Mittagessen. Ich fand das nur eine bedingt gute Idee nach der ganzen Kotzerei, aber das scharfe Hühner-Curry hat ihr tatsächlich gut getan. Wie das bei der Sonja halt ist, schlug ihre Laune nach dem Futter in Sekundenschnelle wieder um und sie verwandelte sich in die von mir gefürchtete Partylöwin.

Obwohl erst früher Nachmittag war, wurde am Strand schon heftigst gefeiert. Es war, als hätten alle Länder, alle Nationen ihr schlechtestes Genmaterial zum Feiern nach Koh Phangan geschickt.

Zu ohrenbetäubender Musik verwandelte sich der schöne Strand in einen Müllberg aus zerbrochenen Flaschen, Kotze, Kondomen und weggeworfenem Essen. Dazwischen hysterische Obstverkäuferinnen mit dressierten Affen, Taxifahrer mit Erektionen in der Hose, drogenverkaufende Polizisten und Goa-Idioten aus allen Kontinenten. Der zur Ausschweifung neigenden Sonja hat das voll getaugt. Mir inzwischen auch.

Ich hatte beschlossen, mich einfach auf den Wahnsinn einzulassen und Sonja und mir einen Kübel voller Cola und Mekhong Whiskey gekauft. Mekhong Whiskey ist eigentlich gar kein Whiskey, sondern thailändischer Rum von schlechter Qualität. So verbrachten wir Stunde um Stunde und wurden kontinuierlich angesoffener und besser gelaunt.

Irgendwann musste ich Lulu. Einfach so in den Strand zu brunzen, wie es scheinbar Full Moon-Party-Tradition ist, hab ich nicht übers Herz gebracht. Nicht weil ich den eh schon versauten Strand nicht noch zusätzlich verschmutzen wollte, sondern weil ich aus psychologischen Gründen nicht in der Öffentlichkeit pinkeln kann. Um 100 Baht habe ich mir den Genuss einer öffentlichen Toilette gegönnt, wo ich mir sogar die Hände waschen konnte. Als ich vom Urinieren zurück zum Partystrand kam, war es gar nicht so leicht, die Sonja wiederzufinden. Nach einer halben Stunde habe ich es dann aufgegeben und mich erst mal alleine mit ein paar Wodka-Shots erfrischt. Ich hab dann auch kurz überlegt, ein wenig Gras zu kaufen, aber man hört ja so viele unheimliche Geschichten über thailändische Gefängnisse.

So bin ich einfach an irgendeiner Bar sitzen geblieben und habe mich vom Wodka wieder zurück zum Mekhong Whiskey gearbeitet. Und wie ich so sitze und trinke, sehe ich auf einmal zwei Mädchen volles Geschäft miteinander schmusen und sich in die Hose greifen. Typisch angesoffene Hetero-Mädels, die auf lesbisch tun. Hat mich aber eh auch geil gemacht.

Und wie ich abchecke, merke ich, dass eines der Mädels meine inzwischen schon recht ramponierte Sonja ist. Sie hat mich im gleichen Augenblick bemerkt und ihrer Knutsch-Partnerin vorgestellt. Deren Namen habe ich bei all dem Lärm natürlich nicht verstehen können. Eigentlich hätte ich ja eifersüchtig sein sollen und ein paar Minuten lang hab ich auch die beleidigte Leberwurst gespielt, aber dann haben Sonja und das Mädchen wieder geschmust und dabei hat mir die Fremde in meine linke Arschbacke gekniffen. Das hat mir kurz getaugt. Dann begann es zu dämmern und ich konnte sie etwas besser sehen.

„Mädchen" ist für Sonjas neue Freundin nicht der richtige Ausdruck. „Frau" ist der passendere. Die Frau also, die behauptete, in Sydney Ernährungsberaterin und Yogalehrerin zu sein, war um die Vierzig und ihre Haut gezeichnet von jahrelangem Sonnen- und Zigarettenkonsum. Sie erschien mir, trotz der bunten Perlen im Haar, nicht allzu gepflegt. Eher wie einem russischen Gangbang entflohen.

Kurz scherzte die Australierin und erzählte irgendetwas von einem gemeinsamen Dreier. Ich hab das für eine Sekunde in Betracht gezogen, konnte mir aber beim besten Willen nicht vorstellen, tatsächlich in die Gangbang-Braut einzudringen. Ich hätte den beiden aber durchaus zugesehen. Dann wurde es hell.

SONJA

Nachdem wir in einem, mit schwitzenden Backpacker-Touristen überfüllten Jeep-Taxi durch den thailändischen Dschungel zu diesem Strand von Haad Rin gefahren worden waren, haben Bernd und ich uns zuerst etwas überfordert gefühlt. Wir standen plötzlich im Ballermann-Areal von Thailand!

Schon am frühen Abend haben dort Rudel angesoffener Twentysomethings mit bunten Fake-Ray-Ban-Brillen, sonnenverbrannter Haut und frisch gestochenen Anker-Tattoos den Strand bevölkert. Nach dem ersten Schock haben Bernd und ich beschlossen, ausnahmsweise das Abendessen auszulassen und sofort mit dem Trinken zu beginnen.

Ich hatte vor der Ankunft tatsächlich angenommen, dass sich diese Full Moon-Party in etwa so gestalten würde wie im Film „The Beach" mit Leonardo DiCaprio. Also von der Anmutung her, ich mein, so naiv bin ich dann auch wieder nicht. Ich dachte halt, dort würden sich bekiffte Aussteiger und belesene Globetrotter treffen, mit Feuerbällen jonglieren, frischen Fisch grillen, ein bisschen Singha Bier und Mekhong Whiskey trinken und zu Reggaebeats tanzen.

Ich hoffte auf neue Urlaubsbekanntschaften: Ryan aus Ontario, Kylie aus London und ein nettes Pärchen aus Berlin – Birte und Kai –, das man hin und wieder für ein Wochenende besuchen würde und schon hätte man sich das Airbnb-Appartement gespart.

Stattdessen hörten wir alle zehn Meter Hobby-DJs nervigen Trance und 90er-Goa-Musik auflegen. Kennengelernt haben wir absolut niemanden. Bei einem schlecht besuchten Minimaltechno-Floor hat uns ein besoffener 18-jähriger Springbreaker angerempelt und uns vor den Boxentürmen lallend ins Gesicht gebrüllt, dass wir sicher Deutsche wären, weil sonst würde ja kein Schwein mehr so einen Sound hören. Taylor Swift wäre sowieso tausendmal cooler, wobei er lieber mit Miley Cyrus ficken würde, obwohl die Instagram-Fotos von beiden geil wären.

Bei einem der zig Sauf-Stände, er hieß „Kate Moss", haben wir uns dann einen roten Plastikkübel voller Alkohol gekauft, mit den Singha Bieren konnten wir uns diese Beachparty nicht schöner trinken und wir hatten noch fünf Stunden, bis uns das Jeep-Taxi wieder zur Fähre nach Koh Samui bringen würde.

In unserem Saufkübel war Cola mit irgendeinem Schnaps vermischt, dazu gab es zwei Glowsticks und lange, neongrüne Strohhalme (200 Baht). Der Kübel war bereits nach einer Viertelstunde leer und Bernd und ich sind Hand in Hand am Strand auf- und abspaziert. Leicht angeheitert, aber noch längst nicht so in Partylaune wie alle anderen Besucher.

Der Strand füllte sich mit immer mehr irren Leuten je später es wurde. Teilweise lagen die Besoffenen schon übereinander im Sand, malten sich gegenseitig mit UV-Licht-Körperfarbe Penisse ins Gesicht und sprangen als Mutprobe über ein Feuerseil.

Mir kam das alles vor, als wäre ich bei einem HGich.T-Konzert. Nur ohne den künstlerischen Ansatz.

Um endlich richtig in die Gänge zu kommen, haben Bernd und ich uns schnell einen zweiten Kübel Alkohol gekauft. Diesmal einen um 600 Baht mit Fanta, Wodka und noch irgendeinem Fusel reingepantscht. Diese Kübelmischung hatte einen bitteren Nachgeschmack, auch Bernd wusste nicht, was da noch beigemischt war.

Der Typ an der Bar hatte uns nur komisch angelacht und uns eine „Happy Time" gewünscht. Wahrscheinlich grinste er nur, weil er wieder einmal ein paar Farangs abgezockt hatte. Dann weiß ich nicht mehr viel.

Ich denke, ich hatte einen Filmriss. Auf einmal wurde es am Horizont wieder hell und zwischen Bernd und mir hatte sich eine große, blonde Frau mit Knollennase, Goa-Klamotten und dunkelbraun gegerbter Haut eingehakt. Ich fragte sie nach ihrem Namen und sie lachte kehlig. Sie sei „Sienna from Sidney! Honey, don't you remember?".

Die Australierin hatte ungefähr acht Knutschflecken am Hals. Als ich sie fragte, von wem sie diese hätte, meinte sie von mir. Bernd lächelte.

Kapitel 7, in welchem Sonja und Bernd nach Abklingen ihres abscheulichen Katers zurück auf Koh Samui im Dschungel auf Elefanten reiten.

BERND

Wir haben die Full Moon-Party auf Koh Phangan also überlebt. Ich stehe den Ereignissen auf dieser Party, diesem Ausflug in den Hades, mit sehr gemischten Gefühlen gegenüber.

Das Erwachen war, trotz zwölf Stunden komatösen Schlafes, scheußlich. Gott sei Dank kann sich die Sonja an kaum etwas erinnern. Nicht einmal an die Australierin. Die hat Sonja nämlich mit einem ordentlichen Schmatzer am Morgen zurück in die Realität geküsst. Sonja hat auf den Kuss made in Australia plötzlich äußerst angewidert reagiert und der Yogalehrerin beinahe eine aufgelegt.

Hab sie dann, mit ein paar schlichtenden Worten und indem ich die Sonja festgehalten habe, von einem Strand-Catch abhalten können. Ich bin echt froh, dass es zu keinen weiteren Intimitäten gekommen ist. Diese Episode hat mich trotzdem sehr amüsiert. Eine Fingerspitze Alkohol und die Sonja ist ein anderer Mensch. Obwohl sie eigentlich trinkfest sein sollte, sie kommt doch aus dem Burgenland.

Ich hätte gerne noch in Ruhe auf Koh Phangan gefrühstückt, aber das hat Sonjas Plan nicht erlaubt und so sind wir im Taxi zur Fähre gehetzt, nur um dann festzustellen, dass die erst zu Mittag wieder nach Koh Samui fahren würde. Hab mir dann bei einem Stand zwei Kit-Kat und ein Sprite genehmigt. Die Sonja wollte nichts zu futtern, nur literweise eiskaltes Wasser. Das viele Schmusen hatte sie wohl durstig gemacht. Sie hatte nicht einmal die Kraft, sich über irgendetwas aufzuregen und ist still und brav im Schatten auf dem Boden gesessen.

Sie wirkte fast etwas reumütig und eigentlich hätte alles ganz easy sein können. Nur haben mir wieder meine verdammten Kontaktlinsen einen Strich durch die Rechnung gemacht. Die Nacht hatte in meinen Augen ihre Spuren hinterlassen; zwei rote Kugeln glotzten mir auf der Toilette der Fähre entgegen. Verkrustet und verquollen. Trotzdem musste ich meine sandigen, harten Kontaktlinsen zurück in die Augen stopfen, weil meine Brille ja in Wien geparkt war.

In diesem Moment hätte ich gerne geweint und wäre über ein paar tröstende Worte sehr dankbar gewesen. Na, frage nicht. Sonja war in diesem, für mich schrecklichen Moment ausschließlich mit sich selbst und ihrem Kater beschäftigt.

Zurück im Hotel befreite ich mich endlich von meinen immer härter werdenden harten Kontaktlinsen. Gerne hätte ich meinen geschundenen Augen ein paar Stunden Schlaf gegönnt, maximal unterbrochen von zärtlichen Masturbationen. Daran war aber nicht zu denken.

Ich hatte gehofft, dass die Sonja vielleicht einmal einen Tag ohne mich auf die Reihe kriegen könnte. Sie hätte sich durch die ganze Insel shoppen, dreistündige Massagen in Anspruch nehmen oder – wenn's denn sein muss – mit einer grausigen Australierin schmusen können. Wollte sie aber nicht. Stattdessen ist sie in 15-Minuten-Abständen aus dem Hotelzimmer raus, um sich dann mit irgendeinem Snack wieder zurück ins Zimmer zu beamen. Permanenter Sonja-Terror. An tiefen Schlaf war nicht zu denken.

Als sie dann tatsächlich begonnen hat, meine DVDs zu schauen, während ich versuchte einzuschlafen, war ich davon überzeugt, dass sie geisteskrank sein müsste. So geht man doch nicht mit einem Menschen um, von dem man behauptet, ihn zu lieben! Das war der fürch-

terlichste Tag des Jahres. Wurde auch nicht viel besser, als mir Sonja dann von einem Ausflug in ein Elefanten-Camp erzählte, den sie für den nächsten Tag gebucht hatte. Selbstverständlich für uns zwei.

Ich mag Elefanten eigentlich sehr gerne, sie sind wie Dinosaurier auf angenehm. Deshalb finde ich, man sollte Elefanten nicht in kleinen, rostigen Ställen halten. Denn so stellte sich mir das Elefanten-Camp dar. Mag sein, dass ich überreagiere und die Elefanten ihre Mahuts urlieb haben. Vielleicht ist es für einen Elefanten im Camp mit geregelten Mahlzeiten und Antibiotika auch angenehmer als im riesig-großen Urwald mit anderen Artgenossen, aber ich glaube das nicht.

Im Camp haben sie eine kleinere Elefantendame namens „Billy Jean“ für mich ausgesucht. Sonja musste sich auf Billy Jeans Mutter setzen. Keine Ahnung, warum gerade Sonja das größere Tier bekam.

Das Aufsteigen war sehr witzig. Wir mussten auf einer Holzleiter zu den Elefanten hochklettern. Eine Aufgabenstellung, die ich ohne Probleme bewältigte. Aber die Sonja tat sich schwer. Sie hatte nämlich eine knallenge, kurze Jeanshose an, die ist beim Aufstieg hinten beim Popsch aufgerissen. Die Mahuts haben gelacht, ich auch. Die Sonja hat geglaubt, wir lachen, weil alles so friedlich und lieb war.

Ich habe ihr bis heute nichts vom Riss in den Jeans erzählt. Ich glaube, sie hat ihn noch immer nicht bemerkt.

Wir wurden also auf unseren Elefantenkühen ein paarmal um den Block geführt, dann auf die Straße zwischen halsbrecherisch schnell fahrende Mopeds und Jeeps, bis wir schließlich in ein, na, sagen wir mal, „Wäldchen“ geritten sind. Also eine Ansammlung von Bäumen auf einem kleinen Hügel, damit wir so etwas wie Dschungel-Gefühle entwickeln konnten.

Der Elefantenkuh musste man dauernd irgendwelches Obst zum Essen geben. Sie griff mit ihrem Rüssel nach hinten und ich musste brav in ein Sackerl voller klebriger Bananen fassen und Billy Jean eine in ihre rosa Rüssel-Gosche legen, damit sie mir wohl gesonnen blieb. Das Bananen-Gatsch-Sackerl war uns vor dem Elefantenritt von einem der Mahuts gegeben worden. Nachher hat er es uns in Rechnung gestellt.

Übrigens: Sonja war sich nicht zu blöd, mich um die Hälfte des Preises für die Elefanten-Tour anzugehen. Es war für sie selbstverständlich, mir den von ihr gebuchten und gewollten Ausflug in Rechnung zu stellen! Geht's noch? Wer zahlt denn bitte das Hotel, den Flug und überhaupt sonst alles? Ein Wahnsinn.

Mir hat es nicht nur sprichwörtlich die Sprache verschlagen. Statt des Abendessens hab ich mir dann alleine ein paar starke Cocktails gegönnt. Diese Auszeit war notwendig.

SONJA

Nach der Full Moon-Party sind Bernd und ich völlig zerstört in unserem Hotel angekommen. Als wir die Lobby durchquerten, setzte die diensthabende Rezeptionistin, eine Dame voller Grazie und Anmut, zum Gruß ein extra gekünsteltes Lächeln auf.

Ich bin mir sicher, sie schlug innerlich die Hände über dem Kopf zusammen statt vor der Brust, weil Bernd und ich so ramponiert, unausgeschlafen und auch ungeduscht aussahen. Sprich grindig. Eh klar, wir hatten die ganze letzte Nacht durchgefeiert und ausnahmslos billigen Fusel getrunken.

Ich denke, uns war sogar irgendetwas Chemisches in den Saufkübel gemischt worden, sonst hätten wir nie so lange durchgehalten. MDMA? Liquid Ecstasy? Speed? Ich kenne mich damit nicht wirklich aus, würde mir nie selber sowas kaufen, bin aber auch nicht gänzlich unaufgeschlossen. Jaja, Drogen sind illegal, I know. In Thailand gibt es dafür sogar die Todesstrafe. Zumindest sagen sie das im Film „Bridget Jones Teil 2".

Im Spiegel war mein Teint dank der Full Moon-Party eher teigig-fahl denn sommerlich gebräunt. Auch die Augenringe waren bemerkenswert. Bernd sah auch nicht frischer aus. Sein schlammgrünes T-Shirt zierten riesige, eingetrocknete Schweißränder, ihm fehlte seine rechte Sandale und seine Augen waren knallrot, weil er seine harten Kontaktlinsen schon viel zu lange getragen hatte. Zudem hatte er während der Full Moon-Party seine Sonnenbrille verloren und weigerte sich aber partout, mein geliebtes Cat-Eye-Modell zum Schutz vor der Sonne aufzusetzen.

Es war mir aber eh lieber, denn die Brille ist aus der neuen Kollektion von Marc Jacobs und hat etwas mehr als Bernds billige Fassung aus dem Drogeriemarkt gekostet. Und ja, sie schimmert vielleicht etwas wegen der cremefarbenen Perlmuttfassung, aber „tussig glitzern", wie Bernd meinte, tut sie deswegen noch lange nicht.

Im Hotelzimmer gab es trotz Erschöpfung noch einen kleinen Eklat. Bernd riss sich zwar sofort die Kontaktlinsen aus den Augen, wollte sich dann aber aufs Bett fallen lassen und völlig angezogen einschlafen. Ich konnte ihn noch rechtzeitig unter die Dusche zerren.

Wie eklig ist es bitte, sich völlig dreckig und durchgeschwitzt in ein blütenweißes, frisch überzogenes King Size-Bett zu legen? Na ja, Bernd ist halt ein kleines Schweinderl. Ihm ist Körperhygiene nicht so wichtig wie mir, außer wenn es um seine kurzsichtigen Augen geht. „Wenn du jemals eine Bindehautentzündung gehabt hättest, würdest du wissen, warum ich das tue!", herrscht mich Bernd immer an, wenn ich ihn frage, warum er vorm Schlafengehen zwar jedes Mal penibel seine Kontaktlinsen mit Kochsalzlösung abreibt, in einen Linsenbehälter legt, diesen mit Linsenflüssigkeit auffüllt, dreimal kurz schüttelt und sorgsam in den Alibert stellt, sich dann aber oft nicht die Zähne putzt.

Bernd ist nach dem Duschen und Kontaklinsenversorgen sofort eingeschlafen, ich war putzmunter. Also habe ich mir ein Vollbad eingelassen, während des Badens Hunger bekommen und mir dann ein Club Sandwich mit Pommes Frites aufs Zimmer bestellt.

Ich weiß nicht, seit ich in Thailand bin, habe ich richtigen Heißhunger. Ist wahrscheinlich das Meeresklima. Salzwasser soll eigentlich entschlacken, ich fühle mich aber richtig aufgeschwemmt. Selbst meine weitesten Jeansshorts passen mir gerade nur knapp. Ob das wirklich vom Alkoholtrinken kommt? Egal, im Urlaub genieße ich eben das Leben. Abspecken kann ich dann immer noch im kalten Österreich.

Neben dem Sandwichsnacken hab ich mir eine von Bernds DVDs angeschaut, die er sich auf dem Markt gekauft hatte. Da ich „Der Hobbit" aber wirklich sehr langatmig finde und Bernds Filmgeschmack generell zu wünschen übrig lässt, bin ich spazieren gegangen. Bernd war noch immer wie im Koma.

Im Zentrum von Koh Samui habe ich mich in einer Travel Agency wegen Ausflügen umgesehen, zum Shoppen war ich dann doch zu übernächtigt. Es gibt auf Koh Samui Dschungel, Berge, Wasserfälle, eine Reihe von versteckt liegenden buddhistischen Wats, also Klöstern, und entzückende kleine Inseln im Ang Thong Archipel und rund um Koh Samui zu entdecken. Ich wollte aber keine Kalksteinformationen, Höhlen und Lagunen besichtigen, ich wollte auf Elefanten reiten!

Ich liebe ja alle Arten von Tieren, die man als normaler Mensch eben mag, aber mein Herzerl schlägt am stärksten für Hunde und Elefanten! Also habe ich eine „Elephant Special Trekking Tour" für Bernd und mich gebucht, angeboten von einem kleinen, privaten Elefanten-Camp.

Zurück im Hotelzimmer hab ich Bernd aufgeweckt. Ich hätte mich nicht einmal aufs gemeinsame Bett setzen und fernschauend abwarten können, bis er aufwacht, denn Bernd hat die Angewohnheit, sich im Schlaf zu drehen. Nicht um die eigene Achse, sondern quer.

Bernd ist also nackt auf dem Bauch liegend, einen Arm über der Bettkante hängend, mit weit geöffneten Beinen, sonor schnarchend und leicht aus dem linken Mundwinkel speichelnd auf der Matratze gelegen. Die Kopfkissen und die Bettdecken waren auf dem Boden verstreut, die Klimaanlage auf eisige 18 Grad gestellt und das Zimmer komplett verdunkelt. Bernd hätte noch die nächsten 48 Stunden so schlafen können, quasi schockgefroren. Ich wollte ihm aber vom eben gebuchten Ausflug erzählen, außerdem wurde mir langsam fad.

„He Bernd!", flüsterte ich. „Wir reiten morgen auf Elefanten durch den Dschungel, die sind ein nationales Heiligtum, wie super ist das bitte?" – „Elefanten, welche Elefanten? Sicher nicht!", grunzte Bernd und drehte sich auf den Rücken, wobei ihm ein lauter, aber nicht stinkender Furz auskam. Ich musste lachen.

„Ist da vielleicht ein Bär im Raum?", fragte ich. Bernd und ich haben diese Phase schon längst hinter uns, in der man sich dem Partner nur im besten Licht zeigt, immer super gelaunt tut und versucht, alle möglichen und manchmal notwendigen Körpergeräusche zu vermeiden.

Bernd rubbelte sich die Augen und gähnte laut. Wie lange er denn geschlafen habe, wollte er wissen und fragte im selben Atemzug, wann mir diese saublöde Idee mit den Elefanten eingefallen sei. Wenn es Bernds Einfall gewesen wäre, dann wäre natürlich alles toll gewesen.

Also diskutierten Bernd und ich so lange, bis er doch einwilligte, den Ausflug ins Elefanten-Camp zu machen. Da er seit fast 24 Stunden nichts gegessen hatte, war er sehr schwach. Das habe ich natürlich ausgenutzt.

Am nächsten Morgen sind wir also zum Elefanten-Camp „Happy Thai Elephants" gefahren. Das Elefanten-Trekking wäre fast ins Wasser gefallen, weil Bernd in der Früh große Probleme hatte, seine Kontaktlinsen einzusetzen. Die Augen waren von der Full Moon-Party noch immer trocken und gerötet. Nach 35 Minuten gab Bernd den Kampf gegen die Kontaktlinsen auf und entschied sich, ohne sie loszufahren. Beziehungsweise beschloss ich das, laut schreiend, dass es wohl nicht wahr sein könne, die Tickets für den tollen Ausflug nur wegen der blöden Kontaktlinsen verfallen zu lassen. Immerhin hatte ich dafür insgesamt 1400 Baht bezahlt!

Das Camp jedenfalls war wirklich winzig klein, in den Ställen warteten nur zwei ausgewachsene Elefanten und drei Elefantenbabys auf uns. Bernd wollte auf einem Babyelefanten reiten, er hätte Höhenangst, log er, und wäre sowieso blind, weil er keine Kontaktlinsen trage. Ob er keine Brille habe, fragte ein Elefantenführer. Bernd bekam wieder die Farbe einer Brombeere.

Ich durfte mich auf „Mae Gaeo", die 52-jährige Leitkuh, setzen. Bernd wurde „Billy Jean" zugeteilt, eine Tochter von Mae Gaeo. Der Elefantenführer von Billy Jean meinte, sie habe ein sehr ausgeglichenes und ruhiges Wesen, was sie zur ersten Wahl für junge Gäste oder jene, die „zu viel Respekt" vor den ausgewachsenen Elefanten haben, machen würde.

Bernd und ich mussten über ein Holzgerüst auf die Elefanten aufsteigen. Bernd hatte damit Probleme, weil er ja nicht weit genug sehen konnte. Die Elefantenführer und ich lachten, es sah ja wirklich witzig aus, wie Bernd keuchend und schwitzend, blind herumtappend auf die süße Billy Jean kletterte. Bernd grummelte herum. Er hätte mich sicher auch verächtlich angesehen, so mit leichtem Silberblick, nur war er ganz ohne Sehhilfe wieder mal blind.

Wenn man ihn näher beobachtet, ist Bernd ein bisserl ein Psycho. Gescheit, das schon, aber teilweise schon sehr neurotisch mit seiner Neigung zur Nervosität, der leichten Reizbarkeit und ständigen Launenhaftigkeit. Das kommt sicher von seiner steinreichen Familie – wobei seine Mutti immer betont, dass die nur gehobener Mittelstand wäre. Ja klar... Die haben alle einen Poscher.

Meine Familie ist da viel erdiger. Da wird nicht viel rumgefackelt, wenn es Unstimmigkeiten gibt. Da wird lieber kurz rumgebrüllt, dann ist wieder eine Ruh. Deswegen bin ich auch ein sehr offener Mensch, der auch sehr leicht über seine Gefühle und so reden kann.

Nach einer Stunde gemächlichen Elefantenritts durch den Dschungel kamen wir zu einem Fluss. Bernd hatte sich mittlerweile mit Billy Jean angefreundet, kicherte, gluckste und säuselte ihr liebe Worte ins Ohr. Welche genau wollte er mir nicht verraten. Hauptsache, Bernd war glücklich. Wir dürften jetzt mit den Elefanten baden, meinte ein Elefantenführer. Mae Gaeo wurde abgezäumt und ich lag auf ihr, stand auf ihr, tauchte mit ihr sogar unter Wasser und sprang ein paar Mal von ihrem Rücken in den Fluss. Ich glaube, das war der schönste Tag in meinem bisherigen Leben! Ich hatte Freudentränen in den Augen.

Seit wir in Thailand sind, bin ich sowieso sehr nahe am Wasser gebaut. Das kommt sicher von der hohen Luftfeuchtigkeit. Bernd hatte bei der Verabschiedung von Billy Jean auch feuchte Augen. Selbst er hatte sich am Ende getraut, mit ihr zu baden, sie war ihm richtig ans Herz gewachsen. Bernd hat das natürlich nicht zugegeben, er musste mir gegenüber ja noch immer grumpy Bernd spielen. Im Hotel angekommen grummelte er nur „Ich geh an die Bar.“.

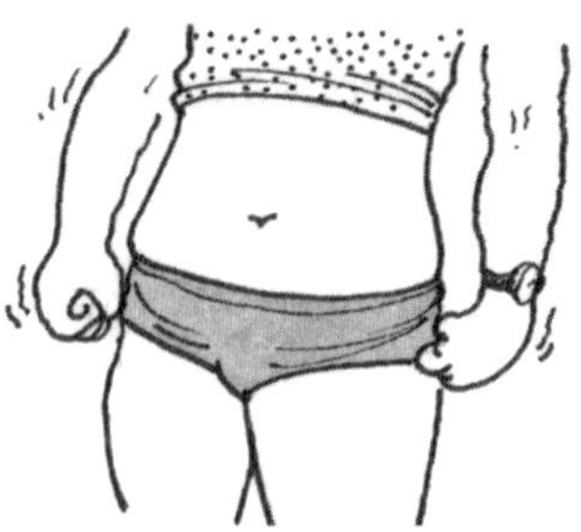

Kapitel 8, in welchem Sonja von einer kleinen, fremden Frau auf ihren Bauch angesprochen wird und Bernd zugibt, dass die Fremde Recht hat.

BERND

Nach den letzten zwei eher anstrengenden Tagen mit Full Moon-Party und Elefanten-Camp hat der nächste Urlaubstag auf Koh Samui gemächlich begonnen. Wir haben uns beide ausgeschlafen, reichlich und lange gefrühstückt, ein wenig Karten gespielt und Sonja hat sich endlich mal mit sich selbst beschäftigt und etwas auf eigene Faust unternommen. Sie ließ sich massieren. Freilich wollte sie zunächst nicht alleine gehen, weil sie in fremden Ländern unter fremden Leuten sehr feige ist, aber ich habe mich standhaft geweigert.

Ich blieb am Hotelgelände, weil ich mich nicht von fremden Menschen massieren lassen möchte. Also, ich mag es schon, wenn man mich massiert, finde aber, dass das eine sehr intime Angelegenheit ist. Außerdem kann ich diese ganzen Öle nicht leiden, die so penetrant nach Menthol und Thai-Basilikum oder was-weiß-ich-was riechen. Ich bekomme da immer Ausschlag.

Hab am Strand „World War Z" gelesen. Diesen Zombie-Roman, der von Brad Pitt verfilmt worden war. Auch für ein paar schwarz gebrannte DVDs war Zeit. Mit ein paar Bieren sind „The Expendables Teil 1" und „The Expendables Teil 2" sehr gute Filme. Endlich kam ich also zu meiner heiligen Ruhe – ohne Störung durch das Terrorkommando „Sonja".

Aber es wäre ein Wunder gewesen, wäre dieser Tag gemütlich zu Ende gegangen. Die Sonja kam nämlich nicht entspannt und gelockert von der Massage zurück, sondern verärgert und mit leichter Panik im Gesicht.

Zu Beginn konnte ich sie gar nicht verstehen, so fahrig und schnell und unzusammenhängend hat sie mir ihren Massage-Ausflug geschildert. Nach einem kleinen Drink an der Hotelbar hat sie sich dann beruhigt und in relativ verständlichen Sätzen über den Grund ihrer Aufregung geplaudert. Die massierende Thai-Frau habe, nachdem sie ihr das Kundalini-Chakra geöffnet hatte, irgendetwas Unerfreuliches über ihren Bauch erzählt.

Mich hat das nicht überrascht. Die Sonja hat in den letzten Tagen ordentlich zugelegt. Wenn man sie zum ersten Mal sieht, vergleicht man sie sicher nicht mit einer grazilen Elfe. Sanft habe ich versucht, auf ihren Unmut einzugehen und vorsichtig erwähnt, dass sie dem Hotel-Frühstück für den Rest unseres Urlaubs vielleicht etwas zurückhaltender begegnen sollte.

Es hat mich gewundert, dass sie für ihre Verhältnisse nicht aufgebrachter reagierte. Eher traurig. Da tat sie mir dann wieder ein bisschen leid. Hach, die Sonja. Warum reißt sie sich beim Essen nicht einfach etwas zusammen wie jeder normale Mensch? Ich habe dann eigentlich gedacht, das Thema sei erledigt. Aber Sonja blieb den Rest des Tages zerknirscht und wurde sehr still.

Vorm Schlafengehen hat sie mich gefragt, ob ich noch wisse, wann sie das letzte Mal die Regel gehabt hätte. Keine dumme Frage. Weil ich schreibe das mit. Wenn sie ihre Menstruation hat, plane ich an diesen Tagen Aktivitäten mit dem Wenki-Norbert wie Computerspielen bei ihm oder Kiffen. Ich versuche, während dieser Zeit dem dauer-brodelnden Vulkan „Sonja“ aus dem Weg zu gehen. Aber ich hatte meinen „Die Sonja bekommt die Preiselbeer-Tage“-Kalender in Wien gelassen. Dann dämmerte es mir.

SONJA:
Am Tag nach der „Elephant Special Trekking Tour" haben Bernd und ich uns wieder einen entspannten Tag am Strand gegönnt. Nach den Turbulenzen der letzten Tage war das auch sehr notwendig. Bernd war noch etwas verkatert, weil er sich statt des Abendessens an der Hotelbar angesoffen hatte. Manchmal braucht er seine Ruhe und ich eh auch.

Ich hatte mir in der Zwischenzeit auf unserem Hotelzimmer die zweite Staffel von „Girls" angesehen. Das ist eine Serie über junge, voll cool angezogene Frauen, die in New York leben, Partydrogen nehmen, teilweise Gewichtsprobleme haben und generell ein bisschen irre sind.

Ich kann bei „Girls" immer voll mitfühlen, weil ich ja teilweise auch so bin. Also hatte ich bei den Szenen, wo die Mädels emotional bedrückt gewesen waren und sich gestritten hatten, ein bisschen mitgeweint, nebenbei ein Packerl Chips statt eines warmen Abendessens gegessen und zur Abwechslung einmal keinen Alkohol, sondern nur frisch gepressten Ananassaft getrunken. Denn um den Bauch spannt es zurzeit wirklich sehr, ich muss zumindest ein bis zwei Tage lang ein bisschen auf meine Linie achten.

Bernd und ich hatten in der Nacht dann noch Versöhnungssex gehabt. Ich war eh schon ziemlich scharf gewesen und Bernd auch. Wenn er betrunken ist, geht das sowieso ziemlich leicht, weil er dann sein nerdiges Hirn ausschaltet und nur mit dem Unterleib denkt.

Der nächste Tag stand also im Zeichen der Erholung. Mit Lesen, etwas Schwimmen und Kartenspielen war der Vormittag gleich vorbei und ich habe mir am Nachmittag eine Detox-Massage mit Kräuterstempel gegönnt. Das ist schon praktisch – man kann direkt am Strand einfach zu einer Massagehütte gehen und wartet dann vielleicht zehn Minuten – außerdem ist es viel günstiger, als im Hotel massieren zu gehen. Verständigen kann ich mich nur mit Händen und Füßen, die Masseurinnen sprechen nur gebrochenes Thai-Englisch.

Ich habe mich für eine Chi Nei Tsang-Detox-Massage entschieden, eben weil ich mich grad etwas dick fühle. Die Chi Nei Tsang-Massage wurde lange Zeit als Geheimtechnik in den Klöstern Asiens zur Entgiftung und Verjüngung ausgeübt. Durch die Massage bestimmter Punkte, vorwiegend am Bauch, wird der Energiefluss zu den Organen angeregt. Das soll emotionale Blockaden lösen, beim Abnehmen helfen und das Bindegewebe stärken. Die Massage hat extrem weh getan.

Die Masseurin war anscheinend die Chefin der Massagehütte. Unfreundlich, 1,50 Meter groß, etwa 60 Jahre alt und ziemlich grob. Sie hat während der Massage kein einziges Wort mit mir gesprochen. Ständig hat sie an meinem Bauch herumgefummelt, die Bauchdecke angehoben, reingekniffen, geknetet. Das hat richtig weh getan!

Als ich mich aufgeregt habe und mit „Aua“ andeuten wollte, dass sie ein bisschen behutsamer massieren solle, hat sie nur lächelnd den Kopf geschüttelt, auf meinen Bauch gezeigt, dann ihre Arme weit von sich weggestreckt und einen riesigen Bauch angedeutet.

Das fand ich wirklich frech. Sagt die mir einfach ins Gesicht, dass ich fett bin! Geht's noch unverfrorener?

Nach der Massage bin ich sofort zu Bernd gestürmt und hab mich berechtigterweise fürchterlich aufgeregt. Man weiß selbst eh immer, wenn man grad zwei Kilo zu viel hat, das muss man sich nicht auch noch von einer Fremden sagen lassen!

Bernd war ganz still, hat sich alles angehört und dann gemeint, dass die Masseurin Recht habe. Ich wäre wirklich gerade am Aufgehen wie ein Germknödel. Arschloch.

Kapitel 9, in welchem Sonja ihren Menstruationskalender studiert und dunkle Wolken über Koh Samui aufziehen.

SONJA

Mir geht es ja immer auf den Nerv, wenn Männer so tun, als würden sie sich bei Frauen und deren Menstruation wahnsinnig gut auskennen. Sie setzen ein spitzbübisches, selbstgefälliges Lächeln auf und sagen so Sachen wie: „Na, hast grad deine Erdbeertage?", beziehungsweise „Ist gerade Gulaschwoche?", oder „Tut dir das Bauchi weh?", und tätscheln einem dabei den Kopf wie einem kleinen Kind. Am liebsten würde ich da jedem wie Draculas Töchter im Blutrausch an die Gurgel gehen.

Ich bin nach dem Gespräch mit Bernd angepisst ins Hotelzimmer abgerauscht, hab sofort mein Smartphone eingeschaltet, meine Menstruationskalender-App aktiviert und die Tage gezählt. Obwohl, zählen muss man bei solchen Apps ja nicht mehr, die nächsten Periodentage sind hellrot unterlegt.

Also hab ich mit einem Blick gesehen, dass ich bereits vor fünf Tagen die Regel hätte bekommen sollen. Hatte ich aber nicht. Nicht einmal eine leichte Schmierblutung hatte ich. Ich hab trotzdem alle Bikinihöschen durchgeschaut, um etwaige Blutreste zu entdecken, aber nichts.

Ich wurde richtig nervös. Ich war nämlich noch nie überfällig gewesen, in meinem ganzen Leben nicht. Einerseits dank Minipille, andererseits weil ich immer sehr darauf geachtet habe, zumindest Kondome beim Sex zu verwenden.

Nachdem ich bei Freundinnen in der Schule panikattackenähnliche Vielleicht-Schwanger-Zustände miterlebt hatte und mich deswegen gut in solche Situationen hineinversetzen konnte, hab ich immer penibel darauf geschaut, dass der Typ auf mir und sein Spatzi keine voreiligen Aktionen machen. Wer will schon Anfang zwanzig schwanger werden? Noch während des Studiums?

Ich hab dann fieberhaft nachgedacht, ob ich irgendwann vergessen hatte, meine Pille zu schlucken. Ich hab im Handy-Kalender zurückgeblättert, um nachzusehen, wann Bernd und ich zuletzt gemeinsam auf einer Party gewesen waren, auf der ich vielleicht zuviel getrunken und mich dann zu Hause übergeben hätte. Hatte ich aber nie. Meistens kotzt ja der Bernd, weil der nicht so viel verträgt wie ich.

Wie war das noch einmal mit dem Lusttropfen? Kann der schon beim Petting zu einer Schwangerschaft führen? Trotz Pille?

Ich versuchte, mich zu beruhigen. Die Pille ist ziemlich sicher, das sagt zumindest der Pearl-Index. Der Pearl-Index gibt die Anzahl von Frauen an, die trotz Anwendung des Verhütungsmittels innerhalb eines Jahres schwanger geworden sind. Ein Pearl-Index von 0,1 besagt, dass von 1000 Frauen innerhalb eines Jahres eine schwanger geworden ist, obwohl sie verhütet hat. Ein kleiner Pearl-Index bedeutet also „hohe Sicherheit", ein hoher Pearl-Index „geringe Sicherheit".

So weit, so Wikipedia. Ich hab dann im Internet nachgesehen, welchen Pearl-Index meine Pille genau hat. Dann bin ich panisch geworden. Die normale Pille hat einen Pearl-Index von 0,1 - 0,9. Die alte Minipille 0,5 - 3 und die neue Minipille 0,14 - 0,4. Ich weiß ja nicht, ob meine Pillenmarke alt oder neu ist. Was bedeutet alt oder neu? Bin ich vielleicht doch schwanger? Als Bernd meinte, dass man das ja eh richten könne, er würde dafür schon aufkommen, hätte ich ihm gerne eine geschmiert.

BERND

Ich dachte, ich hätte den fürchterlichsten Tag des noch jungen Jahres schon hinter mir gehabt. War leider nicht der Fall.

Ich wäre sofort mit zerkratzten, harten Kontaktlinsen in halbblinden Augen, ohne Wasser und Sonnenschutz zu einem dreitägigen Elefantenritt quer durch Thailand aufgebrochen, hätte ich diesen Tag ungeschehen machen können. Ekelhafte, hysterische Panik kroch mir den Rücken rauf und runter. Sonja war überfällig.

Nach dem Studium diverser Menstruations-Apps, dem Besprechen vermeintlicher Beschwerden wie Völlegefühl, Übelkeit und dem Auftreten überzogener Gefühlsschwankungen – die seit Sonjas Ankunft in Thailand kontinuierlich zugenommen hatten –, kamen wir zu dem Schluss, dass die Regel schon vor mindestens einer Woche in der Sonja-Unterhose hätte anklopfen müssen. Hatte sie aber nicht.

Normalerweise wäre ich nicht so ausgefreakt, aber die Zeichen waren diesmal eindeutiger. Das schien keine Verzögerung im Bereich des Akzeptablen zu sein. Sonja hatte in all dem Reise-Trubel sicherlich einmal vergessen, ihre scheiß Minipille zu nehmen. Auch die Zeitumstellung und der Jetlag nährten meine Panik. Wäre doch ein aufgelegter Klassiker, wenn sie gerade jetzt meine Frucht empfangen hätte. Die Umstände waren mehr als günstig.

Ich war dann auch der Erste, der sich traute, das Wort „schwanger" auszusprechen. Sonja reagierte wie erwartet. Zuerst verärgert mit Boxen, dann still und verzweifelt mit leisem Wimmern, dann wütend mit Coladosen-durch-das-Hotelzimmer-Kicken und am Schluss panisch wie ich. Dann hat sie ein bisschen zu weinen begonnen.

Ich hätte gerne mitgeweint, habe mich aber zusammengerissen und sie ganz lieb gestreichelt und etwas in der Art gesagt wie: „Das kann man im Notfall aber eh noch zurechtbiegen". Darauf hat sie sehr zornig reagiert.

Wir taumelten also durch einen Tag extremer Gemütsschwankungen. Nur war diesmal ausnahmsweise nicht Chemie im Sonja-Körper dafür verantwortlich, sondern solide Angst.

Kapitel 10, in welchem Sonja und Bernd einen Schwangerschaftstest kaufen möchten.

BERND

Was für eine schreckliche Nacht voller Träume von seltsamen Babys, die alle sprechen konnten und unbewältigbare Forderungen an mich stellten. Dauernd wollten sie, dass ich ihnen etwas besorge: Playmobil-Burgen oder Bob Dylan-Konzertkarten, iPads und so weiter. Im Traum habe ich mich im Spiegel gesehen: Ich hatte das Gesicht meines Opas nach seinem Schlaganfall.

Völlig fertig waren die Sonja und ich uns in der Früh einig, dass wir umgehend einen Schwangerschaftstest besorgen mussten. Das ist auf thailändischen Ferien-Inseln prinzipiell kein großes Problem. Sogar die Touristen-Supermärkte bieten solche Tests an. Zu finden sind sie in der Ecke mit den HIV-Früherkennungsstreifen, den Herpes-Cremes und dem Verbandszeug.

Allerdings ist die Handhabung eines Schwangerschaftstests nicht ganz so einfach wie die einer Herpes-Creme. Denn die Gebrauchsanweisungen aller Tests waren ausschließlich auf Thai.

Ein grausames Schlaraffenland an Schwangerschaftstests bot sich uns dar. Alles vorhanden und auch wieder nicht. Eine ähnliche Situation herrschte in den Apotheken. Es gab eine opulente Auswahl an Schwangerschaftsbestimmungshilfsmitteln – bedruckt mit undefinierbaren asiatischen Schriftzeichen. Ich war so wütend, dass mein Magen brannte und ich alle paar Minuten glaubte, mich vor Panik und Wut übergeben zu müssen.

Es war zwar erst 11.00 Uhr – wir hatten auf das Frühstück verzichtet –, trotzdem erlaubte ich mir, während der Schwangerschaftstest-Odyssee vorzuschlagen, einen Drink zu nehmen. Hätte ich nicht machen sollen. Sonja wurde nach meinem Vorschlag kalkweiß um die Nase. Ich dachte, sie würde jeden Moment auf den Boden spucken, so sehr hat sie mein Vorschlag der Problembewältigung angeekelt.

Wieder tauchten die unbarmherzigen Babys aus meinen Träumen in meiner Gedankenwelt auf. Meine Eltern würden sich ohne Zweifel höllisch über Nachwuchs freuen. Das ärgerte mich umso mehr. Ich bekam also keinen Drink und machte mir ernsthafte Sorgen um meinen Kreislauf. In meiner Not und Einsamkeit überlegte ich sogar kurz, den Wenki-Norbert anzuskypen, habe das aber dann doch gelassen.

Nun, wir haben einfach in jedem Supermarkt und jeder Apotheke der Touristen-Meile Schwangerschaftstests gekauft. Aber auch Süßigkeiten, Vinegar-Chips und Postkarten. Die mit Abstand fürchterlichste Shoppingtour meines Lebens. Und günstig ist so ein Schwangerschaftstest am Ende auch nicht unbedingt.

Ich hätte das alles lieber nicht alleine bezahlt. Aber Sonja in ihrem Gefühlszustand um finanzielle Beteiligung zu bitten, erschien mir nicht ratsam. Und jetzt stehen wir also in unserem Hotelzimmer mit vielen kleinen Schachteln und Tuben und ich glaube, ich werde gleich ohnmächtig.

SONJA

In der Nacht habe ich sehr schlecht geschlafen. Das Thema Kind, meine Zukunft als Vielleicht-Mama und natürlich auch das gemeinsame Aufziehen des Babys haben mich fast wahnsinnig gemacht. Ich hätte mich sehr gerne an der Minibar mit Wodka-Shots bedient, um meine Gedanken zu betäuben, aber ein möglicher Mini-Embryo in meinem Uterus ließ das nicht zu. Waren das schon beschützende Muttergefühle, die in mir aufkeimten oder doch nur die reine Panik?

Um 7.00 Uhr bin ich dann endgültig aus dem Bett gekrochen und habe ganz leise die schreckliche Serie „Eine himmlische Familie" im Fernsehen geschaut, bis ich Bernd dann eineinhalb Stunden später etwas genervt aufgeweckt habe. Er hatte offensichtlich überhaupt keine Schlafprobleme und war richtig verdattert, dass ich ihn vor 11.00 Uhr aus seinen Träumen riss.

Ohne Frühstück im Bauch sind Bernd und ich dann losgegangen – Mission Schwangerschaftstest besorgen. Ich war dahingehend ja ein echtes Nackerpatzerl. Wie schon erwähnt, ich war noch nie schwanger gewesen, noch nicht einmal vielleicht, und hatte null Ahnung, worauf ich bei so einem Test achten musste.

Im erstbesten Supermarkt gleich neben dem Hotel gab es nur HIV-Tests. Im zweiten wurden wir zwar fündig, aber die Tests waren alle auf Thai. Nicht einmal einen Test mit englischer Beschreibung gab es. Ich wurde leicht nervös. Vielleicht auch, weil sich der Bernd jede einzelne Marke ganz gelassen in Ruhe angesehen hat, als könnte er einen Buchstaben Thai lesen! Als dann sogar der Preis zum Auswahlkriterium wurde, bin ich ausgerastet. Als ob zwei oder drei Baht mehr oder weniger die Situation irgendwie verbessern würden!

Beim planlosen Hin- und Herdiskutieren habe ich mich gefragt, ob ich einen so komplizierten Typen wie den Bernd ein Leben lang aushalten würde. Wie man weiß, vereinfacht ein Kind die Beziehung eines Paares nicht gerade. Würde ich eine typische Alleinerzieherin werden, falls ich schwanger war? Mit ständigen Geldsorgen, endlosem Stress und einem Hang zum Kettenrauchen?

Ich habe Bernd dann vorgeschlagen, vielleicht doch in eine Apotheke zu gehen und mit etwas Beratung gleich einen gescheiten Schwangerschaftstest zu erwerben. In der Apotheke mussten wir fast 20 Minuten warten, bis wir bedient wurden. Mit Schweißperlen auf der Stirn habe ich dann versucht, dem Apotheker zu erklären, was ich brauchte. Der Bernd ist nur apathisch neben mir gestanden und hat auf seinem Handy herumgetippt.

Soweit ich das verstanden habe, gibt es einen Frühtest, der bereits vier Tage vor der ausbleibenden Regel Hinweise auf eine bestehende Schwangerschaft geben kann. Ein herkömmlicher Schwangerschaftstest kann jedoch erst ab dem ersten Tag der ausbleibenden Periode durchgeführt werden, da dieser das im Urin ausgeschiedene Schwangerschaftshormon tHB, kHG oder hCG oder wie das heißt, nachweist.

Ich war mir nicht ganz sicher, an welchem Tag ich die Periode tatsächlich hätte bekommen sollen, ich vertraue diesen Menstruations-Apps nicht ganz. Deswegen haben wir vier verschiedene Schwangerschaftstests auf Thai gekauft und sind ins Hotel zurückgelaufen.

Also, ich bin tatsächlich gelaufen, weil ich mich erinnern hatte können, dass man den Test nur mit dem Morgenurin machen soll. Ich war deshalb extra noch nicht auf dem Klo gewesen!

Bernd hat sich unterwegs noch ein Green Day-Band-T-Shirt bei einem Stand gekauft.

Kapitel 11, in welchem Sonja mit dem Strahl ihres Urins umzugehen lernt und Bernds Zahnputzbecher auch eine Rolle spielt.

SONJA

Im Hotelzimmer haben Bernd und ich dann alle vier Schwangerschaftstests auf dem Bett nebeneinander aufgereiht und die Beschreibungen dazu ausgebreitet. Natürlich war alles auf Thai beschrieben. Als ob noch nie zuvor eine Touristin auf dieser Insel einen solchen Test gebraucht hätte!

Da ich schon eine sehr volle Blase hatte, habe ich einfach alle Tests genommen und bin aufs Klo gerast. Bernd hat zwar irgendwas von „Und welche Beschreibung gehört jetzt zu welchem Test?" geschrien, aber das ignorierte ich. Bernd dachte zuerst auch, dass ich die Teststreifen mit meinem Blut beträufeln müsste. Der hat wirklich überhaupt keine Ahnung.

Mit heruntergelassener Unterhose stand ich vor einem großen Problem. Wie nur sollte ich meinen Urinstrahl auf vier Teststreifen aufteilen? Alle vier gleichzeitig in der Hand halten und einfach laufen lassen? Ich hab ja kein Ventil wie ein Getränkedosierer. Würde ich überhaupt so viel Urin in meiner Blase haben und wie viel Milliliter würde ich pro Streifen brauchen? Würde ich denn alle Schwangerschaftstests treffen?

Also habe ich durch die zugemachte WC-Tür den Bernd angeherrscht, er solle mir sofort und in dieser Sekunde seinen leeren Zahnputzbecher bringen, damit ich diesen mit meinem Lulu auffüllen könne. Ich muss sagen, meine Zielsicherheit überrascht mich noch

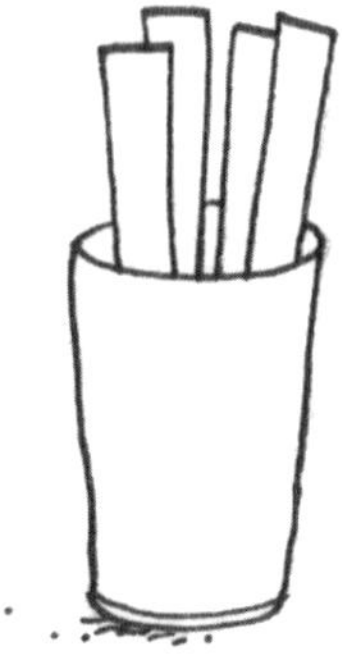

heute. Ohne mir auch nur einen Tropfen auf die Hand zu pinkeln, habe ich den Zahnputzbecher in Nullkommanichts bis zur Hälfte gefüllt und einfach alle Teststreifen kopfüber hinein gestellt.

Bernd meinte scherzend, das sei der traurigste Blumenstrauß der Welt. Ich fand das weniger spaßig. Wir wussten natürlich nicht, wie lange man diese Teststreifen in meinem Urin einweichen musste und einigten uns auf acht Minuten insgesamt. Etwas aufgeweicht waren sie ohnehin schon.

Bernd und ich setzten uns nebeneinander aufs Bett und warteten stumm. Ganz leicht spürte ich seine Hand auf meiner Schulter. Ich glaube aber, er tat das eher, weil er sich wo anhalten musste und ich eine willkommene, weil nahe Stütze war. Oder war es ein Zeichen der Gemeinschaft, des partnerschaftlichen Zusammenhalts, gar der Liebe?

Nachdem Bernds Handy-Alarm die abgelaufenen acht Minuten mit einem Grillenzirpen angekündigt hatte, breiteten wir die vier Schwangerschaftstests mit Klopapier als Unterlage wieder auf dem Bett auf. Das erste Testfeld war rot, das zweite zeigte ein Smiley, das dritte hatte einen schwarzen Strich und auf dem vierten war ein kleiner, blauer Tiger zu sehen.

Bernd und ich blickten uns ratlos an.

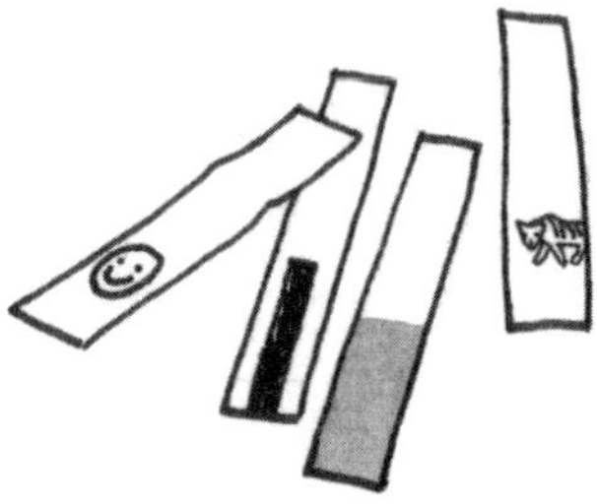

BERND

Ich muss zugeben, ich habe die Sonja unterschätzt. Sie ist tatsächlich heute noch nicht Lulu gegangen, weil sie wusste, dass man Schwangerschaftstests mit Morgenurin anbrunzen muss. Respekt.

Die Arme ist also den ganzen Vormittag mit voller Blase herumgelaufen. Aber andererseits ist diese Mühsal wahrscheinlich nichts im Vergleich zu den Torturen einer Schwangerschaft, denke ich. Ich musste auch immer wieder mal an die Vagina der Sonja denken. Ohne Zweifel würde diese nach einer Geburt nicht mehr so hübsch und zierlich aussehen.

Ich wurde schnell aus meiner Tagträumerei in die eiskalte, bittere Realität zurückgebeamt. Noch immer hatten sich die vier Schwangerschaftstests nicht von selbst ins Englische übersetzt. Und überhaupt, wie sollte das gehen: Für vier Schwangerschaftstests hatte die Sonja nicht genug Urin in der Blase. In Thailand muss man prinzipiell nicht so oft Wasser lassen, weil man aufgrund der Hitze eh alles sofort rausschwitzt.

Nach einigen Minuten Grübelei und Diskussion kam Sonja mit dem Vorschlag daher, einfach in einen Zahnputzbecher zu machen. Dann würde sie die vier Tests in die warme Suppe stellen. Professionell erschien mir das nicht, aber ich hatte auch keinen besseren Vorschlag.

So verabschiedete sich Sonja in das Badezimmer und ich checkte in der Zwischenzeit, ob die neue Folge von „True Detective“ schon hochgeladen war. Nach ungefähr 30 Jahren kam die Sonja mit meinem Zahnputzbecher zurück. In der dunkelgelben Flüssigkeit schwammen die vier Tests und taten ihre Arbeit. Nach ein paar Minuten trauten wir uns, dem goldenen Wasser die Stäbchen zu entnehmen. Fassungslos starrten wir auf vier verschiedene Farben und Symbole.

Die Thais spinnen. Ein Test zeigte etwas, das aussah wie ein Smiley. Bei einem anderen Test erschien ein Symbol, das an einen Tiger erinnerte. Die anderen zwei zeigten lediglich Schwarz und Rot. Wird die thailändische Pharmaindustrie von zynischen, kindischen Produktmanagern beherrscht? Bekommen wir jetzt ein Tiger-Baby? Wir brauchten umgehend Hilfe bei der Entschlüsselung der zwei Farben, des Smileys und des Tigers!

Kapitel 12, in welchem Sonja und Bernd panisch auf der Suche nach einer der thailändischen Sprache mächtigen Person sind.

SONJA

Die Bedeutung der Teststreifensymbole führte zu einer nervenzerreißenden Diskussion zwischen Bernd und mir. Rot könnte Alarmstufe Rot bedeuten, also ein positives Testergebnis! Aber auch heißen, dass ich eh bald die Periode bekomme. Also Entwarnung! Das Smiley sei sicher ein Indiz für eine Schwangerschaft, meinte ich, könnte aber auch ein „Pfuh, Glück gehabt, Sie sind nicht schwanger!" bedeuten, sinnierte Bernd. Was hatte es aber mit dem schwarzen Strich auf sich? Der blaue Tiger war ohnehin ein unerklärliches Phänomen. Also schnappte ich mir geistesgegenwärtig alle vier Tests und rannte aus dem Hotelzimmer.

„Was hast du denn jetzt vor?", rief mir Bernd verwirrt nach. Der Bernd ist echt ein begriffsstutziger Koffer manchmal. Da dämmerte es ihm, er hielt mich zurück.

Ob ich es für angebracht halten würde, mit vier uringetränkten Schwangerschaftstests durch das Hotel zu laufen? Ich starrte auf die welkenden Streifen. Da musste ich ihm Recht geben. Damit an der Rezeption aufzutauchen und statt einen Ausflug zu buchen medizinische Auskunft zu verlangen, noch dazu eine sehr intime, das war nicht die beste Idee.

Glücklicherweise kam uns auf dem Gang ein Zimmermädchen mit einem Wagen frischer Handtücher und kleiner Shampoofläschchen entgegen. Bernd und ich versuchten, ihr aufgeregt mit Zeichensprache und einem künstlichen Lächeln zu erklären, dass sie doch bitte schnell in unser Zimmer kommen solle.

Als wir sie zu unserem Bett führten und ihr die vier Schwangerschaftstests plus Beschreibungen zeigten, schaute uns die junge Frau nickend an. Endlich begriff sie. Wir wollten weder einen wilden Dreier mit ihr noch etwas am Zimmer bemäkeln.

Die Frau las sich jede Beschreibung akribisch durch, hielt einmal Test 1, dann Test 2, dann die anderen beiden Tests in der Hand, drehte und wendete sie und sprach leise grübelnd mit sich selbst. Ich wollte sie ständig unterbrechen, anfeuern, ihr zeigen, dass ich gerne wüsste, was denn nun Sache sei.

Bernd erkannte meine Ungeduld und flüsterte mir mit himbeerfarbenem Gesicht ins Ohr, dass er, wenn ich sie noch einmal unterbräche, sofort abreisen und mich alleine, ohne Reisepass auf Koh Samui zurücklassen würde. Schwanger hin oder her, es sei ihm wirklich scheißegal.

Ich zog es also vor, ausnahmsweise nicht zu diskutieren und starrte aus dem Panoramafenster auf den sonnigen Urlaubstag. Ein Mann verkaufte am Strand gerade frische Kokosnüsse, eine Touristin probierte ein knallblaues Strandtuch mit Elefantenmuster, eine Gruppe von Freunden stieß gerade mit Singha Bier an. Alle waren super drauf. Es kam mir vor, als ob ich mich in einer Parallelwelt befände.

Da drehte sich das Fräulein abrupt mit einem strahlenden Lächeln zu uns um und umarmte mich fest, was die als zurückhaltend geltenden Thais eigentlich nicht so gerne machen. Voller Freude erklärte sie auf Thai-Englisch, dass alle Ergebnisse zwar positiv seien, jeder einzelne Test aber auch abgelaufen.

BERND

Bei meiner allerersten Masturbation im Alter von zwölf Jahren wurde ich von meinem Vater erwischt. Ähnlich fühlte ich mich, als wir eine fremde Person um Hilfe bei der Deutung unserer vier Schwangerschaftstests bitten mussten.

Zur Rezeption wollten wir beide nicht gehen, da waren wir uns einig. Die Macho-Thai-Männer am Empfang wollten wir an unserem Unglück nicht teilhaben lassen. Ich schlug den Wellness-Bereich vor. Dort hätte es sicher eine Masseurin mit Erfahrung in solchen Dingen gegeben. Ich weiß nicht, ob die Sonja diesen Vorschlag überhaupt wahrgenommen hat, irgendwann ist sie einfach mit den vier feuchten Streifen aus dem Zimmer gelaufen. Praktisch in die Arme der Putzfrau, die im Begriff war, unsere Betten zu machen und unseren Mistkübel auszuleeren.

Also wurde das Zimmermädchen unsere Familienberaterin. Die Sonja bestürmte die arme Frau mit ihrem miesen Englisch.
Überraschenderweise wusste die Dame ziemlich rasch, was wir von ihr wollten. Ihr sonst so fröhliches Thai-Gesicht wurde ernst, sie studierte lange die unterschiedlichen Packungsbeilagen, meinte, das seien gute Tests, obgleich teilweise schon abgelaufen, und murmelte weiter in ihrer seltsamen Sprache halblaut vor sich hin.

Das Ganze erinnerte mich an den Film „Wicker Man“, in dem heidnische Hexen zu Ostern die Fruchtbarkeit der Frauen lobpreisen und einen Polizisten bei lebendigem Leibe als Schlachtopfer für Mutter Erde anzünden.

Plötzlich verzog sich das ernste, runde Gesicht unserer Putzfrau zu einem strahlenden Lächeln. Ich bildete mir ein, sogar eine kleine Träne in einem ihrer Augenwinkel gesehen zu haben. Stürmisch umarmte sie die Sonja. Und eigentlich hätte sie gar nichts mehr sagen müssen. Die zwei Farben, das Smiley und der Tiger schienen eine eindeutige Sprache zu sprechen. Sonja hatte wohl empfangen.

Seltsamerweise fiel mir in diesem Augenblick der Samstag ein, an dem ich von der HTL nach Hause gekommen war und im Teletext von Kurt Cobains Selbstmord gelesen hatte. Ich konnte einfach nicht mehr im Schlafzimmer bleiben und ging auf den Balkon eine rauchen.

Unser thailändisches Zimmermädchen küsste inzwischen die Sonja. Die Sonja verzog keine Miene. Dann hörte ich das zum Wort gewordene Damoklesschwert fallen: „You pregnant."

Kapitel 13, in welchem Sonja und Bernd mit einem VIP-Bus zurück nach Bangkok reisen.

SONJA:

Der letzte Abend auf Koh Samui war, sagen wir mal, frostig. Nachdem Bernd und ich das Testergebnis erfahren hatten, herrschte eine bleierne Stille zwischen uns. Oder war es eine natürliche emotionale Abgrenzung? Ich war jedenfalls geschockt, griff zum Zimmertelefon und buchte eine 90-minütige Deep-Relax-Flow-Massage. Bernd blieb derweil stocksteif auf dem Bett sitzen. Das exquisite Seafood-Barbecue des Hotels, für das wir ein paar Tage vorher extra gezahlt hatten, um einen schönen letzten Abend zu verbringen, hätte vom Thema her nicht unpassender sein können: „Endless Love".

Beim Abendessen und beim Knabbern der herzförmig dekorierten Tigerprawns ging mir vieles durch den Kopf. Ich war also schwanger. Oder? Logen die abgelaufenen Schwangerschaftstests oder war das durchwegs positive Ergebnis eindeutig? War das Grummeln in meinem Bauch eine Blähung oder ein mini-kleiner, heranwachsender Embryo? Bernd redete gar nichts mehr mit mir. Er trank ein Gin Tonic nach dem anderen, ich begnügte mich mit einem eisgekühlten Sprite.

Unsere Fähre am nächsten Morgen ging bereits um 7.30 Uhr. Mir war es diesmal nur recht, früh auf den Beinen zu sein, denn mir war wieder mal übel. Ich hatte ungefähr 25 Kilogramm Meeresfrüchte in meinem Körper. Die verabschiedete ich am Klo der Fähre dekagrammweise.

Vor uns lagen nach der Überfahrt aufs Festland noch rund acht Stunden Reisebus nach Bangkok. Die genaue Fahrzeit konnten wir nicht herausfinden, denn egal, welche Stundenzahl ich sagte, der Ticketverkäufer nickte.

Ich bestand auf einem VIP-Bus mit Air-Conditioning, gepolsterten Sitzen, getönten Scheiben und einem Klo. Weil – man weiß ja nie. 770 Baht pro Person, also rund 20 Euro, waren mir ein angenehmes Reisen schon wert. Bernd protestierte nicht, er wirkte während der gesamten Fahrt so, als befände er sich in einer Duldungsstarre.

Wir trotteten also zu unserem Bus, auf dem zwar VIP stand, an dem aber nichts VIP war. VIP, ha, ja VIP waren lediglich die Kürzel des Busunternehmens! V stand für „Virote", so der Vorname des Busunternehmers. Für was I und P stehen, hab ich schon wieder vergessen, ich hab ja recht lange mit dem Busfahrer getratscht. International People Transfer? Dann würde aber wieder das „T" fehlen. VIPT wäre auch kein sehr schöner Firmenname… Egal!

Es gab übrigens wieder sowas wie Bord-Entertainment, aber das bestand lediglich aus einem kleinen Bildschirm für alle Buspassagiere und einem knarrenden Radio, aus dem nerviger Thai-Pop plärrte. Ich hasse das Wort „Bord-Entertainment" mittlerweile.

Klo gab es auch keines, sofern man den Kübel im Eck nicht als Häusl rechnete. Da der richtige Luxusbus erst in drei Stunden abgefahren wäre, war unser „VIP"-Bus die einzige Möglichkeit, schleunigst nach Bangkok zu kommen.

Im Reisebus stöpselte ich mir sofort meine Kopfhörer in die Ohren und hörte ein Sigur Rós-Album nach dem anderen an. Irgendwie war ich dafür in Stimmung, Schwangerschaft hin oder her.
Bereits auf der Fähre hatte ich mich mit allerlei Leckerlis versorgt: Schokolade, Kekse, Chips und nicht identifizierbare thailändische Snacks mit Hummergeschmack. Ich konnte auch schon wieder essen!

Essen hilft mir immer in stressigen Situationen, egal ob es sich um Uni-, Job- oder Emotionsstress handelt.

So saßen Bernd und ich also schweigend im ungemütlichen Reisebus nebeneinander. Vor uns schnatterten snackende Thais, hinter uns erzählten einander deutsche, noch leicht druffige Reisegruppengäste aus – womöglich – Düsseldorf, was sie bei der letzten hammermäßigen Half Moon-Party erlebt hatten. Sie rochen nach Bier und ihre Scherzchen waren, nun ja, deutsch. Normalerweise hätten Bernd und ich uns jetzt angesehen, milde gelächelt und die Augen verdreht. Über die gleichen Leute leicht angewidert den Kopf schütteln, das verbindet uns. Diesmal atmeten wir beide nur entnervt laut ein und aus und blieben in unserer eigenen Gedankenwelt.

Apropos Gedanken: Langsam legte sich ein Schleier über mich, ein offenbar hormongetränkter, der mich bereits über Namen für mein Ungeborenes nachdenken ließ. Wäre es ein Mädchen, könnte es doch Luise heißen oder Martha, ich dachte an klassische Namen. Keine Modenamen bitte!

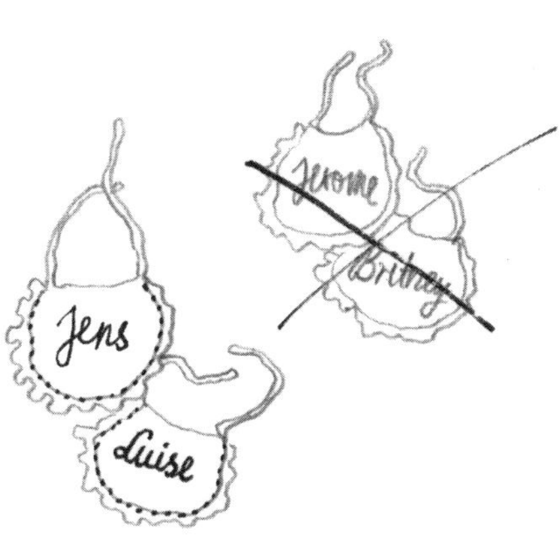

Ein Bub, hm, der wäre mit einem nordischen Namen wie Henrik oder Jens gut bedient. So ein Name würde auch einem 43-jährigen Anwalt gut stehen.

Während ich Namen-Roulette spielte, wurde mir wieder etwas übel. Normalerweise hätte ich ein solches Unwohlsein unter dem Kapitel „nervöser Magen“ abgelegt, diesmal war es aber anders. Das hatte nichts mit Thai-Snacks oder Hormonen zu tun. Panik machte sich in mir breit. Würde ich dieses beklemmende Gefühl jetzt bis Bangkok haben? Geplante Ankunft war um 21.00 Uhr. Jetzt war es 14.30 Uhr. Bernd schaute eine „Alf“-Folge auf dem Mini-Bildschirm.

BERND

VIP-Bus. Von wegen. Es ist ekelhaft, wie sehr in Asien das Wort „VIP“ geschändet wird. Ein VIP-Bus in Thailand verhält sich zu einem Dr. Richard-Bus in Wien wie Scheiße zu Marzipan.

Aber von Anfang an. Der letzte Tag in unserem Resort auf der Ferienparadies-Insel Koh Samui war vorüber. Um 7.30 Uhr startete unsere Reise nach Bangkok. Leider nicht mit dem Flugzeug, wir hatten ein

Package der Agentur „Happy Buddha“ gebucht. Zuerst hatten wir zwei Stunden Fahrt auf der Fähre zum Festland zu bewältigen. Die Fähre war schon okay, man konnte an Bord günstig Pringles und Snickers kaufen und die Klos waren blitzblank sauber. Aber nicht lange.

Für das Frühstück hatten wir keine Zeit gehabt, deshalb versorgte sich die Sonja beim Schiffs-Kiosk mit allerhand Süßigkeiten und Chips. War das schon eine dieser berühmten Fress-Attacken wie Schwangere sie haben?

Auf jeden Fall wurde der Sonja an Bord relativ schnell schlecht. In subtiler Art und Weise spielte sie auf die wachsende Frucht in ihrem Leib als Grund an, aber ich glaube, sie hatte sich einfach überfressen. Überfressung gepaart mit leichtem Wellengang. Traute ich mich aber nicht, ihr zu sagen. Überhaupt hielt ich mich mit meinen Gefühlen ihr gegenüber sehr zurück.

Ich verdiene ja nicht schlecht, aber könnte ich wirklich eine Frau und ein Kind durchfüttern? Weil eines war klar: Sollten wir das Kind bekommen, würde die Sonja endlich einen Grund haben, ihr Studium abzubrechen und niemals in ihrem Leben zu arbeiten zu beginnen.

Die Sonja kotzte also brav die adretten Klos auf der Fähre zu, hörte aber trotzdem nicht auf, sich mit Junkfood vollzustopfen. Liebes Jesus-Baby, hilf mir doch!

Von der Fähre wurden wir direkt in den schon erwähnten VIP-Bus verfrachtet. Ein stinkender Reisebus mit orangefarbenen Sitzbezügen aus dem Jahre 1978. Vielleicht wurde der VIP-Status mit dem transportablen DVD-Player begründet, der beim Fahrer auf das Armaturenbrett montiert war. Darauf spielte unser Chauffeur im Dauerloop eine einzige Folge von „Alf“ ab. Eine „Alf“-Weihnachtsfolge.

Wir fuhren geschlagene zwölf Stunden durch das thailändische Burgenland. Unsere Mitreisenden waren ausschließlich Thais und eine kleine Gruppe Rave-Idioten aus Deutschland in Camp David-Shirts.

Die Deutschen waren ununterbrochen am Schnattern. Die Thais ununterbrochen am Jausnen. Unaufhörlich steckten sie kleine gebratene Fische und patziges, zu Tode gekochtes Gemüse in ihre kleinen Thai-Münder. Ihre Taschen erschienen mir wie der Topf in diesem Märchen „Der süße Brei", in dem der Topf mit Brei nicht zu fließen aufhört und am Schluss die ganze Erde damit bedeckt.

In dieser Hinsicht fiel meine liebe Sonja kaum auf. Sie verschlang halt keine kleinen gebratenen Fische, sondern Snickers und Pringles, manchmal machte sie eine kleine Pause und kotzte in einen kleinen Plastikkübel, unser Bord-WC. Ich aß während der ganzen Fahrt keinen Bissen. Ab und zu nahm ich einen Schluck aus meiner Jim Beam-Flasche. Manchmal trank ich auch Sprite.

Die Sonja hat das natürlich nicht unbedingt freundlich kommentiert. Aber ich hörte ihr einfach nicht zu. Ich stopfte mir die iPod-Kopfhörer in die Ohren, skippte auf das erste Pearl Jam-Album und las endlich „Shining" von Stephen King. Zwölf Stunden sollten für diesen Klassiker der Horror-Literatur reichen.

Leider war das Buch thematisch nicht sehr erbaulich, aber ich hatte sonst nichts, weil ich mein relativ neues iPad mit Millionen Büchern darauf im Hotel vergessen hatte. Scheiß der Hund drauf, ein neues iPad kostet beim Media Markt momentan 300 Euro.

Kapitel 14, in welchem Sonja und Bernd die letzten Stunden in Bangkok mehr getrennt als miteinander verbringen.

SONJA

Der 5-Sterne-Tempel „Majestic Tiger Hut" am Chao Phraya-Fluss war ein Wahnsinn. Er hatte einen blauen Tiger im Emblem – etwa ein Vorzeichen? Für die letzten zwei Tage hatten Bernd und ich uns noch in Wien online eine luxuriöse King Size-Suite gebucht. Kostet ja quasi nix, beziehungsweise weit weniger als in einem europäischen Hotel derselben Kategorie.

Während der letzten zwei Tage in Thailand wollten Bernd und ich noch die Tempel besuchen und auf dem Patpong Night Market gebrannte DVDs checken und mit unserem letzten Reisegeld unsinniges Zeug kaufen. Nur, nach Shoppen war mir überhaupt nicht zumute, ich war genervt und übel gelaunt. Was eher Bernds, aber nicht meinem Naturell entsprach.

Shoppen wirkt auf mich sonst wie eine Bachblütentherapie. Selbst wenn ich nichts kaufe, sondern einfach nur Geschäft um Geschäft abklappere, befriedigt und entspannt mich das. Und Bangkok ist dahingehend ein Paradies: gefakte Lidschatten von MAC, Polsterüberzüge aus Rohseide oder echt aussehende Designer-Handtaschen aus Lederimitat. Hach, großartig!

Außerdem wollte ich den königlichen Tempel Wat Phra Kaeo sehen, der mit diesem Smaragd-Buddha, dem Nationalheiligtum Thailands. Aber ich konnte mich nicht dazu aufraffen. Entweder lag es am Smog

in der Stadt oder dem alles verändernden Lebensereignis. Die Nacht hatte ich endlich wieder einmal tief und fest schlafend verbracht. Trotzdem hatte ich in der Früh Kopfschmerzen in der linken Schläfe, fühlte mich energielos und hatte schon nach dem Frühstück Lust auf eine Portion warmen „Mohr im Hemd“.

Bernd verabschiedete sich bald, er wollte noch ein paar elektronische Artikel einkaufen, iPads und so. Ich blieb im wunderschönen, ruhigen Hotel-Areal und schleppte mich mit pochendem Kopf zum kaum besuchten Hotelpool, einer wirklich atemberaubenden und entspannten Oase inmitten des Höllenschlunds Bangkok.

Während ich auf der gepolsterten Liege kitschige thailändische Illustrierte durchblätterte und immer wieder meine linke, pochende

Schläfe rieb, dachte ich an David Carradine. Das ist der Typ, der in der TV-Serie „Kung Fu“ mit- und in „Kill Bill“ den „Bill“ gespielt hat. Angeblich hat sich Carradine mit einer Frauenstrumpfhose im Schrank seines Hotelzimmers unabsichtlich erhängt. In den Medien sprach man von einem Unfall während eines autoerotischen Erstickungsspiels.

Wie auch immer – Carradine und mich verband auf einmal Existenzielles. Er ging in den Tod, in meinem Uterus wuchs neues Leben. Panta rhei. Ist zwar Griechisch, hört sich aber Thailändisch an.

Obwohl ich mich erst in Österreich hundertprozentig würde vergewissern können, dass ich von Bernd schwanger war, begann ich mich mit dem Gedanken Mutter zu werden anzufreunden. Babys soll man sowieso nicht planen. Zumindest ich halte nicht viel von einer strikten Familienplanung, die vorschreibt, dass man bei jedem Eisprung miteinander schlafen muss, egal ob man gerade Lust hat oder nicht. Ich hätte nicht mit angezogenen Schenkeln leicht schaukelnd das Sperma in meinem Unterleib verteilen wollen – so wie Julian Moore als schräge, aktionistische Malerin „Maude Lebowski“ in „The Big Lebowski“, die unbedingt ein Kind will, egal von welchem Typen.

Über lustige Independent-Filme und Schauspieler sinnierend, schwamm ich ein paar Bahnen im Hotelpool. Nach der strapaziös-langen Fahrt am Vortag und dem stundenlangen, tiefen Schlaf auf der wolkenweichen Kaltschaummatratze in der 5-Sterne-Suite verlangte mein Körper nach etwas Bewegung.

Ich schwamm also im menschenleeren Pool gemütlich hin und her, mein Kopf wurde immer freier und ich unbeschwerter, obwohl ich eine leichte Verkrampfung in meiner Lendenwirbelsäule und im Unterleib spürte.

Nun gut, sportlich betätigt hatte ich mich das letzte Mal in Wien vor unserer Abreise. Falls man eine Stunde Yogilates im Fitnesscenter als Sport bezeichnen kann. Nach meiner 35sten Bahn kam Bernd ganz verschwitzt, mit Myriaden Plastiksackerln bepackt angedackelt. Oben bei den Liegen blieb er stehen. Ich winkte ihm euphorisch, er lächelte lieb zurück und alles schien total harmonisch. Ich fühlte, wie mich eine wohlige Wärme durchflutete. Es würde schon alles gut werden.

Plötzlich riss Bernd die Augen auf und deutete völlig perplex auf das Wasser im Pool. Eine grüne Wolke machte sich unter meinen Beinen breit. Hatte man das Wasser des Pools mit einer chemischen Substanz versetzt, die sich verfärbte, wenn man hineinpinkelte? Ich hatte das immer für eine urban legend gehalten. Außerdem hatte ich gar nicht gepinkelt!

Geschockt kletterte ich aus dem Wasser und schaute panisch um mich. Keine Ahnung, was da gerade abging! Ein dicklicher, alter Kerl, offensichtlich Hotelgast, fauchte mich laut auf Englisch an. Ob ich mich denn nicht beherrschen könne oder so. Bernd starrte mit zusammengepressten Lippen auf meine Beine. Dann spürte ich es.

BERND:

Was für eine Wohltat nach dieser never-ending Fahrt im VIP-Bus-Traktor durch die thailändische Provinz. Das „Majestic Tiger Hut"-Hotel in Bangkok hieß uns herzlich willkommen mit seinen weichen 5-Sterne-Handtüchern, seinem King Size-Bett und einer funktionierenden Klimaanlage.

Ich war so froh, endlich wieder in einem zivilisierten Umfeld mit Badezimmer zu sein, dass mir kurz auch der Gedanke an ein Jung-Papa-Dasein nichts anhaben konnte. Wir fielen in unsere Betten und am Morgen maßlos wie die Schweine über das liebevoll angerichtete Frühstücksbuffet her.

Danach wollte ich die Gelegenheit nutzen und shoppen gehen. Ich war wild entschlossen, ein gestohlenes iPad auf einem Straßenmarkt zu kaufen. Sonja wollte überraschenderweise nicht mit. Aber es war okay für sie, dass ich alleine bummeln ging.

Tatsächlich war sie sehr liebevoll und freundlich zu mir, wir haben sogar kurz geschmust. Kann sein, dass es die Erleichterung nach dieser Teufelsreise mit VIP-Bus und Fähre war, die uns einander wieder näher brachte. Im Krieg gibt es ja angeblich auch kaum Selbstmorde, weil der Wille zum Überleben alles bestimmt.

Ich ging also mit einer Tasche voller Baht im stinkenden, schwülen, lauten Höllenschlund Bangkok auf Shopping-Jagd. Was es da nicht alles gab! Schlagringe in Mickey Maus-Form, Kilo-Packungen Viagra, gefälschte Ray Ban-Sonnenbrillen und tatsächlich auch original verpackte iPads.

Aber irgendwie wollte sich kein Kaufrausch einstellen, die geliebte Konsumgeilheit war verschwunden. Nicht einmal die vielen Bars mit ihren opulenten Cocktail-Karten konnten mich locken, die Ladyboy-Huren sowieso nicht. Und plötzlich war da dieser T-Shirt-Stand mit unzähligen bunten T-Shirts in winzig-kleinen Größen. Ein Baby-T-Shirt-Stand.

Und was machte ich? Wie ein Schlafwandler holte ich eine Handvoll verschwitzter Geldscheine aus meiner 501er und kaufte ein Mini-T-Shirt mit dem Aufdruck „Same Same But Different". Ohne Zweifel hatten wir noch genügend Zeit, die Angelegenheit mit einem medizinischen Eingriff zu erledigen und das strebte ich selbstverständlich auch an, aber die Erschöpfung hatte mich wohl milde und gebrochen werden lassen und schon hatte ich das hellgrüne Baby-T-Shirt in einem Plastiksackerl in meiner Hand.

Wie von selbst trugen mich meine Beine zurück in das Hotel. Ich fühlte mich wie ein Überlebender der Bombennacht von Dresden. Im „Majestic Tiger Hut" erwartete mich im Zimmer auf einen Zettel gekritzelt eine Nachricht von Sonja. Sie war schwimmen gegangen und wartete am Hotelpool auf mich. Da ich nichts Besseres zu tun hatte, folgte ich ihr.

Es war erst Mittag, die gleißende, durch den Smog leicht trübe Sonne brannte erbarmungslos auf den Beton der Aussichtsterrasse, in deren Mitte sich ein mittelgroßer Pool befand.

Aufgrund der Hitze hatten sich nur wenige Gäste zum Sonnenbad versammelt. Ich erkannte einen dicken, alten Typen aus dem VIP-Bus. Er trug auch ein Camp David-Shirt.

Im Pool war nur Sonja. In ihrem orangen Bikini versuchte sie, so grazil wie möglich, Bahnen zu schwimmen. Und wie ich die Sonja dabei beobachtete, merkte ich auf einmal, dass sich das Wasser um sie herum dunkelgrün verfärbte. War der Pool aufgrund von zu wenig Chlor gekippt? Hatte da jemand in das Schwimmbecken gemacht? Mir grauste.

In diesem Moment entdeckte sie mich, machte eine schnelle Drehung in meine Richtung und winkte mir euphorisch-lächelnd zu, umgeben von dem grünen Wasser.

Meine Beine wurden weich, kalter Schweiß brach mir aus den vom Smog verklebten Poren, ich lobpreiste das gekreuzigte Jesus-Baby und spürte sofort den unbändigen Drang, mir ein ein gestohlenes iPad zu kaufen. Menstruation!

Eva Deutsch:

Danke an….
Ulli fürs Connecten, die Moffs fürs Mögen, Michael für die Liebe, Mama & Papa für die guten Gene, Zweigelt & Mentholzigaretten, David für die kreative Kompatibilität, mein Hirn für die Fantasie, Klaus für die Fotos, Gerhard fürs Illustrieren, alle die unseren Schmäh checken.

David Pfister:

David Pfister möchte sich von Herzen bei sich selbst bedanken, für all die Hilfe in guten und schlechten Zeiten, die Zärtlichkeiten, den Zusammenhalt, die seelischen Stärkungen und die schönen Dinge die er für sich getan hat.

Eva Deutsch
arbeitet als Journalistin, Redakteurin und Moderatorin für den Österreichischen Rundfunk. Die in Wien lebende Autorin schreibt und produziert Comedy für den Jugendkultursender radio FM4. Außerdem spielt sie schlecht Klavier, singt ziemlich gut und trägt ihre Haare entschieden kurz.

David Pfister arbeitet als Radiomoderator, Journalist und Hörspielautor bei radio FM4. Außerdem ist der geborene Wiener auch als Musiker und Sänger aktiv. Zu seinen stilistisch sehr unterschiedlichen Musikprojekten zählen u.a. die Formationen „Neigungsgruppe Sex, Gewalt & Gute Laune", „The Devil & The Universe" oder „Die Buben Im Pelz".

Gerhard Haderer
Geboren 1951. Nach mehrjähriger Tätigkeit als Werbegrafiker und Illustrator erscheinen seine satirischen Zeichnungen seit 1985 regelmässig in österreichischen und deutschen Zeitschriften.
Seit 1997 auch in Haderers feinem Schundheftl MOFF.

1. Auflage

Coverfoto: Klaus Pichler
Illustrationen: Gerhard Haderer
Druck und Bindung: Druckerei Theiss GmbH, St. Stefan im Lavanttal
Printed in Austria

ISBN 978-3-903055-03-2

www.scherzundschund.at

Knaur.

Knaur.

Über die Autoren:
Maria Moreno stammt aus Südamerika und lebt seit einigen Jahren in Deutschland. Ihr Name ist ein Pseudonym, ihr Herkunftsland und ihren heutigen Wohnsitz hält sie aus Angst noch immer geheim.
Bis zu einer Million Menschen, so schätzen Experten, leben in Deutschland ein solches Schattendasein: ohne Papiere, ohne Rechte, in ständiger Angst. Maria Morenos Buch gibt erstmals authentisch und aus erster Hand Einblick in das Schicksal, die Beweggründe und den Alltag einer »Illegalen«.

Steffen Bayer, der Marias Geschichte aufgeschrieben hat, ist Autor und Redakteur im ZDF-Ressort Zeitgeschehen. Er hat zahlreiche Reportagen und Prime-Time-Dokumentationen verantwortet, darunter: *Schattenwelt – Illegale in Deutschland* (ZDF 2001). Steffen Bayer lebt mit seiner Familie in Mainz.

MARIA MORENO

MIT STEFFEN BAYER

Illegal

Die Geschichte einer Frau,
die es offiziell nicht geben darf

Knaur Taschenbuch Verlag

Die gebundene Ausgabe erschien 2005 unter dem Titel
»Sie nahmen mir die Freiheit. Geständnisse einer Illegalen«

Besuchen Sie uns im Internet:
www.knaur.de

Aktualisierte Taschenbuchausgabe Juni 2007
Knaur Taschenbuch.

Umschlaggestaltung: ZERO Werbeagentur, München
Umschlagabbildung: Mauritius Images
Druck und Bindung: Clausen & Bosse, Leck
Printed in Germany
ISBN 978-3-426-77922-4

2 4 5 3 1

Für Isabel und Pablo

Ich liebe euch von ganzem Herzen.

Blickt nicht zurück, blickt nach vorn. Dann können wir es gemeinsam schaffen, die Vergangenheit zu besiegen.

Maria Moreno
August 2005

Inhalt

III NICHT OHNE MEINE KINDER

NACHWORT

Vorwort

Ein grauer Parkplatz irgendwo in einer deutschen Großstadt. Ein Informant hat mich hierhin bestellt; ich solle warten, bis mich jemand anspricht. Doch weit und breit ist keine Menschenseele zu sehen. Ein Journalist muss manchmal viel Geduld haben.

Ich recherchiere für eine ZDF-Dokumentation und bin weder mit einem Mafia-Boss verabredet noch mit einem Amtsträger, der mir vertrauliche Informationen zukommen lassen will. Ich möchte eine »ganz normale« Frau treffen: Sie lebt mit ihren beiden Kindern in dieser Stadt und hält sich mit Putzen und anderen Jobs über Wasser. Nur in einem unterscheidet sie sich von den anderen hier: Sie ist eine sogenannte *Illegale* und hält sich ohne gültige Papiere in Deutschland auf. Beileibe kein Einzelfall – Schätzungen gehen davon aus, dass sich eine halbe bis eine Million Menschen auf diese Weise durchschlägt. Ein Heer von Menschen, das unsichtbar im Dschungel der Großstädte sein Auskommen organisiert: *Illegale* malochen auf Baustellen, schuften in Großküchen oder wienern die Fußböden der sogenannten Besserverdienenden. Die Frau, die ich heute treffen soll, ist eine von ihnen.

Nach einiger Zeit spricht mich ein junger Mann an und führt mich in eine Wohnung, irgendwo in einer Seitenstraße. Studenten-WG, Ikeakultur, nichts ist ungewöhnlich hier. Die Tür des Nebenzimmers öffnet sich, eine Südamerikanerin betritt den Raum. Unsicher reicht sie mir die Hand, dennoch besitzt sie eine ungewöhnliche Ausstrahlung.

»Wie soll ich Sie nennen?«, frage ich sie. Sie nennt sich Maria und ist – nach längeren taxierenden Vorgesprächen – bereit, mir ihre Geschichte zu erzählen, ein Hintergrundgespräch ohne Kamera. Stundenlang höre ich ihr aufmerksam zu. Sie entführt mich in eine deutsche Lebenswirklichkeit, die nichts zu tun hat mit Spaßgesellschaft und Versorgungsmentalität. Maria lebt ganz unten. Besser gesagt: *über*lebt.

Schließlich bedanke ich mich dafür, dass sie den Mut hatte, mir, einem Fremden, so viel von ihrem Leben preiszugeben. Und ich stelle eine weitere Frage: Ob sie einverstanden sei, mir ihre Wohnung zu zeigen. Ich würde gern erfahren, wie sie als *Illegale* lebt. Zu meiner Überraschung willigt sie ein.

Bald darauf betreten wir ein Haus, in das Deutsche nur einziehen, wenn sie ganz unten auf der sozialen Leiter angekommen sind. An herunterhängenden Tapeten vorbei steigen wir viele Treppen nach oben. Maria öffnet die Tür, und ich betrete eine winzige Wohnung, in der zwei kleine Kinder spielen. Wir sind plötzlich in einer anderen Welt. Die Räume sind einfach, aber liebevoll eingerichtet. Alles sieht sehr gepflegt aus und erweckt den Anschein von Bürgerlichkeit.

Isabel und Pablo, Marias Kinder, blicken erschrocken auf. Ein Fremder? Freund oder Feind? Doch als sie ihre Mutter in entspanntem Gespräch mit mir erleben, holen sie zwei Gesellschaftsspiele: »Malefiz« und »Mensch ärgere dich nicht«. Was ich denn lieber spielen würde?, wollen sie wissen. Die Kinder verlieren ganz langsam ihre Scheu. »Wer mit unserer Mutter hierher kommt, dem dürfen wir vertrauen«, scheinen sie zu denken.

Wir trinken gemeinsam Tee, versetzen weiße Malefizsteine und bunte Holzmännchen. Nach dem Spiel fragen mich Isabel und Pablo: »Kommst du uns wieder besuchen?«

»Ja, gern«, antworte ich. Zu diesem Zeitpunkt hatte ich noch keine Vorstellung, wie einsam diese Kinder sind.

Ich kam noch oft in Marias Wohnung. Jedes Mal erzählte sie mir eine weitere Geschichte aus ihrem Leben, eine neue Episode von ihrem täglichen Kampf ums Überleben. Irgendwann nahm ich meinen Kassettenrekorder mit, denn Maria und ich hatten beschlossen, ihre Erinnerungen aufzuzeichnen und gemeinsam ein Buch daraus zu machen. Ihre Bereitschaft dazu hat sie an eine einzige Voraussetzung geknüpft: Ihre Anonymität muss gewahrt bleiben. Als *Illegale* ist sie »gezwungen«, einige Gesetze zu übertreten: Schon der Aufenthalt in Deutschland ohne die notwendigen Papiere ist eine Straftat, das Putzen in deutschen Haushalten gilt als Schwarzarbeit und ist ebenfalls nicht erlaubt. Dazu kommt eine Gesetzesübertretung, die von den meisten *Illegalen* aus purer Not begangen wird: Das »Ausleihen« von Krankenversichertenausweisen, um sich von einem Arzt behandeln lassen zu können.

Um Marias Anonymität zu wahren, wurden alle Namen und Orte in diesem Buch verändert. Auch Marias Heimatland wird nicht genannt. Die beschriebenen Personen, Handlungen und Geschichten geben Marias Leben so authentisch wie möglich wieder. Nur einige Szenen wurden angepasst, zum einen, um den Erzählfluss nicht zu stören, zum anderen, um Details zu verändern, die anderenfalls zu Marias Enttarnung führen könnten.

August 2005 Steffen Bayer

PROLOG

Weiter als der Mond

Reihe 24, Platz B: Meine Seele taumelt zwischen den Welten, mein Körper ist eingezwängt zwischen einem dicken Gringo und einer dunkelhaarigen Latina. Vor zwei Stunden habe ich meine Heimat verlassen, vor zwei Stunden habe ich Abschied genommen von allem, was mir teuer und wichtig war. Nun bringt mich dieser Riesenvogel in ein großes unbekanntes Land. Ich fühle mich ohne Halt, zerrissen, ausgezehrt. Warum wendet das Flugzeug nicht einfach und bringt mich zurück zu meinen Kindern? Dicke Tränen rollen über meine Wangen. Ich weiß, es gibt keinen Weg zurück.

Ich habe Isabel und Pablo verlassen. Als ich ihnen zum ersten Mal erklärte, ich werde nach Deutschland fliegen, war das für die beiden alles andere als beunruhigend. In ein paar Tagen würde ihre Mutter schon wieder zurück sein. Als ich später anfing, unsere Wohnung auszuräumen, erzählte Pablo allen Bekannten, er fliege mit nach Deutschland. »Nein«, sagte ich zu ihm. »Nur ich werde fliegen. Aber ich hole euch so bald wie möglich nach.« Mit ratlosen Kinderaugen sah er mich an.

Es war sehr hart für mich, den Kindern zu sagen, dass ich gehe. Nachdem sie es begriffen hatten, saß ich manchmal mit ihnen zusammen und weinte.

Ich wusste, ich werde auf einem anderen Kontinent landen. Das ist etwas anderes als eine Urlaubsreise nach Lima, Santa Martha, auf die Galapagos-Inseln oder an irgendeinen anderen Ort in Lateinamerika, wo man meine Sprache spricht. Wann werde ich meine Kinder wiedersehen?, grübelte ich. In ein paar Monaten? In einem Jahr? Oder wird es noch viel, viel länger dauern?

»Mama, warum weinst du?«, fragte mich Isabel oft. »Du kannst doch zurückkommen.«

Gestern hatte ich mir Geld geliehen, um mit meinen Kindern noch einmal einkaufen zu gehen. Isabel brauchte ein Paar neue Schuhe, Pablo wünschte sich einen Anorak. Beide ahnten nichts von meinem baldigen Abschied. In einem Café erklärte ich ihnen dann: »Ich werde euch jetzt zu eurem Vater bringen, in ein paar Tagen reise ich nach Deutschland.« Datum und Uhrzeit meiner Abreise verschwieg ich ihnen. Meine Kinder sollten sich nicht zu viele Gedanken machen müssen.
Als wir zum Treffpunkt am Marktplatz liefen, zitterte ich am ganzen Körper. Meine Tränen konnte ich nicht länger unterdrücken, meine Verzweiflung kannte keine Grenzen. Ich bin eine Rabenmutter, dachte ich immer wieder, ich lasse meine Kinder in Stich.
Beim Abschied klammerte sich Isabel ganz fest an mich: »Ich will dich nicht vergessen, wir können uns wieder treffen. Hoffentlich wird alles gut.« Sie redete wie eine Erwachsene, dabei ist sie noch nicht einmal neun Jahre alt. Pablo, mein sechsjähriger Sohn, sagte gar nichts, sah nur mit unendlich traurigen Augen vor sich hin. In seiner Umarmung spürte ich seinen ganzen Schmerz.

»Möchten Sie etwas essen?«, fragt mich eine französische Stewardess in gebrochenem Spanisch. Ich erwache aus meinem Tagtraum, und sie sieht meine Tränen. »Kann ich Ihnen helfen?«
»Nein danke, es ist alles okay. Hühnchen bitte.« Lustlos stochere ich in meinem Essen herum. Ich bekomme keinen Bissen runter.

Die Busfahrt zum Flughafen dauerte etwa zwanzig Minuten. Meine Freundin war dabei, meine Mutter und mein Bruder Gustavo. Ich habe zwölf Geschwister, doch Gustavo war immer etwas Besonderes für mich. Jetzt trennten sich unsere Wege. Am

unglücklichsten war meine Mutter. Sie stand in der Ecke und weinte. »Ich fühle, ich werde dich nie wieder sehen«, schluchzte sie und war nicht zu beruhigen.
Nach der Passkontrolle atmete ich tief durch, die erste Hürde war geschafft: Sie erlaubten mir die Ausreise. Am Gate tauchte dann plötzlich Alfonso auf, mein Ex-Mann. Als Flughafenmitarbeiter durfte er in den Transitbereich. Der Abschied von ihm fiel mir nicht schwer. Zu viele Schläge, zu viele Demütigungen hatte ich in unserer Ehe zu erdulden, als dass ich ihm auch nur eine Träne nachweinen konnte. »Bitte, pass gut auf meine Kinder auf«, beschwor ich ihn. Zynisch grinste er mich an: »Ab jetzt haben die Kinder keine Mutter mehr.«

Das Flugzeug ist riesig. Geschäftsleute, Touristen, Leute mit Geld, allein reisende Frauen, vielleicht Prostituierte? Ich muss an einen Albtraum denken, der mich seit Wochen immer wieder verfolgt: Luciana, meine Freundin in Deutschland, nimmt mich gleich nach der Ankunft mit in ein Bordell. »Das ist die einzige Arbeit, die du in Deutschland finden kannst«, offenbart sie mir. »Es gibt keine andere.«
Eigentlich wollte ich ja nach Kanada oder in die USA. Doch dort wollte man mich nicht einreisen lassen. Jetzt will ich mein Glück in Deutschland versuchen. Dort habe ich eine Freundin. Ihr muss ich vertrauen. »Wenn du putzen willst, findest du immer Arbeit«, sagte sie mir am Telefon. Was aber mache ich, wenn ich in Wirklichkeit einer ganz anderen Arbeit nachgehen muss? Vielleicht wollte sie mir nur helfen, meine aussichtslose Situation in meinem Heimatland zu erkennen und die Koffer zu packen. Heißt die Wirklichkeit gar nicht Putzen, sondern womöglich Bordell?
Meinen Körper will ich nicht verkaufen, sonst mache ich jede Arbeit. Ich kann jeden Tag Toiletten schrubben – ich werde mich nicht schämen, weil es eine ehrenhafte Arbeit ist. Solange ich mein Geld bekomme, werde ich ruhig und zufrieden sein.

Ich werde Teller spülen, Toiletten schrubben, jeden Job annehmen. Nur nicht klauen oder als Prostituierte arbeiten. Ich habe meine Prinzipien.

Luciana ist schon seit zwei Jahren in Deutschland. Sie ist vor ihrem prügelnden Ehemann geflohen. »Ich kann auch ein anderes Leben führen, wenn du mich so behandelst«, hatte sie damals zu ihm gesagt.
Sie wollte mich mitnehmen, als sie ging, aber das war für mich unvorstellbar. Ich hatte doch meine Kinder und meine Arbeit. Was sollte ich in einem Land, das für mich weiter weg war als der Mond? Nach drei Monaten wollte Luciana eigentlich zurückkommen. Doch sie blieb, obwohl ihr Touristenvisum abgelaufen war – und lebt seitdem versteckt als *Illegale*.
Vor ein paar Wochen rief ich sie an: »Bitte hilf mir, die Polizei ist hinter mir her. Sie verfolgen mich und meine Familie.«
»Du kannst kommen, aber du kannst nicht als Sekretärin arbeiten, du kannst putzen. Ich weiß nicht, ob du bereit bist, diese Arbeit zu machen.« Ich erwiderte, ich sei bereit dazu, wenn ich nur überleben und meine Familie ein wenig unterstützen könnte.
Es ist noch gar nicht lange her, da hatte ich selbst eine Putzhilfe. Jetzt werde ich bald ganz unten sein, in einem Land, dessen Sprache ich nicht kenne und dessen Menschen mir fremd sind. Was es für Luciana bedeutet, eine *Illegale* zu sein, weiß ich nicht. »Solange dich niemand kontrolliert, kannst du bleiben«, meinte sie am Telefon.

Neben mir sitzt eine gut aussehende Latina, Mitte dreißig. Wir kommen ins Gespräch. Seit sieben Jahren lebt sie in einer Stadt namens Dortmund und ist mit einem Deutschen verheiratet. Ich erzähle ihr, dass ich in Deutschland bleiben möchte und meine Kinder später nachholen will. Sie schaut mich ernst an: »Das wird schwer. Sehr, sehr schwer.«

Auch sie hatte kleine Kinder, als sie ging. Auch sie wollte ihre Kinder nachholen. Am Anfang fand sie nur sehr sporadisch Putzstellen. Sie hat gefroren, gehungert und ist vor Heimweh fast verzweifelt. Immer wieder überlegte sie, nach Hause zu fliegen, doch sie blieb. Später fand sie einen regelmäßigen Job als Haushaltshilfe und Kindermädchen. Die Familie war sehr nett zu ihr. Irgendwann zeigten Nachbarn die Familie an, sie würden illegal eine Ausländerin beschäftigen. Ihre Arbeitgeber zahlten sie aus und baten sie, sich nicht mehr bei ihnen blicken zu lassen. Das sei zu gefährlich.

»Manche Leute mögen keine Ausländer, andere sind sehr nett. Es ist ein Glücksspiel«, fügt sie hinzu. Ob denn ihre Kinder mittlerweile bei ihr leben, will ich von ihr wissen. Sie schüttelt traurig den Kopf. Anfangs sei es unmöglich gewesen, ohne Wohnung und ohne Arbeit. Jetzt sollten ihre Kinder erst einmal die Schule in ihrem Heimatland abschließen, vielleicht kämen sie später einmal nach.

Ich frage die Frau nach ihrer Adresse. Sie will sie mir nicht geben. Im Moment sei sie gerade dabei umzuziehen. Geht die Solidarität unter uns Landsleuten auf dem Weg nach Europa verloren? Ich werde noch viel lernen müssen.

Noch zwei Stunden bis Paris. Dort soll ich umsteigen und ein Flugzeug nach Deutschland nehmen. Der Umweg über Frankreich hat mich zweihundert Dollar Aufpreis gekostet. Ich habe mich auf den Tipp im Reisebüro verlassen. »Nur nicht direkt von Südamerika nach Deutschland einreisen«, sagte man mir dort. Zu viele Leute, die mit der Lufthansa direkt geflogen seien, wurden wieder zurückgeschickt. Passagiere aus Südamerika würden streng kontrolliert, vor allem Frauen. Die Einreisebeamten glauben angeblich, viele Leute aus unserem Land kämen nur nach Deutschland, um hier zu arbeiten. »Wenn du über Paris einreist, sind die deutschen Grenzschützer beruhigt; du kommst ja aus Frankreich, da wird schon alles in Ordnung sein mit deinen Papieren. Und die französischen Beamten kontrollieren oft nicht so genau. Schließlich willst du ja nur umsteigen und nach Deutschland weiter«, hatte mir der Mann vom Reisebüro gesagt.

Mein Heimatflughafen ist sehr klein – Paris dagegen ist ein riesiges Labyrinth aus Rollbändern und Neonlichtern. Ich fühle mich verloren und orientierungslos wie ein kleines Kind. Noch nie bin ich länger als zwei Stunden geflogen. Noch nie war ich auf einem anderen Kontinent, noch nie in einem Land, in dem kein Spanisch gesprochen wird. Die Schilder verstehe ich nicht. Eine Frau erklärt mir den Weg zur Passkontrolle.
»Möchten Sie in Europa bleiben oder nach Südamerika zurückkehren?«, fragt mich der Beamte auf Spanisch. »Ich möchte eine Freundin in Deutschland besuchen und dann in Italien Urlaub machen.« Er teilt mir mit, dass ich zwar einreisen darf, aber keine Erlaubnis zum Arbeiten habe. Dann drückt er den Stempel in meinen Pass. Ich atme tief durch, die erste Hürde ist geschafft.
Als Nächstes müsse ich einen Bus mit dem Buchstaben T nehmen, erfahre ich von ihm. Der Bus kommt auch gleich. Verängstigt kauere ich auf meinem Sitz. Ab und zu hält der Bus. Wo muss ich aussteigen? Wie gelange ich zum Flugzeug nach Deutschland? Ich nehme meinen ganzen Mut zusammen, hole mein Ticket heraus und frage: »Where is Germany?« Ein paar Brocken Englisch hatte ich in der Schule gelernt. Die Mitfahrenden reichen meinen Flugschein herum. Ein freundlicher Mann antwortet mir dann auf Spanisch. »Sie können mit mir gehen, ich nehme dasselbe Flugzeug.«
Eine Stunde später bin ich wieder in der Luft, fliege Richtung Osten.

Von Deutschland weiß ich nicht viel. Die Häuser und Straßen stelle ich mir wie in amerikanischen Spielfilmen vor. Breite

Avenuen, Wolkenkratzer und McDonald's-Läden. Besonders neugierig bin ich auf die Landschaft: Ein Bild mit Bergen und Schnee habe ich schon einmal irgendwo gesehen. Ob es überall in Deutschland so aussehen wird? In der Schule war Deutschland kaum ein Thema, nur an eines kann ich mich erinnern. Wir haben über einen Präsidenten namens Hitler gesprochen. Er hat Ausländer gehasst und viele Juden getötet. Ob er noch immer viele Anhänger hat?
Meine Freundin hatte ich am Telefon gefragt, ob Frauen aus Lateinamerika in Deutschland willkommen seien. Ich hätte von Nazis gehört, die Ausländer verprügelten. »Es gibt Gruppen, die so etwas wirklich machen, aber die allermeisten Deutschen sind anders.« Das hat mich ein wenig beruhigt.

Mit jedem Kilometer, den ich mich weiter von meiner Heimat entferne, wächst meine Spannung. Ich bin neugierig auf das, was kommt: ein neuer Anfang, eine riesige Herausforderung. Ich kann es kaum erwarten und habe gleichzeitig eine riesige Angst davor. Die eine Hälfte meiner Seele ist in Südamerika zurückgeblieben bei meinen Kindern. Die andere Hälfte sitzt im Flugzeug und sehnt sich nach einem Neubeginn. Mein Nervenflattern muss aufhören. Wenn ich nach der Landung befragt werde, muss ich normal und ruhig antworten und darf mir meine Nervosität nicht anmerken lassen. Sonst merken die Beamten gleich, dass irgendetwas nicht stimmt, und schicken mich wieder zurück.

In Zweierreihen stehen die Passagiere am Gepäckband. Ich bin die einzige Südamerikanerin. In stoischer Ruhe rollen die Koffer vorbei. Langsam leert sich das Band, immer mehr Menschen verlassen die Halle mit ihrem Gepäck. Ich habe einen Kloß im Hals. Sollte ausgerechnet mein Koffer verschwunden sein, mein einziges Hab und Gut mit all den kleinen Erinnerungen an meine Kinder, an meine Familie, an mein Heimatland? Als die

letzten Fluggäste gehen, kommt endlich auch mein Koffer. Ich atme auf. Wie aber geht es jetzt weiter?
Alle Menschen sind weg, die Türen sehen verschlossen aus, weit und breit keine Grenzschutzbeamten. Mit meinem Koffer laufe ich zum Ausgang. Drei Meter trennen mich von der Freiheit. »Stopp«, ruft plötzlich eine Männerstimme von hinten. Meine Angst schnürt mir die Kehle zu.

I

HEIMAT

Ein Dutzend Kinder

Meine Mutter war klein und schlank. Nie haben wir gemerkt, wenn sie wieder einmal schwanger war. Sie sagte nur: »Ich bekomme ein Kind. In ein bis zwei Monaten ist es so weit.« Niemand konnte es ihrem Bauch ansehen. Ich weiß nicht, wie sie ihre Kinder darin versteckt hatte. Sie drückte einfach ein wenig auf ihrem Bauch herum und bemerkte lapidar: »Er ist ein wenig hart, ein Kind ist unterwegs.«

Kurz vor der Geburt kam unsere Großmutter zu uns, und wir Kinder wussten: Wenn sie auftaucht, ist Mama bald im Krankenhaus und kommt mit einem neuen Bruder oder einer neuen Schwester nach Hause.

Eine Zeit lang habe ich mich jedes Mal gefreut, wenn wieder ein neues Geschwisterchen kam. Später dachte ich nur noch an die viele Arbeit, die damit verbunden war.

Ich habe vier Brüder und sieben Schwestern und bin die Drittgeborene, das erste Mädchen in der Familie. Meine Eltern nannten mich Maria. Sie waren sehr religiös, haben viel gebetet, vor allem mein Vater. Wenn wir zusammen mit ihm an einem Tisch saßen, neckten ihn die Nachbarn: »Seht nur, da ist Jesus mit seinen zwölf Jüngern.«

Meine Mutter bedeutet mir viel. Sie ist gerade mal eins fünfzig groß und hat ein Dutzend Kinder aufgezogen. Wenn ich sie wirklich brauchte, nahm sie sich immer Zeit für mich. Ihre Eltern waren streng katholisch und hatten sieben Töchter – der einzige Sohn war kurz nach der Geburt gestorben.

Meine Mutter hat nie einen Beruf erlernt; schon mit sechzehn Jahren heiratete sie meinen Vater. Er war vier Jahre älter als sie.

Im Vergleich zu meiner Mutter ist mein Vater eine stattliche Erscheinung mit seinen eins achtzig. Auch er hat sechs Geschwister und entstammt einem katholischen Elternhaus. Er beschäftigte sich gern mit religiösen Fragen und schmökerte ständig in der Bibel. Eines Tages trat er zur evangelischen Kirche über. »Wenn du evangelisch bist, dann bist du näher an Gott«, erklärte er uns Kindern. Die evangelischen Leute seien außerdem ein bisschen ehrlicher als die katholischen. Schon damals als Kind war es mir egal, ob jemand katholisch oder evangelisch war. Mich interessierten die Menschen.

Als ich noch sehr klein war, bekam ich meinen Vater selten zu Gesicht. Er arbeitete für eine amerikanische Erdölfirma. Ich weiß nicht, wie er an den Job gekommen ist, er hatte keine Ausbildung, war nur ein einfacher Mechaniker. Einmal holten ihn die Amis mit dem Hubschrauber ab, und das ganze Dorf lief zusammen und staunte. »Mein Papa ist der tollste Mann auf der ganzen Welt« – ich war mächtig stolz auf ihn.

Jeweils zwei Monate lang war mein Vater für seine Arbeit auf Reisen, anschließend hatte er drei Wochen frei und durfte nach Hause zu seiner Familie. Von dem Unternehmen, für das er arbeitete, bekamen wir regelmäßig Lebensmittel geschenkt. Das Einzige, was meine Mutter manchmal kaufen musste, war frisches Gemüse. Aber auch nur dann, wenn unser Garten wieder einmal »leer« gegessen war. Karotten, Rotkohl und Rote Bete hat meine Mutter selbst angebaut, auch Bohnen und Erbsen. Besonders stolz waren wir auf unsere Bananen; vier verschiedene Sorten wuchsen in unserem Garten.

Wir hatten ein großes Haus, die älteren Kinder teilten sich zu zweit ein Zimmer, die kleineren schliefen zu dritt in einem Raum. Reich waren wir nicht, aber auch nicht arm, wir gehörten zur Mittelschicht. Meine Eltern hatten unser Haus selbst gebaut, und ständig gab es etwas zu reparieren. Wenn mein Vater wieder zu seiner Arbeitsstelle fuhr, fehlte er uns an allen Ecken und Enden. Für meine Mutter war es am schwersten, wenn er nicht da war. Sie hatte nie eine Haushaltshilfe, nie eine Waschmaschine, das war nur etwas für Leute mit viel Geld. Für ein Dutzend Kinder zu waschen und bügeln, das war eine Menge Arbeit. Außerdem musste sie dreimal am Tag kochen. Das ist so üblich in unserem Land. Zum Spielen mit mir blieb kaum Zeit. Als älteste Tochter musste ich ihr schon sehr früh zur Hand gehen. Meine Freundinnen durften draußen spielen, ich putzte Gemüse, wechselte Windeln und schrubbte Wäsche.

Mein ältester Bruder war oft mit seinen Fußballfreunden unterwegs, er konnte gehen, wann und wohin er wollte. Auf meine Beschwerden, wie ungerecht das sei, antwortete meine Mutter stets: »Du musst zu Hause bleiben, in der Stadt ist es zu gefährlich für dich.« Eine lange Zeit war es wirklich gefährlich, Kinder wurden entführt und vergewaltigt. Meine Mutter hatte Angst, dass mir etwas passieren könnte, aber sie hat auch dringend meine Hilfe gebraucht.

So schuftete ich von morgens bis abends im Haus und wurde mehr und mehr zur Einzelgängerin. Kontakt zu anderen Kindern hatte ich außerhalb der Schule nur wenig.

Häufig besuchten uns Mitglieder der evangelischen Gemeinde. Dann wurde für zwanzig Leute mehr gekocht. Ab und zu fuhren meine Eltern auch zu Leuten, die sie aus der Kirche kannten. Ich musste meist zu Hause bleiben und auf meine Geschwister aufpassen. Der Bus war viel zu teuer für eine so große Familie.

Mein Vater war ein optimistischer Mann. Wenn er etwas wollte, dann erreichte er es auch. Sein Lebenstraum war, irgendwann einmal Pfarrer zu werden. Meiner Mutter gefiel diese Idee auch gut, und sie unterstützte ihn dabei, ein Studium neben seiner Arbeit aufzunehmen.

Anlässlich der Ordination meines Vaters zum Pfarrer gaben meine Eltern ein großes Fest. Geistliche aus dem ganzen Land waren gekommen. Wir Kinder fanden die Veranstaltung reichlich langweilig. Ich war damals neun Jahre alt.

Papa kündigte seinen Job bei den Amerikanern und übernahm

eine Gemeinde in unserem Ort. Pfarrer bekommen bei uns kein Gehalt, sondern müssen von Spenden leben. Mein Vater war sehr beliebt, und immer wieder kamen Leute vorbei und brachten uns Gemüse oder Geld. Zum Leben reichte das aber nie. Vater musste sich etwas einfallen lassen. Handwerklich war er sehr begabt. So gründete er ein kleines Unternehmen, eine Schreinerei und Glaserei. Mutig stellte er zwei Leute ein. Jetzt sahen wir ihn noch seltener als früher. Er hatte immer zu tun.

Meine Mutter war mit dieser Situation ganz und gar nicht zufrieden. »Du bist immer für andere da, und ich sitze hier allein mit den Kindern zu Hause«, schimpfte sie. Einerseits litten wir keine Not, es gab immer zu essen und genügend Kleidung, andererseits war die Hausarbeit für meine Mutter aber allein unmöglich zu schaffen. Meinem Vater reichte es nicht, zu predigen und in seiner Schreinerei zu arbeiten. Wenn irgendwo ein Traktor kaputt war, half er, organisierte Ersatzteile, schaffte das richtige Werkzeug heran. Manchen Leuten baute er sogar ein Haus – ohne Bezahlung. Nach einem Erdrutsch in der Nachbarstadt zog er für ein paar Monate dorthin und packte überall mit an.

Sein Glaube wurde immer fanatischer. »Wie es in der Bibel steht, so muss man es machen«, das war sein Grundsatz. Sein Verständnis der Bibel war das Einzige, was er akzeptierte, und er bestimmte, welche Moral die richtige und welche die falsche war. So durfte ich auch nur ausgehen, wenn ein Bruder mich begleitete. Darüber habe ich mich sehr geärgert. Wenn ich heute zurückblicke auf meine Schulfreundinnen, die mit dreizehn oder vierzehn schwanger wurden, dann bin ich sicher, dass der Fanatismus meines Vaters mich vor solchen schwierigen Situationen bewahrt hat.

Ich kannte Familien, da vergewaltigte der Vater seine Frau und schlug die Kinder. Diese Angst brauchte ich vor meinem Vater nie zu haben. Ich bewunderte und achtete ihn.

Jeden Sonntag mussten wir den Gottesdienst besuchen. Mein ältester Bruder tat das gern, später machte er sogar Musik in der

Kirche. Mein Lieblingsbruder Gustavo, der Zweitälteste, wollte lieber Fußball spielen, was er aber nicht durfte. Deshalb gab es viel Streit bei uns. Mir selbst bedeutete der Gottesdienst nichts, er war jedoch eine willkommene Abwechslung zum Kindergeschrei bei uns zu Hause. Also ging ich sonntags immer ohne Murren mit.
Vor dem Essen wurde bei uns gebetet. Mein Vater sang ein Lied und dankte für die Speisen. Wir passten alle an einen Tisch, und wir waren alle stolz, eine so große Familie zu sein. Trotzdem schwor ich mir schon mit zehn, dass ich später höchstens zwei Kinder haben wollte. Die Zwillingsschwester meiner Mutter hatte auch nur zwei Kinder, und das gefiel mir gut.
Ich wurde älter, aber an unserer häuslichen Situation änderte sich nichts. Jedes Jahr kam ein neues Kind, gerade dann, wenn das Jüngste aus dem Gröbsten heraus war. »Warum sind wir in unserer Familie so viele Kinder?«, fragte ich meine Mutter. »Die Bibel sagt, wir müssen viele Kinder haben.« Was für eine fanatische Idee! Das Thema Verhütung war ein Tabu.

Bis ich zehn war, wohnten wir in einer kleinen Stadt. Die Straßen waren nicht aus Asphalt, sondern Schotterpisten. Im Sommer war das kein Problem, aber im Winter wurden aus den Schlaglöchern riesige Pfützen. Unser Schulweg dauerte eine halbe Stunde. Anfangs ging ich gemeinsam mit meinen älteren Brüdern, später kamen meine jüngeren Schwestern noch hinzu.
Unsere Mutter ermahnte uns: »Springt auf die großen Steine, die am Straßenrand liegen.« Sie wollte nicht, dass wir unsere teuren Schuluniformen schmutzig machten und sie anschließend mit stundenlangem Waschen beschäftigt gewesen wäre. Wir liefen aber viel lieber auf den Bahngleisen neben der Straße her. Das war natürlich sehr gefährlich. Einmal sei ein kleines Mädchen vom Zug überrollt worden, erzählte uns mein Vater.
Solche Geschichten hielten uns von unseren Mutproben nicht ab. »Wer am längsten auf den Gleisen bleibt, hat gewonnen«,

lautete unser Lieblingsspiel. Und so standen wir da und zitterten, während die Züge herangebraust kamen. Ich bin meistens als Erste von den Gleisen gesprungen, mein Bruder Gustavo als Letzter. Er war der Mutigste und Neugierigste von uns allen.

Wir brauchten eine halbe Stunde, um zur Schule zu kommen. Der Unterricht begann um acht und dauerte bis zwölf. Dann liefen wir die halbe Stunde nach Hause und aßen zu Mittag. Nach dem Essen half ich meiner Mutter beim Abwaschen. Kurz nach halb zwei rannten wir zurück zur Schule, denn um zwei begann der Nachmittagsunterricht. Schulschluss war gegen vier. Danach hieß es Hausaufgaben machen und auf die kleinen Geschwister aufpassen – ich hatte wenig Zeit, Kind zu sein. Dass ich als Mädchen in die Schule ging, war für meine Eltern selbstverständlich. Andere Familien legten keinen Wert darauf, dass ihre Töchter die Schule besuchten, trotz der gesetzlichen Schulpflicht.
Der Unterricht war kostenlos, dennoch bezahlten meine Eltern ein Vermögen für unsere Schulausbildung. Jedes Jahr mussten sie neue Schuluniformen kaufen. Schulbücher konnten wir uns kaum leisten. Wenn ich ein Buch brauchte, ging mein Vater mit mir in die Bibliothek und wartete, bis ich alles Wichtige aufgeschrieben hatte. Noch nicht einmal dorthin ließ er mich allein gehen. Später, bei meinen jüngeren Schwestern, war er nicht mehr ganz so streng.

Als ich elf Jahre alt war, zogen wir um. Zweihundertfünfzigtausend Einwohner hatte meine neue Heimatstadt, für mich war sie eine pulsierende Metropole. Das Leben war plötzlich viel bunter, und mir wurde es in meiner Familie langsam zu eng. Ich wollte keinen Vater mehr, der mich nicht aus den Augen ließ, weil er Angst davor hatte, dass ich schwanger werden könnte. Ich wollte keine Brüder mehr, die mich in seinem Auftrag auf Schritt und Tritt verfolgten. Ich wollte keine Mutter mehr, die mich von morgens bis abends als Kindermädchen für meine Geschwister beschäftigte. Ich wollte weg von zu Hause. Mit dreizehn entschloss ich mich, in ein katholisches Mädcheninternat zu gehen, ich wollte Nonne werden.

Mein Vater tobte, ausgerechnet die katholische Kirche. »Das sind Lügen, woran die glauben«, fuhr er mich an.

»Wenn ich erst eine Nonne bin, dann werde ich auch ein guter Mensch«, versuchte ich ihn zu besänftigen. »Ich kann keine Männergeschichten haben und bin für meine Mitmenschen da. Außerdem ist eine Nonne nahe bei Gott.« Schließlich willigte er ein.

Mir war es ziemlich gleichgültig, ob das Internat katholisch oder evangelisch war. Ich kannte einige katholische Nonnen, sie waren alle unverheiratet, und ihre Enthaltsamkeit hatte in meinen Teenageraugen einen entscheidenden Vorteil. Sie durften keine Kinder kriegen. Ein Leben ganz ohne Kinder, diese Vorstellung gefiel mir damals außerordentlich gut. Ich wollte nicht so enden wie meine Mutter – von morgens bis abends kochen, putzen, Windeln wechseln. Ich war überzeugt, dazu nicht die Kraft zu haben.

Was meine neue Freiheit betraf, hatte ich mich allerdings gründlich geirrt. Die Nonnen waren sehr streng. Was sie wollten, musste gemacht werden. Es gab kein Links und kein Rechts, nur ein Geradeaus – sie fühlten sich unfehlbar wie der Papst in Rom.

Jeden Abend kam die Oberin in unser Zimmer und erklärte uns die Zehn Gebote. Nicht lügen, nicht töten, Vater und Mutter ehren – immer das Gleiche kurz vor dem Einschlafen. Einmal habe ich sie gefragt, warum sie ihre Weisheiten immerzu wiederhole, die Zehn Gebote würde ich längst auswendig kennen. Sie antwortete, ich müsse mich jeden Tag aufs Neue erinnern, sonst würde ich alles vergessen. Und zur Strafe für meine Nachfrage durfte ich ein extralanges Gebet sprechen.

Wir waren zu acht in unserem Zimmer, vier Mädchen schliefen unten, drei Mitschülerinnen und ich oben. Jede von uns hatte

einen eigenen Spind. Die warme Dusche funktionierte nur selten. Meistens wuschen wir uns mit eiskaltem Wasser.
Privatsphäre hatte ich keine, und so fühlte ich mich wie im Gefängnis. Der einzige Lichtblick im Internat war die Schule. Lernen hatte mir schon immer Spaß gemacht. Besonders Geschichte interessierte mich, ich mochte die Erzählungen über die Ureinwohner unseres Landes, die von den Weißen vor langer Zeit unterjocht worden waren. Spanisch war auch spannend, Mathematik lag mir weniger. Darauf legten die Nonnen aber auch keinen besonders großen Wert. Unsere Welt im Kloster war klein, Englischunterricht gab es keinen.
Der Umgangston war rau und oft auch beleidigend, aber geschlagen wurde niemand. Hatte eine der Schülerinnen irgendetwas falsch gemacht, wurde sie von den Nonnen angeschrien. Auch ich blieb davon nicht verschont. Einmal hatte ich meine Hausaufgaben nicht gemacht, weil ich die Aufgabe nicht verstanden hatte. Die Nonnen hielten das für eine Ausrede. Ich wurde in eine winzige Kammer gesperrt und sollte zur Strafe eine Stunde lang laut vor mich hin beten. Ein paar Minuten hielt ich mich daran, doch dann verstummten meine Gebete. Sofort klopfte es laut an der Tür, eine Nonne schimpfte, und ich betete schnell wieder weiter.
Einmal kam ich zu spät zum Unterricht. Wieder ging es in den kleinen Raum, wieder eine Wache vor der Tür. Diesmal musste ich laut den Katechismus auswendig lernen und anschließend meine Lernerfolge vor den Nonnen und anderen Kindern vortragen.
Viel schlimmer als diese Strafen fand ich den täglichen Küchendienst. Wir waren dreihundert Mädchen, und jede von uns hatte eine täglich wechselnde Aufgabe in der Küche zu verrichten. Drei bis vier Stunden lang Geschirr spülen, Kartoffeln schälen oder Gemüse putzen. Ich fühlte mich an zu Hause erinnert, nur im Kloster ging alles viel verkrampfter zu.
In meiner Familie wurde viel gelacht, im Internat hingegen war

alles so ernst. Wir standen jeden Morgen um sechs auf, dann hieß es den ganzen Tag beten, lernen, arbeiten. An den Wochenenden mussten wir das ganze Haus von oben bis unten schrubben, kein Staubkörnchen durfte noch zu finden sein.

Nach einem halben Jahr bekam ich Heimweh nach meiner Familie und bereute erstmals meinen Entschluss. Doch ich konnte dem Kloster nicht einfach den Rücken kehren. Was ich mir vorgenommen hatte, wollte ich auch zu Ende bringen. Ich war dreizehn und ein ziemlicher Sturkopf. »Ich habe Gott das Versprechen gegeben, Nonne zu werden«, ermahnte ich mich, »ich kann jetzt nicht einfach gehen.«

Doch es sollte anders kommen. Nachts, wenn ich nicht schlafen konnte, stand ich oft am Fenster, betrachtete den Sternenhimmel und dachte über meine Zukunft nach. Wie meine Mutter, von morgens bis abends nur für die Kinder auf den Beinen, so wollte ich nicht enden. Was würde mich als Nonne erwarten? Immer nur beten und arbeiten? Das konnte es auch nicht sein. Ich wollte hinaus in die Welt, vielleicht Missionarin werden oder Entwicklungshelferin, anderen Menschen das Evangelium verkünden und irgendetwas Sinnvolles tun. Dass ich als Nonne keinen Sex haben durfte, fand ich eher beruhigend. Anders als viele andere Mädchen im Klosterinternat interessierten mich Jungen überhaupt nicht.

Eines Nachts fiel mir auf, dass fast immer zwischen zwölf und eins eine dunkle Gestalt ins Wohnhaus der Nonnen huschte. Ich erzählte meiner Freundin Betina davon, sie war genauso neugierig wie ich. Natürlich wollten wir wissen, welcher Geist da jede Nacht ums Haus schlich.

Einfach rausgehen und nachsehen konnten wir nicht. Jeden Abend um zehn wurde unsere Haustür abgeschlossen. Doch es gab einen verbotenen Weg. Durch ein Fenster im Erdgeschoss stiegen wir in den Innenhof und versteckten uns in der kleinen Kapelle auf dem Hof. Es kam uns wie eine halbe Ewigkeit vor. Würde jemand unsere leeren Betten bemerken? Endlich hörten wir Schritte und sahen den Priester, der bei uns jeden Sonntag die Messe las, im Schlafhaus der Nonnen verschwinden. Kurz darauf bemerkten wir einen Lichtschein im ersten Stock. Jetzt waren wir erst richtig neugierig geworden und kletterten auf den Geräteschuppen. Zum ersten Mal in meinem Leben sah ich einen nackten Mann: Padre Antonio im Liebesspiel mit Schwester Esperanza.

Verwirrt flohen wir in unseren Schlafsaal. Meine heile Welt hatte Risse bekommen. Das Gerede der Schwestern von Keuschheit – alles nur leere Worte. War das Klosterleben in Wirklichkeit eine einzige Heuchelei? Wie auch immer: Hier wollte ich nicht länger bleiben.

Am darauf folgenden Sonntag kam mein Vater zu Besuch. Ich sagte ihm nur: »Ich will hier weg, so schnell wie möglich. Ich bin nicht als Nonne geboren.« Er machte mir keine Vorwürfe, sondern strahlte vor Erleichterung. Noch am gleichen Tag fuhr ich mit ihm zusammen im Bus nach Hause. Er hat nie nachgefragt, warum ich das Kloster verlassen habe. Den wirklichen Grund hätte ich verschwiegen, so sehr habe ich mich geschämt für das, was ich gesehen hatte.

In den ersten Wochen danach war ich glücklich, zu sehr hatte ich meine Familie vermisst. Doch schon bald fühlte ich mich wieder vom alten Trott eingeholt. Meine Mutter brauchte Hilfe, und ich konnte nicht Nein sagen. So war ich mit vierzehn wieder das Hausmädchen meiner Mutter.

Allen voran beneidete ich Juan, meinen ältesten Bruder. Erst war er beim Militär in der Hauptstadt, dann vermittelte ihm ein Offizier einen Job in einem Elektronikladen. Juan reparierte Radios und Fernseher und lernte den Umgang mit Computern. Er bekam gute Trinkgelder und konnte sich sogar eine eigene Wohnung leisten.

Eines Tages kam er zu Besuch. Ich flehte ihn an: »Bitte nimm mich mit. Ich kann das Kindergeschrei nicht mehr ertragen. Ich

habe keine Lust mehr, jeden Tag für dreizehn Leute zu kochen, zu bügeln und Wäsche zu waschen. Ich habe noch nicht einmal Zeit, meine Hausaufgaben zu machen.« Zunächst verstand er mein Problem überhaupt nicht. Juan hatte zu Hause nie so viel geholfen wie ich, das hatten meine Eltern von ihrem ältesten Sohn nicht erwartet. Doch nachdem ich ihm erklärt hatte, wie sehr mir ein kleines Stückchen Freiheit fehlte, willigte er ein. »Du kannst mitkommen, wenn die Eltern einverstanden sind.«
Als Erstes sprach ich mit meiner Mutter. Sie war sehr traurig, als sie hörte, dass ich wieder weg wollte. Sie weinte, aber sie gestand mir meine Entscheidung zu: »Das ist dein Leben, ich kann dich nicht festhalten. Du entscheidest selbst, wie du leben möchtest.« Noch heute bewundere ich sie für diese Sätze. Keine Vorwürfe, dass ich sie im Stich lassen würde, keine Versuche, mich festzuhalten. Sie wollte das Beste für mein Leben. »Du musst wissen, in der Hauptstadt wird das Leben sehr hart.« Sie sollte Recht behalten.
Vor dem Gespräch mit meinem Vater fürchtete ich mich mehr. Vor nicht einmal zwei Jahren wollte er mich schon nicht ins Internat gehen lassen. Er willigte damals schließlich ein, weil er wusste, dass ich dort nur unter Mädchen leben und die katholischen Nonnen schon auf mich aufpassen würden. Diesmal ging es um etwas anderes. Ich wollte in die Hauptstadt, drei Stunden weg von der Familie. Bis zu diesem Zeitpunkt durfte ich nirgendwo allein hingehen, noch nicht einmal zur Schule. Immer war ein männlicher Begleiter an meiner Seite. Noch immer befürchtete mein Vater, ohne seinen Schutz würde ich sofort schwanger werden. Dabei interessierte ich mich auch mit fünfzehn noch nicht im Geringsten für das andere Geschlecht.
Beim Abendessen im Beisein meiner elf Geschwister und meiner Mutter nahm ich dann all meinen Mut zusammen. Mein Vater antwortete zunächst nichts, schwieg eine unendlich lange Zeit. Dann erwiderte er mit leiser Stimme: »Nein, du bist noch viel zu jung.« Nach dem Essen ging mein Bruder zu ihm: »Wenn du es

ihr nicht erlaubst, könnte es auch schlimmer kommen. Vielleicht verlässt sie euch, ohne erst zu fragen, und du hast sie für immer verloren.«

»Versprichst du mir, auf deine Schwester aufzupassen?«

»Ich werde mich um sie kümmern, wie du es tun würdest.« Mit Tränen in den Augen kam mein Vater zu mir: »Dann geh, meine Tochter. Gott wird dich beschützen.« Mit fünfzehn Jahren war ich endlich frei.

Die Hauptstadt war eine andere Welt. Überall wimmelte es von Menschen, Fahrrädern, Autos. Ich kam mir unbedeutend und unwissend vor und war doch so stolz, es bis hierher geschafft zu haben. Ich besuchte eine staatliche Schule, wollte die mittlere Reife machen und vielleicht auch das Abitur. Doch immer wieder fiel tagelang der Unterricht aus, weil die Lehrer streikten – ihnen war kein Gehalt bezahlt worden.

Für nachmittags fand ich einen Job in einer Apotheke. Zunächst sortierte ich Rechnungen, später durfte ich auch Rechnungen schreiben. Die Apothekerin empfahl mir, die Schule zu wechseln. Mit einem staatlichen Schulabschluss würde mir später kaum jemand eine Anstellung geben.

Ich wechselte auf ein privates Gymnasium. Hier machte mir das Lernen wieder richtig Spaß. Die Lehrer hatten Lust auf ihren Beruf, und ich hatte das Gefühl, dass es vorangeht in meinem Leben. Das Ganze hatte nur einen Haken: Diese Schule kostete zwanzig Dollar Schulgeld im Monat. Fast alles, was ich in der Apotheke verdiente, ging für Schule und Busfahrkarten drauf. Mein Bruder bezahlte die Miete und das Essen, und ich hatte deshalb dauernd ein schlechtes Gewissen. Eines Tages kam er mit einer jungen Frau nach Hause, die er mir als seine Freundin vorstellte. Amelia zog bei uns ein. Seitdem fühlte ich mich wie das fünfte Rad am Wagen. Wenn er sie küsste, verließ ich fluchtartig die Wohnung. Es gab aber noch einen Grund für Konflikte. Amelia hatte es mit Anfang zwanzig schon zur Restaurantbesitzerin gebracht. Sie hatte zwei Angestellte und jede Menge zu tun. Wenn sie nach Hause kam, hatte sie keine Lust mehr zum Waschen, Bügeln oder Putzen. Sie war der Meinung, das sei meine Aufgabe, denn schließlich wohnte ich ja mietfrei.

Die Situation wurde für alle unerträglich. Ich brauchte eine eigene Wohnung. Nach einigem Suchen fand ich ein kleines Zimmer, das ich mir aber nur leisten konnte, wenn ich zusätzlich nicht noch Schulgeld bezahlen musste. So beendete ich nach der zehnten Klasse zunächst meine Schulzeit. Mein Traum, Rechtsanwältin zu werden, war in weite Ferne gerückt. Abitur und Studium – das war etwas für Leute mit Geld. Nicht einmal die Bücher dafür würde ich mir leisten können.

Ich war siebzehn und ziemlich ratlos. Meine Eltern, die mir Halt hätten geben können, lebten in einer anderen Stadt, ich sah sie nur noch selten. Juan, mein großer Bruder, lebte sein eigenes Leben, und einen Freund hatte ich nicht. Männer machten mir Angst. Vor der Ehe wollte ich mit keinem Mann schlafen – ein uneheliches Kind zu haben war in meinem Land eine große Schande.

Ich besann mich auf meine religiösen Wurzeln. In der Nähe meiner neuen Wohnung gab es eine Gemeinde der evangelischen Freikirche. Jeden Sonntag ging ich zum Gottesdienst. Dort traf ich mehrere Menschen, die ich noch aus meinem Heimatort kannte. Auch sie hatte es in die Hauptstadt gezogen. Leonarda traf ich ebenfalls dort. Sie war die älteste Tochter eines Arztes, der oft Gast in unserer Familie war. Ich erzählte ihr, dass ich Arbeit suchte, und sie empfahl mich an einen Boutiquenbesitzer weiter, der in einer Zweigstelle noch eine weitere Verkäuferin einstellen wollte.

Die Arbeit in dem Modegeschäft machte mir viel Spaß. Besonders liebte ich es, die Schaufenster neu zu dekorieren und die Puppen neu einzukleiden, zum Beispiel mit bunten amerikanischen T-Shirts. Die Kunden kauften gern bei mir. Als die Zweigstellenleiterin schwanger wurde, bekam ich ihren Job.

Jetzt durfte ich auch bestellen und die Kasse machen. Ich war zufrieden mit meiner Arbeit und hatte mein Auskommen.

Nach zehn Monaten wurde der Mietvertrag für den Laden nicht verlängert. Mein Chef hätte mich gern in einer anderen Zweigstelle als Verkäuferin weiterbeschäftigt. Doch ich hatte andere Pläne. In meiner Kirchengemeinde hatte ich eine Jugendgruppe gegründet. Ich beschäftigte mich viel mit dem Glauben und diskutierte gern über theologische Grundsatzfragen.

In dieser Gemeinde legte niemand fest, welcher Glaube richtig und welcher falsch sei. Hier durfte ich meinen eigenen Glauben finden. Ich war nie eine fanatische Christin, aber ich glaubte immer fest an Gott. In der Gemeinde fand ich Geborgenheit inmitten der großen Stadt und formulierte ein Ziel für mein Leben: Wenn ich lerne, wie Gott geholfen hat, kann ich anderen Menschen helfen. So beschloss ich, ein Priesterseminar der evangelischen Kirche zu besuchen.

Die kostenlose Ausbildung dauerte drei Jahre. Im Gegensatz zu meiner Internatszeit auf der katholischen Klosterschule fühlte ich mich hier frei. Ich hatte ein eigenes Zimmer und konnte kommen und gehen, wann ich wollte. Unterricht war von acht bis eins, anschließend konnte ich leben, wie es mir gefiel. Während die meisten jobben gingen, machte ich meine Hausaufgaben und vergrub mich in der Bibel. Nach drei Jahren hatte ich mein Abschlusszeugnis in der Tasche, jetzt durfte ich als Predigerin oder Missionarin arbeiten.

Außerhalb des Priesterseminars war die Kirchengemeinde mein Lebensmittelpunkt. Gemeinsam mit meiner Jugendgruppe gestaltete ich Gottesdienste und organisierte Gemeindefeiern. Damals lernte ich auch Jose kennen, meine erste Liebe, den ersten Kuss allerdings gab mir Stefano, mein zweiter Freund. Als er mich drängte, mit ihm zu schlafen, verließ ich ihn. Dann kam Alfonso, und meine Welt veränderte sich.

Falsche Liebe

Alfonso nahm schon seit einem halben Jahr an unseren Gruppenstunden teil. Er war ein ruhiger Junge, hatte braune Augen und dunkle gelockte Haare. Bei einem Gemeindefest lernte ich ihn näher kennen. Er erzählte von seiner Kindheit und Jugend, die so ganz anders verlaufen war als meine. Seine Mutter starb, als er sechs war. Als er zwölf wurde, starb auch sein Vater. Zusammen mit seinen beiden älteren Geschwistern wuchs Alfonso bei seinem Onkel, einem Alkoholiker, auf. Alfonsos verstorbener Vater hatte ebenfalls Alkoholprobleme gehabt und war krankhaft eifersüchtig gewesen. Immer wieder hatte Alfonso als Kind miterleben müssen, wie sein betrunkener Vater die Mutter schlug. Alfonso erzählte sehr traurige Geschichten, und ich bewunderte ihn, wie er seine schwierige Jugend gemeistert hatte. Er trank keinen Tropfen Alkohol und hatte sich intensiv dem christlichen Glauben zugewandt.

Nach unserem Gespräch begleitete mich Alfonso auf eine Party. Anschließend wollte er mich mit dem Bus nach Hause bringen. Ich war einverstanden. In den nächsten Wochen trafen wir uns öfter, meist gemeinsam mit anderen Freunden, manchmal auch allein. Am Anfang interessierte er mich nicht als Mann – ich war mittlerweile zwanzig und er gerade einmal siebzehn, doch gefiel es mir, wie er mich mit seinen großen braunen Augen ansah. Eines Tages gestand er mir seine Liebe. Ich fühlte mich geschmeichelt und war ratlos. Richtig verliebt war ich nicht, doch Alfonso gefiel mir. Er war nicht wie die anderen, die mit jedem Mädchen gleich ins Bett wollten. Er war ruhig und sanft, und vor allem war er Christ. Ich dachte mir, das mit der Liebe kommt später, vielleicht wenn ich länger mit ihm zusammen bin. Wir wurden ein Paar – was Liebe überhaupt ist, wusste ich noch nicht so genau.

Nach ein paar Monaten kam mein Vater zu Besuch. Ich hatte ihm noch nichts von meinem Freund erzählt. Am Abend, nachdem mein Vater Alfonso ein wenig kennen gelernt hatte, schimpfte er: »Das ist dein Freund? Das ist nicht der richtige Mann für dich. Mit ihm kannst du nicht glücklich werden.«

Ich hatte meinem Vater bisher immer vertraut und seine Lebenserfahrung und Menschenkenntnis sehr geschätzt. Doch jetzt ärgerte mich seine Ablehnung. Das hier war mein Leben. Er hatte kein Recht sich einzumischen. Mein Gefühl sagte mir, Alfonso ist ein guter Mann und dazu noch sehr gläubig. Einen solchen Ehepartner hatte sich mein Vater doch immer für mich gewünscht. Die Kritik meines Vaters schweißte uns eher zusammen, als dass sie uns trennte. Nach einem Jahr beschlossen wir zu heiraten.

Ich schickte Einladungen an meine ganze Familie. Mein zweitältester Bruder Gustavo schrieb, er würde uns gern einmal vor der Hochzeit besuchen, um meinen künftigen Ehemann kennen zu lernen. Gustavo lebte damals eine vierstündige Busreise entfernt von mir. Er war bereits verheiratet, und ich sah ihn nur noch selten. Sein Rat hatte mir als Kind viel bedeutet, und so freute ich mich auf seinen Besuch. Zwei Tage lang blieb er merkwürdig distanziert. Als Alfonso uns für eine halbe Stunde verließ, um einem Nachbarn behilflich zu sein, beschwor mich mein Bruder: »Heirate ihn nicht. Er ist nicht gut für dich. Er hat einen schlechten Charakter.«

Mein ältester Bruder Juan, der genau wie ich in der Hauptstadt wohnte, hatte meinen Verlobten schon früher kennen gelernt. Kurz vor der Hochzeit rief er mich an, um mir abzusagen: »Sei mir nicht böse, aber ich will nicht kommen. Ich kann dich nicht beglückwünschen, ich will bei dieser Hochzeit kein Zeuge sein. Ich weiß, dass du nicht glücklich werden wirst.«

Ich war sehr traurig. Meine beiden älteren Brüder akzeptierten meinen künftigen Mann nicht und wollten noch nicht einmal an der Hochzeit teilnehmen, mein Vater lehnte meinen Verlobten ebenfalls ab. Nur meine Mutter versuchte nicht, mir diese Ehe auszureden. Sie wusste, dass ich ein Dickkopf bin und das mache, woran ich glaube.

Das Hochzeitsfest fand im großen Saal der Gemeinde statt. Bis auf meine beiden großen Brüder war meine ganze Familie angereist, um mir zu zeigen, dass sie mich liebte, aber ich fühlte mich, als wäre keiner gekommen. Alle waren gegen die Hochzeit. Sie wollten mich nur nicht in Stich lassen. Wir blieben nur zwei Stunden im Gemeindehaus. Dann zogen wir zu Alfonsos Onkel weiter, der in der Nähe ein großes Haus hatte. In einem Nebenzimmer zog ich mein weißes Hochzeitskleid aus und normale Festkleidung an. Meine Schwägerin gesellte sich mit ihrem Baby zu mir und wir unterhielten uns eine Weile. Als ich wieder hinausging, traf ich Alfonso im Flur. »Wo warst du so lange, ich habe dich die ganze Zeit gesucht?«, fauchte er mich an. Dann gab er mir eine Ohrfeige. Ich war völlig verdutzt. Hatte sich mein »sanfter Freund« in den wenigen Stunden, die wir jetzt verheiratet waren, in einen Schläger verwandelt? Ich konnte es nicht fassen. Schlagartig war mir die Lust zum Feiern vergangen, und ich setzte mich zu meiner Familie. Mein Vater blickte ernst vor sich hin. Am späten Abend neigte er sich traurig zu mir herüber: »Jetzt hast du eine Familie, in der viel Alkohol getrunken wird. Vielleicht wirst du auch irgendwann einmal trinken.«
Nach dem Fest entschuldigte sich Alfonso für die Ohrfeige. Er habe – als Folge des aufregenden Tages – überreagiert. Ich vergab ihm.
Zwei Tage später fuhren wir in ein kleines Hotel. Es lag drei Stunden entfernt von der Hauptstadt in den Bergen. Ich war froh und fühlte mich wie ein Schiff, das endlich in den Hafen einläuft. In rosaroten Farben sah ich meine Zukunft vor mir liegen. Ich hatte einen Mann, der mich liebte. Ich würde eine kleine

Familie haben und mich in der Kirchengemeinde engagieren. Mein Leben hatte jetzt endlich einen Halt und ein Ziel.
Nach einer Woche kamen Bekannte aus der Hauptstadt zu Besuch, drei Männer und zwei Frauen. Die Männer waren ein wenig älter als Alfonso. Ich freute mich über die Abwechslung und scherzte mit den Besuchern. Doch sobald ich gemeinsam mit den Männern lachte, trafen mich Alfonsos böse Blicke. Als sie gegangen waren, sagte er zu mir: »Ich möchte nicht, dass du mit ihnen scherzt. Sie wollen Sex mit dir haben.«
Am nächsten Tag waren wir bei Bekannten meines Vaters eingeladen. Alfonso wollte mir den Mund verbieten. »Du sollst dich verhalten, wie es sich für eine Ehefrau gehört.« Ich sollte nur antworten, wenn mich jemand anspricht.
Bereits in den Flitterwochen fiel es mir wie Schuppen von den Augen: Ich war nicht mehr frei. Ich fühlte mich in Ketten gelegt und geknebelt. Ich konnte nicht mehr frei sprechen, ich konnte nicht mehr frei atmen, ich konnte nichts mehr ohne seine Erlaubnis tun. Der sanfte Junge, den ich geheiratet hatte, entpuppte sich schon in den Flitterwochen als eifersüchtiger Macho.
Mein Vater hatte mich gewarnt, meine ganze Familie hatte mich gewarnt. Alle wussten, dass diese Partnerschaft nicht funktionieren würde, nur ich war stur geblieben. Am liebsten hätte ich mich auf der Stelle scheiden lassen, nur ist das in meiner Kultur nicht so einfach. Es war zu spät, ich konnte nichts mehr machen. Ich fühlte mich ohnmächtig. Ich schämte mich, weil ich nicht auf den Rat meines Vaters gehört hatte. Was würden die Leute sagen, der Pfarrer, die Gemeinde, die Nachbarn, wenn ich Alfonso gleich wieder verlassen würde? Ich war jetzt keine Jungfrau mehr. Hätte ich mich gleich wieder getrennt, wäre ich in den Augen der Menschen eine Hure gewesen.

Vor der Ehe war mir nie aufgefallen, wie eifersüchtig Alfonso war. Als wir vier Wochen verheiratet waren, haben wir uns fast nur noch gestritten. Wir wohnten damals im Haus meiner verstorbenen Schwiegereltern, das Alfonso und seine Geschwister geerbt hatten. Wir waren nicht allein dort. Seine Schwester Gabriela wohnte im gleichen Haus. Mit ihr verstand ich mich sehr gut. Und Guarto besuchte uns fast jeden Tag. Ich kannte ihn aus der kirchlichen Jugendarbeit und mochte ihn gern. Alfonso und Guarto waren wie Brüder. Als Alfonsos Eltern gestorben waren, hatte Guartos Mutter ihn bei sich aufgenommen. Beide waren gleich alt und hatten viele Jahre gemeinsam verbracht.

Eines Tages gestand Guarto meinem Mann, dass er sich früher auch einmal in mich verliebt hatte, etwa zu der Zeit, als ich mit Stefano zusammen gewesen war. Er habe sich nicht getraut, um mich zu werben, da ich ja schon einen Freund hatte. Als sich dann Alfonso für mich interessierte, habe er sich wieder zurückgehalten, um seinem Wahlbruder nicht in den Rücken zu fallen. Von diesem Gespräch erzählte mir mein Mann zunächst nichts. Am Wochenende darauf besuchte uns Guarto wieder. Als er gegangen war, bekam mein Mann einen Tobsuchtsanfall. Er brüllte mich an und stieß mich mit dem Kopf gegen die Wand.

»Bitte hör auf, was machst du?«

»Guarto ist ein Hurensohn«, rief er. »Er ist verliebt in dich. Jetzt, wo wir verheiratet sind, will er dich haben.«

»Warum tust du mir weh?«

Er entgegnete voller Zorn: »Ich habe Angst, dass du mit einem anderen Mann gehst.«

Mit diesem Tag fingen die großen Probleme an. Alles war noch viel schlimmer, als ich befürchtet hatte. Ich durfte nicht mehr mit Guarto sprechen, ihm nicht einmal sagen: »Bitte komme nicht mehr zu uns.« In meiner Verzweiflung wandte ich mich an Gabriela und erzählte ihr die ganze Geschichte. Sie schüttelte nur den Kopf und meinte: »Er ist verrückt, mein Bruder.« Gabriela erklärte sich bereit, Guarto eine Nachricht zu überbringen. Ich schrieb ihm: »Bitte komme nicht mehr. Alfonso dreht sonst durch. Leider können wir nicht wie normale Menschen befreundet sein. Es ist zu

gefährlich für mich.« Guarto hat uns nicht mehr besucht, und auch mein Mann hat ihn nicht mehr getroffen.
Alfonso hatte keinen Grund zur Eifersucht, ich hatte keinen Liebhaber. Zum einen hätten das meine Moralvorstellungen nicht zugelassen, zum anderen gab es weit und breit keinen Mann, der mich ernsthaft interessierte. Doch Alfonso wurde immer verrückter. Er verbot mir, das Haus ohne ihn zu verlassen, wollte, dass ich den ganzen Tag im Schlafanzug verbringe. Kam er von der Arbeit nach Hause und sah mich angezogen, schrie er mich an: »Du warst mit einem anderen Mann zusammen.« Auch durfte ich mit niemandem außer ihm mehr sprechen. Ich resignierte. Damals war ich noch Mitglied im Gemeinderat, und viele Leute waren gewohnt, mich dort zu treffen und sich mit mir zu unterhalten. Ich ließ mich in der Gemeinde nicht mehr sehen, nur noch sonntags nahm ich in Alfonsos Begleitung am Gottesdienst teil.
Eines Tages kam nach der Predigt ein Junge aus meiner früheren Jugendgruppe auf mich zu und fragte: »Warum bist du so stolz geworden? Warum sprichst du nicht mehr mit uns?« Es war mir peinlich zuzugeben, dass Alfonso so eifersüchtig war. »Seitdem ich verheiratet bin, habe ich eine andere Einstellung zu Männern«, gab ich ihm zur Antwort und schämte mich tief im Herzen für meine Feigheit.

Heute frage ich mich oft, wie ich es so weit kommen lassen konnte. Warum habe ich damals nie an mich gedacht? Warum habe ich mich nicht gleich wieder scheiden lassen? Warum habe ich damals zugelassen, dass Alfonso aus mir ein kleines Mädchen machte, das sich nicht mehr aus dem Haus traut? Ich wusste, unsere Ehe würde in einer Katastrophe enden, und trotzdem habe ich nichts unternommen. So ganz begriffen habe ich es nie, aber heute führe ich viel auf meine damalige Religiosität zurück. Mit meinen zwanzig Jahren glaubte ich Wort für Wort, was in der Bibel steht: »Der Mann ist das Haupt der Frau.«

Hätte mir damals jemand gesagt, dass ich eines Tages wegen meiner gescheiterten Ehe gezwungen sein würde, mein Land zu verlassen, hätte ich ihn für verrückt erklärt.
Als Jungfrau hatte ich geheiratet und wie die allermeisten Frauen in meinem Land vorher kein Liebesleben gehabt. Vorehelicher Geschlechtsverkehr von Frauen gilt bei uns als unehrenhaft. Männer dagegen können machen, was sie wollen. Sie suchen regelrecht Sex vor der Ehe und lassen die Mädchen danach im Stich. Männer, die ihre Freundinnen wechseln, gelten als tolle Kerle, Frauen, die sich von ihren Männern trennen, als Huren. Und die meisten Männer wollen nur eine Frau heiraten, die unberührt in die Ehe geht.
Nur wenige Paare leben in meinem Land vor der Heirat zusammen, und vor allem die Frauen bringen sich damit in Misskredit. Eine Ehe auf Probe wäre für mich damals undenkbar gewesen. Heute weiß ich, dass mir bei einer etwas weniger strengen Moral vieles erspart geblieben wäre. Heute finde ich es viel besser, wenn die Ehepartner erst einmal ausprobieren, ob sie auch im Alltagsleben zueinander passen. Bei Alfonso hätte ich schnell gemerkt, dass er nicht der Richtige für mich ist. Außerdem war er eigentlich zu jung für mich. Ich war drei Jahre älter als er und fühlte mich um einiges reifer. Die Frauen in meinem Land heiraten selten jüngere Männer. Ich war eine Ausnahme, auch Jose und Stefano, mit denen ich vor meiner Ehe eine Beziehung hatte, waren jünger gewesen als ich. Bis heute habe ich noch nicht herausgefunden, warum ich mich in meinem Leben eher für jüngere Männer interessiert habe.

Mein selbst gewähltes Ehegefängnis wurde zur Hölle. Als Alfonso mich zum ersten Mal verprügelt hat, war ich mit meinem ersten Kind schwanger. Wir waren knapp drei Jahre verheiratet. Ich wischte gerade das Badezimmer, als er nach Hause kam. »Mach mal das Essen warm«, begrüßte er mich. Ich erwiderte: »Bitte mach dir selbst etwas zu essen. Ich will noch fertig putzen.« Daraufhin kam er mit finsterer Miene zu mir: »Warum machst du nicht, was ich dir sage? Du hast mir zu gehorchen.« Ich wollte keinen Streit, ging in die Küche und wärmte das vorbereitete Essen auf. Ungehalten löffelte er die heiße Suppe in sich hinein und verbrannte sich den Mund. Daraufhin griff er wütend nach dem Teller. Instinktiv ging ich ein kleines Stück zur Seite. Ich wollte mich schützen – und natürlich auch das Baby, das seit vier Monaten in meinem Bauch wuchs. Um Haaresbreite flog der Teller an meinem Kopf vorbei und zerschellte an der Tür. Wutschnaubend kam er auf mich zu und schleuderte mich gegen die Wand. Ich fiel auf den Boden. Losgelassen wie ein wildes Tier trat er mir mit seinen Turnschuhen ins Gesicht. Er traf mein rechtes Auge, und ich brüllte vor Schmerz. Von dem Lärm alarmiert, klingelte meine Schwägerin bei uns Sturm. Alfonso weigerte sich, die Tür zu öffnen. Da rannte ich schreiend zur Wohnungstür. Gabriela sah gleich, was los war. Sie nahm mich mit in ihre Wohnung und verarztete mich vorsichtig. Mein rechtes Auge war so geschwollen, dass ich überhaupt nichts mehr sehen konnte. Eine Stunde später stand Alfonso mit Blumen vor der Tür: »Es tut mir leid. Ich wollte dich nicht schlagen.« Er fiel auf die Knie und weinte. »Bitte verzeih mir.« Seine Schwester fragte ihn: »Was willst du ihrem Vater sagen, wenn er kommt?«

»Dann sage ich, sie ist gefallen.«

Von diesem Tag an schlug er immer wieder zu. Wenn er merkte, dass ich einen seiner Befehle, zum Beispiel die Wohnung nicht zu verlassen, missachtet hatte, verprügelte er mich umgehend. Dennoch riskierte ich es hin und wieder, mich seinen Anweisungen zu widersetzen. Ich besuchte Luciana, die ich nach einem Gottesdienst in unserer Gemeinde kennen gelernt hatte. Sie war ebenfalls mit einem prügelnden Ehemann verheiratet und riet mir immer wieder: »Wehr dich. Du darfst dir das nicht gefallen lassen.«

Wenn ich von Luciana zurückkam, achtete ich sorgfältig darauf,

dass nichts seinen Verdacht erregen konnte. Eines Tages regnete es auf dem Nachhauseweg. In der Wohnung angekommen, legte ich die feuchte Jacke ab, zog die Schuhe aus und begann zu bügeln. Da hörte ich ihn an der Wohnungstür. Er war eine halbe Stunde früher dran als gewöhnlich. Kaum hatte er seine Jacke ausgezogen, nahm er meine Schuhe in Augenschein und bemerkte die feuchten Sohlen. »Du hast einen Freund«, schrie er mich an. Er stieß das Bügelbrett um und warf die frisch gebügelte Wäsche in einen Wassereimer. Dann setzte er sich aufs Sofa und schaltete den Fernseher ein. »Du musst alles wieder aufräumen und neu bügeln«, bestimmte er und grinste mich hämisch an. Ich war so wütend, dass ich das Bügeleisen nahm und drohend auf ihn zuging. Am liebsten hätte ich es ihm gegen das Bein gedrückt. Es fehlte nicht viel, und ich hätte es getan.
Meine Reaktion musste ihn beeindruckt haben, denn in den nächsten Wochen ließ er mich in Ruhe. Seine Zurückhaltung hielt allerdings nicht lange an. Bald ging es mit den Schlägen weiter, und ich fühlte mich machtlos. Ich fragte ihn: »Warum bist du so anders als vor unserer Hochzeit?«
»Hältst du mich für so dumm? Du hättest mich doch sonst nicht geheiratet.«
»Warum schlägst du mich so? Was habe ich dir getan?«
»Wegen Guarto, deinem heimlichen Liebhaber.« Ich hatte Guarto seit vielen Monaten nicht mehr getroffen.
Etwa mit Beginn meiner Schwangerschaft hatte Alfonso bei einer Fluggesellschaft eine Stelle als Steward angenommen. Sein Beruf machte ihm viel Spaß, sein Verdienst aber reichte gerade für Miete und Essen. Ich erklärte ihm, dass ich mir einen Job suchen wollte, denn wir bräuchten das Geld für das Baby. Natürlich war er dagegen. »Du willst nicht arbeiten, du willst nur deinen Freund besuchen.« Trotzdem fing ich an, für ein paar Stunden heimlich in einer Näherei zu arbeiten. Viel verdienen konnte ich dort nicht, aber ich bekam ein warmes Mittagessen und war unter Menschen. Um zur Näherei zu kommen, musste

ich den Bus nehmen. Morgens konnte ich unbemerkt nach Alfonso das Haus verlassen, und nachmittags fuhr ich rechtzeitig genug los, um vor ihm wieder zu Hause zu sein. Einige Tage lang ging das gut. Die Busse waren meistens überfüllt, doch irgendwie gelang es mir immer, mich mit hineinzuzwängen. Doch eines Tages hingen die Fahrgäste bereits von außen an den Türen, als der Bus an der Haltestelle einfuhr. Normalerweise hätte ich mich dort auch noch festgekrallt, doch wegen meiner Schwangerschaft war mir das zu riskant. Ich ließ den Bus fahren und wartete eine halbe Stunde auf den nächsten.

Ausgerechnet an diesem Tag war Alfonso wieder einmal früher von seiner Arbeit zurückgekommen und erwartete mich schon. »Ich habe dich mit deinem Freund in der Stadt gesehen«, schimpfte er.

»Warum bist du nicht gekommen und hast mich angesprochen?«, wollte ich wissen.

»Um dir diese Peinlichkeit zu ersparen.« Er schmetterte mir seine Faust ins Gesicht. »Ich will, dass du hässlich aussiehst, damit dich kein anderer Mann mehr ansieht«, schrie er. Ich nahm einen Stuhl, um mich zu wehren. Ein Stuhlbein löste sich und traf ihn in den Magen. Für diesen Tag hatte ich Ruhe.

Als ich im siebten Monat schwanger war, rief mich der Boutiquenbesitzer, der mich früher schon einmal beschäftigt hatte, an und fragte, ob ich nicht Lust hätte, wieder ein paar Stunden für ihn zu arbeiten. Ich freute mich und sagte zu, egal, was Alfonso davon hielt. Zu Hause fühlte ich mich schwach, bei der Arbeit konnte ich mich mit anderen Menschen unterhalten. Ich brauchte die Arbeit, um seelisch zu überleben.

Ein paar Wochen später wurde unsere Tochter geboren. Ich war überglücklich. Für kurze Zeit hatte ich das Gefühl, in einer ganz normalen Familie zu leben. Die kleine Isabel ließ mich alle Probleme vergessen. Ihr Strahlen erweichte auch Alfonsos Herz. Eine Zeit lang war er wie umgewandelt, liebenswert und liebenswürdig und ein stolzer Vater. Der Friede währte indes nur kurz. Seit Monaten hatte ich jede körperliche Nähe zu ihm gemieden. Aber als er eines Tages von der Arbeit nach Hause kam, gab ich mir einen Ruck und nahm ihn in den Arm. Ich hoffte, dass unsere Ehe vielleicht doch noch so werden könnte, wie ich es mir vor unserer Hochzeit erträumt hatte. Statt meine Umarmung zu erwidern, schlug er mir ins Gesicht und sagte: »Du warst bei deinem Freund.«

Bald schon kam es wieder zu denselben Eifersuchtsattacken wie vor der Geburt. Seine Tochter liebte er sehr, aber für mich hatte er nur Schläge übrig. Nach drei Monaten wurde mir von meiner Freundin Luciana ein Halbtagsjob als Sekretärin bei der Hilfsorganisation »World Vision« angeboten. Dort suchten sie eine Frau mit christlichem Hintergrund für den Empfang. Die Bezahlung war gut, besser als Alfonsos Gehalt. Ich war glücklich über die Gelegenheit, wieder unter Menschen zu kommen. Alfonso war wie üblich dagegen, doch ich war fest entschlossen, diese Chance zu nutzen. Für die kleine Isabel kam einige Stunden am Tag eine Kinderfrau, und ich hatte eine neue Aufgabe.

Wir zogen in eine größere Wohnung, die ich mit meinem Gehalt bezahlte. Nach außen hin war alles in Ordnung. Für unsere Freunde und Bekannte war Alfonso ein Ehemann par excellence. Er rauchte nicht, er trank nicht und mimte den Biedermann. Hinter unserer Wohnungstür zeigte er sein wahres Ich. Regelmäßig tobte er vor Eifersucht, regelmäßig wurde ich verprügelt, immer wieder schlug er mir ins Gesicht. Meine Unterlippe war ständig geschwollen, meine Zähne waren entzündet. Noch heute erinnern mich ein gebrochener Unterkiefer und eine Narbe im Gesicht an diese Gewaltexzesse.

In unserem Haus lebten zwei weitere Familien. Ich erkannte an den Geräuschen der Schlüssel und Schritte, wer das Haus betrat und die Treppen hochstieg. Sobald ich Alfonso im Flur hörte, fing ich am ganzen Körper an zu schwitzen und zu zittern. Ich war nur noch ein psychisches Wrack.

Oft schlug und erniedrigte er mich, und anschließend bereute er es bitter. Er weinte wie ein kleines Kind und bat mich auf Knien, ihm zu verzeihen. Meine aufgeplatzten Lippen, meine geschwollenen Augen, meine blauen Flecken wollte er nicht ansehen. Jedes Mal versprach er, mich nie wieder zu schlagen. Die Misshandlungen und die darauf folgenden Reuegefühle waren zum Ritual geworden.
Als Wiedergutmachung brachte er jedes Mal Schokolade oder Blumen mit nach Hause. Ich begann, die Blumen, die Schokolade und die Männer zu hassen. Mit Männern wollte ich in meinem Leben nichts mehr zu tun haben. Männer, die mir Blumen schenken wollten, waren mir besonders suspekt. Ich war der Überzeugung, dass Männer schlimme Menschen waren, vor der Ehe noch normal, nach vollzogener Ehe lebensgefährlich.

Manchmal kam mein Vater zu Besuch. Wortlos musterte er meine Beulen und Blessuren im Gesicht. Wahrscheinlich ahnte er, was los war. Doch jedes Mal hatte ich eine andere Ausrede. Ich hätte mich an der Tür gestoßen, sei hingefallen, auf der Straße ausgerutscht. Ich konnte ihm nicht die Wahrheit sagen, war zu stolz, um zuzugeben, dass er mit seinen Vorhersagen Recht gehabt hatte. Alfonso wusste, dass mein Vater ihn nicht mochte. Jedes Mal, wenn mein Vater wieder abgereist war, hatten wir besonders viel Streit.
Alfonso war der Ansicht, um Gott zu gefallen, müsse der Mensch viele Kinder haben. Früher wollte ich Nonne werden, weil ich gar keine Kinder bekommen wollte. Jetzt hatte ich einen Mann, der am liebsten vier oder fünf Kinder gehabt hätte.
Kurz nach Isabels Geburt war ich sehr dafür, dass sie noch einen Bruder oder eine Schwester haben sollte. Ich war so glücklich über mein Kind und wollte sie ungern als Einzelkind aufwachsen sehen. Nachdem Alfonso aber erneut mit dem Schlagen angefangen hatte, änderte ich meine Meinung schnell wieder. Ich

ließ mir heimlich die Spirale einsetzen. Das Thema Kinderkriegen war für mich abgeschlossen, für Alfonso dagegen ganz und gar nicht.

Ich hatte schon lange keine Lust mehr, mit ihm zu schlafen, traute mich aber nicht, ihm das zu sagen. Ich fürchtete, er würde mich schlagen und zum Sex zwingen. Verweigerte ich mich ihm, würde er sich in seiner Ansicht bestätigt fühlen, ich hätte etwas mit einem anderen Mann. Also ließ ich den Sex über mich ergehen, blieb passiv und wartete, bis es vorbei war. Wenn er mich geschlagen hatte, forderte er keinen Geschlechtsverkehr. Er fühlte sich schuldig, schlief meist allein im Schlafzimmer, und ich blieb im Kinderzimmer.

Die Spirale verursachte starke Zwischenblutungen, so dass ich sie wieder entfernen lassen musste. Von da an hatte ich meine Periode unregelmäßig, wusste nicht mehr, wann die fruchtbaren und die unfruchtbaren Tage waren – und Alfonso forderte Sex. Eineinhalb Jahre nach Isabels Geburt war ich zum zweiten Mal schwanger. Alfonso war in dieser Zeit beruflich viel unterwegs, und als ich ihm die Nachricht überbrachte, ein Kind sei unterwegs, argwöhnte er: »Das Kind kann nicht von mir sein, du hast einen anderen Mann gehabt.«

Ich überredete ihn, mit mir zu einer Familientherapeutin zu gehen. Wir sprachen über unsere Beziehung und seine Gewalttätigkeiten. Jedes Mal beteuerte er: »Ich werde etwas ändern. Ich will ein guter Ehemann für meine Frau sein.« Doch kaum hatten wir die Praxis verlassen, lästerte er über die Therapeutin. Er dachte gar nicht daran, sich zu ändern. Die Gespräche kosteten eine Menge Geld, und ich empfand die Beratung als Zeitverschwendung. Alfonso benahm sich wie ein Kranker, der Medikamente bekommt und sie nicht einnimmt.

Als ich im fünften Monat schwanger war, wollte ich an einem Wochenende meine Eltern besuchen. Alfonso mochte diese Reisen nicht, denn er wusste, dass meine Eltern ihn nicht akzeptier-

ten. »Sieh dir an, wie schmutzig es bei uns ist. Du kannst nicht fahren, du musst sauber machen.«
Ich hatte schon den ganzen Vormittag geputzt und wurde sauer: »Ich werde fahren, ob es dir passt oder nicht.«
Voller Wut stieß er mich gegen die Wand. Ich fing an zu schreien. »Hör auf, denk an das Baby.«
Er hörte nicht auf, sondern trat mir in den Bauch. »Der Bastard soll sterben, du Hure.«
Isabel fing laut an zu weinen. Ich packte sie und floh ins Kinderzimmer. Alfonso kam uns nicht nach, sondern setzte sich vor den Fernseher. Lange drückte ich Isabel ganz fest an mich und konnte mit dem Weinen nicht mehr aufhören.
Wieder war es ihm gelungen, mir seinen Willen aufzuzwingen und mich zu demütigen. Ich fuhr nicht zu meinen Eltern und gab mir in den nächsten Monaten die größte Mühe, Streit zu vermeiden, denn ich wollte das Baby in meinem Bauch nicht noch mehr gefährden.

Bis zu meinem Erziehungsurlaub ging ich jeden Tag für ein paar Stunden ins Büro, kümmerte mich anschließend um Isabel und machte den Haushalt. Wenn Alfonso nach Hause kam, ließ er sich bedienen und machte keinen Finger krumm. Auf meine Schwangerschaft nahm er keinerlei Rücksicht. Immer wieder hatte ich Schmerzen und musste mich hinlegen.
Als ich im achten Monat war, erlaubte mir »World Vision«, zu Hause zu bleiben und mich zu schonen. Die Zukunft erschien mir alles andere als rosig. Mit zwei Kindern würde das Leben um einiges anstrengender werden. Von meinem Ehemann konnte ich keine Unterstützung erwarten. Noch immer traktierte er mich wegen Nichtigkeiten. Kurz vor der Entbindung war ich mit meinen Nerven am Ende.
Vorübergehend gab mir die Geburt meines Sohnes neuen Lebensmut. Pablo kam trotz aller Schläge gesund zu Welt, und wieder war Alfonso für ein paar Wochen wie umgewandelt.

Pablo sah ihm so ähnlich, dass seine Zweifel, das Kind sei nicht von ihm, sich in nichts auflösten. Vor unseren Freunden und Verwandten präsentierte er sich als stolzer Vater. Für sein mieses Verhalten während der Schwangerschaft hat er sich nie entschuldigt.

Drei Monate nach Pablos Geburt gab es den nächsten großen Streit, weil ich wieder für ein paar Stunden arbeiten wollte. Er forderte, dass ich mit den Kindern den ganzen Tag in der Wohnung blieb. Wir schrien uns an. Pablo lag in seinem Bettchen, Isabel hatte ich auf dem Arm. Plötzlich schlug er mir seine Faust ins Gesicht. Isabel fing wild an zu schreien. Ich konnte sie nicht fallen lassen und war Alfonsos Schlägen hilflos ausgeliefert. Blut spritzte auf meinen weißen Schlafanzug und auf den Fußboden. Ich rannte nach oben zu meiner Nachbarin, um mich vor ihm zu schützen. Mein Gesicht war blutüberströmt, und sie wollte mich sofort ins Krankenhaus bringen. »Du musst sofort zum Arzt.«

»Nein, das geht nicht, Pablo ist noch unten.« Als ich mich wieder hinunterwagte, hatte Alfonso die Tür abgeschlossen. Meine Schmerzen wurden unerträglich. »Lass mich rein, lass mich rein«, schrie ich minutenlang. Erst als ich mit der Polizei drohte, öffnete er.

Luciana, von meiner Nachbarin alarmiert, kam und brachte mich zur nächsten Unfallambulanz. Meine Nase war zertrümmert, meine linke Augenbraue musste mit sieben Stichen genäht werden. Ich war am Ende. Am liebsten hätte ich mich vor die nächste Eisenbahn auf die Schienen gelegt, wären nicht meine zwei Kinder gewesen. Luciana redete auf mich ein: »Trenn dich doch endlich von ihm. Wenn du glaubst, du müsstest wegen der Kinder bei ihm bleiben, machst du etwas falsch. Entweder er schlägt dich tot, dann haben die Kinder keine Mutter mehr. Oder du erschlägst ihn, dann ist er tot und du im Gefängnis. Dann haben die Kinder auch niemanden mehr.« Sie hatte Recht.

Ich musste mich über die Moral hinwegsetzen, die Frauen in meinem Land die Trennung verbot, ich musste meine Religion und mein Hochzeitsversprechen vergessen. Ich war enttäuscht von einem Gott, der diese Schläge nicht verhindert hatte. Ich wollte meine Freiheit wiedererlangen. Irgendwie würde ich mein Leben als Alleinerziehende mit zwei kleinen Kindern schon meistern. Meine Gesundheit war mir wichtiger als eine kaputte Ehe.

Ich musste mit meinem Vater sprechen. Obwohl ich wusste, dass er sich von Anfang an gegen diese Ehe ausgesprochen hatte. Obwohl ich wusste, dass er an seinem Glauben festhielt, eine einmal geschlossene Ehe dürfe nicht wieder gelöst werden. Ich wollte ihm jetzt endlich die Wahrheit sagen.

Meine kleine Schwester Josefine nahm den Hörer ab. Sie sagte, dass meine Eltern in der Kirche seien. »Bitte richte ihnen aus, dass etwas Schlimmes passiert ist. Ich bin in der Klinik.« Drei Stunden später stand mein Vater an meinem Bett. Nachdem ich ihm alles erzählt hatte, fing er an zu weinen: »Warum hast du uns nie etwas gesagt? Ich habe gemerkt, dass er dich geschlagen hat, aber ich habe nicht geahnt, dass es so schlimm ist.« Jetzt brauchte ich nicht mehr länger mit einer Lüge zu leben, meine Familie wusste Bescheid. Die Reaktion meines Vaters war unerwartet. Er sagte nicht: »Du musst bei ihm bleiben, weil du ihn geheiratet hast«, sondern er machte mir Mut: »Du musst dich entscheiden. Du kannst mit ihm zusammenbleiben, aber das ist sehr gefährlich für dich und deine Gesundheit. Wenn du dich von ihm trennen willst, werde ich dich mit Gottes Hilfe unterstützen.« Ich war unendlich erleichtert, meine Familie würde mich nicht verstoßen, wenn ich die Scheidung einreichte.

Am nächsten Tag verließ ich die Klinik. Man hatte mir einen dicken Verband um den Kopf angelegt, und ich glich einer Mumie. Mein Vater begleitete mich.

Es war schrecklich, die verwüstete Wohnung zu betreten. An

den Wänden und Fußböden klebte mein Blut. Überall lagen Glassplitter. Bevor Alfonso gegangen war, hatte er noch einmal gründlich gewütet. Im Küchenregal stand kaum noch ein ganzer Teller.

Einige Tage lang blieb Alfonso verschwunden. Mein Vater half beim Aufräumen und Putzen. Um die Kinder kümmerten sich in der Zwischenzeit meine Nachbarin und meine Freundin Luciana. Nachdem mein Vater gegangen war, stand Alfonso plötzlich mit einer Tafel Schokolade und einem großen Blumenstrauß vor der Tür. Das kannte ich ja schon. Ich ließ mich nicht erweichen: »Wir werden uns trennen. Ich möchte, dass du ausziehst.«

Alfonso glaubte mir nicht. In meinem Land trennt sich eine Frau nicht von ihrem Mann. Scheidungen gehen in der Regel vom Mann aus. Er kniete vor mir nieder. »Glaube mir, ich werde mich ganz bestimmt bessern.« Als er merkte, dass ich nicht bereit war, mich auf seine Versprechungen einzulassen, versuchte er es anders. Er wisse doch gar nicht, wo er hingehen solle. »Du kannst zwei Monate bleiben, dann bist du weg.« Am nächsten Tag ging ich zum Anwalt und reichte die Scheidung ein. So langsam dämmerte ihm, dass ich es ernst meinte. Wir schliefen in getrennten Räumen, er im Schlafzimmer, ich mit Isabel und Pablo im Kinderzimmer. Immer wieder kam er und wollte, dass ich mit ihm schlafe. »Du musst, du bist meine Frau.«

»Ich bin nicht mehr deine Frau. Mach endlich, dass du wegkommst.« Gott sei Dank hat er nicht versucht, mich zu vergewaltigen. Als die zwei Monate vorüber waren, lebte er immer noch in unserer Wohnung. Nach außen hin führten wir eine normale Ehe, nur Luciana, meine Freundin, Gabriela, meine Schwägerin, meine Eltern und der Anwalt wussten von der eingereichten Scheidung. Immer wieder flehte er mich an, es noch einmal mit ihm zu versuchen. Dann entdeckte er die Kinder als Druckmittel. »Ich liebe Isabel und Pablo. Wenn du dich scheiden lässt, bleiben die Kinder bei mir.« Nie würde ich meine Kinder diesem Mann überlassen. Fortan hatte sein Verhältnis zu

Isabel und Pablo zwei unterschiedliche Gesichter. Mal kümmerte er sich intensiv um sie, brachte ihnen teure Geschenke mit, spielte und tobte mit den beiden, viel mehr, als er das je vor der Trennung getan hatte. Dann wieder kam er niedergeschlagen nach Hause, und wenn Isabel mit einem freudigen »Papa, Papa« zur Tür gerannt kam, schubste er sie zur Seite und ging schweigend in sein Zimmer. Gegen mich erhob er nun nur noch selten die Hand, dafür nun umso häufiger gegen Isabel. Wenn sie zu laut schrie, gab er ihr Ohrfeigen und schüttelte sie. Der kleine Pablo sah dabei zu.

Bei »World Vision« hatte ich mittlerweile eine Vollzeitstelle. Mir war es wichtig, auch finanziell unabhängig zu sein. Tagsüber kümmerte sich eine Kinderfrau um Isabel und Pablo. Alfonso fühlte sich für die Kinderbetreuung auch dann nicht zuständig, wenn er zu Hause war. Oft sahen wir ihn mehrere Tage lang nicht. Als Steward war er viel im Ausland unterwegs. Erst sehr viel später habe ich erfahren, dass er eine Freundin in einer anderen Stadt hatte. Doch mich betrachtete er nach wie vor als sein Eigentum. Ein halbes Jahr war bereits vergangen, und er machte immer noch keine Anstalten, sich ernsthaft nach einer eigenen Wohnung umzusehen.

Nach einem Jahr hatten wir einen Termin beim Scheidungsrichter. Sein Onkel, seine Brüder und seine Stiefmutter standen ihm bei. Nur seine Schwester fehlte. Gabriela hatte immer zu mir gehalten und nicht zu ihrem Bruder. Sie war froh, dass ich mich von ihm trennte. Seine Brüder und sein Onkel redeten auf mich ein: »Überleg es dir noch mal, Maria. Das kannst du doch nicht machen. Alfonso hat Fehler gemacht, aber er ist ein guter Ehemann. Denk doch an die armen Kinder, die ohne ihre beiden Eltern aufwachsen müssen …« Sie konnten mich nicht umstimmen.

Von meiner Familie war niemand zur Scheidung gekommen, ich wollte es auch nicht. Alfonso sollte spüren, dass ich mich aus

eigener Überzeugung scheiden ließ und nicht, weil meine Familie gegen unsere Beziehung war.
Alfonso war natürlich zu stolz, um vor dem Richter zuzugeben, dass die Scheidung eigentlich gegen seinen Willen war. Ein Mann, der von einer Frau verlassen wird, gilt als Versager. Er wusste auch, dass ich die Scheidung notfalls auch ohne seine Zustimmung hätte durchsetzen können. Die Kinder wurden mir zugesprochen. Das ist in meinem Land so üblich, es sei denn, die Mutter verzichtet freiwillig auf das Sorgerecht. Alfonso wurde verpflichtet, Unterhalt zu bezahlen. Zu Hause tat er so, als wäre nichts geschehen. Als er das nächste Mal auf Dienstreise war, ließ ich das Türschloss austauschen und stellte seine Möbel in den Hausflur. Bei »World Vision« nahm ich zwei Wochen Urlaub und fuhr mit meinen Kindern in ein Ferienhaus. Endlich fühlte ich mich wieder frei. Ich schwor mir: Nie mehr in meinem Leben wird mich ein Mann schlagen.

Gefährliche Freiheit

Nach der Scheidung versuchte es Alfonso in gewohnter Manier mit der Blumen-und-Briefe-Nummer. Fast täglich brachte ein Bote Rosen oder Lilien bei meiner Arbeitsstelle vorbei, ständig klingelte das Telefon und Alfonso war dran. Ab und zu schmeichelte er mir und wollte mich überreden, wieder mit ihm zusammenzuziehen. Bei den meisten Anrufen aber tobte er und drohte, die Kinder zu entführen. Seine Anrufe brachten mich jedes Mal aus der Fassung. Oft war ich noch Stunden danach aufgelöst und konfus. Ich traute mich kaum mehr, ans Telefon zu gehen. Da ich am Empfang von »World Vision« eingesetzt war, musste ich meine Chefin schließlich um eine Versetzung in die Verwaltung bitten.

Dann begann Alfonso, mich zu verfolgen. Ganz plötzlich tauchte er an einer Straßenecke auf und redete auf mich ein. Ich änderte meine Wegstrecke. Doch das nützte nichts. Wie ein Phantom passte er sich an und erschien plötzlich aus dem Nichts. Zu Fuß war ich nur noch unterwegs, wenn es nicht anders ging, ansonsten nahm ich den Bus.

Eines Tages überraschte er mich an einer Stelle, an der ich überhaupt nicht mit ihm gerechnet hatte. In einem Hauseingang versteckt wartete er auf mich. Mit beiden Händen umklammerte er meinen Arm. »Jetzt habe ich dich. Du wirst jetzt mit mir reden.«

Ich schrak zusammen. Seinen Griff kannte ich nur zu gut. Wie oft hatte er mich während unserer Ehe so gepackt und festgehalten. Beide Arme waren damals ständig voller blauer Flecke. »Lass mich los«, schrie ich ihn an.

In diesem Augenblick fuhr eine Polizeistreife vorbei. Die beiden

Polizisten hielten an und fragten, was denn los sei. »Dieser Mann verfolgt und schlägt mich«, antwortete ich.
Alfonso lachte die Polizisten an und erklärte, ich sei seine Frau.
»Ach so«, meinten die beiden Beamten und wollten wieder gehen, als sei es völlig normal, eine Frau auf solche Weise zu behandeln.
»Nein, bitte, ich bin nicht mehr seine Frau. Wir sind geschieden. Der Mann ist gefährlich, ich möchte ihn anzeigen«, rief ich und zeigte auf meine Narbe im Gesicht.
Alfonso musste in den Streifenwagen einsteigen und ich hinterließ meine Adresse.
»Sie werden von uns hören«, sagten sie. Nach hundert Metern hielt das Polizeiauto an und Alfonso stieg aus. Feixend kam er auf mich zu: »Siehst du, gegen mich kannst du nichts machen.« Sein Bruder war damals Abteilungsleiter bei der Polizei. Alfonso nannte im Streifenwagen seinen Namen und schon war er wieder frei. So funktioniert leider vieles in meinem Land. Wer Beziehungen hat, kann sich alles erlauben.
Meine Angst vor weiteren Übergriffen nahm wieder zu. Er wusste, dass ich von der Polizei keinen Schutz erwarten durfte.

Am Wochenende hatte ich oft Besuch von Luciana, meiner besten Freundin. Sie hatte mir zwar immer zu einer Trennung geraten, ihren eigenen prügelnden Ehemann aber noch nicht vor die Tür zu setzen gewagt. Eines Tages kam sie mit großen Plänen. Sie wollte nach Deutschland fliegen und ihre Schwester besuchen, die dort lebte und studierte. Ob ich nicht mitkommen wolle? Eine solche Reise kam für mich nicht in Frage. Auf keinen Fall wollte ich die Kinder längere Zeit allein lassen. Und das Flugticket hätte mich ein ganzes Jahresgehalt gekostet.
Das viele Geld schien für Luciana kein Problem zu sein. »Meine Schwester sagt, in Deutschland kann man ganz schnell ganz viel Geld verdienen.« Drei Wochen später flog Luciana tatsächlich nach Europa.

Mein Leben entspannte sich langsam. Alfonso hatte eine eigene Wohnung gefunden und seine Geliebte, Erica, war bei ihm eingezogen. Damit hörte das ständige Auflauern auf der Straße auf. Auch drohte er mir nicht mehr, die Kinder zu entführen. Mit Hilfe seiner Schwester hatten wir eine vernünftige Lösung gefunden. Jeden zweiten Sonntag brachte ich Isabel und Pablo zu ihr, und Alfonso konnte sie dort für ein paar Stunden abholen. Auch wenn ich mich sehr unwohl dabei fühlte, so sah ich doch ein, dass der regelmäßige Kontakt zu ihrem Vater für die beiden wichtig war.

Finanziell lebte ich am Rande des Existenzminimums. Die ersten Monate nach der Scheidung zahlte Alfonso gar keinen Unterhalt, später, als er die Kinder regelmäßig sehen wollte, überwies er hin und wieder einen kleinen Betrag – es war wesentlich weniger als die vom Familiengericht festgelegte Summe. Sein Geld reichte eine Woche lang für die Grundnahrungsmittel, für Milch, Brot und Reis. Niemals kaufte er Isabel und Pablo neue Kleidung oder Schuhe, auch war er nicht bereit, sich an Arztrechnungen oder Schuluniformen zu beteiligen. »Das sind deine Kinder«, lautete stets seine Antwort, wenn ich ihn um etwas Geld bat.

Bei »World Vision« verdiente ich verhältnismäßig gut, das Geld reichte dennoch hinten und vorn nicht. Isabel besuchte eine Privatschule, Pablo ging noch in den Kindergarten und sollte ihr mit fünfeinhalb Jahren auf diese Schule folgen. Das monatliche Schulgeld aufzubringen bereitete mir einige Schwierigkeiten, doch eine gute Schulausbildung für meine Kinder war mir wichtig. Die öffentlichen kostenfreien Schulen waren noch genauso schlecht wie zu meiner Schulzeit. Unsere korrupte Regierung hatte selten Geld für die Bezahlung der Lehrkräfte. Manchmal erhielten die Lehrer ein halbes Jahr kein Gehalt und streikten. Jeder Streik dauerte zwei oder drei Monate. In dieser Zeit fiel der Unterricht aus, und das wollte ich meinen Kindern nicht zumuten. Lieber brachte ich das Schulgeld auf, als sie in eine Schule zu schicken, die nicht viel taugte.

Jedes Jahr brauchten die Kinder neue Schuluniformen, die ich nur in einem teuren Fachgeschäft kaufen durfte. Das ging ins Geld, genauso wie die Kinderfrau, die Isabel und Pablo jeden Nachmittag abholte, wenn ich noch bei der Arbeit war. Die Miete und das Essen fraßen den Rest meines Gehaltes auf. Ich war arm, aber glücklich. Von meinem tyrannisierenden Ehemann hatte ich mich befreit und stand auf eigenen Füßen. Meine Kinder entwickelten sich prächtig und gaben meinem Leben Sinn. Für einen neuen Mann war darin kein Platz mehr.

Das Leben als Alleinerziehende war dennoch nicht einfach. Immer wieder spürte ich die misstrauischen Blicke der Angestellten bei den Behörden und auch meiner Nachbarn. Mit Ende zwanzig lebte so gut wie keine Frau in meinem Land allein. In den Augen meiner Landsleute war ich ein leichtes Mädchen mit wechselnden Liebhabern.

Viele Kollegen bei »World Vision« kannten die Geschichte meiner Ehe. Sie hatten mir in schweren Zeiten Trost gespendet, wenn ich wieder einmal mit einem blauen Auge oder einer Wunde im Gesicht zur Arbeit gekommen war. Nur der Personalchef, ein fanatischer Baptist, mochte mich nicht. Eines Tages, als ich wieder einmal zerschunden zur Arbeit erschienen war, hatte er zu Hause angerufen und Alfonso gefragt, was denn los sei. Alfonso gab ihm zur Antwort, ich hätte einen Liebhaber, deswegen habe er mich geschlagen. Prompt sprach mich der Personalchef an. »Dein Mann lügt nicht, du hast einen Liebhaber.« Seitdem war er gegen mich. Alfonso wusste das auszunutzen. Nach der Scheidung rief er ihn ständig an und erzählte erfundene Geschichten über meine angeblichen Liebhaber. Das hat die Skepsis des Personalchefs bestärkt.

Mitte der neunziger Jahre geriet »World Vision« in eine Krise. Die Organisation lebt von der Vermittlung von Patenschaften, die Menschen in reicheren Ländern für Kinder aus ärmeren

Ländern übernehmen. Die Anzahl dieser Patenschaften ging zurück, und viele kleine Projekte auf dem Land mussten aufgegeben werden. In unserem Büro bekamen wir das bald zu spüren. Einige Monate lang mussten wir Gehaltskürzungen hinnehmen, dann kam es zu den ersten Entlassungen. Als Alleinerziehende durfte ich zunächst bleiben, doch als in meiner Abteilung von zwanzig Angestellten achtzehn gehen mussten, traf es auch mich. Der Personalchef war froh, mich nicht mehr beschäftigen zu müssen. Eine Alleinerziehende mit zwei kleinen Kindern passte in seinen Augen nicht zum guten Ruf der Organisation.
Meine Abfindung reichte gerade für drei Monate, dann waren meine finanziellen Reserven aufgebraucht. Ich musste meine Eltern um Geld bitten, was mir sehr unangenehm war. Seitdem ich zu Hause ausgezogen war, hatte ich finanziell immer auf eigenen Füßen gestanden. An den Wochenenden studierte ich die Stellenanzeigen in der Zeitung. Ich wollte so schnell wie möglich wieder eine neue Arbeit finden.
Die Stellensuche war eine einzige Enttäuschung. Wurde eine Sekretärin gesucht, sollte sie nicht älter als zwanzig Jahre alt sein. Ich war fast zehn Jahre älter und fühlte mich noch keinesfalls zu alt. Ich schrieb Bewerbung um Bewerbung, gab Geld für teure Kopien aus. Manche Firmen erhielten dreihundert bis vierhundert Bewerbungen für eine einzige Stelle. Ab und zu schaffte ich es unter die letzten fünfzig, aber niemals weiter. Irgendwann sah ich ein, dass die ganze Stellensuche ohne Beziehungen sinnlos war. Vorübergehend fand ich erneut einen Job als Näherin in einer großen Schneiderei. Dort hatte ich Uniformen zu flicken, Knöpfe anzunähen, Reißverschlüsse und Hemdkragen zu reparieren. Die Arbeit war einfach für mich, ich hatte bei meiner Mutter alle Kniffe, die man dafür brauchte, gelernt. Nie wurde bei uns ein Kleidungsstück weggeworfen, das noch irgendjemand meiner elf Geschwister hätte anziehen können. Irgendetwas war immer auszubessern, zu stopfen oder

umzunähen. Zwei Monate lang hatte ich täglich ein paar Stunden bezahlte Arbeit, dann hatte der Betrieb nichts mehr zu tun für mich.

So konnte es nicht weitergehen. Ich musste mir etwas einfallen lassen. Ich wusste, wie man ein Geschäft leitet, hatte ich doch einige Zeit eine Boutique geführt. Ein eigener Laden wäre die Lösung, dachte ich oft, er würde meiner Arbeitslosigkeit und den Gelegenheitsjobs ein Ende machen. Was aber sollte ich verkaufen? Und woher sollte ich das Eigenkapital nehmen? Ich hatte keinen einzigen Cent auf der Bank.

Mein Vater besaß ein Grundstück am Rande der Stadt. Er wollte es für mich verkaufen und mir das Geld leihen, vorausgesetzt, ich würde einen überzeugenden Plan für ein Geschäft entwickeln. Ich überlegte hin und her, eine Modeboutique kam nicht in Frage. Ich wusste zwar, wie man ein Geschäft verwaltet, doch mit den Modetrends kannte ich mich nicht aus. Eine Änderungsschneiderei wäre auch eine Möglichkeit gewesen, doch die gab es bereits an jeder zweiten Straßenecke. Die entscheidende Idee hatte mein Bruder Juan: »Warum verkaufst du nicht Radios und Fernseher?« Juan wusste alles über elektronische Geräte und hatte ein eigenes Geschäft in der Nähe der Heimatstadt meiner Eltern. Er verkaufte Fernsehgeräte, Radios, CD-Player und Kassettenrekorder und betrieb eine eigene Reparaturwerkstatt. Allerdings hatte ich keine Ahnung vom Innenleben solcher Geräte. Juan beschwichtigte mich, er könne mir beibringen, wie man die Apparate verkauft und auch, wie man die wichtigsten Fehler erkennt. Für die Reparaturen könnte ich ja bei Bedarf einen Spezialisten beschäftigen.

Gemeinsam machten wir uns auf die Suche nach geeigneten Geschäftsräumen. An einer großen Allee in der Nähe des Flughafens fanden wir einen leer stehenden Laden. Die Miete war hoch, die Lage aber gut. Viele reiche Leute lebten in diesem Stadtteil, und wenn ich Glück hätte, würden auch Flughafenangestellte, Piloten und Touristen bei mir einkaufen. Mein Bruder kannte einen Großhändler, mit dem er schon oft zusammengearbeitet hatte. Der Mann kam vorbei, sah sich alles an und befand den Standort als geeignet für ein Elektronikgeschäft. Er war bereit, mir Radios, Fernsehgeräte und Ersatzteile auf Kommission zu überlassen. Erst sechzig Tage später hatte ich die Ware zu bezahlen oder eine Bankbürgschaft zu hinterlegen. Ich fasste mir ein Herz und mietete die Räume an. Juan strich die Wände und baute gemeinsam mit mir Regale ein.

Voller Stolz eröffnete ich mein Geschäft. In der ersten Woche kaufte niemand etwas, in der zweiten Woche auch nicht. Die Leute betrachteten neugierig das Schaufenster und gingen weiter. Zu Beginn der dritten Woche verkaufte ich vier Batterien. Einige Leute kamen jetzt auch in den Laden und interessierten sich für die Preise, insbesondere wollten sie wissen, wie teuer Reparaturen seien.

Am Wochenende stand unserer Stadt ein großes Jubiläum bevor. Viele Besucher wurden erwartet. Die Menschen, die im Umkreis meines Ladens wohnten, wollten sich vor ihren Verwandten nicht blamieren, und so standen Mitte der Woche drei kaputte Fernsehgeräte in meinem Laden, meine ersten Reparaturaufträge. Fernsehapparate sind bei uns sehr teuer. Die ärmere Bevölkerung muss jahrelang für ein neues Gerät sparen. Und wenn es kaputt ist, lässt man es lieber reparieren, als ein neues zu kaufen. Anders als in Deutschland sind die Löhne in meinem Land sehr niedrig.

Ich kannte einen Jungen aus der Nachbarschaft, der bei meinem Bruder im Geschäft gelernt hatte. Otavio hatte keine Arbeit und freute sich über mein Angebot, ein paar Cent verdienen zu können. Bis zu Beginn des großen Festes waren die drei Geräte repariert und die Leute zufrieden. Ende des Monats hatte ich genau zehn Batterien verkauft und drei Fernsehapparate repariert. Es war deprimierend. Strom, Miete und Telefon fraßen viel Geld. Mal war ich niedergeschlagen, hatte das ungute Gefühl, dass

meine Idee nicht funktionieren würde und ich bald pleite wäre. Dann packte mich aber wieder die Zuversicht. »Du musst Geduld haben. Aller Anfang ist schwer«, machte ich mir Mut.
Am Wochenende zog ich mit den Kindern durch die Straßen der Umgebung und drückte den Fußgängern Werbezettel in die Hand. Bei uns gibt es keine richtigen Briefkästen. So ging ich in die Häuser und erzählte den Bewohnern von meinem neuen Geschäft in ihrer Nähe. Zu Beginn des zweiten Monats verkaufte ich meinen ersten Fernsehapparat. Immer mehr interessierte Kunden kamen in mein Geschäft. Ich lockte sie mit Sonderangeboten, vor allem mit billigen Batterien. Sie sahen sich im Laden um und kauften auch andere Dinge, Sicherungen, Taschenlampen und Zimmerantennen. Es ging bergauf.
Nachdem ein Pilot meinen Laden entdeckt hatte, war der Durchbruch geschafft. Er hatte in seiner Wohnung einen riesigen Fernseher, so groß wie die halbe Wand. Gemeinsam mit Otavio betrachteten wir uns den Schaden vor Ort. Die Bildröhre war kaputt, eine sehr teure Reparatur. Das Ersatzteil hatte ich nicht auf Lager, doch mit Hilfe meines Bruders gelang es mir, binnen vierundzwanzig Stunden die passende Röhre zu organisieren. Juan baute sie ein, und am nächsten Abend lief das Gerät wieder. Der Pilot empfahl mich begeistert weiter und ich gewann viele neue Kunden vom Flughafen. Ab dem dritten Monat verdiente ich so viel, dass meine Unkosten gedeckt waren. Nach einem halben Jahr hatte ich es geschafft, mein Geschäft blühte. Zunächst stellte ich Otavio fest bei mir an, in den folgenden Monaten kamen noch zwei weitere Mitarbeiter hinzu.

Zum Zeitpunkt meiner Geschäftseröffnung hatte ich sehr wenig Geld zur Verfügung. Während ich jeden Cent dreimal umdrehen musste, war Alfonso zum Chefsteward aufgestiegen. Unterhalt zahlte er nach wie vor nur unregelmäßig, den Kinder brachte er gelegentlich am Wochenende teure Geschenke mit. Puppen und Kuscheltiere für Isabel, ferngesteuerte Autos für

Pablo. Meine Tochter war beeindruckt: »Du willst uns nichts geben«, sagte sie zu mir. »Papa ist viel netter als du.«
Isabel wollte zu ihrem Vater und ihrer neuen Stiefmutter ziehen. Alfonso hatte Erica in der Zwischenzeit geheiratet. Ich war sehr traurig, dass Isabel bei ihm leben wollte, ließ sie aber ziehen. Ich hoffte, dass sie bald wieder zu mir zurückkehren würde.
Pablo brachte ich morgens mit dem Bus zur Schule. Anschließend fuhr ich weiter zur Arbeit. Nach Schulschluss kam eine Lehrerin zu uns nach Hause und kümmerte sich um ihn, bis auch ich da war. Meinen Laden schloss ich um sechs Uhr. Das Leben war anstrengend, aber ich hatte alles gut organisiert. Nur hätte ich gern mehr Zeit für meine Kinder gehabt.
Nach einem halben Jahr wollte Isabel, wie ich gehofft hatte, wieder zurück zu mir. Sie hatte die Erfahrung gemacht, dass ihr Vater oft nicht da war und sich selbst dann, wenn er Zeit hatte, nicht um sie kümmerte. Erica hatte ein Baby bekommen und verlangte von Isabel, auf ihren Stiefbruder aufzupassen und im Haushalt zu helfen. Bei mir gefiel es ihr dann doch besser. Als mein Geschäft besser lief, zogen wir in eine neue, größere Wohnung. Ich nahm Fahrstunden und machte den Führerschein. Mein Traum war ein eigenes kleines Auto. Um den Haushalt kümmerte sich ein Kindermädchen. Wir hatten eine gute Zeit damals. Mein Laden florierte, und ich dachte sogar über eine Zweigstelle nach. Zum ersten Mal seit Monaten hatte ich wieder Freizeit. Um das Geschäft kümmerten sich die Angestellten, und ich spielte mit den Kindern.
Kurz vor Karneval traf eine neue Warenlieferung ein. Für fünfzehntausend Dollar hatte ich Radios, Fernsehapparate und Stereoanlagen bestellt – in meinem Land eine sehr hohe Summe. Wie bei jeder Lieferung, so waren auch diese Geräte für zwei Monate auf Kommission gekauft. Am Abend vor Beginn der Faschingsferien räumten Otavio und ich die neue Ware in den Lagerraum. Sorgfältig verriegelte ich die Ladentür. Über die Feiertage blieb das Geschäft geschlossen.

Ich hatte mit den Kindern einen Kurzurlaub geplant und drei Stunden von der Hauptstadt entfernt einen kleinen Bungalow gemietet. Wir wohnten an einem See, gingen baden und fischen. Es waren vier wundervolle, unbeschwerte Tage. Ich hatte viel Spaß mit meinen Kindern, der Lärm der Hauptstadt, die Anspannung der letzten Monate, alles konnte ich hinter mir lassen. Wir ahnten nicht, dass dies für viele Jahre unser letzter gemeinsamer Urlaub sein sollte.

Am Montagabend fuhren wir mit dem Bus in die Hauptstadt zurück. Am nächsten Morgen brachte ich die Kinder zur Schule und machte mich auf den Weg zu meinem Laden. Pünktlich um neun wollte ich öffnen. Als ich über den großen Parkplatz lief, beschlich mich ein beklemmendes Gefühl. Schon von weitem konnte ich sehen, dass irgendetwas anders war. Irgendetwas war nicht so, wie ich es am Donnerstagabend hinterlassen hatte. Als ich näher kam, entdeckte ich, dass die Tür nicht richtig verschlossen war und dass der Rollladen vor dem Schaufenster schief hing. Völlig konfus drückte ich gegen die Tür. Ich konnte sie problemlos öffnen. Überall auf dem Boden lagen Glasscherben. Ich blickte mich in meinem Laden um. Er war leer. Weder die Geräte, die zur Reparatur gebracht worden waren, noch die neuen Geräte waren da. Alles war gestohlen, sogar die Stehregale. Nur ein einziges Regal, das an einer Wand festgedübelt war, hing noch da.

Am ganzen Körper bekam ich eine Gänsehaut, zitterte und fror. Ich setzte mich in den Scherbenhaufen und fing verzweifelt an zu weinen. Irgendwann kam Otavio. Er nahm mich in den Arm, doch er konnte mich nicht trösten. Ich war so fassungslos, so ratlos. Tausende von Gedanken schossen mir durch den Kopf. Was sollte ich den Leuten sagen, die ihre Geräte zur Reparatur gebracht hatten? Wie sollte ich dem Großhändler, der gerade Waren im Wert von fünfzehntausend Dollar geliefert hatte, erklären, dass alles geklaut war? Niemals würde ich so viel Geld aufbringen können. Die Diebe hatten auch meine Aktenordner mitgenommen. Damit waren auch alle Schecks verschwunden, die Kunden ausgestellt hatten. Kurz vor den Faschingsferien war ich nicht mehr dazu gekommen, sie einzulösen. Jetzt war auch dieses Geld weg.

Bis heute verstehe ich nicht, warum niemand diesen Einbruch bemerkt hatte. Ich selbst wohnte eine halbe Stunde von meinem Geschäft entfernt, doch mein Laden lag in einem belebten Viertel. Die Diebe mussten mit einem großen LKW vorgefahren sein, um alles mitzunehmen. Der Rollladen war kaputt, hing schräg vor der Schaufensterscheibe, die Tür war nur angelehnt, dennoch hatte niemand irgendetwas Verdächtiges bemerkt.

Langsam kam ich wieder zu mir. Es gab nur eine einzige Chance, die mich vor einem Konkurs und erdrückenden Schulden retten konnte. Die Diebe mussten gefasst werden. Ich griff zum Telefonhörer und rief die Polizei.

Kuss vom Coronel

Eine halbe Stunde später erschienen vier Polizisten. Ich erzählte ihnen, was ich wusste. Die Beamten nahmen alles zu Protokoll und baten mich um eine Liste der gestohlenen Gegenstände. Während sie Fotos machten, ging ich in meinen Büroraum, setzte mich an den Schreibtisch und begann mit der Aufstellung.

Ein paar Minuten später betrat ausgerechnet der unsympathischste der vier Polizisten mein Büro. Noch heute habe ich seine Erscheinung vor Augen: klein, höchstens eins sechzig groß, dick, Oberlippenbart und dunkelbraune stechende Augen. »Wo ist Ihr Mann? Das muss Ihr Mann erledigen. Es ist unmöglich, dass eine Frau sich allein um diese Situation kümmert.« Ich ärgerte mich. Warum können Männer sich einfach nicht vorstellen, dass auch eine Frau imstande ist, ein Geschäft eigenständig zu führen? »Ich bin geschieden, ich habe keinen Mann«, sagte ich kurz angebunden. Er zog eine hässliche Brille aus der Tasche, setzte sie auf und schlenderte leicht nach vorn gebeugt durch den Raum. Dann betrachtete er eingehend meine Liste, setzte seine Brille wieder ab und marschierte wieder im Raum umher. »Wir können Ihnen helfen, aber wir brauchen ein bisschen Geld. Dann wäre alles sehr viel einfacher.« Dabei setzte er die Brille wieder auf, so als wollte er mir zu verstehen geben: »Ich bin ein wichtiger Mensch, und Sie müssen machen, was ich Ihnen sage.« Jetzt wurde ich richtig ärgerlich: »Sie sehen doch, dass alles geklaut ist, ich habe keinen einzigen Cent mehr. Ich habe keine Lust, jetzt auch noch von der Polizei beklaut zu werden.« Er amüsierte sich und fing an zu lachen.

Als er sich meinem Schreibtisch näherte, dachte ich, er wollte etwas in den Papieren nachschauen, die vor mir lagen. Stattdessen legte er seine Hand auf meine. »Das kann ich nicht glauben, dass Sie uns so gar nicht helfen wollen. Sie sind eine hübsche Frau und so allein hier.« Er nahm meine Hand, führte sie zu meinen langen Haaren, die mir ins Gesicht hingen, und schob sie zur Seite. Blitzschnell beugte er sich nach unten zu meinem Kopf und wollte mich küssen. Ich sprang auf, riss meine Hand los und gab ihm eine schallende Ohrfeige.

Wäre ich noch verheiratet gewesen, hätte er sich mit Sicherheit anders verhalten. Auch wenn er mich ohne Ehemann im Geschäft angetroffen hätte, wäre sein Umgang respektvoller gewesen. Hätte ich mir den Kuss gefallen lassen, wäre es bestimmt nicht dabei geblieben. Womöglich hätte er auch noch seine Kollegen, die noch immer im Laden fotografierten, dazugeholt.

Viele Männer in meinem Land denken, eine geschiedene Frau hat ihre Ehre verloren. Wenn ich sie küssen möchte, dann muss sie sich küssen lassen. Wenn ich mit ihr ins Bett gehen möchte, dann muss sie Ja dazu sagen. Eine geschiedene Frau ist Freiwild.

Nach der Ohrfeige blieb er stehen, ohne mit der Wimper zu zucken. Er drehte den Kopf ein wenig zur Seite, brummte nur »hm«. Anschließend öffnete er die Tür und rief seinen Kollegen zu: »Das Protokoll ist fertig. Wir können mit ihr zur Wache fahren.«

»Was soll ich auf der Wache?«, fragte ich immer noch ziemlich aufgebracht.

»Sie müssen dort das Protokoll unterschreiben.« Er verließ den Raum. Ein junger Polizist, der meine Wut bemerkt hatte, trat zu mir: »Sie dürfen nicht so mit ihm reden. Das ist der Coronel, Señor Marcello Lopez.«

Diesen Namen kannte ich aus der Zeitung. Es war der Polizeipräsident höchstpersönlich. Ich war so außer mir, dass mir Ränge und Titel völlig egal waren. »Sind Sie genauso korrupt wie Ihr Chef?« Er sah mich entsetzt an und sagte gar nichts.

Bis heute habe ich keine Erklärung dafür, warum der Polizeipräsident der Hauptstadt persönlich zur Aufklärung eines Einbruches erschienen war. Ich hatte lediglich die Polizei benachrichtigt. Jetzt saß ich zwischen zwei Polizisten auf dem Rücksitz des Streifenwagens. Marcello Lopez, der Chef, saß auf dem Beifahrersitz.

Die Ordnungshüter haben einen ziemlich schlechten Ruf in meinem Land, und entsprechend unsicher fühlte ich mich in ihrer Gesellschaft. Würden sie mir wirklich helfen, die Diebe zu finden, die mich um meine Existenz gebracht hatten? Oft genug hatte ich Geschichten gehört, dass die Polizei Ganoven einfach laufen ließ. Wer genügend Schmiergeld bezahlen konnte, blieb auf freiem Fuß. Auf dem Land erzählte man sich von Dörfern, in denen die Bewohner wegen der korrupten Polizei zur Selbstjustiz übergegangen waren. Kleinen Dieben wurde ein Finger, gefährlicheren die ganze Hand abgehackt. Von solch archaischen Methoden hielt ich nicht viel. Ich wollte mein Recht und meine Ware zurück und die Diebe im Gefängnis sehen. Eine abgeschnittene Hand würde mir nichts nützen, ich brauchte eine LKW-Ladung voller Radios, Fernsehapparate und Stereoanlagen.

Während die Polizei wirkliche Verbrecher immer wieder laufen lässt, sitzen viele Unschuldige in den Gefängnissen. Wer kein Geld für einen Anwalt hat, wer kein Bestechungsgeld für den Richter aufbringen kann, verbringt manchmal Jahre seines Lebens schuldlos im Knast – so ist es heute, und so war es damals. Dass mir so etwas auch passieren könnte – darüber hatte ich mir seinerzeit nie Gedanken gemacht.

Im Polizeipräsidium führte mich ein Beamter in ein Vernehmungszimmer. Zwei Polizisten kamen und stellten mir ausgiebig Fragen. Jede Schraube, an die ich mich in meinem Geschäft erinnern konnte, sollte ich einzeln benennen. Nach zwei Stunden unterschrieb ich das Protokoll. Dann packte ich meine Tasche und ging zur Tür. Ein kräftig gebauter Polizist stellte sich mir in den Weg: »Wo wollen Sie hin?«

»Ich habe viel zu tun. Ich muss jetzt meine Kunden informieren.«
»Wir dürfen Sie nicht gehen lassen.«
»Und weshalb nicht?«
»Anweisung vom Coronel. Wir haben auch keine Erklärung dafür.« Der Beamte führte mich in ein kleines Zimmer. Drei Stunden lang passierte gar nichts, dann tauchte ein weiterer Uniformierter auf. »Warum werde ich hier festgehalten?«, fragte ich ihn verzweifelt.
»Der Polizeipräsident hat Beweise, dass Sie Ihr Geschäft selbst ausgeraubt haben. Niemand anderes als Sie selbst hat den Diebstahl begangen. Ich werde Sie jetzt in eine Zelle bringen.«
»Ich möchte sofort meinen Anwalt anrufen.«
»Das ist nicht möglich, der Coronel hat es verboten.«
Mittlerweile war es schon weit nach sechs Uhr, und ich machte mir Sorgen um die Kinder. Isabel war heute bei ihrem Vater, und auf Pablo passte seine Lehrerin, Señora Soza, auf. Normalerweise verließ die Señora kurz vor sechs unser Haus, weil sie eine Abendschule besuchte. Die Kinder durften dann noch eine halbe Stunde fernsehen, und bis spätestens halb sieben war ich in der Regel zu Hause. Ausgerechnet heute war Pablo auch noch ganz allein ohne seine Schwester.
»Lassen Sie mich bitte eine Freundin anrufen. Jemand muss sich um meinen Sohn kümmern. Er ist erst fünf und alleine in der Wohnung.«
»Das geht nicht«, entgegnete er in barschem Ton. »Wenn der Polizeipräsident anordnet, Sie dürfen nicht telefonieren, dann dürfen Sie nicht telefonieren.«
Ich bettelte und flehte. Schließlich erklärte er sich bereit, noch einmal beim Coronel nachzufragen.
Wieder musste ich eine Ewigkeit allein in dem kleinen Zimmer warten. Niedergeschmettert dachte ich an Pablo, der jetzt mutterseelenallein in der Wohnung saß. Kurz nach elf kam der Beamte zurück und sagte, dass ich die Kinderfrau anrufen dürfe. Es sei mir aber nur erlaubt, auszurichten, dass ich nicht nach Hause

kommen könne und sie das Kind abholen solle. Als ich endlich telefonieren durfte, war Señora Soza nicht zu Hause. Eine Viertelstunde später erreichte ich sie. »Bitte holen Sie meinen Sohn ab. Pablo ist ganz allein in unserer Wohnung«, sagte ich. Dann drückte der Polizist auf die Telefongabel. Sicher war Señora Soza sauer. Wahrscheinlich glaubte sie, ich sei bei irgendeinem Mann. Ich hatte ein schlechtes Gewissen, aber ich konnte ja nichts machen, denn ich durfte ihr nicht sagen, dass ich von der Polizei festgehalten wurde.

Gegen Mitternacht brachte man mich in eine Gefängniszelle. Ich teilte sie mit zwei Männern und zwei Frauen. Beide Frauen erzählten, dass man ihnen genau wie mir einen Diebstahl vorwerfe. Sie seien aber unschuldig. Einer der Männer saß in der Ecke und sprach die ganze Zeit kein Wort. Später erfuhr ich, dass er ein gesuchter Mörder war. Der andere Mann hatte schon mehrfach viele Monate im Gefängnis verbracht und verfügte über einige Erfahrung mit der Staatsmacht. Er war für eine politische Bewegung aktiv gewesen, hatte Flugblätter geschrieben und verteilt. Wer Kritisches gegen die Regierung vorbrachte, wurde eingesperrt.

Lange Zeit saß ich auf meiner Pritsche und konnte nicht einschlafen. Mitten in der Nacht wurde die Zellentür aufgerissen. Eine laute männliche Stimme weckte alle Zelleninsassen. »Wer von Ihnen ist Maria Moreno?«

Ich zuckte zusammen. Was hatten sie jetzt mit mir vor? Drei Stockwerke musste ich diesem fremden Mann nach unten folgen. Ich zitterte vor Angst. Keine Menschenseele begegnete uns, ich fühlte mich ausgeliefert. Kam jetzt die Rache des Coronels? Der Mann öffnete eine Zellentür. »Da hinein, du Hure.« Ich war allein in einer winzigen Einzelzelle. Hier kann mich jeder vergewaltigen, war mein erster Gedanke. Bestimmt schickt der Coronel jetzt seine Männer, um sich an mir zu rächen. An Schlaf war nicht zu denken. Ich horchte auf den Flur. Ab und zu hörte ich Schritte. Schweißgebadet kauerte ich in einer Ecke und spürte

nichts als Verzweiflung. Jede Minute konnten die Schergen des Coronels kommen. Wie würde es meinen Kindern wohl gehen? Pablo, der stundenlang allein in der Wohnung ausharren musste, und Isabel, die auch bald erfahren würde, dass ihre Mutter verschwunden war. Hoffentlich tun sie meinen Kindern nichts an. Immer wieder wurden Kinder entführt, von wem auch immer. Meistens sahen die Eltern ihre Kinder nie wieder.
Der Raum war sehr klein und stockfinster. Die Matratze war groß genug für ein Kind, nicht aber für eine erwachsene Frau. Vielleicht schicken sie keine Vergewaltiger, sondern einen Schlägertrupp? Ich hatte schlimme Geschichten aus Gefängnissen gehört, Geschichten von Häftlingen, die verprügelt worden waren und anschließend einen Arm oder ein Bein verloren hatten, weil es keine medizinische Behandlung gab. Ich befand mich hier in keinem normalen Gefängnis, sondern in einer winzigen Zelle irgendwo im Polizeipräsidium. Kein Richter, kein Anwalt wusste, dass ich hier war. Sie konnten alles mit mir machen.

»Frühstück«, sagte plötzlich eine Stimme, und ich fuhr aus meinem Halbschlaf.
Eine Klappe in der Zellentür öffnete sich, und jemand reichte einen Becher Wasser und ein Stück trockenes Brot herein. Ich lebte noch. Niemand hatte mich vergewaltigt oder geschlagen. Das Kleid, das ich seit gestern Morgen trug, klebte an meinem Körper. Wie spät mochte es wohl sein? Durch ein winziges Fenster drang ein wenig Licht. Im Halbdunkel erforschte ich meine Umgebung. Acht Quadratmeter Zelle, graue Wände, eine Matratze, eine Seitentür und überall eine dicke Schmutzschicht.
Ich musste dringend auf Toilette und hämmerte gegen die Zellentür. Bald darauf kam ein Wachmann und öffnete eine Seitentür, die anscheinend meine Zelle mit der Nachbarzelle verband. Eine Kloschüssel stand in der Mitte, seit Jahren schon nicht mehr geputzt. Jetzt wusste ich auch, woher der bestialische

Gestank in der Zelle kam. Der Wachmann wartete draußen, bis ich fertig war. Dann schloss er die Verbindungstür wieder.
»Wie lange muss ich hier bleiben?«
»Keine Ahnung.«
»Können Sie meine Familie benachrichtigen?«
»Das darf ich nicht.«
Den ganzen Tag wurde es nicht heller, das Fenster hatte anscheinend eine getönte Scheibe, die nur ganz wenig Licht durchließ. Ich wartete und wartete. Wahrscheinlich würde mich heute der Coronel sehen wollen. Ich war gespannt, welche Beweise er für seine Behauptung, ich hätte meinen Laden selbst ausgeraubt, vorlegen wollte. Ich rechnete mit allem, mit gefälschten Unterschriften, mit falschen Zeugenaussagen. Doch stundenlang passierte nichts. Ich erinnerte mich an die Worte des Beamten, der mich am Abend zuvor daran gehindert hatte, das Polizeipräsidium zu verlassen: »Wir müssen Ihnen überhaupt keine Beweise zeigen. Es gilt das Wort des Coronel.« Das also war seine Rache. Mich allein in einer Zelle schmoren zu lassen, ohne Kontakt zu meiner Familie. Ich hatte meine Existenz verloren, und zur Krönung steckte man mich ins Gefängnis. Hatte dieser Polizeipräsident überhaupt kein Herz? Zu Hause warteten mein fünfjähriger Sohn und meine achtjährige Tochter auf mich. Wie lange wollte der Coronel mich hier behalten? In der Zeitung hatte ich gelesen, dass sein Vorgänger als Polizeipräsident gehen musste, weil man ihm allerhand schlimme Geschichten vorgeworfen hatte: Korruption und Beteiligung an Entführungen mit Lösegeldforderungen. Der neue Chef schien mir keinen Deut besser zu sein.
Das Brot rührte ich nicht an. Es konnte ja vergiftet sein. Den ganzen Tag saß ich gegen die Wand gelehnt auf der dünnen Matratze. Ich hätte mich gern hingelegt, aber auf dem harten Untergrund schmerzte meine Wirbelsäule. Wenn ich mich ausstreckte, lagen meine Beine auf dem nackten Kalkboden. Eine Decke gab es nicht.

Niemand darf in meinem Land ohne Kontakt zu einem Anwalt eingesperrt werden. Doch die Gesetze existieren nur auf dem Papier. Die Mächtigen machen ihre eigenen Gesetze, scheren sich nicht um Recht und Ordnung. Frauen haben noch mehr unter dem korrupten System zu leiden als Männer. Mit Geld können Männer jede unbequeme Situation aus der Welt schaffen, egal ob schuldig oder nicht schuldig. Bei Frauen heißt es: Geld oder Körper. Wenn Frauen kein Geld haben, dann werden sie sexuell erpresst.

Niemals dachte ich ernsthaft: Hätte ich nur diesen Kuss über mich ergehen lassen, dann wäre das alles nicht passiert. Auch die Ohrfeige tat mir nicht leid. Dass ich ihn als Frau geschlagen hatte, war wahrscheinlich der Grund für meine ungerechte Bestrafung. Niemand darf einem Chef Paroli bieten, schon gar nicht eine Frau.

Die Aufseher waren freundlich zu mir. Wenn sie das Essen brachten oder wenn ich zur Toilette wollte, konnte ich mit ihnen reden. Bald hatte sich meine Geschichte herumgesprochen, und alle waren auf meiner Seite. Es sei nicht legal, wie der Coronel mit mir verfahre, aber ihnen seien die Hände gebunden. Statt mir zu Gerechtigkeit zu verhelfen und die Diebe zu suchen, ließ man mich im Gefängnis sitzen, empörten sie sich. Unternommen hat keiner etwas dagegen.

Vergewaltigung, Schläge oder vergiftetes Essen befürchtete ich jetzt nicht mehr, doch wurde ich von Tag zu Tag depressiver. Ich durfte mich nicht waschen, mir nicht die Zähne putzen, bekam noch nicht einmal frische Wäsche zum Wechseln. Das Schlimmste aber war, dass ich keine Ahnung hatte, wie lange ich eingesperrt bleiben sollte. Eine Woche? Einen Monat? Ein Jahr? Wenn der Coronel es so wollte, konnte mir hier niemand helfen. Die Wachposten befürchteten ihre Entlassung, würden sie irgendetwas für mich tun.

Immerzu dachte ich an meine Kinder. Ich hätte fortwährend heulen können. Plötzlich war ihre Mutter verschwunden, und sie hatten keine Ahnung, wo sie war. Das musste grausam sein für Isabel und Pablo. Und wer kümmerte sich um sie? Die Lehrerin, die Pablo nachmittags mit nach Hause nahm, hatte abends keine Zeit, weil sie noch studierte. Vielleicht waren sie bei meiner Schwägerin. Das wäre eine gute Lösung gewesen. Zu ihr hatte ich Vertrauen. Vielleicht waren sie aber auch bei meinem Ex-Mann und seiner Frau. Dieser Gedanke gefiel mir weniger, die beiden hätten sich dort bestimmt nicht wohl gefühlt.

Den ganzen Tag saß ich ohne Beschäftigung in der Zelle. Ich fühlte mich übermüdet, wie in Trance. Ich versuchte zu schlafen, aber es klappte nicht. Meine Nerven machten nicht mehr mit, der psychische Stress war zu viel, oft habe ich nur noch gezittert und geweint.

Am sechsten Tag kam ein Aufseher in meine Zelle. Wie alle anderen, so kannte auch er meine Geschichte. Bisher hatte er es abgelehnt, mir zu helfen, obwohl er an meine Unschuld glaubte. Tatsächlich kam er dieses Mal, um mir seine Hilfe anzubieten. Es durfte aber nur ein ganz kleiner Gefallen sein. Am liebsten hätte ich laut gejubelt, aber das hätte man womöglich bis auf den Flur hinaus gehört. Ich bat ihn um einen Zettel und einen Stift und schrieb ihm die Nummer von Pablos Lehrerin sowie den Namen eines Bekannten aus meiner Kirchengemeinde auf. »Bitte sagen Sie meiner Kinderfrau und meinem Anwalt Bescheid, dass ich im Gefängnis bin.«

Am nächsten Tag öffnete ein Polizist die Zelle. Hinter ihm stand Fernando Cevallos, ein Rechtsanwalt, den ich ab und zu in der Gemeinde getroffen hatte. »Du siehst wie eine Tote aus«, begrüßte er mich. Zum ersten Mal seit einer Woche fühlte ich mich wieder lebendig, schöpfte neue Hoffnung. Ich erzählte ihm von dem ausgeraubten Geschäft und auch von der Ohrfeige, die ich dem Coronel gegeben hatte. Er bestätigte mir, dass es richtig gewesen sei, wie ich gehandelt hatte. Ich brauche keine Angst haben. Es gebe keinen Grund, mich so lange im Untersuchungsgefängnis festzuhalten. Er wolle sich sofort auf den Weg machen, um die Akten zu besorgen und zu sehen, was genau man mir vorwerfe. In zwei Stunden komme er mit den Entlassungspapieren wieder zurück. Ich fühlte mich unendlich erleichtert.

Kaum hatte der Anwalt mich verlassen, wurde die Zellentür erneut aufgeschlossen. Zwei Polizisten forderten mich auf, sie zu begleiten. Einer der beiden hatte das Gespräch mit dem Anwalt mitverfolgt. Im Hof stand ein Lieferwagen. Sie öffneten die hintere Ladeluke und bedeuteten mir einzusteigen. Im Wageninneren waren mehrere vergitterte Boxen. Sie sahen aus wie Hühnerkäfige. In den hintersten Verschlag musste ich hineinkriechen. Er war so winzig, dass ich mich ducken musste und mich kaum noch bewegen konnte. Ein Beamter verriegelte die Zellentür, knipste das Licht aus und schloss die Ladeluke. Ich befand mich in tiefster Dunkelheit. Der Wagen startete, und wir fuhren eine halbe Ewigkeit. Außer mir befanden sich keine weiteren Gefangenen in dem großen Lieferwagen. Todesangst ergriff mich. Jetzt habt ihr mich, jetzt bin ich in eurer Hand. Der Coronel wird nicht dulden, dass meine Unschuld aufgeklärt wird. Sie werden mich in den Wald fahren, mir die Kleider vom Leib reißen. Wenn sie ihren Spaß gehabt haben, werden sie mir die Hände fesseln und eine Plastiktüte über den Kopf stülpen. Ich hatte schon von so vielen angeblichen Polizeimorden gehört. Die Opfer waren erstickt, weil die Beutel sehr eng um den Hals gebunden wurden. Die Täter wurden niemals vor Gericht gestellt.
»Aussteigen.« Ich kroch aus meiner Zelle. Wir hielten in einer dunklen Einfahrt. Sie brachten mich an eine Rezeption, wo ich meinen Namen und mein Geburtsdatum nennen musste.
»Wo bin ich hier?«
»Im Frauengefängnis.«

Ich war beruhigt.
»Warum hat man Sie hierher gebracht?«, fragten mich die Beamten.
»Keine Ahnung.«
Dann überreichte ihm der Fahrer des Lieferwagens einen Brief.
»Sie hat ihr eigenes Geschäft ausgeraubt.«

Frauengefängnis

Sie führten mich durch ein Labyrinth von Gängen und Treppen, bis wir vor einer grauen Metalltür stehen blieben. Ein Wärter öffnete und mir schlug ein süßlicher, fauler Geruch entgegen. Ich blickte in einen Raum, der einem riesigen Stall glich. Die Decke war keine zwei Meter hoch. Darunter hausten vielleicht sechzig Frauen auf sechzig Quadratmetern. Die meisten von ihnen kauerten auf dem Boden.

Zuerst Einzelhaft und jetzt diese große stinkende Zelle. Ich wusste nicht, was schlimmer war. Alle Augen richteten sich auf mich. Scheinbar waren die Frauen froh über etwas Abwechslung. Sofort wurde ich aufgefordert, meine Geschichte zu erzählen. Einige Frauen begannen zu lachen. »Warum hast du nicht die Beine breit gemacht und ihm gegeben, was er haben wollte?« Das hatte mir bisher noch niemand gesagt, schon gar nicht eine Frau.

Ich musste mich an einen Ton gewöhnen, der mir bisher unbekannt gewesen war. »Alte Hure«, »dumme Fotze«, »Scheißweib« gehörte zu den Standardvokabeln. Und die Hackordnung im Knast lernte ich gleich beim ersten Duschen kennen: Bald nach meiner Ankunft wurde die ganze Zelle in den Hof geführt. In einer Ecke befand sich eine einzige Dusche im Freien. Sofort bildete sich eine Schlange, aber nicht alle stellten sich an. Als die ersten fünf geduscht hatten, ging eine Frau, die sich gar nicht erst eingereiht hatte, nach vorn und duschte. Niemand beschwerte sich darüber. Kurz darauf kam die Nächste, die sich ebenfalls nicht um die Reihenfolge scherte. »Hinten anstellen, du Nutte«, schimpfte eine Frau, die ein paar Meter vor mir stand.

Die »Nutte« drehte sich zu ihr um und schrie sie an: »Ich dusche, wann ich will, verstanden?«

Die beiden begannen miteinander zu rangeln. Eine Aufpasserin schlenderte in aller Seelenruhe herbei, trennte die beiden »Streithennen« mit ihrem Knüppel und wandte sich wieder ab. Als sei nichts vorgefallen, stolzierte die »Nutte« erneut nach vorn, zog sich aus und duschte.

Schon bald hatte ich die herrschende Hierarchie verstanden. Ganz oben standen diejenigen, die schon seit Jahren eingesperrt waren und wirkliche Verbrecherinnen waren. Ganz unten standen Frauen wie ich, neu und zu Unrecht eingesperrt. Ich ging jedem Streit aus dem Weg und fügte mich in mein Schicksal. An manchen Tagen wartete ich drei bis vier Stunden, bis ich mit dem Duschen an der Reihe war. Nicht selten gab es dann kein Essen mehr. Den Aufseherinnen war das egal.

Die ersten Stunden im Frauengefängnis vergingen schnell. Nach einer Woche in der Isolierzelle war ich froh über jeden Wortwechsel. Noch am gleichen Abend holte mich eine Wärterin und brachte mich in einen kleinen Raum auf der anderen Seite des Flurs. Mir fiel ein Stein vom Herzen, als ich hinter dem Schreibtisch Señor Cevallos erblickte.

»Du bist einfach abgehauen. Den ganzen Tag habe nach dir gesucht«, sagte er in gespielt beleidigtem Ton. Ich musste lachen. Vergessen waren meine panischen Ängste im Polizeitransporter. Mein Anwalt hatte mich wiedergefunden. Es gab einen Menschen, der wusste, wo ich war, und der sich um mich kümmerte. Seine Neuigkeiten klangen leider nicht sehr optimistisch. Nachdem der Coronel erfahren hatte, dass sich ein Anwalt um meine Freilassung bemühte, hatte er blitzschnell reagiert. Mein Fall wurde einem Untersuchungsrichter vorgelegt und der entschied, Anklage gegen mich zu erheben. Die Folge war meine Verlegung ins Frauengefängnis.

Fernando Cevallos hatte auch meine Untersuchungsakte gelesen. Die Ohrfeige warf man mir nicht vor. Hätte der Coronel sie angeführt, hätte er sich bei seinen Kumpanen lächerlich

gemacht. Stattdessen hatte er seiner Sekretärin diktiert, ich hätte mein Geschäft ausgeraubt. Als Beweis wurde aufgeführt: »Ich habe es ihrem Gesicht angesehen, dass sie lügt.«
»Lächerlich«, sagte Fernando Cevallos. »Damit kommt er niemals durch. Ich werde den Staatsanwalt von deiner Unschuld überzeugen.«
Nur, das konnte dauern. Der Richter, der letztendlich meine Freilassung unterschreiben musste – so erfuhr ich von meinem Anwalt –, war das Patenkind des Coronel. Dass ausgerechnet dieser Richter zuständig war, schien mir kein Zufall zu sein. Normalerweise werden die zuständigen Richter ausgelost. In meinem Fall hatte der Coronel bestimmt das Verfahren manipuliert. Eine Krähe hackt der anderen kein Auge aus.
Ein weiteres Problem kam hinzu. Wenn ich ein baldiges Verfahren wollte, würde das Geld kosten, viel Geld. Bestechungsgeld, das ich nicht hatte. Allein für die Akteneinsicht bei der Polizei hatte mein Anwalt schon zwanzig Dollar hinblättern müssen und für jeden Stempel einer Behörde wurde ebenfalls Bargeld verlangt. Neben der Zahlung der Bestechungsgelder hatte ich ja auch noch meinen Anwalt zu entlohnen. Fernando Cevallos war zwar zunächst bereit, alles vorzustrecken, doch irgendwann würde auch er Geld sehen wollen.
Mein Anwalt ging und ich wurde zurück in die Massenzelle gebracht. Der Gestank kam mir jetzt noch bestialischer vor. Viele hatten seit Tagen ihre Kleider nicht gewechselt und auch nicht geduscht. Im dem großen Raum gab es nur ein einziges winziges Fenster, das sich zum Lüften öffnen ließ.
Das Gefängnis lag außerhalb der Stadt irgendwo in den Bergen, und am Abend wurde es unangenehm kühl. Einige Frauen hatten Decken, die ihnen von Verwandten gebracht worden waren, andere hatten keinen Schutz gegen die Kälte. Ich fror und hatte keine Ahnung, wie ich jemals in den Schlaf finden sollte. Der Platz auf dem nackten Betonboden reichte für so viele Menschen nicht aus. Geschlafen wurde in einer Art Schichtsystem.

Wenn sich jemand hinlegen wollte, rückten diejenigen, die auf dem Boden saßen, ein Stück zur Seite. Hatte diejenige, die sich gerade hinlegte, eine eigene Decke, legten sich gleich eine oder zwei Frauen dazu und liehen sich einen Zipfel Decke aus. Die Sitzenden wärmten sich gegenseitig, indem sie sich aneinander kuschelten.

Irgendwann konnte ich mich nicht mehr aufrecht halten. Zitternd vor Kälte ließ ich mich auf den nackten Fußboden nieder. Gleich neben mich legte sich Ana-Maria, ein junges Mädchen, das mich schon die ganze Zeit freundlich angeblickt hatte. Sie gab mir ein Stückchen von ihrer Decke. Endlich konnte ich schlafen – für eineinhalb Stunden. Länger hielten es meine Knochen auf dem harten Boden nicht aus.

In den kommenden Wochen würde ich mich an diesen Rhythmus gewöhnen müssen. Eineinhalb Stunden schlafen, sitzen, schlafen, sitzen. So sollte das nun jede Nacht sein. Den meisten Frauen ging es ähnlich. Jedes Mal wenn eine wieder aufstand, legte sich eine andere hin. So kamen alle in den Genuss von ein wenig Schlaf im Liegen. Mir reichte dieser Schlaf bei weitem nicht aus. Im Gefängnis lernte ich, auch im Sitzen einzunicken.

Am Morgen nach meiner Einlieferung erzählte mir Ana-Maria ihre Geschichte. Sie war sechzehn, als sie eines schönen Tages mit ihrer Clique durch die Stadt zog. Ein Mann, den sie vom Sehen kannte, kam auf sie zu und fragte, ob sie für ihn ein kleines Päckchen zur Post bringen könne. Ana-Maria freute sich auf ein paar Cent Trinkgeld. Am Schalter bat sie ein Beamter, ihm in den Nebenraum zu folgen. Das Päckchen wurde geöffnet, es war Kokain darin.

Ana-Maria rechnete mit einer langen Haftzeit. Sie hatte kein Geld für einen Anwalt und würde wohl niemals ihre Unschuld beweisen können. In der Zelle waren viele Frauen, die solche oder ähnliche Geschichten erlebt hatten. Zwei Amerikanerinnen, Kathy und Jane, erzählten: Als sie zurück nach Florida fliegen wollten, wurde Kathys Rucksack von der Polizei kontrolliert. Die Fahnder fanden ein kleines Päckchen mit Drogen. Kathy wurde verhaftet und ihre Freundin Jane gleich mit, obwohl bei ihr überhaupt nichts gefunden worden war. Beide saßen seit neun Monaten im Gefängnis. Obwohl das amerikanische Konsulat sich um sie kümmerte, hatte noch immer kein Prozess stattgefunden. Kathy hatte in ihrem ganzen Leben noch niemals Drogen genommen und noch nicht einmal gewusst, um welchen Stoff es sich bei dem Fund in ihrem Rucksack handelte. Jemand musste ihr das Päckchen heimlich zugesteckt haben.

Vielen Frauen wurden Dinge vorgeworfen, die eine lange Haftstrafe nicht rechtfertigten. Einige kamen vom Land und hatten ohne Genehmigung Gemüse in den Straßen der Hauptstadt verkauft. Sie waren schon viele Monate im Gefängnis und hatten kein Geld, um die Entlassungspapiere zu bezahlen. Eine der Frauen hatte eine ähnliche Ehe wie ich hinter sich. Über viele Jahre hatte sie die Schläge ihres Ehemannes ertragen. Als sie sich wehrte, zeigte er sie wegen Körperverletzung an. Eine andere wurde eingesperrt, weil ihr Mann beim Scheckbetrug erwischt worden war. Sie selbst hatte mit der ganzen Sache nichts zu tun. Und dann waren da Ricarda und Joanna, Schwiegermutter und Schwiegertochter. Sie wurden verhaftet, weil sie sich auf der Straße geprügelt hatten. Den ganzen Tag über stritten sie miteinander und brüllten sich an – es war nicht angenehm, dabei zuzusehen. Gegenstände flogen von der einen auf die andere Seite und wir anderen zogen unsere Köpfe ein.

Ich bin überzeugt, dass die Hälfte der Frauen unschuldig war oder nur wegen kleiner Verfehlungen eingesperrt wurde. Mit einigen meiner Knastschwestern konnte ich mich unterhalten, mit anderen vermied ich den Kontakt. Das waren Betrügerinnen und Diebinnen, die aus ihrer kriminellen Vergangenheit keinen Hehl machten und schon viele Jahre im Gefängnis saßen. Manche dieser Frauen brachen wegen jeder Kleinigkeit einen Streit vom Zaun. Ich verhielt mich lieber ruhig und unauffällig.

Viele Gefangene konnten Geschichten über schlechte Erfahrungen mit der Polizei berichten, Geschichten von Demütigungen und Vergewaltigungen. Manche waren auch Opfer von Selbstjustiz geworden. Eine Frau hatte an ihrer rechten Hand nur noch vier Finger. Der fünfte war ihr von Dorfbewohnern abgeschnitten worden, weil sie sie für eine Diebin hielten.
Viele Geschichten hörten sich an wie Seemannsgarn, andere schienen mir wahr zu sein. Eine Gefangene berichtete von einem Mord in der Nähe meiner Heimatstadt. Zwei Männer hatten einen Dorfbewohner umgebracht, weil sie sein Geld stehlen wollten. Das ganze Dorf stand um zwei Uhr nachts auf und suchte nach den Mördern. In den frühen Morgenstunden spürten sie die Verbrecher auf und fesselten sie in der Dorfmitte an ein Metallschild. Alle Bewohner brachten Holz und Benzin, und sie verbrannten die beiden bei lebendigem Leib.
Solche Horrorgeschichten waren mein Zeitvertreib im Gefängnis. Sie lenkten mich von meiner eigenen erbärmlichen Situation ab. Ich war von meinen Kindern getrennt, hatte einen Haufen Schulden und keinerlei Zukunftsperspektive. Zu all diesem Elend kam noch der ständige Hunger, denn satt wurde vom Gefängnisessen niemand. Morgens gab es eine Tasse Tee mit Zitronengras, mittags Mehl- oder Kartoffelsuppe. Ein paar kleine Kartoffelstückchen schwammen in einer salzigen Brühe, an Sonntagen war ein Knochen mit dabei. Draußen würde man einen solchen Knochen seinem Hund geben, im Gefängnis avancierte er zur Delikatesse. Abends bekam ich dann noch mal eine Tasse Tee mit einem Stück Brot. Ich sehnte mich nach frischen Bananen, Mais und Hühnchen und hatte den ganzen Tag Hunger.

Für uns sechzig Frauen gab es drei Toiletten, die immer schrecklich stanken. Wenn wir Durst hatten, mussten wir von dem gleichen Wasserschlauch trinken, mit dem wir uns auch wuschen. Die Wärterinnen ließen sich den ganzen Tag nicht blicken, wir waren auf uns allein gestellt.

Einer Frau, die im fünften Monat schwanger war, ging es oft schlecht. Immer wieder klagte sie über Kopfschmerzen und musste sich erbrechen. Als sie wieder einmal sehr litt, gelang es uns, die Aufseherinnen herbeizurufen. Sie durfte dann eine Nacht auf einer Pritsche außerhalb der Zelle verbringen. Am nächsten Tag musste sie wieder zurück zu uns. Die Obrigkeit interessierte sich nicht dafür, ob das Baby gesund zur Welt kam.

Abwechslung gab es so gut wie keine. Durch unser kleines Fenster blickten wir auf eine Betonmauer. Dahinter sollten die wirklich schlimmen Fälle leben, Mörderinnen und Brandstifterinnen. Gesehen habe ich sie nie. Die Zellentür öffnete sich nur selten. Oft kauerte ich auf dem Boden und starrte stundenlang auf die Tür, wartete, dass endlich etwas passierte. Ich gehörte noch zu den glücklicheren Gefangenen, denn fast täglich erhielt ich Besuch von meinem Anwalt. Meistens kam Señor Cevallos zwischen fünf und halb sechs abends, nach sechs Uhr waren keine Anwaltsbesuche mehr erlaubt. Schaffte er es nicht, rechtzeitig zu kommen, hinterließ er kleine Nachrichten für mich. So war ich ständig über den Verlauf meines Verfahrens informiert und erhielt auch aufmunternde Botschaften: »Hab Vertrauen, dieser Albtraum ist bald vorbei«, war sein Lieblingssatz. Die Anwaltsbesuche waren Höhepunkte im täglichen Einerlei. Ich durfte die Zelle für eine kurze Zeit verlassen. In einem Besuchsraum konnten wir offen sprechen. Der Polizist, der in unserer Nähe blieb, interessierte sich nicht für unsere Unterhaltung. Señor Cevallos strahlte Optimismus aus, obwohl mein Fall nur wenig Anlass dafür bot. Der Richter, der mit dem Coronel verwandt war, blockierte meine Entlassung. Señor Cevallos gelang es nicht, die Zuständigkeit auf einen anderen Richter übertragen zu lassen.

Am dritten Tag im Knast brachte er mir eine Decke mit, nachts musste ich jetzt wenigstens nicht mehr frieren. Mittlerweile hatte mein Anwalt auch in Erfahrung gebracht, wo sich meine Kinder aufhielten. Pablo lebte bei unserer Kinderfrau, Señora Soza, Isabel bei Alfonso und ihrer Stiefmutter.

Von Señora Soza erfuhr ich später, wie es meinen Kindern während meiner Zeit im Knast ergangen war. Meinem Sohn Pablo sagte sie zunächst nichts von meiner Verhaftung. Sie befand, dass er mit fünf Jahren noch zu klein für die Wahrheit war. »Deine Mutter kann nicht kommen. Sie muss viel arbeiten«, sagte sie ihm immer wieder, und Pablo weinte daraufhin. Nach ein paar Tagen kam Isabel zu Besuch. Die Zeit nach unserem Wochenendurlaub hatte sie bei ihrem Vater verbracht und wunderte sich, seit Tagen nichts mehr von mir gehört zu haben. Ein schlechtes Gefühl quälte sie. Señora Soza erklärte auch ihr zunächst: »Deine Mutter ist nicht hier, sie muss viel arbeiten.«

»Gut«, meinte Isabel, »dann warte ich hier eben, bis sie kommt.«

Señora Soza entschloss sich, offen mit ihr zu sprechen. »Du bist schon ein bisschen älter als dein Bruder ...« Sie erzählte Isabel, dass ich im Gefängnis säße und mir großes Unrecht widerfahren sei. Isabel hörte sich die Geschichte schweigend an und weinte. Anschließend wollte sie nach Hause zu ihrem Vater gehen.

Später erfuhr ich, dass sie nicht nach Hause gegangen war. Stattdessen war sie mit Schulranzen und Sporttasche bepackt zehn Kilometer quer durch die Stadt zum Haus ihres Onkels gelaufen. Onkel Antonio, der älteste Bruder meines Ex-Mannes, arbeitete für den Sicherheitsdienst der Regierung und war gerade umgezogen. Isabel war erst einmal in seinem neuen Haus gewesen, dennoch fand sie die richtige Straße, eine erstaunliche Leistung für eine Achtjährige.

Durch Isabels Heldentat war nun auch die Familie meines Ex-Mannes informiert und durch sie erhielt ich in den nächsten Tagen eine erstaunliche Unterstützung. Antonio und Rafael, mein zweiter Schwager, der bei der Polizei arbeitete, hatten einige gute Kontakte ins Gefängnis. Sie sorgten dafür, dass ein paar Frauen in andere Zellen verlegt wurden. Jetzt hatten wir wenigstens so viel Platz, dass alle sich gleichzeitig hinlegen konnten. Gabriela, meine Schwägerin, gab meinem Anwalt Lesestoff für mich mit. Außerdem erhielt ich von ihr Papier und Stifte und konnte von nun an meinen Kindern Briefe schreiben. Meine Eltern wollte ich zunächst nicht über meine Situation informieren. Meine Mutter hatte erst kürzlich einen Herzanfall erlitten, und ich wollte unbedingt vermeiden, dass sie sich aufregte. Außerdem hoffte ich, dass mein Albtraum bald endete. Meine beiden ältesten Brüder wohnten in einer anderen Stadt und hätten ohnehin nur wenig für mich tun können. So war ich der Familie meines Ex-Mannes sehr dankbar, dass sie sich um mich kümmerte. Zumal es in meinem Land eigentlich nicht üblich ist, nach der Scheidung weiterhin Kontakt zur Familie des Ex-Partners zu halten. Die Kinder mochten Alfonsos Brüder und ihre Tante Gabriela so sehr, dass wir den Kontakt nie richtig abreißen ließen, und Gabriela war mir eine gute Freundin geworden. Ich war ihr sehr dankbar für ihre Unterstützung, als ich mich von ihrem Bruder trennte. »Das ist doch kein Leben für eine Frau«, hatte sie damals immer gesagt.

Durch seine Geschwister wusste mittlerweile auch Alfonso von meiner Misere. Er war gleich zur Polizei gegangen, um zu erfahren, was gegen mich vorlag. Man sagte ihm, ich hätte mein Geschäft selbst ausgeraubt, weil ich meine Rechnungen nicht mehr hätte bezahlen können. Wie konnte es auch anders sein, Alfonso glaubte diese offizielle Version, und seine Brüder, die die Polizeiakten kannten und von meiner Unschuld überzeugt waren, führten lange Diskussionen mit ihm. Schließlich willigte er ein, mir das Geld für den Anwalt vorzustrecken. Es war das erste Mal seit vielen Jahren, dass er etwas für mich tat. Ich glaube nicht, dass er mir aus Überzeugung oder Mitleid geholfen hat, wahrscheinlich hat er sich nur dem Druck seiner Familie gebeugt. Vielleicht hat er aber auch eingesehen, dass die Kinder ihre Mutter brauchten.

Gabriela begleitete meinen Anwalt bei vielen seiner Gänge. Jede kleinste Behördenleistung kostete Geld. Am teuersten war die Akteneinsicht bei der Polizei, doch auch beim Versenden von

Unterlagen an die Staatsanwaltschaft und den Richter konnte Bargeld den Verwaltungsweg enorm beschleunigen. Gabriela war als Zeugin mit dabei, wenn Señor Cevallos die Schmiergelder übergab. So konnte niemand behaupten, er hätte nichts erhalten, und das Geld ein zweites Mal einfordern.
Unterdessen befasste sich der Staatsanwalt mit meiner Akte. Durch meinen Anwalt ließ er mir mitteilen, dass er die Vorwürfe gegen mich absurd fände und von einer Anklageerhebung absehen werde. Nach meiner Freilassung solle ich mich bei ihm melden. Er wolle prüfen, ob er etwas gegen den Polizeipräsidenten unternehmen könne.
Endlich sah ich Hoffnung auf eine baldige Entlassung. Ich nutzte die Zeit im Gefängnis, um meine Geschichte aufzuschreiben. Nach meiner Freilassung wollte ich mich an eine Menschenrechtsorganisation wenden. Doch noch immer bestand das Problem, dass nicht nur der Staatsanwalt, sondern auch der mit dem Coronel verwandte Richter meiner Freilassung zustimmen musste. Seit einigen Tagen machte er Urlaub, und kein Vertreter kümmerte sich um meinen Fall.
Gabriela erzählte mir, dass Pablo inzwischen auch bei meinem Ex-Mann wohne und Alfonso meinen Kindern schlimme Dinge über mich erzähle. Ich sei eine Einbrecherin und Prostituierte und hätte mein Geschäft selbst ausgeraubt. Ich kochte vor Wut und konnte nichts gegen seine Verleumdungen unternehmen.
Gabriela brachte mir Zigaretten gegen die Langeweile mit ins Gefängnis, und zum ersten Mal in meinem Leben rauchte ich. Meine Nerven spielten schon lange nicht mehr mit. Nachts lag ich wach und grübelte. Werden die Kinder mir glauben, wenn ich endlich das Gefängnis verlasssen kann? Was werden wohl die schlimmen Lügen ihres Vaters in ihren kleinen Kinderköpfen angerichtet haben? Isabel und Pablo fehlten mir so sehr.
Die Schulden, die ich zu begleichen hatte, ließen mich ebenfalls nicht zur Ruhe kommen. Das meiste Geld schuldete ich dem Großhändler, der mir für viele tausend Dollar neue Ware

geliefert hatte. Die Mitarbeiter dort kannten mich und wussten, dass ich meine Rechnungen immer pünktlich bezahlt hatte. Jetzt hatte ich keine Arbeit mehr, und selbst als Angestellte in irgendeinem Büro würde mein Verdienst niemals ausreichen, diesen Schuldenberg abzutragen. Eine Versicherung hatte ich nicht abgeschlossen, Versicherungen sind in meinem Land das Papier nicht wert, auf dem sie stehen. Sie zahlen im Schadensfall so gut wie nie.

Endlich war der zuständige Richter aus dem Urlaub zurückgekehrt. Das hinderte ihn nicht daran, meine Akte noch tagelang liegen zu lassen. Mein Anwalt erklärte mir, der Richter habe zwei Möglichkeiten. Entweder er unterschreibe meine Freilassung, dann sei ich in ein paar Tagen frei, oder er gebe das Verfahren an die nächste Instanz, was zu weiteren Verzögerungen führen würde. Bereits seit sechs Wochen war ich im Frauengefängnis und rechnete insgeheim damit, dass der Coronel gemeinsam mit seinem Patenkind, dem Richter, neue Schikanen aushecken würde. Doch auch bei diesem Richter wirkte Schmiergeld Wunder. Kurz vor Ostern rief Señor Cevallos meine Schwägerin an und teilte ihr mit, dass der Richter meine Freilassung unterschrieben habe. Es war Gründonnerstagmorgen, der Anwalt hatte an diesem Tag einige Gerichtstermine und keine Zeit, sich um meine Freilassung zu kümmern. Doch Gabriela setzte alles daran, mich noch vor den Feiertagen aus dem Gefängnis zu holen. Ihr fehlte nur noch eine Beglaubigung, die die Echtheit der richterlichen Unterschrift bestätigte. Wieder flossen Schmiergelder, doch kurz nach vier Uhr hatte sie alle notwendigen Stempel zusammen.
Gabriela raste in einem Affenzahn mit ihrem Wagen zum Gefängnis, das weit außerhalb der Stadtmitte lag. Nur bis sechs Uhr waren Entlassungen möglich, viertel vor sechs war sie da. Die Beamten wollten sie wieder wegschicken: »Wir haben Personalmangel. Kommen Sie bitte am Dienstag nach Ostern

wieder.« Über die Feiertage wurde niemand entlassen und das hätte für mich vier weitere Tage Gefangenschaft bedeutet. Dieses Mal bezahlte Gabriela keine Schmiergelder, sondern tobte an der Rezeption des Gefängnisses, mit Erfolg. Kurz nach sechs öffneten sie für mich die Stahltür: »Señora Moreno, kommen Sie bitte mit, Sie sind entlassen.«

Meine Bücher und meine Decke ließ ich zurück. An diesen Ort wollte ich keine Erinnerung behalten.

Abschied

Gemeinsam fuhren wir zu Gabrielas Haus. Sie gab mir neue Kleider, und ich stellte mich erst einmal für eine Ewigkeit unter die Dusche. Sechs Wochen Schmutz, Staub und Gestank musste ich von meinem Körper waschen. Danach fühlte ich mich wie neugeboren.

Anschließend fuhr Gabrielas Mann los, um meine Kinder bei Alfonso abzuholen, während Gabriela mich zu meiner Wohnung begleitete. Ich war sehr aufgeregt. Alles kam mir wie ein schlechter Spielfilm vor. Ich war die Hauptfigur und wartete auf das Happy End. Als ich die Wohnungstür aufschloss, waren die Kinder schon da. Isabel und Pablo kamen auf mich zugestürzt und klammerten sich fest an mich. Lange standen wir nur so da und ließen unseren Tränen freien Lauf. Endlich waren wir wieder eine Familie. Der Duft von gebratenen Bananen, Schweinefleisch und Mais durchströmte die Räume. Wir lachten und weinten. Am späten Abend kuschelten sich Isabel und Pablo an mich und schliefen schnell ein. Ich selbst fand keine Ruhe. Immer wieder schreckte ich aus dem Halbschlaf auf und blickte mich um, fragte mich, ob ich auch wirklich zu Hause sei. Es war ein beruhigendes Gefühl, meine schlafenden Kinder zu betrachten, gleichzeitig aber breitete sich Angst in mir aus. Der Coronel konnte jederzeit seine Untergebenen anrufen und nach meinem Verbleib fragen. Er konnte jederzeit jemanden zu mir und meiner Familie schicken, um uns etwas anzutun. Er war unberechenbar. In dieser Nacht wurde mir klar, dass ich etwas unternehmen musste. Mit dieser Angst konnte ich nicht weiterleben.

Auch Isabel und Pablo hatten einiges zu verarbeiten. Meine Tochter erzählte von den Wochen bei ihrer Stiefmutter. Jede Mahlzeit dort hatte nur ein Thema: »Deine Mutter ist eine Verbrecherin«, musste sich meine Tochter ständig anhören. Isabel litt sehr unter der Situation. Irgendwann verweigerte sie die Mahlzeiten und konnte sich auch nicht mehr auf ihre Hausaufgaben konzentrieren. Sie dachte nur noch: »Wann kommt meine Mutter endlich wieder zurück?«
Bei Pablo wollten auch am nächsten Tag die Tränen nicht enden. »Mama, ich habe gedacht, der Coronel lässt dich nie wieder raus. Er ist ein ganz böser Mann, er denkt so schlimme Dinge von dir.« Beide Kinder kannten mein Geschäft, wussten und fühlten, dass ich es nicht selbst ausgeraubt hatte. Trotzdem war es ihrer Stiefmutter in den schweren Wochen meiner Haft gelungen, Zweifel an meiner Unschuld bei ihnen aufkommen zu lassen.

Ostersonntag fuhren wir mit dem Bus zu meinen Eltern, drei Stunden lang durch Maisfelder, Kartoffelplantagen und Eukalyptuswälder. Wie schön war mein Land und wie eng das Leben hinter den Gefängnismauern. Meine Eltern hatten erst kurz vor der Entlassung von meiner Inhaftierung erfahren. »Du siehst schlecht aus, mein Kind«, empfing mich meine Mutter. In den letzten Wochen hatte ich acht Kilo abgenommen. Während sie das Essen zubereitete, sprach ich mit meinem Vater über meine schwierige Situation. »Du musst deine Schulden zurückzahlen, das ist klar. Doch wie, das weiß ich ehrlich gesagt auch nicht.«

Gleich nach Ostern suchte ich den Staatsanwalt auf. Carlos Delgado hatte mir schon im Gefängnis die Nachricht zukommen lassen, dass er mich nach meiner Entlassung gern sprechen würde, und ich wollte etwas gegen den Polizeipräsidenten unternehmen. Señor Delgado zeigte mir eine Kopie meiner Akte. Weder hatte der Coronel versucht, seine üble Behauptung mit falschen Beweisen zu belegen, noch gab es irgendwelche Bemühungen, die wahren Täter zu finden. »Warum hat er das gemacht? Warum hat der Coronel behauptet, Sie hätten Ihr Geschäft selbst ausgeraubt?«, wollte Señor Delgado von mir wissen. Die Bilder jenes Tages wurden wieder lebendig. Ich erzählte ihm von den üblen Annäherungsversuchen und meiner Ohrfeige. Der Staatsanwalt hörte sich meine Geschichte schweigend an. »Sie haben Recht. Wenn Sie möchten, können Sie Anklage gegen den Coronel erheben.« Vor Gericht müsse der Polizeipräsident dann Beweise für seine Behauptung vorlegen, ich hätte mein Geschäft selbst ausgeräumt.

Er riet mir, mich vorab an »Derechos Humanos« zu wenden und ein Dossier über meinen Fall erstellen zu lassen. Das wäre für sein weiteres Vorgehen hilfreich. Ich kannte diese Menschenrechtsorganisation aus dem Fernsehen und von meiner ehemaligen Arbeit bei »World Vision«. Mit Hilfe von Anwälten von »Derechos Humanos« hatten wir kleinen Bauern beigestanden, deren Land sich Großgrundbesitzer unter den Nagel gerissen hatten. Jetzt war ich diejenige, die Hilfe brauchte. Ich verließ das Büro des Staatsanwalts mit einem gewissen Stolz, weil ich es wagte, mich gegen die Ungerechtigkeiten des Coronel zu wehren. Andererseits beschlich mich auch ein ungutes Gefühl. Welche Konsequenzen würde es haben, wenn ich es wagte, mich mit dem Polizeichef meiner Stadt anzulegen? Zum ersten Mal fragte ich mich, ob es nicht sicherer wäre, mein Land zu verlassen.

Am Abend traf ich zufällig meinen Schwager Rafael, der bei der Polizei arbeitete. Er hatte die Wut des Polizeipräsidenten bereits zu spüren bekommen, obwohl er nur zu meiner Ex-Familie gehörte. Sein schon genehmigter Antrag auf den Besuch einer Polizeiakademie im Ausland wurde ohne Angaben von Gründen widerrufen. Sein Vorgesetzter ließ nur verlautbaren: »Der Coronel will das nicht.«

Rafael warnte mich vor einer Klage gegen den Polizeipräsidenten. »Wenn du das Verfahren gegen ihn gewinnst, ist das für ihn sehr schlimm. Er wird seinen Job verlieren oder zumindest zurückgestuft werden. Der Coronel hat einflussreiche Freunde, die dir viel Ärger machen können.«

Seine Warnungen verstärkten meine Sorgen, doch versuchte ich sie zu ignorieren. »Es muss doch mal jemand etwas gegen diesen Schurken unternehmen«, dachte ich. »Sonst bringt er noch mehr Frauen unschuldig in den Knast.«

Ich suchte alle Aufzeichnungen zusammen, die ich in den vielen einsamen Gefängnisstunden gemacht hatte. Zusammen mit den Kopien meiner Akte, die mir der Staatsanwalt gegeben hatte, fuhr ich in die Innenstadt. Ich wusste nicht genau, wo das Büro von »Derechos Humanos« war, und landete zweimal in einem falschen Haus. Endlich hatte ich die richtige Adresse gefunden, stieg die Treppe hoch und stand vor verschlossener Tür. Die Mitarbeiter machten Mittagspause, und die Sprechzeit begann erst wieder in zwei Stunden. Etwas ratlos überdachte ich meine Möglichkeiten: zwei Stunden warten oder nach Hause fahren und am nächsten Tag wiederkommen? Die ganze Zeit über war ich sehr darauf konzentriert gewesen, das Gebäude zu finden. Jetzt erst bemerkte ich einen Mann, der mir bekannt vorkam. Er sah aus wie ein Geschäftsmann, groß, schlank und sehr elegant. Seine blaue Krawatte passte perfekt zu seinem schwarzen Hemd und seinem dunkelgrünen Jackett. Lächelnd kam er auf mich zu.

»Was hast du vor?«

»Das geht Sie nichts an.«

»Ich weiß, was du vorhast. Wenn du das tust, wanderst du für immer ins Gefängnis. Und wenn wir dich nicht erwischen, dann haben wir ja immer noch deine Familie. Kein Problem für uns, wir finden einfach Drogen bei deinen Eltern oder Geschwistern, und kein Mensch wird ihnen je glauben, dass sie unschuldig sind.«

Mir gefror das Blut in den Adern, während ich ihn entsetzt anstarrte. So schnell, wie er aus dem Nichts aufgetaucht war, verschwand er auch wieder. Ich hatte das Gefühl, von einer unsichtbaren Macht verfolgt zu werden. An den Worten des

Unbekannten hegte ich nicht den leisesten Zweifel. Wenn es ihnen einmal gelungen war, mich grundlos ins Gefängnis zu werfen, hatten sie zweifellos die Macht, es auch ein zweites Mal zu tun – und dann bestimmt für sehr viel länger. Noch viel mehr beunruhigte mich, dass auch meine Familie vor den Marionetten des Coronel nicht sicher war.

Wo hatte ich diesen Mann nur schon mal gesehen? Ich zermarterte mir das Gehirn. Dann fiel es mir wie Schuppen von den Augen. Bei meiner allerersten Vernehmung war ich ihm auf dem Polizeipräsidium begegnet. Damals trug er eine Uniform. Er war keiner der Beamten, die mich verhörten, sondern betrat zwei- oder dreimal während der Vernehmung den Raum, verweilte kurz und verließ ihn wieder. Woher hatte er gewusst, dass ich an diesem Tag und zu dieser Uhrzeit die Menschenrechtsorganisation aufsuchen wollte? War er mir von zu Hause aus gefolgt? Ich hatte nichts bemerkt. Vielleicht war er mit seinem Wagen dem Bus hinterhergefahren, vielleicht hatte er sogar im gleichen Bus gesessen. Meine Befürchtungen hatten sich bestätigt, ich war nicht wirklich frei. Der Coronel hatte ein feines Spinnennetz um mich gewoben, an jeder Straßenecke konnten seine Häscher lauern. Mein Herz pochte, mein ganzer Mut brach zusammen. Ich trat auf die Straße, von dem mysteriösen Geschäftsmann war keine Spur mehr zu sehen. Jeden Mann, der irgendwo in der Nähe stand oder an mir vorbeiging, nahm ich genau unter die Lupe. War »Big Brother« unter ihnen und folgte mir geräuschlos und unsichtbar? Ich brauchte dringend Rat und nahm den nächsten Bus zu Señor Cevallos, meinem Anwalt.

Señor Cevallos schien nicht besonders überrascht zu sein. »Sie haben also weiterhin ein Auge auf dich geworfen. Ich hatte gehofft, du wärst ihnen nicht wichtig genug und sie lassen dich in Ruhe.« Er wusste, dass mit der Polizei nicht zu scherzen ist. »Beim Coronel muss man mit allem rechnen. Bisher habe ich dich bei all deinen Aktivitäten unterstützt. Jetzt rate ich dir, lass besser die Finger von dieser Sache.« Er wusste, wie wichtig es

für mich war, mich gegen die Ungerechtigkeiten, die mir widerfahren waren, zu wehren. Doch jetzt empfahl er mir, klein beizugeben. Außerdem gab er mir noch einen weiteren Ratschlag: »Verlasse lieber das Land. Du bist hier nicht mehr sicher.«
Eine Welt brach für mich zusammen. Ich war unschuldig, war das Opfer einer Straftat geworden und erfuhr dennoch keinen Schutz. Im Gegenteil, ich musste mich schützen. Ich fühlte mich wie eine Ameise, die gegen einen Elefanten kämpft. Um zu verhindern, dass sie zertreten wird, musste sie sich in einem Erdloch verkriechen. Meine Heimat konnte nicht länger meine Heimat bleiben, ich musste sie verlassen.

Von diesem Tag an wurde ich zur unsichtbaren Person, zuerst in meinem eigenen Land, dann für viele Jahre in Europa – aber das konnte ich zu diesem Zeitpunkt noch nicht wissen. Ein Familienleben in der gemeinsamen Wohnung gab es seit der Begegnung vor »Derechos Humanos« nicht mehr. Der Aufenthalt dort erschien mir für uns alle zu gefährlich. Ich wechselte nun ständig meine Schlafstätten, schlief abwechselnd bei Freundinnen und Verwandten. Die Schergen des Coronel sollten keine Chance haben, mich zu finden. Isabel nächtigte oft bei ihrem Vater, Pablo lebte wieder bei Señora Soza. Ich konnte seine Lehrerin längst nicht mehr für ihre Dienste als Kindermädchen bezahlen und war ihr sehr dankbar, dass sie sich so liebevoll um meinen Sohn kümmerte. Fast täglich traf ich mich mit den Kindern für ein paar Stunden, und hin und wieder übernachteten wir auch gemeinsam in der Wohnung meiner Schwägerin. Jedes Mal, wenn ich Isabel und Pablo sah, war ich erleichtert, dass es ihnen gut ging. Auf Isabels Grundschule gingen auch viele Söhne und Töchter von Polizisten. Für die Freunde des Coronel wäre es ein Leichtes gewesen, sie dort abzufangen.
Im Nachhinein bin ich dem großen Unbekannten im schwarzen Hemd und der blauen Krawatte fast dankbar für seine Warnung. Nicht auszudenken, was passiert wäre, hätte ich das Verfahren

gegen den Coronel eingeleitet und wäre anschließend untergetaucht. Niemals hätte ich damit leben können, dass meine Eltern oder meine Geschwister an meiner Stelle im Gefängnis verendet wären.

Am Abend saß ich mit Gabriela zusammen und beratschlagte die neue Situation. »Geh doch in ein Nachbarland und fange dort ein neues Leben an«, schlug sie vor. Je länger wir aber über alles nachdachten, umso komplizierter erschien uns alles. Ich konnte mir nicht vorstellen, ohne die Kinder irgendwo hinzugehen. Doch wie sollte ich für sie sorgen, ohne Geld, ohne Arbeit und ohne Wohnung? Es erschien uns klüger, die Kinder zunächst hier zu lassen und ein paar Monate später nachzuholen. Meine Schwägerin war sicher, dass der Polizeipräsident die Kinder in Ruhe lassen würde, solange ich nichts gegen ihn unternehmen würde. Hoffentlich hatte sie Recht, ich hatte kein gutes Gefühl dabei.
Ein Nachbarland erschien uns zunächst als beste Lösung. Die Kultur wäre mir vertraut, meine Sprache würde jeder verstehen. Außerdem war es leicht, innerhalb Lateinamerikas die Grenzen zu überschreiten. Man brauchte kein Visum, und niemand sah so genau hin, ob jemand entsprechende Papiere vorweisen konnte. Wir sahen aber auch viele Nachteile. Die Arbeitslosigkeit war in den Nachbarstaaten genauso hoch wie in meinem Heimatland, manche Nachbarstaaten waren noch ärmer. Vielleicht würde ich ein paar Cent als Tagelöhnerin verdienen können, für eine Familie würde es kaum reichen. Wer einen besser bezahlten Job haben wollte, brauchte eine Empfehlung. Ich kannte niemanden in einem der Nachbarländer, der mich hätte unterstützen können.
Außerdem war da noch die Sache mit dem Führungszeugnis. Gabriela meinte, dass viele Kriminelle sich ins Ausland absetzen würden. Deshalb fragten die Arbeitgeber vor einer Anstellung grundsätzlich nach »sauberen« Papieren. Wie sollte ich die

jemals erhalten? Jeder, der mich in meinem Heimatland oder im Ausland beschäftigen wollte, würde ab jetzt von meinem Gefängnisaufenthalt erfahren. Solange ich nichts gegen den Coronel unternahm, würde sich daran nichts ändern. Ich hatte keine Lust, mein ganzes Leben mit Gelegenheitsjobs zu verbringen und von der Hand in den Mund zu leben. Ich wollte meinen Kindern ein besseres Leben bieten, in einem Land, in dem die Menschenrechte nicht mit Füßen getreten werden. In den Nachbarländern war die Situation leider kaum besser als bei uns. Ich wollte in einem freien Land leben, in einem Land, in dem ich das Geld verdienen konnte, das ich brauchte, um meine Schulden abzahlen zu können. Ich wollte mein Glück in den USA versuchen.

In den nächsten Tagen konkretisierten sich meine Pläne. Wenn ich in die USA reisen will, brauche ich eine Einladung. Ich erinnerte mich an einen ehemaligen Kollegen von »World Vision«, der mittlerweile in Kanada lebte. Er freute sich über meinen Anruf und erklärte sich bereit, mir eine Einladung zu schicken. Kanada oder USA, das war für mich ziemlich das Gleiche. Dass ich vorhatte, in Kanada zu bleiben, erzählte ich ihm nicht.

In den kommenden Tagen besprach ich den Plan mit meinen Eltern. Sie waren sehr traurig, fanden es aber auch besser, dass ich das Land verließ. »Isabel und Pablo können natürlich bei uns wohnen, bis du sie nachholen kannst«, erbot sich meine Mutter. Ich umarmte sie und war ihr unendlich dankbar. Zwölf Kinder hatte sie schon großgezogen. Auf zwei mehr kam es ihr auch nicht mehr an. Meine Eltern mochten Isabel und Pablo sehr, und ich wusste, sie würden gut für sie sorgen.

Vor ein paar Tagen saß ich noch im Gefängnis, und jetzt bereitete ich alles für eine Ausreise vor. Meine Eltern hatten mir ein wenig Geld geliehen. Ich ließ Passfotos anfertigen und beantragte einen Reisepass. Gleichzeitig erkundigte ich mich in den Reisebüros nach günstigen Flügen. Endlich traf auch der

Einladungsbrief aus Kanada ein, und ich machte mich damit auf den Weg zum Konsulat. Ein freundlicher Beamter sah sich meine Papiere an. »Was wollen Sie in Kanada?«
Ich wusste, dass ich auf keinen Fall sagen durfte, dass ich dort arbeiten wollte. »Ich möchte einen Freund besuchen.«
Der Beamte suchte in seinem Computer und fand die Adresse meines früheren Kollegen. »Warum nehmen Sie Ihre Kinder nicht mit?«
Mir fiel keine sehr überzeugende Antwort ein: »Die Kinder sind noch zu klein, und ich will ihre Gesundheit nicht gefährden.«
Der Mann drückte einen Stempel in meinen Pass. »Tut mir leid. Sie bekommen kein Visum. Wenn die Kinder hier bleiben, machen Sie bestimmt nicht Urlaub in Kanada. Sie wollen dort arbeiten.«
Ich protestierte, ich bettelte, ich verzweifelte. Woher wusste er nur, was ich vorhatte? Mutlos verließ ich das Konsulat.
Ich fühlte mich schwach und ohnmächtig. Wie schon bei meinem vergeblichen Besuch bei der Menschenrechtsorganisation bildete ich mir ein, dass unsichtbare Geister mich verfolgten. Jederzeit rechnete ich damit, dass ein Polizeiauto neben mir halten könnte, um mich erneut ins Gefängnis zu bringen.
Kanada musste ich also abschreiben. Ich erinnerte mich an Luciana, die vor fast zwei Jahren nach Deutschland gegangen war. Da wollte ich aber nicht hin. Es war mir zu weit weg von meiner Heimat, dort sprach man eine mir unbekannte Sprache, es war eine fremde Kultur. Lieber wollte ich es als Nächstes mit den USA versuchen. Über »World Vision« hatte ich vor längerer Zeit eine Texanerin kennen gelernt. Vielleicht würde sie sich noch an mich erinnern. Ich hatte Glück. Am Telefon wusste sie erst nicht, wer mit ihr sprach, doch dann war sie sehr erfreut, von mir zu hören. Ich äußerte, dass es schon immer mein Traum gewesen sei, einmal im Leben Amerika zu sehen. Sie war gleich bereit, mir eine Einladung zu schicken. Dieses Mal würde ich mir eine bessere Antwort einfallen lassen, wenn man mich frag-

te, warum ich nicht mit meinen Kindern verreise. »Meine Bekannte in Texas hat selbst keine Kinder und möchte mit mir allein Urlaub machen«, wollte ich dem Botschaftsbeamten entgegnen. Außerdem hätte Isabel eine Schulprüfung.
Als ich ein paar Tage später mit meiner Einladung aus Texas bei einem Botschaftsangehörigen im Zimmer saß, ließ man mich gar nicht erst zu Wort kommen. »Sie haben einen Stempel vom kanadischen Konsulat im Pass. Ihr Visumsantrag wurde abgelehnt. Tut uns leid, dann dürfen wir Sie auch nicht einreisen lassen.«
Alles umsonst. Seit Wochen versteckte ich mich, seit Wochen hatte ich kein Geld verdient. Meine Schulden wuchsen, und mir fehlte jede Perspektive für unsere Zukunft. Die Kinder nahmen an, ich sei den ganzen Tag arbeiten. Irgendwann musste ich ihnen die Wahrheit sagen, die Wahrheit, dass ich unser Land verlassen musste. Doch ich wusste nicht, wohin.

Wieder erinnerte ich mich an Luciana in Deutschland. Wenn Nordamerika nicht klappt, muss ich es eben doch dort versuchen, dachte ich mir. Von Luciana hatte ich nur eine Adresse, keine Telefonnummer. Ich beschloss, ihr einen Brief zu schreiben. Ob ihr Angebot, zu ihr nach Deutschland zu kommen, noch gelte? Die Post nach Europa war sehr lange unterwegs. Nach zwanzig langen Tagen bekam ich endlich Antwort. Ich könne kommen, schrieb sie, solle mich aber noch ein wenig gedulden. Noch am selben Tag rief ich sie an und erzählte ihr von meinen Problemen mit der Polizei. Luciana berichtete, dass sie selbst im Moment ziemlich große Probleme habe. Jederzeit könne sie festgenommen und abgeschoben werden. Erst müsse sie eine Arbeit und ein Zimmer für mich finden, dann könne ich bei ihr unterkommen. Welche Art von Arbeit das denn sei, wollte ich wissen. »Putzen, putzen, putzen«, entgegnete sie.
Zwischenzeitlich hatte ich von der deutschen Botschaft erfahren, dass ich visumfrei nach Deutschland einreisen könne. Als Tourist müsse man lediglich mit einer größeren Summe Geld

nachweisen, dass man sich den Aufenthalt leisten kann. Ich konnte mir nicht so recht vorstellen, dass es so einfach sein sollte. In der Kirchengemeinde hatte ich von Frauen gehört, die aus Europa zurückgeschickt worden waren, obwohl sie genügend Geld mit sich geführt hatten. Schon zweimal war ich bei meinem Versuch gescheitert, eine Einreiseerlaubnis in ein westliches Land zu erhalten. Ein weiteres Mal wollte ich keine Fehler machen. Ich beschloss zunächst, einen neuen Reisepass zu beantragen. Die deutschen Grenzbeamten sollten nicht über den Stempel mit dem Einreiseverbot für Kanada stolpern. Rund fünfzig Dollar Bestechungsgeld würde ein neuer Pass wohl kosten. Ich lieh mir das Geld bei meiner Schwägerin, und meine Schulden wuchsen weiter.

Auf der Passbehörde sprach mich ein italienischer Diplomat an, der hinter mir in der Schlange wartete. »Wo wollen Sie denn hin mit Ihrem neuen Ausweis?«

»Nach Deutschland.«

»Dann sind Sie eine Prostituierte«, sagte er vor allen Leuten. »In Deutschland können Latinas nur als Prostituierte arbeiten.«

»Nein, ich mache dort Urlaub«, antwortete ich ganz ruhig und kochte innerlich. Am liebsten hätte ich ihm eine gescheuert.

In der folgenden Nacht hatte ich zum ersten Mal diesen Albtraum, der mich noch viele Male aus dem Schlaf reißen sollte: Ich komme todmüde in Deutschland an. Es ist kalt, und ich friere. Meine Freundin holt mich vom Flughafen ab. »Lass deinen Koffer stehen, du musst gleich anfangen zu arbeiten.« Wir gehen durch dunkle Flure, bis wir in einen kleinen, schmuddeligen Raum mit einer Garderobe kommen. »Zieh dich jetzt aus«, sagt Luciana zu mir. »Nein, nein, ich will nicht«, rufe ich entsetzt. »Du wirst schon noch sehen«, murmelt sie, während sie sich entkleidet und splitternackt vor mir steht. Ich folge ihr durch eine breite Eichentür in einen großen Saal. Alle Mädchen sind nackt, viele Männer auch. Eine dicke Frau, die Chefin, klatscht in die Hände: »Anfangen.« Die Frauen knien vor den Männern und umfassen ihre Penisse. Dicke Männer, fette Männer, schmutzige Männer mit viel Bart. »Magst du diese Arbeit?«, frage ich Luciana. Sie zuckt nur mit den Schultern. Die dicke Chefin kommt auf uns zu: »Du musst arbeiten, arbeiten, arbeiten. Noch viele Männer warten auf dich.« Ob sie diese Arbeit nicht eklig finde, will ich von Luciana wissen. »Das ist die einzige Arbeit, die du in Deutschland finden kannst. Es gibt keine andere.«

In diesem Traum war ich eine billige Prostituierte in einem billigen Bordell. Ich fing an, mir Sorgen zu machen. Traute sich Luciana vielleicht nur nicht, mir am Telefon die Wahrheit zu sagen? Prostitution wäre die schnellste Möglichkeit, meine Schulden abzubezahlen. Doch niemals wollte ich diese Arbeit machen. Ich hätte meinen Kindern nicht mehr in die Augen sehen können.

Zu dieser Zeit hatte ich noch einen zweiten Traum, der zum Glück aber weniger beunruhigend war: Am Flughafen in Deutschland kommt ein Mann auf mich zu und will mich abholen. Es ist Lucianas Freund. Er trägt blaue Jeans und eine schwarze Lederjacke.

Auch seine Frisur hatte ich in diesem Traum genau vor Augen, nur sein Gesicht war verschwommen. Ich hatte keine Ahnung, was dieser Traum zu bedeuten hatte. Am Telefon hatte mir Luciana nie etwas von einem Freund erzählt.

Die nächsten Wochen verbrachte ich hauptsächlich damit, auf den entscheidenden Anruf von Luciana zu warten. Ich besuchte alte Freunde und genoss jede Minute, die ich noch gemeinsam mit den Kindern verbringen konnte. Außerdem hatte ich noch Unangenehmes zu erledigen. Ich musste meine finanzielle Situation klären. Als ich zum ersten Mal seit dem Diebstahl zu meinem früheren Geschäft fuhr, war ich wieder einmal pleite. Das von Gabriela geliehene Geld hatte für eine Woche gereicht, jetzt hatte ich nur noch ein paar Fahrscheine und fünf Cent in der

Tasche. Ich war mit meinem Vermieter verabredet und hoffte, einen Teil meiner Kaution für das Geschäft zurückzuerhalten. Drei Monatsmieten hatte ich vor gut einem Jahr als Kaution bezahlt. Señor Orlando, der Vermieter, war sehr nett zu mir, ließ aber nicht mit sich reden. Der defekte Rollladen, die beschädigte Tür und die gestohlenen Regale seien allein schon mehr als zwei Monatsmieten wert. Außerdem habe er für diesen Monat noch keine Miete erhalten und müsse sich jetzt nach einem Nachmieter umsehen. Nein, von meiner Kaution könne er nichts zurückzahlen.

Es waren auch ein paar Leute gekommen, die ihre Radios und Fernseher zu mir in Reparatur gebracht hatten. In der Zeitung hatten sie gelesen, ich hätte mein Geschäft selbst ausgeraubt. Ich erzählte ihnen, was wirklich passiert war. Jetzt hätte ich keinerlei Geld mehr, dafür hohe Schulden bei dem Großhändler, der mein Geschäft kurz vor dem Diebstahl mit neuer Ware beliefert hatte. Die Leute hörten mir schweigend zu. Es waren die ärmeren Bewohner der Gegend, die sich nicht mal eben ein neues Radio oder einen moderneren Fernsehapparat leisten konnten. Am Schluss erklärte eine ältere Frau: »Wenn sie ihr Geschäft selbst ausgeraubt hätte, dann wäre sie heute nicht gekommen.« Ein Mann, der zusammen mit seiner Familie in einer engen Einzimmerwohnung am Ende der Straße lebte, meinte: »Wenn ich von Ihren hohen Schulden höre, dann ist mein Verlust nicht so schlimm.« Die Großzügigkeit dieser Leute rührte mich, es gab noch aufrichtige Menschen in meinem Land.

Dem Großhändler, der mir kurz vor dem Diebstahl Elektrogeräte im Wert von fünfzehntausend Dollar geliefert hatte, konnte ich nicht mit netten Worten kommen. Meine Geschäftspartner waren es gewohnt, dass ich pünktlich meine Rechnungen bezahlte. Bei allem Bedauern über meine prekäre Situation würden sie Bargeld sehen wollen. Sie könnten sich einen Anwalt nehmen und vor Gericht die Zahlung einklagen. Da würde es mir nichts nützen, dass ich bestohlen worden war.

Meine Reisepläne nach Deutschland konnten auch an den hohen Schulden scheitern. Wenn meine Geschäftspartner den Verdacht hegten, ich wolle mich vor der Rückzahlung der Schulden drücken, würden sie vielleicht die Polizei informieren. Mein Reisepass würde dann gesperrt werden, und ich könnte niemals mehr meine Heimat verlassen. Eine Allianz zwischen meinem Großhändler und der Polizei des Coronel wollte ich auf jeden Fall vermeiden.

Als ich in das Büro der Firma fuhr, war mir ziemlich mulmig zumute. Was würden sie von mir verlangen? Mein Bruder, der in einer anderen Stadt sein Elektrogeschäft betrieb, war ebenfalls ihr Geschäftspartner. Ich wollte auf keinen Fall, dass er wegen mir Ärger bekam. Nachdem wir uns über den ganzen Vorfall unterhalten hatten, bot ich dem Großhändler meinen letzten Besitz an, ein kleines Grundstück, das ich kurz vor dem Diebstahl für mich und meine Familie gekauft hatte. Ich wollte ihnen das Grundstück überlassen, aber es war nicht mehr wert als dreitausend Dollar. »Wir glauben Ihnen, dass Sie Ihr Geschäft nicht selbst ausgeräumt haben, doch wir möchten unser Geld wiederbekommen. Einen so hohen Verlust kann sich unsere Firma nicht leisten.«

»Niemand in meiner Familie ist im Moment in der Lage, mir einen so hohen Betrag zu leihen. Bitte haben Sie Vertrauen in mich. Ich beabsichtige ins Ausland zu gehen, um dort zu arbeiten. Dann kann ich Ihnen alles zurückzahlen. Ich werde sehr wahrscheinlich schon bald nach Deutschland reisen. Eine Freundin hat bereits eine Arbeit für mich gefunden.«

Meine ehemaligen Geschäftspartner waren einverstanden. Jeden Monat sollte ich Geld schicken, so lange, bis alle Schulden abbezahlt waren. Zinsen musste ich für die ersten drei Jahren keine bezahlen. Das hatte ich wohl dem guten Kontakt zwischen meinem Bruder und dem Geschäftsführer zu verdanken. Die Firmenmitarbeiter machten mir aber auch unmissverständlich klar: Wenn ich nicht zahlen würde, hätte das harte

Konsequenzen. Meine Familie war ihr Faustpfand. Die Sitten sind rau in meinem Land.
Nach dem Gespräch war ich erleichtert: Es gab eine klare Vereinbarung, und ich hatte die Chance, meine Schulden abzutragen. In meinem ganzen bisherigen Leben hatte ich meine Schulden immer bezahlt. Auch wenn ich nichts für diese finanzielle Misere konnte, fühlte ich mich verpflichtet, die gestohlenen Dinge zu ersetzen.

Isabel und Pablo machten mir unterdessen Sorgen. Sie merkten, dass nichts mehr so war wie früher. Jeden Tag rechnete ich mit neuen Gemeinheiten des Coronel und verbot ihnen, unsere frühere gemeinsame Wohnung zu betreten. Dort wäre es ein Leichtes gewesen, Isabel und Pablo zu entführen und verschwinden zu lassen. Wir hatten kein gemeinsames Nest mehr, keine Bleibe, die ihnen Geborgenheit hätte geben können. Pablo, der sich hauptsächlich bei Señora Soza aufhielt, weinte viel und fragte ständig nach mir. Isabel, die die meiste Zeit in der Wohnung ihres Vaters verbrachte, musste die üblen Beschuldigungen ihrer Stiefmutter aushalten. Sie ließ niemanden mehr an sich heran und und verstieg sich in Grübeleien. Ich hatte keine Ahnung, womit sie sich beschäftigte. Früher war sie eine gute Schülerin gewesen. Dass ihre Leistungen rapide abgefallen waren, als sie von meinem Gefängnisaufenthalt erfuhr, konnte ich gut verstehen. Jetzt war ich schon viele Wochen aus dem Gefängnis entlassen, doch ihre Schulnoten hatten sich noch nicht wieder gebessert.
Tagelang drückte ich mich davor, den Kindern von meinen Absichten, nach Deutschland zu reisen, zu erzählen. Als ich mir dann endlich ein Herz fasste und sie während eines gemeinsamen Abendessens bei meiner Schwägerin in meine Pläne einweihte, fielen ihre Reaktionen nicht so schlimm aus, wie ich befürchtet hatte. Beide verstanden wohl, dass ich wegmusste, obwohl sie erst sechs und acht Jahre alt waren. Ihnen war nicht

klar, wie lange ich wegbleiben würde. Sie waren Kinder, sie rechneten nicht in Monaten oder Jahren. »Wer wird auf uns aufpassen, wenn du weg bist?«
»Wahrscheinlich Oma und Opa.« Mit dieser Antwort waren beide zufrieden.

Mit Alfonso hatte ich schon längere Zeit nicht mehr gesprochen. Von Isabel und Gabriela wusste er, dass ich vorhatte, ins Ausland zu gehen und die Kinder meinen Eltern anzuvertrauen. Eines Abends empfing mich Gabriela nervös an der Tür. »Es gibt Probleme. Alfonso will die Kinder haben.« Ich konnte mir gar nicht vorstellen, dass Alfonso die Kinder ernsthaft haben wollte. Während unserer Ehe hatte er sich nie besonders um sie gekümmert. Pablo hatte keine stärkere Bindung an ihn, er war noch zu klein, als wir uns trennten. Doch Isabel hatte schon vor meiner Verhaftung ab und zu ein paar Tage bei ihm verbracht. Ihren Vater bekam sie aber nur selten zu Gesicht, denn meistens war er verreist. Wann immer sie von Alfonso und Erica zurückkam, schimpfte sie auf ihre Stiefmutter, weil sie sich schlecht von ihr behandelt fühlte. Erica war wieder schwanger, warum sollte sie zusätzlich zu ihrem Baby und ihrem Kind auch noch ihre Stiefkinder großziehen wollen? Vielleicht ärgerte Alfonso sich darüber, dass ich die Kinder bei meinen Eltern unterbringen wollte. Er hasste meinen Vater. Für das Scheitern unserer Ehe machte er in erster Linie ihn verantwortlich.
Ich erinnere mich an eine Episode kurz nach unserer Trennung. Alfonso war auf Dienstreise, und ich hatte die Kinder für das Wochenende zu meinen Eltern gebracht. Ohne dass irgendjemand etwas davon wusste, fuhr Alfonso zu meinen Eltern, um die Kinder abzuholen. Die Klingel bei meinen Eltern war kaputt, so dass ihn niemand hören konnte. Natürlich glaubte er, meine Mutter wolle ihn nicht hereinlassen, und so trat er wie ein wild gewordener Stier gegen die Haustür. Als meine Mutter dann öffnete, brüllte er los. »Warum sind meine Kinder hier? Ihr

wollt mir meine Kinder wegnehmen. Ich bin der Vater und nehme jetzt meine Kinder mit.« Isabel und Pablo spielten gerade an einem kleinen Bach in der Nähe. Nachdem Alfonso die beiden gefunden hatte, schnauzte er meine Eltern erneut an: »Die Kinder sind nass, sie erkälten sich. Ihr passt nicht richtig auf meine Kinder auf.«
Ich machte mir Sorgen. Würden meine Eltern die Kinder zu sich nehmen, riskierten sie regelmäßigen Ärger mit Alfonso. Das wäre für meine Mutter und meinen Vater sehr unangenehm. So belastbar waren sie leider auch nicht mehr. Ich musste mit Alfonso reden.
Wir trafen uns in der Wohnung von Gabriela. Alfonso hatte nicht vor, sich auf ein ernsthaftes Gespräch mit mir einzulassen. »Auf keinen Fall kommen die Kinder zu deinen Eltern. Die haben selbst so viele Kinder, auf die sie noch aufpassen müssen. Für Isabel und Pablo ist da kein Platz.«
»Meine kleineren Geschwister sind doch allein die Sache meiner Eltern. Mama und Papa freuen sich auf Isabel und Pablo, und umgekehrt ist es genauso.«
»Deine Eltern haben nicht genug Geld. Sie können den Kindern nicht geben, was sie brauchen.«
»Ich kann ihnen Geld für die Kinder schicken, das ist nicht das Problem.«
Ich bemerkte ein freches Grinsen auf seinem Gesicht. Wollte er deshalb die Kinder haben, weil er sich von mir Devisenüberweisungen aus dem Ausland versprach? Gleich nachdem er weg war, rief ich Luciana in Deutschland an. »Bitte finde eine Möglichkeit, dass ich mit den Kindern kommen kann.«
Luciana verstand meinen Kummer, nahm mir aber jede Hoffnung: »Wenn du mit den Kindern kommst, dann kannst du nicht arbeiten. Dann kann ich nichts für dich tun.«
Isabel und Pablo waren entsetzt, als sie erfuhren, dass sie zu ihrem Vater und ihrer Stiefmutter ziehen sollten. Besonders Pablo jammerte: »Bitte bring mich zu meiner Oma oder zu

meiner Lehrerin.« Über Señora Soza hatte ich auch schon nachgedacht. Vielleicht wäre sie bereit, auf beide Kinder aufzupassen, wenn ich ihr regelmäßig Geld schicken würde, und vielleicht könnte sich Alfonso mit dieser Lösung einverstanden erklären. Am nächsten Tag sprach ich mit ihr. »Es wäre für ein paar Monate, maximal für ein Jahr. Länger halte ich es nicht ohne die beiden aus.«

»Liebe Maria, ich habe auch schon ganz viel darüber nachgedacht. Ich würde es gern für dich tun«, meinte Señora Soza, »aber es geht nicht, ich kann die Kinder nicht nehmen. Vielleicht bleibst du doch sehr viel länger als ein Jahr in Deutschland.«

Ein Jahr in Deutschland ohne Isabel und Pablo war eigentlich schon nicht vorstellbar. Aber eine noch längere Zeit ohne sie? Der Gedanke erschien mir völlig abwegig. Sie hatte noch ein anderes Argument, das ich besser verstehen konnte. »Was mache ich, wenn es Probleme mit den Kindern gibt, wenn sie Schulschwierigkeiten haben oder sich verletzen? Was sage ich dann ihrem Vater?«

Sie hatte Recht. Wann immer mit den Kindern irgendetwas war, suchte er die Schuld bei anderen. So kannte ich meinen Mann. Wenn unter seiner Verantwortung etwas passierte, war das nicht weiter der Rede wert. Ich denke, Alfonso hätte Señora Soza immer wieder beleidigt und angeschrien. Señora Soza hätte keine Ruhe vor ihm gehabt und die Kinder auch nicht. Es gab keine andere Möglichkeit. Ich musste es zulassen, dass Isabel und Pablo so lange bei Alfonso und Erica lebten, bis ich sie nach Deutschland holen würde.

Deutschland war weit weg. Ich würde von dort aus nicht viel für meine Kinder tun können, das war mir klar. »Ich verlasse meine Kinder, ich bin eine Rabenmutter«, machte ich mir Vorwürfe. Das Einzige, was mir blieb, war das Versprechen, das ich mir selbst gab: »Sobald es geht, hole ich Isabel und Pablo nach. Sie müssen keinen Tag länger als unbedingt nötig bei meinem Ex-Mann und ihrer Stiefmutter bleiben.« Gott sei Dank wusste ich damals noch nicht, wie schlecht es ihnen dort ergehen sollte. Hätte ich es geahnt, wäre ich vor Kummer gestorben.

Jeden Tag wartete ich jetzt mit Ungeduld auf einen Anruf von Luciana. In meiner Heimat fühlte ich mich entwurzelt, zu lange schon versteckte ich mich in fremden Wohnungen, zu lange schon hatte ich Angst vor der Rache des Coronel. Ich wollte in Deutschland arbeiten, an einer neuen Zukunft bauen. Isabel und Pablo hatten sich unter Tränen damit abgefunden, dass sie vorübergehend zu ihrem Vater mussten.
Meine Ungeduld wurde immer größer. An einem Sonntagabend kam der entscheidende Anruf. »Du kannst jetzt kommen, die Zeit ist günstig«, sagte Luciana ins Telefon. Am darauf folgenden Montag erkundigte ich mich im Reisebüro nach günstigen Flügen. Es gab keine, im Moment war Hochsaison, für weniger als vierzehnhundert Dollar würde ich in den kommenden Wochen keinen Flug bekommen. Man riet mir im Reisebüro, zweihundert Dollar draufzulegen und über Paris zu fliegen. Dort seien die Einreisekontrollen weniger streng als in Deutschland. Sechzehnhundert Dollar für einen Flug nach Europa. Ich war geschockt. Mir war klar, dass ich den Rückflug, den ich nicht brauchte, mitkaufen musste, damit die Grenzbeamten in Deutschland nicht misstrauisch wurden. Aber mussten es gleich sechzehnhundert Dollar sein? Mir blieb keine andere Wahl, mein Schuldenberg war kaum noch zu tilgen. Ich buchte ein Ticket für einen Flug in zehn Tagen. Der Countdown lief. Zuerst musste ich meine Wohnung ausräumen. Ich erwog, Kleider und Möbel zu meinen Eltern zu bringen. Dann verwarf ich diesen Gedanken wieder. Ich hätte für viel Geld einen LKW leihen und, falls meine Einreise in Deutschland misslänge, erneut viel Geld für den ganzen Rücktransport zahlen müssen. Ich entschloss mich, eine alte Freundin anzurufen. Florencia hatte ich vor vielen Jahren über die Kirchengemeinde kennen gelernt und

seitdem den Kontakt mit ihr gehalten. Sie hatte eine große Wohnung und mir schon vor Wochen angeboten, meine Sachen bei sich unterzustellen, falls ich tatsächlich ausreisen würde. »Kein Problem«, sagte sie, als ich mich jetzt bei ihr meldete: »Komm mit deinen Sachen einfach vorbei.«

Meine Kinder hatten viele Bilderbücher und Spiele. Eine schöne und teure spanische Ausgabe von »Micky Maus« liebten sie besonders. Konnte ich riskieren, ihnen diese Schätze zu meinem Ex-Mann und seiner Frau mitzugeben?

»Mami, lass die Micky-Maus-Bände bei den Möbeln, Erica nimmt sie uns weg und verschenkt sie an ihre Neffen und Nichten«, bat Isabel. Schon so manches Spielzeug, das meine Kinder mit zu ihr genommen hatten, war in den letzten Wochen verschwunden. Die Micky-Maus-Sammlung war zu wichtig für Isabel und Pablo. Sie wollten sie auf gar keinen Fall verlieren. Wir entschieden gemeinsam, fast das gesamte Spielzeug bei Florencia zwischenzulagern. Isabel und Pablo sollten es mitbringen, wenn sie mir in ein paar Monaten nach Deutschland nachfolgen würden.

Jetzt musste ich auch entscheiden, was ich für mich mit nach Europa nehmen wollte. Luciana hatte gebeten: »Bitte bring nicht so viel mit, meine Wohnung ist klein.« Auch rechnete ich damit, vielleicht öfter die Arbeit wechseln und umziehen zu müssen. Ich wollte flexibel sein, ein kleiner Koffer musste reichen.

Dass es in Deutschland kalt sein würde, damit hatte ich gerechnet. Ich hatte aber keine Ahnung, was das wirklich heißt. In meinem ganzen Leben hatte ich noch keinen Schnee gesehen. Ich packte zwei Paar Schuhe, zwei Kleider, zwei Röcke, zwei Hosen, vier oder fünf T-Shirts, drei Blusen und drei dünne Pullover ein. Damit sollte ich in den nächsten Wochen hinkommen. Viel schwieriger war für mich die Auswahl der Andenken. Insgeheim rechnete ich schon damit, mein Heimatland für viele Jahre nicht mehr zu sehen. Als Erinnerung an zu Hause wählte ich einen Bildband mit Geschichten von den Ureinwohnern meines

Landes. Von meinen Eltern und meinen Geschwistern packte ich ein Familienfoto ein. Fotos von Isabel und Pablo kamen ebenfalls in den Koffer. Doch von ihnen wollte ich noch andere wichtige Erinnerungen dabei haben. Ich entschied mich für Isabels erste Babystrümpfchen, die ich immer wie einen Schatz aufbewahrt hatte. Von meinem Sohn nahm ich eine kleine Flasche mit seiner Nabelschnur mit. Eine Krankenschwester hatte sie mir kurz nach seiner Geburt gegeben. Mich erinnerte sie an das wunderschöne Gefühl, als ich zum ersten Mal meinen neugeborenen Sohn in den Armen hielt.

In den kommenden Tagen fand ich vor Kummer kaum noch Schlaf. Würde ich die Trennung von meinen Kindern verkraften? Würden sie die Trennung von mir verkraften? Würden sie einigermaßen glücklich sein bei Alfonso und seiner Frau? Wochenlang hatte ich auf den Tag hingearbeitet, an dem ich mein Land verlassen konnte. Nun verließ mich der Mut. Ich würde in Deutschland sicher sein vor dem Coronel. Aber waren meine Kinder sicher vor der unberechenbaren hiesigen Polizei? Und was wäre, wenn eines Tages doch ein Drogenpäckchen im Haus meiner Eltern auftauchte, das irgendjemand dort versteckt hatte? Immer wieder zermarterte ich mir den Kopf. Nachts wälzte ich mich im Bett und hatte fürchterliche Albträume. Ich wollte Isabel und Pablo nicht verlassen und sah dennoch keine andere Möglichkeit. Manchmal sah ich im Traum einen Streifenwagen, der meine schreienden Kinder mitnahm. Und fast jede Nacht träumte ich von dem großen Saal, in dem meine Freundin Luciana hässliche alte Männer befriedigte.
Zwei Tage vor dem Abflug rief ich Alfonso an und vereinbarte für den nächsten Tag einen Treffpunkt für die Übergabe der Kinder. Ich wollte mich von Isabel und Pablo auf keinen Fall am Flughafen verabschieden. Den Anblick, wie meine beiden Liebsten dort unglücklich zurückbleiben, hätte ich nicht ertragen. Ich wollte einen ruhigen und schönen Abschied von

meinen Kindern, wollte ihnen das Gefühl geben: »Das alles ist nicht so dramatisch. Eure Mutter holt euch bald nach.«
Nach einem gemeinsamen Einkaufsbummel gingen wir in ein Eis-Café. Anschließend trafen wir Alfonso auf dem Marktplatz, und er übernahm die Kinder. »Mama, wann sehen wir dich wieder?«, fragte Pablo.
»Bald, mein Schatz, ich rufe euch an.«
Dann umarmte ich meine Kinder ganz fest, drehte mich um und ging. Isabel und Pablo winkten mir nach. Meine Tränen nahmen mir die Luft zum Atmen.

II

FREMDES LAND

Alles neu

Jetzt nur nicht die Nerven verlieren. So kurz vor dem Ziel durfte einfach nichts mehr schief gehen. Der Grenzschutzbeamte sagte irgendetwas zu mir, wahrscheinlich auf Deutsch, ich verstand kein Wort. Danach versuchte er es auf Englisch: »You speak English?«

»A little bit.«

»Hablas español?«

»Sí«, antwortete ich. Jetzt wusste er, dass ich neu hier bin.

Als Erstes wollte er mein Ticket sehen. »Drei Monate Gültigkeit, das ist lange, was haben Sie in Deutschland vor?«

»Ich möchte eine gute Freundin besuchen, die ich schon lange nicht mehr gesehen habe.«

»Wo wohnt Ihre Freundin?«

Ich nannte ihm den Namen einer großen deutschen Stadt. »Wer holt Sie ab?«

»Luciana Martinez, meine Freundin.«

»Was machen Sie, wenn Sie nicht da ist?«

»Sie ist da.«

»Und wenn nicht?«

»Sie ist ganz bestimmt da.«

»Wie viel Geld habe Sie bei sich?«

»Fünfzehnhundert Dollar.« Der deutsche Beamte wollte tatsächlich das Geld sehen.

Die Leute vom Reisebüro hatten mich gut beraten, als sie mir empfahlen, mehr als tausend Dollar einzustecken. Gott sei Dank hatte ich so viel Geld dabei – geliehen zwar, mit hohen Zinsen, doch die hohe Summe erfüllte ihren Zweck. »Okay, Sie können einreisen. Ich wünsche Ihnen einen schönen Urlaub.« Das Abenteuer Deutschland konnte beginnen.

Die große Uhr über meinem Kopf zeigte zehn nach zwei. Um zwölf Uhr hätte ich eigentlich ankommen sollen. Ob Luciana noch draußen wartete? Notfalls würde ich mich mit einem Taxi zu ihrer Adresse fahren lassen. Unruhig lief ich durch die Schiebetür. Zum Glück entdeckte ich sie auf einer Bank. Sie bemerkte mich fast im gleichen Augenblick und lief mir entgegen. Wir fielen uns in die Arme. Fast zwei Jahre hatten wir uns nicht mehr gesehen. Mir kam es wie ein halbes Leben vor.
»Mein Freund ist auch da.« Ich blickte mich in der Halle um und erkannte den Mann, den ich in meinen Träumen immer wieder an ihrer Seite gesehen hatte: Größe, Alter und seine nach vorn gekämmten Haare stimmten mit meinem Traumbild überein. Ich war überhaupt nicht überrascht. »Ich kenne ihn.« Luciana war verblüfft, und ich erzählte ihr von meinem Traum. Kai war ein sehr netter Mann. In den kommenden Monaten sollte er mir noch oft eine große Hilfe sein. Er kam gerade vom Informationsschalter zurück, hatte in Erfahrung bringen wollen, ob schon alle Passagiere das Flugzeug verlassen hätten. Luciana hätte nichts für mich tun können, wäre mir die Einreise untersagt worden. Sie lebte selbst illegal hier. Kai, ihr Freund, wäre bereit gewesen, für mich zu bürgen und für alle Kosten aufzukommen, obwohl er mich noch gar nicht kannte. Vielleicht hätte man mich dann ins Land gelassen.
Wir verließen den Flughafen und ich fühlte mich leicht wie ein Schmetterling. Meine alte Welt hatte ich erst einmal hinter mir gelassen, ich war neugierig auf das Neue, das mich erwartete. Die eisige Kälte im Parkhaus nahm ich nicht wahr, ich war wie gedopt.

Die Straßen, die Häuser, alles sah anders aus, viel moderner als bei mir zu Hause. Die meisten Autos glänzten wie polierte Edelsteine, so neu wirkten sie auf mich. In meiner Heimat könnten solche Autos keine drei Tage am Straßenrand stehen, ohne geklaut zu werden. Am meisten beeindruckte mich, wie ruhig der Verkehr lief. Ich war an lautes Hupen und Chaos gewöhnt. Wenn man bei uns um die Ecke fuhr, musste man hupen, um nicht übersehen zu werden. Hier dagegen regelten Ampeln und Schilder, ganze Schilderwälder, den Verkehr auf vierspurigen Straßen. Die Hektik schien einen anderen Pulsschlag zu haben. Nach langer Fahrt auf vierspurigen Schnellstraßen hielt das Auto auf einem großen Parkplatz vor einem neu gebauten Haus. »Hier wirst du erst einmal wohnen«, meinte Kai, der fließend Spanisch sprach. Ich folgte den beiden zu einer Eingangstür im Erdgeschoss. »Bitte zieh deine Schuhe aus«, sagte Luciana. Ich sah sie verwirrt an. »In Deutschland zieht man die Schuhe aus, wenn man eine saubere Wohnung betritt.« Das war das Erste, was ich hier lernen musste.

Kais Wohnzimmer war blitzblank geputzt und modern eingerichtet. Weiße Regale, ein schwarzes Sofa und ein Tisch aus Buche, Ikea-Chic, den ich schon recht bald von altdeutschen Eichen-Einrichtungen zu unterscheiden wusste. An den Wänden hingen Bilder aus den Anden und Porträts von Indianern. Ich fühlte mich sofort wohl. Außer dem Wohnzimmer gehörten noch ein Schlafzimmer, ein Bad, eine Küche und ein Esszimmer zur Wohnung. Luciana erzählte mir, dass sie gerade erst bei ihrem Freund eingezogen sei. Sie würde mit Kai im Schlafzimmer übernachten, ich könne auf der Couch im Wohnzimmer schlafen.

Luciana lebte also in wilder Ehe. So etwas wäre in meinem Heimatland unmöglich gewesen. Ich war froh, erst einmal untergekommen zu sein, so bald wie möglich wollte ich mir ein eigenes Zimmer suchen.

In meiner Heimat war ich um zwei Uhr am Nachmittag losgeflogen, hier um zwei Uhr am Nachmittag angekommen. Ich hatte kein Zeitgefühl mehr, war müde und gleichzeitig aufgewühlt. Die nächsten Stunden vergingen wie im Flug. Luciana und ich hatten uns so viel zu erzählen. Sie war für mich fast wie eine Schwester, und wir genossen das Wiedersehen. Am Abend kochten wir Tortillas mit Schafskäse, dazu gab es gebratenes Schweinefleisch und Salat. Ich fühlte mich fast schon ein wenig zu Hause.

Luciana erzählte mir, dass sie die ersten vier Monate in Deutschland bei ihrer Schwester und deren deutschem Mann gewohnt hatte. Auf die Dauer sei das nicht gut gegangen, ihre Schwester sei zu dominant gewesen. Anschließend habe sie in billigen Zimmern gelebt und sich mit Putzjobs durchgeschlagen. »Gehst du wirklich putzen und nicht auf den Strich?«

»Ich dachte, du kennst mich.«

Kai, der irgendetwas mit Computern machte, hatte sie in einer Disco kennen gelernt. Disco? – bei mir klingelten alle Alarmglocken. In meiner Heimat war eine Disco ein Ort, an dem sich nur Prostituierte und Frauen mit wechselnden Partnern herumtrieben, so zumindest hatte ich es immer zu hören bekommen. Ich war nie in einer Disco gewesen.

»Wenn du einen Mann kennen lernen möchtest, musst du in die Disco gehen«, sagte Luciana.

»Vielen Dank. Bis auf weiteres habe ich die Nase gestrichen voll von Männern.«

»Mag sein. Aber glaube mir, Heiraten ist die einzige Möglichkeit für dich, um rechtmäßig in Deutschland bleiben zu können.«

»Ich will mit Isabel und Pablo hier leben, nicht mit einem Mann.«

»Finde erst mal eine Wohnung, eine Arbeit und einen Mann. Dann kannst du die Kinder nachholen.«

Das hatte ich mir anders vorgestellt. »Hast du Arbeit für mich?«

»Du musst dir selbst Arbeit suchen, aber wir helfen dir dabei.«

Die erste Nacht war schrecklich. In meinem Traum ging ich auf einer deutschen Straße spazieren. Plötzlich hielt ein Streifenwagen. Drei Männer zerrten mich ins Auto und fuhren mich zum Flughafen. »Sie dürfen hier nicht bleiben«, schnauzte mich dort ein unfreundlicher Grenzbeamter an. Wieder zu Hause,

weigerte sich mein Ex-Mann, die Kinder herauszugeben. Ich stand vor dem Nichts.
In den nächsten Wochen träumte ich oft von Festnahme und Abschiebung. Für meine Freundin schien das normal zu sein: »Mach dir keine Gedanken, solche Träume haben alle, die illegal hier sind. Sie haben alle Angst: Vielleicht finde ich eine Arbeit, vielleicht nicht. Vielleicht kommt die Polizei und nimmt mich mit.«
Luciana kannte diese Albträume von sich selbst. »Mit der Zeit wirst du dich daran gewöhnen.«
Für die nächsten drei Monate konnte ich mich in Sicherheit wiegen. So lange galt mein Touristenvisum. Allerdings durfte ich mich nicht beim Arbeiten erwischen lassen. Dann wäre noch vor Ablauf des Visums Schluss mit der Aufenthaltsgenehmigung.

Nach meiner Ankunft waren Luciana, Kai und ich nicht allein in der Wohnung. Lucianas Vater aus Südamerika logierte auch dort. Er hatte schon Lucianas ältere Geschwister besucht, die beide mit deutschen Partnern verheiratet waren, jetzt war er bei Luciana zu Gast.
Am nächsten Morgen verließen Kai und meine Freundin früh das Haus und gingen arbeiten, er zu seiner Computerfirma, sie zu einer ihrer Putzstellen. Sie besaßen zwei Schlüssel, einen nahm Luciana, den anderen Kai.
»Bleibt besser in der Wohnung, ihr sprecht kein Deutsch und kennt euch hier nicht aus«, hatte mir Luciana geraten, bevor sie putzen ging. Ich setzte Wasser für die Frühstückseier auf. Señor Molina, Lucianas Vater, ging in der Zwischenzeit mit einer Zigarette nach draußen. Seine Tochter hatte ihn gebeten, nicht in der Wohnung zu rauchen. »Komm mal her, Maria, und spür den Wind, das ist unglaublich«, rief er mir zu. Im Hinausgehen erinnerte ich mich an Lucianas Worte: »Seid vorsichtig mit der Tür. Die fällt von allein zu.« Hastig drehte ich mich um, schon war es zu spät. Die Tür sprang ins Schloss. Da standen wir nun,

im deutschen Herbstwind. Der Señor in kurzen Hosen, Sandalen und T-Shirt, ich im Schlafanzug und auf Strümpfen. Eine Viertelstunde standen wir so herum, froren und wussten nicht, was wir tun sollten. Luciana würde erst um fünf Uhr wiederkommen. Bis dahin war das Eierwasser längst verdunstet und das ganze Haus stand vielleicht in Flammen.

»Wir brauchen Werkzeug, wir brauchen Werkzeug«, jammerte der schlotternde Señor Molina, und ich beobachtete durch das Küchenfenster das siedende Wasser, sah zu, wie es langsam verkochte. Ich befürchtete, dass man uns für Einbrecher halten könnte, so merkwürdig, wie wir da herumlungerten. Man würde vielleicht die Polizei alarmieren. Wir versteckten uns hinter einem Busch, um zu beratschlagen. Als eine freundlich aussehende ältere Dame mit ihrem Hund vorbeispazierte, sprach Señor Molina sie an. Auf Spanisch versuchte er ihr zu erklären, was passiert war und dass wir Hilfe brauchten. Die Frau hörte ihm interessiert zu, nickte ab und an und verstand kein Wort. Vielleicht sollten wir das Fenster einschlagen, schlug ich vor. Die Wohnung lag im Erdgeschoss, und wir hätten leicht hineinklettern können. Mit voller Wucht drückte Señor Molina gegen das Küchenfenster. Plötzlich sprang es auf. Ich hatte keine Ahnung, wie er das geschafft hat.

Der Hunger war uns vergangen. Wir verzichteten auf ein Frühstück und sannen noch eine Weile über unser Missgeschick nach. Was hätten wir gemacht, wäre das Fenster nicht aufgegangen? Luciana fragte uns am Abend: »Warum habt ihr nichts gegessen? Ich hatte doch alles für euch eingekauft.«

»Wir hatten keinen Hunger, wir haben zusammen überlegt, wie das Leben in Deutschland wohl so ist«, antworteten Señor Molina und ich.

Am nächsten Tag saß ich wieder allein mit Lucianas Vater in der Wohnung. Luciana wollte mir helfen, Arbeit zu finden. Wie aber wollte sie das anstellen?

Den ganzen Tag langweilte ich mich und dachte an Isabel und

Pablo. Schon jetzt fehlten sie mir sehr. Einfach anrufen konnte ich sie nicht, Alfonso hatte kein Telefon. Ich schrieb meinen ersten Brief an meine Kinder, schrieb von einem fernen Land mit kalten Winden, glanzpolierten Autos und Wohnungen, in denen man sich die Schuhe auszieht.
Am Abend erzählten Señor Molina und ich die Wahrheit vom Vortag, die Geschichte vom dampfenden Wasserkessel und der zugeschlagenen Tür. Kai schimpfte und Luciana sagte: »Vielleicht ist es besser, wenn du nicht den ganzen Tag zu Hause bleibst. Morgen kannst du mich zur Arbeit begleiten.«

Am nächsten Morgen verließen wir um acht zusammen das Haus. Die Wohnung, die wir putzen wollten, lag nur zwei Straßen weiter, Luciana hatte die Schlüssel. »Die Frau ist vor zwei Jahren gestorben, der Mann lebt jetzt allein mit seinen beiden Kindern«, erklärte sie mir. Während der Wohnungsbesitzer arbeitete und seine Kinder in der Schule waren, bekam ich eine Einführung in das Thema »Wie putze ich perfekt einen deutschen Haushalt?«. Niemand bekam mit, dass wir zu zweit in der Wohnung arbeiteten. Meine Freundin führte mich in die Welt der Putzmittel ein: eines für die Fliesen, eines für den Parkettboden, ein Scheuerpulver für die Waschbecken, ein Allzweckreiniger für die Küche, Möbelpolitur, Glas- und WC-Reiniger. Bei uns zu Hause putzte niemand mit sieben verschiedenen Mitteln seine Wohnung. Ich musste nun lernen, welche Flasche wofür ist, denn die Etiketten verstand ich ja nicht. Am besten gefiel mir Meister Proper mit den starken Armen, ich habe ihn in den nächsten Jahren bei vielen Jobs wieder getroffen.
Schon bei Luciana in der Wohnung hatte ich mich über den Deckel auf der Toilette gewundert. Diese Toilette hier besaß ebenfalls eine Abdeckung. »Warum braucht eine Toilette einen Deckel?«
Sie zuckte mit den Achseln: »Den Deutschen gefällt es so besser.«

Ich lernte, dass man in Deutschland die Fenster mit einer langen Stange und einem Fenstergummi putzte und dass es nicht üblich war, sie hinterher – so wie bei uns – mit Zeitungspapier trockenzureiben.

Wir reinigten gemeinsam Bad, Küche und Wohnzimmer, wir staubsaugten, wischten, scheuerten und räumten die Kinderzimmer auf. Während der Arbeit unterhielten wir uns über unsere gemeinsame Vergangenheit in Südamerika. Wir hatten beide zur gleichen Zeit geheiratet, hatten beide Männer, die uns geschlagen hatten, hatten beide unsere Kinder zurückgelassen.

Luciana hatte im Moment sechs Putzjobs, einen über den ganzen Tag, die anderen nur für jeweils drei oder vier Stunden. Das war viel weniger Arbeit, als sie mir am Telefon gesagt hatte. »Ab und zu kannst du mir helfen, du musst aber sehen, dass du selbst Arbeit findest.«

Luciana brauchte ihr verdientes Geld selbst ganz dringend. Kai kam zwar für Miete und die meisten Lebensmittel auf, doch Luciana hatte einige finanzielle Verpflichtungen. Ihre beiden Kinder lebten bei ihrer kranken Mutter, die kein Einkommen hatte. Luciana schickte ihr jeden Monat fünfhundert Euro für Miete, Kleider, Lebensmittel und eine teure Privatschule für die Kinder.

Ich staunte, was sie in den zwei Jahren, in denen sie hier war, schon alles erreicht hatte. An der Volkshochschule hatte sie ein wenig Deutsch gelernt. Die Leute, bei denen sie sauber machte, legten ihr Zettel mit Anweisungen hin, wie zum Beispiel »heute kein Wohnzimmer putzen und dafür die Fenster«. Sie verstand alles, konnte sich mit ihnen sogar ein wenig unterhalten. Ich bewunderte sie sehr. Ich dagegen fühlte mich so klein wie eine Schnecke. Niemals würde ich diese komische Sprache so schnell lernen.

Luciana hatte einen Partner gefunden, war nicht mehr allein in diesem großen fremden Land. Kai und sie wollten heiraten, doch dafür mussten sich beide erst einmal von ihren Noch-

Ehepartnern scheiden lassen. Nach der Hochzeit wollte Luciana ihre Kinder nachholen. Dann sei sie legal in Deutschland, und die Kinder könnten hier zur Schule gehen. So lange wie Luciana wollte ich auf meine Kinder nicht warten. »Notfalls hole ich sie auch nach, wenn ich hier als *Illegale* leben muss«, dachte ich mir. Irgendeinen Weg werde ich schon finden.
Als wir mit dem Putzen fertig waren, gab mir Luciana zehn Euro, die Hälfte ihres heute verdienten Lohnes. Wir suchten ein Bekleidungsgeschäft auf und kauften dicke Strümpfe für mich. Es war so ungemütlich kalt in Deutschland.

Am Abend reiste Lucianas Vater ab, und am nächsten Tag war ich ganz allein in der Wohnung. Luciana wollte mich heute nicht mit zu ihrer Arbeit nehmen. Sie ließ mir etwas Geld und den Schlüssel da. Falls ich Lust hätte, sollte ich beim Bäcker Brötchen kaufen.
»Das traue ich mich nicht. Ich kenne weder das Geld noch weiß ich, was ich sagen soll.«
»Du kannst auch in den Supermarkt zwei Straßen weiter gehen. Da gibt es die Brötchen abgepackt in Tüten.«
Mit Herzklopfen machte ich mich auf den Weg. Im Supermarkt stellte ich erleichtert fest, dass ich vieles Gemüse von zu Hause kannte, Tomaten, Maiskolben, Bohnen, Kartoffeln. Solange ich Geld hatte, würde ich hier nicht hungern müssen. Die Auwahl an Bananen war allerdings dürftig. Es gab nur eine Sorte und überhaupt keine Kochbananen. Merkwürdigerweise waren viele Obst- und Gemüsesorten mit Plastikfolie überzogen. Schnell fand ich die abgepackten Brötchen und reihte mich damit in die Schlange vor der Kasse ein. Der Verkäuferin gab ich ein Geldstück und wartete ab. Als sie dann etwas zu mir sagte, hielt ich ihr noch eine andere Münze hin. Jetzt schien sie zufrieden zu sein und gab mir ein paar kleinere Geldstücke zurück. Ich hatte meinen ersten eigenen Einkauf geschafft.
Mittags bekam ich wieder Hunger. Luciana hatte gesagt: »Nimm

dir einfach, wozu du Lust hast.« Der Kühlschrank war ziemlich leer, und so durchforstete ich den Vorratsschrank. Ein Glasgefäß mit Deckel beinhaltete Müsli, das ich damals noch nicht kannte. Ich hielt das Müsli für irgendetwas Gebratenes, steckte ein paar Flocken davon in den Mund und spuckte sie gleich wieder aus. »Wie können die Menschen hier nur so komische Sachen essen?« Ich kochte mir ein Ei und zwei Kartoffeln. Da konnte ich nichts falsch machen.

Als Kai nach Hause kam, erklärte er mir, dass man das Müsli mit Milch isst. Ich fand, die Flocken schmeckten jetzt gar nicht mehr so schlecht. Am Abend gingen Luciana und Kai mit mir gemeinsam in den Supermarkt. Sie zeigten mir, wie der Chip am Einkaufswagen funktionierte, wie man Obst abwog und etikettierte und dass man den Kaffee in deutschen Einkaufsmärkten selbst mahlen durfte.

Ich war zufrieden. So richtig fremd war mir der deutsche Supermarkt nicht. In unserer Hauptstadt hatte ich auch schon sehr große Geschäfte gesehen. Für die Feinheiten beim Einkaufen sollte ich allerdings noch einige Wochen brauchen.

Illegale kaufen nicht bei Kaiser's, Stüssgen oder Edeka. Dort ist es viel zu teuer. Die richtigen Adressen sind Lidl, Aldi oder Penny. Südamerikanische Kochbananen bekommt man in Deutschland nur beim Chinesen, fand ich bald heraus. Außerdem lernte ich ein neues Gewürz kennen: Ingwer; in meiner Heimat ist er völlig unbekannt, in Deutschland dagegen bereichert er meine Küche.

Zu Hause war ich zweimal die Woche zum Markt gegangen und hatte frisches Obst und Gemüse gekauft. Hier kaufte ich oft billiges und eingepacktes Gemüse aus Holland oder Spanien. Besonders an den faden Geschmack der Tomaten konnte ich mich nur schwer gewöhnen. Neben den Kochbananen fehlten mir in den deutschen Läden vor allem grüne Bohnen, junge Erbsen und der Duft von frischem Mais.

In den ersten Tagen kochte Luciana abends, wie es bei uns zu

Hause üblich ist. Als Kai zum ersten Mal nur Brot und Wurst decken wollte, meinte sie: »Maria isst das nicht, wir müssen etwas Richtiges kochen.« Nach einigen Tagen hatten es Kai und Luciana einmal ziemlich eilig und keine Zeit mehr zum Kochen. Kai setzte sich hin und aß rohes Schweinemett mit Zwiebeln. Mir wurde schon vom Zuschauen fast schlecht. Lieber wollte ich verhungern, als jemals so etwas zu essen. Rohes Fleisch aßen nur Tiere.

Ab und zu nahm mich Luciana mit zu ihrer Arbeit. Ich wusste jetzt, was in den Häusern und Wohnungen zu tun war, und wir arbeiteten in getrennten Zimmern. Wenn Luciana im Wohnzimmer war, reinigte ich die Waschbecken im Bad, wenn sie die Küche wischte, putzte ich das Klo. Die Leute bekamen nie mit, dass wir zu zweit gearbeitet hatten. Das Geld teilte Luciana anschließend mit mir. Ich hatte ein ziemlich schlechtes Gewissen, weil sie wegen mir weniger verdiente.

In der zweiten Woche fuhren wir gemeinsam in die nahe gelegene Stadt. Ich wollte mir einen warmen Pullover kaufen und musste dringend zur Bank. Die geliehenen fünfzehnhundert Dollar, die ich bei der Einreise als angeblich eigenes Geld vorgezeigt hatte, musste ich schnellstmöglich rücküberweisen. Bei einer Rückzahlung innerhalb von zwei Wochen waren zehn Prozent Zinsen fällig. Würde ich einen Monat für die Rückzahlung brauchen, fielen zwanzig Prozent Zinsen an. Das Geld hatte ich mir von einem Geldverleiher geliehen, der sich sein Risiko mit hohen Zinsen belohnen ließ. Meine Bank, die nur halb so hohe Zinsen genommen hätte, hatte den Kredit verweigert. Sie bestand auf zwei Bürgen, die ich nicht nennen konnte. Wir fuhren mit dem Zug, stiegen in einem sehr großen Bahnhof aus und gingen zu Fuß weiter. Ich hatte ein wenig Angst. In meiner Heimat hatte ich gehört, dass die deutschen Städte gefährlich und voller Prostituierter seien. In meiner Vorstellung waren hier überall Bordelle, in denen lateinamerikanische

Frauen ein und aus gingen. Ich achtete auf die Passanten in den Straßen. Prostituierte konnte ich nirgendwo entdecken. Dafür sah ich etwas anderes, was mich schockierte. An einer Straßenecke standen vier junge Männer und eine Frau in schwarzer, heruntergekommener Kleidung. In der Hand hielten sie Spritzen. Plötzlich fing die Frau an zu schreien, ihre Lippen liefen dunkelblau an.

»Was ist da los?«, fragte ich meine Freundin.

»Die nehmen Drogen.«

Dass so etwas in Deutschland auf offener Straße möglich war, entsetzte mich. Menschen, die sich Drogen spritzten, kannte ich bisher nur aus dem Fernsehen. In unseren Programmen liefen häufig Reportagen aus dem Ausland, sie berichteten über Abhängige und ihre Probleme. In meiner Heimat wurden angeblich Drogen angebaut, es sollte auch Menschen geben, die sie rauchten oder spritzten, gesehen hatte ich noch keine.

Auf der Bank half mir Luciana beim Ausfüllen der Formulare. Ich blätterte die geliehenen fünfzehnhundert Dollar hin. Die Dame am Schalter zählte nach und machte mich darauf aufmerksam, dass fünfundzwanzig Dollar für Gebühren dazukämen. Damit hatte ich nicht gerechnet. Meine Freundin lieh mir den fehlenden Betrag, doch ich war frustriert. Schon wieder hatte ich Schulden. Dabei wollte ich endlich selbst für mich sorgen und frei von Schulden auf eigenen Füßen stehen.

Nach der Bank zeigte mir Luciana die deutschen Kaufhäuser. Bisher hatte sie mir warme Kleidung ausgeliehen. Doch sehr viel besaß sie selbst nicht. Das meiste hatte sie bei ihren Putzstellen geschenkt bekommen, und viele ihrer Sachen passten mir nicht. Ihre Schuhe waren eine Nummer zu klein, ihre Pullover und Jacken zu kurz.

In den letzten Tagen hatte ich ständig gefroren. Jetzt liefen wir durch Karstadt und Kaufhof. Ich staunte über das ausladende Warenangebot, über die Mode der Europäerinnen und über die hohen Preise. Allmählich bekam ich eine Vorstellung davon, was ein Euro wert war. Ich hatte die zweiten zehn Euro dabei, die ich bei der Gemeinschaftsarbeit mit Luciana verdient hatte. »Gibt es kein billigeres Geschäft?«, fragte ich sie, nachdem wir uns die in meinen Augen immer noch irrsinnig teuren Sonderangebote angeschaut hatten. Luciana führte mich zu C&A. Dort erstand ich meinen ersten deutschen Pullover. Er war dunkelbraun, ziemlich hässlich, von schlechter Qualität, kostete aber nur neun Euro neunzig. Nach dem ersten Winter war er kaputt, ich hatte ihn fast täglich getragen.

Die Bolivianerin

Zwei Wochen war ich nun bereits in Deutschland und hatte noch immer keinen eigenen Job. Eines Abends rief Lucianas Schwester an und erzählte von einer Südamerikanerin, die sie auf einer Party kennen gelernt hatte. Die Frau wohnte in der Nähe unserer Stadt und suchte dringend jemanden zur Unterstützung im Haushalt. Luciana ließ sich die Telefonnummer geben und bot mir an: »Du kannst diese Arbeit haben. Du brauchst sie dringender als ich.«

Am nächsten Tag fuhr ich mit Kai zu einem Vorstellungstermin. Die Frau hieß Patricia, kam aus Bolivien und suchte jemanden für einen ganzen Tag in der Woche. Kai erzählte ihr, ich sei neu in Deutschland und suche Arbeit. »Warum bist du nach Deutschland gekommen?«, fragte sie mich.

»Ich will Geld für meine Familie verdienen.«

Patricia war zufrieden, am nächsten Morgen sollte ich anfangen. Bis zu Patricias Haus hatten wir mit dem Auto eine halbe Stunde gebraucht.

»Morgen früh kann ich dich leider nicht hinfahren«, teilte mir Kai nach dem Gespräch mit. »Du kommst aber gut mit der S-Bahn hin.«

Patricia wohnte in der Nähe eines kleinen Bahnhofs, Kai zeigte mir, wo ich aussteigen musste. Anschließend fuhren wir zurück zu seiner Wohnung, und er erklärte mir, wo ich am nächsten Tag losfahren sollte.

Am nächsten Morgen lief ich gut gelaunt los. Den Bahnhof fand ich gleich, doch nirgendwo war ein Fahrkartenschalter. Dann entdeckte ich einen Automaten, den die Wartenden mit Geld fütterten. Das musste irgendetwas mit den Fahrkarten zu tun haben. Fahrkartenautomaten gab es in meiner Heimat nicht, und so sah ich mir dieses Gerät genauer an. Es gab unterschiedliche Tasten. Wenn man sie drückte, erschienen Zahlen im Display. Eine Grafik zeigte farbige Kreise mit klein geschriebenen Worten. Ich hatte keine Ahnung, wie das alles funktionierte, und sah den Passanten zu, wie sie mal Münzen, mal Scheine hineinsteckten und dann auf irgendwelche Zahlen drückten. Dann hatte ich Glück. Eine südländisch aussehende Frau näherte sich dem Automaten, und ich sprach sie an. Ich glaube, sie war Italienerin, aber dennoch verstand sie mein Problem. Auf einer alphabetisch geordneten Liste waren Ortsnamen aufgeführt, und gemeinsam suchten wir nach meinen Zielbahnhof. Dahinter stand eine Zahl. Die Frau drückte auf die Taste mit dem großen Männchen und gab dann den Zahlencode ein. Im Display erschien der Betrag für die Fahrkarte: drei Euro achtzig. Ich gab ihr einen Fünf-Euro-Schein, und sie schob ihn für mich in den Automaten. Ich hatte meinen Fahrschein und war mächtig stolz. Dieses Problem hatte ich ohne Lucianas und Kais Hilfe gelöst. Was mich allerdings bedrückte, war der Fahrpreis von drei Euro achtzig für eine halbe Stunde Zugfahren. Das war ein kleines Vermögen.

Bei meinem Vorstellungsgespräch war Patricia sehr nett gewesen, doch schon an meinem ersten Arbeitstag merkte ich, dass sie nicht den allerfeinsten Charakter hatte. Im Wohnzimmer begann ich mit Staubsaugen. Alles war ziemlich schmutzig, und ich wollte die Arbeit gründlich machen. »Du bist zu langsam, du musst schneller werden«, schimpfte sie schon bald. Ich schwitzte und beeilte mich, sosehr ich konnte. Nachdem das Wohnzimmer sauber war, schickte sie mich in den ersten Stock ins Bad. Überall flogen Kleider und Handtücher herum, und es roch unangenehm. Waschbecken und Toiletten sahen aus, als seien sie wochenlang nicht mehr richtig geputzt worden.
Ich legte los mit Meister Proper und 00-WC-Reiniger, wie ich es

von Luciana gelernt hatte. Ich scheuerte und wischte, bis mir der Schweiß von der Stirn perlte, doch bald schon stand sie unzufrieden hinter mir: »Wann bist du hier oben endlich fertig? Ich brauche dich auch noch unten.« Die Toilette neben der Eingangstür war noch schmutziger als die im ersten Stock. Als ich auch damit fertig war, war es Mittagszeit.
Patricia hatte eine Suppe gekocht und fragte mich, ob ich mitessen wolle. Ich setzte mich für ein paar Minuten zu ihr und arbeitete dann gleich weiter. Sie hatte zwei Kinder, einen vierzehnjährigen Sohn und eine vierjährige Tochter. Überall in den Kinderzimmern lagen Kleider herum, die ich wegräumen musste, bevor ich überhaupt saugen konnte. Die Tochter trug trotz ihrer vier Jahre immer noch Windeln, die überall im Haus herumlagen.
Meine Arme und mein Rücken taten mir weh; ich brauchte sechs Stunden, bis das Haus sauber war. Während ich schuftete, saß Patricia stundenlang vor dem Fernseher und tat nichts. »Du bist faul, in Deutschland wird anders gearbeitet als in Südamerika.« Ich fühlte mich ungerecht behandelt, aber ich schluckte meinen Ärger herunter und nahm ihre Worte kommentarlos hin – ich war auf diesen Job angewiesen. Es machte mir nichts aus, fremde Toiletten und Fußböden zu putzen, das war eine anständige Arbeit, doch es verletzte mich, dass Patricia meine Leistung nicht anerkannte. »Bei den Deutschen kannst du es dir nicht leisten, so langsam zu sein. Die Deutschen sind schlechte Leute, Rassisten, sie beuten die Ausländer aus«, warnte sie mich. Das konnte ja heiter werden. Schon die Bolivianerin war nicht zufrieden mit mir. Was würde mich dann erst in einem deutschen Haushalt erwarten? Warum hatte ich mir ausgerechnet Deutschland ausgesucht? Damals wusste ich noch nicht, wie viele nette Menschen ich in diesem Land noch kennen lernen würde.
Nach dem Putzen stellte mir Patricia zwei Wäschekörbe mit Hemden ihres Mannes hin. Um die ungefähr fünfundzwanzig Hemden zu bügeln, brauchte ich noch einmal drei Stunden. Abends um sieben hatte ich endlich alles erledigt. Wir hatten

noch nicht über die Bezahlung gesprochen, und ich war gespannt, welchen Lohn sie mir zahlen würde. »Ich gebe dir zwei Euro fünfzig pro Stunde, das sind für heute fünfundzwanzig Euro. Einen Euro fünfzig ziehe ich dir für die Suppe ab, die du heute gegessen hast.«

Obwohl ich noch nicht lange mit deutschen Euro und Cent rechnete, wusste ich, dass dieser Stundenlohn unangemessen niedrig war. Schließlich kannte ich Lucianas Verdienste, die zwischen sechs und acht Euro pro Stunde lagen. Ich wagte keine Beschwerde, denn ich wollte ja wiederkommen, brauchte diese Arbeit um jeden Preis.

Als ich mit der S-Bahn zurückfuhr, war es längst dunkel. Dreiundzwanzig Euro und fünfzig Cent abzüglich der sieben Euro und sechzig Cent für die Fahrkarten, es verblieben gerade mal knapp sechzehn Euro, und das für einen ganzen Tag anstrengender Arbeit. Das würde nicht einmal für das Paar dringend benötigter Winterschuhe reichen. Ich brauchte noch viel mehr Arbeit, damit ich meine Familie zu Hause unterstützen und meine Schulden zurückzahlen konnte. Das Leben hier würde hart werden.

Während ich vor mich hin grübelte, fuhr der Zug durch die Nacht. In der Dunkelheit hatte ich die richtige Haltestelle nicht rechtzeitig erkannt. Ich rannte noch zur Tür, doch der Zug fuhr schon wieder los. Wie konnte ich nur so unaufmerksam sein? Ein paar Minuten später stieg ich an der nächsten Haltestelle aus und befand mich im Niemandsland. Zwei Gleise, eine Unterführung, ein paar Häuser, prasselnder Regen und keine Menschenseele weit und breit. Mich fröstelte. Auf dem gegenüberliegenden Bahnsteig entdeckte ich eine Schautafel mit Fahrplan. Wenn ich ihn richtig verstand, hatte ich fast eine ganze Stunde auf den nächsten Zug zu warten.

Ich erinnerte mich an meinen Schulweg entlang der Gleise, sah uns Kinder wieder auf dem Bahndamm herumhüpfen und im letzten Moment beiseite springen. Das war die Lösung. Ich würde auf den Gleisen zurückgehen, so konnte ich mich nicht verlaufen. Ich entdeckte sogar einen Weg, der anfangs parallel zur Bahnstrecke verlief. Das war einfach und ich kam schnell voran. Irgendwann bog der Feldweg leider ab, und ich kletterte nach oben auf den Bahndamm. Viele sehr schnelle Züge rasten diese Strecke entlang, ich musste höllisch aufpassen. Wenn das Signal Rot zeigte, lief ich weiter. Bei Grün achtete ich auf Zuggeräusche und sprang, wenn sie näher kamen, schnell die Böschung hinunter. Es war stockdunkel, der Bahndamm war steil und nass. Einmal rutschte ich ab. Verzweifelt versuchte ich mich an den Sträuchern nach oben zu ziehen, doch meine Schuhsohlen waren zu glatt. Außerdem behinderte mich meine Handtasche. Langsam ließ ich mich ganz runterrutschen und stapfte durch die schlammigen Felder weiter, bis ich eine Stelle fand, wo ich wieder auf die Gleise konnte. Ein Schnellzug hätte mich fast erwischt. Ich spürte schon den Luftsog, als ich zur Seite sprang.

Gegen Mitternacht traf ich am richtigen Bahnhof ein. Nun war es kein Problem mehr, zu Kais und Lucianas Wohnung zu finden.

Die beiden waren entsetzt, als sie mich in den schmutzigen und völlig durchweichten Kleidern sahen. Sie hatten sich große Sorgen gemacht. Ich erzählte ihnen, was mir passiert war. Kai war fassungslos. »Für so etwas kannst du hier ins Gefängnis kommen. Vielleicht sucht dich schon die Polizei.«

»Ein komisches Land ist das hier, wo sich die Polizei um Leute kümmert, die auf Bahngleisen laufen«, dachte ich. Gott sei Dank hatten sie mich nicht erwischt. Aktenkundig wollte ich nicht werden. Nie wieder habe ich die richtige Haltestelle verpasst.

Vor meinem nächsten Einsatz bei Patricia packte ich mir einen Joghurt und drei Bananen ein. Ich wollte vermeiden, dass sie mir nochmals einen Teller Suppe vom Lohn abzog, und brachte lieber meine eigene Verpflegung mit.

Zunächst putzte ich das Haus von oben bis unten. Wie schon beim ersten Mal ging ihr alles viel zu langsam. Innerhalb einer Stunde wollte sie im Wohnzimmer alle vier Glasvitrinen geputzt, den Boden gewischt, den Teppich draußen ausgeklopft und wieder ordentlich an seinem Platz liegen sehen. In der Küche stapelte sich das Geschirr, die Spülmaschine war kaputt. Ich spülte den ganzen Geschirrberg und räumte Teller, Tassen und Besteck in die Schränke. Anschließend kam Patricia mit einem Stapel Bügelwäsche, der noch höher war als in der Woche zuvor. Nach elf Stunden fuhr ich todmüde nach Hause.
In den nächsten Wochen lernte ich ihre ganze Familie kennen. Der deutsche Ehemann war Chef eines Möbelmarktes. Er sah nett aus und grüßte mich freundlich, aber ich konnte mich mit ihm nicht unterhalten, weil er nur wenig Spanisch sprach. Die beiden Kinder wirkten ziemlich verwahrlost. Mal brachte Patricia ihre kleine Tochter in den Kindergarten, mal nicht. An den Donnerstagen, an denen ich da war, ließ sie die Kleine stundenlang mit mir allein. Teresa sah mir beim Bügeln zu und wollte es selbst lernen. Sie sprach nur Deutsch, konnte Spanisch aber verstehen. Wenn ich irgendetwas im Haus suchte, half sie mir. Stundenlang war ich mit diesem fremden Mädchen zusammen und in Gedanken bei Isabel. Wie es ihr wohl gehen mochte? Noch immer hatte ich nichts von meinen Kindern gehört.
Wenn Teresas Bruder Jorge von der Schule kam, war seine Mutter oft nicht da und hatte auch nur selten gekocht. Meistens setzte sich der Junge dann an den Computer, um zu spielen. Ich sollte den Kindern eine Schüssel Haferflocken mit Milch geben, wenn sie Hunger hatten. Darauf hatten die beiden aber keinen Appetit. Jorge und Teresa ernährten sich hauptsächlich von Chips und Keksen. Einmal fragte mich Patricia, ob ich für ihre Kinder kochen könne. »Im Prinzip schon, aber dann habe ich weniger Zeit für die anderen Dinge.« Meine Antwort gefiel ihr nicht, damit blieb es bei Keksen und Chips.

Nach zwei Monaten hatte ich drei weitere Putzjobs gefunden, bei denen ich zwischen sechs und acht Euro in der Stunde verdiente. Ich entschloss mich, die Bolivianerin um eine bessere Entlohnung zu bitten, wenigstens die Fahrtkosten sollte sie übernehmen. Patricia reagierte sauer und abweisend. »Du bist unverschämt. Die Menschen in deinem Heimatland verdienen viel weniger und beklagen sich nicht darüber.«
»Du vergisst, dass dort Busfahren, Wohnen und Essen sehr viel billiger ist.«
Sie ließ nicht mit sich reden: »Es gibt in Deutschland polnische Frauen, die arbeiten für einen Euro in der Stunde. Ich sollte dir auch nur neun Euro am Tag geben. Eigentlich habe ich dich nur eingestellt, weil ich Lucianas Schwester kenne und dir helfen wollte. Du bist wirklich undankbar.«
Das Thema war damit erledigt. Leider war ich immer noch auf den Verdienst bei dieser Frau angewiesen und konnte nichts gegen die schlechte Behandlung unternehmen. Wenn ich abends von ihr nach Hause fuhr, war ich oft so müde, dass mir in der S-Bahn die Augen zufielen. Deshalb fragte ich sie, ob ich morgens schon um acht und nicht erst um zehn Uhr anfangen könne. Sie war einverstanden.
Zwei-, dreimal funktionierte alles gut. Ich fing um acht an und war abends zwischen fünf und sechs Uhr fertig. Dann öffnete Patricia morgens nicht mehr die Tür, wenn ich klingelte. Ich wartete und drückte alle zehn Minuten erneut auf die Klingel. Beim ersten Mal glaubte ich ihr noch, dass sie verschlafen hatte. Aber jedes Mal wurde es später, bis sie mir die Tür öffnete, und jedes Mal tischte sie mir eine neue Ausrede auf: Sie hätte die Klingel nicht gehört, die Kinder hätten sie festgehalten, sie hätte vergessen, dass ich heute kommen würde, und so fort.
Einmal war es halb zehn, und sie hatte immer noch nicht aufgemacht. Seit eineinhalb Stunden stand ich nun schon vor der Tür und nichts rührte sich im Haus. Ich hatte Sorge, den Nachbarn

könnte es verdächtig vorkommen, dass stundenlang eine Ausländerin vor dem Haus stand.
Es war mitten im Winter, der Schnee lag kniehoch, und es war erbärmlich kalt. Um mich vor der Kälte zu schützen, lief ich zurück zum Bahnhof und stellte mich in ein Telefonhäuschen. Wollte jemand telefonieren, verließ ich das kalte, aber zugfreie Plätzchen so lange. Frierend überdachte ich meine Lage. Fuhr ich zurück, hatte ich fast acht Euro für Fahrtkosten ausgegeben und keinen Cent verdient. Das kam nicht in Frage. Irgendwann musste sie doch mal aufstehen, und ich würde wenigstens ein bisschen Geld verdienen. Um elf ging ich wieder hin und Patricia öffnete die Tür, so als ob nichts gewesen wäre. Sie war tatsächlich gerade ihrem Bett entstiegen.

Eine Woche später wartete ich wieder morgens zwischen acht und neun in eisiger Kälte vor ihrer Tür. Um in Bewegung zu bleiben und mir die Zeit zu vertreiben, suchte ich dieses Mal den nahe gelegenen Park auf. Nachdem ich eine Bank von Eis und Schnee frei gekratzt hatte, setzte ich mich und schrieb einen Brief an meine Mutter. »Macht euch keine Sorgen, alles ist in Ordnung. Ich habe viel Arbeit, und es geht mir gut.«
Während ich schrieb, kullerten mir die Tränen aus den Augen. Nichts war in Ordnung. Mein Geld reichte weder aus, um irgendwelche Schulden abzuzahlen, noch konnte ich damit meine Familie unterstützen. Von meinen Kindern hatte ich seit meiner Ankunft vor mehr als zwei Monaten nichts gehört. Und jetzt saß ich hier einsam und frierend auf einer deutschen Parkbank und musste zusehen, wie andere Mütter ihre Kinder zur Schule brachten. Ich wartete darauf, dass eine Frau, die eigentlich wissen musste, wie schwer es hier für mich war, mich endlich in ihr Haus einließ. Wie sehr vermisste ich Isabel und Pablo. Viel später erfuhr ich, dass dieser Brief der erste war, der seinen Adressaten auch erreichte.

Patricia war ein wenig neidisch auf mich, was meine Erscheinung betraf. Sie war dick und hatte kurze Haare, ich war schlank und hatte lange Haare. »Ich möchte auch so schöne Haare haben wie du«, sagte sie manches Mal oder: »Wie schaffst du es, so schlank zu sein? Welchen Sport machst du?«
Sie selbst spielte Tennis, mein Sport war es, Wassereimer zu schleppen und auf Knien über Fußböden zu rutschen.
Patricia hatte keine richtige Arbeit, unterrichtete gelegentlich ein paar Spanischschüler. Oft saß sie den halben Tag vor dem Fernseher oder sah mir mürrisch bei der Arbeit zu, manchmal war sie auch einfach gar nicht da. Immer mal wieder lud sie Freundinnen zu sich nach Hause ein, Frauen aus Bolivien und Peru. Mit einer dieser Frauen unterhielt sie sich auf Deutsch. Sie wusste nicht, dass ich mittlerweile ein paar Worte verstand: »Maria ist so stolz. Sie lehnt sogar das Essen ab, das ich für sie koche«, sagte sie zu ihrer Freundin. Am liebsten wäre ich ihr ins Gesicht gesprungen, aber als *Illegale* hielt ich besser den Mund.

Es kam vor, dass außer mir nur ihr Mann zu Hause war. Während ich putzte, saß er vor dem Computer. Einmal fragte Patricia mich: »Wie ist es eigentlich für dich, wenn du mit meinem Mann allein hier bist?«
»Nicht anders als sonst auch, ich mache meine Arbeit.«
»Willst du Sex mit ihm haben?«
Ich war ziemlich verärgert. »Ich interessiere mich nicht für Männer. Wenn ich das wollte, könnte ich im Puff arbeiten, da würde ich um einiges besser verdienen als bei dir.«

Patricia hatte eine Macke, die ins Geld ging: Sie bestellte oft und gern bei Versandhäusern. Ihr Mann hatte es ihr verboten, doch sie hielt sich nicht daran. »Wenn der Postbote an der Tür klingelt, während mein Mann da ist, musst du sagen, das Päckchen sei für dich«, forderte sie mich auf. Ihre große Leidenschaft war schöne Wäsche. Meistens bestellte sie schlanke Größen, die ihr nicht passten, weil sie dafür viel zu dick war. Nachdem sie die viel zu kleinen Dessous anprobiert hatte, versteckte sie die Pakete im Gästezimmer. Eines Tages fand ihr Mann so ein Päckchen und stellte sie zur Rede. »Die BHs sind gar nicht von mir, Maria hat sie bestellt«, wiegelte sie ab.

Als ich das nächste Mal ins Haus kam, sprach ihr Mann mich an: »Warum lässt du deine Sachen hier liegen, warum nimmst du sie nicht mit nach Hause?«

Es war absurd, in dieser Situation zu lügen. »Das sind nicht meine Sachen. Vielleicht gehören sie einer anderen Frau.« Danach hörte ich Patricia und ihren Mann laut miteinander streiten.

In den kommenden Wochen behandelte mich Patricia noch schlechter. Manchmal musste ich ein Zimmer zweimal putzen, obwohl es schon sauber war. Sie war richtiggehend sauer auf mich. »Warum konntest du mir nicht einmal einen Gefallen tun?«

Fröhlich gab ich zur Antwort: »Tut mir leid. Du hast mir nur gesagt, dass ich beim Postboten lügen soll, von versteckten Päckchen hattest du mir nichts erzählt.«

Einer ihrer Spanischschüler war Martin, ein netter Informatikstudent, vier oder fünf Jahre jünger als ich. In den ersten Wochen traf ich ihn fast jedes Mal, wenn ich zum Putzen kam. Martin unterhielt sich gern mit mir auf Spanisch, was Patricia gar nicht gefiel. Einmal bot er mir an, mich nach getaner Arbeit mit dem Auto nach Hause zu fahren. Er wollte kommen, wenn ich bei Patricia fertig war, und sich noch ein wenig mit mir auf Spanisch unterhalten. Ich freute mich darauf. Patricia erzählte ihm, ich sei um sieben fertig, obwohl sie genau wusste, dass ich ihr Haus seit Wochen um sechs verließ. Folglich war um sechs kein Martin da, und ich fuhr enttäuscht mit dem Zug nach Hause.

Martin sah ich von diesem Tag an nur noch selten bei ihr, den Unterricht hatte sie wohl auf einen anderen Tag verlegt. Zu mir

sagte sie: »Lass die Finger von Martin, ich habe etwas anderes mit ihm vor.« Bei den wenigen Malen, die ich ihn traf, versuchte sie jegliche Unterhaltung zu unterbinden. »Du kannst später mit ihr sprechen, Maria muss jetzt arbeiten.«
Wenn sein Spanischunterricht zu Ende war, saß ich dann oft schon längst im Zug. Patricia hat ein Kennenlernen erfolgreich verhindert.
Viel später habe ich erfahren, dass sie Martin als Ehemann für ihre jüngere, noch in Bolivien lebende Schwester auserkoren hatte. Ihre Familie lud Martin nach La Paz ein. Als er nach vier Wochen wieder zurückflog, war die Schwester schwanger. Martin holte sie nach Deutschland und heiratete sie. Patricias Plan hatte perfekt funktioniert.

Das Putzen bei Patricia wurde immer mehr zur Plagerei. Wenn ich irgendwo gewischt hatte, liefen die Kinder dort nach fünf Minuten mit ihren schmutzigen Schuhen durch, Patricia schien das nicht zu stören. Immer wieder nervte sie mich mit ihren Vorwürfen, ich sei zu langsam, ich müsse Wohnzimmer und Küche in einer Stunde schaffen. Nachdem ich nun schon ein wenig länger in Deutschland war, traute ich mich allmählich, ihr zu widersprechen: »Wenn du das selbst in einer Stunde schaffst, brauchst du mich heute nicht zu bezahlen.« Natürlich nahm Patricia keinen Putzlappen in die Hand. Ich glaube nicht, dass sie überhaupt wusste, wie man eine Wohnung sauber hielt.

Über mich hatte ich ihr nicht viel erzählt. Dass ich *illegal* und neu in Deutschland war, wusste sie von Lucianas Schwester, mein Vorleben interessierte sie nicht weiter. Ich glaube, sie hielt mich für einen ungebildeten und gutmütigen Bauerntrampel, dessen Lebensinhalt Putzen war.
Das Ende unserer »Geschäftsbeziehung« löste ein kaputter Teller aus. Patricia sammelte Geschirr, das sie in Vitrinen im Wohnzimmer aufbewahrte. Nachdem ich eines Tages mit dem Hausputz

fertig war, bat sie mich, noch die Teller und Tassen aus den Wohnzimmervitrinen von Hand zu spülen. Ich trug das Geschirr in die Küche und stapelte es neben der Spüle. Sie kam in die Küche und öffnete ein Fenster. Kaum hatte sie die Küche verlassen, drückte ein Windstoß das Fenster gegen den Geschirrstapel: Der oberste Teller fiel zu Boden und zersprang.

Sie kam in die Küche geschossen, baute sich vor mir auf und funkelte mich an. »Meinen schönsten Teller hast du kaputtgemacht, du schusselige Kuh. Der hat hundert Euro gekostet. Ich zahle dir so lange keinen Lohn, bis du diese Summe abgearbeitet hast.«

Ich bot ihr an, den Teller selbst zu besorgen. Dabei hoffte ich insgeheim, ihn vielleicht irgendwo günstiger zu bekommen. Ich wollte Luciana und Kai fragen, ob sie einen Tipp für mich hätten. Patricia war einverstanden. »Nächste Woche bringst du den neuen Teller mit.« Ich packte eine größere Scherbe als Muster ein.

Als ich Kai den Vorfall schilderte, reagierte er gelassen. »Kommt überhaupt nicht in Frage, dass du ihr einen neuen Teller kaufst. Sie hat das Fenster aufgemacht und nicht du. Das ist nicht deine Schuld. So etwas kann immer mal passieren.«

Kai schrieb einen Brief an Patricias Mann und berichtete ihm von dem Malheur. Beim nächsten Mal übergab ich Patricias Mann den Brief. Er schmunzelte. »Du brauchst diesen Teller nicht zu bezahlen. Es gibt sowieso viel zu viele Teller hier.« Seiner Frau sagte er in meiner Gegenwart: »Maria trifft keine Schuld.«

Nachdem ihr Mann gegangen war, schrie Patricia mich an: »Warum hast du ihm das erzählt? Das ist teures Geschirr, und er hat keine Ahnung, was so etwas kostet. Natürlich musst du den Teller bezahlen.« Ich beschloss, ihr keinen Cent zu geben. Jedes Mal, wenn ich danach zum Putzen kam, fragte sie als Erstes: »Hast du den Teller heute dabei?« Jedes Mal verneinte ich und hatte Sorge, dass sie mich am Abend nicht entlohnen würde. Dabei war ich auf Patricia längst nicht mehr angewiesen. Mittlerweile war ich schon

viele Monate in Deutschland und hatte genügend Putzstellen. Viele Leute empfahlen mich an Bekannte weiter, die ebenfalls eine Haushaltshilfe suchten. Ich war nicht länger bereit, für zwei Euro fünfzig in der Stunde zu arbeiten und mich wegen eines kaputten Tellers demütigen zu lassen. Ich kündigte.
Ein Jahr später entdeckte ich in einem Haushaltswarengeschäft den gleichen Teller, der bei Patricia zu Boden gefallen war. Er kostete vier Euro.

Eine eigene Bleibe

Luciana und Kai hatten mich nach meiner Ankunft in Deutschland freundlicherweise für mehrere Wochen als Gast in ihrem Wohnzimmer einquartiert. Und das, obwohl Luciana selbst erst ein paar Tage vorher bei Kai eingezogen war. Das konnte kein Dauerzustand bleiben.

Als ich meinen Verdienst nicht mehr ausschließlich für neue Kleidung benötigte, wollte ich mich an Miete und Essen beteiligen. Luciana wusste nicht so recht, was sie davon halten sollte: »Rede mit Kai.«

Ihr Freund lehnte meine finanzielle Beteiligung freundlich ab, doch es war mir nicht entgangen, dass er selbst auch nicht gerade viel Geld hatte. Manchmal, wenn ich in der Woche gut verdient hatte, legte ich ihm fünfzig Euro auf den Tisch, wenn ich knapper dran war, nur zwanzig. Mal nahm er das Geld, mal ließ er es liegen. Nie hatte Kai mir zu verstehen gegeben, dass ich ausziehen müsse. Nur einmal ließ er eine Bemerkung fallen: »Ein paar Nachbarn gucken ja schon komisch, weil ich hier mit zwei Ausländerinnen in einer Wohnung lebe. Das könnte unter Umständen gefährlich werden.«

Nicht zu unterschätzen war auch Kais Ehefrau, von der er getrennt lebte. Sie war sehr eifersüchtig, rief ständig an und beschimpfte Luciana oder mich am Telefon. Wenn ich den Hörer in der Hand hatte, verstand ich anfangs fast nichts, lernte nur ein böses Wort: »Schlampe«. Kai übersetzte es mir. Luciana fürchtete, Kais Frau könnte eines Tages herausfinden, dass Luciana und ich zwei verschiedene Frauen waren. »Womöglich schöpft sie Verdacht, dass wir beide keine Papiere haben, und ruft die Polizei.«

Als mein Touristenvisum abgelaufen war, wurde das Leben bei den beiden für alle Beteiligten zu riskant. Lucianas Schwester und ihr Mann hatten gerade eine größere Wohnung bezogen und mussten für zwei Monate doppelt Miete bezahlen. Ich gab ihnen zweihundert Euro, dafür überließen sie mir eine Matratze, zwei Stühle, ein wenig Geschirr und ihre alte Wohnung. Ein paar Tage später kam ein Makler und behauptete, die Wohnung sei nun doch weitervermietet. Ich müsse umgehend wieder ausziehen. Notgedrungen zog ich zu Lucianas Schwester und ihrem Mann.

Kai hatte mir seine Dienste als Übersetzer angeboten. Schon bald nach meiner Ankunft in Deutschland studierten wir samstags gemeinsam den Immobilienteil der Zeitung. Er vereinbarte Termine mit Vermietern und begleitete mich bei Wohnungsbesichtigungen. Oft handelte es sich um sehr heruntergekommene Zimmer oder Appartements, trotzdem sagte ich grundsätzlich: »Ja, ich möchte gern einziehen.«
Manche Vermieter fragten nach Aufenthaltsgenehmigung, Einkommensbescheinigung oder Passkopie, andere interessierten sich überhaupt nicht für irgendwelche Papiere. Wenn ein Vermieter zu viele Fragen stellte, gaben wir ihm eine falsche Telefonnummer. Bei denjenigen, die nicht so genau nachfragten, hinterließ ich Lucianas und Kais Nummer. Luciana war das nicht recht. »Es ist zu riskant, wenn du den Leuten unsere Nummer gibst. Wenn da mal ein Nazi dabei ist, zeigt der uns alle bei der Polizei an.« Das machte mir auch Sorgen, aber ich wusste nicht, wie ich die Wohnungssuche sonst hätte bewerkstelligen können. Natürlich hatten Kai und Luciana auch bei ihren Freunden und Bekannten schon früh die Nachricht gestreut, dass sie dringend für mich ein Zimmer suchten, leider ohne Erfolg. Kai blieb gelassen: »Irgendwann klappt es schon, wir dürfen den Leuten nur nicht zu viel erzählen.«

Eines Tages entdeckte Kai beim Durchforsten der Zeitung eine Annonce mit vielen Abkürzungen. »Die hier ist interessant. Eine Einliegerwohnung. Privatvermieter sind ohnehin viel besser als Makler. Die wollen nicht so viele Papiere sehen.« Wir fuhren zu einem schönen großen Haus mit Garten am Rande desselben Ortes, in dem auch Kai und Luciana wohnten. Im Erdgeschoss lebten die Vermieter, ein älteres Ehepaar. Auf dem zweiten Klingelschild stand ein fremdländischer Name. »Wir kommen wegen der Wohnung«, sagte Kai. Der Mann führte uns über eine Außentreppe in den Keller, den er Souterrain nannte. Das Zimmer war vielleicht sechzehn Quadratmeter groß und hatte ein kleines Fenster oben an der Wand. Durch das Fenstergitter konnte ich auf die Hausmülltonnen im Vorgarten blicken. Dusche und Toilette ohne Lüftung gehörten zu dem Zimmer, ebenso ein Tisch, ein Schrank, ein Bett und ein kleines Sofa. Alles sah alt und abgewohnt aus, aber mir war es recht. Hier konnte ich leben.

»Zweihundertfünfzig Euro für die Wohnung, für die Möbel zusätzlich fünfzig Euro, macht dreihundert Euro Miete jeden Monat«, so das Angebot.

Kai diskutierte mit dem Vermieter. Später erklärte er mir seine Versuche, die Miete herunterzuhandeln, aber der Vermieter war stur geblieben. Die Wohnung sei wegen der Möbel so teuer, hatte er argumentiert. Ob ich Papiere habe, wollte der Mann auch wissen. Momentan hätte ich ein Touristenvisum, aber in drei Monaten könne ich zur Ausländerbehörde gehen und meine Aufenthaltspapiere bekommen, log Kai für mich. Der Vermieter fragte nicht weiter nach. Ihm war wohl klar, dass ich eine *Illegale* war und nur deshalb eine solche Wuchermiete für ein kleines Kellerloch in Kauf nehmen würde. Eine Monatsmiete für die Kaution fiel auch noch an. In den vier Monaten, in denen ich nun in Deutschland war, hatte ich gerade einmal sechshundert Euro sparen können. Ich gab ihm dreihundert für die erste Miete und dreihundert für die Kaution. Jetzt war ich zwar wieder völlig pleite, aber immerhin hatte ich es geschafft: meine erste eigene Wohnung in Deutschland.

Ich zog ein, und die Zeit der großen Einsamkeit begann. Ich hatte weder Telefon noch Fernsehen. Meine Freundin sah ich nur noch selten. Das Haus lag in einer einsamen Gegend am Waldrand. Für den Weg zum Bahnhof brauchte ich eine halbe Stunde zu Fuß.
In einem Buchladen hatte ich mit Kais Unterstützung ein Lehrbuch und eine Hörkassette mit dem Titel »Deutsch lernen« gekauft. Kai lieh mir seinen Kassettenrekorder, und nun konnte ich loslegen. Vokabeln und deutsche Grammatik lernen war ein guter Ausgleich zu der körperlich anstrengenden Putzerei und diente mir als Zeitvertreib. Nur selten war ich mit meinen Lernerfolgen zufrieden. Oft war ich abends einfach zu müde, um mich noch konzentrieren zu können. Außerdem plagten mich die ständigen Sorgen um meine Kinder. Viele Briefe hatte ich ihnen geschrieben und nie eine Antwort erhalten, auch meine Eltern hatten nicht auf meine Briefe reagiert. Lucianas Schwester gab mir irgendwann den Tipp, die Briefe per Einschreiben zu verschicken. Korrupte Postbeamte vermuteten Geldsendungen in den Briefen aus Europa. Nach dem Öffnen verschwanden diese Briefe dann in der Versenkung. Briefe per Einschreiben seien sicherer und kämen erfahrungsgemäß meistens an, erklärte sie.
Viele Wochen nachdem ich deutschen Boden betreten hatte, erhielt ich endlich Antwort von meinen Eltern.

Zu meinen Kindern hatte ich immer noch keinen Kontakt. Wiederholt hatte ich versucht, Alfonso bei seiner Dienststelle zu erreichen. Wir hatten vereinbart, dass er ab und zu die Kinder mit in sein Büro nehmen würde, damit ich dort mit ihnen sprechen könnte. Doch jedes Mal, wenn ich Alfonso zu erreichen versuchte, war er nicht da. Manchmal war er vielleicht wirklich außer Haus, aber oft hatte ich den Eindruck, er ließ sich verleugnen. Nur zweimal bekam ich ihn an die Strippe, und jedes Mal versprach er mir wieder, die Kinder mit zur Arbeit zu nehmen und dann zu einer bestimmten Zeit bei Luciana und Kai anzurufen. Auf diese Anrufe wartete ich vergeblich. Alfonso hatte noch nie Wort gehalten. Schließlich rief ich von einer Telefonzelle aus meine Schwägerin Gabriela an, die ebenfalls ein Telefon hatte. Sie versprach mir, Isabel und Pablo am kommenden Sonntag zu sich zu holen und sich dann bei Kai und Luciana zu melden. Abends um neun klingelte tatsächlich das Telefon, und ich hörte Isabels Stimme am anderen Ende der Leitung. Beide Kinder weinten in den Hörer. Von September bis Dezember hatten sie keine Nachricht von mir erhalten. Sie hatten geglaubt, Schreckliches sei mir widerfahren, ich sei tot oder liege im Krankenhaus. Nur langsam beruhigten sie sich. Ich erzählte ihnen, dass Deutschland ein wunderschönes Land sei und ich eine interessante Arbeit und eine schöne Wohnung hätte. Ich war selig, ihre Stimmen zu hören.

Stundenlang wollte ich mit ihnen telefonieren und ihren Stimmen lauschen. Ich wollte ihnen Mut zusprechen und ihnen klar machen, dass sie sich keine Sorgen um mich zu machen brauchten. Als ich sie nach ihrem Wohlergehen fragte, wurden sie einsilbig: »Wie klappt die Schule?«

»Gut.«

»Wie fühlst du dich?«

»Gut.«

»Bist du gesund?«

»Ja.«

Ich merkte, dass die Kinder nicht frei sprechen konnten. »Ist eure Stiefmutter in der Nähe?«

»Ja.«

Zum Schluss fragte mich Pablo: »Mama, wann holst du uns nach Deutschland?«

Ich antwortete: »Sobald ich kann.«

Nach diesem Gespräch war ich einerseits erleichtert, endlich etwas von ihnen gehört zu haben, andererseits fühlte ich mich elend. Irgendetwas war nicht in Ordnung. Die Kinder waren nicht ehrlich gewesen.
In den kommenden Wochen telefonierten wir mit Gabrielas Unterstützung noch einige Male, und jedes Mal hatte ich danach die gleiche Empfindung. Die Kinder sagten nur die halbe Wahrheit. Schließlich bat ich meine Schwägerin, mit den Kindern zusammen Briefe zu schreiben, ohne dass Erica oder Alfonso davon etwas mitbekamen. Es sollte noch eine Weile dauern, bis ich ihren ersten Brief in den Händen hielt.

Im Dezember war es sehr kalt. Immer wieder schneite es. Wenn ich draußen unterwegs war, konnte ich mich noch so warm anziehen, ich fror. Viel schlimmer aber war, dass die Heizung in meinem Zimmer nicht richtig funktionierte. Mal lief sie, mal nicht. Als sie das erste Mal ausgefallen war, klingelte ich beim Vermieter und bat ihn um Hilfe. Er reagierte etwas ungehalten. »Die Heizung, die funktioniert. Hat immer funktioniert. Na ja, ich komme morgen mal vorbei und seh sie mir an.«
Den ganzen Abend lang saß ich mit Mantel, Schal und Handschuhen in der Wohnung und verfluchte dieses kalte Land. Am nächsten Morgen kam der Vermieter, betrachtete die kalte Heizung und sagte, er werde einen Klempner rufen. Drei weitere Abende saß ich dick eingewickelt in meinem Zimmer.
Am vierten Tag kam der Handwerker vorbei. Er entlüftete den Heizkörper, verstellte ein paar Knöpfe im Heizungskeller und meinte, jetzt müsste alles wieder funktionieren. Tatsächlich sprang die Heizung an und lief auch einen oder zwei Tage normal. Dann ging das Spiel von vorn los: Der Heizkörper wurde nur lauwarm, und ich fror. Wieder informierte ich den Vermieter, der gereizt reagierte. Die Heizung sei doch repariert, was ich denn noch wolle. Er kam mit hinunter in meine Behausung, fasste an den Heizkörper, der noch ein wenig Restwärme hatte,

und schimpfte: »Ist doch schön warm, Frau Moreno. Wir sind hier doch nicht in der Sauna. Deutschland ist halt ein bissel kälter, gell.«
Am nächsten Tag blieb die Heizung ganz kalt, und ich hüllte mich in meine Decken und informierte ein drittes Mal den Vermieter. Er ließ sich nicht mehr blicken. Kai und Luciana brachten mir einen Radiator in meine Eishöhle, und langsam wurde die Kälte ein wenig erträglicher.
Das ging ein paar Tage gut. In unregelmäßigen Abständen sprang die Heizung an und lief, dann blieb es wieder kalt, und ich ließ den Radiator laufen. Kurz vor Weihnachten brachte der Vermieter seinen Müll zur Mülltonne. Von dort aus konnte er durch das Fenster in meine Wohnung blicken. Ich hatte vergessen, den Vorhang zuzuziehen. Wütend kam er nach unten, deutete auf den Radiator, zog den Stecker heraus und redete auf mich ein. Dann ging er in seine Wohnung und rief Kai an. Ich hätte einen Radiator in der Wohnung, der würde zu viel Strom verbrauchen, ich müsse mehr Miete zahlen.
Kai riet mir, auf gar keinen Fall mehr zu zahlen, schließlich sei meine Heizung ja defekt. Ich dagegen hatte Angst, meine Wohnung zu verlieren, und wollte lieber bezahlen. Am nächsten Tag klingelte es in aller Frühe. Der Vermieter zeigte auf den Radiator. »Fünfzig Euro für Strom.« Ich gab ihm das Geld und entgegnete: »Heizung kaputt.« Das interessierte ihn nicht weiter. Er sperrte den Radiator in seinen Kellerraum. Wieder saß ich in der eiskalten Wohnung. Bis zum Ende des Winters blieb es ein Glücksspiel, ob ich es warm hatte oder kalt. Bis heute halte ich es für möglich, dass der Vermieter, um Kosten zu sparen, die Heizung des Öfteren einfach ausgeschaltet hatte.

Über Weihnachten wollten Kai und Luciana verreisen. Ich hatte wenig Lust, das Fest allein in meinem Kellerloch zu verbringen. Die beiden boten mir an, ich könne über die Festtage in ihrer Wohnung wohnen, und ich nahm mit Freude an. Noch nie in meinem Leben war ich an Weihnachten allein gewesen. Dieses Mal würde ich mich wohl damit abfinden müssen, aber wenigstens hatte ich es garantiert warm.

Ein paar Tage vor dem Fest fragte mich Claudia, eine nette deutsche Frau, der ich im Haushalt zur Hand ging, wie man in meiner Heimat Weihnachten feiert. Ich erzählte ihr von meinen elf Geschwistern und dass Weihnachten bei uns zu Hause ein sehr großes Fest sei. »Und wie feierst du hier?«

»Dieses Jahr bin ich allein.«

Sie lud mich ein, Weihnachten zusammen mit ihr, ihrem Mann Werner und dem Baby zu verbringen. Dabei kannte sie mich erst seit vier Wochen. In der Zeitung hatte ich ihre Anzeige gelesen: »Putzhilfe gesucht.« Kai hatte für mich angerufen und am Telefon erwähnt, dass ich aus Südamerika käme. Die Frau am anderen Ende antwortete erfreut, das würde gut passen. Sie habe Spanischkurse besucht und würde ihre Lieblingssprache gern ein wenig auffrischen.

Bei unserem ersten Kontakt hätten wir uns beinahe verpasst. Kai hatte einen Treffpunkt für kurz vor zwölf an einer U-Bahn-Haltestelle vereinbart. Vorher, von acht bis elf, putzte ich bei den Korns, und ausgerechnet an diesem Tag kippte ich kurz vor Schluss in meiner Hektik einen Eimer Wasser um. Nachdem ich die Überschwemmung beseitigt hatte, rannte ich zur U-Bahn-Station. Die Bahn fuhr mir vor der Nase weg. So kam ich eine halbe Stunde zu spät zu unserem Treffpunkt, und natürlich wartete niemand mehr auf mich.

Ich suchte eine Telefonzelle und rief bei Kai an. »Okay, ich rufe die Frau noch mal an.« Claudia hatte mich vergeblich gesucht und war gerade nach Hause gekommen. Erneut fuhr sie zur Haltestelle. Sie kam mir auf dem Bahnsteig entgegen und lächelte mich an. Sie war mir auf Anhieb sympathisch.

»Ich heiße Claudia«, sagte sie auf Spanisch. Im Auto erzählte sie, dass sie jemanden für drei oder vier Stunden in der Woche suche. Meistens sei sie mit ihrem sieben Monate alten Sohn

allein. Ihr Mann arbeite in einer anderen Stadt und sei nur am Wochenende da.
Claudia bezahlte mir acht Euro in der Stunde und war mit meiner Arbeit sehr zufrieden. Jeden Freitagvormittag putzte ich bei ihr. Gegen halb eins kochte sie für uns beide Mittagessen. Claudia wohnte noch nicht lange in der Gegend und war froh über Gesellschaft. Kurz nach dem Einzug in ihr Haus war ihr Mann in eine andere Stadt versetzt worden. Sie litt sehr unter der Situation. Das Haus war gepflegt und geschmackvoll eingerichtet.
Vom ersten Tag an hatte Claudia Vertrauen zu mir. Sie bot mir das »Du« an und ließ mich in Ruhe arbeiten. Wenn ich Durst hatte, durfte ich mir ungefragt etwas zu trinken nehmen, und aus einer Schublade, die mit Schokolade und Keksen gefüllt war, konnte ich mich nach Belieben bedienen. Manchmal steckte ich ein wenig Schokolade für später ein. So konnte ich Geld fürs Essen sparen.
An Heiligabend wollte mich Claudia um vier Uhr in Lucianas Wohnung abholen. Um fünf war noch niemand da. Wahrscheinlich hatte das Baby länger geschlafen, ich machte mir noch keine Sorgen. Um sechs begann ich, mich damit abzufinden, dass ich Weihnachten doch allein verbringen würde. Vielleicht hatte ich mich in Claudia getäuscht. So ernst hatte sie es mit der Einladung wohl doch nicht gemeint. Um halb acht legte ich mich in die Badewanne. Einen solchen Luxus hatte ich in meiner Kellerwohnung nicht. Auf das Waschbecken stellte ich einen Kassettenrekorder und legte eine Kassette mit südamerikanischen Weihnachtsliedern ein. Das also war mein erstes Weihnachtsfest in Deutschland.
Im Jahr zuvor waren die Kinder und ich zu Gast bei meiner Schwägerin gewesen. Es hatte ein riesiges Festessen gegeben, und wir hatten gesungen und gelacht. Wie feierten Isabel und Pablo dieses Jahr wohl Weihnachten? Es klingelte an der Tür. Ich sprang aus der Wanne, warf mir einen Bademantel über und

öffnete einer in Tränen aufgelösten Claudia. »Endlich. Seit vier Stunden habe ich dich gesucht.«
Kai hatte ihrem Mann die richtige Straße und Hausnummer, nicht aber den Ort genannt. Eine Straße mit diesem Namen gab es in fast jedem Stadtteil und in vielen Vororten. Claudia hatte eine Odyssee hinter sich, hatte mich überall vergeblich gesucht, war stundenlang über schneeglatte Straßen gefahren. Im letzten Ort hatte sie mich schließlich gefunden.
Der Weihnachtsabend wurde für mich der schönste Tag seit meiner Ankunft in Deutschland. Während ich mich anzog, rief Claudia ihren Mann auf dem Handy an. Werner hatte in der Zwischenzeit eine Paella zubereitet. Nach dem Essen schenkten sie mir eine Handtasche mit einem Fünfzig-Euro-Schein darin und ein kleines Fotoalbum, in das ich später Bilder von meinen Kindern einklebte. Ich hatte kein Geschenk für sie. Alles, was ich bisher verdient hatte, hatte ich gespart, um die nächste Miete bezahlen zu können. Außerdem hätte ich auch gar nicht gewusst, was ich ihnen schenken sollte. Claudia und Werner hatten viel Geld und ein Geschenk von mir hätte leicht peinlich wirken können. Trotzdem schämte ich mich, mit leeren Händen gekommen zu sein.
Die beiden interessierten sich sehr für die Situation in meinem Heimatland, und ich erzählte ihnen gern, was ich wusste. Dass es dort keine Arbeit und keine Gerechtigkeit gibt. Dass die Polizei willkürlich Menschen verhaftet und einsperrt. Dass auf den Straßen Gewalt und Terror herrschen. Meine eigene Geschichte sparte ich aus, dafür hätte ich zu viel erklären müssen. Claudia sprach nur ein wenig Spanisch, Werner gar nicht und ich erst wenige Brocken Deutsch. Als ich von Isabel und Pablo erzählte, wurden wir alle sehr traurig. »Ich bin in Deutschland, damit ich ihnen Geld für Kleidung, Essen und eine gute Schulausbildung schicken kann.«
Werner fragte mich, ob ich hier in der Illegalität lebte. Ich bejahte. Zu diesen beiden Menschen hatte ich Vertrauen, obwohl ich

sie kaum kannte. Zum ersten Mal konnte ich mit Deutschen darüber reden, welche Probleme für mich mit der Illegalität verbunden waren. Claudia und Werner machten mir Mut. »Du bist eine starke Frau, du wagst viel mehr als andere Menschen. Ein Deutscher würde nie ein solches Risiko auf sich nehmen.« Ich fühlte neue Kraft.

Patricia, die Bolivianerin, hatte Unrecht gehabt mit ihrer Behauptung, alle Deutschen seien Rassisten. Diese Deutschen hier behandelten mich nett und fair, Patricia war diejenige, die mich ausbeutete.

Leider währte die beginnende Freundschaft mit Claudia und Werner nur kurze Zeit. Dann zogen sie weg, in die Nähe von Werners Arbeitsstelle. »Kommst du mit?«, fragten sie mich aufrichtig, »du könntest fürs Erste bei uns wohnen.« Ich dachte ernsthaft darüber nach. Es war eine dünn besiedelte Gegend, wo die beiden hinzogen, die nächste größere Stadt war weit entfernt. Ich hätte kaum so viele gut bezahlte Putzjobs gefunden und wäre als Ausländerin viel mehr aufgefallen. Ich war auf einen guten Verdienst und auch auf die Hilfe von Luciana und Kai angewiesen. Schweren Herzens sagte ich ihnen Lebewohl.

In meinem Kellerloch verbrachte ich viele kalte, einsame Winternächte. Von morgens bis abends putzte ich, nach Feierabend kochte ich mir Tee, hüllte mich in dicke Decken ein und versuchte mich von meiner Isolation abzulenken. Immer wieder durchblätterte ich den Bildband aus meinem Heimatland, den ich mitgenommen hatte. Die wunderschönen Aufnahmen von hohen Bergen, bunten Märkten und interessanten Menschen, Indianern, Schwarzen, Mestizen und Weißen, weckten Erinnerungen in mir. Melancholisch dachte ich an den zweiwöchigen Freiwilligeneinsatz von »World Vision«, bei dem ich das Buch geschenkt bekommen hatte. Es war üblich bei »World Vision«, dass sich die Mitarbeiter aus der Hauptstadt ab und zu an Einsätzen beteiligten. »World Vision« förderte in einem sehr armen

Landstrich in den Bergen ein Entwicklungsprojekt. Damit die Menschen dort ein wenig Geld verdienen konnten, hatte die Organisation Maschinen für eine Käserei gekauft. Die Bauern konnten nun ihren eigenen Käse herstellen und weiterverkaufen und mussten ihre Milch nicht mehr für wenig Geld an reiche Unternehmen abgeben.

Wir vier Kollegen aus der Hauptstadt waren in einem kleinen Dorf in der Nähe der Käserei untergebracht. Es gab keine Dusche, nur eiskaltes Wasser aus den Bergen. Unsere Aufgabe war es, gesundheitliche Aufklärung zu leisten. Die Familien lebten gemeinsam mit ihren Tieren in kleinen Häuschen, die meist nur aus einem Zimmer bestanden. Kaninchen, Katzen und Meerschweinchen bevölkerten die Räume, dazwischen liefen Poquitos, kleine Schweinchen, herum. Das sah lustig aus, war aber sehr unhygienisch. Die Kinder steckten sich bei den Tieren an und gaben die Krankheitserreger an die Erwachsenen weiter. Wir gingen von Haus zu Haus und erklärten den Leuten, warum es sinnvoll war, Ställe zu bauen und Tiere und Menschen voneinander zu trennen.

Am Ende unseres Einsatzes hatte das ganze Dorf zum Dank für uns gekocht. Und jeder von uns war mit jenem Bildband beschenkt worden, der in meinem Koffer nach Deutschland gekommen war.

Eines Tages kehrte ich sehr müde von der Arbeit zurück. Ich hatte Post bekommen, und mit einem Schlag war ich hellwach. Ich hielt den ersten Brief von meinen Kindern in den Händen.

Pablo hatte meiner Schwägerin diktiert: »Mama, ich bin sehr traurig, dass du nicht da bist. Ich vermisse dich.«

Isabel hatte selbst geschrieben: »Liebste Mama, heute bin ich zu unserer alten Wohnung gelaufen. Ich habe lange Zeit zu unserem Balkon hinaufgesehen. Ich habe gehofft, dass du herauskommst und alles wieder so wie früher ist.«

Jetzt war ich schon über ein halbes Jahr in Deutschland und

hatte noch keine Perspektive für mich und die Kinder. Ich hatte weder eine geeignete Wohnung noch genügend Arbeit und Geld. Manchmal sah ich keine andere Möglichkeit, als zurück in meine Heimat zu fliegen, um meine Kinder wiederzusehen. Aber zum einen konnte ich mir das nicht leisten, und zum anderen wäre eine Ausreise sehr riskant gewesen. An meinem Pass würden die Grenzschutzbeamten sehen, dass ich mich illegal in ihrem Land aufgehalten hatte. Wahrscheinlich würde man mich nie wieder einreisen lassen.

Mittlerweile hatte ich für jeden Tag Putzjobs, mal für ein paar Stunden, mal für den ganzen Tag. Mein Verdienst reichte für die Miete, und ich konnte sogar etwas zurücklegen, um meine Schulden zu tilgen. Es würde Jahre dauern, bis alles abgezahlt war. Ich musste noch viel mehr arbeiten. Erst wenn ich schuldenfrei sein würde, könnte ich mir das Leben mit den Kindern in Deutschland leisten, erst dann könnte ich eine größere Wohnung mieten. Es gab nur eine Alternative, auf die mich Luciana und Kai aufmerksam gemacht hatten: die Heirat mit einem deutschen Mann. Dann könnte ich ganz legal Jobs annehmen und meine Kinder nachholen. Mir grauste vor dem Gedanken an eine zweite Hochzeit. Die Möglichkeit einer Scheinehe hatte ich bis zu diesem Zeitpunkt noch nicht in Betracht gezogen.

Der Winter ging, der Frühling kam, und mein Leben blieb trostlos. Frieren musste ich jetzt nicht mehr, dafür drang der Gestank aus den Mülltonnen durch das geöffnete Fenster in mein Kellerzimmer, ein beständiger, fauler Geruch.

Claudia war fortgezogen, Kai und Luciana sah ich nur noch selten. Ich war sehr einsam. Immer wieder holte mich die Vergangenheit ein. Die Szene mit dem Polizeipräsidenten in meinem ausgeräumten Ladenbüro lief wie ein Endlosfilm vor meinem inneren Auge ab. Ich entwickelte Rachefantasien, hatte eine unbeschreibliche Wut. In meinen Tagträumen sparte ich Geld für

eine Bombe, die ich vor seinem Haus zünden wollte. Er hatte mein Leben zerstört. Wegen ihm hatte ich meine Kinder und mein Land verlassen.
Die Nächte waren noch schlimmer, Albträume quälten mich. Im Traum besuche ich den Coronel in seinem Büro: »Was willst du?«, faucht er mich an.
»Ich habe es mir überlegt, ich will Sex mit dir haben.«
Wir verabreden uns in einem Hotel. Als ich die Tür des Hotelzimmers öffne, raunt er mir ins Ohr: »Da bist du ja, du Schlampe«, und fasst mir an die Brust. Ich führe ihn zum Bett und ziehe ihn aus.
Vor Erregung fängt er an zu grunzen. »Komm her, du Nutte.«
Als er so nackt vor mir liegt, wird es mir fast schlecht, sein Schweiß und sein dicker Bauch sind einfach nur widerwärtig. In meinem Traum hole ich ein Messer unter der Matratze hervor. Niemals mehr soll dieser abstehende Penis die Würde einer Frau verletzen. Bevor ich ihn abschneiden kann, kommt es zum Kampf. Der Coronel zerreißt meine Bluse und ich wehre mich mit Händen und Füßen.
An dieser Stelle wachte ich immer schweißgebadet auf und konnte nicht mehr einschlafen. Was war nur aus mir geworden? Ich war entsetzt, dass ich als ehemalige Theologiestudentin, die Gewalt immer abgelehnt hatte, solche grausamen Gedanken entwickeln konnte. Viele Nächte lang verfolgte mich der Traum. Auch heute noch, viele Jahre nach meiner ersten und einzigen Begegnung mit dem Coronel, werde ich manchmal noch davon wach.

Jens und das Hotel

Hotel sucht Zimmermädchen für einen Tag in der Woche« stand in der Samstagszeitung. Gerade hatte ich zum ersten Mal für Patricia gearbeitet, war seit drei Wochen in Deutschland. Ich hoffte auf eine zweite Stelle.
Kai fuhr mit mir hin. Die Besitzerin lächelte mich freundlich an und unterhielt sich mit Kai. Ob ich eine Arbeitserlaubnis hätte, wollte sie wissen. Kai antwortete ihr, ich hätte ein Visum für Frankreich. Damit könne ich auch in Deutschland arbeiten. Weitere Fragen stellte sie nicht. Gleich am Montag sollte ich versuchsweise anfangen.
Mein Erlebnis mit der verpassten Haltestelle und meinem langen Marsch auf den Bahngleisen lag noch nicht lange zurück. Kai und Luciana fuhren mit mir zum Bahnhof, erklärten mir ausführlich den Fahrkartenautomaten und malten mir einen Plan. Zunächst sollte ich ein paar Stationen mit der S-Bahn fahren, anschließend den Bus mit der Nummer fünfzehn nehmen und in der Nähe eines italienischen Restaurants aussteigen. Als ich morgens um acht ihr Haus verließ, war ich optimistisch. Den Fahrkartenautomaten beherrschte ich nun, ich drückte die Hin-und-Rückfahrt-Taste und zahlte vier Euro sechzig. Die Bahnfahrt war unproblematisch. Am Bahnhof stieg ich aus. Wenige Minuten später hielt der richtige Bus und ich stieg ein. Wo aber blieb das italienische Restaurant? Nach einer halben Stunde Fahrt blieb der Bus stehen, die wenigen Leute, die noch drin saßen, stiegen aus. Endstation. In fünf Minuten sollte ich einen neuen Job im Hotel antreten, stattdessen befand ich mich hier am Rande der Großstadt, irgendwo zwischen Hochhäusern und Feldern.

Ich ging zum Fahrer und zeigte ihm meinen Zettel mit der Adresse. Er zuckte mit den Schultern und vertiefte sich wieder in seine Zeitung, ein Blatt mit großen Lettern und einer nackten Frau auf der Titelseite. Ich blätterte in meinem Wörterbuch, das ich für alle Fälle mitgenommen hatte, und zeigte ihm die Worte »Haltestelle« und »Restaurant«. Jetzt schien er zu verstehen und bedeutete mir sitzen zu bleiben.
Zehn Minuten später setzte sich der Bus wieder in Bewegung. Nach einer halben Stunde erkannte ich die S-Bahn-Station, an der ich eingestiegen war, der Bus fuhr in die andere Richtung weiter. Endlich tauchte das italienische Restaurant auf. Kai hatte mir eingetrichtert, an der Haltestelle müsse ich rechts um die Ecke biegen und an der nächsten Kreuzung nach links gehen. Zwei Querstraßen weiter wusste ich nicht mehr weiter. Alles sah so anders aus als in Lateinamerika. Ich lief mehrmals in die falsche Richtung, probierte alle möglichen Straßen aus und fand schließlich das Hotel – fast zwei Stunden zu spät.
Die Hotelbesitzerin reagierte gelassen. Mit Hilfe des Lexikons erklärte ich ihr meine Verspätung. »No problem«, antwortete sie und zeigte mir ebenfalls im Wörterbuch, dass sie sich Sorgen um mich gemacht hatte. Sie meinte, ich solle sie Brigitte nennen, und ich brachte ihr die ersten Brocken Spanisch bei: »Yo me iamo Maria – Ich heiße Maria.«
Dann stellte sie mir ihren Mann vor. Dieter zeigte mir ein Hotelzimmer und wies auf das benutzte Bett. Seine Gesten verstand ich gleich: Ich sollte die Bettwäsche wechseln. Er gab mir eine Liste mit Nummern dreier weiterer Zimmer, in denen neue Wäsche gebraucht wurde. Dieter war nett zu mir, aber ich fühlte mich dennoch ein wenig unwohl. Ging hier wirklich alles mit rechten Dingen zu? Scheinbar waren in dem großen Hotel nur vier Zimmer vermietet gewesen. Konnte man davon leben? Plötzlich schöpfte ich Verdacht. Brigitte und Dieter hatten deshalb nicht so genau nach meinen Papieren gefragt, weil sie mich ihren Gästen anbieten wollten, das Zimmer-

mädchen als Dreingabe an buchende Hotelgäste?! Ich sah mir den Hinterausgang an. Hier konnte ich im Notfall schnell verschwinden.
Nach einer halben Stunde hatte ich alle Betten frisch bezogen. Beim letzten Kopfkissen fiel ein loser Knopf ab, aber im Kleiderschrank fand ich ein kleines Näh-Set. Als ich gerade dabei war, den Knopf wieder anzunähen, steckte Brigitte den Kopf zur Tür herein. Sie war hocherfreut, dass ich die Betten schon fertig hatte, zeigte auf den Knopf und klatschte anerkennend in die Hände. Hier war Eigeninitiative also willkommen. Brigitte nahm mich bei der Hand und zeigte mir das ganze Hotel. Jedes Zimmer hatte ein Bad. Ich sollte die Waschbecken und Duschen putzen, Brigitte kümmerte sich um die Toiletten, sie wollte es so. Beim Saugen, Staubwischen und Einräumen der Minibar wechselten wir uns ab. Brigitte brauchte mir keine Anweisungen zu geben, ich wusste, wo ich anzupacken hatte. Sie wirkte sehr zufrieden. Im Lexikon zeigte sie mir die Worte »gut« und »super.« Mir fiel die Arbeit hier leicht. Nachdem wir eine Stunde gearbeitet hatten, machten wir die erste Kaffeepause. Mit Hilfe des Lexikons fragte sie mich, aus welchem Land ich käme. Anschließend wollte sie wissen, was wir denn in meiner Heimat so essen würden. Im Wörterbuch zeigte ich ihr »Bananen« und sie brach in schallendes Gelächter aus. Ich fühlte mich wohl bei ihr. Meine Furcht, in einem Bordell gelandet zu sein, war schnell verflogen. Brigitte mochte mich auf Anhieb. Wir arbeiteten zwei Stunden weiter, dann bot sie mir belegte Baguettes mit Salami und Salat an. Schon wieder Pause, ich hatte zwar Hunger, doch befürchtete ich, Pausen und Essen würden von meinem Lohn abgezogen werden. So biss ich nur kurz in eine Stulle und nahm dann gleich wieder den Staubsauger in die Hand. Nach fünf Stunden waren alle Zimmer sauber. Brigitte erklärte mir, dass sie ohne mich dafür den ganzen Tag gebraucht hätte und dass sie sehr zufrieden mit meiner Arbeit

sei. Ich solle nächste Woche wiederkommen. Anschließend gab sie mir neun Euro für jede Stunde, die ich bei ihr gewesen war, die Pausen mit eingerechnet. Sie wollte meine Fahrkarte sehen und legte das Fahrgeld und fünf Euro für Trinkgeld noch obendrauf. Ich war völlig verblüfft über so viel Großzügigkeit. Fünfzig Euro hatte ich in den paar Stunden verdient, stellte ich zufrieden fest.

Ab sofort kam ich jeden Mittwoch in das Hotel. Nach dem Putzen bügelte ich oft noch die Bettwäsche, so dass ich einen ganzen gut bezahlten Arbeitstag dort verbringen konnte. Sprachprobleme hatten wir keine; Brigitte und Dieter brachten mir viele deutsche Wörter und Redewendungen bei. Verstand ich etwas nicht, schlugen wir im Lexikon nach. An meinem zweiten Arbeitstag erzählte ich Brigitte mit Hilfe des Lexikons, dass wir zu Hause zwölf Kinder waren. Sie machte große Augen, und ich hatte den Eindruck, sie wurde noch netter zu mir.

Einige Arbeiten waren körperlich anstrengend, das Hochtragen der gebügelten Bettwäsche zum Beispiel oder das Schleppen von Wasserkisten. Brigitte erzählte, ihr Sohn Jens komme nächste Woche und nehme uns diese Arbeiten dann ab. Ich fragte sie nach dem Alter ihres Sohnes. »Dreizehn Jahre. Und er kann auch ein bisschen Spanisch.«

In der darauf folgenden Woche empfing mich Dieter mit der Nachricht, dass sein Sohn da sei. Ich begleitete ihn zur Rezeption und erwartete ein Kind. Ein Mann, eins achtzig groß und gut aussehend, schüttelte mir die Hand. »Wie geht es Ihnen?«, fragte er mich auf Spanisch.

»Danke, gut«, antwortete ich, »können Sie mir sagen, wo Dieters Sohn ist?«

Er musste lachen: »Ich bin der Gesuchte. Darf ich mich vorstellen? Ich bin Jens.«

Im Deutschen nennt man bei der Zahl einunddreißig zuerst die »Eins« und dann die »Dreißig«. Im Spanischen ist es umgekehrt, »trenta uno«, dreißig und eins. Der Sohn war also ein bereits erwachsener Mann, und ich hatte die Zahlen durcheinander gebracht.

Von nun an kam Jens jede Woche, um uns bei den schweren Arbeiten zu helfen. Ab und zu wechselten wir gemeinsam die Bettwäsche. Er wolle die Gelegenheit nutzen, Spanisch zu sprechen, sagte er. Ich fühlte mich in seiner Nähe sehr wohl. Nach drei Wochen überließ Brigitte mir die Verantwortung für die Hotelzimmer und beschäftigte mich meistens zwei volle Tage in der Woche. Das Hotel beherbergte sehr viel mehr Personen als anfangs vermutet. Die meisten Gäste blieben jedoch nur für eine oder zwei Nächte und hinterließen relativ saubere Zimmer. Ein paar Stammgäste wohnten aber auch im Hotel, teils schon seit einigen Wochen. Ein älterer Mann lebte in Scheidung. Bei ihm war immer alles sehr ordentlich, und ich hatte so gut wie keine Arbeit. Ein Amerikaner hingegen, der für eine Softwarefirma arbeitete, hinterließ die reinste Verwüstung. Grundsätzlich war sein Zimmer mit zertretenen Cornflakes übersät. Aber auch alles andere, was er in der Hand gehabt hatte, ließ er einfach zu Boden fallen, und da blieb es liegen, bis ich zum Aufräumen und Putzen kam.
Jessica, eine Studentin, lebte ebenfalls schon länger hier. In den ersten Wochen war sie sehr freundlich zu mir gewesen, hatte sich dann aber irgendwie verändert. Wenn sie mir jetzt auf dem Flur begegnete, blickte sie mit glasigen Augen an mir vorbei. Auf ihrer Matratze fand ich oft viel Blut, später waren die Flecken überall. Ich dachte, das hinge mit ihrer Menstruation zusammen. Eines Tages fand ich eine blutige Spritze auf dem Fußboden. Jessica war drogenabhängig. Ich holte Brigitte, um ihr die Spritze zu zeigen. »Oje, so was habe ich schon befürchtet.« Brigitte bestand darauf, dieses Zimmer selbst zu reinigen. Die Spritze könnte mit dem Aids-Virus infiziert sein, sagte sie. Sie hatte Angst, ich könnte mich anstecken, und nahm lieber selbst das Risiko auf sich. Jessica musste ausziehen.

Jens, Brigittes Sohn, suchte meine Nähe. Ich hätte mich gern einmal mit ihm verabredet, wusste aber nicht, wie ich das anstellen sollte. In meinem Land macht der Mann den ersten Schritt, nicht die Frau.

Eines Tages wollte Jens wissen, ob ich einen Freund habe. »Ja, er heißt Kai und ist der Freund meiner Freundin.«

Jens lachte fröhlich: »Wie macht er das, gleichzeitig dein Freund und der Freund deiner Freundin zu sein?«

Wenn eine Frau im Spanischen von einem Freund spricht, dann ist damit ein guter Bekannter gemeint, im Deutschen heißt Freund dagegen auch Partner. Jens lud mich nach Feierabend in ein Café um die Ecke ein.

Von Männern habe ich ein für alle Mal genug, hatte ich mir noch vor wenigen Wochen geschworen. Mit Jens gerieten meine Prinzipien ins Wanken; er sah gut aus, war Lehrer an einem Gymnasium, war sanft und kein lateinamerikanischer Macho. Ich freute mich auf die Verabredung. Er holte mich vom Hotel ab. Wir unterhielten uns in einem Kauderwelsch aus Deutsch, Spanisch und Englisch, blätterten in den mitgebrachten Lexika und hatten viel Spaß. Ich erfuhr, dass er Deutsch, Sport und Erdkunde unterrichtete und seit einem Jahr an der Schule fest angestellt war. Gegen elf brachte er mich zur S-Bahn. Es war ein gelungener Abend gewesen.

Drei Tage später lud er mich erneut ein, dieses Mal in ein portugiesisches Restaurant. Ich erzählte ihm, dass ich früher bei meiner Freundin und ihrem Freund gelebt hätte, und kam auch auf die unangenehmen Belästigungen durch Kais geschiedene Frau zu sprechen.

»Es ist gut, dass du dort nicht mehr wohnst. Wenn man nicht die richtigen Papiere hat, ist das gefährlich.« Er nahm also an, dass mit meinen Papieren nicht alles stimmte. Ob er dabei nur an die fehlende Arbeitserlaubnis dachte oder auch ahnte, dass ich illegal in Deutschland lebte, konnte ich nicht einschätzen. Ich entschied, ihm nicht zu viel zu erzählen. Er konnte ein Spitzel sein.

In den nächsten Wochen lud er mich noch öfter in verschiedene Restaurants ein. Eines Abends wollte er mich nach Hause fahren, ich verriet ihm aber nicht die richtige Adresse. »Lass mich bitte in der Nähe der Telefonzelle raus«, bat ich. Mitten auf der Straße hielt er an, beugte sich über mich und küsste mich. Die Autos hinter uns hupten und ich war seit langer Zeit richtig glücklich.
Als ich das nächste Mal zur Arbeit in das Hotel kam, hatte Jens seinen Eltern bereits von unserer beginnenden Beziehung erzählt. Mein Verhältnis zu Brigitte und Dieter war von Anfang an herzlich gewesen, und von diesem Tag an fühlte ich mich fast wie ihre Tochter. Wenn ich mich um ein paar Minuten verspätete, sorgten sie sich um mich. Jens' Eltern machte es nichts aus, dass ihr einziger Sohn mit einer armen Ausländerin zusammen war. Trotz seiner einunddreißig Jahre lebte er noch bei ihnen und ließ sich von ihnen bedienen. Die Eltern waren froh, dass er eine Freundin hatte.

Eines Tages sagte Jens: »Ich hole dich nachher ab, ich habe eine Überraschung für dich.« Ich rechnete mit einem Geschenk, aber die Überraschung hatte zwei Räder und siebenhundertfünfzig Kubikzentimeter Hubraum. Mit einer großen Kawasaki stand er nachmittags vor dem Hoteleingang. Er hatte einen zweiten Helm mitgebracht und rief mir zu, ich solle aufsteigen. Widerwillig setzte ich mich auf das Gefährt.
In meiner Heimat hatte ich einmal einen schweren Unfall als Beifahrerin gehabt. Mein Kleid hatte sich während der Fahrt in den Speichen verheddert, und das Motorrad stürzte. Mein ganzes Bein war blutig gewesen, und ich konnte wochenlang nicht mehr richtig laufen. Motorradfahren war nun wirklich nicht meine Leidenschaft. Wir drehten ein paar Runden um die Wohnblöcke, und ich klammerte mich krampfhaft an Jens fest. Als wir zurückkehrten, zitterte ich vor Angst. Brigitte war außer sich. »Warum machst du so etwas mit Maria? Sie hat noch nicht

mal schützende Kleidung an. Wenn sie stürzt, bricht sie sich alle Knochen. Du hättest mit der Maschine nur ausrutschen brauchen, und Maria hätte sich die ganze Haut aufgeschürft.«
Jens hatte zwei große Leidenschaften: Hockey spielen und Motorrad fahren. An den Wochenenden fuhr er oft mit dem Motorrad zu Hockeyturnieren. Er wollte, dass ich ihn begleite, und ihm zuliebe wollte ich versuchen, meine Angst vor dem Motorradfahren zu überwinden. Am nächsten Wochenende fuhr er mit mir zu einem Spezialgeschäft in der Innenstadt. Ich probierte Motorradjacken, Lederhosen, Nierengurte und Handschuhe. Anschließend brachte der Verkäufer die ganzen Sachen an die Kasse. »Zweihundertneunundachtzig Euro« zeigte das Display an, ein wahnsinnig hoher Betrag für so wenig Kleidung. Jens bezahlte mit seiner EC-Karte. Mir war nicht wohl dabei. Wir waren noch nicht sehr lange zusammen, und vielleicht würde er irgendwann kommen und das Geld von mir zurückhaben wollen. Ich hatte schon gemerkt, dass deutsche Männer den Frauen nicht alles bezahlten.

In den nächsten Wochen unternahmen wir viele Ausflüge mit dem Motorrad. Es gelang mir, meine Angst langsam zu überwinden und die Fahrten sogar zu genießen, ich fühlte mich frei wie ein Vogel. Nachts konnte ich wieder schlafen und trachtete dem Coronel nicht länger nach dem Leben. Tagsüber war ich ausgeglichener.
Bevor ich Jens kennen gelernt hatte, fühlte ich mich oft kurz vor einem Nervenzusammenbruch. Die Anspannung und Angst vor einer Abschiebung saß mir im Nacken, ließ mich zittern und feuchte Hände bekommen. Meine Schweißausbrüche hörten jetzt auf, ich hatte in Deutschland ein Nest gefunden. Ich war in Jens verliebt und er in mich. Er wusste, dass ich geschieden war und zwei Kinder hatte, die ich nach Deutschland holen wollte. Vielleicht würde er mir dabei helfen.
Trotz aller Zuneigung blieb ich am Anfang unserer Beziehung

vorsichtig. Ich wollte nicht zu viel von meinem illegalen Leben preisgeben. Bald nach dem ersten Kuss stellte ich ihm Kai und Luciana vor. Beide fanden ihn sympathisch, und Luciana meinte hinterher zu mir, den könne ich heiraten. Der Gedanke schien mir ziemlich abwegig, obwohl ich wusste, dass eine Heirat viele meiner Probleme lösen konnte. Ich wollte kein zweites Mal zu schnell mit dem falschen Mann Hochzeit feiern. Auch Jens war, wie schon Alfonso, jünger als ich und in manchen Dingen wenig erwachsen. Ich wollte abwarten, wie sich unsere Beziehung weiterentwickelt.

Jens wusste immer noch nicht, wo und wie ich lebte, und war darüber verärgert. Wenn er mich nach Hause fuhr, stieg ich stets in der Nähe von ein paar Hochhäusern aus. »Da wohne ich.« Jedes Mal wollte er mich zur Tür begleiten und musste sich mein »Danke, das ist nicht nötig« anhören. Irgendwann entschloss ich mich, ihm die Wahrheit zu sagen. Ich nahm ihn mit in mein Kellerloch neben den Mülleimern.

»So lebst du?«, fragte er entsetzt. »Ich würde es hier keine drei Tage aushalten.«

Ich erzählte ihm von meinen Problemen. Mein Visum sei längst abgelaufen, und ich hätte kein Recht mehr, in Deutschland zu sein. Bei jeder Straßenkontrolle könnte ich erwischt und abgeschoben werden.

»Warum hast du mir das nicht schon viel früher gesagt?«

»Ich habe mich nicht getraut. In meinem Land gibt es überall Polizeispitzel. Woher sollte ich wissen, dass du keiner bist?« In dieser Nacht liebten wir uns das erste Mal.

Die Beziehung zu Jens brachte viel Sonne und Wärme in mein tristes Leben. Ich nutzte jede Gelegenheit, für andere zu putzen, hatte Jobs von montags früh bis freitags spät abends und manchmal noch am Wochenende. Einmal machte ich mich nach getaner Arbeit bei der Bolivianerin todmüde auf den Weg zum Bahnhof. Es war bereits halb zwölf, der letzte Zug war gerade abgefahren. Ein Taxi hätte mich meinen ganzen Tagesverdienst gekostet. Also

rief ich Jens an, ob er mich abholen könne. Sein Vater ging ans Telefon. »Kannst du bitte Jens fragen, ob er mich abholen kann? Ich war putzen und habe die letzte Bahn verpasst.«
»Kein Problem«, sagte Dieter, »ich hole dich ab.« Die Adresse konnte ich ihm nicht nennen, ich kannte sie nicht, und so trafen wir uns vor einer Bankfiliale in der Nähe. Dieter, den ich mit meinem Anruf geweckt hatte, hatte sich nur den Bademantel angezogen, um mich schnell abzuholen. Es regnete und war windig in dieser Nacht.
Während Jens schlief, empfing mich Brigitte, ebenfalls im Bademantel. »Soll ich dir etwas zu essen machen? Hast du Hunger?«, fragte sie. »Was ist das für eine Arbeit, die du mitten in der Nacht machst?« Eigentlich war ich zum Umfallen müde, doch jetzt blieb ich auf ein Glas Tee bei ihnen sitzen. Ich erzählte von meinem harten Job bei Patricia und dem geringen Verdienst.
»Kannst du da nicht einfach aufhören?«, fragte Dieter. »Das ist doch Ausbeutung.«
»Nicht, solange ich nichts Besseres habe. Im Moment bin ich auf jeden Cent angewiesen.«
Ich beschrieb ihnen meine finanziellen Verpflichtungen: die Überweisungen, die ich jeden Monat nach Hause schickte, für meine Kinder und zur Tilgung der Schulden, außerdem die Miete für mein Kellerloch.
Am nächsten Morgen bot mir Brigitte einen weiteren Arbeitstag im Hotel an. Dafür sollte ich den Job bei der Bolivianerin aufkündigen. Außerdem hätten sie und ihr Mann sich überlegt, dass ich auch in einem Hotelzimmer wohnen könnte. Einhundert Euro würde das Zimmer jeden Monat kosten, Frühstück sei inbegriffen. Begeistert nahm ich ihr Angebot an.

Einige Zeit später fragte mich Jens, ob ich Lust hätte, mit ihm für eine Woche in Urlaub zu fahren. »Ein bisschen Abstand würde dir gut tun.«
Ich zögerte: Eine Woche ohne Arbeit bedeutete auch eine Woche

ohne Verdienst. Doch Jens hatte Recht. Eine Woche Erholung würde mir gut bekommen.
Wir fuhren lange auf der Autobahn. Ab und zu regnete es, und ich verfluchte das Motorrad. Doch als wir am Meer ankamen, war der ganze Reisestress vergessen. Jens hatte uns in einer kleinen friesischen Pension eingemietet, ringsherum nur flaches Land und Meer. Zum ersten Mal seit vielen Monaten war ich der Großstadt entflohen und entdeckte ein ganz anderes Deutschland.
Ich bewunderte die roten Klinkerhäuser und die reetgedeckten Dächer, wanderte mit Jens am Strand der Nordsee entlang und trank frische Kuhmilch vom Bauern. So schön und beschaulich konnte das Leben jenseits von Wischlappen und Toilettendeckeln sein. Ich hatte es schon fast vergessen. Schade, dass ich Isabel und Pablo diese traumhaft schöne Natur nicht zeigen konnte.
Auf einer Bank hinter unserer Pension schrieb ich einen Brief an meine Eltern. Ich erzählte ihnen, dass ich in einem Hotel arbeitete und einen guten Kontakt zum Sohn der Besitzer hätte. Meine Liebesbeziehung zu Jens verschwieg ich. Mit ihren strengen Moralvorstellungen hätten sie mich nicht verstanden. Wie fremd erschienen mir plötzlich die Regeln, die ich von zu Hause kannte. Jens fügte meinem Brief eine Karte mit vielen Grüßen hinzu. Außerdem schrieb er, dass er gern einmal in mein Heimatland reisen würde, um die Bekanntschaft meiner Eltern zu machen. Ich übersetzte den Text kommentarlos.
Abends bummelten wir durch den kleinen Ort und wollten in einen Gasthof einkehren. Plötzlich hielten zwei Streifenwagen vor dem Wirtshaus. Vier Beamte sprangen aus den Autos, zwei betraten das Haus, zwei blieben draußen stehen. Mir lief es eiskalt den Rücken hinunter. Sollte ich ausgerechnet hier, in diesem verlassenen Nest, in eine Polizeikontrolle laufen, ausgerechnet hier, wo ich doch über viele Monate in der Stadt sämtliche Orte vermieden hatte, an denen Polizei zu vermuten war? Jens legte seinen Arm um mich und flüsterte mir zu: »Du musst ruhig

bleiben, du darfst ihnen nicht zeigen, dass du Angst hast. Wenn wir kontrolliert werden, sagen wir ihnen, das du meine Freundin bist und deine Papiere zu Hause vergessen hast.« Zitternd lief ich neben Jens am Gasthof und an den zwei Polizisten vorbei. Jens grüßte die beiden Beamten freundlich. Sie schienen sich nicht weiter für uns zu interessieren.
Doch die bekannte Angst hatte mich schnell eingeholt, auch in dieser Idylle. In der kommenden Nacht konnte ich kaum schlafen, meine Urlaubsgefühle waren Schweißausbrüchen gewichen. Am nächsten Tag setzten wir mit der Fähre zu einer Insel über. Ich konnte die Überfahrt nicht mehr richtig genießen. Mir waren zu viele Menschen auf dem Schiff, und wo sich viele Menschen aufhielten, war immer auch Polizei in der Nähe. Ich fühlte mich wie gebrandmarkt. Als könnte jeden Moment ein Polizist das Zeichen an mir entdecken, das besagte, dass ich *illegal* war, nicht dazugehörte zu all den Touristen, die auf die Insel strömten. Was hätte ich darum gegeben, eine von ihnen zu sein.

Nach unserm Urlaub saßen wir mit Jens' Eltern zusammen und erzählten, was wir erlebt hatten. Ich wollte den Menschen, die mir am vertrautesten waren, nicht länger die Wahrheit vorenthalten. Sie wussten natürlich, dass sie eine Schwarzarbeiterin beschäftigten, dass ich auch eine *Illegale* war, hatte ich bisher verschwiegen. Brigitte, da war ich mir sicher, würde es nicht stören. Wie Dieter auf diese Nachricht reagieren würde, konnte ich allerdings nicht einschätzen. Der Urlaub sei zunächst wunderbar gewesen, berichtete ich. Aber ich hätte auch ein ganz schlimmes Erlebnis gehabt. Mitten in unserem Dorf wäre ich beinahe in eine Polizeikontrolle gelaufen. Anschließend hätte ich den Urlaub nicht mehr genießen können. Seit Monaten müsse ich mich in Deutschland verstecken, könne oft vor Angst nicht schlafen. *Illegale* würden von der Polizei sofort in ihr Heimatland zurückgeschickt. Wenn sie mich erwischten, verbliebe mir noch nicht einmal die Zeit, um ihnen tschüss zu sagen.

Dieter hörte sich alles ganz ruhig an. »Für mich ändert es nichts, ob du nun Papiere hast oder nicht. Aber ich kann mir vorstellen, dass das Verstecken für dich ziemlich schrecklich sein muss.« Er bedachte seinen Sohn mit einem langen Blick. »So habt ihr beiden keine Zukunft. Es gibt eigentlich nur eine Lösung: Ihr müsst heiraten.«

Wir waren erst ein paar Monate zusammen, und ich hatte Jens nie auf das Thema Heiraten angesprochen. Ich wollte ihn nicht unter Druck setzen. Und jetzt kam der Vorschlag von seinem Vater. Brigitte fügte hinzu: »Wenn ihr heiratet, kann Maria endlich ihre Kinder nachholen.«

Jens hörte sich alles schweigend an und sagte schließlich: »Okay, ich bin einverstanden. Das würde viele Probleme lösen. Hast du denn noch einmal Lust auf eine Ehe, nachdem du schon geschieden bist?«

Ich sagte Ja. So unromantisch können Heiratsanträge sein.

In der nächsten Woche rief Brigitte beim Standesamt an und erkundigte sich, welche Papiere wir benötigten. Aus meinem Heimatland brauchte ich beglaubigte und übersetzte Kopien meiner Scheidungsurkunde, die Geburtsurkunden meiner Kinder und noch eine ganze Menge anderer Bescheinigungen. Ich rief Florencia, meine Freundin, an. Sie versprach, sich so bald wie möglich darum zu kümmern.

Mein Leben hatte wieder eine Perspektive bekommen.

Dieter wollte dem Ehepaar kündigen, das in einer vermieteten Wohnung im Hotel lebte. Dort sollten Jens und ich einziehen.

Eine Woche hielt meine Vorfreude auf eine baldige Heirat an. Die Eheschließung hätte auch ein legales Nachholen der Kinder möglich gemacht. Dann offenbarte mir Jens: »Ich kenne deine Kinder nicht, sie sprechen eine andere Sprache und kommen aus einer anderen Kultur. Ich habe es mir überlegt. Ich will eigene Kinder mit dir haben. Deine Kinder können uns besuchen kommen und vielleicht ein oder zwei Monate im Jahr bei uns wohnen.«

Ich sah ihn entsetzt an, wollte nicht glauben, dass er wirklich meinte, was er da sagte. »Du weißt doch, wie wichtig mir meine Kinder sind. Du weißt doch, dass ich ohne sie nicht leben kann.« Ich weinte. Jens nahm mich in den Arm. Er wollte es sich noch einmal überlegen.

Ein paar Tage später bekam ich Post von zu Hause. Ich hatte gerade das Haus verlassen, um zur Arbeit zu fahren. An der Handschrift erkannte ich, dass der Brief von Gabriela kam. Wahrscheinlich werden Briefe von meinen Kindern drin sein, dachte ich voll freudiger Erwartung. Im Laufen riss ich den Brief auf. Es war ein einziger langer Brief meiner Schwägerin: »Liebe Maria, du musst etwas tun für deine Kinder, so schnell wie möglich. Isabel und Pablo können nicht mehr länger bei ihrer Stiefmutter bleiben«, schrieb sie. Erica schlage die Kinder, Isabel habe ein blaues Auge. Ihre Stiefmutter habe sie mit dem Kopf auf den Boden gestoßen, die Lippen seien dick von vielen Hieben mit dem Kochlöffel. An ihrer rechten Schläfe würden Haare fehlen, man sehe eine große Wunde am Kopf. Pablo habe noch immer eine Wunde am Arm. Dort habe Erica ihm einen Kugelschreiber ins Fleisch gestoßen. Die Kinder dürften niemandem von ihrer Pein erzählen, sonst würden sie nur noch schlimmer bestraft werden. Isabel und Pablo hätten Angst, ihrer Tante die Wahrheit zu erzählen. Deshalb habe sie erst vor kurzem bemerkt, was wirklich los sei. Dass die Kinder sehr ruhig seien und es ihnen nicht richtig gut gehe, habe sie schon früher festgestellt, dass es so schlimm sei, aber wirklich nicht geahnt. »Es tut mir so leid«, schrieb Gabriela am Schluss. »Bitte hilf deinen Kindern.«

In diesem Moment glaubte ich verrückt zu werden, glaubte, mein Kopf würde sich von meinem Körper lösen und durch die Luft davonfliegen. Der Bus kam. Wie in Trance stieg ich ein, setzte mich auf einen freien Platz und starrte auf den Brief. Ein Mann sprach mich an: »Sie weinen so sehr. Sind Sie krank? Kann ich Ihnen helfen?«

Seine Worte holten mich auf den Boden zurück. »Ich habe

ein Problem, aber Sie können mir nicht helfen. Trotzdem, vielen Dank.«

Erst jetzt merkte ich, wo ich eigentlich war. Ich saß im Bus, leider im falschen. Als ich endlich verspätet bei meiner Putzstelle ankam, erzählte mir die Frau irgendetwas von Vorhängen, Waschbecken und Staubsaugerbeuteln. Ich konnte ihr nicht zuhören, putzte so schlecht wie noch nie. Immer wieder musste ich nachfragen, weil ich vergessen hatte, was ich tun sollte. »Geht es Ihnen nicht gut?«

»Ich habe nur ein wenig Zahnschmerzen.«

In meinem Kopf drehte sich alles im Kreis, ich hatte immer nur die gleichen verzweifelten Gedanken: Warum tut sie das meinen Kindern an? Was haben ihr die Kinder getan? Und warum lässt ihr Vater zu, dass sie seine Kinder quält? Ich fand keine Antworten. Wollten die beiden damals die Kinder nur deshalb, weil sie wussten, dass ich jeden Monat Geld schicken würde? Aber selbst dann: Aus welchem Grund schlug Erica die Kinder?

Ich musste sofort nach Hause zu meinen Kindern, sie brauchten mich. Aber wenn ich jetzt zurückkäme, hätte ich keinen Job und keine Wohnung. Meine Schulden waren noch lange nicht bezahlt, und die Gläubiger würden für großen Ärger sorgen. Kopf und Bauch lagen im Widerstreit miteinander. Noch am selben Abend musste ich Jens davon überzeugen, so bald wie möglich zu heiraten. Er musste doch verstehen, dass ich meine Kinder nicht im Stich lassen konnte und Eile geboten war.

Gute Jobs – schlechte Jobs

»In Deutschland gibt es viele Arbeitslose«, hatte mir Kai kurz nach meiner Ankunft erklärt, »aber Putzhilfen werden immer gesucht.«

Am Anfang glaubte ich ihm nicht. Wie konnte das möglich sein? Die Menschen hatten keine Arbeit, und dennoch sollte es gut bezahlte Jobs für Putz- und Haushaltshilfen geben? In den ersten Wochen fand ich nur wenig Arbeit, aber je länger ich hier lebte, je besser ich Sprache und Gewohnheiten verstand, umso weniger brauchte ich mir um neue Jobs Gedanken zu machen. Es gab viel Arbeit, nur wollten die Deutschen sie scheinbar nicht machen.

Einen meiner ersten Jobs vermittelte mir Luciana. Sie selbst hatte eine besser bezahlte Stelle gefunden und wollte mich an ihre alte Auftraggeberin weiterempfehlen. Wir gingen gemeinsam hin und putzten Bad und Schlafzimmer. Gegen Mittag drang aus der Küche der angenehme Geruch von gekochtem Hühnchen. »Frau Wagner lädt mich immer zu einem Teller Suppe ein«, berichtete Luciana. Um halb eins machten wir Pause, und die Hausfrau bat uns in die Küche. Der Tisch war übersät mit ausgepackter Weihnachtsdekoration, ein bisschen merkwürdig kam mir das vor, mitten im Oktober. »Frau Wagner hat nichts zu tun, da fängt sie mit so etwas gern ein wenig früher an«, lächelte meine Freundin. Wir schoben Lametta, Engel und Krippenfiguren auf die eine Tischhälfte und deckten für das Mittagessen auf der anderen. Frau Wagner entnahm dem Topf zwei halbe Hähnchen, legte sie beiseite und stellte die Hühnerbrühe auf den Tisch.

»Was macht sie mit dem guten Fleisch? Kann ich wohl ein kleines Stückchen davon haben?«, fragte ich Luciana leise auf Spanisch.

Sie schüttelte den Kopf: »Die Hühnchen sind für den Hund.« Während wir unsere Suppe löffelten, trabte ein stattlicher Labrador in die Küche und machte sich über die Hühnchen her. Hunde sind in Deutschland also wichtiger als Menschen, stellte ich enttäuscht fest. Nach dem Essen legte sich Frau Wagner auf dem Sofa nieder und sah uns entspannt beim Putzen zu.

Eine weitere merkwürdige Erfahrung machte ich ein paar Wochen später. Vier Stunden pro Woche reinigte ich am Nachmittag die Wohnung von Familie Mergel. Jedes Mal wenn ich da war, kochte sich Frau Mergel gegen halb vier Kaffee, setzte sich in die Küche und aß ein Stück Kuchen oder Sahnetorte dazu. Die Reste wanderten in den Müll, mir aber hat sie nie etwas zu essen oder zu trinken angeboten. Diese Erfahrungen sorgten in der Anfangszeit dafür, dass ich ein ziemlich schiefes Bild von den Deutschen bekam. Sie verhielten sich so anders als die Menschen in meiner Heimat, für die es undenkbar war, einem Gast nichts anzubieten, egal ob Freund, Bekannter oder Haushaltshilfe. »Hier denken die meisten nur an sich«, war mein erster Eindruck von diesem Land.

In den kommenden Jahren lernte ich noch viele deutsche Haushalte kennen und musste meine anfängliche negative Sichtweise korrigieren: Die meisten Frauen waren sehr nett und hatten Vertrauen in mich. Viele boten mir Saft oder Mineralwasser an, so viel ich wollte, bei einigen durfte ich mich sogar am Kühlschrank bedienen, wenn sie nicht da waren.

An die meisten Haushalte habe ich nur vage Erinnerungen. Duschen und Toiletten sahen überall gleich aus, und die Arbeit war immer gleich monoton. Die meisten meiner Auftraggeber sprachen nicht viel mit mir, nachdem ich meine Aufgaben erledigt hatte, erhielt ich mein Geld. Aber zu einigen wenigen entwickelte ich im Laufe der Zeit eine engere Beziehung.

Marianne hatte ich durch einen Aushang im Supermarkt kennen gelernt. Ich war seit sechs Wochen in Deutschland und half der Bolivianerin beim Einkaufen. Patricia erklärte mir das schwarze Brett: »Wenn du Arbeit suchst, kannst du hier nachschauen.«

Ein Jobangebot hing aus: »Putzhilfe einmal in der Woche für vier Stunden gesucht«, übersetzte Patricia. Sie riss den Zettel mit der Telefonnummer ab, und wir kehrten in ihre Wohnung zurück.

»Könntest du bitte für mich anrufen, Patricia?«

»Dafür habe ich keine Zeit.«

Mir war klar, dass ich ihr etwas anbieten musste. »Wenn du für mich anrufst, kannst du mir heute eine Stunde von meinem Lohn abziehen.«

Sie griff zum Telefon, wählte und sagte einige Sätze und legte wieder auf. Ich hatte kein Wort verstanden. »Wir können gleich kommen.«

Wir? Verblüfft suchte ich in ihrem Gesicht nach einer Erklärung. Hatte sie Langeweile und Lust auf einen Ausflug? Patricia war sonst nicht die Frau, die mir einen Gefallen tat.

Wir fuhren fünf Minuten mit dem Auto und kamen in eine Villengegend. In meiner Heimat gibt es natürlich auch prachtvolle Häuser, richtige Paläste, in denen die Reichen wohnen, aber von innen gesehen hatte ich ein solches Haus noch nie. Wir klingelten bei der Hausnummer acht. Aus der Sprechanlage ertönte ein weibliches »Kommen Sie doch bitte herein«.

Im Flur lagen echte Orientteppiche, an den Wänden hingen Ölgemälde, hier mussten wirklich reiche Leute wohnen.

Die Hausherrin stellte sich als Marianne vor und begrüßte uns freundlich. Sie sprach etwas Spanisch, doch mit Patricia verhandelte sie auf Deutsch. Ich verstand nichts außer »Papiere« und dachte mir, dass es um meinen Aufenthaltsstatus ging. Das deutsche Wort »Papiere« klingt ähnlich wie das spanische Wort »papeles«. Sie schienen sich geeinigt zu haben und übersetzten gemeinsam: Am nächsten Tag sollte ich zum Probeputzen kommen. Wenn Marianne dann zufrieden wäre, könnte ich so lange bleiben, bis mein Touristenvisum abgelaufen sei. Die Bezahlung betrug fünf Euro in der Stunde. Ich ärgerte mich, weil Patricia Marianne verraten hatte, dass ich nur als Touristin hier war. In ein paar Wochen würde ich *illegal* sein und wäre den Job wieder los. Aber fünfmal putzen war immerhin besser als keinmal.

Das Arbeitsklima bei Marianne war sehr angenehm. In dem großen Haus wohnten nur sie und ihr Mann. Die Tochter hatte zwar noch ihr altes Zimmer, lebte aber in einer anderen Stadt. Alle Räume waren gepflegt, Bad und Toilette machten ein wenig Arbeit, die anderen Zimmer musste ich meist nur saugen. Mittags kochte Marianne für uns beide.

Wir konnten uns trotz der Sprachschwierigkeiten hervorragend unterhalten. Marianne war früher Steuerberaterin gewesen und hatte jetzt ein eigenes Importgeschäft. Ihr Mann war Rechtsanwalt und nur selten zu Hause. Ich beschrieb ihr mein Heimatland und erzählte von meinen Eltern und zwölf Geschwistern. Ich hatte schon gemerkt, dass die Größe meiner Familie mein Gegenüber häufig in fassungsloses Erstaunen versetzte.

Nach meinem ersten Arbeitstag fragte Marianne, warum ich so dünn angezogen sei. Draußen sei es doch bitterkalt. Ob ich denn nicht frieren würde? Ich erwiderte, dass ich die wärmste Kleidung aus meinem Heimatland eingepackt hatte, nur dass es dort niemals so kalt sei wie in Deutschland. Marianne bot mir gebrauchte Kleidung von sich und ihrer Tochter an, die beide nicht mehr tragen wollten. Ich bekam eine gefütterte Jacke, dicke Strumpfhosen, eine Thermohose und zwei Pullover. Am liebsten wäre ich ihr vor lauter Freude um den Hals gesprungen. Jetzt musste ich nicht mehr frieren und brauchte meinen Verdienst nicht für wärmere Kleidung auszugeben.

Nach den fünf Wochen, in denen mein Touristenvisum noch

gegolten hatte, nahm ich mir vor, unser ursprüngliches Abkommen zu ignorieren. Ab der kommenden Woche würde ich mich *illegal* in Deutschland aufhalten. Ob Marianne sich an die Vereinbarung erinnerte? Sie verabschiedete sich wie bisher jedes Mal mit einem »Bis nächsten Dienstag«.

In der kommenden Woche und an den darauf folgenden Dienstagen erschien ich wie gewohnt und arbeitete wie bisher. Irgendwann sagte sie zu mir: »Ich habe mich entschieden. Du kannst bei mir weiter arbeiten, auch ohne Papiere. Hoffentlich kommt das nicht raus.«

Neben dem Putzen übernahm ich noch die Bügelwäsche und war damit jetzt fast einen ganzen Tag in ihrem Haushalt beschäftigt. Zusätzlich zu meiner Bezahlung bekam ich Frühstück, Mittagessen und Kaffee, sie ersetzte mir die Fahrtkosten und fuhr mich meistens auch zur Bushaltestelle. Zu Fuß brauchte ich sonst zwanzig Minuten für diesen Weg.

Als meine Deutschkenntnisse besser geworden waren, schilderte sie mir das Vorstellungsgespräch, das sie vor ein paar Monaten mit Patricia geführt hatte. Es sei sehr gefährlich, eine *Illegale* zu beschäftigen, habe die Bolivianerin sie gewarnt, die Polizei würde viel kontrollieren. Mariannes Sorgen, ich könnte bei ihr entdeckt werden, hatten sich im Laufe der Zeit verflüchtigt. Kein Mensch interessierte sich dafür, ob eine Putzhilfe legal oder illegal sei, die Polizei hätte Wichtigeres zu tun. Sie habe nette Nachbarn, und niemand würde auf die Idee kommen, Marianne anzuzeigen.

Fünf Euro als Stundenlohn hatte Patricia vorgeschlagen. Sie würde mir selbst auch fünf bezahlen, log sie. Schön wär's gewesen. »Gib ihr fünf Euro und etwas zu essen, dann ist sie zufrieden«, hatte ihr die Bolivianerin geraten.

Nach unserem Gespräch bot mir Marianne an, ab jetzt acht Euro pro Stunde zu bezahlen. Dies sei der übliche Stundensatz für Putzhilfen in dieser Gegend.

Durch Mariannes Vermittlung bekam ich noch zwei weitere Anstellungen in der Nähe. Familie Seifert lebte in einem großen Reihenhaus und hatte Kinder im Alter von zwölf und vierzehn Jahren. Die Mutter, Renate, war Lehrerin, ihren Mann sah ich nur selten zu Hause, dafür aber auf Wahlplakaten. Er war Professor an der Universität und kandidierte für den Stadtrat. Renate wusste durch Mariannes Empfehlung von meiner Illegalität, ihr Mann ahnte nichts davon. »Es ist besser, wenn er nichts erfährt.«
Am Anfang bezahlte sie mir sechs Euro Stundenlohn, später erhöhte sie auf acht. Im Haus sah es oft chaotisch aus, aber es machte mir Spaß, für diese Familie zu arbeiten. Wenn die Kinder den Fußboden in ihren Zimmern nicht frei geräumt hatten, sollte ich dort auch nicht sauber machen. Die vierzehnjährige Tochter hängte mir dann einen Zettel an die Zimmertür: »Liebe Maria, bitte heute nicht bei mir putzen. Habe es wieder mal nicht geschafft. Schönen Tag noch, Anna.« Überall im Haus lagen die Sachen der Kinder herum. Ich stapelte alles auf einen Haufen, dann konnte ich saugen und wischen. Mal nahm ich mir das Erdgeschoss besonders gründlich vor, in der folgenden Woche dann den ersten Stock und das Schlafzimmer unterm Dach. Renate war nicht pingelig. Hauptsache, der schlimmste Dreck war weg und es sah wieder ordentlich aus. Oft schaffte ich die Arbeit in dreieinhalb Stunden, und sie bezahlte mir vier. Zusätzlich bekam ich ein Mittagessen.

Die zweite Empfehlung von Marianne war ein kinderloses Paar, Tom-Emil und seine Frau Beate. Tom-Emil war Bauunternehmer, Beate hatte die Verwaltung für das Geschäft übernommen. Bei meiner Vorstellung sprach Tom-Emil das Thema »Illegalität« direkt an. »Mach dir keine Gedanken. Ich kenne viele ferne Länder und weiß, wie die Menschen dort leben. Mich stört es nicht, dass du ohne gültige Papiere hier bist.«
Sie wohnten in einem Reihenhaus, und ich kam für drei Stunden

in der Woche zu ihnen. Tom-Emil nahm mich öfter mit zu seinen Baustellen. Er arbeitete immer unter Zeitdruck. Die Wohnungen mussten fertig werden, weil die Besitzer darauf warteten oder weil Makler sie verkaufen wollten. Ich wischte die neuen Böden und frisch eingesetzten Fenster und träumte davon, selbst einmal in solch eine Neubauwohnung einziehen zu können. Manchmal hatte Tom-Emil auch Wochenendeinsätze für mich. Ich fing Samstagmorgen an, schlief nachts für wenige Stunden zu Hause und arbeitete bis Sonntagabend weiter.

Nach einem halben Jahr in Deutschland hatte ich jede Woche dreißig bis vierzig Stunden Arbeit und verdiente rund tausend Euro. Dreihundert davon fraß die Miete; für Essen, Trinken und Kleidung gab ich nur das Allernotwendigste aus. Jetzt konnte ich anfangen, mit Hilfe von Florencia, bei der ich meine Möbel und die Spielsachen der Kinder untergestellt hatte, meine Schulden abzutragen. Jeden Monat schickte ich ihr so viel Geld, wie ich entbehren konnte. Eine Rate erhielt Señor Cevallos, mein Anwalt, der mir ohne Bezahlung aus dem Gefängnis geholfen hatte, eine andere die Firma, der ich fünfzehntausend Dollar schuldete. Meine Eltern, die mein Flugticket vorgestreckt hatten, erhielten einen Betrag, ebenso Gabriela, die das Geld an meine Kinder weitergeben sollte. Ich wollte, dass Isabel und Pablo weiterhin eine Privatschule besuchen konnten und es ihnen an nichts fehlte. Florencia hat das Geld immer so verteilt, wie ich es ihr geschrieben habe, und über alles Buch geführt. Noch heute bin ich ihr für ihre Hilfe und für ihre Ehrlichkeit sehr dankbar.

Allmählich fühlte ich mich in Deutschland heimischer, die Mentalität der Menschen wurde mir vertrauter. Ich hatte gelernt, wie ich mich als *Illegale* am unauffälligsten verhalten konnte. Ich wusste, dass ich im Bus oder in der Straßenbahn immer ein Ticket lösen musste, denn hätte man mich beim Schwarzfahren erwischt, wäre die Abschiebung unausweichlich gewesen. Ich vermied größere Plätze mit viel Polizei, kleidete mich dezent und verschwieg Fremden gegenüber meine wahre Geschichte. So konnte ich in Deutschland überleben, nur krank durfte ich nicht werden.

Mit der deutschen Sprache hatte ich so meine Probleme. Oft war es mir peinlich, dass man irgendwelche Aufträge außer der Reihe an mich hatte, wie Teppiche ausklopfen oder den Müll hinaustragen, und ich nicht verstand, was die Leute von mir wollten. Wenn ich mit dem Wörterbuch nicht weiterkam und auch die Verständigung mit Händen und Füßen nicht funktionierte, blieb nur noch der Anruf bei Kai. Ich war vollkommen auf ihn und seine Übersetzungen angewiesen. Manche Aushänge mit Putzfrauen-Gesuchen musste ich abhaken, weil Kai keine Zeit hatte, anzurufen oder mich zum Vorstellungsgespräch zu begleiten.
Eines Tages brauchte ich dringend ein Paar neue Schuhe. Luciana gab mir einen Tipp, wo ein günstiges Selbstbedienungsgeschäft zu finden war. Ich entschied mich für ein Paar hellbraune Schuhe, bezahlte fünfunddreißig Euro an der Kasse und war stolz, den Einkauf allein geregelt zu haben. Am nächsten Tag schon merkte ich, dass die Schuhe ein wenig zu klein waren, sie drückten am linken großen Zeh. Immer wieder fragte ich Kai, ob er mir helfen würde, die Schuhe umzutauschen. Wie hätte ich der Verkäuferin mit meinen bis dahin doch noch sehr geringen Deutschkenntnissen das Problem mit dem großen Zeh erklären können. Kai vertröstete mich mehrmals: »Ich helfe dir, sobald ich Zeit habe.« Nach vierzehn Tagen suchten wir das Schuhgeschäft gemeinsam auf und wechselten die Schuhe in ein paar größere um. Das Wort »umtauschen« habe ich seit diesem Tag nie wieder vergessen. Beim Rückweg sagte Kai zu mir: »Ich helfe dir gern, Maria, aber ich habe nicht jedes Mal Zeit, wenn du mich brauchst. Ich will nicht, dass du glaubst, ich wollte nicht, aber ich habe auch meine Termine.«

Er hatte Recht, ich musste endlich selbständig werden.
Ein paar Tage später fragte mich Kai, ob ich nicht Lust auf einen Volkshochschulkurs »Deutsch für Ausländer« hätte. Das hatte ich, aber wie sollte ich ohne Papiere an einen Hörerausweis kommen? Er hatte sich vorsorglich schon erkundigt: »Geh in das Büro der Volkshochschule, nimm Bargeld mit und gib irgendeinen Namen an. Niemand wird dich dort nach deinen Papieren fragen.«
Ich folgte seinem Rat, bezahlte vierzig Euro und nahm einen Hörerausweis entgegen, der auf den Namen Maria Mendoza ausgestellt war.
Der Volkshochschulkurs fand montags statt. Wir waren eine bunt gemischte Gruppe: Türken, Rumänen, Koreaner und Ukrainer, ein paar Afrikaner und zwei Frauen aus dem Irak. Ich war die einzige Lateinamerikanerin. Ich büffelte Vokabeln, lernte Dativ und Akkusativ zu unterscheiden und hatte vor allem Gelegenheit, deutsch zu sprechen. Bei den Gruppenarbeiten wurde ausschließlich deutsch gesprochen – die einzige Sprache, in der sich unsere Multikulti-Truppe untereinander verständigen konnte.

Eines Tages entdeckte ich in einem Einkaufszentrum ein neues Jobangebot: »Suche Putzhilfe für drei Stunden in der Woche, nur am Vormittag.«
Kai hatte mir vor kurzem sein Handy geliehen. Ich rief ihn an und gab ihm die Telefonnummer, die ich auf dem Aushang gelesen hatte, durch. »Bitte ruf die Leute an und vereinbare mit ihnen einen Termin für ein Vorstellungsgespräch. Kannst du bitte auch mit mir hingehen?«
Wie immer meinte er: »Wenn ich Zeit habe.«
Ein paar Stunden später klingelte das Handy. Meine Nummer kannten nur Luciana und Kai und so erschrak ich ziemlich, als mich eine deutsche Frauenstimme ansprach: »Hilgers ist mein Name, guten Tag. Ihre Telefonnummer hat mir ein Herr Möller gegeben« – so hieß Kai mit Nachnamen. »Wenn

Sie Interesse haben, bei uns zu putzen, kommen Sie doch einfach vorbei.«
Sie nannte mir eine Adresse, die ich nicht verstand. Ich bat sie, mir die Straße und entsprechende Haltestelle zu buchstabieren, was sie mit viel Geduld auch tat.
Am nächsten Abend fuhr ich allein los, hielt Passanten meinen Zettel mit der Adresse hin und erreichte pünktlich das richtige Haus. An diesem Tag war ich überglücklich. Ich hatte meine Krücken abgeworfen, ich fühlte mich frei, konnte mein Leben in Deutschland selbst organisieren. Von diesem Tag an hatte ich bei meinen Fahrten zur Arbeit immer meine Deutschbücher dabei, lernte in Bussen und U-Bahnen. Ich wollte die Sprache so schnell wie möglich gut beherrschen.

Marianne, die reiche Frau, die ich mit Hilfe der Bolivianerin kennen gelernt hatte, machte in den Monaten, die ich jetzt schon bei ihr arbeitete, eine merkwürdige Wandlung durch. Am Anfang verstanden wir uns prima, aßen gemeinsam, saßen oft zusammen und quatschten. Marianne war sehr großzügig. Eines Tages sagte sie sogar, sie fühle eine fast so starke Bindung zu mir wie zu ihrer Tochter. Mit der eigenen Tochter hatte sie dagegen richtigen Stress. Wenn Cornelia zu Besuch war, gab es zwischen Mutter und Tochter meistens Streit – des Freundes, des Studiums oder des Geldes wegen. In nichts schienen Mutter und Tochter einer Meinung zu sein. Marianne brüllte ihre Tochter an, Cornelia ihre Mutter. Die Tochter reagierte in einem unverschämten Ton auf Marianne, oft verstand ich nur die Hälfte, doch einmal war ich richtig schockiert: Cornelia hielt ihre einen Kopf kleinere Mutter fest und drohte sie zu schlagen.
Je mehr der Streit zwischen Mutter und Tochter eskalierte, desto gereizter verhielt sich Marianne auch mir gegenüber. Den einen Tag war sie völlig zufrieden mit meiner Arbeit, die nächste Woche putzte ich genauso, und sie hatte an allem etwas auszusetzen. Mal erzählte sie mir, dass sie mich viel lieber hätte als ihre

Tochter, und im nächsten Moment brüllte sie mich an. Das Arbeiten bei ihr wurde zusehends unangenehmer. Endgültig zum Schreckgespenst wurde Marianne, als ihr Mann pensioniert wurde und den ganzen Tag im Haus war. »Es ist grauenvoll, ich fühle mich durch seine bloße Anwesenheit ständig kontrolliert. Meine Freiheit ist dahin. Das soll jetzt bis an mein Lebensende so weitergehen? Nicht auszudenken!«

Sie stritt sich mit der Tochter, sie stritt sich mit ihrem Mann. Meistens ging es um Cornelia. Ihr Mann warf ihr vor, zu wenig Verständnis für die Tochter zu haben, und Marianne meinte, er sei schuld an ihrer kaputten Beziehung zu Cornelia.

Jedes Mal wenn Marianne Streit mit ihrem Mann hatte, brüllte sie auch mich bei der Arbeit an. An einem Tag hatte ich nachmittags noch einen Vorstellungstermin. Morgens erzählte ich Marianne gleich davon und vermittelte ihr, dass ich deshalb pünktlich wegmüsse. Als ich mich am Nachmittag verabschieden wollte, forderte sie, dass ich länger bliebe und mit ihr gemeinsam den Teppich zurückrollte, was sie normalerweise selbst tat, sobald der Parkettboden trocken war. Die Zeit bis zu meinem Vorstellungsgespräch wurde knapp. Ich rechnete damit, dass sie mich zur Bushaltestelle fahren würde, wie sie es meistens tat. Als ich endlich gehen durfte, zuckte sie mit den Schultern: »Heute kann ich dich leider nicht bringen. Mein Mann hat das Auto.«

Die zwanzig Minuten zur Haltestelle rannte ich. Der Bus fuhr mir vor der Nase weg. Die neue Putzstelle konnte ich wahrscheinlich vergessen. Hatte Marianne mit Absicht dafür gesorgt, dass ich den Bus verpasste und mir der Job durch die Lappen ging? Jedenfalls war ich stinksauer auf sie.

Eine Woche später kam ich morgens wieder wie gewohnt zu ihr. Beim Mittagessen sprach ich meine Kündigung aus. Der Weg sei mir zu weit, und in letzter Zeit sei es nur noch Stress gewesen, für sie zu arbeiten. Marianne sah mich entgeistert an. »Das ist nicht schön, dass du mich verlassen willst.«

In den folgenden Wochen rief sie immer wieder auf meinem Handy an. Der Grund dafür waren die zwei anderen Familien, an die sie mich weiterempfohlen hatte. Das könne ich doch nicht machen, für die anderen arbeiten und für sie nicht. Wie würde sie denn gegenüber ihren Freunden dastehen? Außerdem müssten wir unbedingt miteinander reden. Vielleicht könnten wir ja die Konflikte beilegen und wieder zusammenfinden. Schließlich gab ich ihrem Drängen nach und ging zu ihr. Noch einmal erklärte ich, weshalb ich nicht mehr bei ihr arbeiten wollte: »Du hast dich sehr verändert, explodierst bei jeder Kleinigkeit. Ich glaube, es ist für alle besser, wenn ich nicht mehr komme.«

»Willst du mehr Geld?«

»Es ist nicht die Bezahlung, deine Launen sind das Problem.«

»Aber das ist doch normal, dass eine Mutter mal lieb und mal böse zu ihrer Tochter ist. Du bist mir immer noch so wichtig wie eine eigene Tochter.«

Dann holte sie ein Flugticket aus der Schublade: »Ich weiß, wie gern du deine Kinder wiedersehen möchtest. Deshalb habe ich dir ein Ticket gekauft. Ich tue so viel für dich, und du gehst einfach weg.«

Ich war verblüfft und gerührt. Wollte sie mir wirklich eine Reise in mein Heimatland bezahlen? Zu gern hätte ich das Angebot angenommen, aber ich wusste ja, wenn ich mit meinem abgelaufenen Touristenvisum ausreiste, würde der Bundesgrenzschutz wahrscheinlich auf mich aufmerksam werden und mich nie wieder einreisen lassen.

»Ich danke dir für diese große Hilfe, die du mir anbietest, aber im Moment will ich nicht in meine Heimat.«

Ihre Miene verfinsterte sich. »Wenn du das Ticket nicht nimmst, wirst du große Probleme bekommen. Du weißt, dass du illegal hier bist. Irgendwann wird es herauskommen.«

Wollte sie mich tatsächlich erpressen? »Wenn ich festgenommen werde, kann ich ja sagen, dass ich für dich gearbeitet habe.«

Wütend bedeutete sie mir, sofort zu verschwinden. Ich habe sie seitdem nicht wiedergesehen. Ob das Ticket echt war oder nicht, werde ich nie erfahren. Sie hatte es mir nur von weitem gezeigt, ich konnte nicht sehen, ob es wirklich auf meinen Namen ausgestellt war oder nicht. Vielleicht wollte sie mir tatsächlich einen Flug in die Heimat bezahlen. Geld spielte für sie keine Rolle. Trotzdem glaube ich eher, dass das Ticket nicht auf meinen Namen ausgestellt war und sie eher ihre Macht demonstrieren wollte.

Marianne war alles zuzutrauen. Vielleicht würde sie mich tatsächlich an die Polizei verraten. Schweren Herzens beschloss ich, auch bei ihren beiden Empfehlungen, der Familie mit den unordentlichen Kindern sowie bei Tom-Emil, dem Bauunternehmer und seiner Frau, zu kündigen. Marianne war zum Risiko geworden, in dieser Gegend verwischte ich besser alle Spuren von mir. Mit einem Mal hatte ich drei Jobs weniger, mir fehlten fünfhundert Euro im Monat.

Am nächsten Tag las ich in einem Anzeigenblatt von einem neuen Stellenangebot für vier Stunden. Bei Zeitungsannoncen musste man schnell sein, die Konkurrenz war größer als bei den Aushängen im Supermarkt. Ich rief sofort an. Ob ich gleich vorbeikommen könne? Wir verabredeten uns noch für den gleichen Abend.

Bei den Horns war mir immer ein wenig mulmig zumute. Frau Horn arbeitete halbtags in einem Büro, ihr Mann war Polizeibeamter. Sie wusste, dass ich *illegal* war, er hatte keine Ahnung. Ihren Mann sah ich nur selten, meistens war er gar nicht da, manchmal kam er genau dann, wenn ich mich gerade verabschiedete.

Das Reihenhaus hatte eine ziemlich steile Treppe. Als ich einmal die frisch gewischten Stufen zu schnell nach oben eilte, stolperte ich und fiel hin. Um meinen Kopf zu schützen, versuchte ich mich mit den Händen abzufangen und knallte dabei mit einer Hand gegen ein Metallscharnier des Geländers. Meine Finger verdrehten sich, ich litt höllische Schmerzen. Die Hand wurde sofort dick, die Finger zeigten Blutergüsse, und der Arm fühlte sich bis zur Schulter taub an. »Sie müssen gleich zum Arzt«, riet Frau Horn. In diesem Augenblick kam ihr Mann, der Polizist, nach Hause. Sie erzählte ihm, was passiert war, und er wollte mich umgehend ins Krankenhaus fahren.

»Nur nicht ins Krankenhaus«, sagte ich in heller Aufregung.

»Warum denn nicht? Die Wunde muss sofort verbunden werden, die Hand kann gebrochen sein.«

Ich erklärte, ich hätte in dieser Woche versäumt, mein Visum zu verlängern. Im Krankenhaus könnte ich Probleme mit meinen Papieren bekommen. Ich verriet ihm nicht, dass ich *illegal* war, aber das konnte er sich auch so denken. »Mein Hausarzt kennt sich aus«, log ich. »Ich möchte lieber zu ihm. Vielen Dank, aber Sie müssen mich nicht hinbringen.«

Mit der gesunden Hand schnappte ich meine Tasche und verschwand. Noch nie hatte ich in Deutschland eine Arztpraxis von innen gesehen. Was sollte ich jetzt nur tun? Meine Hand schmerzte gewaltig.

Wie immer, wenn ich nicht mehr weiterwusste, ging ich zu Kai und Luciana. Zum Glück waren beide zu Hause.

»Mein Hausarzt ist selbst Ausländer, er wird dir weiterhelfen«, meinte Kai. Er rief in der Praxis an, kurz vor Feierabend durfte ich kommen. Heute war ich sehr froh, dass Kai mich noch einmal begleitete. Die Arzthelferinnen fragten nach meiner Krankenversicherung, Kai antwortete für mich, ich sei bei ihm zu Besuch und würde privat bezahlen. Den Arzt musste ich in den folgenden Wochen noch einige Male aufsuchen. Er hat nie eine Rechnung geschickt.

Kais Hausarzt umwickelte meinen Arm mit einer Gipsschiene und gab mir eine Überweisung für den Radiologen. Die Röntgenbilder ergaben, dass eine Sehne gerissen war. Das hieß Schonung für meine Hand und mehrere Wochen Gipsverband. Ich bedankte mich und bezahlte die Untersuchung bar. An Putzen

war erst einmal nicht zu denken, die Schmerzen im Arm und in der Hand ließen nicht nach.
Zwei Tage nach dem Unfall, es ging mir kaum besser, sollte wieder einmal ein Vorstellungsgespräch stattfinden. Meine Kündigung bei Marianne und den beiden von ihr vermittelten Stellen lag noch nicht lange zurück, und ich brauchte dringend neue Arbeit. Frau Glaser hatte am Telefon recht nett geklungen. Mit dem Gipsverband wollte ich mich aber nicht zeigen. Ich hatte Angst, sie würde mich sonst gleich wieder wegschicken.
Am Morgen nahm ich eine Schere und trennte den Verband auf. Dann zog ich einen langen Pullover an, bei dem ich den Ärmel notfalls über die verwundete linke Hand ziehen konnte, und machte mich auf den Weg. Drei Stunden lang putzte ich nur mit der gesunden rechten Hand. Eimer schleppen, wischen, staubsaugen: Alles war doppelt schwer. Ab und zu ging es nicht ohne die Hilfe der kaputten linken Hand, und ich hatte Schmerzen, die bis in den Kopf zogen. Das Schlimmste aber war, dass Frau Glaser sich immer wieder zu mir gesellte und mir bei der Arbeit zuschaute. Dann musste ich so tun, als sei alles in Ordnung. Am Ende war ich völlig kaputt, aber ich hatte den Job.
Am nächsten Tag schmerzte alles noch viel schlimmer als vorher. Ich legte die Schiene wieder an, und Luciana schimpfte mit mir: »Eine kaputte Sehne ist noch schlimmer als ein kaputter Knochen. Wenn du jetzt putzen gehst, machst du deine Hand ganz kaputt.«
Leider hatte sie Recht. Noch heute ist die Sehne nicht ausgeheilt, und wenn ich etwas Schweres hebe, tut mir die Hand weh.
Ein paar Tage schonte ich mich. Dann fing ich wieder an zu arbeiten – mit Gipsarm. Eine Woche nach dem Vorstellungsgespräch kam ich auch wieder zu Frau Glaser und erklärte ihr, ich hätte gerade einen Unfall gehabt. Für sie war das kein Problem. »Dann machen Sie heute ein bisschen weniger.« Der Job war mir sicher.

Einen Monat später war ich wieder »voll beschäftigt«. Die meisten Stellen hatte ich über Empfehlungen bekommen. Oftmals sprachen mich Leute, die mit meiner Arbeit zufrieden waren, an, ob ich noch Zeit hätte, für Bekannte zu putzen. Ab und zu erkundigte ich mich auch selbst, ob sie noch jemanden kannten, der Bedarf hatte. So wurde ich von einer Familie zur anderen weitergereicht, und oft wussten die Leute schon, dass ich eine *Illegale* war, bevor sie mich überhaupt kennen gelernt hatten.

Bei neuen Kontakten sprach ich von mir aus das Thema »Illegalität« nie an, besonders vorsichtig war ich, wenn ich den Job über eine Annonce oder ein schwarzes Brett im Supermarkt gefunden hatte. Vier oder fünf Familien wissen bis heute nicht, dass sie einmal eine illegale Putzfrau beschäftigt hatten. Vielfach kannten nur die Frauen mein Geheimnis, die Ehemänner hatten keine Ahnung.

Meine Auftraggeber waren ganz normale Leute, denen es gut ging, Mittelschicht, selten waren sehr reiche Leute dabei. Manche gaben mir den Hausschlüssel, und ich sah sie nur selten. Bei anderen bekam ich mehr von ihrem Leben mit, kannte ihre Berufe: Viele Lehrerinnen und Lehrer waren dabei, ich erinnere mich auch an eine Fotografin, einen Bankmanager, eine Schulpsychologin, einen Berufssoldaten, eine Ingenieurin, eine Krankenschwester, eine Internistin, eine Kinderärztin, einen Anwalt, einen Piloten und einige Rentner.

Fast überall wurde mir etwas zu essen und zu trinken angeboten, ganz oft war Kuchen dabei. In meinem Heimatland essen wir nur selten Kuchen, bis heute mag ich ihn nicht besonders, in Deutschland musste ich mich daran gewöhnen. Besonders in der ersten Zeit fiel mir das sehr schwer.

Nie vergessen werde ich meinen schlimmsten Kuchentag:

Morgens um neun begann mein Arbeitstag bei einer Frau, die mir Kaffee und ein Stück Apfelkuchen hinstellte. Gegen zwei Uhr gab es bei der nächsten Putzstelle wieder Kaffee und Apfelkuchen. Mir blieb der Kuchen wie ein Kloß im Hals stecken und ich schluckte ihn mühsam hinunter. Gegen Abend trat ich meine dritte Stelle an. Ich kam ein wenig zu früh und die freundliche Frau bewirtete mich mit Rhabarberkuchen und Kaffee. Das war die Höchststrafe. Der Rhabarber schmeckte wie Elektrizität in Kuchenform, am liebsten hätte ich alles ausgespuckt. Lächelnd würgte ich das ganze Stück hinunter. Ich wollte nicht unhöflich sein. Mit Rhabarberkuchen kann man mich heute noch jagen.

Besonders delikat war mein Job bei Familie Becker. Die Frau war Lehrerin, und der Mann arbeitete als Jurist für die Ausländerbehörde. Sein Aufgabengebiet umfasste auch die Kontrolle von Schwarzarbeit. Die Arbeit bei diesen Leuten war einer meiner bestbezahlten Jobs. Ich bekam zehn Euro in der Stunde, und Frau Becker holte mich jedes Mal von der Bushaltestelle ab.

Am Anfang hatten beide keine Ahnung, dass ich ohne gültige Papiere in Deutschland lebte. Beim Vorstellungsgespräch hatte Frau Becker nicht danach gefragt. Nach ein paar Wochen erzählte sie von einer Freundin, die eine *illegale* Südamerikanerin beschäftigt hatte. Die Putzhilfe dieser Freundin habe vor kurzem geheiratet und sei nun legal in Deutschland. Dann fragte sie mich nach meinem Aufenthaltsstatus. Ich antwortete ihr, ich hätte ein Visum für Frankreich. Dass dieses Visum schon längst ausgelaufen war, erwähnte ich nicht.

Einige Zeit später war sie wieder neugierig. »Wie funktioniert das denn, wenn man in Ihrem Heimatland Papiere für Europa haben will?«

Wir saßen zusammen am Küchentisch, tranken Kaffee, und ich erzählte ihr die Wahrheit. Frau Becker war ein wenig schockiert und fragte mich, wie ich es geschafft hatte, nach Deutschland zu kommen.

Menschen, die mir sympathisch waren, wollte ich so wenig wie nötig anlügen. Ich hätte Frau Becker etwas von einem angeblichen deutschen Ehemann erzählen können oder von einem Vater, der für eine deutsche Firma arbeitete. Solche Lügengeschichten tischte ich nur im Notfall auf, wenn ich Angst hatte, verraten zu werden. Mit meiner Offenheit ging ich zwar Risiken ein, hoffte aber auch gleichzeitig auf Chancen: Vielleicht könnte mir jemand eines Tages helfen, meine Kinder nach Deutschland zu holen, vielleicht kannte jemand einen Mann, mit dem ich eine Scheinehe eingehen konnte.

Frau Becker vertraute ich. Sie würde mich nicht verraten, auch wenn ihr Mann für die Ausländerbehörde arbeitete. Verraten hat sie mich auch wirklich nicht, aber ihr Leben wurde um einiges anstrengender. Jedes Mal wenn sie mich jetzt von der Bushaltestelle abholte, fuhr sie mit dem Auto direkt in die Garage. Früher hatte sie das nie gemacht, jetzt sollte mich niemand mehr sehen. Ich beobachtete sie dabei, wie sie auf die Straße blickte und nach neugierigen Nachbarn Ausschau hielt. Die Frau tat mir leid, und ich erwog, den Job zu kündigen. Frau Becker kam mir zuvor. Eines Tages sagte sie: »Ich bin sehr zufrieden mit Ihrer Arbeit, aber es ist zu gefährlich für uns, eine *Illegale* als Putzfrau zu beschäftigen. Wenn das auffliegt, könnte mein Mann seinen Posten verlieren.«

Ich konnte sie verstehen, und wir trennten uns im Guten.

Bald schon hatte ich einen Ersatz gefunden. Ich putzte jetzt jeden Tag von acht Uhr morgens bis sieben Uhr abends. Freitags hatte ich zusätzlich noch einen Abend-Job von sieben bis elf angenommen. Pausen gönnte ich mir keine. Samstags und sonntags putzte ich in zwei amerikanischen Haushalten. Im Gegensatz zu vielen Deutschen wollten sie mir keinen Schlüssel überlassen und dabei sein, wenn ich ihre Wohnungen auf Vordermann brachte. Bei den Amerikanern arbeitete ich sporadisch auch als Babysitter für fünf Euro pro Stunde.

Meine illegale Ich-AG florierte, ich arbeitete mehr als sechzig

Stunden in der Woche. Das große Ziel, irgendwann einmal schuldenfrei zu sein, rückte in greifbare Nähe. Mein Verdienst stieg von fünfzehnhundert auf achtzehnhundert Euro im Monat und in Spitzenzeiten sogar auf zweitausend Euro an. So würde ich es bald schaffen, meine Kinder nachzuholen. Dass ich meine Gesundheit ruinierte, ignorierte ich.

Auf der Straße

Am Tag, als ich von meiner Schwägerin erfahren hatte, dass Isabel und Pablo von ihrer Stiefmutter geschlagen wurden, eilte ich so schnell wie möglich nach Hause. Jens war der Einzige, der ihnen helfen konnte, und zwar mit einer schnellen Heirat.

»Ich habe Post bekommen aus meiner Heimat«, sagte ich mit zitternder Stimme. »Es ist etwas ganz Schreckliches passiert.«

Ich übersetzte ihm den Brief. Jens hörte still zu, erfuhr von den Beulen am Kopf meiner Tochter und den Kugelschreiberstichen im Arm meines Sohnes.

»Wie schrecklich. Das ist schlimm, ganz, ganz schlimm«, meinte er. »Warum unternimmt denn der Vater deiner Kinder nichts dagegen? Er ist auch verantwortlich, er muss sich mehr um seine Kinder kümmern. Dein Ex-Mann muss etwas unternehmen. Du kannst von hier aus nichts tun.«

Vor Enttäuschung fing ich an zu weinen. Ich hatte mir eine ganz andere Reaktion erhofft. Jens wollte mich in den Arm nehmen, aber ich wehrte ihn ab.

»Hol meine Kinder aus dieser Hölle heraus«, fauchte ich ihn an.

Er wolle noch einmal darüber nachdenken, sagte er nur. Notfalls muss ich ihn heiraten und Isabel und Pablo gegen seinen Willen nachholen, ging es mir durch den Kopf. Doch so richtig überzeugt war ich von dieser Lösung nicht.

In den kommenden Wochen bekam mein Bild von Jens die ersten Risse. Verhaltensweisen, über die ich in meiner ersten Verliebtheit hinweggesehen hatte, nervten mich nun. Bis er einunddreißig war, hatte er noch bei seinen Eltern gewohnt, und auch jetzt noch ließ er sich von seiner Mutter von vorn und hinten bedienen.

Jeden Morgen, nachdem ich zur Arbeit gegangen war, machte die Mutter unser Zimmer sauber und holte die Schmutzwäsche. »Sag deiner Mutter, es ist lieb gemeint von ihr, aber wir können uns selbst um unsere Wäsche kümmern«, bat ich ihn. Bequem wie er war, dachte er überhaupt nicht daran, die Hilfe seiner Mutter zurückzuweisen. Und im Haushalt machte er keinen Finger krumm. Wenn meine Kinder erst einmal da waren, würde ich von ihm keine Hilfe erwarten können.

Im Hotel seiner Eltern übernahm Jens ebenfalls keine Verantwortung. Wenn der Vater ihn darum bat, dann half er. Aber wenn ihn niemand direkt ansprach, sah er unbeteiligt zu. Ich erinnere mich an eine Begebenheit: Ein Gast war abgereist und hatte eine umgefallene Bierflasche auf dem Nachttisch hinterlassen. Jens und sein Vater sahen das tropfende Bier. Erst als der Vater ihn aufforderte: »Schnell, hol einen Lappen, der ganze Teppichboden bekommt Flecken«, kam er auf die Idee, etwas zu unternehmen. Ab und zu fuhren Brigitte und Dieter, seine Eltern, in Urlaub. Gemeinsam waren wir beide dann für das Hotel verantwortlich, doch eigentlich arbeitete nur ich. Er führte aus, worum ich ihn bat, zeigte aber nur selten Eigeninitiative.

Manchmal dachte ich, nicht er, sondern seine Eltern hatten mich als Partnerin für ihn ausgesucht. »Triff dich doch mal mit Maria, das ist eine nette junge Frau«, hatte Dieter ihm geraten. Die Eltern wussten, dass ich reifer war als ihr Sohn, und sie kannten meine praktischen Seiten. »Die jungen deutschen Frauen sind nicht mehr bereit, Knöpfe anzunähen und Socken zu stopfen. Es ist gut, dass Jens eine Ausländerin heiratet«, so sagte Brigitte einmal zu mir.

Damals musste ich schmunzeln, jetzt ging mir die Lethargie ihres Sohnes auf die Nerven. Ich brauchte eine klare Entscheidung von ihm. Entweder für mich und damit auch für meine Kinder oder gegen uns alle. Ihn zu heiraten und Isabel und Pablo bei ihrem Vater und ihrer Stiefmutter zu lassen kam für mich nicht in Frage.

Luciana, meine Freundin, war mittlerweile auch nicht mehr gut auf Jens zu sprechen. Sie hatte uns zu einem leckeren südamerikanischen Essen eingeladen, Pfannkuchen mit Bananen, eines meiner Lieblingsessen. »Igitt, schmeckt das eklig«, gab er von sich, nachdem er zwei Gabeln davon versucht hatte. Meine Freundin war beleidigt und sagte später zu mir: »Du weißt, du bist uns immer willkommen, aber bitte lass Jens das nächste Mal zu Hause.« Ich sah Luciana und Kai forthin noch seltener.

Meine Einsamkeit holte mich wieder ein. Die Beziehung zu meinem Partner kriselte, mit meinen guten alten Freunden Luciana und Kai hatte ich kaum noch Kontakt. Die einzigen Menschen, mit denen ich mich gut verstand, waren Jens' Eltern. Aber nicht die sollte ich heiraten, sondern ihren Sohn.

Oft lag ich nachts wach im Bett und grübelte. Die bekannten Albträume tauchten wieder auf. Ich weiß nicht, in wie vielen Nächten ich versucht habe, Hackfleisch aus dem Coronel zu machen.

Ich musste dringend etwas für meine Kinder tun. Meine Schwägerin rief ich noch am gleichen Tag, nachdem ich ihren Brief erhalten hatte, an: »Sobald es irgendwie geht, hole ich Isabel und Pablo nach Deutschland.« Ich bat sie, mit ihrem Bruder zu reden, damit er etwas gegen die Misshandlungen seiner Frau unternahm.

Das hatte sie längst getan, Alfonso stritt alle Vorwürfe ab: »Niemand schlägt meine Kinder.«

Seitdem ich Geld entbehren konnte, hatte ich Alfonso regelmäßig Schul- und Taschengeld für die Kinder geschickt. Das Schulgeld hatte er nie für den vorgesehenen Zweck verwendet. Kurz nach meiner Abreise hatte er die Kinder von der guten und teuren Privatschule abgemeldet und an einer staatlichen Schule untergebracht. Auch das erfuhr ich in diesem Telefonat von Gabriela. Das Taschengeld hatte ich ebenfalls umsonst geschickt. Isabel hatte einmal mitgehört, wie ihr Vater zu Erica sagte:

»Maria hat wieder Taschengeld für die Kinder geschickt. Gib es ihnen im Laufe der Woche.«

Erica hatte es weder an Isabel noch an Pablo weitergeleitet.

Nachdem mir klar war, dass die Geldsendungen an meinen Ex-Mann nicht bei den Kindern ankamen, bat ich Florencia, meine Freundin in der Heimat, jenen Teil des Geldes, das ich jeden Monat für die Kinder überwies, besser an meine Schwägerin weiterzugeben. Isabel und Pablo sollten sich dort das Geld abholen können.

Erica bekam bald mit, dass Isabel und Pablo mit Geldgeschenken von ihrer Tante zurückkamen. Mit der Begründung, sie brauche das Geld für Essen und Schulbücher, bestand sie darauf, dass die Kinder ihr den Betrag jeweils aushändigten. Die Kinder fingen an, das Geld in ihren Taschen und Schulbüchern zu verstecken, hatten aber auch damit nur wenig Erfolg. Erica durchsuchte ihre persönlichen Sachen so lange, bis sie alle Geldscheine gefunden hatte. Zur Strafe schlug sie die Kinder.

Als Gabriela davon erfuhr, marschierte sie schnurstracks zu ihrem Bruder und regte sich dort schrecklich auf: »Wenn ihr meine Nichte und meinen Neffen weiter so schlecht behandelt, dann bekommt ihr Ärger mit mir.« Es gab einen gewaltigen Streit, und Alfonso erteilte ihr Hausverbot.

Die Geldsendungen an meine Kinder stellte ich ein. Stattdessen schickte ich ihnen Kleidung und kleine Geschenke, Bleistifte oder Spitzer. Später erfuhr ich, dass auch diese Kleinigkeiten ihre Adressaten so gut wie nie erreichten.

Die Nachrichten von zu Hause bedrückten mich sehr. Für meine Kinder konnte ich nichts anderes tun, als ihnen so schnell wie möglich die Einreise nach Deutschland zu ermöglichen.

Körperlich drückten sich meine Sorgen durch Schwächegefühle, Kopf- und Rückenschmerzen aus. Als Therapie gegen das viele Grübeln gab es für mich nur die Arbeit. Ich wollte arbeiten, um zu vergessen, und ich wollte arbeiten, um zu sparen: für eine schuldenfreie Zukunft mit meinen Kindern in Deutschland.

Ich rackerte mich ab. Sechzig Stunden in der Woche schrubbte ich Toiletten, wienerte Fenster und kehrte Treppen. Ich hetzte von einem Job zum nächsten und vergaß zu essen. Mal hatte ich einen Joghurt dabei, mal eine Banane, oft hatte ich überhaupt keinen Hunger. Wenn ich nach Hause kam, duschte ich und fiel ins Bett. Ich war hundemüde und konnte dennoch nicht schlafen. Stundenlang las ich und saß vor dem Fernseher. Oft schlief ich erst um zwei oder drei Uhr nachts ein und musste schon um halb sieben wieder raus.

Eines Morgens wollte ich aufstehen, doch sobald ich mich aufsetzte, wurde mir schwindlig. Alles tat mir weh, ich konnte gar nicht sagen, welcher Körperteil am schlimmsten schmerzte, mein ganzer Körper fühlte sich wie eine einzige Wunde an, meine Hände hatten keine Kraft mehr. Sobald ich das Licht anknipste oder den Vorhang zurückzog, bekam ich stechende Kopfschmerzen. Zwei Tage vegetierte ich in totaler Dunkelheit dahin.

Jens und seine Eltern waren schockiert. Der Vater wollte mich ins Krankenhaus bringen. Doch das ging nicht, aus den bekannten Gründen. Jens empfahl einen niedergelassenen Internisten im Nachbarort, den er aber nicht näher kannte. Eine Behandlung ohne Krankenversicherung hätte teuer werden können. »Ruf Luciana an. Die kann vielleicht eine Versichertenkarte organisieren.« Zwei Stunden später kam sie mit der Karte ihrer legal in Deutschland lebenden Schwester zu mir. Unter den *Illegalen* war es üblich, sich mit Krankenversichertenkarten von *legalen* Landsleuten auszuhelfen.

Auf dem Weg zum Arzt musste Jens mich stützen. Was war nur mit mir los? Welche bedrohliche Krankheit hatte sich in meinem stets so verlässlichen Körper eingenistet? Der Arzt führte alle möglichen Untersuchungen aus, nahm mir Blut ab und

schickte die Proben in ein Labor. Ich rechnete mit den schlimmsten Diagnosen, Krebs oder Leukämie, doch der Arzt konnte nichts finden, was auf eine organische Erkrankung schließen ließ. Schließlich teilte er mir seine Diagnose mit: »Es sind Ihre Nerven. Sie haben zu viel Stress, alle Symptome deuten auf psychische Probleme hin. Was machen Sie beruflich?«
»Ich arbeite als Zimmermädchen in einem Hotel.«
»Diese Arbeit können Sie nicht mehr machen. Das kostet Sie zu viel Kraft. Ich muss Sie für ein paar Wochen krankschreiben.«
Ich erzählte ihm nicht, dass ich mit seinem gelben Zettel überhaupt nichts anfangen konnte. Er verschrieb mir einige Medikamente, die leider nicht halfen. Wenn ich mich hinlegte, setzten bald heftige Rückenschmerzen ein. Längere Zeit sitzen konnte ich auch nicht, dann taten mir die Beine weh. An Laufen war überhaupt nicht mehr zu denken, ich war ein einziges körperliches und psychisches Häufchen Elend.
Jens und seine Eltern kümmerten sich rührend um mich, sie machten sich große Sorgen. »Was machen wir nur, wenn du ins Krankenhaus musst, wenn du operiert werden musst? Dann kommt es heraus, dass du *illegal* bist, und dann könnt ihr auch nicht heiraten.«
Wir zweifelten alle an der Diagnose des Arztes. Jens befürchtete, er habe einen Tumor oder Ähnliches übersehen. Aus seinem Hockeyverein kannte er einen Arzt, der im Krankenhaus arbeitete und Computertomographien durchführte. Er rief ihn an und erzählte von einer Freundin, die aus Südamerika zu Besuch sei und in Deutschland keine Krankenversicherung habe. Sie sei sehr krank und müsse gründlich untersucht werden. Jens' Bekannter schob mich in eine Röhre und untersuchte mich von Kopf bis Fuß, kostenlos. Doch auch er war ratlos, er hatte nichts entdecken können.
Die Diagnose beruhigte mich überhaupt nicht. Seit Tagen ging es mir körperlich so schlecht wie nie zuvor in meinem Leben. Ich war überzeugt, die Ärzte mussten etwas übersehen haben.

Die Schmerzen konzentrierten sich jetzt vor allem auf meinen Rücken und die Wirbelsäule. Jeder Atemzug tat mir weh.
Diese Krankheit ist das Ende, ging es mir durch den Kopf. Ich werde nie mehr arbeiten können und mein Leben lang behindert sein. Niemals werde ich meine Schulden tilgen können, niemals werden meine Kinder die Chance auf ein besseres Leben in Deutschland haben. Ich habe keine Zukunft mehr. Und als behinderte Frau wird mich bestimmt auch kein Mann heiraten wollen.
Der Internist, der mich zuerst untersucht hatte, hatte mir Krankengymnastik verschrieben. Zweimal in der Woche kam eine Physiotherapeutin in mein Hotelzimmer, machte leichte Übungen mit mir und massierte meinen Rücken. Überall fand sie Knoten und Verspannungen. »Das passiert, wenn Menschen sehr nervös sind und viel Angst haben«, erklärte sie. Ihre Berührungen taten mir gut, und nach drei Wochen ging es mir ein wenig besser.
Ich lernte, dass ich loslassen und entspannen musste, damit sich mein Körper erholen konnte. Vor allem musste ich über neue Lösungen für meine Probleme nachdenken. Ohne meine Kinder wollte ich auf Dauer nicht leben, notfalls musste ich mich von Jens trennen. Auch wenn ich keine Ahnung hatte, wie mein Leben ohne ihn weitergehen sollte, gab mir die Klarheit meiner Gedanken neue Kraft.

Nach einem Monat hörten die Schmerzen genauso plötzlich auf, wie sie eingesetzt hatten. Die Krise war mir eine wirkliche Lehre: So wie bisher konnte und wollte ich nicht weiterleben. Als Erstes kündigte ich meine freitägliche Nachtschicht. Zwölf Stunden an einem Tag, das würde und wollte ich nicht mehr durchhalten.
»Unternimm etwas mit Maria. Geh aus mit ihr, geht essen und spazieren, damit sie sich erholt und auf andere Gedanken kommt«, hatte Brigitte ihrem Sohn nahe gelegt. Also wanderte

ich mit meinem Freund durch Parkanlagen und Nadelwälder, bestaunte deutsche Kirchen und Fachwerkhäuser und fühlte dennoch tief in mir, dass unsere Beziehung keine Zukunft hatte. Meine Kinder waren mir wichtiger.

Bei einem unserer langen Waldspaziergänge sprach ich das Thema Trennung zum ersten Mal an. »Wenn meine Kinder nicht zu uns kommen können, dann kann ich dich nicht heiraten. Ich kann meine Kinder nicht im Stich lassen und eine neue Familie gründen.«

Jens reagierte offen: »Vielleicht können wir es doch probieren, deine Kinder zu uns zu holen.«

Meine Gefühle sagten mir aber, er will es nicht wirklich, er hat nur nicht den Mut, mich loszulassen.

In den nächsten Wochen fiel mir auf, dass er sich immer weniger für mich interessierte. Wenn er von der Arbeit nach Hause kam, nahm er sein Motorrad und verschwand für viele Stunden. Früher hatte er sich nur an einem Tag in der Woche mit seinen Freunden vom Hockeyclub getroffen, jetzt verbrachte er manchmal vier oder fünf Abende hintereinander mit ihnen.

Dann und wann kam ich mit, doch die Gespräche langweilten mich sehr, es drehte sich alles nur um Hockeyturniere und Motorräder.

Irgendwann fragte ich ihn: »Wen liebst du mehr? Mich oder dein Motorrad? Vielleicht heiratest du besser deine Kawasaki.«

Er reagierte sauer. »Mein Faible für das Motorrad ist etwas ganz anderes als meine Liebe zu dir.«

An diesem Abend bat ich ihn, nicht wegzugehen. Er versprach, nur kurz bei seinen Freunden vorbeizuschauen, doch erst vier Stunden später kam er zurück.

Jens' Eltern bekamen mit, dass es bei uns kriselte, doch sie glaubten nach wie vor an die Zukunft unserer Beziehung. Mit Brigitte sprach ich oft über meine Kinder, und sie kannte auch Jens' Ängste. »Wenn deine Kinder erst einmal da sind, wird Jens sich auch darüber freuen«, beruhigte sie mich. Ich hatte da so meine Zweifel.

Jens' Vater renovierte für uns eine Zweizimmer-Wohnung im Hotel und kaufte neue Möbel. Bald sollten wir dort einziehen. Isabel und Pablo sollten zusätzlich jeweils ein Hotelzimmer bekommen.
Eines Morgens, als ich gerade zur Arbeit gehen wollte, hörte ich ein Klingeln an der Hoteltür. Durch die Glastür am Eingang sah ich zwei Polizisten. Schnell rannte ich in mein Zimmer zurück zu Jens.
»Die Polizei ist da und will mich holen. Was machen wir jetzt?«
Jens wurde blass, und ich spürte auch seine Angst. »Ich versuche sie abzulenken. Versteck dich im Keller.«
Ich eilte nach unten und verkroch mich hinter zwei Waschmaschinen und einem Berg Bettwäsche. Es dauerte eine Ewigkeit, bis Jens endlich in den Keller kam. »Die Luft ist rein. Du kannst wieder rauskommen.«
Die Polizisten waren nicht auf Illegalen-Jagd, sondern wollten nur einen Schlüssel zurückbringen. Vor ein paar Wochen hatte eine Frau für längere Zeit im Hotel gewohnt und war dann samt Schlüssel verschwunden, ohne zu bezahlen. Jens' Vater hatte sie angezeigt. Die Polizei hatte die Frau in einem anderen Hotel aufgespürt und auch den vermissten Schlüssel gefunden.

Es wurde Winter, und die Beziehung zu Jens erschien mir mehr denn je verlorene Zeit zu sein. Doch ich schaffte den Absprung nicht. Im Hotel hatte ich eine gute Arbeit und ein Zimmer. Und durch eine Heirat hatte ich die Chance, meinen Status zu legalisieren.
Eines Tages fing Jens wieder an: »Wäre es nicht doch besser, wenn die Kinder bei ihrem Vater blieben?«
»Nein. Wenn du dich nicht bis Ende des Monats ein für alle Mal für die Kinder entscheidest, werde ich gehen.«
Im Streit hatte ich Jens ein Ultimatum gestellt. Jetzt würde ich auch die Konsequenzen tragen müssen. Ein Gast, der sich von seiner Frau getrennt hatte und schon längere Zeit in unserem

Hotel lebte, war Zeuge unserer Auseinandersetzung. »Wenn sie weggeht, ist sie spätestens nach einer Woche wieder zurück. Sie arbeitet bei meinen Eltern, wohnt hier, verdient gutes Geld, sie kann die Sprache nicht richtig, sie hat keine Papiere, sie hat nichts«, rechtfertigte sich Jens vor ihm, nachdem ich enttäuscht den Raum verlassen hatte.

Der Gast erzählte mir alles. Er fand es sehr ungerecht, wie Jens mit mir umging.

Die Tage vergingen, Jens sprach das Thema Kinder nicht mehr an. Er vergnügte sich fast jeden Abend mit seinen Hockeyfreunden, und ich blieb allein zu Hause. Wir waren noch nicht verheiratet, und er ließ mich jetzt schon links liegen. Wenn meine Kinder erst einmal da wären, würde alles noch schlimmer werden. Die Ehe würde nicht lange halten. Spätestens nach einem halben Jahr würden wir die Scheidung einreichen, und ich wäre den Behörden bekannt. Wahrscheinlich würden sie mich sofort abschieben. Ich wusste, dass Ausländerinnen mindestens zwei Jahre lang mit einem Deutschen verheiratet sein mussten, um in Deutschland ein dauerhaftes Bleiberecht zu erhalten.

Ende Februar, als sich Jens wieder einmal zu seinem abendlichen Stammtisch begab, packte ich meine Sachen. Ich nahm vorerst nur zwei Hosen, Strümpfe, einen warmen Pullover, Unterwäsche, die Babystrümpfchen von Isabel und das Gläschen mit der Nabelschnur von Pablo mit. Eine kleine leichte Tasche musste erst mal genügen, ich hatte noch keine Ahnung, wo ich am folgenden Abend übernachten würde.

Am nächsten Morgen sah Jens meine gepackte Tasche. Er wusste, dass das Ultimatum in dieser Woche ablaufen würde, und sagte noch immer kein Wort. Wahrscheinlich glaubte er tatsächlich, ich würde nur großes Theater machen und bald wieder vor der Tür stehen. Wir frühstückten, als wäre nichts geschehen, und unterhielten uns über Belanglosigkeiten. Dann verabschiedete er sich, gab mir wie jeden Morgen einen Kuss und machte sich auf den Weg zu seiner Schule.

Mich erwarteten zwei Putzstellen an diesem Tag, deshalb wollte ich meine Tasche erst am Nachmittag holen. Ich wusste, dass Jens heute bis vier Uhr Unterricht hatte. Beim Putzen war ich durcheinander und nervös. Mir rutschte beim Einräumen der Geschirrspülmaschine ein Glas aus der Hand und fiel zu Boden. Wie in Trance beseitigte ich die Splitter und merkte nicht, dass meine Finger bluteten.
Die Hausfrau warf einen Blick in die Küche, sah das Blut und holte Pflaster. Dann wollte sie wissen, was mit mir los war. Ich sei heute so anders als sonst. Ich erzählte ihr, dass ich Probleme mit meinem Freund hätte und mich von ihm trennen wollte. »Schade, das mit deinem Freund und dir. Du musst dir aber keine Sorgen machen, in Deutschland gibt es viele Männer, und du bist eine sehr attraktive Frau.«
Ihre tröstenden Worte taten mir gut, dennoch war ich auf alle Männer dieser Welt zornig. Alfonso, mein Ex-Mann, hatte mich geschlagen, Jens, der Mann, der vorgab, mich zu lieben, missachtete mich. Wie sollte ich jemals einen Mann finden, der es ehrlich mit mir meinte?
Gegen Mittag suchte ich mein Hotelzimmer auf, aß eine Scheibe Brot und trank ein Glas Saft. Wehmut überkam mich. Diesem Ort der Geborgenheit würde ich noch heute den Rücken kehren.
Meine zweite Putzstelle an diesem Tag lag in der Nähe des Hotels. Die Frau drückte mir meinen Tageslohn in die Hand und verließ das Haus nach meiner Ankunft. Ich war froh, allein zu sein. So hatte ich Zeit zum Nachdenken. Wenn ich heute nicht gehe, dann gehe ich nie, dachte ich. Eine schlimme Ehe hatte ich schon hinter mir, eine zweite Katastrophe wollte ich nicht erleben.
Doch wer würde mich aufnehmen? Mit Kai und Luciana hatte ich seit der misslungenen Essenseinladung nur noch wenig Kontakt gehabt. Seit Wochen hatte ich mich nicht mehr bei ihnen blicken lassen. Schon einmal hatten sie mich für ein paar Monate

bei sich wohnen lassen, ich wollte ihre Hilfe nicht noch einmal in Anspruch nehmen. Zweieinhalb Jahre lang hatte ich von morgens bis abends gearbeitet, neue Freunde hatte ich dabei nicht kennen gelernt.

Nach der Nachmittagsarbeit ging ich ein letztes Mal zurück ins Hotel und schrieb einen Zettel für Jens und seine Eltern: »Danke, dass ich bei euch leben konnte. Ihr habt sehr viel für mich getan.« Anschließend legte ich alle Schlüssel auf den Tisch, nahm meine Tasche und verließ das Haus.

Es schneite. Ziellos wanderte ich durch die Straßen der Großstadt. Zunächst fühlte ich mich wie befreit, war mit mir im Reinen. Doch der Euphorie folgten die Tränen. Langsam wurde es dunkel. Je länger ich lief, desto trostloser erschien mir meine Zukunft. Passanten gingen an mir vorbei, beachteten mich nicht. Die Menschen hier schienen mir so kalt wie das hässliche Wetter. In meiner Heimat half man sich gegenseitig, egal, was geschehen war. Hier wusste ich niemanden, den ich um Hilfe bitten konnte. Immer habe ich Pech, sinnierte ich vor mich hin, in der Liebe, mit meinen Papieren, jetzt habe ich auch noch meine beste Arbeit aufgegeben und kein Dach mehr über dem Kopf. Ich stand wieder vor dem Nichts – genauso wie bei meiner Ankunft in Deutschland. Und wie damals umgab mich klirrende Kälte. Immer wieder wärmte ich mich für ein paar Minuten in Supermärkten auf, betrachtete die Regale und fühlte mich fremd und verloren.

Ich musste einen klaren Kopf bekommen und eine Bleibe finden für diese Nacht. Im Geiste ging ich alle deutschen Haushalte durch, für die ich putzte. Eine Frau fiel mir ein, die mich sicherlich für ein oder zwei Nächte aufnehmen würde, aber auch nicht länger, denn sie hatte viel Angst vor dem Gerede der Nachbarn und vor der Polizei.

Dann nahm ich mir alle Landsleute vor, die ich kennen gelernt hatte. Luciana wollte ich nur im äußersten Notfall anrufen, die

Übrigen konnte ich nicht richtig einschätzen. Wahrscheinlich waren viele von ihnen selbst illegal hier und hatten kein großes Interesse daran, eine weitere *Illegale* bei sich zu verstecken. Dann kam mir die rettende Idee: Vor ein paar Wochen hatten Jens und ich ein südamerikanisches Fest an der Universität besucht. Dort hatte ich Alejandra kennen gelernt. Sie kam aus meinem Land, war mit Robert, einem Deutschen, verheiratet und hatte zwei kleine Kinder. Zweimal hatte ich die Familie zu Hause besucht, für nächsten Sonntag war ein weiteres Treffen geplant. Ich suchte die nächste Telefonzelle auf und wählte Alejandras Nummer. »Hier ist Maria. Ich wollte dir nur sagen, dass du mich unter meiner alten Nummer nicht mehr erreichen kannst. Ich bin gerade dort ausgezogen.«
»Wo wohnst du denn jetzt?«
»Ich weiß es noch nicht, ich bin auf der Straße.«
Bei uns ist es üblich, andere nicht direkt um Hilfe zu bitten, damit sie die Chance haben, diese Hilfe von sich aus anzubieten. Vielleicht kannte sie einen Ort, wo ich vorübergehend zur Untermiete wohnen konnte, vielleicht durfte ich sogar zu ihr kommen, das zumindest war meine stille Hoffnung.
Alejandra hörte sich meine Geschichte an. »Kein Problem. Natürlich kannst du zu uns kommen, bis du etwas anderes gefunden hast. Unsere Wohnung ist nicht groß, doch ein Bett ist immer frei.«
Ich war unendlich erleichtert. Ich nahm den Bus und stand eine halbe Stunde später vor ihrer Tür.
»So wenige Sachen hast du nur dabei?«, staunte sie. Die meisten meiner Sachen hatte ich im Keller des Hotels zurückgelassen.
»Komm, lass uns gleich hinfahren und dein Gepäck holen.«
Mir war etwas mulmig zumute. Auf ein so baldiges Wiedersehen mit Jens hatte ich keine Lust. Wahrscheinlich würde er bitten und betteln, ich solle bei ihm bleiben. Die Hoteltür war offen, weder Jens noch seine Eltern waren zu sehen. Wir schlichen in den Keller und holten die großen Taschen nach oben.

Im Flur begegnete uns Dieter. »Was machst du denn hier? Zieht jemand aus?«
»Ja, ich gehe.«
»Ich finde, du verhältst dich ziemlich unfair. Mein Sohn hat so viel für dich getan, wir haben gerade eine Wohnung für euch eingerichtet, und jetzt willst du dich einfach aus dem Staub machen?«
Dieter war beleidigt, und ich fühlte mein schlechtes Gewissen ihm gegenüber. Schon oft hatte ich mit ihm über unsere Probleme gesprochen, nie aber hatte ich ihm direkt gesagt, dass ich in letzter Konsequenz ausziehen würde.
»Wenn dein Sohn meine Kinder nicht will, verliere ich kostbare Zeit für die Kinder«, hatte ich ihm erklärt. »Dann ist es besser, wir heiraten nicht.«
Jetzt erzählte ich ihm ausführlich von meinem Ultimatum. »Ich habe Jens gesagt, dass ich Ende Februar gehen werde, wenn er seine Meinung nicht ändert. Aber das war ihm egal. Ich kann nicht mit einem Mann leben, der mich nicht ernst nimmt und meine Kinder ablehnt. Jens denkt nur an sich selbst.«
Als Alejandra und ich gerade losfahren wollten, kam Brigitte vom Einkaufen zurück. Ich stieg wieder aus. Dieter berichtete ihr, was los war: »Maria zieht aus, sie holt ihr Gepäck.« Brigitte konnte mir nicht in die Augen sehen und meinte zu ihrem Mann: »Es ist besser, wenn das jetzt passiert und nicht später.«
Ich vermute, Jens hatte ihr von dem Ultimatum erzählt. »Ich danke dir für alles«, sagte ich zu Brigitte.
»Du brauchst mir nicht zu danken.« Sie drehte sich um und verschwand im Hotel. Ich habe weder sie noch ihren Sohn je wiedergesehen. Ein paar Mal hinterließ Jens mir noch auf der Mailbox ein »Bitte, komm zurück«. Ich habe mich nie mehr bei ihm gemeldet.

Was kostet ein Mann?

Alejandra und ihr Mann Robert nahmen mich wie eine alte Freundin auf, obwohl sie mich erst zweimal getroffen hatten. Ich war ihnen sehr dankbar, auch ihren beiden Söhnen. Ganz selbstverständlich verzichteten sie auf ein Kinderzimmer, um es mir als Gast zu überlassen. Robert bot mir an, so lange bei ihnen zu leben, bis ich eine eigene Bleibe gefunden hatte. Sogar meine Kinder hätten Alejandra und er vorübergehend aufgenommen.

»Du weißt, die Leute aus Lateinamerika halten zusammen, und ich bin mittlerweile ein halber Latino«, meinte Robert. »Wenn es sein muss, kann ich mit zehn Personen in einem Zimmer wohnen.«

Sie waren sehr großmütig, aber wenn irgend möglich wollte ich eine eigene Wohnung haben, bevor die Kinder kamen.

Ersatz für die Arbeit im Hotel hatte ich bald gefunden. Ich schuftete wieder von morgens bis abends, auch an den Wochenenden. Vergessen waren die Lehren aus meiner schlimmen Krankheit, auf meinen Körper und meine Psyche wollte ich keine Rücksicht nehmen. Der Schwindel und die Knochenschmerzen meldeten sich bald zurück. Die Freundschaft mit Jens hatte mich zu viel Zeit gekostet, so schnell wie möglich sollten jetzt meine Kinder nachkommen können. Ich war ungeduldig und wollte endlich meine größten Probleme lösen: Ich brauchte eine Wohnung und legale Papiere.

Eines Tages sah ich eine Lateinamerikanerin auf der Straße stehen, eine Zeitschrift namens »Wachturm« vor sich hochhaltend. Sie war von den Zeugen Jehovas, sah aber ganz sympathisch aus.

Ich sprach sie an, sie kam aus meinem Heimatland, hatte sogar im selben Bezirk gelebt.
Wir tauschten ein paar Höflichkeiten aus. Dann leitete sie das Gespräch über zu Gott, Jesus und der Bibel. Als ich mich verabschieden wollte, sagte sie: »Es gibt hier viele *Illegale* aus unserer Heimat. Das ist ein verdammt schweres Leben.«
Dann fragte sie mich, ob ich auch illegal hier sei. Erst zögerte ich einen Moment, dann bejahte ich. Sie schien mir vertrauenswürdig zu sein. Ich erzählte ihr, dass ich plante, meine Kinder nach Deutschland zu holen.
»Wenn die Kinder da sind, gehen die Probleme erst richtig los.«
Sie berichtete mir von einer anderen *Illegalen*, deren Kindern bereits hier lebten und den ganzen Tag in der Wohnung eingesperrt seien. Eine Beratungsstelle der Caritas würde angeblich helfen. In meinem Land hatte ich auch schon von der Caritas, einer katholischen Hilfsorganisation, gehört.
Sollte ich wirklich dort hingehen? Vielleicht würden sie mich anzeigen, wenn ich ihnen erzählte, dass ich mich illegal in Deutschland aufhielt und meine Kinder zu Hause gelassen hatte. Vielleicht würde ich aber auch jemanden antreffen, der mir wirklich helfen konnte. Ich wollte das Risiko eingehen und vereinbarte telefonisch einen Termin.
Meine Ängste waren unbegründet. Die Beraterin war sehr nett, bedauerte aber, mir nicht helfen zu dürfen. Sie kenne einige meiner Landsleute, die als *Illegale* ihre Kinder nachgeholt hatten. Die Situation für die Kinder sei sehr schlimm. Sie dürften in Deutschland nicht in die Schule gehen, seien allein, während die Eltern arbeiten mussten. Außerdem würde viel kontrolliert. Ich solle bedenken, dass bei drei Personen das Risiko erheblich höher sei, erwischt und abgeschoben zu werden.
Meine Hoffnung sank auf null. Keine offizielle Stelle würde mir helfen. Ich musste es auf eigene Faust versuchen: zunächst die Kinder holen und danach um Hilfe bitten. Wären die Kinder erst einmal da, würde ich versuchen, Kontakte zu Kirchenge-

meinden zu knüpfen. Die Menschen dort würden hoffentlich meine Probleme verstehen.

Gleichzeitig beschloss ich, jetzt alles zu tun, um so schnell wie möglich an richtige Papiere zu kommen. Alejandra hatte von Scheinehen gehört, Frauen aus meinem Land, die für viel Geld deutsche Männer geheiratet hatten. Bis zu zehntausend Euro sollte eine solche Ehe kosten.

»Mach das nicht«, riet sie mir ab. »Die Männer können dich vergewaltigen, und du kannst dich nicht dagegen wehren.«

Der Gedanke, einen wildfremden Menschen zu heiraten, war mir nicht besonders sympathisch. Aber wenn es für beide Seiten ein klares Geschäft und nicht an sexuelle Bedingungen geknüpft war, konnte eigentlich nichts schief gehen. Mir war klar, dass das Risiko hoch sein würde. Ich beschloss, jeden Monat hundert bis zweihundert Euro für einen Mann zu sparen. Notfalls würde ich mir eben einen kaufen.

Alejandra hatte Robert in der Disco kennen gelernt. »Wenn du einen Mann suchst, ist das genau der richtige Ort. Du bist jung und schön, die Männer dort werden um dich werben«, sagte Alejandra. Ihrer Meinung nach hatte ich es nicht nötig, für einen Mann zu sparen.

»Eine Disco ist doch ein Ort, wo Prostituierte hingehen.«

Alejandra lachte mich aus. »Die Deutschen haben eine ganz andere Mentalität. Sie gehen in die Disco, um Spaß zu haben und um zu tanzen. Und außerdem kennt dich hier doch eh niemand, der dich schief anschauen könnte.«

So ganz überzeugt war ich nicht, aber vielleicht sollte ich mir die Disco ja mal ansehen.

Alejandra und Robert waren schon lange Zeit nicht mehr in der Disco gewesen, aber die Idee, mit mir auf Männersuche zu gehen, fanden sie reizvoll. Am Samstag wollten wir gemeinsam losziehen. »Vor zehn brauchen wir nicht zu gehen, da ist noch nichts los«, waren sie sich einig. Vom Putzen war ich

hundemüde, aber ich würde noch ein paar Stunden durchhalten müssen.
Als wir den Club betraten, dröhnte uns ohrenbetäubender Lärm entgegen. »Wie soll ich denn hier jemanden kennen lernen?«, brüllte ich Robert ins Ohr.
»Du sollst ja nicht reden, sondern tanzen«, brüllte er zurück. Kaum bewegte ich mich auf die Tanzfläche zu, wurde ein dunkelhaariger Mann auf mich aufmerksam. Er stellte sich mir in den Weg, lächelte mich an und tanzte neben mir. Seine Art, sich zu bewegen, war mir unangenehm. Immer wieder berührte der Fremde meinen Körper, so etwas kannte ich nicht. Nach ein paar Minuten brauchte ich eine Pause und setzte mich an die Bar. Kurz darauf folgte mir der Mann: »Komm, wir gehen tanzen.«
Ich schüttelte den Kopf. In meiner Heimat würden die Männer fragen: »Möchtest du bitte mit mir tanzen?«
»Komm, wir gehen tanzen«, klang in meinen Ohren sehr unfreundlich, ich kannte ihn doch noch nicht einmal.
Alejandra und Robert verwickelten ihn in ein Gespräch. Danach berichtete mir Robert: »Er sucht so schnell wie möglich eine Freundin. Zu Hause hat er eine Oma, die immer kränker wird, die Familie braucht jemanden, der auf sie aufpasst.«
Robert wollte mich wahrscheinlich von diesem Mann abbringen und erzählte mir deshalb irgendeine erfundene Geschichte, doch in diesem Moment glaubte ich ihm. Jedes Mal wenn mein Verehrer kam und mit mir tanzen wollte, schüttelte ich abweisend den Kopf, er wurde mir lästig. Als er später mit einer anderen Frau beschäftigt war, verließen wir fluchtartig die Disco.
»Du musst aufpassen«, warnte mich Alejandra. »Der Mann war aus der Türkei, und die türkischen Männer mögen es überhaupt nicht, wenn man sie stehen lässt.«
Die Atmosphäre in der Disco hatte mir gefallen. Am nächsten Samstag wollte ich wieder dorthin. Das Tanzen tat mir gut, und die Disco war tatsächlich ein Ort, wo ich reichlich Männer kennen lernen konnte. Am Wochenende konnte ich Alejandra noch

einmal überreden, mich zu begleiten. Bei meinem zweiten Discobesuch lernte ich einen Mann kennen, der um einiges jünger aussah als ich. Wir tauschten Telefonnummern aus, und drei Tage später trafen wir uns abends in einem Bistro. Er war erst dreiundzwanzig und ich vierunddreißig. Wir hatten einen netten Abend, aber er kam als Ersatzvater für meine Kinder nicht in Frage.

Nun ging ich fast jeden Samstag in die Disco, meistens allein. Ich kam abends zwischen zehn und elf und blieb bis zwei oder drei Uhr nachts. Morgens um acht musste ich wieder aufstehen, um bei den Amerikanern zu arbeiten. Ich war immer hundemüde, zwang mich dennoch zu regelmäßigen Discobesuchen.

Alejandra hatte mir erzählt, dass sie über viele Monate ein- bis zweimal in der Woche in die Disco gegangen sei, ehe sie Robert kennen gelernt hatte. Ich betrachtete die Disco bald als eine Art Arbeitsstelle, die ich regelmäßig aufsuchen musste, ob ich wollte oder nicht. Ich brauchte Papiere, und dafür brauchte ich einen Mann.

Fast jedes Mal lernte ich tatsächlich Männer kennen. Manche lebten in festen Beziehungen, andere suchten das schnelle Abenteuer, einige wollten nur flirten. Besonders gut gefielen mir die Italiener. Doch es blieb meist bei oberflächlichen Bekanntschaften. Mit einer Ausnahme: Thomas. Er sprach fließend Spanisch, war verheiratet und sollte mir über viele Jahre ein treuer »platonischer« Freund sein.

Mit Thomas führte ich schon bald viele vertrauensvolle Gespräche. Als ich ihm von meinem Plan mit den Kindern erzählte, meinte er: »Du bist verrückt. Isabel und Pablo müssen in die Schule gehen, es gibt keine Schulen für *Illegale* und was machst du, wenn die Kinder krank werden oder einen Unfall haben?«

Anfangs versuchte er immer wieder, mich von meinem Plan abzubringen. Nachdem wir uns besser kannten und er verstanden hatte, dass es für mich kein Leben ohne meine Kinder geben konnte, änderte er seine Ansicht und wurde mir eine große Hilfe.

Durch Thomas lernte ich Orte in der Stadt kennen, die ich bisher noch nie besucht hatte. Eines Tages nahm er mich zu einer Salsa- und Merengueparty mit. Ich stand mit ein paar Lateinamerikanerinnen zusammen, als ein Mann auf mich zukam. Er fragte mich, aus welchem Land ich käme, und begann den üblichen Smalltalk, den ich nur zu gut aus der Disco kannte. Bei einem Glas Mineralwasser berichtete mir Herbert zunächst von seinen verschiedenen Kubareisen, später fragte er mich, ob ich Lust hätte, mich mit ihm zu treffen. Ich war einverstanden.

Zu unserer ersten Verabredung lud er mich in ein Restaurant ein. Ich fühlte mich nicht besonders wohl. Herbert war sechzehn Jahre älter als ich und ein wenig steif. Sehr schnell ging uns der Gesprächsstoff aus. Dennoch willigte ich ein, ihn ein weiteres Mal zu treffen. Schließlich suchte ich dringend einen Mann und war bereit, Herbert näher kennen zu lernen.

Am Sonntagmorgen holte er mich wie verabredet auf dem Marktplatz ab. Mit seinem silberfarbenen VW Golf fuhren wir zu einem See außerhalb der Stadt. Herbert erzählte mir von seiner Arbeit in einer Bankfiliale, ich musste ein paar Geschichten von einer Schule erfinden, auf der ich Deutsch lernte, um mich auf mein Studium vorzubereiten. Ich kannte Herbert noch zu wenig und wollte ihm nichts über meine wirkliche Arbeit in Deutschland erzählen. Gegen Mittag fragte ich ihn, ob wir etwas essen gehen wollten, ich sei hungrig. Zur Sicherheit hatte ich eigenes Geld eingesteckt, bei den deutschen Männern konnte ich mich nicht darauf verlassen, eingeladen zu werden.

Herbert hatte ebenfalls Hunger. »Meine Mutter hat mir einen Picknickkorb gepackt, warte, ich hole ihn aus dem Auto.« Ich war ein wenig erstaunt. Herbert war fünfzig Jahre alt und hatte ein Picknick von seiner Mutter im Auto?

»Bist du extra zu deiner Mutter gefahren, damit sie uns ein Picknick einpackt?«, fragte ich ihn halb ironisch.

»Das war nicht nötig. Ich wohne bei meiner Mutter.«

Die Buletten und das Baguette schmeckten vorzüglich, aber was den Mann betraf, so wusste ich nun Bescheid. Ein Muttersöhnchen war genug, einem zweiten wollte ich gar nicht erst eine Chance geben. Unabhängig davon fand ich die Vorstellung, mit ihm zu schlafen, doch eher furchterregend. Herbert rief mich noch ein paar Mal an und versuchte ein erneutes Treffen zu verabreden, doch ich lehnte ab.

Was meine Männersuche betraf, so war ich für jeden Tipp dankbar. Auch einige der Frauen, bei denen ich sauber machte, wussten, dass ich einen Freund zum Heiraten suchte.

Eine davon war Evelyn. Bei ihr putzte ich schon sehr lange. Sie war Lehrerin, ihr Mann arbeitete als Ingenieur in einer anderen Stadt. Ihre drei Kinder waren schon ausgezogen und das Haus eigentlich viel zu groß für sie allein. Jede Woche kam ich für drei Stunden, um zu wischen, zu staubsaugen und gelegentlich den Hund auszuführen.

Evelyn hatte mein Vertrauen. Anfangs hatte ich ihr die übliche Geschichte von meinem angeblichen Visum für Frankreich erzählt, später, als wir uns besser kannten und sie mir sogar ihren Hausschlüssel gab, berichtigte ich meine Geschichte, erzählte von meinen Kindern und von meiner *Illegalität.* Sie war nicht besonders überrascht und zeigte Verständnis für mich.

Evelyn wusste, dass mir nur eine Heirat zu einem legalen Status verhelfen konnte. »Irgendwann wirst du schon den Richtigen finden, aber du musst vorsichtig sein«, riet sie mir.

Eine ihrer Schülerinnen war der lebende Beweis für das unglückliche Scheitern einer Scheinehe. Um rechtmäßig in Deutschland leben zu können, hatte eine Afrikanerin einen deutschen Alkoholiker geheiratet. Ihr Kind kam regelmäßig mit schweren Misshandlungen zur Schule. Die Lehrer informierten das Jugendamt. Bei den Nachforschungen kam auch ans Licht, dass die Mutter eine Scheinehe mit dem prügelnden Mann eingegangen war. Sie hatte ihm viel Geld für sein Ja-Wort bezahlt und wollte keinen näheren Kontakt zu ihm. Er aber vergewaltigte sie, schlug das Kind und drohte sie anzuzeigen. Die Recherchen des Jugendamts und der Polizei sorgten für die Abschiebung von Mutter und Tochter. Ob der Mann auch bestraft wurde, wusste Evelyn nicht.

Eines Tages hatte ihr eine Freundin von einem Versicherungsvertreter erzählt, der dringend eine Frau suchte. Ob ich vielleicht Interesse hätte. Ich bejahte, und Evelyn holte weitere Erkundigungen ein. Der Mann sei fünfundfünfzig und seine fünfunddreißigjährige Frau habe ihn vor ein paar Wochen wegen eines jüngeren Liebhabers verlassen. Jetzt sitze er mit drei kleinen Kindern da. Fünfundfünfzig Jahre alt und drei kleine Kinder? Das war nicht gerade das, was ich suchte. Aber vielleicht ließe sich ja ein »Geschäft machen«: Ich hielte ihm den Haushalt in Ordnung, betreute ab und zu die Kinder, und er sorgte durch eine Heirat dafür, dass ich an gültige Papiere käme.

Evelyn verabredete telefonisch einen Termin. Nächste Woche nach dem Putzen bei ihr sollte ich ihn in einem Biergarten treffen. Evelyn wollte heimlich dabei sein und aus sicherer Entfernung unser Rendezvous beobachten. Auch ihre Tochter, die wohl nicht ganz zufällig gerade an diesem Tag ihre Mutter besuchte, wollte unbedingt mitkommen.

Evelyn und ihre Tochter gingen voraus und setzten sich an einen freien Biergartentisch. Ein paar Minuten später kam ich nach. Ich sollte auf einen Mann mit einer braunen Lederjacke achten, und er wusste von mir, dass ich halblange schwarze Haare trug.

Lothar war nicht zu übersehen. Er war der einzige Mann, der allein an einem Tisch saß. Freudig begrüßte er mich und kam auch bald zur Sache. Er habe zwar ein türkisches Kindermädchen, aber seine Kinder bräuchten dringend eine richtige Mutter und er eine Frau.

Meinen Plan, Kinderbetreuung gegen Heirat, konnte ich bei diesem Mann vergessen, und die Vorstellung, mit ihm intim zu sein, war unerträglich. Lothar roch stark nach Alkohol und hatte sich sicherlich mit einigen Bieren Mut angetrunken. Seine Haare waren fettig, sein Bart stoppelig und seine schmutzigen Fingernägel hatten mit Sicherheit in den letzten vier Wochen keine Schere gesehen. Mit diesem Mann ins Bett? Niemals! Wenn ich keinen Sex mit ihm wollte, würde er sich vielleicht gleich wieder scheiden lassen, und meine Probleme wären noch größer.

Ich nippte an meinem Saft, während er sich ein weiteres Bier bestellte. Über meine wahre Lebenssituation erzählte ich wie immer nichts, wenn ich einen neuen Mann kennen lernte. Woher sollte ich wissen, dass er kein Polizist war? Er hingegen schien sein ganzes Leben vor mir ausbreiten zu wollen. Vorsichtig versuchte ich ihn zu bremsen: »Ich habe auch zwei Kinder, und ein Haushalt mit fünf Kindern wäre mir doch zu viel.«

Er schien mir gar nicht richtig zuzuhören. Am Ende sagte er: »Du gefällst mir, ich habe noch nie mit einer Latina gebumst.«

Am liebsten hätte ich ihm sein Bier ins Gesicht geschüttet. »Ich muss jetzt gehen.«

Er fragte mich nach meiner Telefonnummer, und ich schrieb ihm irgendwelche Zahlen auf seinen Bierdeckel. Dann verließ ich den Biergarten, bog um die nächste Ecke und rannte los. Auf keinen Fall wollte ich, dass Lothar mir folgte.

Kurze Zeit später traf ich Evelyn und ihre Tochter wie besprochen an der Rollschuhbahn. Sie hatten alles von weitem beobachtet und gehofft, dass ich von diesem Mann wieder Abstand nähme. Was ihre Ohren nicht hatten hören können, erzählte ich ihnen jetzt, und wir lachten uns halb tot.

Weder Lothar noch Herbert versprachen Zukunft, und auch in der Disco hatte ich keinen Erfolg. Vielleicht würde ich mir doch einen Mann kaufen müssen. In den letzten Monaten hatte ich schon tausend Euro für eine Scheinehe angespart. Das würde nicht reichen, war aber immerhin ein Grundstock. Vielleicht würde ich ja auch in Raten zahlen können. Doch wo sollte ich einen seriösen Mann finden, der mich für Geld heiraten würde?

Thomas sagte oft: »Wenn ich nicht verheiratet wäre, würde ich sofort eine Scheinehe mit dir eingehen.«

Vorsichtig nahm ich Kontakt zur »Illegalenszene« auf. Ich erhoffte mir den einen oder anderen Tipp für die Männersuche, und vielleicht wusste ja auch jemand, wie man mit Kindern als *Illegale* in Deutschland überleben konnte.
Es gab zwei Treffpunkte: Der eine lag im Zentrum der Stadt. Dort sah ich meine Landsleute oft einfach nur herumstehen. Scheinbar hatten sie nichts zu tun. Hauptsächlich waren es Männer, die sich zum Zeitvertreib an einem Brunnen trafen. Kurz nachdem ich in Deutschland angekommen war, hatte ich dort einmal eine Zivilkontrolle beobachtet. Zwei Männer, wahrscheinlich Polizisten, waren auf meine Landsleute zugelaufen. Von weitem sah ich, wie ihnen Dokumente gezeigt wurden. So schnell wie möglich machte ich mich damals aus dem Staub. Ob bei jener Kontrolle *Illegale* erwischt wurden, habe ich nie erfahren.
Eines hatte ich dabei gelernt: Ich musste in Deutschland jederzeit mit der Überprüfung meiner Papiere rechnen. Um die Gruppe am Brunnen machte ich seitdem einen großen Bogen. Außerdem vermied ich Plätze, wo sich viele Ausländer aufhielten. Dort wurde wahrscheinlich häufiger kontrolliert.
Der andere Treffpunkt befand sich in einem Park etwas außerhalb der Stadt. Bei schönem Wetter trafen sich die Männer dort zum Fußballspielen. Frauen und Kinder standen am Rand und schauten zu, picknickten und unterhielten sich. Jeder meiner Landsleute kannte diesen Platz. Alejandra wusste von dem Treffpunkt, und auch mit Luciana war ich ein paar Mal dort gewesen. Sie hatte mir empfohlen, den Ort nach Möglichkeit zu meiden. Die Gefahr, in eine Personenkontrolle zu geraten, sei groß, und die Leute seien untereinander nicht offen. Jeder habe Angst, von den eigenen Landsleuten angezeigt zu werden. Niemand gebe zu, *illegal* zu sein, obwohl alle wüssten, dass sich viele *Illegale* unter ihnen aufhielten. In der Vergangenheit sei es immer wieder zu Verhaftungen gekommen und die Festgenommenen hätten Namen und Telefonnummern von anderen ausgeplaudert.
Mich kannte man nur als »die Freundin von Luciana«. Wenn ich

mich mit den Leuten im Park unterhielt, wusste ich nicht, ob sie Studenten waren, wie viele behaupteten, oder ob sie ihren Lebensunterhalt mit Prostitution, Drogen oder wie ich mit Putzen verdienten.
Immer wenn ich mich in dieses halbkriminelle Milieu begab, war ich innerlich zerrissen. Einerseits genoss ich es sehr, Menschen aus meiner Heimat zu treffen, andererseits waren auch viele darunter, um die ich auch in meiner Heimat einen weiten Bogen gemacht hätte. Im Laufe der Zeit hatten sich aber ein paar oberflächliche Bekanntschaften ergeben, die ich jetzt wieder aktivieren wollte.

Als Erstes begegnete mir dort Asuncion. Sie war viel älter als ich und verdiente ihr Geld ebenfalls mit Putzen. In all ihren Jahren in Deutschland hatte sie nie richtig Deutsch gelernt. »Wenn ich abends nach Hause komme, bin ich viel zu müde dafür«, sagte sie. So wie sie dachten viele meiner Landsleute. Sie blieben unter sich und versuchten erst gar nicht, Deutsch zu lernen.
Wegen ihrer mangelnden Sprachkenntnisse hatte Asuncion viele Probleme, die ich in meiner ersten Zeit in Deutschland auch gehabt hatte. Wenn ihr beim Saubermachen Anweisungen gegeben wurden, verstand sie oft nicht, was gemeint war. Asuncion putzte »unter Preis«, verdiente bei vielen Stellen nicht mehr als fünf Euro in der Stunde. Dennoch hatte sie nicht jeden Tag zu tun. Einen Teil ihres Lohnes musste sie an sogenannte »Arbeitsvermittler« abgeben, Menschen aus meinem Land, die die Not der anderen ausnutzten. Für die Vermittlung von Putzjobs verlangten sie als Provision einen Teil des Stundenlohnes.
»Kannst du mir helfen, Arbeit zu finden?«, fragte sie mich. Wir trafen eine Vereinbarung: Sie würde mir helfen, »seriöse Landsleute« kennen zu lernen, die mir Tipps zum Thema Scheinehe und Wohnungssuche geben konnten, und ich würde sie bei der Jobsuche unterstützen.
Asuncion führte mich in den kommenden Wochen in eine andere

Welt. Ich sah heruntergekommene Zimmer, in denen bis zu zehn Personen wohnten. Wenn alle gleichzeitig schlafen wollten, musste es fast so eng sein wie seinerzeit im Frauengefängnis. Ein anderer Raum wurde von drei Ehepaaren gleichzeitig bewohnt. Sie lagen im Dauerstreit miteinander. Feste Kochzeiten regelten die Benutzung des Herdes. Hatte das erste Paar sein Essen zubereitet, durfte das nächste an die heißen Platten. In meiner Heimat hätte es so etwas nicht gegeben. Alle hätten zusammen gekocht und gegessen.

Überall spürte ich Aggressionen, die mir zu Hause fremd gewesen waren. Meine Landsleute stritten sich wegen Kleinigkeiten, es schien, als habe das Leben in der Illegalität bei einigen den Charakter verdorben.

Vor allem die Männer waren oft unzufrieden. Für sie war es viel schwieriger, Jobs zu finden. Manche arbeiteten in Restaurants, einige auf Baustellen, manchmal hatte auch eine Großbäckerei Arbeit zu vergeben. Alle diese Tätigkeiten waren viel risikoreicher als das Putzen in irgendwelchen Haushalten, wo normalerweise niemand wusste, was hinter der Haustür geschah.

Immer wieder kam es zu Kontrollen auf Baustellen oder in Gaststätten, erwischt wurde nur selten jemand. In der Regel war innerhalb der Szene bekannt, wann das Arbeitsamt kontrollierte. Woher diese Informationen stammten, erfuhr ich nie.

Einige wenige Männer verdienten sich ihr Geld als »Putzmann« und halfen ihren Frauen, wenn diese über Wohnungsschlüssel verfügten. Sie waren aber die große Ausnahme. Die meisten warteten, bis ihre Frauen nach Hause kamen, und vertrieben sich ihre Langeweile auf dem Fußballplatz. Viele der Frauen mussten nach der Arbeit das Essen kochen und sich um den Haushalt kümmern. Die wenigsten männlichen Latinos waren bereit, eine andere Rollenverteilung zu akzeptieren. Einen »Ausnahmemann« allerdings kannte ich, Samuel, jung und gut aussehend; er kochte jeden Mittag warm und brachte seiner Frau das Essen zur jeweiligen Putzstelle.

Konkretes über Scheinehen erfuhr ich nur wenig, dafür gab es umso mehr Gerüchte. Vor allem über Frauen, die deutsche Ehemänner hatten, wurde schlecht geredet: »Bestimmt ist sie eine Prostituierte«, hörte ich oft. Ob es stimmte, weiß ich nicht.
Wo konnte man eine Scheinehe kaufen? »Frag doch mal die Drogenleute«, schlug Asuncion vor. »Für Geld können die dir alles organisieren.« Doch so viel Mut hatte ich nun doch nicht: Von einem Drogendealer wollte ich mir keinen Mann vermitteln lassen. Das konnte nicht gut gehen.
Gern hörte ich die Liebesgeschichte, die unter uns kursierte und angeblich sogar der Wahrheit entsprach. Das Ehepaar, um das es ging, kannte ich flüchtig. Ursprünglich sei die Trauung als Scheinhochzeit geplant gewesen. Die lateinamerikanische Frau hätte dem Mann Geld für die Hochzeit bezahlt. Nach der Ehe besuchte sie ihn ein paarmal, zunächst, um formale Dinge zu regeln, später, weil sie ihn sympathisch fand. Irgendwann hätten sich beide ineinander verliebt. Das Paar lebte mittlerweile zusammen und hatte eine vierjährige Tochter.
Diese Frau hatte Glück gehabt. Über eine andere Frau, die ich ebenfalls flüchtig kannte, wurde eine grausame Geschichte erzählt: Sie hatte viel Geld für die Scheinehe bezahlt und wurde anschließend von dem Ehemann erpresst und erniedrigt. Von morgens bis abends ging sie putzen. Das Geld, das sie dabei verdiente, kassierte ihr Mann. Er behandelte sie wie ein Tier. Wenn sie nicht zu ihm ins Bett kommen wollte, musste sie die ganze Nacht in der Ecke sitzen – ohne Decke, egal ob es Sommer oder Winter war. Vier lange Jahre hielt die Frau diese Tortur durch. Als sie endlich ein Bleiberecht in Deutschland hatte, war sie krank und verbrachte ein halbes Jahr in der Psychiatrie. Nachdem sie dort entlassen wurde, verlangte sie die Scheidung. Der Mann drohte ihr damit, die Polizei darüber aufzuklären, dass sie ihm Geld für die Hochzeit bezahlt hatte. Bis heute ist sie nicht geschieden, lebt aber glücklicherweise auch nicht mehr mit dem Mann zusammen.

Große Probleme hatten meine Landsleute, wenn sie krank wurden. Viele wagten sich nicht zum Arzt, zum einen, um die teuren und unüberschaubaren Behandlungskosten zu sparen, zum anderen, weil sie nicht über genügend Deutschkenntnisse verfügten, um ihre Leiden beschreiben zu können. Allgemein war es üblich, sich gegenseitig Krankenversichertenkärtchen auszuleihen. Kaum jemand unter uns verfügte über diesen Versicherungsnachweis. Wer wenige Freunde oder Bekannte hatte, musste Bargeld auf den Tisch legen, um in den vorübergehenden Besitz des kostbaren Plastikstücks zu gelangen. In der Szene kursierten Namen von Ärzten, die auch dann keine Fragen stellten, wenn verschiedene Personen mit der gleichen Karte kamen.
Viele ernährten sich schlecht, die deutsche Kost war für sie ungewohnt. Musste ein fauler Zahn gezogen werden, übernahmen die Versicherungen der geliehenen Kärtchen die Behandlungskosten. Die Patienten-Zuzahlung zum Zahnersatz konnte sich niemand leisten, deshalb liefen viele mit Zahnlücken herum.
Wirklich kritisch wurde es, wenn jemand ins Krankenhaus musste. Die Gefahr, als *Illegaler* entdeckt zu werden, war groß. Ich kannte eine Frau, die so wahnsinnige Schmerzen hatte, dass ihre Freunde dachten, sie würde sterben. Sie packten sie in ein Auto, legten sie in der Nähe des Krankenhauses auf eine Parkbank und riefen dann per Telefon einen Krankenwagen. Sie hatte eine gefährliche Gallensteinentzündung und konnte gerade noch gerettet werden. Bald nach der Operation kam sie in Abschiebehaft und musste das Land verlassen. Mit einem gefälschten Pass ist ihr später die Einreise erneut gelungen. Als ich sie kennen lernte, lebte sie in einer anderen Stadt und besuchte hier gelegentlich ihre Freunde.
Mit der Zeit wusste ich auch von ein paar Frauen, die mit ihren Kindern in Deutschland lebten, doch die erhofften Tipps bekam ich von ihnen nicht. Entweder erzählten sie mir, jemand anderes habe ihre Kinder eingeladen, oder sie behaupteten, sie hätten legale Papiere und der Schulbesuch sei gar kein Problem. Zu-

mindest bei einer Frau war ich mir sicher, dass sie nicht die Wahrheit gesagt hatte. Ich sah sie zwei- oder dreimal an Vormittagen zusammen mit ihrem zehnjährigen Sohn, der zu dieser Zeit eigentlich in der Schule hätte sein müssen. Wären meine Kinder hier, würde ich genau wie sie nur Vertrauenspersonen einweihen. Je weniger Personen von der Illegalität wussten, je weniger Personen mit diesem Wissen in die Maschen der Polizei geraten konnten, desto geringer war die Wahrscheinlichkeit, entlarvt zu werden.

Von einem Ehepaar wusste ich, dass sie mit ihrem halbjährigen Baby ohne Papiere hier waren. Beide sahen das gelassen: »Mit Schulkindern ist es viel schwieriger.« Die Frau ging tagsüber putzen, und der Mann versorgte das Baby. Eines Tages war die Familie aus meiner Stadt verschwunden. Sie seien umgezogen, hieß es in der Szene. Ich habe keine Ahnung, was aus den dreien wirklich geworden ist.

Eine Frau lebte schon seit vier Jahren mit ihrer Tochter ohne Papiere in Deutschland. Als ich sie kennen lernte, war die Tochter sechzehn Jahre alt und hatte noch niemals eine Schule besucht. Die Mutter ging den ganzen Tag putzen, die Tochter begleitete sie manchmal oder verdiente selbst ein wenig Geld als Babysitterin. Eines Tages wurde die Mutter, als sie einen Haushalt nach getaner Arbeit verließ, festgenommen, ein Nachbar hatte sie angezeigt. Nachdem ihre Mutter abends zur gewohnten Stunde ausblieb, machte sich die Tochter auf den Weg zu der Frau, bei der die Mutter an diesem Nachmittag geputzt hatte, und erfuhr die bittere Wahrheit – ihre Mutter saß in Abschiebehaft.

Ein paar Wochen später musste die Mutter das Land verlassen, die Tochter wurde von der Polizei niemals gefunden. Sie zog zu einer Tante in eine andere Stadt und blieb in Deutschland.

Familienunterkunft

Zweieinhalb Jahre lebte ich schon in Deutschland, als ich bei Alejandra und Robert einzog. Mit achtzehntausend Dollar Schulden war ich hergekommen, bis auf dreitausend Dollar hatte ich alles zurückbezahlt. In ein paar Monaten würde ich schuldenfrei sein. Ich konnte jetzt zusätzlich Geld sparen für eine größere eigene Wohnung und die Kaution. Das Leben mit den Kindern würde um einiges teurer werden.

Asuncion lebte in einem Haus am Stadtrand. Sie war bereit, mir ihr Zimmer zu zeigen. »Es wohnen viele Ausländer hier, da wird immer wieder etwas frei.«

Die vielen Häuser und Wohnungen, die ich durch meine Putzstellen bisher kennen gelernt hatte, gehörten alle wohlhabenden Leuten und waren gepflegt. Als ich mich Asuncions Bleibe näherte, war ich ziemlich schockiert. Schon von weitem sah ich einen riesigen Plattenbau, auf jedem Balkon eine Satellitenantenne. Das Haus war völlig heruntergekommen, an den Wänden bröckelte der Putz, die Eingangstür war eingetreten, und viele Briefkästen waren aufgebrochen. Das Licht im Flur und im Treppenhaus funktionierte nicht, und wir mussten in den sechsten Stock laufen, der Fahrstuhl war defekt.

Asuncions Zimmer war vielleicht vierzehn Quadratmeter groß und kostete sie zweihundert Euro Miete. Die Vermieterin dieses Hauses frage niemanden nach seinen Papieren, erzählte meine Landsmännin. Das war sicherlich von Vorteil, aber wollte ich meine Kinder in einer solchen Umgebung großziehen?

Asuncion erzählte von Kakerlaken, die das Zimmer bevölkerten und besonders in der Nacht hervorkamen. Und sie erzählte von den Razzien. Menschen aus der ganzen Welt lebten in diesem

Block, Kriminelle und Drogendealer seien darunter, und regelmäßig führe die Polizei Kontrollen durch. Ich hatte genug gehört: Eine Wohnung in diesem Haus kam für meine Kinder und mich nicht in Frage.
Insgesamt fünf Häuser gehörten der Vermieterin. In einer anderen Gegend solle es eines geben, das gepflegter sei, hatte Asuncion gehört. Dort sei die Miete aber auch um einiges teurer. Am nächsten Tag rief ich die Vermieterin an und fragte nach einer freien Wohnung in dem anderen Haus. Im Moment sei nichts frei, sagte sie. Ich könne mich aber ab und zu melden. Es ziehe immer mal wieder jemand aus.
Auf dem Fußballplatz trieben sich manchmal auch sogenannte »Wohnungsvermittler« herum. Es waren Leute, die über gültige Papiere verfügten und für *Illegale* Wohnungen anmieteten. Den größten Gewinn erzielten sie mit Neuankömmlingen. Einer verlangte sechzig Euro im Monat für einen Schlafplatz. Bis zu acht Leute lebten manchmal in dem von ihm angemieteten Appartement, ein einträgliches Geschäft für den Vermittler, zum Schaden meiner Landsleute.
An solche Mittelsmänner wollte ich mich nicht wenden, ich versuchte mein Glück lieber auf eigene Faust. Schon einmal hatte ich nach langer Suche Erfolg gehabt, damals, als ich neu in Deutschland war und das Kellerzimmer in dem Einfamilienhaus gefunden hatte. Warum sollte ich nicht noch einmal Glück haben? Irgendwo musste es doch etwas für mich geben, wenn nicht in der Stadt, dann in der Umgebung.
Thomas erklärte mich für verrückt: »Es gibt keine großen Wohnungen für Menschen ohne Aufenthaltsgenehmigung.« Zu gern hätte er für mich eine Wohnung angemietet, seine Frau hielt es aber für zu gefährlich. Irgendwie konnte ich sie auch verstehen. Viele Vermieter verlangten eine Meldebescheinigung. Wäre ihnen dann aufgefallen, dass jemand anderes als angegeben in ihrer Wohnung lebte, hätte das möglicherweise für alle Beteiligten eine Konfrontation mit der Polizei bedeutet.

Es gab zwei Sorten von Hausbesitzern, die an *Illegale* vermieteten. Die einen verlangten Wuchermieten, die sie gründlich für das eingegangene Risiko entschädigen sollten, die anderen waren gutherzige Menschen, die *Illegalen* helfen wollten. Einen solchen Vermieter hoffte ich zu finden. In jeder freien Minute studierte ich den Immobilienteil der Zeitungen und vereinbarte Besichtigungstermine. Meistens wurde ich nach meiner Aufenthaltserlaubnis und einer Verdienstbescheinigung gefragt. Waren mir die Leute nicht besonders angenehm, sagte ich, ich würde die Papiere nachreichen, und meldete mich dann nicht mehr. Bei den Sympathischen traute ich mich manchmal zu sagen: »Das mit den Papieren ist im Moment ein Problem. Ich werde sie nachreichen, sobald alles geklärt ist.«

Wochenlang wartete ich vergeblich auf eine positive Nachricht. Irgendwann verschwieg ich den Maklern und Wohnungseigentümern meine Pläne, mit zwei Kindern in ihrer Wohnung zu leben. Die meisten Wohnungen, die ich besichtigt hatte, waren nach Meinung der Vermieter für Kinder ungeeignet. Doch auch als ich meine Kinder nicht mehr erwähnte, hatte ich keinen Erfolg.

Wiederholt fragte ich auch bei Asuncions Vermieterin nach, ob in der Zwischenzeit im gepflegteren Haus etwas frei geworden sei. Nach drei Monaten vergeblicher Suche hatte ich endlich Glück. Noch in dieser Woche wolle jemand ausziehen, versicherte sie mir, und ich könne mir am Freitag die Wohnung ansehen.

Am liebsten wäre ich um die Mittagszeit gekommen, da hatte ich zwei Stunden Pause zwischen zwei Putzjobs. Die Vermieterin erklärte, bis achtzehn Uhr müsse sie in ihrem Büro bleiben, erst ab neunzehn Uhr wären Besichtigungen möglich. Als ich am Abend vor dem Haus auf sie wartete, war es bereits dunkel. Eine Viertelstunde stand ich vergeblich herum, dann kam eine dicke ältere Dame auf mich zu. »Sind Sie Frau Moreno?«, sprach sie mich an.

Die Wohnung lag im dritten Stock. Der Hausflur war grau

und unfreundlich, doch im Vergleich zu der Bruchbude, in der Asuncion lebte, war dieses Haus in einem guten Zustand. Aus vielen Wohnungen drang orientalische Musik. Am Ende eines Flures blieb sie stehen und schloss auf. Alles war dunkel, und ein ekelhaft fauliger Geruch strömte mir entgegen. »Der Vormieter hat hier wohl das Lüften vergessen«, meinte die Frau und wartete vor der Tür.
Ich trat ein, drückte den Lichtschalter, doch es blieb dunkel. »Keine Birne drin«, sagte die Vermieterin lakonisch. Von einer Straßenlaterne fiel ein winziger Lichtstrahl ins Zimmer. Das reichte nicht aus, um die Wohnung richtig betrachten zu können. Tastend lief ich durch den Raum. Rechts neben dem Eingang befanden sich eine Spüle und ein Herd, links führte eine Tür ins Badezimmer. Den Raum schätzte ich auf etwa fünfundzwanzig Quadratmeter, das würde für uns drei reichen. Im ebenfalls stockdunklen Badezimmer ertastete ich eine Toilette, ein Waschbecken und eine Badewanne. Einen solchen Luxus hatte ich in meiner früheren Kellerwohnung nicht gehabt.
Alles schien in Ordnung zu sein, nur der penetrante Geruch störte mich.
»Ich bin sehr interessiert an der Wohnung«, sagte ich zur Vermieterin. »Ich möchte sie mir gern morgen noch einmal im Hellen anschauen. Dann können wir einen Vertrag machen.«
»Sie müssen sich jetzt entscheiden«, antwortete sie. »Ich habe keine Zeit, morgen noch einmal zu kommen. Es gibt viele Leute, die gern eine solche Wohnung hätten, morgen ist sie weg. Viele Studenten stehen auf meiner Warteliste.«
Wochenlang hatte ich vergeblich gesucht, jetzt hatte ich die Chance auf eine geeignete Wohnung für mich und meine Kinder. Die Frau war mir ziemlich unsympathisch und setzte mich unter Druck. Einerseits hätte ich gern gewusst, was es mit dem ekelhaften Geruch auf sich hatte, andererseits schien es eine ideale Bleibe zu sein, groß genug für uns drei. Außerdem stellte die Vermieterin keine unangenehmen Fragen nach meinen Papieren.

Zweihundertfünfzig Euro verlangte sie als Miete, dazu achtzig Euro für die Nebenkosten und drei Monatsmieten als Kaution. Das war viel Geld für fünfundzwanzig Quadratmeter plus Bad, doch sobald meine Schulden abbezahlt waren, durfte das kein Problem mehr für mich sein. *Illegale* mussten eben illegale Preise zahlen.

Einen Moment lang zögerte ich noch, dann gab ich mir einen Ruck: »Ich nehme die Wohnung.«

Am nächsten Tag sollte ich in ihr Büro kommen und den Vertrag unterschreiben. Ich würde die Wohnung unter der Voraussetzung bekommen, dass ich Miete und Kaution bar bezahlte. Tausend Euro hatte ich angespart. Für die erste Miete sowie die Kaution würde es gerade reichen. Stolz erzählte ich Alejandra und Robert am Abend von meiner neuen Bleibe.

Am nächsten Morgen holte ich den Stoffbeutel mit meinem Bargeld unter der Matratze hervor. Ich zählte noch einmal nach, ja, es war genug.

Um elf Uhr hatte ich den Termin im Büro der Vermieterin, einem schmucklosen Raum, voll gestopft mit Aktenordnern.

»Hier ist der Vertrag, da müssen Sie unterschreiben.« Sie schob mir die Papiere hin. Ich fing an zu lesen, doch gleich darauf unterbrach sie mich wieder: »Ich habe Sie ganz vergessen zu fragen: Was machen Sie eigentlich in Deutschland?«,

Oje, das war es dann wohl mit der Wohnung, schoss es mir durch den Kopf. Wenn sie jetzt anfängt mit irgendwelchen Bescheinigungen, war wieder einmal alles umsonst. Ich antwortete: »Ich bin auf einer Akademie und lerne Deutsch.« Sie nickte und stellte keine weiteren Fragen.

Robert und Alejandra hatten mir geraten, die Vermieterin nach der Renovierung zu fragen. »Ist die Wohnung gestrichen?«, wollte ich also von ihr wissen.

»Nein, das müssen Sie selbst machen«, antwortete sie.

»Wenn ich ausziehe, muss ich dann nicht mehr renovieren?«

»Nein, selbstverständlich nicht.«
Ich bemühte mich, den Vertrag zu verstehen, aber die Paragraphen waren so kompliziert ausgedrückt, dass ich sie auch nach zweimaligem Lesen nicht richtig verstand. Die Frau drängte.
»Was ist nun, wollen Sie die Wohnung oder nicht? Ich habe nicht so viel Zeit.«
Ich unterschrieb, gab ihr tausend Euro Miete und Kaution und nahm den Wohnungsschlüssel entgegen.
Voller Vorfreude machte ich mich auf den Weg zu meinem neuen Domizil. Als ich die Tür öffnete, traf mich der Schlag. So eine schmutzige Wohnung hatte ich in meinem ganzen Leben noch nicht gesehen. Die Wände waren dunkel, feucht und voller Schimmel. An manchen Stellen hingen nur noch Tapetenfetzen, von der Decke tropfte es. Der Teppichboden war voller Wellen, Löcher und Brandflecken. Überall lagen Zigarettenkippen herum. Hier hatte seit Monaten niemand mehr gesaugt. Um den Herd herum war das Linoleum angekokelt, der Kühlschrank funktionierte genauso wenig wie die Spüle. Wenn ich den Wasserhahn öffnete, tropfte das Wasser auf den Fußboden. Das Allerschlimmste aber war das Bad. In der Wanne lagen verfaulte Essensreste, und die Toilette war gelb statt weiß. Der Gestank, der mich schon bei der Besichtigung gestört hatte, schien jetzt noch viel schlimmer zu sein. Voller Ekel riss ich das Fenster auf. Jeden Moment musste ich mich übergeben.
Ich fühlte mich belogen und betrogen. Jetzt war mir klar, warum der Besichtigungstermin bei Dunkelheit stattfinden musste und woher der Druck beim Vertragsabschluss rührte. Die Vermieterin hatte mich reingelegt. Ich hatte nicht wissen sollen, in was für ein Dreckloch ich einziehen würde. Ich machte mir keine Illusionen. Wenn ich zu ihr ginge, um meine Miete und Kaution zurückzufordern, würde ich vermutlich keinen Cent erhalten. Also blieb mir nur eines übrig: putzen, putzen und noch einmal putzen. Darin hatte ich ja Erfahrung. Mit meinem Fahrrad fuhr ich zu Aldi und kaufte Mülltüten, Putzmittel

und zwölf Flaschen Essig. Die würde ich brauchen, wenn ich die Toilette vom Urinstein befreien wollte. Auf dem Rückweg musste ich schieben, die Kiste mit den Essigflaschen hatte ich nur mit einer Schnur auf dem Gepäckträger befestigt. An einem hohen Bordstein passierte das Unglück: Ich passte einen kurzen Moment nicht auf und die Ladung rutschte ab. Jetzt stand ich vor einem Scherbenhaufen und einem riesigen Essigsee. Das war zu viel. Heulend setzte ich mich auf die Straße und betrachtete das Chaos. Die Passanten schienen sich nicht weiter für mich zu interessieren. Als ich mich wieder ein wenig gesammelt hatte, packte ich eine Mülltüte aus und sammelte die größten Scherben ein. Auf dem Weg zurück zu Aldi warf ich den Sack in einen Glascontainer. Dann kaufte ich erneut ein. Dieses Mal erstand ich nur sechs Flaschen Essig, das musste fürs Erste reichen.

Von nun an putzte ich fast rund um die Uhr. Von morgens bis abends für andere Leute, danach für mich selbst, oft bis zwei Uhr nachts. Alejandra hatte von einer Bekannten, die Zahnarzthelferin war, einen Mundschutz besorgt, sonst hätte ich den Staub und Gestank nicht ausgehalten. Ich scheuerte das Waschbecken, die Badewanne und die Toilette, bis mir der Schweiß auf der Stirn stand. Nachts, bevor ich die Wohnung verließ, schüttete ich noch zwei Liter Essig ins Toilettenbecken, damit ich am Abend des folgenden Tages Urinstein abkratzen konnte. Schlafen konnte ich hier noch lange nicht.

Viele Abende lang klopfte ich Schimmel von den Wänden, spachtelte Löcher, strich Wände und schrubbte Kacheln. Nach zwei Wochen hätte ich einziehen können, wäre da nicht das Problem mit dem Teppichboden gewesen. Der war unbeschreiblich schmutzig, an vielen Stellen nicht richtig festgeklebt und hatte Löcher und Brandflecken. Ich sah keine Chance, ihn durch Putzen in einen akzeptablen Zustand zu bekommen.

Bei der Vermieterin hatte ich mich gleich beschwert, nachdem ich gesehen hatte, in welch katastrophalem Zustand die Wohnung war. Wie ich schon erwartet hatte, interessierte sie das nicht weiter. »Sie haben einen Vertrag unterschrieben, also müssen Sie renovieren.«

»Die Wohnung ist unbewohnbar«, argumentierte ich. »Ich habe die Wände gestrichen und Bad und Toilette renoviert, das war eine Wahnsinnsarbeit. Jetzt kann ich noch immer nicht meine Möbel holen, weil der Teppich kaputt ist.«

Nach langen Diskussionen war sie endlich bereit, für einen neuen Teppich zu sorgen. Ich bot ihr an, den Teppich selbst zu kaufen. Sie könnte mir ja dann das Geld geben, oder ich könnte den Kaufpreis von der Miete abziehen. Damit war sie aber nicht einverstanden. Sie würde in der nächsten Woche einen Hausmeister vorbeischicken, der sich um den Teppich kümmere, auch die Spüle würde dann repariert werden. Am Dienstag sollte ich vormittags da sein und ihm öffnen.

Meine Arbeitsstelle sagte ich für diesem Vormittag ab und wartete auf den Hausmeister. Bis ein Uhr war er nicht aufgetaucht. Ich rief bei der Vermieterin an: »Ich muss jetzt zur Arbeit, der Hausmeister war immer noch nicht da.«

Sogleich wurde sie böse: »Glauben Sie, der Mann arbeitet nur für Sie? Der Hausmeister hat viel zu tun, da müssen Sie ein bisschen mehr Geduld haben.«

Am nächsten Morgen sollte ich wieder zu Hause bleiben und auf den Handwerker warten. Wieder sagte ich meine Arbeit ab, wieder wartete ich vergebens. Wie schon am Vortag rief ich bei der Vermieterin an, und wieder schimpfte sie: »Ich habe keine Zeit, ständig mit Ihnen zu telefonieren.« Schließlich gab sie mir die Handynummer des Hausmeisters. Ich solle mich selbst um einen Termin kümmern.

Der Mann war genauso unfreundlich wie seine Chefin. »Warten Sie, ich muss gerade noch etwas zu Ende bringen«, sagte er bei meinem ersten Anruf. Minutenlang wartete ich am Handy, ich wusste, das würde mich ein kleines Vermögen kosten. Der Mann meldete sich nicht wieder. Schließlich legte ich auf. Bei meinem nächsten Anruf hieß es: »Ich kann jetzt nicht mit Ihnen telefonieren, warten Sie einen Moment.« Diesmal beendete ich das Telefonat sofort.

Die nächsten beiden Male erwischte ich nur seine Mailbox. Als ich ihn ein paar Tage später wieder an der Strippe hatte, meinte er: »Ich habe in dieser Woche keine Zeit.«

Langsam dämmerte mir, dass dieses Vertrösten System hatte. Ich würde mir selber helfen müssen. Mit einem Schrubber und Teppichbodenreiniger ging ich ans Werk. Zentimeter für Zentimeter entfernte ich den Schmutz aus dem Teppich. Die losen Stellen nagelte ich fest. Nach einer Woche sah der Teppichboden zwar nicht neu aus – gegen die Brandlöcher der Zigaretten konnte ich nichts machen –, aber immerhin war er jetzt einigermaßen sauber. Hier würde ich leben können.

Am Freitag packte ich bei Alejandra meine Sachen zusammen. Am nächsten Tag wollte ich endlich in meine Wohnung einziehen. Beladen mit Koffer und Taschen stieg ich mit Alejandra die Treppen hoch und traute meinen Augen nicht. Neben meiner Wohnungstür lag der alte Teppich – herausgerissen in meiner Abwesenheit. Scheinbar hatte die Vermieterin noch einen zweiten Schlüssel. Das tagelange Putzen war also umsonst gewesen. »Keine Katastrophe«, tröstete ich mich, immerhin wird jetzt ein nagelneuer Teppich meine Wohnung zieren.

Als ich die Wohnungstür öffnete, bot sich uns ein grausamer Anblick. Der Hausmeister hatte den schäbigen Teppich zwar herausgerissen, sonst aber war nichts passiert. Den Boden bedeckte eine dicke Staubschicht gemischt mit Kleberesten, darunter war ein uralter Linoleumboden zu erkennen. Nur mühsam konnte ich meine Tränen unterdrücken.

»Wir machen das sauber, ich helfe dir«, sagte Alejandra. Im Baumarkt besorgten wir Spachtel und Lösungsmittel. Den ganzen

Tag versuchten wir den Boden einigermaßen sauber zu kriegen, aber nur mit mäßigem Erfolg.
Zurück zu Alejandra und Robert wollte ich nicht mehr, ich hatte ja schließlich eine eigene Wohnung, für die ich viel Miete bezahlte. Also legte ich meine Matratze auf den schmutzigen Boden und hängte meine Kleider an ein paar Haken an die Decke. So konnte ich sie wenigstens vor den Staubwolken am Fußboden schützen.
Montags rief ich die Vermieterin an. Der neue Teppich würde kommen, versicherte sie mir, aber wenn ich sie weiter so nerven würde, müsse sie mir kündigen. Drei weitere Monate lebte ich inmitten einer ekelhaften Mischung aus Staub und Lösungsmittel. Jedes Mal, wenn ich mich von der Matratze erhob, wirbelte Staub durch die Luft und ich musste husten.
Thomas regte sich schrecklich über die Vermieterin auf. »Das ist verboten, was sie macht. Sie darf keine Wohnung vermieten, die nicht bewohnbar ist.«
Er riet mir, weniger Miete zu zahlen. Das wollte ich nicht riskieren. Dieser Vermieterin war alles zuzutrauen. Vielleicht engagierte sie einen Schlägertrupp, der mich gewaltsam vor die Türe setzte. Schließlich setzte Thomas einen Brief auf: Er sei ein guter Freund von mir und hätte gesehen, in welchem Zustand meine Wohnung sei. Wenn sie nicht innerhalb einer Woche für einen neuen Teppich sorgen würde, werde er gemeinsam mit mir einen Anwalt einschalten.
Wenige Tage nachdem er den Brief geschrieben hatte, kam ich müde von der Arbeit nach Hause. Ich traute meinen Augen nicht: Da lag ein nagelneuer blauer Teppichboden. Jetzt hatte ich endlich eine Wohnung für meine Familie. Jetzt konnten die Kinder kommen.

Tränen in Amsterdam

Ich konnte es nicht fassen. Alfonso, mein Ex-Mann, weigerte sich, die Kinder zu mir nach Deutschland zu schicken. »Du hast die Kinder verlassen, vergiss die Kinder«, hatte er mir am Telefon erklärt.

Ich hatte ihn angebrüllt und angefleht: »Das ist eine Lüge. Wenn ich Isabel und Pablo verlassen hätte, würde ich dich jetzt nicht anrufen und dir sagen, dass die Kinder kommen können. Du weißt genau, warum ich mein Land verlassen musste. Ich habe Geld und viele andere Sachen für die Kinder geschickt. All die Jahre habe ich mich gekümmert, so gut es nur irgendwie ging. Es war immer klar zwischen uns, dass die Kinder eines Tages zu mir kommen.«

Alfonso glaubte tatsächlich, Isabel und Pablo würden sich bei ihrer Stiefmutter wohl fühlen. »Die Kinder brauchen dich nicht, die Kinder lieben Erica wie ihre eigene Mutter.«

»Du weißt genau, dass sie die Kinder ständig schlägt!«, brüllte ich in den Hörer. »Und ich weiß es auch, ich habe einen Brief, in dem das alles drin steht.«

Was konnte ich nur tun? Es stand für mich außer Frage, dass Isabel und Pablo bei mir leben wollten, erst recht, seit ich von den Quälereien durch die Stiefmutter wusste. Am Ende des Telefonats hatte ich Alfonso gebeten, die Kinder doch zu fragen, ob sie mich nicht für ein paar Wochen besuchen wollen. Alfonso versprach, darüber nachzudenken. Ein Fünkchen Hoffnung hatte ich noch, vielleicht ließ mein Ex-Mann doch noch mit sich reden.

Am Wochenende wollte er mit den Kindern sprechen. Dann sollte ich wieder anrufen. Das Warten wurde unerträglich. Drei Jahre hatte ich mich krumm gelegt, um meinen Kindern eine

bessere Zukunft in Deutschland bieten zu können. Sollte alles umsonst gewesen sein, weil er jetzt einfach Nein sagte?
Nachts lag ich wach im Bett und schmiedete Not-Pläne. Sollte er sich wirklich weigern, musste ich die Kinder entführen. In meiner Fantasie holte ich die Kinder heimlich aus der Schule ab und fuhr mit ihnen im Bus in ein Nachbarland. Den Flughafen meiner Heimatstadt musste ich unbedingt meiden, weil Alfonso noch immer dort arbeitete und ich ihm nicht begegnen durfte. Vom Nachbarland aus würden wir dann direkt nach Europa fliegen. Die Tickets für mich und die Kinder würden sehr viel Geld kosten, die Unterschriftenfälschung sicherlich auch. Im besten Fall wären alle meine Rücklagen aufgebraucht, im schlimmsten hätte ich neue Schulden. Wie es mir gelingen sollte, als *Illegale* unbemerkt aus Deutschland auszureisen, um gemeinsam mit den Kindern legal wieder einreisen zu können, war mir allerdings noch schleierhaft.
Alfonsos Verhalten hatte mich wütend gemacht. Irgendeinen Weg würde ich finden, die Kinder nach Deutschland zu holen. Von ihm würde ich mir meinen Lebenstraum nicht zerstören lassen.

Am nächsten Tag erreichte ich Gabriela am Telefon. Ich wollte sie um Hilfe bitten. Vielleicht konnte sie ihren Bruder dazu überreden, die Kinder zu mir zu schicken. Gabriela war entsetzt, sie hatte keine Ahnung davon, dass er die Kinder nicht ziehen lassen wollte. Bald darauf rief sie mich zurück, sie hatte mit Erica gesprochen. Auch sie wollte nicht, dass Isabel und Pablo zu mir kamen.
»Warum schlägt sie die Kinder, wenn sie möchte, dass sie bei ihr bleiben?«, fragte ich meine Schwägerin.
»Ich fürchte, billigeres Hauspersonal als deine Kinder kann sie nicht finden«, antwortete Gabriela. »Isabel und Pablo machen den ganzen Haushalt, putzen und wechseln Windeln für ihre Halbgeschwister, während sie sich mit ihren Freundinnen trifft.«

Jetzt verstand ich Alfonsos Motive, sie hatten nichts mit Vatergefühlen zu tun. Zu Gabriela hatte Erica auch gesagt: »Wenn Maria die Kinder wirklich haben will, muss sie dafür bezahlen. Ich hatte hohe Ausgaben für ihre Kinder in den letzten Jahren.« Wollten Alfonso und seine neue Frau sich die Kinder tatsächlich von mir abkaufen lassen?

Am Sonntag telefonierte ich das nächste Mal mit Alfonso. Er hatte in der Zwischenzeit mit den Kindern gesprochen. Der kleine Pablo habe schon ein wenig Heimweh nach mir, meinte er. Abends weine er manchmal und er sei auch ziemlich schlecht in der Schule. Vielleicht wäre es für Isabel und Pablo ganz gut, wenn sie ihre Mutter mal wiedersehen könnten.
Alfonso war damit einverstanden, dass die Kinder mich für vier Wochen besuchten. Mit fiel ein Stein vom Herzen, ich würde Isabel und Pablo bald sehen können.
»Ich will, dass die Kinder in Deutschland bleiben«, sagte ich sogleich.
»Nein, die Kinder wollen bestimmt wieder zurück«, widersprach er.
So dreist, Geld für seine Reisezustimmung zu verlangen, war er nun doch nicht. Er machte es geschickter. Als Steward und Flughafenmitarbeiter standen ihm und seiner Familie jedes Jahr ein Freiflug zu. Die Flugtickets kosteten nichts, nur die Steuern mussten bezahlt werden. »Ich verzichte dieses Jahr auf die Möglichkeit, mit meiner Familie zu verreisen«, sagte er, »damit die Kinder zu dir nach Deutschland kommen können. Du musst lediglich die Steuern bezahlen, das sind tausend Dollar.«
»Warum ist das so teuer?«, wollte ich wissen.
»Minderjährige Kinder dürfen nicht allein fliegen, ein Familienmitglied muss dabei sein«, antwortete er.
Gabriela hatte geplant, die Kinder auf ihrem Flug zu begleiten, was mir sehr recht war. Doch dass deswegen die Steuern tausend Dollar betragen würden, leuchtete mir nicht ein.

Als ich bei der Fluggesellschaft anrief, für die Alfonso arbeitete, fragte man mich ganz verwundert: »Wie kommen Sie denn auf diese Summe? Bei Freiflügen zahlt jede Person hundert Dollar Steuern, insgesamt wären also dreihundert Dollar fällig.«
Ich war empört. »Du Lügner«, beschimpfte ich Alfonso am Telefon, »ich bezahle dir dreihundert Dollar und keinen Cent mehr.« Er gab klein bei, jemand habe ihm wohl eine falsche Auskunft gegeben, und natürlich brauche ich nur die Steuern zu bezahlen.
Bei den dreihundert Dollar ist es natürlich nicht geblieben. Zwei Wochen später rief mein Ex-Mann an und erklärte, Isabel bräuchte dringend eine Zahnbehandlung, die fünfhundert Dollar kosten würde. Da ich wusste, wie teuer die Zahnärzte in Deutschland waren, erklärte ich mich einverstanden, das Geld zu schicken. Erica ist daraufhin mit Isabel zu einem Zahnarzt gegangen, der meiner Tochter eine Paste verschrieben hat. Der Zahnarztbesuch hat sie vielleicht zehn Dollar gekostet, die restlichen vierhundertneunzig hat sie behalten. Eine richtige Zahnbehandlung hat nicht stattgefunden.
In den nächsten Wochen fuhren Alfonso, Gabriela, Isabel und Pablo immer wieder zum Flughafen. Sie hatten Stand-by-Tickets und warteten auf freie Plätze. Die Flugzeuge nach Europa waren über Wochen ausgebucht, meine Schwägerin und die Kinder würden mit den Freitickets nur an Bord kommen, wenn kurz vor Abflug drei Plätze frei waren.
Wir mussten uns alle noch ein wenig gedulden.

In der Zwischenzeit kümmerte ich mich um die kindgerechte Einrichtung meiner Wohnung. Dabei halfen mir Sabine und Erik. Den Putzjob bei ihnen hatte ich über die Zeitung gefunden. Sie hatten zwei ältere Kinder und waren ziemlich reich. Er war Inhaber einer Computerfirma, und sie machte für diese Firma die Werbung. Sabine war aufgefallen, dass ich immer müde und gestresst war. »Warum arbeitest du so viel?«, fragte sie mich eines Tages. Bei einer Tasse Kaffee erzählte ich ihr, dass ich meine Familie in der Heimat unterstützen müsse und zu Hause auch zwei Kinder habe. Erstaunt fragte sie weiter, warum ich mein Land ohne die Kinder verlassen hätte. Daraufhin erzählte ich ihr von meinem prügelnden Ehemann, meiner Scheidung und meinen finanziellen Problemen. »In meiner Heimat hätte ich nicht genügend Geld gehabt, für meine Kinder zu sorgen.«

Die Geschichten von dem ausgeraubten Geschäft, dem Coronel und dem Gefängnis behielt ich für mich. Dafür war mein Deutsch immer noch nicht gut genug.

Sabine hatte viel Verständnis: »Wenn ich meine Kinder zurücklassen müsste, wäre ich krank vor Sorge und Kummer und könnte mich auf nichts mehr konzentrieren.« Sie bewunderte mich für meine Energie und mein Durchhaltevermögen: »Du rennst von einem Putzjob zum nächsten und bis fast immer gut gelaunt.«

Kurz nachdem der Teppichboden in meine neue Wohnung gekommen war, sah ich bei Sabine und Erik ein altes Schlafsofa in der Einfahrt stehen.

»Warum steht euer Sofa draußen?«, wollte ich wissen.

»Das kommt auf den Sperrmüll, wir haben uns neue Möbel gekauft«, antworteten sie. Sie freuten sich, dass ich das Sofa übernehmen wollte, und brachten es mir am gleichen Abend noch in mein Appartement. Bei einem Tee erzählte ich ihnen, dass demnächst meine Kinder nach Deutschland kämen.

»In dieser kleinen Wohnung wollt ihr zu dritt leben?«, fragten sie verwundert. Ohne dass ich es jemals ausgesprochen hatte, war beiden längst klar, dass ich eine *Illegale* war. Ich schilderte ihnen, wie schwer es gewesen war, überhaupt eine Wohnung zu finden.

»Und wie willst du das mit deinen Kindern und der Schule machen?«, wollte Erik wissen.

Ich wisse es noch nicht, antwortete ich ehrlich.

Sabine sagte: »Maria ist eine starke Frau, sie schafft das schon irgendwie.«
In den nächsten Tagen kamen die beiden noch zweimal vorbei, brachten mir eine Matratze, einen Schrank, Geschirr, Töpfe und Besteck. »Die Sachen stehen bei uns im Keller sowieso nur herum«, erklärte mir Erik. Zum Schluss schenkten sie mir auch noch ein paar Grünpflanzen.

Ich war sehr neugierig auf meine Kinder, hatte aber auch ein wenig Angst vor dem Wiedersehen. Ihre Stiefmutter hatte viele schlimme Dinge über mich behauptet, das wusste ich von Gabriela. Ich hätte meine Kinder verlassen, weil ich als Prostituierte in Deutschland arbeiten wollte, war eine ihrer Lieblingsverleumdungen.
Würden die Kinder nach der langen Trennung Vertrauen in mich haben können? Würden wir die verlorene Zeit nachholen können oder würde sie wie ein Keil zwischen meinen Kindern und mir stecken bleiben? So viele Verletzungen hatten Isabel und Pablo in der Zwischenzeit hinnehmen müssen. Ob sie sich wohl sehr verändert hatten? Wie sie wohl aussahen, dick oder dünn, klein oder groß? Seit meinem Weggang hatte mir niemand ein Foto geschickt. Pablo war ein Kleinkind gewesen, als ich ihn verließ, jetzt war er sieben und seine Schwester zehn. Drei Jahre Trennung waren eine sehr lange Zeit. Viele wichtige Schritte in ihrer Entwicklung hatte ich nicht mitbekommen.
Ich traute mich nicht, Kleidung für die beiden zu kaufen, weil ich keine Ahnung hatte, welche Größen sie jetzt trugen. Damit musste ich bis nach der Ankunft warten. Stattdessen besorgte ich ein paar kleine Geschenke, für Isabel eine Uhr und Diddl-Stifte, für Pablo einen Brustbeutel und einen Malblock.

Eine Woche nach der ersten vergeblichen Fahrt zum Flughafen erreichte mich mitten in der Nacht der ersehnte Anruf von Alfonso. Die Kinder saßen jetzt im Flugzeug. Zehn Uhr dreißig

kämen sie in Amsterdam an und müssten umsteigen. In Deutschland wären sie gegen vierzehn Uhr.
Nur noch ein paar Stunden, dann würden meine Kinder wieder bei mir sein. Am Morgen wollte ich ganz normal arbeiten, danach mit Zug und Bus zum Flughafen fahren. Vor lauter Glück und Vorfreude fand ich in dieser Nacht kaum Schlaf. Früh am Morgen radelte ich aufgekratzt zu meiner Arbeitsstelle. Um halb zwölf klingelte mein Handy: Alejandras Mann Robert war dran. Auf meinen Wunsch hin hatte er den Kindern ein offizielles Einladungsschreiben geschickt.
»Es gibt ein Problem«, sagte er ganz nervös. »Die Kinder werden in Amsterdam festgehalten, irgendetwas mit den Papieren scheint nicht in Ordnung zu sein.«
Ein Mann habe ihn angerufen und gefragt, ob er die Einladung geschrieben habe und ob er ein Verwandter der Kinder sei.
Was konnte passiert sein? Ich zerbrach mir den Kopf. Von Gabriela war überhaupt nicht die Rede. Sie sollte doch mit den Kindern zusammen sein. Die einzige Erklärung, die mir einfiel, war, dass sie vielleicht wegen Drogenbesitzes festgenommen worden war. Immer wieder hatte ich Geschichten gehört, dass Touristen als Drogenkuriere missbraucht wurden. Vielleicht war Gabriela bei der Gepäckkontrolle festgenommen worden, und die Kinder waren deshalb allein.
Beim Putzen fiel mir vor lauter Anspannung wieder einmal der Wassereimer um. Gerade als ich dabei war, die Pfütze in der Küche aufzuwischen, klingelte das Handy erneut. Dieses Mal war Alfonso am Apparat: »Eben habe ich einen Anruf aus Holland erhalten. Es gibt Probleme mit den Flugtickets der Kinder.« Dann erzählte er, dass seine Schwester nicht hatte mitfliegen können. Stattdessen habe eine Kollegin von ihm, eine Stewardess, die Begleitung übernommen. Diese Kollegin sei plötzlich verschwunden. Zusammen mit ihren Flugscheinen hatten die Kinder den Brief, dass sie von einer erwachsenen Person begleitet würden. Ohne Begleitung waren ihre Freitickets ungültig.

Jetzt wollte die Fluggesellschaft, dass Alfonso die Tickets voll bezahlt: neunzehnhundert Euro sollten sie kosten. »Bitte bezahle das Geld, sonst müssen die Kinder zurück, und ich verliere meinen Job«, flehte er mich an.

In den letzten Monaten hatte ich – endlich schuldenfrei – schon einiges sparen können, Startkapital für die gemeinsame Zukunft mit Isabel und Pablo. Ein Teil des Geldes würde jetzt für die Flugtickets draufgehen, wenn ich wollte, dass Isabel und Pablo einreisen konnten.

Einen kurzen Moment später klingelte wieder das Telefon, eine spanisch sprechende Holländerin war dran: »Ich habe hier zwei weinende Kinder, die gern mit Ihnen sprechen wollen.«

»Mama, Mama, wir wollen zu dir«, schluchzte Pablo. »Bitte hole uns hier raus, wir sollen zurück zu Alfonso. Mama, ich hab dich lieb, ich will zu dir.«

Mir stand das Herz still. »Ihr dürft auf keinem Fall irgendjemandem sagen, dass ihr eure Mutter in Deutschland besuchen wollt«, hatte ich ihnen gestern noch eingebläut, »sonst werden die Grenzbeamten misstrauisch.«

Das genau war jetzt passiert. »Warum haben die Kinder eine Einladung von einem fremden Mann, wenn ihre Mutter in Deutschland lebt?«, fragte die fremde Frauenstimme. »Irgendetwas stimmt hier nicht.«

»Bitte lassen Sie die Kinder weiterfliegen«, sagte ich.

»Woher sollen wir wissen, dass es hier nicht um Menschenhandel geht?«, erwiderte sie. »Die Einladung gilt nicht mehr. Sie müssen nach Holland kommen, sich ausweisen und die Tickets bezahlen. Dann können Sie die Kinder mitnehmen. Wenn Sie nicht kommen, müssen wir die Kinder zurückschicken.«

»Ich bin in ein paar Stunden da. Sie können sich auf mich verlassen«, versprach ich verzweifelt.

Anschließend gab sie den Hörer an Isabel weiter. Die Betreuerin sei sehr nett, habe ihnen Essen und Trinken angeboten. Ihr sei aber noch schlecht vom Flug und sie habe Ohrenschmerzen.

»Ich hole euch, habt noch ein wenig Geduld«, versuchte ich sie zu beruhigen.
An Putzen war nicht mehr zu denken. Nachdem ich den von mir verursachten Putzwassersee aufgewischt hatte, schrieb ich auf einen Zettel: »Liebe Frau Müller, bitte entschuldigen Sie: Ich bin krank und konnte heute nicht zu Ende putzen. Herzlichen Gruß, Maria.«
Vor Angst und Aufregung war mir schwindlig geworden und ich sank auf die Couch nieder. Ich hatte Isabel und Pablo versprochen, nach Amsterdam zu kommen. Wie sollte ich das bloß anstellen?
Alejandra und Robert wussten auch keinen Rat. »Lass uns einen Anwalt fragen«, schlug Robert vor. »Ich habe die Kinder eingeladen, warum sollte ich sie nicht abholen dürfen?« Während er sich um einen sofortigen Anwaltstermin bemühte, holte ich von zu Hause das Geld. Eintausendachthundert Euro war der reguläre Preis für die zwei Tickets. Diese Summe musste ich jetzt auf jeden Fall bezahlen. Andernfalls hielten sie meine Kinder noch länger am Flughafen fest, und Alfonso verlor seinen Job.
Ich schwitzte und zitterte. Immer wieder musste ich an das Telefonat mit Pablo und Isabel denken. Meine Kinder hatten so unglücklich, so verzweifelt geklungen. Jetzt waren sie schon so nah, und ich konnte immer noch nichts für sie tun.
Der Anwalt hörte sich meine Geschichte staunend an. »Wie wollen Sie denn als *Illegale* mit Ihren Kindern hier leben?«, fragte er mich.
»Ich habe eine Wohnung, und ich habe Arbeit«, antwortete ich. Schließlich wollte er es auf einen Versuch ankommen lassen und mit der niederländischen Einwanderungsbehörde sprechen. Vielleicht konnte doch Robert die Kinder abholen. Leider hatte sein Anruf auch keinen Erfolg. Die Niederländer hatten Verdacht geschöpft und bestanden darauf, dass die Frau, die von Pablo am Telefon »Mama« genannt worden war, ebenfalls mit nach Holland käme, um die Angelegenheit zu klären.

»Sie haben keinen Rechtsanspruch darauf, dass man Ihre Kinder weiterreisen lässt«, klärte uns der Anwalt auf. Er riet mir dringend davon ab, selbst nach Holland zu fahren. »Sie können nicht nachweisen, dass es Ihre Kinder sind. Außerdem werden Sie erhebliche Probleme mit Ihrem Pass bekommen. Das Visum für Frankreich ist längst abgelaufen, und die Niederländer werden auf jeden Fall mitbekommen, dass Sie sich illegal in Europa aufhalten. Sie werden Sie aller Wahrscheinlichkeit nach festnehmen und in ein Flugzeug nach Frankreich setzen. Und dort droht Ihnen monatelange Abschiebehaft.«

Es war zum Verzweifeln. Wenn ich meine Kinder irgendwann in nächster Zeit wiedersehen wollte, gab es nur den einen schrecklichen Weg: Sie mussten zurück in mein Heimatland fliegen und dann einen erneuten Versuch unternehmen.

Robert stützte mich, als ich das Besprechungszimmer des Anwalts verließ, alle Kraft hatte mich verlassen, ich war am Ende, konnte keinen klaren Gedanken mehr fassen.

»Du wirst deine Kinder bald sehen«, versuchte er mich zu trösten. »Nur heute klappt es nicht. Ich überweise gleich das Geld für die Tickets nach Holland, damit Isabel und Pablo dort nicht länger festgehalten werden, und du telefonierst jetzt mit deinen Kindern.«

In Roberts und Alejandras Wohnung beruhigte ich mich ein wenig und griff zum Telefon. »Bitte geben Sie mir die Kinder«, sagte ich zu der Frau, die auf Isabel und Pablo aufpasste. »Isabel, mein Schatz, ich kann dir jetzt nicht erklären, was alles passiert ist. Bitte fliegt nach Hause zurück. Ich werde euch so schnell wie möglich holen.«

Isabel schluchzte ins Telefon: »Mama, du liebst uns nicht. Ich weiß, warum du uns verlassen hast, du liebst uns nicht. Morgens sagst du, du wirst uns holen, und abends hast du deine Meinung geändert.«

»Isabel, das ist nicht wahr, ich liebe euch, bitte, bitte glaube mir.«

Isabel konnte nicht mehr reden, sie war völlig aufgelöst. Ich bat sie, den Hörer an Pablo weiterzugeben, aber auch er konnte kein Wort sagen, heulte nur ins Telefon. Mein Magen schnürte sich zusammen, nie in meinem Leben war ich so verzweifelt. Die Dame, die auf meine Kinder aufpasste, übernahm das Gespräch. Sie hatte mitbekommen, was los war. »Warum holen Sie die Kinder nicht ab?«, fragte sie mich. Längst konnte ich meine Tränen nicht mehr halten.

»Das ist schwierig zu erklären, im Moment kann ich das nicht«, schniefte ich.

»Aber Sie sind doch ihre Mutter.«

»Nein, ich bin nicht ihre Mutter.«

Nach diesem Satz spielten meine Nerven nicht mehr mit. Minutenlang hatte ich keine Kontrolle mehr über mich. Ich hielt mir die Ohren zu, heulte, schluchzte, wimmerte, presste mich mit aller Gewalt in Alejandras Sofaecke und war nicht mehr ansprechbar. Ich hatte versagt, meine Kinder würden mir niemals verzeihen, dass ich sie zurückgeschickt hatte.

Am nächsten Tag fühlte ich mich kraft- und mutlos und sagte alle Putzstellen ab. Ich war nicht in der Lage, einen Staubsauger zu halten. Wann die Kinder im heimatlichen Flughafen landen würden, wusste ich ungefähr. Dann wollte ich sie sofort dort anrufen.

Alfonso schilderte mir am Telefon, wie er an diesem Morgen zu seinem Chef beordert worden sei. Er hatte eine Geldstrafe zu bezahlen, weil die Kinder allein gereist waren.

»Warum war deine Schwester nicht bei den Kindern?«, fragte ich ihn.

»Sie ist krank geworden.« Ich wollte die Kinder sprechen. Eine lange Pause entstand, dann sagte Alfonso, dass Isabel sich weigerte, mit mir zu reden. Es versetzte mir einen Stich ins Herz. Ich fühlte, was sie sagen wollte: »Ich will nicht mit dir reden, ich will meine Mutter vergessen.«

Pablo kam ein wenig später ans Telefon. Es gehe ihm gut, er sei aber sehr müde, gab er recht einsilbig von sich. Ich versuchte ihm zu erklären, warum ich nicht nach Amsterdam gereist war, um ihn und seine Schwester zu holen. Mit sieben Jahren konnte er das nicht verstehen.

Alles Jammern half nichts, ich musste wieder einen klaren Kopf bekommen und neue Pläne schmieden. Um jeden Preis musste ich einen erneuten Versuch starten, die Kinder nach Deutschland zu holen, und zwar so schnell wie möglich. Auf Alfonso und seine Freitickets mochte ich mich nicht mehr verlassen. Isabel und Pablo hatten einen wahren Albtraum durchlebt, glaubten, dass ich sie nicht mehr lieben würde und sie deshalb zurückgeschickt hatte. Nur wenn sie so schnell wie möglich wieder reisen konnten, hatte ich vielleicht noch eine Chance, ihnen zu beweisen, wie wichtig sie mir waren.

Zunächst telefonierte ich mit Florencia, meiner Freundin, die sich um die Rückzahlung meiner Schulden gekümmert hatte. »Kannst du bitte für mich herausfinden, was kurzfristige Flugtickets nach Deutschland kosten, wenn die Kinder ohne Begleitung fliegen?«

Am nächsten Tag meldete sie sich und eröffnete mir, dass ich mit mehr als sechzehnhundert Dollar pro Kind rechnen müsse. Zum einen sei Hochsaison und zum anderen müsse ich für die Betreuung durch die Fluggesellschaft bezahlen. Mir war noch ein weiteres Problem eingefallen. Die Kinder hatten jetzt Stempel aus den Niederlanden im Pass. Jeder Grenzbeamte in Deutschland würde sehen, dass ihnen die Einreise nach Europa verweigert worden war, und das erst vor wenigen Tagen. Vor einer zweiten Reise nach Europa brauchten Isabel und Pablo also neue Pässe, um nicht erneut zurückgeschickt zu werden. Mit ein wenig Bestechungsgeld würden die Pässe sicherlich in ein paar Tagen ausgestellt sein.

Am nächsten Tag überwies ich Florencia viertausend Dollar für zwei Flugscheine und neue Pässe. Damit waren alle meine

Rücklagen aufgebraucht, mein Erspartes für die erste Zeit mit den Kindern und auch das Geld, das ich für eine Scheinehe zurückgelegt hatte.
Alfonso wusste Bescheid, dass sich Florencia um alles kümmern würde. Ihm wollte ich keinen Cent schicken. Wahrscheinlich hätte seine Frau einen Teil des Geldes eingesteckt, und ich hätte so lange auf meine Kinder warten müssen, bis es wieder billigere Tickets gab.
Fünf Tage nachdem meine Kinder nach Südamerika zurückgeschickt worden waren, klingelte mein Handy wieder. Ich befand mich im Haus von Familie Suttner und war dabei, ihre Betten frisch zu beziehen.
»Hier ist Gabriela. Ich bin am Flughafen.«
»An welchem Flughafen?«, fragte ich verblüfft.
»Ich bin in Deutschland.« Ich konnte es nicht fassen, mit keinem Wort hatte Gabriela ihre Reisepläne erwähnt.
»Hast du die Passkontrolle schon hinter dir?«, fragte ich noch immer fassungslos.
»Ja, ich bin draußen.«
Drei Stunden hatte ich noch zu putzen, dann würde ich Gabriela sehen. Ich hatte ihr ausführlich erklärt, wie sie mit Bus und Zug in meine Stadt gelangte. An einem großen Platz würde sie auf mich warten. Vielleicht waren meine Kinder dabei, und das Ganze sollte eine Riesenüberraschung für mich werden, hoffte ich voll froher Erwartung.
Schon von weitem sah ich sie am Marktbrunnen stehen. Ich lief auf sie zu, Tränen rannen mir übers Gesicht. Gabriela war allein gekommen.
Gleich darauf entdeckte auch sie mich und nahm mich in den Arm: »Ich verstehe dich gut, ich weiß, wie du dich fühlst.« Trotz meiner Enttäuschung tat es mir so gut, sie zu sehen, zu hören und zu spüren.
»Wie geht es Isabel und Pablo?«, wollte ich vor allem wissen.
»Es ist gut, wenn sie bald zu dir kommen«, antwortete sie.

Gabrielas Reisegeschichte war unglaublich. Mit ihrem Freiticket und ein wenig Gepäck war sie vor zwanzig Stunden an den Flughafen gefahren und hatte Glück, als Stand-by-Passagierin mitgenommen zu werden. In Deutschland hatte sie bei der Passkontrolle einfach nur ihren Ausweis gezeigt und durfte einreisen. Kein Mensch stellte ihr Fragen. Sie hatte weder Bargeld dabei, noch konnte sie eine Einladung von Freunden vorlegen. Die Grenzbeamten hatten ganz einfach geschlafen.
Endlich in meiner Wohnung angekommen, setzte sie sich ohne den Mantel auszuziehen auf einen Stuhl. »Maria, ich muss dir die Wahrheit sagen. Ich bin den ganzen weiten Weg nach Deutschland gereist, weil ich dich sehen wollte. Bitte höre mir zu, und sage mir ehrlich, wenn ich wieder gehen soll und du nichts mehr mit mir zu tun haben möchtest. Ich schäme mich dafür, die Schwester von Alfonso zu sein.«
Dann erfuhr ich, was vor fünf Tagen wirklich geschehen war: Gabriela war zusammen mit Alfonso und meinen Kindern zum Flughafen gefahren. Ihr fiel auf, dass Isabel ein geschwollenes Auge hatte. Auf der Flughafentoilette fragte sie meine Tochter, was mit ihrem Auge passiert sei. Isabel erzählte von ihrem Kuschelhasen, den sie mit nach Deutschland habe nehmen wollen. Kurz vor dem Abflug hatte die Stiefmutter den Koffer kontrolliert und das Kuscheltier wieder herausgefischt. »Der Hase bleibt hier. Der gehört meinem Sohn«, hatte sie behauptet. Isabel beharrte darauf, dass es ihr Hase sei, und so kam es zum Streit. Schließlich schlug ihr die Stiefmutter mit der Faust ins Gesicht.
Wütend verließ Gabriela die Toilette und beschimpfte ihren Bruder. »Wie kannst du es zulassen, dass deine Frau deine Kinder schlägt? Du bist ein hundsmiserabler Vater.« Jetzt war Alfonso stinksauer. Ohne ein weiteres Wort mit Gabriela zu wechseln, marschierte er ins Büro seiner Fluggesellschaft und fragte, ob irgendjemand zufällig nach Deutschland fliege und seine Kinder mitnehmen könnte. Eine seiner Kolleginnen, eine

Stewardess aus der Hauptstadt, erklärte, sie würde über die Niederlande in die Schweiz zu ihrem Freund fliegen. Bis zum Gate in Amsterdam könnte sie die Kinder begleiten, den letzten Flug müssten Isabel und Pablo allein machen.

Ich verharrte in ohnmächtiger Wut. Für das ganze Malheur in Amsterdam war Alfonso verantwortlich. Weil er die berechtigten Vorwürfe seiner Schwester nicht ertragen konnte, hatte er den Kindern dieses schlimme Erlebnis zugemutet. Er hatte verhindert, dass Gabriela mitfliegen konnte, und einfach behauptet, sie sei plötzlich erkrankt. Wie konnte er nur so unglaublich gemein sein? Jetzt hatte ich traumatisierte Kinder und war zu alledem noch pleite. Nie mehr in meinem ganzen Leben wollte ich diesen Mann wiedersehen.

Meine Schwägerin weinte, während sie mir alles erzählte. »Es tut mir ja so leid. Ich konnte nicht verhindern, dass Erica deine Kinder schlägt.«

Jedes Mal, wenn sie die Kinder mit neuen Wunden und blauen Flecken gesehen hatte, hatte sie Alfonso gefragt: »Was ist passiert, warum habt ihr eure Kinder geschlagen?« Immer wieder erfand er neue Geschichten: Die Kinder seien hingefallen oder hätten sich gestoßen. Gabriela glaubte diese Geschichten nicht und schimpfte auf Alfonsos neue Frau. Ihr Bruder stellte sich starrköpfig: »Lass die Finger weg von meiner Ehe, du bist schuld an meiner ersten Scheidung, ich habe keine Lust auf eine Wiederholung.«

»Ich habe es nicht verhindert, ich kann verstehen, wenn du mich dafür hasst«, sagte Gabriela am Ende unseres Gesprächs. »Ich habe eine Freundin in Spanien, zu ihr kann ich reisen, wenn du möchtest, dass ich gehe.«

Ich war so froh, sie zu sehen, und so unendlich traurig, ihre Geschichten über meine Kinder zu hören. Wir nahmen uns lange in den Arm. Mit ihr war ein Stückchen Heimat zu mir gekommen. Gabriela zog ihren Mantel aus und blieb.

Täglich telefonierte ich mit Florencia, die zu Hause die Ausreise der Kinder vorbereitete. Die neuen Pässe und die Flugtickets lagen bereit. Dieses Mal hatte mein Freund Thomas den notwendigen Einladungsbrief, den Isabel und Pablo bei der Einreise nach Deutschland vorlegen mussten, verfasst. Vierzehn Tage nach der Ankunft meiner Schwägerin sollten endlich auch meine Kinder in Deutschland ankommen. Ich zählte die Tage und Stunden.
Pablo hatte mir am Telefon beteuert, dass er gern noch einmal zu mir reisen wollte, Isabel war deutlich zurückhaltender gewesen, doch immerhin sprach sie mittlerweile wieder mit mir. Auch sie war einverstanden, sich noch einmal ins Flugzeug nach Europa zu setzen, ließ mich ihr Misstrauen aber deutlich spüren. Sie hatte sehr große Angst, wieder zurückgewiesen zu werden. Es würde nicht einfach werden, ihr Vertrauen zurückzugewinnen.
Einen Tag bevor die beiden ankommen sollten, machte ich einen Großeinkauf, Kochbananen vom Chinesen, Mais, Tortillas und Hühnchen vom Supermarkt. Nur zu gut konnte ich mich daran erinnern, wie eigenartig mir das Essen in Deutschland in den ersten Tagen nach meiner Ankunft geschmeckt hatte. Ich wollte meinen Kindern den Einstieg in diese neue Welt so angenehm wie möglich gestalten, an das deutsche Essen würden sie sich noch früh genug gewöhnen müssen.
Wie abgesprochen rief mich Florencia am Abend an: »Deine Kinder sitzen im Flugzeug.« Ich wagte mich kaum richtig zu freuen. Dieses Mal musste alles gut gehen. Vor Aufregung konnte ich wieder nicht schlafen. Ein paar Stunden später fuhren Thomas und ich meinen Kindern entgegen. Auf dem Flughafen überfiel mich die gleiche Nervosität, die ich vor drei Jahren bei meiner eigenen Ankunft erlebt hatte. Die Monitore zeigten ihr Flugzeug als »gelandet« an, und ich zitterte vor Aufregung. Ich solle mich unauffällig in der Halle aufhalten, hatte Thomas mir eingeschärft. Er drückte mir noch einmal beruhigend den Arm

und eilte dann – die Kopie seines Einladungsschreibens in der Hand – zum Bundesgrenzschutz, um die Kinder in Empfang zu nehmen.

Eine halbe Stunde verging, eine dreiviertel Stunde. Viele Reisende aus Südamerika liefen mit großen Koffern an mir vorbei, von Thomas und meinen Kindern war weit und breit nichts zu sehen. War wieder alles umsonst gewesen? Ich wusste, das würde ich kein weiteres Mal überstehen. Wie ein Adler suchte ich die große Halle mit feuchten Augen ab. Plötzlich sah ich sie.

III

NICHT OHNE MEINE KINDER

So nah und doch so fremd

Du darfst sie nicht gleich umarmen«, hatte Thomas mich beschworen. Er hatte große Angst, dass in letzter Minute noch etwas schief gehen könnte. »Vielleicht beobachtet mich der Bundesgrenzschutz, wenn ich mit den Kindern nach draußen gehe.«

Eine Kontrolle am Flughafen in allerletzter Minute, das war auch mein Albtraum. Aber wie soll eine Mutter es schaffen, sich unauffällig zu verhalten, wenn sie ihre Kinder drei lange Jahre nicht gesehen hat?

Am liebsten hätte ich die ganze Welt umarmt, aber ich musste mich noch ein wenig beherrschen.

Wie sie gewachsen waren! Ich lief quer durch die Halle auf Isabel und Pablo zu. Wir gaben uns die Hand wie Bekannte, die sich zufällig am Flughafen trafen. Thomas hatte meine Kinder eingeweiht, richtig begrüßen dürften sie mich erst, wenn wir das Flughafengebäude verlassen hätten.

Isabel deutete auf mein Bein und fragte als Erstes, was passiert sei. Ein paar Tage zuvor hatte ich mich beim Putzen am Knie verletzt und hinkte immer noch ein wenig. Dann kam die Frage, die sie wohl noch viel mehr interessierte: »Mama, wer ist dieser Mann?«

Ich stellte ihr Thomas vor, ein guter Bekannter, der mir sehr viel geholfen hatte. »Ach so«, sagte sie und war dabei sehr ernst. Waren Ericas böse Verleumdungen der Grund für ihre distanzierte Haltung, die ich schon bei der förmlichen Begrüßung gespürt hatte? Pablo hingegen schien sich richtig zu freuen.

Im Parkhaus konnte ich nicht mehr an mich halten, ich wollte meine Kinder endlich an mich drücken. Lange umarmte ich

Isabel und Pablo. Ein Traum war in Erfüllung gegangen. Drei Jahre lang hatte ich mich für diesen Moment abgemüht. Tränen der Erleichterung rollten über mein Gesicht. Meine Kinder sahen unendlich müde aus. Sie waren noch gar nicht richtig angekommen.

Im Auto nahm ich auf dem Rücksitz Platz, links neben mir saß Pablo, rechts Isabel. Als ich meine Hand auf Isabels Knie legen wollte, rutschte sie ein wenig zur Seite. Sie brauchte den Abstand. Auch Pablo wollte noch nicht mit mir kuscheln, war aber um einiges offener und völlig aufgewühlt. Die Fragen sprudelten nur so aus ihm heraus.

»Hast du in deiner Wohnung ein Bett für uns alle oder bekommt jeder ein eigenes Bett?«, wollte er wissen. »Wie groß ist deine Küche? Ist dein Kühlschrank genauso groß wie der, den wir früher hatten?«

Ich erzählte ihm, dass unsere Wohnung recht klein, aber gemütlich sei. »In Deutschland ist alles viel, viel teurer als zu Hause. Eine richtig große Wohnung können wir uns nicht leisten. Wir haben aber eine große Badewanne. Die ist viel größer als in unserer alten Wohnung.«

Pablo lehnte seinen Kopf an meinen Arm. »Mama, ich habe nicht mehr daran geglaubt, dass wir uns noch mal wiedersehen. Jetzt sind wir wieder eine richtige Familie.« Es war einer der glücklichsten Augenblicke in meinem Leben.

Thomas setzte uns vor dem Haus ab. »Jetzt genießt erst einmal, dass ihr wieder zusammen seid.« Die Kinder nahmen ihre Taschen aus dem Auto und folgten mir durch den heruntergekommenen Treppenflur. Wahrscheinlich hatten sie sich Deutschland anders vorgestellt.

Kurz vor meinem Appartement sagte ich zu den beiden: »Wartet einen Moment auf der Treppe. Wir wollen eure Tante ein wenig erschrecken.« Ich klopfte an die Tür, und Gabriela öffnete.

»Wo sind die Kinder?«, fragte sie.

»Die Kinder sind nicht gekommen«, antwortete ich mit niedergeschlagenen Augen.
»Das kann doch nicht sein, das darf einfach nicht sein.« Gabriela war entsetzt. Während sie mir aufgeregt Fragen stellte, schlichen die Kinder ganz leise in die Wohnung. Das blanke Entsetzen in Gabrielas Gesicht wich riesengroßer Freude.

Unser Tisch war festlich gedeckt. Gabriela hatte aus dem Hühnchen, dem Mais, den Kochbananen und dem Reis ein leckeres südamerikanisches Essen gekocht. Vor Pablos und Isabels Teller standen Kerzen. Alle meine Sorgen waren in diesem Moment vergessen.
Ob man in Deutschland dasselbe esse wie in ihrer Heimat, wollten beide wissen. »Nein«, antwortete ich, »die Deutschen essen meistens kaltes Abendbrot, bestehend aus Wurst, Käse und Brot. Aber wir können fast genauso leben wie zu Hause, wenn ihr wollt.«
Ich erzählte ihnen, dass man hier viele Zutaten bekommen konnte, die es auch in unserer Heimat gab. Man müsse nur in spezielle Geschäfte gehen. Kochbananen gibt es beim Chinesen. Das hatte ich bald nach meiner eigenen Ankunft gelernt.
Isabel und Pablo aßen und aßen, so als hätten sie tagelang hungern müssen. Meine kleinen Töpfe reichten nicht aus. Als der Reis alle war, kochten wir noch Nudeln mit Soße. Isabel hatte in den drei Jahren, in denen wir uns nicht gesehen hatten, einen kleinen Bauch angesetzt, Pablo war schlank wie eh und je, doch er aß für drei.
Nach dem Essen wollten die beiden am Computer spielen. Robert und Alejandra hatten mir ihren gebrauchten PC und zwei Computerspiele geschenkt: Speedy Gonzales und Micky Maus. Viel lieber hätte ich mich mit den Kindern unterhalten, doch das hatte Zeit. Stundenlang saßen sie vor dem Computer und verspeisten nebenher drei Packungen Kekse. Um ein Uhr nachts klappte ich das Sofa auseinander und legte eine Matratze

auf den Boden. Isabel legte sich zu ihrer Tante, Pablo kam zu mir. Kurz vor dem Einschlafen gestand ich meinen Kindern, dass wir uns am Morgen nicht sehen würden. Ich müsse früh aufstehen und arbeiten gehen.

Morgens um viertel nach sechs schlich ich müde aus der Wohnung. Wie schön war es, meine Kinder schlafen zu sehen, und wie gern hätte ich heute viele Stunden mit ihnen verbracht, um ein wenig von der verlorenen Zeit nachzuholen. Doch ich hatte keine Wahl, alle Rücklagen waren durch die teuren Flugtickets aufgebraucht. Wenn ich heute nicht arbeiten ging, hatte ich nicht einmal mehr Geld für ein paar kleine Einkäufe. Die Vorräte würden gerade einmal für drei Tage reichen.

Eine Arbeitspause konnte ich mir nicht leisen. Miete und Nebenkosten verschlangen zu viel Geld. Und ab sofort hatte ich von meinem Verdienst drei Menschen zu ernähren. Mein Einkommen war zudem nicht verlässlich. Immer mal wieder sagten meine Auftraggeber den Putztermin ab. Außerdem musste ich weiter für eine Scheinehe sparen. Ohne Heirat würde ich meinen Kindern niemals ein sicheres Leben bieten können.

Während ich Toilettenkacheln polierte und Kleiderberge bügelte, dachte ich an Isabel und Pablo. Ich konnte es noch gar nicht richtig glauben: Meine Kinder waren hier bei mir in Deutschland! Gabriela würde nur ein paar Wochen bleiben können. Danach würden Isabel und Pablo allein in der Wohnung sein, während ihre Mutter den ganzen Tag arbeitet, machte ich mit schon die ersten Sorgen.

Nach elf Stunden Knochenarbeit in drei Haushalten hatte ich endlich Feierabend. Ich freute mich auf die Kinder. Kurz nach sieben kam ich nach Hause – Isabel und Pablo schliefen friedlich vorm Fernseher. Schade, aber nicht zu ändern, der lange Flug, die Zeitumstellung und das fremde Land. Die beiden hatten einiges zu verdauen. Ich ließ sie schlafen und betrachtete liebevoll meine beiden groß gewordenen Kinder.

Morgens hatten die beiden im Schnee gespielt, erzählte meine Schwägerin. Sie seien begeistert gewesen – zum ersten Mal in ihrem Leben hätten sie Schnee gesehen. Ich erinnerte mich an meine Ankunft in Deutschland und an meine ersten Schneebälle. Eine tolle Erfahrung. Schade, dass ich heute nicht mit dabei sein konnte.

»Am Nachmittag konnten wir nicht noch einmal raus«, sagte Gabriela. Alles sei nass gewesen, Schuhe, Hosen und Pullover. Isabel und Pablo hatten nur ein Paar feste Schuhe dabei, drei T-Shirts, zwei Hosen und eine Jacke, sie brauchten dringend neue Kleidung. Ich würde in dieser Woche viel Geld verdienen müssen.

Gegen zehn Uhr wachten Isabel und Pablo wieder auf. »Mama, warum bist du so spät gekommen?«, wollten sie wissen.

»Ich muss arbeiten, damit ich für euch Kleidung und etwas zu essen kaufen kann«, erklärte ich. Ich sah ihnen ihre Enttäuschung an. Beide waren sehr schweigsam, als ich hinzufügte, dass ich die ganze Woche erst zwischen sieben und acht Uhr am Abend nach Hause käme. Gabriela versuchte mich zu unterstützen: »Ihr könnt euch keine Vorstellung davon machen, wie teuer eure Flugtickets waren. Maria muss von morgens bis abends arbeiten, damit ihr alle in Deutschland leben könnt.« Später erzählte Gabriela mir, dass Isabel und Pablo sie immer wieder gefragt hätten, was ihre Mutter arbeite. Sie konnten nicht glauben, dass ich mein Geld tatsächlich als Putzfrau verdiente.

»Können wir Filme schauen, wenn du den ganzen Tag nicht da bist?«, fragten sie. Ich versprach ihnen, so bald wie möglich Video-Filme für sie auszuleihen. Isabel und Pablo waren jetzt wach und wollten Pläne schmieden. »Wann hast du Zeit für uns?« Wir beschlossen, am nächsten Samstag gemeinsam einkaufen zu gehen. Nachts um halb drei konnten die Kinder endlich wieder einschlafen. Todmüde fielen auch mir die Augen zu. In vier Stunden begann mein nächster Arbeitstag.

Um die Mittagszeit hatte ich eine Stunde Pause. In einer Videothek suchte ich zwei Filme für meine Kinder aus, »Schweinchen Babe« und das »Dschungelbuch«.
»Sind Sie schon Mitglied bei uns?«, fragte die stark geschminkte Frau an der Kasse.
»Nein, was muss ich denn tun, damit ich hier Filme ausleihen kann?«
»Wir brauchen Ihren Ausweis.«
»Warum das denn?«, fragte ich verwundert.
»Damit wir wissen, wo Sie wohnen, wenn Sie die Filme nicht zurückbringen.«
»Ich habe meinen Ausweis verloren. Gibt es denn keine andere Möglichkeit, Filme auszuleihen?«
»Haben Sie einen Mietvertrag?«
»Ja.«
»Dann bringen Sie eben den mit.«
Die Videothek war nicht weit von meiner Wohnung entfernt. Schnell holte ich den Vertrag, die Frau machte eine Kopie und ich durfte die beiden Filme mitnehmen. Wieder hatte ich ein kleines Problem gelöst.
Die nächsten Tage verliefen immer gleich. Während meine Kinder noch schliefen, verließ ich frühmorgens das Haus und kehrte abends müde zurück. Isabel und Pablo saßen dann meistens vorm Fernseher. Ich hätte ihnen gern Tausende von Fragen gestellt, wollte wissen, wie es ihnen in den letzten drei Jahren ergangen war, welche Freunde sie hatten, welche Ängste, welche Sorgen. Beide waren sehr schweigsam, ich war ihnen bis jetzt noch keinen Schritt näher gekommen. Noch immer spürte ich ein starkes Misstrauen mir gegenüber. Ihre Tante war ihnen viel vertrauter.
Am Wochenende würde ich mir endlich ein klein wenig Zeit nehmen können. Samstagvormittags hatte ich einen Putzjob, den ganzen Sonntag auch. Sonntagnachmittag wollte ich absagen. Wenigstens die Nachmittage an den Wochenenden sollten meinen Kindern gehören.

Endlich war Samstag. Bis eins putzte ich, anschließend gingen wir gemeinsam zu Aldi. Ich erklärte Isabel und Pablo, dass dies der billigste Supermarkt weit und breit sei und dass sie dort auch allein einkaufen könnten, wenn ich unter der Woche nicht da wäre. Die beiden sahen sich neugierig um. Supermärkte waren nichts Neues für sie, der Geschmack von Aldireis und Tiefkühlpizza schon. Sie würden ihn noch zur Genüge kennen lernen.
Anschließend spazierten wir in die Innenstadt. Unsere Einkaufsliste war lang. Beide brauchten Schuhe, Hosen, dicke Socken und Pullover, eine Winterjacke, einen Schal, Handschuhe und eine Mütze. Wir zogen durch die großen Kaufhäuser, immer wieder zeigten sie auf Kleider, die ich mir nicht leisten konnte. »Wenn wir diese Sachen kaufen, muss ich abends noch länger arbeiten.«
Das wollten sie nicht, und bereitwillig folgten sie Gabriela und mir zu den Ständern mit den Sonderangeboten. Wir liefen bis Geschäftsschluss durch die Billigkleiderläden und hatten am Abend dreihundert Euro ausgegeben, fast einen ganzen Wochenverdienst.
Für eine Thermohose für Pablo hatte es nicht mehr gereicht, das musste bis nächste Woche warten. Auch meine Schwägerin hätte sich gern einen dicken Pullover und eine neue Jacke gekauft. »Bitte zieh Sachen von mir an«, bat ich sie. Ihr passten meine Kleider, und es war wichtiger, dass die Kinder etwas Warmes zum Anziehen bekamen.
Am Sonntagmorgen war ich wieder die Einzige, die früh aufstehen musste. Bei der amerikanischen Familie, die gemütlich am Frühstückstisch Pfannkuchen mit Ahornsirup verspeiste, putzte und bügelte ich bis zum frühen Nachmittag.
Als ich nach Hause kam, tobten Isabel und Pablo vor unserem Haus im Schnee. Sie bewarfen sich juchzend mit Schneebällen und tollten wie junge Hunde durch die weiße Pracht. Nach all den Jahren der Einsamkeit erschien es mir wie ein Wunder, meine beiden Kinder hier zu sehen. Später gingen wir hoch in die

warme Wohnung und kochten Empanadas, mit Hackfleisch und Erbsen gefüllte Teigtaschen, eine besondere Spezialität aus meiner Heimat. Den Rest des Tages verbrachten wir gemeinsam vor dem Fernseher. Den Kindern schien es egal zu sein, dass sie die Sprache nicht verstanden. Sie lachten oft, ich ließ ihnen ihren Spaß, doch viel lieber hätte ich mich mit ihnen unterhalten. Nach wie vor behandelten sie mich wie eine Fremde.
Abends kam Thomas zu Besuch. »Was machen deine Kinder denn den ganzen Tag?«, fragte er interessiert. »Sie sitzen vor dem Fernseher«, antwortete ich, und es war mir ein wenig peinlich. Ich wusste, dass sie besser etwas lernen sollten, statt den ganzen Tag nur fernzusehen. Thomas hatte eine gute Idee. Er nahm Isabel und Pablo am nächsten Tag mit in die Stadtbücherei und meldete sie als seine Gäste an. Meine Kinder bekamen einen Leserausweis und konnten ab jetzt Brettspiele, Puzzles und CDs ausleihen. Eine Lernkassette Spanisch-Deutsch für Kinder gab es leider nicht, deshalb musste ich den Sprachunterricht selbst in die Hand nehmen.
Morgens, wenn ich aus dem Haus ging und alle noch schliefen, schrieb ich ab jetzt immer ein paar deutsche Wörter auf einen Zettel und die spanische Übersetzung dazu. Wenn ich abends nach Hause kam, fragte ich die Vokabeln ab. Nach ein paar Tagen konnten die Kinder »danke«, »bitte«, »guten Tag«, »Wie heißt du?« und einige andere Dinge sagen, die in jedem Lehrbuch auf den ersten Seiten stehen. Meine Schwägerin erzählte mir, dass sie Spaß am Deutschlernen hatten, und ich war froh, dass sie dafür ein paar Minuten weniger vor dem Fernseher saßen.

Die zweite Arbeitswoche nach ihrer Ankunft begann wie die erste. Ich ging früh aus dem Haus, Isabel, Pablo und meine Schwägerin schliefen noch. Eines Abends fragte mich Gabriela, ob sie mir ab und zu beim Putzen helfen könne. Zu Hause in Südamerika hatte sie versprochen, ein wenig Geld aus Deutschland mitzubringen.

Auch wenn ich jeden Cent selbst brauchte, wollte ich ihr helfen. Ihre Verwandten würden es nicht verstehen, wenn sie mit leeren Händen aus Deutschland zurückkäme. Allerdings war mir nicht wohl bei dem Gedanken, die Kinder ganz allein in der Wohnung zu lassen. Doch daran würde ich mich sowieso bald gewöhnen müssen.

»Macht niemandem die Tür auf, redet mit niemandem«, erklärte ich Isabel und Pablo, als ich am Mittwoch in der Mittagspause meine Schwägerin abholte.

Die beiden versprachen, sich daran zu halten, doch ich fühlte mich schlecht dabei. Mit neun und zwölf Jahren konnten sie doch noch gar nicht verstehen, welche Folgen eine Polizeikontrolle für uns alle haben würde. Ich dachte kurz darüber nach, die Kinder für drei Stunden in der Wohnung einzuschließen. Doch was wäre, wenn in dem heruntergekommenen Haus ein Feuer ausbrechen würde? Meine Kinder wären schutzlos den Flammen ausgeliefert. Das war keine gute Lösung. Wir vereinbarten ein Geheimzeichen: zweimal klingeln, zweimal klopfen. Nur bei diesem Zeichen sollten sie die Tür öffnen.

Gabriela und ich fuhren mit der U-Bahn zu dem Reihenhaus, in dem ich nachmittags putzen sollte. Ich wusste, dass die Bewohner bei der Arbeit waren, und so würde sich niemand darüber wundern, wenn heute an Stelle von einer zwei Putzfrauen den Dienst antraten.

Ich erklärte Gabriela die Putzmittel und bat sie, mit dem Küchenboden zu beginnen. Eine Zeit lang sah ich ihr zu. Sie war sehr langsam, wenn sie nicht schneller wischen konnte, würde sie mir keine echte Hilfe sein. Um vier Uhr wartete der nächste Termin auf mich.

Während Gabriela die Küche putzte, kehrte ich die Treppenstufen. Als sie in der Küche fertig war, fragte sie, was sie als Nächstes tun könne. Ich bat sie, den Staubsauger von oben zu holen und das Wohnzimmer zu saugen. Wie geheißen ging sie in den ersten Stock und kam auf Strümpfen mit dem Staubsauger die

Treppe runter. Auf einer der mittleren Stufen passierte es: Gabriela rutschte aus, fiel und landete mit dem Kopf auf dem Fliesenboden. Sie blieb reglos liegen.
Ich stürzte zu ihr, sie rührte sich nicht. Ich rief ihren Namen, schüttelte sie, schlug ihr vorsichtig ins Gesicht, nichts, keine Regung. Sie ist tot, dachte ich völlig entsetzt. Was würde aus ihrer Familie in Südamerika werden, ihrem Mann und ihren Kindern? Es durfte nicht sein, sie war eine meiner besten Freundinnen. Und ausgerechnet hier, bei mir in Deutschland, in diesem Haushalt, musste das passieren. Panik überfiel mich. »Bitte, bitte, komm zurück«, flehte ich den reglosen Körper an. Unter Schock fing ich an, das Haus aufzuräumen, brachte den Staubsauger wieder in das Bad, wo er zuvor gestanden hatte, und sortierte die Putzmittel im Kellerregal ein. Alles sollte so aussehen, als wäre überhaupt keine Putzfrau da gewesen.
Was würden die Bewohner machen, wenn sie am Abend eine Tote in ihrem Haus vorfänden? Die Polizei würde viele Fragen stellen. Vielleicht berichteten die Bewohner dann von ihrer illegalen Putzfrau, die einen Zweitschlüssel hatte und eigentlich an diesem Tag kommen sollte. Die Polizei würde mich in der ganzen Stadt suchen, es war zum Verzweifeln. Am besten war, ich begrub Gabriela irgendwo. Aber wie sollte ich das anstellen am helllichten Tag? Ohne Auto und Helfer?
Einer letzten Eingebung folgend füllte ich den Putzeimer mit kaltem Wasser und schüttete ihn Gabriela ins Gesicht. Sie öffnete die Augen und blickte mich erstaunt an. »Gott sei Dank, du bist aufgewacht, ich hab schon über deine Beerdigung nachgedacht«, jubelte ich und erzählte ihr von dem Treppensturz, an den sie sich nicht erinnern konnte.
Langsam rappelte sie sich auf und klagte über starke Kopfschmerzen. Sie schleppte sich zum Sofa, und ich brachte ihr einen eiskalten Lappen zur Kühlung. An Putzen war jetzt nicht mehr zu denken. Bald würde das Ehepaar nach Hause kommen

und sich ziemlich darüber wundern, zwei Lateinamerikanerinnen in ihrer Wohnung anzutreffen.
Auf einen Zettel schrieb ich, mir sei heute leider während des Putzens übel geworden. Deshalb hätte ich nicht zu Ende arbeiten können. Dann verließen wir das Haus. Meine Schwägerin stützte sich auf mich, und irgendwie schafften wir es zurück in meine Wohnung.
Die Kinder rissen die Augen weit auf, als sie ihre Tante mit einer riesigen Beule am Kopf sahen. Ich erzählte ihnen von Gabrielas Bewusstlosigkeit, und wir alle waren froh, dass nicht noch Schlimmeres passiert war.
»Du musst zum Arzt, Gabriela.«
»Wie soll ich das bezahlen?«
»Ich kann versuchen, ob ich irgendwo eine Versichertenkarte für dich leihen kann. Wenn das nicht klappt, dann leihe ich mir Geld.«
Doch Gabriela wollte in Deutschland auf keinen Fall zum Arzt, obwohl ihr als Touristin jeder Mediziner geholfen hätte. Dass sie illegal in einer fremden Wohnung gearbeitet hatte, hätte sie ja nicht erwähnen müssen.
Drei Tage lang klagte sie über entsetzliche Kopfschmerzen. Dann ging es ihr langsam besser. Erst Wochen später, zurück in Südamerika, ließ sie sich von einem Arzt untersuchen. Sie hatte sich bei dem Sturz eine schwere Gehirnerschütterung zugezogen, aber noch einmal Glück gehabt.

Am folgenden Sonntag hatte ich zum ersten Mal seit zwei Wochen einen ganzen Tag frei. Die Familie, bei der ich sonntags putzte, hatte abgesagt. Wir wollten alle gemeinsam in die Kirche gehen. Zu Hause hatte ich fast jeden Sonntag den Gottesdienst besucht, in Deutschland hatte ich diese Gewohnheit nicht beibehalten. In meiner ersten Zeit hier fehlten mir die Deutschkenntnisse, später hatte ich keine Zeit mehr, weil ich sieben Tage in der Woche arbeitete.

Ich kannte eine evangelische Gemeinde auf der anderen Seite der Stadt. Ab und zu war ich dort mit Alejandra und Robert bei lateinamerikanischen Festen gewesen. Jetzt, nachdem meine Kinder da waren, wollte ich wieder mit der christlichen Erziehung beginnen.

Obwohl Isabel und Pablo kein Wort verstanden, folgten sie interessiert dem Ablauf des Gottesdienstes. Sie lauschten neugierig den deutschen Liedern und Gebeten und fühlten sich in der Atmosphäre der Kirche geborgen und beschützt. Nach dem Gottesdienst wurden alle zu Kaffee und Kuchen eingeladen. Einige Gläubige aus einer Partnergemeinde in Russland waren gerade zu Gast. Ihnen zu Ehren bewirteten die Gemeindemitglieder an diesem Tag alle Gottesdienstbesucher. Wir setzten uns an einen Tisch in einer Ecknische. Auf Spanisch sprach uns eine sympathische Frau an. Sie hatte lange weiße Haare, war aber nicht sehr viel älter als ich. »Sind Sie heute zum ersten Mal bei uns?« Wir kamen ins Gespräch. Meine Schwägerin antwortete, dass sie zu Besuch hier sei, und ich erzählte, dass ich gemeinsam mit meinen Kindern in Deutschland lebte.

Rita stellte sich vor, sie war die Frau des Pfarrers und schon oft in Südamerika gewesen. Als wir gingen, gab mir Rita ihre Adresse und Telefonnummer. Ihre angenehme Art gefiel mir gut.

Ein paar Tage später meldete ich mich bei ihr, und wir verabredeten uns zu Kaffee und Kuchen. In den nächsten Wochen sollte ich sie noch öfter treffen, meistens zusammen mit den Kindern, manchmal auch allein. Schnell gewann sie mein Vertrauen, und ich weihte sie in unser Geheimnis ein. Rita versprach zu helfen, wo es ihr möglich war. Sie sollte meine erste deutsche Freundin werden.

Das Wochenende mit dem Gottesdienstbesuch hatte unserer kleinen Familie gut getan. Die Kinder lachten viel, doch für mehr Nähe waren anderthalb Tage einfach zu kurz. Vor allem Isabel war mir gegenüber immer noch sehr reserviert.

Die nächsten Tage verliefen genauso eintönig wie die Wochentage zuvor. Früher hatte es mir weniger ausgemacht, von morgens acht bis abends um sieben zu putzen. Seitdem meine Kinder da waren, fiel mir die gleichförmige Arbeit immer schwerer. Sie kam mir vor wie verlorene Zeit, und ich beneidete die Menschen, deren Wohnungen und Häuser ich sauber hielt. Sie hatten genügend Geld und konnten sich viele Dinge leisten, die für mich unerschwinglich waren: ein Haus, ein Auto, Schmuck, eine Stereoanlage. Und vor allem brauchten sie sich nicht um die Zukunft ihrer Kinder zu sorgen. Die konnten die Schule besuchen, während Isabel und Pablo den ganzen Tag in unserer kleinen Wohnung hocken mussten.

Eines Tages traf ich auf dem Weg zu meiner Arbeit zufällig Asuncion. »Hast du schon gehört?«, fragte sie mich, »Ricardo und Antonia sind festgenommen worden.«
Die Nachricht elektrisierte mich. Ricardo und Antonia kannte ich zwar nur sehr flüchtig, doch ich wusste, dass ihre elfjährige Tochter ebenfalls hier lebte.
»Was ist mit ihrer Tochter?«, wollte ich wissen.
»Ist bei einer Freundin«, erzählte mir Asuncion. Und dann erfuhr ich, was sich zugetragen hatte: Antonia war gemeinsam mit ihrer Tochter putzen gewesen. Als sie nach Hause kamen, klingelte das Mädchen im ersten Stock noch bei einer Bekannten. Die Mutter ging schon nach oben und schloss die Wohnungstür auf. In diesem Moment traten zwei fremde Männer auf sie zu und fragten nach ihrem Ausweis. Sie wurde festgenommen, gemeinsam mit ihrem Mann, der bereits vor ihr nach Hause gekommen war. Die Tochter hatte im Treppenflur alles mitbekommen und sich versteckt.
Was würden meine Kinder machen, wenn ich eines Tages nicht mehr nach Hause käme?, ging es mir durch den Kopf. Kein Mensch würde sich um sie kümmern, wenn Gabriela, meine Schwägerin, erst wieder weg wäre. Ich musste noch vorsichtiger sein und darauf achten, dass mir niemand folgte. Jetzt trug ich

nicht mehr nur Verantwortung für mich selbst, sondern auch für zwei Kinder.
Am Abend sprach ich eindringlich mit Isabel und Pablo. »Ihr wisst, dass wir hier ohne Papiere leben. Wenn uns die Polizei erwischt, müssen wir das Land verlassen und werden zurückgeschickt nach Südamerika.«
Die Kinder sahen mich an, als würde ich ihnen zum Einschlafen eine Detektivgeschichte erzählen. Der Ernst der Lage schien ihnen nicht klar zu sein. Dennoch versprachen sie mir, so vorsichtig wie nötig zu sein. Niemand durfte die Wohnung betreten, der beim Klingeln und Klopfen nicht unser Geheimzeichen verwendete. Außerdem vereinbarten wir, dass sie von acht bis zwölf Uhr zu Hause blieben. Vormittags sollten Kinder in ihrem Alter in der Schule sein. Zu dieser Zeit könnten Isabel und Pablo vielleicht argwöhnischen Nachbarn oder Passanten auffallen, die dann womöglich die Polizei informierten.
Mir war klar, dass unser Haus Risiken in sich barg. Hier lebten viele Ausländer, ich hatte keine Ahnung, wer legal und wer illegal hier wohnte. Immer mal wieder hatte ich Polizei im Haus gesehen. Ich schärfte meinen Kindern ein: »Wenn ihr draußen spielt und ein Polizeiauto in der Nähe unserer Wohnung stehen seht, dann lauft am Haus vorbei, als ob ihr hier nicht wohnen würdet. Erst wenn ihr ganz sicher seid, dass keine Gefahr mehr droht, dürft ihr zurück in die Wohnung.«
Später, als die Kinder schliefen, fragte ich meine Schwägerin: »Verlange ich von meinen Kindern zu viel? Können sie jemals in Deutschland glücklich werden, wenn sie sich immer vor der Polizei verstecken müssen?«
»Hier haben sie es viel besser als zu Hause«, antwortete Gabriela. Dann öffnete sie ihren Koffer und entnahm ihm mehrere Briefe, die Isabel ihr vor langem diktiert hatte.
»Warum hast du die Briefe nie abgeschickt?«, fragte ich ein wenig ärgerlich.

»Wenn ich dir diese Briefe geschickt hätte, wärst du vor Kummer gestorben.«
Ich begann zu lesen: »Erica hat meinen Teddy weggeworfen«, schrieb meine Tochter. »Erica sagt, ich bin böse. Heute hat sie mich geschlagen. Ich hab dich lieb, Mama. Bitte hole mich nach Deutschland.«
Beim Lesen schnürte sich mein Herz zu, ich weinte den verlorenen drei Jahren nach, in denen ich meinen Kindern nicht hatte beistehen können. Meine Schwägerin hatte Recht, die Wahrheit in einem Kinderbrief zu lesen war bei weitem härter, als sie aus dem Mund eines Erwachsenen zu erfahren. Gabriela nahm mich in den Arm. »Deine Kinder sind jetzt sicher. Es ist gut, dass sie hier sind.«
Mein Kampfgeist erwachte. Es war richtig, dass ich meine Kinder zu mir geholt hatte. In meinem Leben hatte ich schon so viele Bewährungsproben bestanden. Wir würden es schaffen. Irgendwann würden Pablo, Isabel und ich ein ganz normales Familienleben in Deutschland führen können.
Am nächsten Morgen um halb acht klingelte ein Mann von der Telekom bei uns und installierte einen Telefonanschluss. Vor ein paar Tagen hatte ich in einem Telefonladen einen eigenen Anschluss beantragt, nachdem ich von einem freundlichen Mitarbeiter erfahren hatte, dass keine Meldebescheinigung dafür notwendig sei. Von meinen Arbeitstellen aus konnte ich nun zu Hause bei meinen Kindern anrufen. Wieder ein klitzekleiner Fortschritt, der mir Mut machte. Jetzt war ich eine *Illegale* mit einem Fünfzig-Stunden-Job, zwei Kindern, eigenem Appartement und Telefonanschluss.

Ein paar Tage später teilte uns Gabriela mit, dass sie so schnell wie möglich zurückreisen müsse. Ihr Mann lag im Krankenhaus, er hatte einen Selbstmordversuch unternommen und sich mit Tabletten vergiften wollen. Gabrielas Söhne brauchten dringend ihre Mutter.

Ihren Plan, drei Monate in Deutschland zu bleiben und ein paar Euro zu verdienen, musste Gabriela unter diesen Umständen aufgeben. Auch Isabel und Pablo verstanden, dass ihre Tante so schnell wie möglich nach Hause wollte. Der Abschied fiel ihnen sehr schwer. In den letzten Jahren war ihre Tante der einzige Mensch gewesen, dem sie blind vertraut hatten.

Nachts um zwei brachte ich Gabriela gemeinsam mit meinem Freund Thomas zum Flughafen. Am frühen Morgen hob ihr Flugzeug ab. »Danke, dass du so viel für meine Kinder getan hast.« Ich umarmte sie.

»Werden wir uns wiedersehen?«, fragte Gabriela.

»Bestimmt. Ich glaube fest daran.«

Müde fuhr ich vom Flughafen aus direkt zu meiner ersten Putzstelle. Von dort rief ich meine Kinder an: »Wie geht es euch, was macht ihr heute?«

»Fernsehen.«

Mein schlechtes Gewissen regte sich, ich hatte nichts für sie vorbereitet, was ihnen den Tag ein wenig abwechslungsreicher hätte gestalten können. Als ich abends nach Hause kam, überraschten sie mich mit einem gedeckten Tisch. Isabel und Pablo hatten Reis gekocht und schlugen Spiegeleier in die Pfanne. »Mama, du hast bestimmt Hunger«, empfing mich meine Tochter. Meine neun und zwölf Jahre alten Kinder kamen mir auf einmal sehr erwachsen vor.

Ich erzählte ihnen vom Abschied von Gabriela. »Ohne unsere Tante ist es in der Wohnung ziemlich langweilig. Zu Hause habe ich mit meinen Freunden immer Fußball gespielt. Hier habe ich keine Freunde«, sagte Pablo. Ich versprach ihnen, mich darum zu kümmern, dass sie tagsüber irgendetwas Sinnvolles machen konnten. »Vielleicht finde ich einen Deutschkurs für euch. Irgendwann könnt ihr bestimmt auch wieder in die Schule gehen.«

Nach dem Abendessen fiel ich ins Bett, der fehlende Schlaf der letzten Nacht machte sich bemerkbar. Isabel und Pablo legten sich mit ihren Matratzen neben mich. Nachdem Gabriela abgereist war, hatten sie nur noch mich.

Am nächsten Morgen schrieb ich den beiden wieder eine lange Vokabelliste. Es machte ihnen sichtlich Spaß, mir abends ihre Lernerfolge zu präsentieren. Isabel hatte mich am Abend vor dem Einschlafen gefragt: »Was machst du genau für eine Arbeit? Was sind das für Menschen, zu denen du gehst?«

Einerseits überraschte mich ihre Frage, ich hatte ihr doch schon so oft erzählt, dass ich den ganzen Tag putzen ging. Andererseits wusste ich, dass sie drei Jahre lang von Erica anderes vernommen hatte. Während sie schlief, dachte ich darüber nach. Ich würde sie mit zur Arbeit nehmen. Im Kopf ging ich alle Putzstellen durch. Einige meiner Arbeitgeber wussten, dass ich illegal hier war, bei zwei Familien hatte ich erwähnt, dass meine Kinder endlich hier bei mir lebten. Diese beiden Familien konnte ich fragen.

Am Donnerstag weckte ich Isabel früh und verließ mit ihr um sieben das Haus. Pablo tat mir leid, er würde den Vormittag ohne seine Schwester verbringen müssen. Aber ich wollte meine Arbeitgeber nicht gleich mit zwei Kindern überfallen. Um halb acht begrüßte uns Frau Jakobi und schenkte Isabel ein paar Süßigkeiten. Dann verließ sie das Haus, sie war Lehrerin an einer Schule.

Außer uns blieb nur ihr Hund in der Wohnung zurück. Überall lagen seine Haare. »Sieh mal, Isabel, das Sofa ist voller Hundehaare. Bitte mach sie mit dem Staubsauger alle weg.«

Während ich die Diele und das Gästeklo putzte, mühte Isabel sich mit dem Staubsauger ab. Nach einiger Zeit rief sie: »Ich bin fertig.«

Ich musterte das Sofa, überall fand ich noch Haare. »Es tut mir leid, aber das musst du noch mal machen«, sagte ich streng.

Isabel schwitzte und bemühte sich. Schließlich war das Sofa

einigermaßen sauber. Anschließend ließ ich sie die Sessel absaugen. Es dauerte nicht lange, bis Isabel die Lust verlor: »Ich schaff das nicht. Ich bin doch noch ein Kind.«

»Du wolltest wissen, welche Arbeit ich den ganzen Tag mache. Das ist die Arbeit, mit der ich von morgens früh, wenn ihr noch schlaft, bis spät abends unser Geld verdiene. Ich gehe von Haus zu Haus und mache den Dreck von anderen Leuten weg. Das ist eine verdammt harte Arbeit.«

»Ich dachte, du gehst zu Männern. Erica hat gesagt, dass du eine Nutte bist.« Endlich war es raus. Isabel entschuldigte sich dafür, dass sie mir die ganze Zeit nicht geglaubt hatte. Dankbar nahm ich ihre Entschuldigung an. Vielleicht würde sie ab jetzt weniger distanziert zu mir sein, vielleicht konnte ich jetzt ihr Vertrauen zurückgewinnen.

In den nächsten Tagen spürte ich tatsächlich, dass sich etwas änderte. Die Kinder sprachen mehr mit mir und beteiligten sich aktiver an unserem gemeinsamen Leben: »Wann kommst du nach Hause? Was kochen wir heute Abend? Was machen wir am Wochenende?«

Wenn ich Feierabend hatte, spielten wir Malefiz, Halma oder Fang den Hut, Spiele, die meine Kinder eigenständig in der Stadtbibliothek ausgeliehen hatten. Langsam rückten wir wieder enger zusammen, auch wenn nichts war wie früher. Isabel ließ vorsichtig Körperkontakt zu, ich durfte sie hin und wieder in den Arm nehmen, und Pablo erzählte mir von den Schlägen der Stiefmutter. Viele Narben hatten diese drei Jahre auf seinem Körper und seiner Seele hinterlassen.

Der Tag, an dem das Besuchervisum der Kinder ablief, rückte näher. Alfonso erwartete die Kinder in ein paar Tagen zurück. Auf keinen Fall wollte ich, dass die Kinder gegen ihren Willen in Deutschland blieben. Ich musste mit ihnen reden. Mein Gefühl sagte mir, sie wollen bei mir bleiben, aber ich wusste auch, wie sehr Isabel und Pablo ihre Heimat und ihre Freunde vermissten.

Ich fürchtete mich vor diesem Gespräch und einer eventuellen Ablehnung.
»Ihr wisst, in Deutschland ist das Leben nicht einfach für uns«, begann ich. »Ich habe noch keine Schule für euch, und ich weiß nicht, wann ich eine finden werde. Wir müssen uns so lange verstecken, bis ich einen Mann zum Heiraten gefunden habe. Das wird alles nicht einfach, aber mit Geduld können wir es schaffen.« Ich sagte ihnen, wie glücklich ich war, dass sie endlich bei mir waren, aber dass sie auch in ihre vertraute Heimat zurückkehren könnten, wenn sie das wollten.
Pablo sagte sofort: »Nie mehr will ich zurück zu dieser Hexe.« Einmal mehr spürte ich dabei die Last der vergangenen Jahre, die auf ihm lag.
Nach langem, schweigsamem Nachdenken entschied auch Isabel: »Ich bleibe hier.« Ich war sehr erleichtert. Trotz aller Schwierigkeiten und Probleme, die ein Leben hier mit sich brachte, hatten sie sich für eine neue gemeinsame Zukunft mit mir in Deutschland entschieden.
Am nächsten Abend rief mein Ex-Mann an und fragte, wann er die Kinder vom Flughafen abholen solle.
»Sprich selbst mit ihnen«, entgegnete ich und gab Isabel den Hörer.
»Ich möchte nicht zurück nach Hause, ich bleibe hier«, sagten zunächst meine Tochter und dann mein Sohn. Alfonso wollte es nicht glauben. Er war tatsächlich davon überzeugt gewesen, die Kinder würden zu ihm und ihrer Stiefmutter zurückkehren wollen.

Schule für *Illegale*

Wir drei hatten uns wieder gefunden und neu kennen gelernt, endlich fühlten wir uns wieder als Familie. Morgens, wenn ich aus dem Haus ging, schliefen die Kinder noch. Aber die Abendstunden verbrachten wir fast immer gemeinsam und auch die Sonntage gehörten nur uns. Ich hatte meine Sonntagsarbeit ganz aufgegeben, die Zeit mit den Kindern war wichtiger. Wir würden auch so über die Runden kommen. Schließlich brauchten wir uns gegenseitig. Das Leben in der Schattenwelt schweißte uns zusammen, wir hatten unser kleines Nest inmitten der feindlichen Umgebung.

In den ersten Tagen nach Gabrielas Abflug erschienen mir die Kinder ganz zufrieden mit ihrem Leben. In ihren Augen ging es ihnen hier viel besser als bei Alfonso und Erica. Vor ein paar Wochen noch hatten sie jeden Morgen um sechs aufstehen und Brötchen holen müssen, an sieben Tagen in der Woche. Nach der Schule mussten sie auf ihre Stiefbrüder aufpassen, putzen, bügeln und waschen. Ihre Stiefmutter hatte sie mit Arbeit überhäuft und den ganzen Tag herumkommandiert.

In Deutschland genossen sie anfangs die Vorteile des freien Lebens, keine Verpflichtungen, noch nicht einmal in die Schule mussten sie. Fernsehen und Computerspiele, so viel sie wollten, und keinerlei Kontrolle.

Die neue Freiheit hatte aber auch ihre Kehrseite. Ich hatte Angst, dass meine Kinder verwahrlosten, wenn ich nicht bald eine sinnvolle Beschäftigung für sie fand.

Mit der Zeit verspürten Isabel und Pablo selbst, wie einförmig ihr Leben in der kleinen Wohnung in diesem fremden Land ohne Sprachkenntnisse und ohne ihre Freunde war. Meine wenigen Freunde und Bekannten hier unterstützen uns, so gut es ging. Rita aus der Kirchengemeinde holte die beiden gelegentlich ab, und auch Robert, Alejandra und Thomas unternahmen hin und wieder etwas mit ihnen. Doch die meiste Zeit waren Isabel und Pablo allein. Ich hatte große Gewissensbisse deswegen, und unsere Lage erschien mir aussichtslos.

»Ihre Kinder können Sie nicht nach Deutschland holen«, hatte die Beraterin der Caritas gesagt, »es gibt keine Schule hier für sie.«

Ich hatte ihr nicht glauben wollen. Zu groß war mein Wunsch gewesen, Isabel und Pablo bei mir zu haben. Jetzt galt es die Nadel im Heuhaufen zu finden. Es musste doch eine Schule geben, die meine *illegalen* Kinder aufnahm.

Wenigstens einen Deutschkurs wollte ich für sie finden. Oder eine Gruppe für Kinder in einer der vielen Kirchengemeinden. Als Erstes erkundigte ich mich bei der Volkshochschule. Ich selbst hatte dort den Deutschkurs für Ausländer belegt, warum sollte so etwas nicht auch für Kinder angeboten werden?

»Ja, es gibt solche Kurse«, bestätigte mir eine freundliche ältere Dame, »nur nicht an der Volkshochschule, sondern an den allgemeinbildenden Schulen.« Ausländische Schüler würden dort in Extrakursen gefördert.

Diese Nachricht brachte mich nicht weiter. Also wollte ich mein Glück als Nächstes bei den Kirchengemeinden versuchen. Ich griff zum Telefonbuch und fand jede Menge Einträge unter der Rubrik »Kirchen«.

»Guten Tag, können Sie mir sagen, ob es bei Ihrer Kirche eine Spielstube für Kinder gibt?«, lautete meine Standardfrage, die ich mehr als zwanzigmal mit ängstlicher Stimme stellte.

Die meisten Kirchenmitarbeiter gaben mir freundlich Auskunft. Für die Kleineren gebe es einen Kindergarten, bekam ich oft zu hören, für die Älteren Jugendgruppen. Einen Ort zum Spielen und Deutschlernen, so etwas hätten sie nicht. Manchmal fragten

sie nach, ob denn meine Kinder keinen Förderunterricht in der Schule besuchten. »Die Schule hat dafür im Moment keinen Lehrer«, antwortete ich dann schnell.
Einmal hatte ich einen Priester am Telefon. Nachdem ich mein Sprüchlein aufgesagt hatte, fragte er streng zurück: »Wer sind Sie?« Ich nannte ihm einen falschen Namen. »Was genau suchen Sie?«
Ich erklärte ihm, dass ich eine Beschäftigung für meinen neunjährigen Sohn und meine zwölfjährige Tochter suchte.
»Woher kommen Sie? Wie lange gilt Ihr Visum?«
Ich fing an zu zittern. »Ich habe mein Visum nicht hier, kann Ihnen im Moment nicht sagen, wie lange es gilt, aber ich brauche eine Gruppe für meine Kinder.«
»Wir haben keine Spielstube«, schnaubte er ärgerlich und legte auf.
Das ganze Telefonieren mit den Kirchengemeinden hatte nichts gefruchtet. So mancher Gesprächspartner hatte vielleicht geahnt, dass ich eine *Illegale* war und meine Kinder keine Schule besuchten, aber kein Kirchenmensch hatte Unterstützung angeboten. Ich würde es weiter versuchen. Vielleicht hatte ich irgendwann Glück.
Jedes Mal, wenn mir ein Putztermin abgesagt wurde, setzte ich mich ans Telefon. Als Nächstes versuchte ich es bei den Kirchengemeinden im weiteren Umkreis. Danach telefonierte ich die Schulen durch. Ohne es konkret auszusprechen, gab ich den Pfarrern und Kirchenmitarbeitern, Schulsekretärinnen und Direktoren zu verstehen, dass meine Kinder und ich ein großes Problem hatten. Doch niemand lud uns zu einem Gespräch ein oder bot uns Hilfe an. Spätestens wenn mir mitgeteilt wurde, welche Papiere für die Schulaufnahme benötigt wurden, legte ich wieder auf.
Isabel und Pablo verfolgten meine Aktivitäten anfangs mit großem Interesse. Nach jedem Telefonat musste ich ihnen übersetzen, was ich erfahren hatte. Mit der Zeit wurden sie gleichmütig

und schienen sich in ihr Schicksal zu ergeben. Sie sahen sich lieber Videofilme an, während ich weiter telefonierte und die Hoffnung nicht aufgab.

Die Tage plätscherten dahin, ohne dass sich an der Situation etwas änderte. Isabel und Pablo wurden immer selbständiger. Anfangs erledigte ich alle unsere Einkäufe, beide konnten kein Wort Deutsch und kannten sich noch nicht mit dem Geld aus. Irgendwann legte ich ihnen fünf Euro hin und bat sie, bei Aldi Reis zu kaufen. Als ich abends nach Hause kam, lagen neben dem Päckchen Reis auch Bananen und Kekse.

»Wir haben zuerst den Reis gekauft. Die Verkäuferin hat uns Geld zurückgegeben und wir sind noch einmal hineingegangen, um zu sehen, ob das Geld auch noch für Bananen reicht«, erzählten sie stolz. Mit dem Wechselgeld, das beim Bananenkauf übrig blieb, hatten sie im dritten Anlauf die Kekse gekauft.

Meine Kinder begannen den Alltag in Deutschland zu erkunden. Mit der Zeit kannten sie alle U-Bahn-Linien, die ich für meine Arbeitswege benutzte. Manchmal, wenn ich auf der Fahrt von einer Arbeitsstelle zur nächsten keine Zeit für ein Mittagessen hatte, kochten die beiden und brachten mir das Essen in einer Tupperdose zur U-Bahn-Station. Ich freute mich jedes Mal sehr, wenn sie mit dem Essen kamen. Sie gaben mir das gute Gefühl, dass sie Anteil nahmen an der harten Arbeit, der ich jeden Tag nachging.

Nachdem ich telefonisch weder eine Schule noch einen Spieltreff für Isabel und Pablo gefunden hatte, musste ich mir etwas Neues einfallen lassen. Ich wollte jetzt Ausschau halten, wo andere Kinder hingingen, und deren Betreuer persönlich ansprechen. Vielleicht würde ich so jemanden kennen lernen, der uns weiterhelfen konnte.

Morgens um halb acht fuhr ich mit dem Fahrrad durch die Stadt. Ich sah Schüler, die aus Bussen strömten, und Eltern, die ihre Kinder mit Autos brachten. Vereinzelt sprach ich auslän-

disch aussehende Eltern an: »Wissen Sie, ob es an dieser Schule Deutschkurse für Ausländer gibt?«
Ich hatte wenig Erfolg. Einer Frau erzählte ich, dass ich für längere Zeit Kinderbesuch aus dem Ausland hätte und meine Besuchskinder gern eine Schule besuchen würden. Die Frau empfahl mir, bei einer katholischen Schule im Zentrum der Stadt nachzufragen. Leider erfuhr ich im Sekretariat nur das Übliche. Zur Anmeldung müsse ich ein gültiges Visum vorlegen. Die Sekretärin hatte aber einen neuen Tipp für mich. Sie wusste von einer Privatschule in der Stadt, die Gastkinder aufnahm.
Der neue kleine Hoffnungsschimmer löste sich jedoch schnell wieder in Luft auf. Man fragte mich dort zwar nicht gleich nach meinen Papieren, wollte aber wissen, ob ich die monatlichen dreihundert Euro Schulgeld aufbringen könne. Das konnte ich mir zwar kaum leisten, doch diese allerletzte Möglichkeit wollte ich nicht gleich verwerfen.
Als ich erwähnte, dass Isabel und Pablo noch kein Deutsch sprachen, hieß es dann leider: »Tut uns leid, dann können wir Ihnen nicht helfen. Ohne Deutschkenntnisse sind Ihre Kinder im Unterricht überfordert. Es ist besser, Sie melden die beiden bei einer anderen Schule an.«
Seit Isabel und Pablo hier waren, fühlte ich mich nicht mehr so frei wie vorher. Die neue Verantwortung lastete wie ein Stein auf meiner Brust. Würde mich jemand bei der Polizei verraten, wäre nicht nur mein Leben verpfuscht, sondern auch das der Kinder.

Das Leben kam mir auf einmal viel gefährlicher vor. Ich erfuhr von Landsleuten, die plötzlich verschwunden waren, und hörte viele Abschiebegeschichten. Den Hauptbahnhof mied ich schon lange, da wimmelte es nur so von Kontrollen. Mehrmals waren mir auch in der Innenstadt Passkontrollen durch Polizisten in Zivil aufgefallen. Doch manchmal ließ sich die Innenstadt nicht umgehen auf dem Weg von einem zum nächsten Haushalt.
Einmal, als ich über den großen Marktplatz lief, sah ich aus den

Augenwinkeln einen Mann, der mich mit seinem Blick durchdrang. Ich hastete weiter und bog in die nächste Gasse ein. Als ich mich umdrehte, stellte ich fest, dass der Mann mir tatsächlich zu folgen schien. Garantiert ein Polizist in Zivilkleidung. Panisch bog ich an der nächsten Kreuzung wieder ab und fing an zu rennen, stürmte in den nächstbesten Laden und betrachtete im hintersten Winkel ausgiebig rote, gelbe und grüne Wollknäuel. Ein paar Minuten später traute ich mich wieder raus. Der Mann war verschwunden. Im Dauerlauf erreichte ich die nächste U-Bahn.
Von diesem Tag an wurde ich noch misstrauischer, konnte Männerblicke kaum mehr ertragen. Jedes Mal, wenn mich ein Mann länger beäugte, lief ich schnellen Schrittes davon. Wenn ich glaubte, den eingebildeten Verfolger abgehängt zu haben, rannte ich zur Sicherheit noch ein Stück weiter. Immer wieder war ich erleichtert, wenn ich abends heil bei meinen Kindern ankam. Manchmal amüsierte ich mich über mein eigenes Verhalten: Solange ich davonjagte, wenn sich mir ein Mann näherte, würde ich nie jemanden kennen lernen, der mich heiratete.

Isabel und Pablo waren mittlerweile schon drei Monate bei mir, und noch immer lebten sie in unserer kleinen Wohnung wie in einem Käfig. Eines Tages, als ich zwischen zwei Putzstellen ein wenig Zeit hatte, hörte ich unterwegs aus einem Haus fröhliches Kindergeschrei, es musste sich um eine größere Gruppe spielender und tobender Kinder handeln. Ich nahm meinen ganzen Mut zusammen und klingelte. Eine nett aussehende junge Frau in Latzhosen öffnete mir die Tür.
»Es klingt so lustig bei Ihnen«, sagte ich zu ihr. »Was muss ich tun, wenn ich meine Kinder hier anmelden möchte?«
Sie erklärte mir, die Einrichtung sei ein Hort. Die Kinder kämen nach der Schule, spielten hier und erledigten ihre Hausaufgaben. Mittagessen gebe es auch. Dreißig Euro im Monat sollte es kosten, das konnte ich mir leisten. Hier wollte ich Isabel und Pablo anmelden. Es waren sogar zwei Plätze frei.

Die Frau erkundigte sich nach dem Alter meiner Kinder.
»Neun und zwölf«, sagte ich.
In den Hort durften aber nur Kinder bis elf Jahren aufgenommen werden. Isabel hatte also keine Chance, aber vielleicht Pablo.
»Was brauche ich denn für die Anmeldung?«, lautete meine nächste bange Frage.
»Sie müssen ein Formular ausfüllen und Ihren Ausweis mitbringen.«
Ich wollte schon wieder gehen, doch dann überlegte ich es mir anders. Es gefiel mir hier so gut, vielleicht gab es ja doch eine Lösung.
»Ist es möglich, dass ich mit dem Chef spreche?«, fragte ich die Frau.
»Was möchten Sie denn gern noch wissen? Eigentlich habe ich Ihnen alles Wichtige gesagt«, reagierte die Betreuerin gut gelaunt.
Ich entschied mich für die Wahrheit. »Ich habe ein Problem, ich habe keine Papiere. Meine Kinder sind vor kurzem gekommen und können keine Schule besuchen. Ich möchte eine Gruppe finden, wo sie ein bisschen spielen können, bis ich eine Schule für sie gefunden habe.«
Die junge Frau sah mich verblüfft an, entgegnete aber sehr freundlich: »Das tut mir leid für Sie und Ihre Kinder. Ich weiß nicht, ob ich Ihnen helfen kann. So etwas hatten wir noch nicht.«
Sie wollte mit ihrer Chefin sprechen und mir dann Bescheid geben. In einer Woche zur gleichen Zeit solle ich wiederkommen.
»Ich kann Ihnen aber wirklich nicht versprechen, dass es auch klappt«, sagte sie zum Schluss. »Ich hoffe das Beste für Sie und Ihre Kinder.«
Tief in mir keimte ein klein wenig Hoffnung. Ich war stolz auf meinen Mut, dieser unbekannten Frau die Wahrheit gesagt zu haben. Einerseits war es sehr leichtsinnig gewesen, einer Fremden mein Geheimnis anzuvertrauen, andererseits wusste ich, ohne Risiko würde ich niemals etwas für Isabel und Pablo erreichen können. Es gab hier Menschen, denen ich die Wahrheit

verschweigen musste, weil sie entweder keine Ausländer mochten oder ein Problem damit hatten, dass mein Aufenthalt *illegal* war und deutsche Gesetze verletzte. Es gab aber ebenso Menschen mit viel Verständnis, die mich unterstützten und gern meine Komplizen waren. Ich hatte selten Schwierigkeiten, die einen von den anderen zu unterscheiden, intuitiv wusste ich, woran ich bei wem war. Die Frau aus dem Hort gehörte sicherlich zur zweiten Gruppe.

Eine Woche später suchte ich den Hort wie besprochen erneut auf. Eine ältere Frau, die Hortleiterin, öffnete mir. Sie war mir ebenfalls auf Anhieb sympathisch. »Meine Kollegin hat mir von Ihren Problemen erzählt«, begann sie das Gespräch. Dann wollte sie wissen, warum ich nach Deutschland gekommen sei. Ich erzählte ihr von der Armut in meinem Land und von Pablos und Isabels Stiefmutter, die meine Kinder immer wieder verprügelt hatte. Sie hörte mir schweigend zu.

»Das ist alles sehr traurig«, äußerte sie schließlich. »Ich will riskieren, Ihnen zu helfen. Ihren Sohn können wir aufnehmen, aber Ihre Tochter ist leider schon zu alt für diesen Hort.« Da die Einrichtung nur für Grundschulkinder konzipiert war, würde sie sich mit der Aufnahme eines älteren Kindes sowohl bei ihrem Träger als auch bei den Eltern der anderen Kinder Ärger einhandeln. Sie verabschiedete sich von mir mit den Worten: »Sie müssen mir versprechen, dass alles unter uns bleibt. Wenn es auffliegt, dass Pablo ein Kind ohne Papiere ist, bin ich meine Arbeit los.«

Am liebsten hätte ich sie vor lauter Dankbarkeit umarmt. Pablo war sehr glücklich, dass ich etwas für ihn gefunden hatte.

Ein paar Tage später begleitete ich ihn gemeinsam mit Isabel zum Hort. Nachdem ich die dreißig Euro bezahlt hatte, durfte er bleiben. Isabel musste alleine nach Hause gehen, ich hatte keine Zeit mehr, die nächste Arbeitsstelle wartete auf mich.

Abends erzählte Pablo begeistert von seinem ersten Horttag. Die Erzieherinnen und die anderen Kinder waren sehr nett zu ihm gewesen. Dass er noch kein Deutsch konnte, hatte niemanden

gestört. Jeden Tag wollten sie ihm etwas beibringen. Heute hatte er die Worte »Gabel« und »Löffel« gelernt. Pablo war schon immer ein sehr offenes Kind gewesen, und ich war froh, dass er auch in einer fremden Umgebung schnell Anschluss fand. Ein Hort war zwar keine Schule, aber immerhin ein Anfang.
Die nächsten Tage hatte ich am frühen Nachmittag keine Zeit, Pablo in den Hort zu bringen. Ich bat Isabel, ihren jüngeren Bruder dorthin zu begleiten und ihn später wieder abzuholen.
Alles schien gut zu klappen. Pablo berichtete mir jeden Abend aufgeregt, was er im Hort gespielt hatte. Isabel dagegen war schweigsam, kein Wunder, allein in der Wohnung blieb ihr nicht viel anderes übrig, als zu lesen und fernzusehen.
Nach einer Woche hatte ich Zeit, Pablo selbst in den Hort zu bringen. Die Erzieherinnen berichteten von seinen großen sprachlichen Fortschritten, dass er sich in der Gruppe wohl fühlte und auch schon Freunde gefunden hatte.
Doch es gab auch ein Problem. »Jeden Tag steht Ihre Tochter stundenlang draußen vor dem Fenster und blickt sehnsüchtig herein«, erzählten die Erzieherinnen. Ab und zu hatten sie sie hereingeholt und mitspielen lassen, aber das ginge eigentlich nicht. Wenn sich andere Eltern beschwerten oder ihr etwas passierte, bekämen sie alle einen Riesenärger. »Bitte finden Sie eine andere Lösung für Isabel. Es ist für uns so traurig, sie da draußen stehen zu sehen.«
Am Abend setzte ich mich mit Isabel zusammen, und sie versprach mir, in Zukunft ihren Bruder hinzubringen und gleich wieder nach Hause zu gehen. Wie ich im Nachhinein erfuhr, fiel es ihr schwer, sich daran zu halten. Noch oft war sie die ganze Zeit in seiner Nähe geblieben und hatte durch das Fenster den Hortkindern zugesehen.

Pablos Hort war ein Lichtblick, aber keine Dauerlösung. Mein Sohn wurde von halb eins bis fünf betreut, doch vormittags

und oft auch am frühen Abend waren die Kinder nach wie vor allein.
Isabel hatte ich einmal mit zu den Jakobis genommen, als sie mir nicht glauben wollte, dass ich mein Geld als Putzfrau verdiente. Ich wollte jetzt auch die Psychologin fragen, für die ich jeden Mittwochnachmittag putzte, ob ich Isabel mitbringen dürfe. Diese Familie kannte ich schon seit drei Jahren. Der Mann war Physik-Professor an der Universität und selten zu Hause. Manchmal kam der älteste Sohn vorbei, der Theologie studierte und mit dem ich mich sehr gut verstand.
Beim Tee erzählte ich Mutter und Sohn von meinem Problem, keine Beschäftigung für meine Kinder zu haben. Ob es ihnen etwas ausmachen würde, wenn ich mit Isabel käme? Sie hatten nichts dagegen und interessierten sich für die Hintergründe. »Warum gehen deine Kinder nicht in die Schule?«
Ich sagte ihnen die Wahrheit: »Wir leben *illegal* hier.«
Beide waren ein wenig geschockt. Ich war davon ausgegangen, dass sie meine Illegalität seit langem vermuteten. Sie hatten mich nie nach Papieren gefragt. Jetzt erfuhr ich: Sie hatten tatsächlich geglaubt, dass alles in Ordnung sei.
Jedes Mal, wenn ich mich »geoutet« hatte, schnürte sich mein Magen zusammen, so auch in diesem Moment. Ich vertraute diesen Menschen, aber hundertprozentig sicher konnte ich mir nie sein.
Beim nächsten Mal begleitete mich Isabel. Sie saugte und ich wischte. Die Psychologin beobachtete uns eine Zeit lang. Als sie feststellte, dass Isabel mir nicht nur aus Langeweile ein bisschen half, sondern richtig mitarbeitete, bat sie uns um eine Unterbrechung. Sie erklärte, dass ich meine Tochter zwar mitbringen, aber Isabel nicht bei ihr arbeiten dürfe. »Kinder gehören in die Schule«, fuhr sie fort. Es sei ungerecht, dass andere Kinder lernen dürften, während Isabel hier arbeiten müsse.
In meiner Heimat war es nicht ungewöhnlich, dass zwölfjährige Kinder vormittags arbeiteten, viele Familien waren auf den

Zuverdienst ihrer Kinder angewiesen. Die meisten Eltern bemühten sich zwar, ihren Kindern den Schulunterricht zu ermöglichen, aber so ernst wie in Deutschland wurde die Schulpflicht nicht genommen.
Von diesem Tag an lernte Isabel, während ich sauber machte, mit der Psychologin Deutsch. Diese Lösung gefiel mir natürlich viel besser.

Dann fragte ich Frau Jungborn, die mit ihren beiden kleinen Kindern in einem großen Haus lebte, ob ich Isabel und Pablo mitbringen dürfe. In diesem Haushalt putzte ich auch schon mehr als zwei Jahre. Frau Jungborn war Hausfrau, ihr Mann handelte mit Computern, ich sah ihn so gut wie nie.
Warum meine Kinder nicht zur Schule gingen, wollte auch sie gleich wissen. Ich antwortete, ich wäre gerade dabei, eine geeignete Schule zu finden, aber das gestalte sich sehr schwierig. Frau Jungborn wusste, dass ich keine Papiere hatte, so genau wollte sie meine Lebenssituation aber gar nicht kennen lernen. »Bringen Sie Ihre Kinder am Freitag mit, dann sehen wir mal, wie es klappt.«
Isabel und Pablo kamen von nun an zweimal in der Woche mit zu Jungborns und spielten mit den kleinen Kindern. Jedes Mal aßen wir gemeinsam zu Mittag, und alle waren zufrieden mit dieser Lösung.
Es gab noch andere Familien, bei denen ich meine Kinder immer mal wieder mitbringen konnte.
»Wenn das meine Kinder wären, würde ich den ganzen Tag auf dem Sofa liegen und nur weinen«, hatte Sabine, eine meiner Arbeitgeberinnen, schon früher einmal zu mir gesagt. Auch sie war einverstanden damit, dass die Kinder mich begleiteten.
Ein älteres Ehepaar, für das ich putzte, hatte schon gute Erfahrungen mit einer *illegalen* rumänischen Putzfrau gemacht. Ihr war es gelungen, ihren Status zu legalisieren.
»Sie müssen ganz schnell jemanden heiraten, damit sie gemeinsam mit den Kindern hier leben können«, rieten sie mir ganz

pragmatisch. Ich stimmte ihnen zu. Auch zu ihnen durfte ich Isabel und Pablo mitnehmen.

Und noch eine Familie hatte ich im Hinterkopf, bei der ich keine Einwände vermutete. Fast drei Jahre schon putzte ich für sie. Allerdings wussten sie nichts von meinem Schattendasein. Mein Verhältnis zu der Familie war sehr gut, vor allem zur ältesten Tochter Judith, der ich vor ein paar Wochen beim Auszug geholfen hatte. Sie genoss gerade ihre ersten Semesterferien und war zu Besuch bei ihren Eltern. Während ihre Mutter zum Großeinkauf unterwegs war, lud mich Judith auf eine Tasse Tee ein.

Sie erzählte mir von ihrem Studium, der neuen Stadt, in der sie jetzt lebte, und von einer Frau, die sie in einem Seminar kennen gelernt hatte. Die Studentin sei eine Landsmännin von mir, und Judith und sie seien schon ein paarmal miteinander aus gewesen.

»Sie ist die Tochter eines Politikers und sie gibt viel Geld aus«, erzählte Judith.

»Ja«, stellte ich fest, »diesen Politiker kenne ich. Er hat durch Korruption sehr viel Geld verdient.«

Wir kamen ins Gespräch über die schlimmen Zustände in meinem Heimatland. Ich erzählte Judith von meinem Geschäft und dem korrupten Coronel, der daran schuld war, dass ich heute in Deutschland lebte. »Kinder von Politikern können überall hingehen«, bemerkte ich, »ich dagegen muss mit dem Risiko leben, jederzeit als *Illegale* aufzufliegen.«

Judith reagierte überhaupt nicht überrascht auf mein Geständnis, illegal in Deutschland zu sein. Sie pflichtete mir bei, es sei total ungerecht, dass ihre neue Bekannte so sorglos mit dem Geld ihres korrupten Vaters hier leben könne und dass Korruption ein schlimmes Krebsgeschwür sei.

In der folgenden Woche kehrte Judith zurück an ihren Studienort, und ich frühstückte zusammen mit der Mutter. Ich hatte mir vorgenommen, sie heute zu fragen, ob ich Isabel und Pablo mitbringen könne. Judiths Mutter hatte sich ebenfalls vorgenommen, mit mir zu reden: Sie wollte mir kündigen.

Noch bevor ich ihr von meinen Kindern erzählen konnte, beugte sie sich zu mir: »Maria, in nächster Zeit bin ich ein bisschen öfter zu Hause und kann selbst Hand anlegen. Im Moment brauche ich keine Putzfrau.« Bald würde sie außerdem in Urlaub fahren. Wenn sie danach wieder mehr Unterstützung im Haushalt brauche, würde sie mich anrufen.

Ich war ziemlich überrascht. Judiths Mutter kannte ich schon lange Zeit. Meistens war sie zu Hause gewesen, wenn ich putzte. Selten tat sie etwas anderes als auf dem Sofa zu sitzen und in einer Zeitschrift zu blättern, während ich sauber machte. Noch kein einziges Mal hatte ich sie putzen sehen. Warum sie mir jetzt kündigte, war mir schleierhaft. Sie war immer zufrieden mit mir gewesen, und ich konnte mir nicht vorstellen, dass sie tatsächlich selbst zu Eimer und Lappen greifen wollte. Heute glaube ich, dass Judith ihr von unserem Gespräch und meiner Illegalität erzählt hat und sie deshalb Unannehmlichkeiten befürchtete.

Obwohl ich diese Familie sehr gemocht hatte, habe ich mich nach meiner »Entlassung« nie mehr bei ihnen gemeldet. Ich war zu stolz, um bei irgendjemandem um Arbeit zu betteln. Drei Monate später erreichte mich noch einmal ein Anruf von Judiths Mutter. Sie wollte wissen, wie es mir ging, und sich noch einmal endgültig von mir verabschieden: »Ich wünsche dir alles Gute für die Zukunft und hoffe, dass du anderswo wieder eine Stelle findest.«

Jede Arbeit, die ich verlor, tat mir weh. Ich wusste zwar, dass es nie lange dauerte, bis ich Ersatz gefunden hatte, aber bis dahin fehlte mir ein Teil meines Einkommens. Arbeit für *Illegale* gab es in Deutschland nach wie vor genug.

Kopfzerbrechen bereitete mir weniger die eine oder andere Stelle, die ich immer mal wieder verlor, weil Leute umzogen oder sich keine Putzfrau mehr leisten konnten oder wollten. Kopfzerbrechen bereitete mir vor allem die Schule, die ich bisher noch nicht für meine Kinder gefunden hatte.

Wenn ich Pablo aus dem Hort abholte, wechselte ich stets ein paar Worte mit den Erzieherinnen, vor allem mit der jungen Frau, die mir zu dem Hortplatz verholfen hatte. Von Zeit zu Zeit fragte sie mich, ob ich mittlerweile eine Schule gefunden hatte. Als ich wieder einmal resigniert den Kopf schüttelte, wollte sie wissen, ob ich schon einmal Kontakt zu Silke Schenk gehabt hätte.

»Nein. Wer ist denn Silke Schenk?«

»Ach, vergessen Sie es bitte wieder, das war keine gute Idee von mir.«

Wer war Silke Schenk? Der Name ging mir auf dem Heimweg immer wieder durch den Kopf. Vielleicht jemand, der *Illegalen* half? Vielleicht hatte die Erzieherin Angst, ihre Identität preiszugeben. Ich musste herausfinden, was es mit Silke Schenk auf sich hatte.

Am nächsten Tag blätterte ich im Telefonbuch. Nirgendwo gab es einen Eintrag unter »Silke Schenk«. Ich rief Rita an, meine deutsche Freundin aus der Kirchengemeinde: »Kannst du für mich etwas herausfinden?«

»Was hast du denn jetzt schon wieder für ein neues Problem?«, lachte sie ins Telefon.

»Rita, du kennst dich doch mit Computern aus. Kannst du bitte nachschauen, ob es in unserer Stadt eine Silke Schenk gibt? Vielleicht kann diese Frau etwas für mich tun.«

Bald darauf meldete sich Rita wieder bei mir. »Du hast Glück. Ich habe eine Silke Schenk gefunden.«

Sie gab mir eine Adresse und Telefonnummer, und mit viel Herzklopfen rief ich an.

Eine Ausländerin, die noch schlechter Deutsch sprach als ich, meldete sich. »Kann ich bitte Silke Schenk sprechen?«

»Nein, sie ist nicht da. Kann ich ihr etwas ausrichten?«

»Frau Schenk kennt mich nicht. Ich würde sie gerne treffen.«

Die Frau am anderen Ende der Leitung wurde sehr unfreundlich. »Wenn Sie Frau Schenk nicht kennen, wieso möchten Sie sich dann mit ihr treffen? Und woher haben Sie überhaupt ihre Nummer?«

»Die Nummer habe ich von einer Bekannten. Kann ich sie jetzt bitte sprechen?«

»Sie ist nicht da«, erwiderte die Frau missmutig. »Versuchen Sie es morgen noch einmal.«

Am nächsten Tag, zwischen zwei Terminen, suchte ich mir eine Telefonzelle. Das war weitaus günstiger als vom Handy aus anzurufen. Mit viel Magengrummeln wählte ich wieder die Nummer der mysteriösen Silke Schenk. Wieder meldete sich die unfreundliche Ausländerin.

Silke Schenk war wieder nicht zu Hause. Diesmal bat ich die Frau, sich meine Handynummer aufzuschreiben. Frau Schenk solle mich doch bitte zurückrufen. Sie notierte die Nummer und fragte wieder misstrauisch: »Was wollen Sie von Frau Schenk? Wer hat Sie empfohlen?«

»Ich möchte sie um eine Information bitten«, sagte ich nur. »Bitte geben Sie meine Telefonnummer weiter.«

Vielleicht hatte ich mit der Weitergabe meiner Nummer einen ganz großen Fehler gemacht, und Silke Schenk half *Illegalen* gar nicht. Ich rückte gerade den Spinnweben in einem Rentnerhaushalt zu Leibe, als mein Handy klingelte.

»Hier ist Silke Schenk.«

Ausgerechnet jetzt, ich konnte nicht offen reden. Diesen Putzjob hatte ich noch nicht lange, und die beiden Rentner, deren große Wohnung ich gerade reinigte, waren mir unsympathisch. Bestimmt war ich die Arbeit sofort wieder los, wenn sie erfuhren, dass eine *Illegale* in ihrem Haushalt half.

»Ich kann im Moment nicht mit Ihnen sprechen«, sagte ich zu Frau Schenk. »Kann ich Sie später noch einmal anrufen?«

Sie war einverstanden, und gleich nach meiner Arbeit wählte ich wieder ihre Nummer.

»Sie sind mir empfohlen worden«, sagte ich. Das war zwar nicht ganz richtig, aber auch nicht ganz falsch.

»Wer hat mich Ihnen denn empfohlen?«, fragte Frau Schenk. Ihre Stimme klang angenehm, doch ich spürte auch ein großes Misstrauen.

»Das kann ich Ihnen am Telefon nicht sagen. Können wir uns bitte treffen?«

Sie sagte nicht Ja und nicht Nein, sondern nur: »Erzählen Sie mir etwas von sich.«

Ich nannte ihr meine Nationalität, behauptete, erst seit zwei Monaten in Deutschland zu sein, und erklärte, dass ich eine Information von ihr bräuchte. Schließlich war Silke Schenk mit einem Treffen einverstanden, und wir verabredeten uns in einem Café. Ich war zuerst da und setzte mich allein an einen Tisch. Eine Viertelstunde später betrat eine große blonde Frau das Café. Ob das Silke Schenk war? Ich hatte ihr beschrieben, wie ich aussah, doch in diesem Café saß noch eine zweite Lateinamerikanerin, auf die meine Beschreibung auch passte. Die blonde Frau drehte eine Runde, und als sie in meiner Nähe war, sah ich ihr ins Gesicht und sagte: »Ich heiße Maria.«

Sie setzte sich zu mir. »Das ist mir noch nie passiert, dass jemand, den ich nicht kenne, ein Treffen mit mir ausmacht«, begann sie das Gespräch. Was ich denn in Deutschland machen würde?

Ich entgegnete, ich würde an der Universität Deutsch lernen und wolle später Theologie studieren. Eine Zeit lang plauderten wir über dieses und jenes. Dann fasste ich mir ein Herz und raunte ihr leise zu: »Ich habe Schwierigkeiten. Meine kleinen Kinder sind hier in Deutschland, und deshalb wollte ich mit Ihnen sprechen.«

Sie ging überhaupt nicht darauf ein. »Dies ist kein Ort, an dem man sich in Ruhe unterhalten kann, wir sollten uns besser anderswo treffen.«

Ich hatte ein gutes Gefühl bei dieser blonden Frau, setzte alles auf eine Karte und gab ihr meine Adresse. Noch nie hatte ich einer Fremden verraten, wo ich wohnte.

Drei Abende später kam sie pünktlich zur verabredeten Zeit. Isabel und Pablo strahlten sie gleich am Eingang an. Ich hatte ihnen erzählt, dass uns heute jemand besuchte, der vielleicht helfen konnte, eine Schule zu finden. Das Eis war sofort gebrochen. Ich redete nicht mehr länger um den heißen Brei herum. »Wir sind *illegal* hier und brauchen Hilfe.« Ich erzählte ihr, wie lange ich schon eine Schule für meine Kinder suchte. Meine große Hoffnung sei, dass sie vielleicht über entsprechende Kontakte verfügte.

»Das ist sehr schwierig im Moment«, antwortete sie. »Ich kann Ihnen nichts versprechen, aber ich werde tun, was in meiner Macht steht.«

Es wurde ein langer Abend. Frau Schenk bot mir bald das »Du« an und unterhielt sich auf Spanisch mit den Kindern. Dieser Frau konnte ich trauen.

Ich erfuhr, dass sie bei unserem Treffen im Café genauso viel Angst gehabt hatte wie ich. Sie hatte schon vielen *Illegalen* geholfen und war sich nicht sicher gewesen, ob ich nicht vielleicht ein Spitzel der Polizei war. Silke erzählte mir auch, dass es in Deutschland eine Kampagne mit dem Namen »Kein Mensch ist illegal« gab. Gemeinsam mit andern würde sie dafür demonstrieren, dass Menschen ohne Papiere mehr Rechte bekamen. »Es ist ganz schlimm, dass in Deutschland Kinder leben, die nicht zur Schule gehen können. Ich werde ein paar Leute fragen, die euch vielleicht helfen können«, verabschiedete sie sich.

Endlich konnte ich auf eine echte Chance für Isabel und Pablo hoffen. Das Risiko, einer fremden Frau zu trauen, schien sich gelohnt zu haben.

Tagelang hörte ich nichts mehr von ihr. Dann klingelte endlich das Telefon, und Silke war dran: »Es gibt eine gute und eine schlechte Nachricht. Für Pablo habe ich eine Schule gefunden, für Isabel leider nicht.«

Mein Sohn sprang vor Freude in die Luft, als ich die Neuigkeit verkündete, Isabel war sehr, sehr traurig.

»Wir werden es schaffen und auch für dich etwas Geeignetes finden«, versuchte ich sie aufzumuntern. Mit Tränen in den Augen wandte sie sich ab und blickte lange Zeit stumm aus dem Fenster. Diese Stadt war nicht ihre Stadt.

Ein paar Tage später war es so weit, ich machte mich mit Pablo auf den Weg zur Schulanmeldung. Isabel musste zu Hause bleiben, auch wenn sie mir sehr leid tat. Nach den Erfahrungen mit Pablos Hort hatte ich Angst, dass sie auch dieses Mal ihren kleinen Bruder nicht loslassen konnte. Ich wollte nicht riskieren, dass sie stundenlang auf dem Schulhof auf ihn wartete. Das konnte problematisch werden.

Silke trafen wir eine halbe Stunde vor dem Anmeldungstermin an einer Würstchenbude. Sie wollte uns noch ein wenig vorbereiten.

»Pablo kann als Gastkind auf die Grundschule gehen«, erklärte sie uns noch einmal. Die stellvertretende Schulleiterin wisse Bescheid, sie hätte schon vielen *Illegalen* geholfen. Auf keinen Fall dürfe aber ihr Vorgesetzter, der Schuldirektor, Wind von der Sache bekommen. Dann würden nicht nur wir auffliegen, sondern noch einige andere Schüler auch. Eingeweiht sei auch die Sekretärin der Schule, die die Akten führe. An sie könne sich Pablo wenden, falls es irgendwann mal Probleme gäbe.

So vorbereitet betraten wir guten Mutes die Schule. Die stellvertretende Schulleiterin erwartete uns schon. Bei ihr brauchten Pablo und ich keine Angst zu haben, offen über unsere Situation zu reden. Zu unserer Illegalität und unserem Leben in Deutschland stellte die Lehrerin aber überhaupt keine Fragen. Viel mehr interessierten sie Pablos Schulleistungen in Südamerika.

Pablo war ein recht guter Schüler gewesen, doch in der deutschen Schule würde er es schwer haben. Dem Alter nach gehörte er in die vierte Klasse, doch die Lehrerin empfahl uns, ihn in die dritte Klasse einzuschulen. Dann könne er dem Unterrichtsstoff einfacher folgen und hätte bessere Chancen, gut Deutsch zu lernen.

Erleichtert atmete ich auf, Pablo durfte endlich eine Schule besuchen. Jetzt musste noch eine gute Lösung für Isabel gefunden werden. Es bedrückte mich, dass ich für sie nichts in Aussicht hatte. Auch Silke hatte mir bislang, was meine große Tochter betraf, kaum Hoffnung gemacht.
Meine Kinder würden nun, nachdem Pablo eingeschult war, noch weniger Zeit miteinander verbringen können. Eigentlich brauchten sie sich gegenseitig als verlässlichen und vertrauten Halt. Wie meine Tochter wohl mit der neuen Situation umgehen würde?
Isabel wartete schon zu Hause auf uns. Pablo redete drauflos, am kommenden Montag hätte er seinen ersten Schultag. Meine Tochter konnte seine Freude nur mäßig teilen und wurde in den nächsten Tagen noch stiller. Stundenlang starrte sie aus dem Fenster. Oft stellte ich mich zu ihr und legte meinen Arm um ihre Schulter: »Mach dir keine Sorgen, wir finden auch eine Schule für dich.« Doch auch ich glaubte immer weniger daran. Langsam verließ mich der Mut, und meine Tochter spürte das. Für den Hort war sie zu groß, für die Grundschule zu alt. Wie sollte ihr Leben in Deutschland weitergehen?
Eines Abends äußerte sie, dass ihr am allermeisten die Freunde von zu Hause fehlten. Hier habe sie niemanden, mit dem sie spielen könne. Sie vermisse das vertraute Essen, die Schule, und auch ihren Vater würde sie gern mal wiedersehen.
»Isabel, wenn wir keine Schule für dich finden, dann musst du zurück«, sagte ich und erschrak über meine eigenen Worte. »Vielleicht kannst du bei deinen Großeltern wohnen und uns immer mal wieder besuchen kommen.«
»Nein, Mama«, lehnte sie ab, »ich will bei euch bleiben.«
Ich fand nur schwer in den Schlaf an diesem Abend. Warum war es nur so aussichtslos? Was konnte ich noch tun?

In den ersten Tagen ging Pablo voller Begeisterung in seine neue Klasse. Nachdem der anfängliche Enthusiasmus verflogen war,

merkte er, dass der Unterricht in der fremden Sprache ein riesiges Problem für ihn darstellte. Es gab keine gesonderte Sprachförderung für ihn, er war ein ganz normaler Schüler wie alle anderen auch.
Mathematik fiel ihm leicht, den Unterrichtsstoff der dritten Klasse hatte er in seinem Heimatland längst durchgenommen. Ganz anders sah es im Fach Deutsch aus. Aufsätze und Diktate waren für ihn kaum zu bewältigen. Nach seiner ersten Sechs kam es zum Eklat.
Pablo fing an zu weinen und konnte sich gar nicht mehr beruhigen. Seine Lehrerin versuchte ihn zu trösten und fragte, was denn los sei. Ausgelöst von der Verzweiflung über seine schlechte Note, brach aus ihm der ganze Kummer über unsere Lebenssituation heraus: »Meine Schwester hat keine Schule, wir haben keine Papiere, und meine Mama hat Angst vor der Polizei.« Er schluchzte vor sich hin, die ganze Klasse hörte zu.
Die Lehrerin nahm Pablos Geschichte staunend zur Kenntnis. Anschließend ging sie ins Sekretariat, holte sich seine Akte und sah nach, wer Pablos Aufnahme unterschrieben hatte: die stellvertretende Schulleiterin. Danach trafen sich beide Frauen zum Gespräch, und zum Glück hatte die Deutschlehrerin viel Verständnis für Pablos Situation.
Am nächsten Tag kam er mit einem Sack voller Stoffbären, Katzen, Dinosauriern und Hunden nach Hause, außerdem hatte er einen Zettel seiner Lehrerin dabei: Sie wollte mich sprechen. So erfuhr ich überhaupt erst von Pablos Tränenausbruch. Mein Sohn tat mir leid, viel schlimmer aber war der Gedanke, dass jetzt zwanzig Mitschüler die Wahrheit über uns wussten.
»Ich glaube nicht, dass die Schüler alles verstanden haben«, beruhigte mich seine Lehrerin. Acht- oder Neunjährige wüssten nicht, welche Bedeutung das Wort »illegal« hat. Sie hatte den Schülern nach Pablos Tränen erklärt, dass Pablo aus einem fremden Land käme und seine Familie sehr arm sei. Jeder, der wolle, könne ein Stofftier von zu Hause mitbringen, um ihn zu

trösten. Ich war ihr unglaublich dankbar dafür, dass sie so klug reagiert hatte. Wir waren uns einig, Pablo musste lernen, über sein Leben in der Illegalität zu schweigen. Das Risiko war für alle groß: Wir mussten eine Abschiebung befürchten, und die Lehrerin hatte Angst um ihren Job und den Ruf der Schule.
»Bitte, Pablo, niemals darfst du irgendjemandem verraten, dass wir keine Papiere haben«, versuchte ich ihm immer wieder einzutrichtern. »Sage bitte auch niemandem, wo wir wohnen.«
»Ja, Mama«, versprach Pablo. Ich wusste, welch große Bürde ich meinem neunjährigen Sohn auferlegte.
Während Pablo in der Schule langsam Fortschritte machte, wurde Isabels Situation immer verzweifelter. Sooft es ging, nahm ich sie mit zum Putzen, ab und zu half sie mir, aber meistens saß sie einfach nur auf dem Sofa und starrte Löcher in die Luft. Meine Tochter wurde immer verschlossener, ich spürte wieder eine ähnliche Distanz zwischen uns wie nach ihrer Ankunft in Deutschland. Isabel dachte ernsthaft darüber nach, in ihre Heimat zurückzukehren, und in mir wuchs die Verzweiflung. So hatte ich mir mein neues Familienleben in Deutschland nicht vorgestellt.
Immer wieder fragte ich Silke, ob sie etwas für meine Tochter gefunden hätte.
»Nein, leider noch nicht. Und ich kann dir auch nicht versprechen, dass es klappt.«
Silke arbeitete ehrenamtlich in einer Lateinamerikagruppe mit und hatte dort ein paar Leute eingeweiht. Diese Menschen versuchten nun, Kontakte zu Schulen herzustellen.
Vier Wochen nach Pablos erstem Schultag kam sie endlich mit positiven Neuigkeiten zu mir.
»Wir haben eine Schule für Isabel gefunden, es ist eine Hauptschule. Ich habe auch schon mit dem Direktor gesprochen. Übermorgen, um zehn Uhr, kannst du sie dort anmelden.«
Isabel strahlte vor Glück, Pablo vollführte einen Freudentanz durchs Zimmer, und mir fiel ein Stein vom Herzen.

Am Tag ihrer Schulanmeldung hatte ich von acht bis zehn eine Putzstelle, die ich nicht absagen wollte. Isabel kam mit zur Arbeit. »Heute musst du mir tüchtig helfen, damit wir um halb zehn gehen können.« Wir beeilten uns sehr, alles klappte gut, doch kurz bevor wir fertig waren, musste Isabel vor lauter Aufregung noch einmal auf die Toilette. Wir rannten zur Haltestelle, der Bus fuhr uns vor der Nase davon.

Kurz nach zehn gelangten wir mit dem nächsten Bus in den Bezirk am anderen Ende der Stadt, in dem sich die Schule befinden sollte.

Eine halbe Stunde zu spät betraten wir nach langem Suchen endlich das Schulgebäude. Silke war dieses Mal aus Zeitgründen nicht mitgekommen: »Ihr schafft das schon allein, der Direktor weiß Bescheid.«

Mit viel Herzklopfen öffneten wir die Tür zum Sekretariat, der Schulleiter wartete schon auf uns.

»Frau Schenk hat mich über Ihre Probleme informiert«, sagte der freundliche ältere Herr. »Ich möchte Ihnen gern helfen, aber Sie müssen mir versprechen, gegenüber niemandem auch nur ein Wort darüber zu verlieren.«

Erleichtert willigte ich ein, und auch Isabel hatte längst verstanden, dass sie in Deutschland so manches verschweigen musste.

Drei Wochen später durfte sie das erste Mal in die fünfte Klasse der Hauptschule gehen. Isabel und Pablo waren jetzt ein halbes Jahr in Deutschland. Wieder hatte ich ein großes Problem aus dem Weg geräumt. Ich spürte neue Kraft: Eines Tages würden wir es schaffen, so normal wie alle anderen in Deutschland zu leben.

Razzia

Meine Stadt hatte sich verändert. Niemand fühlte sich mehr sicher. Die vielen Landsleute, die ich früher auf dem bekannten Platz in der Innenstadt gesehen hatte, waren plötzlich nicht mehr da. Die Menschen versteckten sich, überall herrschte Angst. »Pass auf, die Polizei ist jetzt sehr wachsam«, raunten mir Bekannte zu.

Einige Wochen zuvor hatten die Zeitungen von einem Mord berichtet. Ein Lateinamerikaner war von einer Bande hingerichtet worden, irgendeine Drogengeschichte, ich hatte mich nicht weiter dafür interessiert. Jetzt standen plötzlich alle Lateinamerikaner unter Beobachtung, und immer mehr von uns tauchten unter oder verschwanden im Abschiebegefängnis. Manchmal traf ich auf der Straße zufällig Bekannte, die ich auf jenem Fußballplatz kennen gelernt hatte.

»Weißt du schon, sie haben schon wieder jemanden erwischt, Asuncion, die kanntest du doch auch«, erzählten sie. Asuncion. Ich war bestürzt. Ab und an hatte ich noch Kontakt mit ihr gehabt und ihr die eine oder andere Putzstelle vermittelt. Asuncion sei an einer Bushaltestelle kontrolliert worden, hieß es. Zum ersten Mal hatte es jemanden getroffen, den ich näher kannte. Würde ich die Nächste sein, die gehen musste? Früher waren die Festgenommenen manchmal nach ein paar Wochen Abschiebehaft wieder in der Stadt aufgetaucht. Sie hatten die Auflage, Deutschland innerhalb einer gewissen Zeit zu verlassen. Einige hatten sich daran gehalten, andere waren in eine andere Stadt weitergereist, um dort erneut abzutauchen. Jetzt blieben die *Illegalen* meist so lange in Haft, bis sie Deutschland tatsächlich verließen.

Seitdem meine Kinder bei mir in Deutschland wohnten, war das Leben riskanter geworden. Zwar wurden Kinder unter sechzehn Jahren normalerweise nicht kontrolliert, doch sicher sein konnte man nie. Meine größte Sorge war, dass sich Isabel und Pablo eines Tages bei den falschen Leuten verplapperten.

Jeden Tag war ich froh, wenn ich morgens, ohne kontrolliert worden zu sein, bei meinen Arbeitsstellen ankam. Die Kinder rief ich täglich an, wenn ich sie nach Schulschluss zu Hause vermutete. Ich wollte sichergehen, dass alles in Ordnung war. Eines Tages nahm Isabel nicht ab. Sie wusste, ich würde mich um zwei Uhr bei ihr melden. Pablo war zu dieser Zeit noch im Hort. Vielleicht wollte sie noch etwas einkaufen oder hatte das Klingeln nicht gehört. Eine halbe Stunde später versuchte ich es noch einmal. Niemand ging ans Telefon, und ich begann mir große Sorgen zu machen.

Gegen vier erreichte ich Pablo. Er war gerade heimgekommen und hatte seine Schwester im Treppenhaus getroffen. »Isabel hatte heute Probleme«, sagte er aufgeregt und reichte ihr den Hörer weiter.

»Mama, ein Kontrolleur hat mich erwischt«, jammerte Isabel. »Wir müssen vierzig Euro bezahlen.«

Das war ärgerlich, doch viel mehr beunruhigte mich, dass die Polizei nun unsere Adresse haben könnte.

Wie konnte das geschehen? Ich hatte meinen Kindern eingeschärft, niemals schwarzzufahren. Hatte Isabel ihre Monatskarte vergessen? Dennoch war ich erleichtert, sie in der Wohnung zu wissen. Leider konnte ich nicht länger mit ihr sprechen, ich war nicht allein im Raum. Wir mussten das Gespräch auf den Abend verschieben. Besorgt fuhr ich um sieben Uhr nach Hause. Isabel war immer noch ganz aufgelöst.

Die ganze letzte Woche war sie mit der Monatskarte von Silkes Tochter unterwegs gewesen. Nur zu gern hatte ich Silkes Angebot, uns die Karte zu »leihen«, angenommen. Jetzt merkte ich, dass wir am falschen Ende gespart hatten. Der Kontrolleur hatte

Isabels Monatskarte geprüft und festgestellt, dass ein deutscher Name darauf stand. »Wie heißt du?«, wollte er von Isabel wissen. Diese Situation hatten wir vorher immer wieder durchgespielt, und Isabel konnte im Schlaf sagen: »Ich heiße Sophie Schenk.«
Der Kontrolleur bemerkte, dass Isabel ihn nur schlecht verstand. »Du bist keine Deutsche, und bestimmt heißt du auch nicht Sophie Schenk. Die Monatskarte hast du geklaut.«
Isabel blieb stur: »Ich heiße so, wie es auf der Monatskarte steht.«
Als Nächstes fragte der Kontrolleur nach ihrer Schule. Wahrheitsgemäß nannte meine Tochter ihre Hauptschule.
»Wenn du nicht zugibst, dass die Monatskarte geklaut ist, gehen wir jetzt zusammen in deine Schule«, drohte der Mann. Dann durchsuchte er Isabels Schultasche, ihr richtiger Name stand auf den Büchern. »Aha, du bist also Isabel Moreno.«
Meine Tochter blieb dabei. Nein, sie sei Sophie Schenk.
Isabel hatte keine Wahl. Sie musste ihn zur Schule begleiten. Auf dem Weg ins Sekretariat begegnete ihr eine Lehrerin. »Was ist los mit dir, Isabel? Hast du Probleme?«
»Aha, heißt die junge Frau also doch Isabel«, triumphierte der Kontrolleur. Die Lehrerin wollte wissen, was vorgefallen war, und der Kontrolleur berichtete, Isabel habe eine Monatskarte gestohlen.
»Erst stiehlst du eine Monatskarte, und dann lügst du den Herrn hier auch noch an.«
Isabel schwieg, während die Lehrerin sie maßregelte.
»Wir werden jetzt deine Eltern anrufen.«
Dann gingen alle ins Vorzimmer des Direktors, wo die Schulakten verwaltet wurden.
Die Situation muss schrecklich gewesen sein für Isabel, sie fühlte sich nicht schuldig und durfte doch kein Wort zu ihrer Verteidigung sagen. Hätte sie erzählt, dass eine Bekannte der Mutter ihr die Karte geliehen hätte, wäre alles nur noch schlimmer geworden. Glücklicherweise schaffte sie es, die Wahrheit zu verschweigen. Sie gab weder zu, die Karte gestohlen zu haben, noch

erzählte sie irgendetwas von »geliehen« oder »gefunden«. Die Lehrerin putzte sie weiter herunter, der Direktor, der ihr vielleicht hätte beistehen können, war nicht da. »Für unsere Schule ist das sehr peinlich, tut dir das denn wenigstens leid?«, ereiferte sich die Lehrerin.

»Es tut mir leid«, antwortete Isabel leise. Die Sekretärin des Direktors, die alles mit angehört hatte, wusste Bescheid, dass Isabel eine *Illegale* war. Sie hatte zwar meine Handynummer, war aber so klug, sie nicht herauszugeben. Stattdessen sah sie in Isabels Schulakte nach und wählte Silkes Nummer. Sie war an ihrer Arbeitsstelle in der Nähe der Schule und erkannte gleich den Ernst der Lage. Ein paar Minuten später erschien Silke in der Schule: Sie habe Isabel die Monatskarte ihrer Tochter gegeben, entschuldigte sie sich. Isabel sei ein Gastkind aus Südamerika, und ihr sei das alles sehr peinlich. Der Kontrolleur murmelte etwas von »Betrug« und »Anzeige«, war letzten Endes aber doch zufrieden mit vierzig Euro Strafgeld in bar. Dank Silkes Unterstützung und der aufmerksamen Sekretärin hatten wir gerade noch einmal Glück gehabt.

Immer wieder klagte Isabel, wie peinlich das alles für sie gewesen sei. Noch einige Tage lang war sie angespannt und nervös und betete jeden Morgen, jener Lehrerin, die sie so beschimpft hatte, nicht in der Schule begegnen zu müssen. Meine Tochter hatte am eigenen Leib zu spüren bekommen, wie gefährlich das Leben in Deutschland für uns alle war.

Kurze Zeit nach dieser Geschichte erreichte mich eine neue Hiobsbotschaft, diesmal von zu Hause. Manuel, einer meiner jüngeren Brüder, litt unter einer schlimmen Krankheit. Nur ein sehr teures Medikament konnte den Zerfall seiner Knochen aufhalten. Achthundert Dollar kostete diese Medizin jeden Monat. Meiner Familie war es unmöglich, so viel Geld aufzutreiben. Sie bat mich um Hilfe.

Ich fühlte mich in einer Zwickmühle, aus der es kein Entrinnen gab: Mein Bruder brauchte ein teures Medikament, sonst würde er sterben, und meine Kinder brauchten Zeit und Zuwendung. »Ich kann meinen Bruder nicht im Stich lassen«, erklärte ich Isabel und Pablo, »ich muss mehr arbeiten.«

Bald verabschiedete ich mich morgens um sieben und kam erst abends zwischen sieben und acht nach Hause, und das an sechs Tagen in der Woche. Unregelmäßig nahm ich auch sonntags wieder für ein paar Stunden einen Job an. Das Geld für die Miete, unseren Lebensunterhalt und die Medizin für Manuel verdienen zu müssen war eine Last, die schwer auf meinen Schultern lag. Ich wagte kaum, mir Ruhepausen zu gönnen. Außerdem wollte ich weiterhin für eine Scheinehe sparen. Nur durch eine Hochzeit konnten wir uns jemals in Sicherheit wiegen.

Isabel und Pablo brauchten mich immer mehr, doch ich hatte immer weniger Zeit für sie. Beiden fiel es schwer, dem Unterricht zu folgen, viele Dinge verstanden sie nicht. Wenn ich spät abends nach Hause kam, zeigten sie mir ihre Hausaufgaben, doch oft waren wir alle viel zu müde, um noch gemeinsam zu lernen. Der Leistungsdruck und die Angst vor der Zukunft bereiteten mir schlaflose Nächte. Ich wälzte mich im Bett hin und her und konnte stundenlang nicht einschlafen. Wie sollte das alles nur weitergehen? Eigentlich hatte ich nicht vorgehabt, mein Leben lang zu putzen. Und täglich rechnete ich mit meiner Festnahme. »Maria, du musst durchhalten«, beschwor ich mich selbst. »Deine Kinder und dein Bruder brauchen dich, du darfst nicht krank werden.« Ständig hatte ich Kopf- und Rückenschmerzen. Ich fühlte mich so kaputt wie in den schlimmsten Zeiten, als meine Kinder noch nicht da waren.

Nachts kehrte mein Albtraum vom nackten Coronel zurück. Immer wieder fuchtelte ich im Traum voller Verzweiflung mit dem Fleischermesser herum und wollte ihm den Schwanz abschneiden. Er war schuld, dass ich fern der Heimat in diesem fremden Land leben musste. Er war schuld, dass ich meine Fröhlichkeit verloren hatte.

Sonntags, wenn ich nicht arbeitete, konnte ich das ganze Elend für einige wenige Stunden vergessen. Dann gingen wir gemeinsam in den Gottesdienst oder trafen Menschen, die mir im Laufe der Jahre näher gekommen waren. Alejandra und Robert, die mich bei sich aufgenommen hatten, als ich obdachlos war, Rita, meine Freundin aus der Kirchengemeinde, Thomas, den ich vor langer Zeit in der Disco kennen gelernt hatte, und Silke. Es tat so gut zu wissen, dass wir Freunde hatten, und ich genoss die wenige Zeit, die wir mit ihnen verbringen konnten.

Isabel und Pablo mussten auf vieles verzichten. Stundenlang waren sie allein in der Wohnung, niemanden durften sie zu sich einladen, niemandem durften sie von unseren Schwierigkeiten erzählen. Vor allem Pablo fiel das schwer. Schon nach kurzer Zeit hatte er in der Schule einen deutschen Freund gefunden und wollte mit ihm bei uns spielen. Zunächst versuchte ich es ihm auszureden, doch er bettelte und bettelte. Schweren Herzens willigte ich schließlich ein.

Pablo holte den Jungen ab und brachte ihn mit zu uns. Hoffentlich, flehte ich innerlich, erzählt das Kind nicht seinen Eltern, er besuche den Jungen, der in der Schule so geweint hatte, weil er keine Papiere hat. Dreimal kam Pablos Freund zu uns zum Spielen, beim vierten Mal hatten die beiden Streit, und Pablo wollte ihn nicht mehr bei uns sehen. »Bitte bringt keine anderen Kinder mehr mit«, bat ich Pablo und Isabel noch einmal. Von nun an hielten sich beide daran. Auch wenn sie nicht alles verstanden, spürten auch sie, wie gefährlich das Leben für uns in Deutschland war.

Pablo war mittlerweile zehn und Isabel dreizehn Jahre alt, und beide waren sehr selbstständig. Sie hatten verstanden, dass wir durch die Krankheit ihres Onkels sparen mussten, wo immer es möglich war. Wenn ich ihnen Geld gab, streiften sie durch die Supermärkte und sahen zu, wo sie das, was wir brauchten, am günstigsten bekommen konnten. Sie wussten, dass man

Bananen mit braunen Flecken zum halben Preis erhielt und wo es die günstigsten Tiefkühlhähnchen gab.

Immer wieder überraschten sie mich abends mit selbst gekochtem Essen oder einer geputzten Wohnung. Ich war sehr stolz auf die beiden.

Sie hatten unterdessen auch eingesehen, dass ich einen Mann finden musste, damit sich unsere Lebensverhältnisse bessern konnte. Unter der Woche hatte ich so gut wie keine Gelegenheit, jemanden kennen zu lernen. Immer mal wieder ging ich samstagabends in die Disco, meine Kinder unterstützten mich dabei. Oft fragten sie mich am nächsten Morgen neugierig: »Wie war es, hast du heute Nacht jemanden getroffen?«

Getanzt und gesprochen hatte ich mit einigen, meist jüngeren Männern, doch der Märchenprinz war nie darunter.

Nachdem Isabel und Pablo ein wenig besser deutsch sprachen, entdeckten sie die Kontaktanzeigen in einem kostenlosen Anzeigenblatt.

Eines Abends, als ich nach Hause kam, begrüßten sie mich freudig: »Mama, wir haben einen Mann für dich.«

Ich musste lachen: »Wo ist er denn?«

Dann zeigten sie mir eine Anzeige: »Frührentner sucht Ehefrau, gern auch Ausländerin.«

Ich wisse doch gar nicht, was das für ein Mann sei, wehrte ich ab, vielleicht sei er böse zu Frauen, oder es handelte sich um einen ehemaligen Polizisten, der uns verraten würde.

Isabel und Pablo ließen nicht locker. Jeden Donnerstagabend kamen sie mit neuen Vorschlägen aus dem Anzeigenblatt. Interessiert las ich von »einsamen Herzen«, die Frauen suchten.

»Vielleicht rufe ich morgen an«, sagte ich meinen Kindern, wenn sie mich zu sehr drängten. Dann steckte ich die Anzeige ein. Zu einem Anruf konnte ich mich niemals wirklich durchringen. Ich hatte zu viel Angst vor den unbekannten Männern.

Einige Zeit später war ich wieder einmal mit Robert und Alejandra in der Disco verabredet. »Es kann heute später werden bei mir, ich muss bis neun in einem Büro putzen. Geht ruhig schon vor, wir treffen uns dann dort«, hatte ich ihnen gesagt.
Als ich endlich nach Hause kam, warteten die Kinder bereits ungeduldig auf mich: »Mama, schaust du noch mit uns ›Wetten, dass?‹« Den ganzen Tag hatten wir uns nicht gesehen, und deshalb wollte ich ihnen den Wunsch nicht abschlagen.
»Na gut, lasst mich schnell noch duschen und eine Suppe essen, dann können wir gemeinsam fernsehen. Aber ihr wisst, um elf gehe ich wieder in die Disco, Männer kennen lernen.«
Nach der Dusche zog ich meine Discokleidung an, schwarze Hose mit weißer Glitzerbluse, beides hatte ich von Marianne, für die ich früher einmal geputzt hatte, geschenkt bekommen. Meine Beine waren schwer wie Blei, als ich mich zu den Kindern aufs Bett legte und irgendwelche verrückten Wetten verfolgte. Wer Wettkönig wurde, erfuhr ich nicht mehr. Nach wenigen Minuten schlief ich ein.
Irgendwann wachte ich auf und glaubte, ich hätte nur ein kurzes Nickerchen gemacht. Der Fernseher lief, und neben mir lagen zwei schlafende Kinder.
»Jetzt muss ich aber los in die Disco«, murmelte ich mit einem schlaftrunkenen Blick auf den Wecker. Es war zwei Uhr. Das konnte nicht sein, so lange hatte ich bestimmt nicht geschlafen. Ich schaltete den Videotext ein. Es war tatsächlich mitten in der Nacht. Die Disco konnte ich für heute vergessen.
Am nächsten Morgen wurde ich vom Telefon geweckt. Robert war dran: »Gott sei Dank, Maria, du bist da. Wir haben uns solche Sorgen gemacht.« Er erzählte, dass in der letzten Nacht eine Polizeikontrolle in der Disco gewesen sei. »Mindestens zehn Polizisten waren im Einsatz. Sie haben den Ausgang abgeriegelt und die Ausländer kontrolliert. Wir hatten dich den ganzen Abend nicht gesehen und große Angst, dass du vielleicht unter den Festgenommenen bist.«

Nach dem Telefonat betete ich zu Gott: »Danke, danke, danke, dass du deine schützende Hand über uns gehalten hast.«
Allein bei der Vorstellung, was mir am gestrigen Abend hätte passieren können, musste ich zittern. Die Polizei hätte mich in der Disco festnehmen können, und meine Kinder wären allein in der Wohnung gewesen.
»Mama, was ist denn los?«, frage Isabel, die von dem Telefonklingeln aufgewacht war.
»Alles ist in Ordnung, mein Schatz«, beruhigte ich sie. »In der Disco haben sie gestern Nacht ein paar Drogendealer geschnappt.«
Kontrollen auf der Straße, Kontrollen in der Disco, das Leben wurde immer stressiger. Auch in unserem Haus fühlte ich mich schon lange nicht mehr sicher. Die ganze Welt wohnte dort: Menschen aus Afrika, Sibirien, Ägypten, Palästina, Marokko, der Türkei und ein paar wenige deutsche Studenten. Vielen Bewohnern war es wahrscheinlich recht, dass die Vermieterin sie nicht nach ihren Papieren fragte. Immer wieder gab es lauten Streit im Haus, und manchmal sah ich auch die Polizei.
Von Anfang an war mir klar, dass die Wahrscheinlichkeit, in diesem Haus kontrolliert zu werden, hoch war. Seitdem Isabel und Pablo hier waren, hielt ich deshalb Ausschau nach einer anderen Wohnung, doch ohne Erfolg.
Isabel und Pablo wussten: Ein Polizeiauto vor der Tür bedeutete »unauffällig weitergehen«. Sie wussten: Niemals Fremde in die Wohnung lassen. Wir hatten immer noch unser geheimes Zeichen, zweimal klingeln, zweimal klopfen. Isabel hielt sich daran, aber Pablo öffnete manchmal schon nach dem ersten Klingeln die Tür. Oft habe ich deshalb mit ihm geschimpft, aber er war zu klein, um die Bedrohung wirklich zu verstehen, und er war zu neugierig.
In den ersten Monaten nach meinem Einzug tauchte die Polizei nur selten im Haus auf, jetzt häuften sich die Besuche. Immer wieder konnten Isabel und Pablo das Haus nicht betreten, wenn sie von der Schule kamen. Manchmal liefen sie stundenlang

durch die Stadt. »Mama, die Polizei war wieder da«, erzählten sie abends, »wir mussten draußen bleiben.«
An solchen Tagen starb ich während der Arbeit tausend Tode. Bei meinen täglichen Kontrollanrufen konnte ich die Kinder nicht erreichen. Jedes Mal befürchtete ich das Schlimmste, einen Unfall oder eine Festnahme. Einmal begegneten Isabel und Pablo Polizeibeamten im Flur. Sie hatten das Auto auf der Straße übersehen. Voller Panik liefen sie ein paar Stockwerke nach oben, gingen dann aber nicht in unsere Wohnung, sondern verließen das Gebäude durch ein zweites Treppenhaus. Zum Glück hatten die Beamten nichts bemerkt, denn dieses Verhalten wäre ihnen sicherlich verdächtig vorgekommen.
Wie mussten sich meine Kinder fühlen, wenn sie von der Schule nicht einfach nach Hause kommen konnten? Von Isabel wusste ich, dass es ihr nicht so viel ausmachte, allein in der Stadt zu sein. Doch der zehnjährige Pablo war überfordert mit dieser Situation. »Mama, warum ist die Polizei in Deutschland so böse?«
Ich wollte meinen Kindern gern ersparen, stundenlang allein durch die Stadt laufen zu müssen. Um die Ecke gab es einen Dönerladen, in dem wir ein paar Mal gegessen hatten. Achmed, der Besitzer, war ein freundlicher Kurde. Ihn wollte ich um Hilfe fragen.
»Ich muss den ganzen Tag arbeiten, und meine Kinder sind lange Zeit allein«, erklärte ich. »Wenn die Polizei sieht, dass sie ohne Aufsicht sind, könnten wir Ärger bekommen.«
Achmed nickte. »Ja, das ist keine gute Gegend hier für Kinder. Es gibt so viele Drogenprobleme und so viele *Illegale*. Immer wieder werden Leute festgenommen und abgeschoben.«
Ich outete mich nicht, vielleicht dachte er sich seinen Teil. Auf jeden Fall durften Isabel und Pablo seitdem immer zu ihm kommen, wenn ein grünes Auto vor unserem Haus stand. Er gab ihnen zu essen, und falls je Polizisten zu ihm kommen sollten, wollte er sagen: »Die Mutter arbeitet, und ich beaufsichtige die Kinder.«
Ich wurde immer unruhiger, hatte das Gefühl, dass es nur noch

eine Frage der Zeit war, bis irgendetwas Schlimmes passierte. Manchmal fühlten wir uns in unserer Wohnung wie in einem Gefängnis. Aus dem Fenster sahen wir ab und zu einen Polizisten, der mit seinem Hund den nahe gelegenen Park absuchte. Niemand von uns traute sich dann nach draußen. Meine Kinder konnten meine dauernden Warnungen und Vorsichtsregeln nicht mehr hören. Sie wollten wie ganz normale Kinder aufwachsen, unbeschwert und sorgenfrei.
Wie ruhig lagen sie auf ihren Matratzen, mein kleiner Sohn mit seinen großen dunklen Augenbrauen, und meine große schöne Tochter, ihren Teddy fest im Arm. Obwohl sie nun schon gut ein Jahr bei mir lebten, kam es mir manchmal immer noch unwirklich vor. Was tat ich ihnen an? Stundenlang ließ ich sie allein in unserer kleinen Höhle, während ich für fremde Leute Toiletten putzte. Isabel und Pablo hatten keine Freunde, liefen vor der Polizei weg und mussten lügen, um nicht als *Illegale* aufzufallen. Ich wollte das Beste für sie, hatte sie nach Deutschland geholt, weil sie hier ein besseres Leben haben sollten. Aber konnte ich ihnen wirklich ein gutes Leben bieten? War ich in Wirklichkeit nicht doch eine Rabenmutter? Wie viele Wunden würden sich in ihre kleinen Kinderseelen eingebrannt haben, bis dieser Albtraum endlich vorüber war?

Es war wieder einmal spät geworden. Voller Sorgen nickte ich schließlich ein. Im Traum hörte ich mitten in der Nacht das Bellen von Hunden. Das Bellen wurde lauter. Eine Männerstimme rief: »Machen Sie die Tür auf. Wenn Sie die Tür nicht öffnen, dann machen wir es.« Ich zuckte zusammen, eine Gänsehaut jagte über meinen Körper, ich war hellwach. Die Polizei war ganz in der Nähe.
Auf dem Hausflur öffnete jemand eine Wohnungstür. Ein Polizist sprach mit einem meiner Nachbarn, während seine Kollegen bereits an die nächste Tür klopften: »Machen Sie bitte auf, Polizeikontrolle.«

Jetzt war alles aus, das war unsere letzte Nacht in Deutschland. Mein Herz pochte laut vor Panik, dann setzte mein Verstand ein: Wir mussten raus hier, so schnell wie möglich. Leise schlich ich mich zur Wohnungstür, um zu horchen. Die Polizisten waren noch zwei oder drei Wohnungen entfernt. Noch hatten wir eine kleine Chance.
Zuerst schüttelte ich Isabel, dann Pablo. »Aufwachen, los aufwachen. Wir müssen weg, die Polizei ist im Haus.«
Isabel fragte: »Wohin gehen wir, Mama?«
»Ich weiß nicht, irgendwohin, wir müssen ganz schnell raus hier.«
Ich wagte nicht einmal, Licht anzumachen. In der Dunkelheit suchten wir uns etwas zum Anziehen. Pablo fand einen Pullover und eine Hose und zog sie über seinen Schlafanzug, Isabel hatte in Unterwäsche geschlafen und schlüpfte ebenfalls in ihre Kleider. Ich schnappte das ganze Geld, das ich in diesem Moment besaß, etwa hundertfünfzig Euro.
»Keine Schuhe anziehen, die sind zu laut«, flüsterte ich. »Setzt eure Schulranzen auf.«
Im Flur draußen hörte ich: »Haben Sie eine Aufenthaltserlaubnis? In Deutschland brauchen Sie eine Aufenthaltserlaubnis.«
Hunde bellten, ganz in der Nähe war ein kleiner Menschenauflauf.
Unsere Wohnungstür lag um die Ecke, direkt am zweiten Treppenhaus. Vom Hauptflur aus konnten uns die Polizisten nicht sofort sehen. Der Lärm der Menschen und das Hundegebell waren unsere Chance. Ich warf einen schnellen Blick nach draußen, kein Polizist war zu sehen. Dann winkte ich die Kinder heraus und schloss die Tür leise hinter uns.
Auf Strümpfen schlichen wir in der Dunkelheit nach unten, während oben die Polizisten mit unseren Nachbarn diskutierten. Hoffentlich bemerkten uns die Hunde nicht. Unten angekommen, wollten Isabel und Pablo durch den Haupteingang nach draußen. »Da können wir nicht raus«, flüsterte ich und

schob sie Richtung Hinterausgang. Mein Magen zog sich zusammen: Wenn sie hier jemanden postiert hatten, war alles aus. Ich öffnete die Tür und blickte in die finstere Februarnacht. Der Wind peitschte mir Regen ins Gesicht. Schnell zogen wir unsere Schuhe an und stolperten im Dunkeln davon. Die Kinder trugen Anoraks und versteckten ihre Gesichter unter der Kapuze, während der Regen sich mit meinen Tränen vermischte. Wir waren Schattenmenschen, Gespenster im Großstadtdschungel.
Pablo hielt ich links an der Hand, Isabel rechts. Ziellos zogen wir durch die Straßen und Parks. Unter einem Pavillondach suchten wir Schutz vor Wind und Regen.
»Mama, ich friere.«
»Mama, wann können wir in die Wohnung zurück?«
Nie mehr, beantwortete ich im Stillen die Frage. Ich umarmte Isabel und Pablo. »Es wird alles wieder gut.« Ich glaubte selbst nicht, was ich sagte.
Kurz nach fünf kam die erste Straßenbahn. Ich kaufte eine Tageskarte, und wir setzten uns in die letzte Reihe. Hier war es wenigstens warm. Pablo lehnte seinen Kopf an meine Schulter, und Isabel hielt sich an ihrem Teddy fest, den sie gerettet hatte. Immer wieder fragte sie mich: »Was wird aus unserer Wohnung?«
»Morgen ist ein neuer Tag. Wir müssen sehen, wie es weitergeht.«
Ich wollte ihnen Halt geben, die Kinder sollten meine Verzweiflung nicht spüren. Doch ich versagte. Immer neue Tränen liefen mir übers Gesicht.
Die Bahn surrte durch die Vorstadt, wir waren die einzigen Fahrgäste. Während wir von einer Endstation zur anderen fuhren, zog Pablo irgendwann seinen Schlafanzug, den er noch immer unter seinen Kleidern trug, aus. Nach einer Stunde wechselten wir in den Bus. Der Fahrer der Straßenbahn hätte misstrauisch werden können.
Langsam erwachte der Tag, Kioskbesitzer öffneten ihre Buden, Tankstellen knipsten ihre Beleuchtung an, und graue Menschen hasteten zu ihren Arbeitsstellen. Warum konnten wir nicht ein

sorgenfreies Leben führen – so wie all die anderen Menschen um uns herum?
»Mama, ich hab dich lieb«, murmelte mir Pablo ins Ohr. Es stimmte nicht, ich hatte nicht alles verloren: Meine Kinder waren bei mir. Wo ein Ende war, war auch ein neuer Anfang. Wir würden diesen Tag überleben und den nächsten auch. Und vielleicht gab es irgendwann wieder einen Hoffnungsschimmer für eine bessere Zukunft.
Bei einer Bäckerei stiegen wir aus, und ich bestellte einen Tee und zwei Becher Kakao. »Heute müsst ihr tapfer sein«, sagte ich meinen Kindern. Dann rief ich Alejandra an: »Uns ist etwas Schlimmes passiert. Wir brauchen deine Hilfe. Die Polizei war bei uns.«
»Haben sie euch erwischt?«
»Nein, aber viel gefehlt hat nicht. Unsere Wohnung ist nicht mehr sicher.«
Alejandra wollte uns helfen. Ich war so froh, dass es sie gab. »Nach der Schule könnt ihr zu Alejandra gehen.«
Isabel ließ den Kopf hängen. »Ich will aber in unsere Wohnung zurück.«
Ich erklärte ihr, dass es viel zu gefährlich war, die Polizei könnte jederzeit wiederkommen und nach uns suchen. Alejandra wisse Bescheid, dass sie und ihr Bruder mittags kommen würden. Ich wäre um sieben auch da, nach der Arbeit. Dann brachte ich die Kinder zur Schule und fuhr zu meiner ersten Putzstelle.
An diesem Morgen arbeitete ich für Evelyn, die meine Situation kannte. Um halb neun Uhr öffnete sie die Tür: »Was ist denn mit dir heute los?«, fragte sie mich gleich.
Ich zitterte am ganzen Leib.
»Du bist so blass. Was ist denn passiert?« Ich begann von der letzten Nacht zu erzählen. Immer wieder musste ich unterbrechen, schluchzte, konnte meine eigenen Worte nicht mehr verstehen. Die Situation war mir peinlich. Ich war erleichtert, mit jemandem reden zu können, doch so gut kannte ich sie nun auch wieder

nicht. Sie war entsetzt und bot mir einen Nerven-Beruhigungs-Tee an. »Wie mag es deinen Kindern jetzt gehen? Wenn ich euch nur helfen könnte. Wir müssen einen Anwalt nehmen.«
Bei dem Wort Anwalt zuckte ich zusammen. »Wenn ein Anwalt für mich tätig wird, wissen die Behörden, dass ich hier bin«, versuchte ich ihr zu erklären. Auch wenn sie mir damals den schmierigen Lothar für eine mögliche Scheinehe vermittelt hatte, konnte sie nicht wirklich verstehen, dass es in Deutschland für *Illegale* keinen Weg gab, an legale Papiere zu kommen.
Ihr Mann war an diesem Morgen zu Hause und hatte mitbekommen, dass ich, statt im Wohnzimmer zu saugen, die ganze Zeit mit seiner Frau in der Küche saß. Nachdem sie ihm kurz die Geschichte erzählt hatte, versuchte er mich ein wenig zu beruhigen. »Hast du Freunde, wo du vorübergehend wohnen kannst?«
»Ja.«
»Dann seid ihr erst mal sicher, und du kannst in Ruhe nachdenken, wie es weitergehen kann.«
Für einen kurzen Moment gelang es ihm tatsächlich, mir ein wenig Kraft zu geben.
Die beiden boten mir an, ich könne gleich zu meinen Freunden gehen und das Putzen bei ihnen für heute sein lassen. Dankend lehnte ich ab, ich konnte es mir nicht leisten, auf das Geld zu verzichten. Mein kranker Bruder wartete auf die Überweisung, und ich würde ab jetzt für eine neue Wohnung sparen müssen.

So schlecht geputzt wie an diesem Morgen hatte ich noch nie. Erst vergaß ich das Reinigungsmittel ins Putzwasser zu geben, dann nahm ich den falschen Lappen. Im Bad passierte das größte Malheur: Ich stolperte über den Plastikeimer – volle Wassereimer umzukippen waren meine Spezialität – und das Wasser floss zur Badezimmertür hinaus und auf den Teppichboden im Flur. Ich konnte mich überhaupt nicht konzentrieren. Immer wieder suchte ich irgendetwas, rannte treppauf und treppab von einem Raum zum nächsten.

In meinem Kopf lief immer wieder der gleiche Film ab. Wie in Trance sah ich die nächtlichen Bilder vor mir. Polizisten, die an Wohnungstüren klingelten und Menschen abführten. Mit meinen Kindern rannte ich durch die Nacht. »Wir können nicht zurück«, rief ich ihnen zu. »Die Polizei wird wiederkommen.« Ein Albtraum, eine Fantasie? In diesem Moment konnte ich Fiktion und Realität nicht mehr voneinander unterscheiden. Ich war wie betrunken, fühlte mich ausgelaugt wie ein halb verhungerter Hund, der tagelang durch die Gassen geirrt war, nachdem man ihn mit Fußtritten aus dem Haus gejagt hatte. Mein leerer Kopf sehnte sich nach Vergessen, mein ausgebrannter Körper nach Schlaf.

»Wir müssen dich jetzt allein lassen, Maria«, riss mich Evelyns Stimme aus meinen Gedanken. »Kommst du klar?«

»Es geht schon«, nickte ich, froh, meine Ruhe zu haben.

Kaum dass ich allein war, fing ich hemmungslos zu weinen an. Zunächst halfen mir die Tränen, und ich fühlte mich etwas befreiter. Doch ich konnte gar nicht mehr aufhören zu weinen. Meine Augen schwollen an, alles war trüb und verschwamm vor meinem Gesicht. Mit einem kalten Lappen versuchte ich den Tränenfluss zu stoppen, es half nichts. Die Tränen nahmen mir den Atem, mein Herz begann zu flirren. Ich fühlte mich in einen engen Kokon eingesperrt, unfähig, mein Leben wieder selbst in die Hand zu nehmen. Ohne die Kinder würde ich leichter einen Ausweg finden, mich im Dunkel der Großstadt verkriechen und hin und wieder auftauchen. Mit den Kindern war dieses versteckte Leben bedeutend schwieriger. Ohne sie konnte ich heute hier und morgen dort wohnen, aber mit ihnen brauchte ich einen festen Ort, an dem wir uns aufhalten konnten. Die Polizei wartete nur darauf, unserem erbärmlichen Leben in Deutschland ein Ende zu setzen.

Dieser Morgen war für mich wie ein langsames Sterben, jeden Moment rechnete ich mit einem Herzinfarkt. Gott hatte uns vergessen.

Irgendwann versiegten die Tränen. Um zwölf taumelte ich zur

U-Bahn-Station. Meine Augen waren dick und rot, ich versuchte mein Gesicht vor den Blicken der Menschen zu verbergen. In der Bahn setzte ich mich in eine Ecke und vergrub mein Gesicht hinter den Händen.

Um ein Uhr musste ich bei der nächsten Putzstelle sein. Die Leute waren zum Glück nicht da, ich hatte einen Haustürschlüssel. Noch ziemlich durcheinander betrat ich die Wohnung. In der Küche fand ich einen Zettel: »Bitte auch die Fenster putzen, Souterrain nicht nötig.« Heute musste ich mir einen Arbeitsplan machen. Sonst würde ich die Hälfte vergessen.

Während des Staubsaugens klingelte mein Handy. Alejandra war dran. »Pablo ist bei mir«, sagte sie, »aber weißt du, wo Isabel ist?« Schlagartig erwachten meine Lebensgeister und holten mich in die Realität zurück. War meiner Tochter etwa etwas passiert? Dann kam mir eine Idee, die mir gar nicht gefiel. Ich wählte die Nummer unserer Wohnung, Isabel nahm sofort ab. »Warum bist du in der Wohnung?«, fragte ich sie ärgerlich. »Wir haben doch abgesprochen, dass wir uns bei Alejandra treffen.«

»Mama, ich will nicht weg. Ich passe auf die Wohnung auf.« Hatte sie denn nicht verstanden, wie gefährlich das war? So stur kannte ich meine Tochter gar nicht.

»Isabel, du darfst auf keinem Fall irgendjemandem die Tür aufmachen. Warte, bis ich komme und dich abhole.«

Ich rief Alejandra an. »Isabel ist in unserer Wohnung und will nicht weg. Wir müssen sie überreden.«

Robert bot mir an, mich gleich bei meiner Putzstelle abzuholen und mit mir gemeinsam in die Wohnung zu fahren. Ich war ihm sehr dankbar. Isabel mochte Robert. Hoffentlich würde sie auf ihn hören.

Ich zwang meinen Körper zur Arbeit, meine Gedanken waren längst woanders. Wenn sie nun am Nachmittag die Razzia noch einmal wiederholten und nach den Menschen suchten, die sie in den frühen Morgenstunden nicht angetroffen hatten? Würde die Polizei vielleicht die Tür aufbrechen und meine Tochter vorfin-

den? Ich hatte solche Angst, dass ihr etwas passieren würde. Und ich hatte große Angst davor, das Haus noch einmal zu betreten. Endlich kam Robert. »Ganz schön schlimm, was ihr heute Morgen erlebt habt«, versuchte er mich zu trösten.
Ich merkte, dass auch er nervös war. »Wir müssen ganz schnell ein paar Sachen zusammenpacken und dann mit Isabel verschwinden.«
Als wir auf den Parkplatz in der Nähe meiner Wohnung fuhren, zitterte ich am ganzen Körper. Ich konnte nichts dagegen tun, auch nichts gegen die Kälte, die mich durchströmte. Das Gebäude war gespenstisch ruhig. Niemand bewegte sich im Treppenhaus, und auch die orientalische Musik, die sonst hinter den Wohnungstüren lärmte, war verstummt. Das Gebäude glich einem Geisterhaus. Viele hatten sich wohl in ihren Wohnungen verkrochen oder waren weggegangen. Und so mancher, der heute Nacht die Polizei hatte begleiten müssen, würde dieses Haus wohl nie wieder betreten.
Zweimal klingeln, zweimal klopfen. Meine Tochter reagierte auf das vereinbarte Zeichen und öffnete die Tür.
»Isabel, bist du denn verrückt geworden?«, fauchte ich sie an. So froh ich auch war, meine Tochter unbeschadet zu sehen, so ärgerlich war ich darüber, welcher Gefahr sie sich und uns alle ausgesetzt hatte.
»Ihr könnt gehen, aber ich bleibe hier«, sagte sie unbeirrt.
Robert warf mir einen Blick zu: »Pack du eure Kleider zusammen, ich rede mit ihr.«
Hastig warf ich wahllos Kleidung in unsere großen Taschen. Robert versuchte gar nicht erst, an Isabels Vernunft zu appellieren. »Was hältst du davon, wenn wir uns nachher was Leckeres bei BurgerKing holen? Später machen wir es uns dann gemütlich. Du kannst fernsehen oder mit der Playstation spielen.«
Die »Bestechung« wirkte, Isabel war jetzt bereit mitzukommen. Bevor wir das Haus verließen, riss ich mir ein langes Haar aus und klemmte es zwischen Türrahmen und Türblatt. Ich wollte

wissen, ob die Polizei in den nächsten Tagen in unsere Wohnung eindringen würde. In ein paar Tagen wollte ich nachsehen, ob es noch da war.

Im Treppenhaus begegneten wir einem Mann in einem grünen Pullover. Ein Polizist, durchfuhr es mich im ersten Augenblick. Doch der Mann grüßte uns freundlich und ging weiter. An diesem Tag hätte ich jeden Mann in Grün für einen Polizisten gehalten.

Gegen fünf trafen wir in Roberts und Alejandras Wohnung ein. Pablo wartete schon auf uns.

»Wie war dein Tag?«, fragte ich ihn. Er erzählte, er habe die ganze Zeit über viel Angst gehabt. Auf der Straße habe er sich ständig umgedreht und gespäht, ob nicht vielleicht die Polizei hinter ihm her war.

»Hier bist du sicher«, versuchte ich ihn zu beruhigen, doch ich wusste, dass es für uns *Illegale* nirgendwo in Deutschland eine wirkliche Sicherheit gab.

Heute frage ich mich manchmal, wie meine Kinder damals den ganzen Druck ausgehalten haben. Wie hatten sie sich auf den Unterrichtsstoff konzentrieren können, nachdem sie morgens um fünf auf Strümpfen und im Schlafanzug vor der Polizei geflohen waren?

Am Abend aßen wir gemeinsam mit Robert und Alejandra. Als ich endlich todmüde ins Bett fiel, erinnerte ich mich an einen Satz, den meine Mutter oft gesagt hatte: »Denke heute nur an morgen und morgen nur an übermorgen, dann schaffst du es.«

Am nächsten Tag frühstückten wir alle gemeinsam, und ich versuchte ein bisschen Normalität in unser Leben zu bringen. »Nach der Schule könnt ihr wieder zu Robert und Alejandra gehen.« Pablo war gleich einverstanden, Isabel jedoch protestierte. »Ich will zurück in unsere Wohnung.«

»Auf keinem Fall«, widersprach ihr Robert. »Wenn du das machst, komme ich nachher, und du musst so viele Liegestützen

machen, bis du nicht mehr laufen kannst. Dann muss ich dich anschließend ins Auto tragen.«
Isabel musste lachen, sie mochte Robert.
Mein Arbeitstag begann ganz normal um acht. Wortlos erledigte ich meine Aufträge, grübelte vor mich hin und hatte vor allem Angst um meine Tochter. Hoffentlich hielt sich Isabel heute an unsere Vereinbarung und ging nach der Schule zu Alejandra. Ich hatte mir bis zu diesem Zeitpunkt nie klar gemacht, welche Bedeutung unsere Wohnung für meine Tochter hatte. Jetzt verstand ich: Diese Wohnung war ihre Insel, der Ort, an dem sie sich im fremden Land sicher und behütet fühlen konnte. Dass sich dicke schwarze Wolken über ihrem Paradies ausgebreitet hatten, wollte Isabel nicht wahrhaben.
Am Abend trafen wir uns wieder alle bei Robert und Alejandra. Zum Glück war Isabel da. Gemeinsam beratschlagten wir unsere Zukunft.
»Wann können wir wieder in unsere Wohnung?«, fragten mich beide Kinder immer wieder.
»Wir müssen warten, bis die Luft rein ist«, meinte ich. »Vielleicht werden wir uns auch eine andere Wohnung suchen müssen.«
Die nächsten Tage lebten wir im Schwebezustand, in einer scheinbaren Normalität. Meine Freunde waren nett zu uns, doch ich wusste, dass wir nicht auf Dauer bei ihnen bleiben konnten. Die Wohnung hatte keine siebzig Quadratmeter: Alejandras und Roberts Kinder hatten ihr Zimmer an Isabel und Pablo abgetreten und schliefen bei ihren Eltern. Ich selbst kampierte im Wohnzimmer. Wir konnten meinen Freunden nicht länger die Privatsphäre nehmen. So war ich froh, als uns Silke anbot, für ein paar Tage zu ihr zu ziehen.
Am Freitagabend packten wir unsere wenigen Sachen zusammen.
»Gehen wir jetzt zurück in unsere Wohnung?«, fragte Isabel.
»Nein, wir ziehen morgen zu Silke«, antwortete ich.
Isabel war enttäuscht, und ich versprach ihr, vor dem Umzug in unserer Wohnung nachzusehen, ob alles in Ordnung sei.

Robert fuhr uns am nächsten Morgen hin. Wir hatten vereinbart, dass er dieses Mal unten blieb, um das Haus zu beobachten. Sobald Polizei in der Nähe auftauchte, würde er anrufen. Wir sollten dann so schnell wie möglich durch den Hinterausgang verschwinden.

Oben angekommen, sah Isabel als Erstes nach, ob das Haar noch im Wohnungseingang steckte. Es befand sich noch genau an der Stelle, wo ich es einige Tage zuvor eingeklemmt hatte. Das beruhigte mich ein wenig. Also hatte in der Zwischenzeit niemand versucht, unsere Wohnungstür zu öffnen. Alles wirkte völlig normal. Wir packten neue Kleidung und einige Spiele ein und verließen das Haus.

Silke war sehr nett zu uns. Ihr Freund war für ein paar Tage verreist, und wir hatten Platz in ihrer Wohnung. Dennoch fühlte ich mich nicht wirklich frei, wir waren eben nur Gäste. Ich wusste nicht so recht, ob ich selbst Kaffee kochen sollte oder warten, bis Silke es tat. An den Kühlschrank trauten wir uns nicht, obwohl Silke uns dazu aufgefordert hatte: »Nehmt euch, was ihr möchtet.«

Außerdem hatte ich ein schlechtes Gewissen, wenn meine Kinder ständig den Fernseher mit ihren Programmwünschen blockierten.

Immer wieder fragten mich die beiden, wann wir in unsere Wohnung zurückkehren würden. Nach ein paar Tagen hatten sie mich überredet. Ich wollte es noch einmal wagen.

Endlich Liebe

Die erste Nacht in der alten Wohnung war eine Katastrophe. Stundenlang konnte ich nicht einschlafen. Jedes kleinste Geräusch ließ mich aufschrecken. Vor der Razzia hatte ich die Betrunkenen, die gegen die Türen rempelten, oder die Jugendlichen, die laut durch den Flur lärmten, gar nicht wahrgenommen. Jetzt zuckte ich jedes Mal zusammen und glaubte, die Polizei sei wieder da.

Zum Glück hatten Isabel und Pablo keine Schlafprobleme. Während sie vor sich hin träumten, betrachtete ich meine Kinder. Sie gaben meinem Leben Sinn. Fast jeden Abend fragten sie mich, was wir denn machten, falls in der Nacht wieder eine Razzia sei.

»Morgen ist genauso ein Tag wie heute«, lautete meine Standardantwort, »nichts wird passieren.«

Ich wollte nicht, dass meine Kinder die gleiche Angst mit sich herumschleppten wie ich.

Doch wie hätte der Stress spurlos an ihnen vorbeigehen können? Pablo brachte schlechte Schulnoten nach Hause, seine Konzentrationsfähigkeit hatte deutlich nachgelassen, sowohl in der Schule als auch bei den Hausaufgaben. Isabel hatte noch größere Probleme als ihr kleiner Bruder.

Eines Tages rief mich ihre Mathematiklehrerin an: »Was ist nur los mit Ihrer Tochter? Sie sitzt zwar im Unterricht, ist aber nur körperlich anwesend. Wenn ich sie anspreche, wirkt sie, als sei sie gerade erst aufgewacht. Am Anfang war Isabel eine so aufmerksame Schülerin, jetzt ist sie so ganz anders.«

Die Lehrerin kannte unser Geheimnis nicht, und so konnte ich ihr auch nichts von der Razzia erzählen.

»Ich werde mit meiner Tochter reden«, versicherte ich.

Isabel hatte schon selbst gemerkt, dass sie vom Unterricht kaum noch etwas mitbekam.
»Die Sprache ist zu schwer für mich«, erklärte sie zunächst. Dann räumte sie ein, den ganzen Vormittag im Unterricht nur über über unsere Zukunft in Deutschland nachzudenken. »Ich habe Angst vor der Polizei, Mama. Können wir nicht alle zusammen nach Hause zurückgehen?«
Ich verstand meine Tochter nur zu gut. Es war unverkennbar, wie sehr sie ihre Freunde und Verwandten vermisste. Dass sie den ganzen Tag in der Schule nur noch vor sich hin grübelte, war mir aber neu.
»Isabel, du musst in der Schule gut sein. Wenn du später erwachsen bist, will ich nicht, dass du auch putzen gehen musst.«

Nach wie vor rief ich jeden Tag in der Wohnung an, wenn ich vermutete, dass Isabel und Pablo von der Schule zurück sein mussten. Meine Angst, wenn sie nicht gleich den Hörer abnahmen, wurde allmählich panisch. Ich musste so bald wie möglich eine neue Wohnung für uns finden. Die Kinder allein in diesem gefährlichen Haus zu wissen, ließ mir keine Ruhe mehr.
Wir hatten auch einige neue Vorsichtsmaßnahmen besprochen: Sobald Polizei im Haus oder in der Wohnung war, sollten Isabel und Pablo mich anrufen und das Wort »Chapas« erwähnen. Im Spanischen ist das ein Schimpfwort für Polizei, so ähnlich wie im Deutschen »Bullen«. Immer wenn nachmittags während der Arbeit das Telefon klingelte, erschrak ich: Es könnten meine Kinder sein, vielleicht waren die »Chapas« in der Nähe.
Eine weitere Vorsichtsmaßnahme war, dass wir uns so wenig wie möglich zu Hause aufhielten. Wenn jemand von meinen Freunden fragte, ob wir zu Besuch kommen wollten, sagten wir immer Ja. Oft gingen die Kinder allein, weil ich zu wenig Freizeit hatte. Nach wie vor arbeitete ich fünfzig bis sechzig Stunden in der Woche.
Isabel und Pablo liebten die Besuche bei unseren Freunden. Sie

boten Abwechslung von ihrem tristen Alltag. Vor allem Robert und Alejandra hatten es ihnen angetan. Mit ihrer südamerikanischen Mentalität waren sie für meine Kinder ein Stückchen Heimat in der Fremde.
Eines Samstags, als Isabel und Pablo bei Alejandra und Robert eingeladen waren, hatte ich einen langen und arbeitsintensiven Tag vor mir, drei verschiedene Putzjobs und noch Babysitting am Abend. Meine Kinder würde ich erst ganz spät wiedersehen. Mein Handy klingelte, das Rentnerehepaar, bei dem ich normalerweise zwischen drei und sechs putzte, sagte für heute ab. Ärgerlich überlegte ich, was ich mit der plötzlich gewonnenen Zeit am Nachmittag anfangen sollte. Um zu Robert, Alejandra und meinen Kindern zu fahren, war die Zeit zu kurz und der Weg zu weit. Unentschlossen spazierte ich durch die Straßen. Das Haus, das ich eben noch geputzt hatte, lag in der Nähe eines Tierparks. Schon viele Jahre hatte ich keinen Zoo mehr besucht. Unentschlossen blieb ich vor dem Eingang stehen. Vier Euro fünfzig Eintrittsgeld waren nicht gerade ein Pappenstiel für mich. Sollte ich mitten am Tag und ohne Kinder in einen Zoo? Ich lief weiter. Nach zehn Metern kehrte ich wieder um. Warum eigentlich nicht? Ich hatte keine Lust, noch zwei weitere Stunden durch die Gegend zu wandern, und in einem Café wurde ich mein Geld auch schnell los. Ich löste eine Eintrittskarte und schlenderte zu Zebras, Kängurus, Waschbären und Giraffen. Lange verweilte ich bei den Lamas. Dort, wo ich herkam, liefen sie frei herum. Als ich klein war, kamen die zahmen Lamas oft ganz nah an mein Elternhaus heran, manche ließen sich sogar von uns Kindern füttern und streicheln. Weiter oben in den Bergen gab es wilde Herden. Sobald sie einen Menschen witterten, rannten sie fort. Mitunter nahm mich mein Vater auf seinen Spaziergängen dorthin mit. »Komm, wir gehen Lamas suchen«, forderte er mich dann auf. Ich war immer gleich Feuer und Flamme und genoss die Zeit mit meinem Vater. Wilde Lamas haben wir nur selten gesehen.

Ich entfaltete den Lageplan, den mir die Kassiererin am Eingang zusammen mit dem Wechselgeld in die Hand gedrückt hatte. Ob sie hier wohl auch Pinguine hatten? Schon immer war es mein Traum gewesen, einmal im Leben nach Feuerland zu fahren und dort die watschelnden Pinguine am Ufer zu sehen.
Ein Mann, der schon längere Zeit neben mir stand und ebenfalls die Lamas bewunderte, sprach mich, auf meinen Zooplan deutend, an: »Kann ich Ihnen vielleicht helfen?«
Ich schüttelte den Kopf. »Nein danke, ich finde mich schon zurecht«, sagte ich und vertiefte mich wieder in den Wegweiser. Aus den Augenwinkeln betrachtete ich ihn genauer. Er sah gut aus, groß, blond und sportlich.
»Welche Tiere suchen Sie denn?« Er hatte eine angenehme Stimme.
Eigentlich war ich nicht in der Stimmung, jemanden kennen zu lernen, aber dieser ruhige und höfliche Mensch war mir sympathisch.
Ob ich öfter in den Zoo ginge, begann er ein Gespräch, und wie lange ich schon in Deutschland lebte. Mein Deutsch sei sehr gut, er wünschte, das Gleiche von seinem Spanisch behaupten zu können.
Wir unterhielten uns über das Wetter, das in Lateinamerika ja eher warm und in Deutschland doch ziemlich kalt sei. Schließlich bat er, mich ein Stück begleiten zu dürfen. Ein wenig skeptisch war ich schon, aber die Vorstellung, mit diesem netten Deutschen zusammen durch den Zoo zu spazieren, gefiel mir zunehmend besser.
Ob er denn wisse, wo die Pinguine seien? Der Fremde kannte sich gut aus, und gemeinsam bestaunten wir die restlichen Tiere. Was machte so ein attraktiver Mann nachmittags allein im Zoo, wunderte ich mich, während ich mit ihm über die lateinamerikanische Tierwelt plauderte.
Bei den Pinguinen hatten wir viel Spaß. Wir kamen gerade rechtzeitig zur Fütterung. Die drolligen Tiere schnappten nach den

Fischen, die ihnen die Tierpflegerin zuwarf. Manche schafften es nicht, die Fische mit ihren Schnäbeln zu fangen, und rutschten von den glitschigen Felsen ins Wasser.
Außer uns beiden beobachteten nur Familien mit Kindern die Vorführung.
»Haben Sie auch Kinder?«, fragte er mich.
»Ja, einen Sohn und eine Tochter.«
»Ich habe auch zwei Söhne«, erzählte er.
Ob ich vielleicht noch Lust hätte, mit ihm einen Kaffee trinken zu gehen?
Ich hatte.
Im Café stellte er sich als Peter vor. Wir fanden schnell gemeinsame Themen: Das Leben in unserer Stadt und die Unterschiedlichkeit der Kulturen in Lateinamerika und Deutschland.
Ob ich denn auch schon Fremdenfeindlichkeit zu spüren bekommen hatte?
»Die meisten Leute in Deutschland sind nett zu mir«, war meine Antwort. Von meinen wahren Problemen erzählte ich ihm natürlich nichts. Dafür war ich dann doch zu misstrauisch. Zum Schluss fragte er, ob wir uns wieder treffen könnten. Ich sagte gern zu, und wir verabredeten uns für die nächste Woche.
Während ich am Abend nach Hause fuhr, dachte ich über den netten Nachmittag nach. Peter hatte sich wie ein Gentleman verhalten, aber konnte ich ihm trauen? Wenn er nun doch ein Polizist in Zivil war, der Ausländern nachspürte?

Bald hatte mich der triste Alltag wieder, und besonders an den Abenden plagte mich die Angst. Würden wir auch am nächsten Tag noch hier wohnen können, oder war der Traum von einem bürgerlichen Leben in Deutschland mit der nächsten Razzia ein für alle Mal beendet?
Unser Leben blieb anstrengend und teuer. Mein Bruder brauchte jeden Monat viel Geld für seine Medizin, und zusätzlich hatten mich nun auch noch meine Eltern um Unterstützung

gebeten. Mein Vater musste nach einer langwierigen Krankheit seine Schreinerei aufgeben, er arbeitete jetzt nur noch als Prediger und lebte von der Hand in den Mund. Ich nahm mir vor, ihm jeden Monat hundert Euro zu schicken.
Miete, Schulbücher, Kleidung und Essen für die Kinder, dazu die Unterstützung für meine Familie zu Hause, jeden Monat musste ich mindestens sechzehnhundert Euro verdienen. Rücklagen hatte ich so gut wie keine. Wenn ich eine neue Wohnung finden würde, könnte ich die Kaution nicht bezahlen. Und für einen Schein-Ehemann reichte es schon gar nicht mehr.
»Wehe uns, wenn ich krank werde«, dachte ich oft, denn ich merkte, dass mein Körper mehr und mehr abbaute. Seit einem Fahrradunfall anderthalb Jahre zuvor hatte ich Schmerzen in der linken Schulter und in den Knien, die mich in der letzten Zeit besonders quälten. Mit meinem Rücken war ebenfalls irgendetwas nicht in Ordnung. Die schwere körperliche Arbeit forderte ihren Tribut.
Viel schlimmer als meine körperlichen Beschwerden aber war die psychische Belastung. Eines Nachts um eins klingelte das Telefon. »Wer sind Sie?«, fragte mich eine blecherne Männerstimme. »Was machen Sie hier in Deutschland?«
»Woher haben Sie meine Nummer?«, fragte ich den Fremden.
»Das kann ich Ihnen nicht sagen. Wer also sind Sie?«
Mit Schaudern legte ich auf. Von Bekannten hatte ich gehört, dass die Polizei nach jeder Festnahme eingespeicherte Handynummern durchtelefonierte. Klingeln sie jetzt tatsächlich nachts die Leute aus den Betten?, fragte ich mich. Oder hatte mich in Wirklichkeit nur ein einsamer Spinner angerufen? Die ganze Nacht grübelte ich vor mich hin.
Am nächsten Morgen beschloss ich, meinen Festnetzanschluss abzumelden. Plötzlich erschien mir das eigene Telefon als unvertretbarer Leichtsinn. Die Telekom hatte meine Daten, und vielleicht hatte ja auch die Polizei Zugriff auf meinen Namen

und meine Adresse. Bei einem zufälligen Blick ins Melderegister konnte auffliegen, dass ich illegal hier war.
Der nächtliche Anruf war der Tropfen, der das Fass zum Überlaufen brachte. Ich war mit meinen Nerven am Ende. Schlaftrunken wandelte ich von einer Putzstelle zur nächsten. Wenn ich so weitermachte, wäre ich eines Tages verrückt.
Von einer Bekannten lieh ich mir ein Versichertenkärtchen und ging zum Arzt. Ich schilderte ihm meine Symptome: Schlaflosigkeit, Zittern, Schwitzen und Frieren.
»Sie haben zu viel Stress«, diagnostizierte der Arzt. »Was machen Sie denn beruflich?«
Ich sei in der Gastronomie beschäftigt, behauptete ich und nahm ein Rezept für ein starkes Nervenmittel entgegen.
Als ich die Tabletten das erste Mal nahm, war mir nicht sehr wohl dabei. Davon kann man abhängig werden, hatte mir Jens früher einmal gesagt. Ich spürte keine Wirkung, schlief genauso schlecht wie die vielen Nächte zuvor. Am nächsten Abend probierte ich es noch einmal mit den Tabletten, wieder ohne Erfolg.
Ich besprach mein Problem mit meiner Freundin Rita. Sie erzählte mir, dass sie bei Stress immer joggen ging.
»Ich arbeite doch schon von morgens bis abends, und du meinst, mein Körper braucht noch mehr Bewegung?«
Ich war skeptisch.
»Du wirst schon sehen«, entgegnete sie. »Joggen wirkt Wunder.«
Wie sollte ich in meinem Tagesprogramm auch noch das Joggen unterkriegen? Morgens, wenn ich das Haus verließ, war es noch dunkel, und abends, wenn ich zurückkam, schon wieder. Ich wollte dem Ganzen trotzdem eine Chance geben und plante, übermorgen, wenn ich eine halbe Stunde später aufstehen musste, einen Versuch zu starten. Um besser schlafen zu können, würde ich fast alles tun. Morgen würde ich Peter treffen, den sympathischen Mann aus dem Zoo, am Tag darauf konnte es mit dem Joggen losgehen.

Peter und ich hatten uns für halb neun in der Nähe von Pablos Schule verabredet. Vor unserem Treffen wollte ich noch anderthalb Stunden an einem Elternabend von Pablos Klasse teilnehmen. Es kostete mich schon einigen Mut, mich mit den anderen Eltern zusammenzusetzen, nachdem mein Sohn vor wenigen Monaten vor seinen Mitschülern erzählt hatte, wir lebten ohne Papiere in Deutschland. Vielleicht würden sich einige Eltern an den Vorfall erinnern und waren nun neugierig auf die Mutter dieses *illegalen* Kindes.

Der Elternabend drehte sich um den nächsten Wandertag, ein Basteltreffen und um die mangelnde Pünktlichkeit mancher Schüler. Zudem suchte die Elternsprecherin Mütter oder Väter, die die Klasse bei einem Theaterausflug begleiten konnten. Viele Hände gingen nach oben. Mein Sohn besuchte diese Schule, doch irgendwie gehörten wir nicht dazu. Ich hatte ganz andere Sorgen als die meisten Leute hier.

Mit einer Viertelstunde Verspätung traf ich Peter. Er lachte mir schon von weitem zu. Gemeinsam gingen wir in eine Pizzeria. Peter erzählte von seinem Leben. Er sei geschieden, beide Söhne lebten bei seiner Ex-Frau. Ich erzählte ihm, dass meine Kinder bei mir in Deutschland lebten. Wir hatten ein gemeinsames Thema gefunden. Der charmante Blonde schien Kinder zu mögen. Auf seine Fragen zu meinem Leben antwortete ich sehr knapp. Auch wenn es mir zur Routine geworden war, widerstrebte es mir nach wie vor, Menschen, die mir sympathisch waren, hinters Licht zu führen.

»Ich bin in einer Schule und lerne Deutsch.«

Im Laufe der Jahre hatte ich die Erfahrung gemacht, dass bei dieser Antwort am wenigsten nachgehakt wurde. Schwieriger wurde es, die Frage nach meiner Wohnung zu beantworten. Meine Adresse wollte ich diesem netten Fremden aus dem Tierpark noch nicht preisgeben. Erst wollte ich ihn besser kennen lernen. So nannte ich ihm eine Hochhaussiedlung in der Vorstadt.

Nach einer guten Stunde im Restaurant wollte ich wieder gehen. Meine Kinder waren allein zu Hause, und ich hatte sie den ganzen Tag noch nicht gesehen. Peter verstand das sofort und half mir in den Mantel. Ob ich denn wieder einmal einen Termin für ihn frei hätte? Wir verabredeten ein weiteres Treffen in der nächsten Woche.
»Darf ich dich nach Hause bringen?«
»Danke, das ist sehr nett, aber ich nehme den Bus.«
Ich wollte mich verabschieden. Doch Peter bestand darauf, mich wenigstens zur Bushaltestelle bringen zu dürfen.
Das konnte ich schlecht ablehnen. Meine neue Bekanntschaft ahnte ja nicht, dass ich gerade zwei Ecken weiter wohnte, ein Fußweg von weniger als vier Minuten. Der Bus fuhr um diese Uhrzeit nur noch jede halbe Stunde und war gerade zwei Minuten vorher abgefahren. Jetzt mussten wir fast eine halbe Stunde in der eisigen Kälte warten.
Endlich konnte ich einsteigen und verabschiedete mich mit einem freundlichen Händedruck von Peter. Eigentlich fand ich es toll, dass er die halbe Stunde mit mir bei diesen Minusgraden ausgeharrt hatte. Doch manchmal konnten Kavaliere auch anstrengend sein. Mit dem Bus fuhr ich eine Haltestelle weiter, stieg wieder aus und lief vorsichtig zurück. Wenn ich um eine Ecke bog, hielt ich Ausschau nach Peter. Mein merkwürdiges Verhalten hätte ihn bestimmt zum Grübeln gebracht.
»Mama, wie war's?«, begrüßten mich Isabel und Pablo.
»Ganz nett«, antwortete ich.
Ich wusste selbst noch nicht, was ich von diesem Verehrer halten sollte. Vielleicht konnte er ein guter Freund werden. So ein attraktiver Mann würde sich nicht ernsthaft für eine *illegale* Putzfrau interessieren.
Müde fiel ich wie ein Stein ins Bett. Wieder einmal hatten wir alle gemeinsam einen Tag in Deutschland überlebt.
Wie fast jede Nacht wachte ich irgendwann wieder auf, weil ich ein Geräusch gehört hatte. Isabel und Pablo schliefen friedlich,

während ich mich auf der Matratze wälzte. Kurz nach fünf stand ich auf. Wenn ich schon nicht mehr schlafen konnte, wollte ich jetzt Ritas Rat folgen und endlich das Joggen ausprobieren. Vorsichtshalber schrieb ich den Kindern eine kurze Nachricht, damit sie sich nicht sorgen mussten, wenn sie zufällig aufwachten.
Eine halbe Stunde lang trabte ich durch einen nahe gelegenen Park und durch die Straßen der Umgebung. Alles war menschenleer. Die ganze Stadt gehörte mir an diesem frühen Morgen. Das Laufen tat meiner Seele gut. Ich joggte gegen meine Ängste und Depressionen. Der kalte Wind durchpustete meinen Kopf und verscheuchte alle schweren Gedanken. Vielleicht wird ja doch alles einmal gut.
Gegen sechs war ich wieder zurück und sprang unter die Dusche. Meine Kinder erwachten. Sie hatten gar nichts von meinem Ausflug mitbekommen. Wie jeden Morgen frühstückten wir gemeinsam, danach ging jeder seiner Wege, Isabel und Pablo in die Schule und ich zu den Häusern der Besserverdienenden.
Als ich am Abend nach Hause kam, hatten Isabel und Pablo gekocht, Kartoffeln mit Spiegeleiern. Ich war stolz darauf, wie selbständig sie den Alltag meisterten, während ihre Mutter arbeiten ging. Zufrieden kuschelten wir uns beim Fernsehen aneinander. Mein Körper fühlte sich wunderbar leicht an. Meine Schmerzen in den Armen und Schultern hatten sich gelöst. Das Joggen am Morgen hatte auf meinen Körper wie eine Massage gewirkt.
Die darauf folgende Nacht schlief ich durch, das erste Mal seit der Razzia und der Rückkehr in unsere Wohnung.

Am nächsten Sonntagnachmittag war ich wieder mit Peter verabredet. Meine Kinder waren mit Alejandras Familie zum Minigolf-Spielen unterwegs. Es war ein herrlicher Tag, die ersten Sonnenstrahlen läuteten den Frühling ein. Nach einem Spaziergang entlang einem kleinen Flüsschen ließen wir uns auf einer sonnigen Parkbank nieder. »Was willst du machen, wenn du mit

deinen Deutschkursen fertig bist?«, fragte Peter. »Ich möchte gern Theologie studieren und Pfarrerin werden«, log ich. »Und was machst du?«
»Ich bin Polizeipräsident«, antwortete Peter. Das Blut gefror mir in den Adern. Ich fühlte mich einer Ohnmacht nahe. Jetzt bloß keine Fehler machen, schoss es mir durch den Kopf. Noch wusste er nicht viel über mich. Am besten, ich verschwand so schnell wie möglich.
Peter musste gemerkt haben, dass ich für kurze Zeit um Fassung gerungen hatte. Aus seiner Jackentasche fischte er eine Visitenkarte: »Dr. Peter Reichenbach, Diplom-Volkswirt«.
»War nur ein Scherz mit der Polizei«, sagte er schnell. »Ich arbeite bei einer Bank.«
Zweifel überkamen mich. Saß ich vielleicht gerade in einer ganz großen Falle? Erst letzte Woche hatte ich wieder von einer *Illegalen* gehört, die von einer Zivilstreife verhaftet worden war. Visitenkarten konnte jeder drucken, ich musste vorsichtig bleiben.
Peter hatte gemerkt, dass er einen Fehler gemacht hatte. Er versicherte mir, wie sehr er sich gefreut hatte, mich heute zu treffen. Und er stellte mir viele Fragen. Wie es mir gelungen sei, in Deutschland eine Arbeit zu finden? Warum meine Kinder erst vor kurzem nachgekommen seien? Ob ich schon Freunde in der neuen Heimat gefunden hätte? Meine Antworten waren sehr einsilbig. Eine Lüge nach der anderen musste ich ihm auftischen.
Trotz seiner vielen Fragen hatte ich mich ein wenig beruhigt. Peter wirkte nicht wie ein Polizist, aber sicher konnte ich mir nicht sein. Vielleicht war er ein großer Meister der Verstellung. Wir schlenderten den Weg am Wasser entlang zurück, dann musste ich nach Hause zu meinen Kindern.
»Sehen wir uns wieder?«, fragte er mich.
»Ich glaube schon, wir haben ja unsere Handynummern.«
In den nächsten Tagen dachte ich oft an ihn. Nach einer Woche

hatte er sich zu meinem Kummer noch nicht wieder gemeldet. Hatte er eine schnelle Affäre gesucht und festgestellt, dass ich nicht die geeignete Frau dafür war? Hatte ich ihn irgendwie verschreckt? Oder war er doch Polizist und hatte im Moment Wichtigeres zu tun, als *Illegale* zu jagen?

Fast jeden Tag ging ich jetzt joggen. Das Laufen war für mich wie geschenkte Zeit. Endlich konnte ich nachts wieder schlafen und es machte mir nichts aus, dafür am Morgen früher aufzustehen. Beim Joggen war ich im Einklang mit mir selbst und konnte gut nachdenken. Über unser Leben, über unsere Zukunft und über Männer.

Schon lange hatte ich keinen Mann mehr geliebt. Ich sehnte mich nach Zärtlichkeit und Geborgenheit. Ich war Mitte dreißig und attraktiv. Warum schaffte ich es nicht, einen Freund zu finden, dem ich vertraute?

Die meisten Männer der letzten Monate waren Nieten gewesen, Discobekanntschaften, Männer, die schnell das Interesse verloren hatten, wenn sie nicht gleich mit mir im Bett landen konnten. Bei Veranstaltungen der Kirchengemeinde hatte ich auch schon einige kennen gelernt, Sven zum Beispiel. Dreimal traf ich mich mit ihm, bevor ich durch Rita erfuhr, dass er zu Hause Frau und Kinder hatte und nur ein Abenteuer suchte.

Eine weitere Bekanntschaft war Paul. Den Kontakt hatte Ritas Mann Ralf vermittelt. Ralf war der Gemeindepfarrer und wusste, dass ich heiraten musste, um hier sicher leben zu können.

»Ich höre mich um in der Gemeinde, vielleicht kann ich dir helfen«, hatte er versprochen.

Eines Tages rief er an: »Ich kenne jemanden, der eine Frau sucht, er könnte zu dir passen. Möchtest du dich mit ihm treffen?«

Ich war sofort einverstanden.

Ralf organisierte zunächst einen gemeinsamen Spaziergang, dann gingen wir zu Paul nach Hause. Meine Kinder begleiteten mich, ebenso Rita und ihr Mann Ralf. Ich glaube, nie zuvor hatte Paul

so viele Menschen gleichzeitig in seiner Wohnung zu Gast gehabt. Er war aufgeregt und zitterte so sehr, dass er nicht in der Lage war, Tee einzuschenken.
Die Wohnungseinrichtung sah aus, als hätte noch nie eine Frau die Räume betreten, Möbel, Bilder, Teppiche, all das passte nicht zusammen, doch Paul war mir nicht unsympathisch. Seine Schüchternheit gefiel mir, auch schien er ein ziemlich religiöser Mensch zu sein.
Das nächste Mal traf ich ihn allein, und ich fühlte mich schon deutlich unwohler.
»Ich kenne dein Problem«, erklärte er mir unverblümt. »Ich bin einverstanden, dich zu heiraten.«
Seine Direktheit erstaunte mich und machte mich zugleich misstrauisch. Er schien mir nicht der selbstlose Held zu sein, der einer *Illegalen* helfen wollte, dieser Mann war sehr einsam und suchte eine Lebensgefährtin.
Während wir uns über das Leben in der Illegalität unterhielten, dachte ich nach. Paul konnte vielleicht ein Freund für mich sein, aber Sex würde ich mit ihm niemals haben wollen. Schon beschlich mich die Angst, wie erpressbar ich wäre, wenn wir erst mal verheiratet waren.
»Für dich würde ich gern sorgen«, fuhr er fort, »aber die Kinder wären deine Sache. Mit Kindern kenne ich mich nicht aus.«
Damit war er endgültig durchgefallen. Bei einer Scheinehe konnte es ihm doch egal sein, ob ich Kinder hatte oder nicht, wir würden ja keine Wohnung miteinander teilen. Suchte er aber eine Partnerin fürs Leben, dann durften ihm die Kinder nicht egal sein. Als er mich das nächste Mal anrief, gab ich ihm zu verstehen, dass ich an weiteren Treffen nicht mehr interessiert sei.
Bei Jürgen, einer Discobekanntschaft, hatte ich schon ernsthafter über eine Beziehung nachgedacht. Wir verstanden uns sofort und lachten viel zusammen. Bei unserem dritten Treffen erzählte ich ihm von meinen Kindern. Er war gekränkt. »Warum hast du mir bisher verheimlicht, dass du Kinder hast?«, brummte er.

Er wünschte sich eine Freundschaft mit mir, und Offenheit gehörte für ihn dazu.
Bald darauf musste er zu einer längeren Dienstreise nach Italien. Eines Morgens fand ich eine SMS auf meinem Handy vor: »Hast du am Wochenende Zeit, können wir uns treffen?«
Ich schrieb zurück: »Ja, gern, bist du schon wieder hier?«
Wir verabredeten uns beim Chinesen, und er erzählte mir, dass er sich auf eigene Kosten ins Flugzeug gesetzt hatte, nur um mich zu sehen. Am nächsten Tag flog er wieder zurück nach Rom, sein Job war noch nicht zu Ende. Ich fühlte mich sehr geschmeichelt. Meiner Gefühle ihm gegenüber war ich mir dagegen noch nicht sicher. Ich wollte mich nur in einen Mann verlieben, der auch meine Kinder mochte. Jürgen war freundlich zu Isabel und Pablo, hatte mir aber auch gesagt, dass er sich irgendwann einmal eigene Kinder wünsche. Im Moment wollte er aber seine Ungebundenheit genießen. Er war sechs Jahre jünger als ich. Unser Verhältnis wurde in den kommenden Wochen immer inniger, er war sehr verliebt. Ich dagegen hatte Zweifel, ob ich wirklich eine Beziehung mit ihm wollte.
Aus heiterem Himmel verabschiedete er sich eines Tages von mir. Er hatte sich entschieden, einen Job in den USA anzunehmen. Wir nahmen uns in den Arm und weinten miteinander.
»Wenn ich in drei Jahren zurückkomme, und wir sind beide noch immer ohne Partner, dann heiraten wir«, sagte er beim Abschied. Dann gab er mir den ersten Kuss. Ein paar schöne Wochen waren zu Ende und eine kleine Hoffnungsblase geplatzt.
Das alles ging mir durch den Kopf, wenn ich früh morgens durch die leeren Straßen dauerlief. Peter. Warum ließ er nur nichts von sich hören? Ich hätte ihn so gern wieder getroffen. Seit drei Wochen hatte ich kein Lebenszeichen mehr von ihm erhalten. Ich würde ihn nicht anrufen, er hatte ja meine Handynummer. Wenn er Interesse an mir hat, dann wird er sich schon melden.

Am Abend eines sehr anstrengenden Putztages lief ich in Gedanken versunken nach Hause. Ich freute mich auf die Kinder und wollte nur noch eines: duschen, essen, trinken und dann ins Bett fallen. Plötzlich entdeckte ich Peter auf der anderen Straßenseite. Er sah elegant aus, mit Krawatte und seinem Laptop unterm Arm. Ich dagegen hatte meine abgetragensten Klamotten vom Putzen an. So wollte ich Peter auf keinen Fall begegnen. Doch es war bereits zu spät, Peter hatte mich ebenfalls entdeckt, wechselte die Straßenseite und kam mir freudestrahlend entgegen.
»Hallo«, sagte er, »wie schön, dich mal wieder zu treffen.«
»Wie geht es dir?«, fragte ich ihn. »Warum hast du dich nicht gemeldet?«
»Hatte ich nicht gesagt, dass ich zu einem Seminar reisen muss?«
Jetzt erinnerte ich mich, natürlich, er hatte irgendetwas von einem Seminar gesagt. Ich hatte nicht verstanden, dass es so lange dauern würde.
»Hast du Lust, gleich mit mir essen zu gehen?«, fragte er.
Verschwitzt, wie ich war, und in meinen alten Putzlumpen hätte ich mich in kein Restaurant getraut.
»Ich muss erst mal nach Hause zu meinen Kindern. Wir können uns gern später treffen.«
»Gehst du schon wieder weg?«, fragten Isabel und Pablo, als sie merkten, dass ich mir nach dem Duschen meine schickste Bluse anzog.
»Ja, ich werde gleich noch jemanden treffen.«
Ich hatte ein schlechtes Gewissen. Meine Kinder akzeptierten zwar, dass ich immer mal wieder wegging, um Männer zu treffen. Nach einem langen Arbeitstag ließ ich Isabel und Pablo aber nur ungern gleich wieder allein. Ich bereitete ihnen ihr Lieblingsgetränk aus Milch und Haferflocken zu. Pablo durfte zu unserem Freund Achmed, dem Döner-Mann, und für seine Schwester und sich etwas zu essen holen. Das versöhnte meine Kinder damit, dass ihre Mutter gleich wieder gehen wollte.

Obwohl ich mich beeilt hatte, traf ich mit einer zwanzigminütigen Verspätung an der vereinbarten Straßenkreuzung ein. Weit und breit war kein Peter mehr zu sehen. Ich wartete ein paar Minuten. Schließlich entschied ich unglücklich, wieder nach Hause zu gehen. Gerade als ich die Straße überqueren wollte, tauchte er auf. Er war nur einmal um den Block gelaufen.

»Bitte entschuldige meine Unpünktlichkeit«, empfing ich ihn.

»Das ist kein Problem. Männer müssen nun mal auf Damen warten. Das ist normal.«

Es wurde wieder ein wunderschöner Abend bei Pizza und Rotwein. Peter interessierte sich für meine Heimat und meine Kultur. Wir sprachen viel über Politik und über das ungerechte System in meinem Land. Dieser Mann konnte zuhören, war gebildet und alles andere als oberflächlich.

Nach dem Essen ließ er es sich nicht nehmen, die Rechnung zu bezahlen.

»Es wäre schön, wenn es nicht wieder drei Wochen dauert, bis wir uns wieder sehen.«

»Warum hast du dich denn nicht mal bei mir gemeldet?«, fragte er.

Ich lachte ihn an: »Hast du es noch nicht gemerkt? Ich bin eine Latina. In meinem Land rufen die Männer die Frauen an und nicht umgekehrt.«

Wie schon beim letzten Treffen brachte er mich zur Haltestelle. Wieder warteten wir auf einen Bus, den ich eigentlich überhaupt nicht brauchte. Doch dieses Mal sagte er nicht, wie bisher, förmlich tschüss. Als der Bus auf die Haltestelle zufuhr, nahm er mich in die Arme und gab mir einen langen und zärtlichen Kuss.

In den nächsten Tagen dachte ich nicht mehr ständig daran, was aus meinen Kindern und mir in Deutschland werden würde. Meine Gedanken kreisten nur noch um ein Thema: Peter. Ich mochte ihn sehr. War ich auch verliebt? Fast schien es mir, als hätte ich vergessen, was Liebe überhaupt war. Noch immer war ich misstrauisch. Was wollte dieser gut aussehende und eloquente Mann von einer Frau wie mir? Ich war allein erziehend, offensichtlich arm und sprach schlecht Deutsch. Er war immer gut angezogen, fuhr einen BMW und hatte bestimmt keine Schwierigkeiten, attraktive Frauen kennen zu lernen. Wollte er mich benutzen? Hatte er vielleicht eine feste Freundin und suchte mit mir ein kleines Abenteuer? Oder war er vielleicht gar nicht der, für den er sich ausgab? Noch immer spukte mir im Kopf herum, er könnte vielleicht doch Polizist sein.

Mein Bauch erlaubte Vertrauen, mein Kopf mahnte mich zur Vorsicht. Ich betrachtete die Visitenkarte: »Dr. Peter Reichenbach, Diplom-Volkswirt«. Wenn die Karte falsche Tatsachen vorspielen sollte, meldete sich unter der angegebenen Telefonnummer vermutlich ein Anrufbeantworter der Polizei.

Ich wählte die Nummer: »Leider kann ich Ihren Anruf nicht persönlich entgegennehmen«, vernahm ich Peters Stimme auf dem Tonband und war genauso schlau wie vorher. Am nächsten Tag rief er an: »Wollen wir uns am Samstag treffen?«

Eigentlich war mein Samstag von morgens bis abends verplant. Drei Putzjobs und abends Babysitten. Aber das Rentnerehepaar nachmittags hatte schon wieder abgesagt. Ich hatte also Zeit zwischen drei und sechs. »Was hältst du davon, wenn wir zusammen joggen gehen?«, fragte ich ihn.

Wir trafen uns kurz nach vier am Stadtwald. Peter war gut trainiert und rannte ziemlich schnell. Schweigend liefen wir nebeneinander her. Ich genoss die Natur, die Ruhe und seine Begleitung. Nach einer knappen Stunde erreichten wir wieder das Auto. Peter hätte mich gern noch in ein Café entführt, aber ich musste weiter zu meiner nächsten Putzstelle.

»Kann ich dich noch ein Stück mitnehmen?«

Ich war einverstanden und stieg ein.

»Bitte fahre hier links«, sagte ich nach einer Weile. »Und dort wieder rechts.«

»Aber das ist der falsche Weg«, protestierte er.

Warum hatte ich daran nicht gedacht? Natürlich ging Peter von der Hochhaussiedlung aus, die ich ihm vor Wochen als Adresse genannt hatte.
»Kannst du mich bitte hier rauslassen?«
»Kommt überhaupt nicht in Frage«, sagte er, »ich fahre dich natürlich nach Hause.«
»Ich will hier aussteigen«, insistierte ich.
Peter merkte, dass es mir ernst war, und trat auf die Bremse. Ich öffnete die Tür, sagte kurz tschüss und rannte in den Wald. Voller Wut drehte ich noch ein paar Runden, bis es Zeit war für den nächsten Putzjob. Wann konnte dieses Versteckspiel endlich aufhören?

Am folgenden Wochenende traf ich Peter mittags in einem spanischen Restaurant. Nach dem Essen unternahmen wir noch einen kleinen Spaziergang. Peter fragte, ob ich noch Lust auf einen Tee in seiner Wohnung hatte. Ich zögerte, normalerweise ging ich mit neuen Bekannten nicht so schnell mit in deren Wohnung, doch bei ihm siegte meine Neugier. Ich wollte gern sehen, wie er lebte.
Seine Wohnung war viermal so groß wie meine. Er lebte allein auf einhundert Quadratmetern, während ich mein kleines Appartement mit den Kindern teilte. Peter war die Höflichkeit in Person, bot mir Tee und Kekse an und machte Konversation. Zwei gemütliche Kinderzimmer gehörten auch zu seiner Wohnung. Seine Söhne besuchten ihn regelmäßig.
Dieser Gentleman gefiel mir immer besser. Er schien ernsthaft Interesse an mir zu haben. Peter hat mich nie bedrängt, mit ihm intim zu werden. Er ließ mir Zeit. So viel Zeit, wie ich brauchte, um mir darüber klar zu werden, was ich von ihm wollte. Meine Sorge, er könne Polizist sein, konnte ich allmählich fallen lassen.
Meine Kinder wussten, dass ich regelmäßig versuchte, neue Männer kennen zu lernen, doch noch nie hatte ich einen dieser Männer mit nach Hause gebracht. Ich wollte auf jeden Fall ver-

meiden, dass sie den bösen Verleumdungen ihrer Stiefmutter wieder Glauben schenkten und mich doch für eine Prostituierte hielten. Zu lange hatte ich gebraucht, um das Vertrauen von Isabel und Pablo wiederzugewinnen. Nur mit demjenigen, mit dem ich eine ernsthafte Beziehung eingehen würde, wollte ich ins Bett gehen, hatte ich mir geschworen. Und nur einer, den meine Kinder auch mochten, kam für mich in Frage.

In meinen Fantasien stellte ich mir Peter als den Retter vor, der uns aus dem Elend befreite. Im wirklichen Leben blieb ich auf dem Teppich. Ich mochte Peter sehr, aber bisher hatte ich nur sehr wenig von meinem wahren Leben preisgegeben. Mach einen Schritt nach dem anderen, sagte ich mir. Als Nächstes wollte ich ihn meinen Kindern vorstellen.

Ich schämte mich für meine winzige Wohnung. In Südamerika war eine kleine Unterkunft normal, aber in Deutschland hatten die Menschen viel mehr Raum. Außerdem hatte ich Peter mit einer falschen Adresse angelogen. Alejandra, der ich schon recht viel von Peter vorgeschwärmt hatte, schilderte ich mein Dilemma. Sie bot mir ein gemeinsames Treffen in ihrer Wohnung an.

An dem besagten Sonntag bereiteten Alejandra und ich ein lateinamerikanisches Menü vor: Gazpacho, gebratenes Schweinefleisch, gemischt mit Kochbananen und Kartoffeln, Salat mit Zwiebeln und Bohnen und zum Nachtisch Baumtomaten mit Zucker, Zimt und Sahne.

Peter kam pünktlich um eins. Er war begeistert von der Gastfreundschaft und genoss das Essen sehr. Isabel und Pablo beobachteten ihn interessiert, sprachen aber nicht viel. Nach dem Essen verzogen sie sich recht schnell ins Kinderzimmer.

Nachdem sich Peter verabschiedet hatte, konnte ich meine Neugier kaum mehr zügeln: »Na, wie hat er euch gefallen?«

»Geht so« und »Ja, ganz nett«, ihre Antworten klangen nicht gerade begeistert. Vor allem Isabel tat so, als sei sie ziemlich desinteressiert an diesem Thema. Vor dem Einschlafen überlegte ich, wie ich mit ihren Reaktionen am besten umging.

Bisher war der Mann, den ich suchte, für die beiden nur ein Phantom gewesen, ein Unbekannter, der dafür sorgte, dass unsere Papiere in Ordnung kamen. Jetzt hatten sie einen konkreten Menschen kennen gelernt, der vielleicht viel mehr sein würde als ein gesichtsloser Unbekannter, jemand, mit dem sie vielleicht im Alltag zurechtkommen mussten, der sie vielleicht sogar irgendwann miterzog. Ich schob diese Gedanken wieder weit von mir, Peter und ich waren ja noch nicht einmal ein Paar. Wir mussten uns alle noch viel besser kennen lernen.

Am kommenden Wochenende bot Peter an, mit mir und den Kindern einen Ausflug zu unternehmen. Treffpunkt sollte ein Parkplatz in der Nähe meiner Wohnung sein. Zehn Uhr war ausgemacht, doch meine Kinder hatten keine Eile. Pablo duschte eine Ewigkeit, und Isabel beweinte ihre Lieblingshose, die gerade an einer Naht aufgeplatzt war.
»Beeilt euch doch, zieht euch an«, scheuchte ich sie.
Was sollte Peter nur von uns denken? Die Deutschen waren immer so pünktlich, und wir schafften es noch nicht einmal, mit einer Viertelstunde Verspätung zum verabredeten Ort zu kommen.
Schließlich waren wir fertig. Die Kinder lärmten durch den Flur, und ich musste noch einmal zurück in die Wohnung, weil ich meine Handtasche vergessen hatte. Sie lag auf dem Sessel. Ich ergriff sie und stürmte wieder zur Wohnungstür hinaus, und plötzlich stand ich Peter gegenüber. Wie kam er nur hierher? Jetzt wusste Peter, dass ich ihn angelogen hatte. Ich schämte mich dafür. »Komm rein, wenn du schon mal da bist.«
Peter betrat unsere Wohnung und blickte sich um.
»Ganz schön klein hier«, sagte er als Erstes.
Die winzige Bleibe war mir peinlich.
»Warum hast du mir nicht gesagt, wo du wohnst?«, fragte er eher enttäuscht als verärgert.
»Es tut mir leid. Es gibt noch so vieles, das ich dir erklären muss. Bitte setz dich doch.«

Während ich einen Tee kochte, unterhielt er sich mit den Kindern. Pablo zeigte ihm seine gesammelten Fußballbilder und Isabel einige Bastelsachen aus der Schule.
»Wie hast du uns gefunden?«
Peter erzählte, er habe lange auf dem Parkplatz gewartet. Das benachbarte Haus mit den vielen Satellitenschüsseln auf den Balkonen sei ihm aufgefallen. Da wohnen bestimmt viele Ausländer, hatte er sich gedacht und aus reiner Neugier das Haus betreten. Von oben hatte er dann die Stimmen meiner Kinder gehört.
»Die Wohnung ist klein, aber gemütlich«, wandte er sich wieder an mich. »Was kostet sie denn an Miete?«
»Dreihundert Euro.«
»Das ist ganz schön unverschämt. Kannst du denn nichts Günstigeres finden?«
»Nein, wir finden leider nichts anderes.«
Dann gestand ich ihm, dass ich ihn lange Zeit in Verdacht gehabt hatte, in Wirklichkeit Polizist zu sein.
Peter prustete vor Lachen: »Ich habe ja ganz vergessen, dass ich Polizeipräsident bin.«
Etwas ruhiger fügte er hinzu: »Du fürchtest die Polizei. Warum?«
Ich erzählte ihm alles: dass ich ohne Papiere in Deutschland lebte und meine Kinder in die Illegalität nachgeholt hatte. Peter hörte staunend zu und stellte viele Fragen. Mit dem Thema Illegalität hatte er sich noch nie beschäftigt. Wie ich die Einreise geschafft hätte, wollte er wissen, und wie es mir gelungen sei, Schulen für die Kinder zu finden.
»Ich bewundere deinen unglaublichen Mut. Jetzt verstehe ich auch, warum du nach dem Joggen einfach weggelaufen bist.«
Zwei Stunden später fuhren wir gemeinsam zum Fluss und ließen unseren geplanten Ausflug einfach nur ein wenig später beginnen. Ich war froh, dass er endlich Bescheid wusste. Das Versteckspielen hatte ein Ende, eine riesige Last war mir von den Schultern genommen. Besonders glücklich war ich darüber,

wie Peter reagiert hatte: souverän, unaufgeregt und mit großem Interesse.

»Wie kann ich euch helfen?«, fragte er mich, während Isabel und Pablo Enten fütterten. »Es gibt für uns keine legale Möglichkeit, hier zu bleiben«, erklärte ich und vermied ganz bewusst, das Wort Heirat auch nur in den Mund zu nehmen. Am Morgen hatte ich ihn auch darüber aufgeklärt, dass ich in Wirklichkeit keine Deutschkurse besuchte, sondern putzen ging. Er erkundigte sich ausführlich nach meiner Arbeit.

»Das gefällt mir nicht, dass du bei fremden Leuten sauber machst. Gibt es denn für *Illegale* keine andere Arbeit?«

»Ich wüsste nicht, welche. Hast du eine Idee?«

Ihm fiel auch nichts ein.

In den kommenden Wochen kam Peter immer öfter abends zu uns nach Hause. Erfreut stellte ich fest, dass er sich gern mit meinen Kindern beschäftigte. Er litt sehr darunter, dass seine eigenen Kinder bei seiner geschiedenen Frau lebten und er sie nur selten sah. Peter machte viele Scherze mit Isabel und Pablo und tobte mit ihnen herum.

»Wann kommt Peter endlich mal wieder?«, quengelten sie, wenn er uns nur einen Tag nicht besucht hatte.

Nachdem ich wusste, dass meine Kinder Peter mochten, gab ich meine innere Abwehr auf. Endlich konnte ich meinen Gefühlen freien Lauf lassen, konnte mir meine Verliebtheit eingestehen. Ich wünschte mir viel mehr als nur Freundschaft.

Hin und wieder besuchte ich ihn, wenn die Kinder abends schon schliefen. Manchmal kochte er, manchmal tranken wir nur einen guten Wein zusammen. Nie hatten wir darüber gesprochen, ob wir jetzt ein Paar waren oder nicht. Eines Abends blieb ich länger. Seine Küsse raubten mir den Verstand, mein Körper sehnte sich nach seiner Nähe. Ich hatte vergessen, wie schön Sex sein konnte.

Die Beziehung zu Peter gab mir neuen Halt, doch meine Probleme löste sie nicht. Nur eine Heirat konnte uns helfen. Von Peter wusste ich, dass er nach seiner Scheidung von Hochzeit und Ehe erst einmal genug hatte. Ich wagte das Thema nicht anzusprechen. Entweder musste er seine Einstellung ändern, oder ich würde irgendwann einmal unsere Beziehung abbrechen müssen. Dieser Gedanke gefiel mir überhaupt nicht.
Es gab noch eine andere, sehr wohlhabende Frau in seinem Leben, die ihm ständig hinterhertelefonierte.
»Ich hatte mal eine Affäre mit ihr, aber das war nichts Ernstes«, versuchte er mich zu beruhigen.
Ich wünschte, diese andere reiche Unbekannte hätte es nicht gegeben. Vielleicht würde er sich eines Tages doch für sie und gegen mich entscheiden.
»Bitte arbeite weniger«, wiederholte Peter immer wieder, »du ruinierst deinen Körper.«
Ich versuchte ihm zu erklären, wie dringend ich das Geld brauchte.
Wir hatten getrennte Kassen, und das war mir auch lieber so. Ich wollte meine Eigenständigkeit behalten, und er sollte nicht auf die Idee kommen, dass ich ihn wegen seines Geldes ausnutzen wollte. Wenn wir gemeinsam einkaufen gingen, bezahlte meistens er. Das war für mich eine große Entlastung. Schließlich stimmte ich zu, am Wochenende die abendlichen Babysitterjobs aufzugeben, damit wir ein wenig mehr Zeit füreinander hatten.
Die nächsten Wochen verbrachte ich mit einer Mischung aus Leichtigkeit und Angst. Ich genoss mein Leben und meine Verliebtheit, und gleichzeitig wusste ich, auf welch tönernen Füßen ich stand. Meine Verfolgungsangst wurde zum Verfolgungswahn. Hinter jedem Menschen, der mir begegnete, vermutete ich einen Polizisten. Jetzt hatte ich nicht nur meine Zukunft und die Zukunft meiner Kinder in Deutschland zu verlieren, sondern auch meinen Freund. Wer weiß, ob wir uns je wiedersehen würden, wenn ich erst einmal in Abschiebehaft saß.

Peter übernachtete häufig bei uns. Wir bauten uns ein Matratzenlager auf dem Boden, links schliefen die Kinder, rechts Peter und ich. In Lateinamerika ist es nichts Ungewöhnliches, wenn Eltern und Kinder in einem Raum schlafen, Peter musste sich erst daran gewöhnen. Nach langen Fernseh- und Spieleabenden in meiner kleinen Wohnung hatte er oft keine Lust mehr, nach Hause zu fahren.
Ihm fiel auf, dass ich besonders in den frühen Morgenstunden immer wieder aus dem Schlaf aufschreckte.
»Was ist los mit dir?«
Ich erzählte ihm von der Razzia.
»Was würdest du machen, wenn morgens früh um fünf die Polizei hier vor der Tür stünde?«, frage ich ihn.
»Ich würde ihnen meinen Ausweis zeigen und sagen, sie sollten meine Frau und meine Kinder schlafen lassen.«
So entspannt konnte nur jemand reden, der sich nicht wirklich vor der Polizei fürchten musste.

Alle paar Wochen rief mein Ex-Mann Alfonso auf meinem Handy an und beschimpfte mich, ich hätte ihm die Kinder weggenommen. An seine Vaterliebe glaubte ich nicht. Mir schien es eher verletzte Eitelkeit zu sein. Die Kinder hatten sich gegen ihn entschieden, und er behauptete, ich hätte sie dazu überredet.
Wenn er die Kinder sprechen wollte, reichte ich ihnen das Telefon. Für mich war es in Ordnung, dass der Kontakt zu ihrem leiblichen Vater nicht abbrach. Doch oft hatten Isabel und Pablo keine Lust, mit ihm zu reden.
»Sag ihm, wir sind einkaufen, wenn er das nächste Mal anruft«, baten sie mich.
Wochenlang hatte ich nichts von ihm gehört, dann rief er eines Tages wutentbrannt an. »Du hast meine Kinder entführt. Ich werde zur Polizei und zur deutschen Botschaft gehen, wenn du nicht sofort die Kinder zurückschickst.«

»Aber die Kinder wollen doch gar nicht zu dir«, versuchte ich es mit Argumenten.
»Du übst einen schlechten Einfluss auf sie aus. Ich gehe zur Botschaft und sage, dass du illegal mit ihnen in Deutschland lebst.«
Alfonso wollte sich rächen, und es war ihm zuzutrauen, dass er mich jetzt verriet. Alfonso kannte unsere Adresse. Ich war erpressbar, und er hatte es gemerkt. Ich saß in der Falle und sah keinen Ausweg. Woher sollte ich auf die Schnelle eine neue Wohnung finden?
Als ich am Abend bei Peter vor der Haustür stand, waren meine Augen vom vielen Weinen rot und geschwollen.
»Was ist denn mit dir los?«
»Ich will meine Kinder nicht zu Alfonso zurückschicken.«
Peter hörte sich die ganze Geschichte von Pablos und Isabels Reise nach Deutschland an. Auch, dass Alfonso und ich ursprünglich vereinbart hatten, die Kinder kämen nur zu einer Urlaubsreise hierher und flögen danach wieder zu ihm zurück.
»Glaubst du wirklich, dass er die Kinder wiederhaben will?«, fragte Peter.
Ich hielt es nicht für ausgeschlossen. In seinem blinden Hass auf mich traute ich Alfonso aber auf jeden Fall zu, dass er mich bei den Behörden als *Illegale* anzeigte.
Peter war sehr bedrückt. »Isabel und Pablo wollen doch bestimmt bei dir bleiben«, wandte er ein. »Sie sind deine Kinder.«
Erneut brach ich in Tränen aus. Er versuchte mich zu trösten.
»Gibt es denn gar keine Lösung? Irgendeine Lösung muss es doch geben.«
»Ja, wenn ich einen Mann fände, der mich heiratet. Dann hätte ich legale Papiere und Alfonso nichts mehr gegen mich in der Hand«, schluchzte ich.
Peter stand da, mit offenem Mund. In meinem Land würde man dazu sagen: Auf der einen Seite die Wand, auf der anderen die Lanze. Er war überfordert. Eine zweite Heirat war in seinem Lebensplan nicht mehr vorgesehen.

»Ich möchte euch gern helfen. Ihr könnt hier wohnen, wenn ich nicht da bin«, fand er schließlich die Sprache wieder. Etwas erleichtert fuhr ich in der Nacht zu den Kindern nach Hause. Es war gut, einen Freund zu haben, bei dem ich mich ausheulen konnte. Nur die Lösung meiner Probleme war das ganz und gar nicht.

Peter musste in der nächsten Zeit oft für ganze Wochen verreisen und sein Angebot, uns in seiner Wohnung aufhalten zu dürfen, nahmen wir dankbar an. Jeder Tag, den wir nicht in unserer eigenen Wohnung verbringen mussten, schützte uns vor einer weiteren möglichen Razzia und vor Alfonsos geplanter Denunziation. Doch Isabel zog es immer wieder zurück in unser altes Heim, in die vertraute Umgebung. Ich konnte sie gut verstehen, in den Wohnungen anderer fühlte auch ich mich nur als Gast.

Während Peters Dienstreisen hatte ich viel Zeit zum Grübeln. Bewusst hatte ich ihn nicht direkt gefragt, ob er mich heiraten wolle, sondern ganz allgemein gesprochen: Ich brauche einen Mann, der mich heiratet. Er hatte alles offen gelassen, mir keine Abfuhr erteilt, aber auch keinen Heiratsantrag gemacht. Wir kannten uns erst seit acht Monaten, und es war nur natürlich, dass er seine neue Freundin nicht gleich heiraten wollte. Doch was bedeutete das für mich? Musste ich wieder losziehen und in einsamen Disconächten versuchen, einen heiratswilligen Mann an Land zu ziehen? Ich hatte dieses Leben so satt, wollte überhaupt keinen anderen Mann kennen lernen. Ich war verliebt und wollte Peter.

Noch immer verdiente ich unseren Lebensunterhalt, indem ich von einer Arbeit zur nächsten hetzte. Wie eine Maschine, die nicht stillstehen durfte. Mit meinen Gedanken war ich oft anderswo.

Das Auto, das von rechts kam, hatte ich übersehen. Ich stürzte und fiel genau auf die Schulter, die ich mir schon einmal bei einem Fahrradunfall verletzt hatte. Mit blutenden Händen und

Schürfwunden auf der linken Gesichtshälfte rappelte ich mich auf. Der nette Autofahrer wollte mich gleich in die Klinik fahren. »Nein danke, ist nicht nötig«, wehrte ich mühsam lächelnd ab.

Mit letzter Kraft schleppte ich mich und das kaputte Fahrrad in Peters Wohnung, die glücklicherweise in der Nähe lag. Meine Schulter schmerzte so sehr, dass an Putzen überhaupt nicht zu denken war. Zwei Stunden später kam Peter nach Hause und sagte bestürzt: »Du musst sofort zum Arzt.«

»Kann ich mir im Moment nicht leisten. Ich habe keine Versicherung.«

»Was können wir nur tun, damit all diese Probleme endlich aufhören?«, fragte er ratlos.

Ich wandte mich ab. »Du kennst die Lösung, die einzige, die es gibt.«

Peter nahm mich vorsichtig in den Arm. »Welche Papiere brauchen wir denn für die Hochzeit?«

Ein romantischer Heiratsantrag hört sich anders an, aber ich war überglücklich.

Gefängnis Deutschland

Wir konnten nicht einfach zum Standesamt gehen und das Aufgebot bestellen. Die Standesbeamten würden sehr wahrscheinlich umgehend die Polizei verständigen. Seit viereinhalb Jahren lebte ich in Deutschland versteckt, und mein Name war bisher in keinem Melderegister aufgetaucht. Unser Plan war also gar nicht so einfach umzusetzen. Wir nahmen uns folgende Arbeitsteilung vor: Er würde sich beim Standesamt nach den notwendigen Papieren für eine legale Heirat erkundigen, und ich wollte mich umhören, wie andere *Illegale* dieses Problem gelöst hatten.

Den siebzigjährigen, weit gereisten Johannes würde ich als Ersten befragen. Bei seiner Tochter hatte ich eine gute Putzstelle, und er hatte mich dort vor kurzem nach getaner Arbeit zum Tee eingeladen. Viele Jahre hatte Johannes in meinem Heimatland als Ingenieur gearbeitet. Er kannte die Mentalität meiner Landsleute und wusste nur zu gut von diversen Menschenrechtsverletzungen durch korrupte Politiker und Polizisten. Dass ich eine *Illegale* in Deutschland war, lag für ihn nahe.

»Ich kann gut verstehen, dass Sie Ihr Land verlassen haben«, hatte er beim Tee gesagt. »Ich bewundere Ihren Mut und wie Sie sich in unserem Land hier durchschlagen. Wenn ich Sie in irgendeiner Weise unterstützen kann, mache ich das gern.«

Johannes wusste, dass nur eine Heirat mit einem Deutschen meinen papierlosen Status beenden konnte. Er wollte nachdenken, möglicherweise fiele ihm jemand ein, der zu einer solchen Ehe bereit sei. Sein mitfühlendes Engagement tat mir unendlich gut, dennoch bremste ich ihn vorsichtig. Eventuell käme ich demnächst dankbar auf sein Angebot zurück. Im Moment sei ich aber sehr verliebt, hätte einen Freund und hoffte auf eine Liebesehe. »Das ist ja fantastisch«, entgegnete er lächelnd und drückte mir die Hand.

»Johannes, es gibt gute Nachrichten«, begrüßte ich ihn nun. »Peter und ich werden heiraten.«

»Das muss gefeiert werden.« Er entkorkte eine Flasche Sekt.

»Ich habe allerdings keine Ahnung, wie ich an legale Hochzeitspapiere kommen soll«, fuhr ich nach ein paar Schlückchen Sekt fort.

Johannes versprach, ein paar Telefonate zu führen und mich demnächst zurückzurufen.

Schon am folgenden Tag meldete er sich: »Maria, ich hab die Lösung: Du musst über den Atlantik schwimmen. Niemand wird merken, dass du je illegal in Deutschland warst. Nur die Haifische sind deine Zeugen.«

»Zäh wie ich bin, werde ich den Haifischen nicht schmecken«, lachte ich, und er schlug fröhlich eine andere Lösung vor. »Ich habe mit einem Freund in Spanien telefoniert. Dort könntet ihr einfacher heiraten als hier.«

Der von Johannes vorgeschlagene Weg war leider nicht ganz so einfach, wie es erst mal klang. Vor einer Eheschließung würden die spanischen Behörden jede Menge Papiere aus meinem Heimatland verlangen. Ein Anwalt in Lateinamerika müsste sich darum kümmern, und das würde mich ein paar tausend Dollar kosten. Das Ganze könnte sich über Monate hinziehen. Und weitere Hürden komplizierten die Angelegenheit. Als Erstes musste es mir gelingen, illegal nach Spanien zu reisen und dort meinen Pass als verloren zu melden. Mit einem frisch ausgestellten Ersatzpass würde ich vielleicht ein Touristenvisum erhalten, mit dem ich dann hoffentlich in Spanien heiraten konnte. Für Peter als EU-Bürger war eine Hochzeit in Spanien kein Problem.

Tagelang diskutierte ich mit Peter, ob ich die Reise nach Spanien riskieren sollte. Fliegen war zu gefährlich, auch innerhalb der EU wurden an den Flughäfen oftmals Pässe verlangt. Doch auch der

Landweg barg Risiken. Zweimal hätte ich die grüne Grenze zu überwinden, einmal von Deutschland nach Frankreich und einmal von Frankreich nach Spanien. Wer garantierte mir, einmal in Spanien angekommen, dass sich die spanischen Behörden bei der Eheschließung wirklich mit einem Passersatzdokument zufrieden gaben und nicht Nachforschungen anstellten, wann ich nach Europa eingereist war? Falls herauskommen sollte, dass ich keineswegs nur für ein paar Wochen auf Urlaubsreise war, sondern schon seit langer Zeit auf europäischem Boden lebte, landete ich statt im Hafen der Ehe eher in einem spanischen Gefängnis.
Peter hatte inzwischen in Erfahrung gebracht, welche Dokumente das deutsche Standesamt bei einer Hochzeit mit einer geschiedenen Ausländerin verlangte: die eigene Geburtsurkunde und Geburtsurkunden der Kinder, Heiratsurkunde, Scheidungsurkunde, Sorgerechtsentscheidung, Meldebescheinigung, einen gültigen Reisepass mit Touristenvisum und beglaubigte Übersetzungen sämtlicher Papiere.
»Mit ein wenig Bestechung kann ich das meiste innerhalb von ein paar Wochen aus meiner Heimat besorgen, sogar einen gültigen Reisepass. Dann könnten wir ebenso gut in Deutschland heiraten.«
Offen blieb die entscheidende Frage, wie ich unbemerkt aus Deutschland ausreisen konnte, um anschließend wieder legal als Touristin einreisen zu können.
Wir setzten uns mit Silke Schenk zusammen. Sie hatte Isabel und Pablo erfolgreich zum Schulbesuch verholfen und wollte sich innerhalb ihrer Eine-Welt-Gruppe für uns umhören. Wenige Tage später erhielt ich von Silke die Telefonnummer eines fachkundigen Rechtsanwaltes.
»Das Risiko ist relativ gering«, erklärte der Anwalt. »Sie fahren zur Botschaft Ihres Heimatlandes in Deutschland und melden Ihren Pass als verloren. Man wird Ihnen ein Ersatzdokument aushändigen, mit dem Sie ausreisen können.«
Ich war skeptisch, es erschien mir zu einfach zu sein. »Merken

die Deutschen denn nicht bei meiner Ausreise, dass ich bereits vor langer Zeit gekommen bin und seitdem illegal hier gelebt habe?«

Der Anwalt schüttelte den Kopf. »Ausschließen kann ich das natürlich nicht, in der Regel aber wird bei der Ausreise nicht so streng kontrolliert. Deutschland ist froh um jeden Ausländer, der das Land freiwillig verlässt. Man will bei der Ausreise am Flughafen gar nicht so genau hinschauen, sonst müssten Fälle wie Ihrer mit viel Aufwand geklärt werden. Schon eine mögliche Abschiebehaft ist mit hohen Kosten verbunden. Wenn dann in der Zwischenzeit Ihr Flugticket abläuft, muss der deutsche Steuerzahler am Ende auch dafür noch aufkommen.«

Die Worte des Anwalts leuchteten mir ein, ausreisen war leichter als einreisen. Peter und ich entschieden uns, diesen Weg zu riskieren.

Zunächst musste ich meine Kinder unterbringen. Peter war dauernd auf Dienstreise, Robert und Alejandra waren für längere Zeit in Urlaub. Zwei zusätzliche Kinder wollte ich keiner anderen Familie zumuten, und so fragte ich Silke, ob Isabel für ein paar Wochen bei ihr leben dürfe. Thomas, der einen Jungen in Pablos Alter hatte, bat ich, für diese Zeit meinen Sohn bei sich aufzunehmen.

Beide erklärten sich bereit. »Bleib so lange, wie du brauchst, um deine Papiere zu erledigen.«

Sie freuten sich mit mir, dass ich endlich eine Chance hatte, mein Leben in Deutschland zu legalisieren. Ich war sehr glücklich, solche Freunde zu haben.

Mit Isabel und Pablo hatte ich bislang noch nicht gesprochen. Als sie von der geplanten Hochzeit erfuhren, war die Freude riesengroß. Die Aussicht, Peter bald zum Stiefvater zu haben und endlich ein ganz normales Leben in Deutschland führen zu können, war eine glückliche Perspektive für sie. Die Kehrseite der Medaille war, dass ich sie für einige Wochen allein zurücklassen musste. Das gefiel ihnen ganz und gar nicht. Sie hatten Angst,

ihre Mutter noch einmal für lange Zeit zu verlieren. Obwohl ich Silke und Thomas vertraute, war auch mir nicht wohl dabei, die Kinder in Deutschland zurückzulassen, aber ich wusste keinen besseren Weg. Ich versuchte sie zu beruhigen: »So lange bin ich dieses Mal doch gar nicht weg, nur ein paar Wochen.«
Doch sowohl bei der Ausreise als auch bei der Wiedereinreise nach Deutschland konnte ich festgenommen werden.
Die Kinder spürten meine heimlichen Sorgen. »Mama, können wir nicht mit dir kommen? Wir wollen unsere Oma und unseren Opa wiedersehen. Wir wollen nicht allein hier bleiben. Bitte nimm uns mit.«
Was hätte ich lieber getan, als ein paar nette Urlaubswochen mit ihnen zu Hause in unserer Heimat zu verbringen, mit ihnen gemeinsam all unsere Verwandten und Freunde zu besuchen und ihnen ein Wiedersehen mit ihrem Vater zu ermöglichen. Die damit verbundenen Risiken waren mir zu diesem Zeitpunkt allerdings zu hoch. Wir würden es später nachholen, wenn alles geregelt war. »Es geht nicht. Ihr müsst in die Schule, und diese Reise wäre für uns alle drei viel zu teuer.«

Die nächsten Tage war ich mit der Organisation der Rückreise beschäftigt. Ich rief bei der Botschaft meines Heimatlandes in Deutschland an. Ich sei Touristin und hätte kurz nach der Einreise meinen Reisepass verloren. Ich solle mit zwei Passfotos, einem Rückreiseticket und einem Identitätsbeweis, am besten meinem Personalausweis, vorbeikommen, teilte mir eine Mitarbeiterin am Telefon mit.
Am nächsten Morgen kaufte ich ein Flugticket und begab mich auf den Weg zur Botschaft. Für die Angestellte dort handelte es sich um einen Routinevorgang. Wahrscheinlich hatten bei ihr schon viele *Illegale* Ersatzdokumente bestellt. Noch am gleichen Tag konnte ich meinen Ersatzausweis abholen.
Der Flug war für das Monatsende gebucht.
Bei meinen Putzstellen verkündete ich, dass ich für einen guten

Monat in mein Heimatland flöge. Alle wünschten mir einen schönen Urlaub. Einige baten darum, mich einfach zu melden, wenn ich wieder da sei, andere wollten sich in der Zwischenzeit nach Ersatz umsehen. Am Nachmittag vor der Abreise brachte ich Isabel zu Silke und Pablo zu Thomas. Mein zehnjähriger Sohn freute sich darauf, für ein paar Wochen in einer deutschen Familie zu leben, Isabel, mittlerweile dreizehn, war ziemlich traurig und schweigsam, als ich sie zum Abschied umarmte. »Bitte komme bald wieder«, sagte sie leise. Ich versprach ihr, mich mit den Papieren zu beeilen.

Nach dem Abschied von den Kindern kehrte ich noch einmal in unsere Wohnung zurück, um zu packen. Peter wollte mich später von dort abholen, die Nacht wollten wir bei ihm verbringen. Am nächsten Morgen würden wir sehr früh zum Flughafen aufbrechen müssen.

Ich war noch keine Stunde in der Wohnung, da klingelte es an unserer Tür: zweimal klingeln, zweimal klopfen, unser Geheimzeichen. Isabel stand draußen. »Ich will noch ein bisschen in unserer Wohnung sein«, sagte sie.

»Isabel, du kannst nicht hier bleiben. Ich werde bald fahren. Außerdem ist der Kühlschrank schon leer.«

Der Kühlschrank interessierte Isabel am wenigsten, sie wollte so lange wie möglich noch bei mir bleiben und dann zu Silke gehen. Wieder einmal wurde mir vor Augen geführt, wie sehr Isabel unter unserer jahrelangen Trennung gelitten hatte und wie viel Nestwärme ihr diese Wohnung gab. Wie immer regte sich mein schlechtes Gewissen, ich mutete meinen Kindern zu viel zu. Hoffentlich fand alles bald ein gutes Ende.

Gegen sieben Uhr klingelte Peter, um mich abzuholen.

»Isabel, wir bringen dich jetzt zu Silke.« Sie war nicht dazu zu bewegen, gemeinsam mit uns das Haus zu verlassen.

»Ich bleibe noch ein bisschen und gehe dann später allein zu Silke«, versicherte sie.

In meiner Ratlosigkeit rief ich meine Freundin an. »Isabel will unsere Wohnung nicht verlassen. Sie sagt, sie würde später zu dir kommen.«

»Mach dir keine Sorgen«, beruhigte mich Silke. »Isabel kommt bestimmt. Wenn sie in zwei Stunden noch nicht da ist, hole ich sie.«

Mit unguten Gefühlen stiegen Peter und ich ins Auto. War ich eine herzlose Rabenmutter, die ihr dreizehnjähriges Kind allein ließ? Bei Peter angekommen, fand ich keine Ruhe, bis ich von Silke die Entwarnung vernahm.

»Du kannst aufatmen«, sagte sie. »Gerade kommt Isabel zur Tür herein. Hab doch gewusst, dass du dich auf das Wort deiner Tochter verlassen kannst.«

Etwas beruhigter packte ich die letzten Sachen zusammen. Als Peter mein vollständiges Gepäck sah, schlug er die Hände über den Kopf zusammen.

»Das kannst du unmöglich alles mitnehmen, das ist viel zu schwer.« Mit dem Koffer in der einen und der Reisetasche in der anderen Hand stellte er sich auf die Badezimmerwaage: »Du hast dreißig Kilo Gepäck, erlaubt sind nur zwanzig.«

»Die Sachen müssen aber alle mit«, beharrte ich. »Meine Familie ist sehr groß.«

Für meinen Vater hatte ich ein Hemd, ein Sakko und Schuhe eingepackt, für meine Mutter einen modischen Hosenanzug. Außerdem füllte den Koffer einiges an gebrauchter Kleidung für meine nächstjüngere Schwester und ihre Familie, von der ich wusste, dass sie in großer Armut lebte.

Geschenke für etwa fünfzig Menschen hatte ich eingepackt, für meine Geschwister, jede Menge Neffen und Nichten und ein paar Freunde. Ich hatte Bleistifte und Feuerzeuge besorgt, Armbänder, Ohrringe, T-Shirts und Postkarten aus Deutschland.

»Du bist doch verrückt«, schimpfte Peter. »Damit bekommst du bestimmt Ärger am Flughafen, und obendrein muss ich den ganzen Kram auch noch dorthin tragen.« An unserem vorerst letzten gemeinsamen Abend hatten wir richtig Streit miteinander.

Er konnte nicht nachvollziehen, warum es mir so wichtig war, diese vielen Dinge mitzunehmen, und ich weigerte mich, noch einmal auszupacken.
Schließlich einigten wir uns darauf, den Teil des Gepäcks, auf den ich notfalls verzichten konnte, in einem gesonderten Beutel im Koffer zu verstauen. Falls ich für Übergepäck zu bezahlen hatte, konnte ich einen kleinen Teil der Sachen mit ins Handgepäck stecken, den Rest würde Peter wieder mit zurück in seine Wohnung nehmen.
An Schlaf war in den wenigen Stunden, die noch bis zur Abfahrt blieben, nicht zu denken. Ich fürchtete mich vor der Passkontrolle am nächsten Morgen. Wenn ausgerechnet bei der Ausreise meine jahrelange Illegalität aufflog? Würde ich Peter dann jemals wiedersehen und heiraten können? Was würde aus Isabel und Pablo werden? Sie müssten zurück in ihre Heimat, wahrscheinlich wieder zu Alfonso und Erica. Nicht auszudenken. Und selbst wenn am Flughafen alles gut ging, wie würde es den beiden während der kommenden Wochen ergehen? Stundenlang wälzte ich mich im Bett, bis um fünf Uhr der Wecker klingelte.
Auf der Fahrt zum Flughafen sprachen wir kein Wort. Peter war ebenso nervös wie ich. Dieser Tag konnte das Ende unserer gemeinsamen Zukunft bedeuten. Vor dem Check-in-Schalter hatte sich bereits eine lange Schlange gebildet. Wir reihten uns ein und drückten uns immer wieder fest die Hand, um uns gegenseitig Mut zu machen.
Vier Leute vor uns fiel mir eine attraktive Südamerikanerin auf, die sehr modisch gekleidet war und allein reiste. »Die Frau hat keine Geldsorgen und kann einfach so reisen«, sagte ich ein wenig neidisch zu Peter. Als sie an der Reihe war, vergaß sie ein großes rundes Paket auf das Gepäckband zu legen. Die Leute vor mir machten sie darauf aufmerksam, und sie bedankte sich herzlich.
Endlich durfte ich nach vorn treten. Die Mitarbeiterin der Iberia warf einen flüchtigen Blick auf mein Ausreisedokument und stellte die Bordkarte aus. »Reisen Sie allein?«

»Ja, mein Verlobter bleibt hier.« Die Gepäckwaage zeigte dreißig Kilo und zweihundert Gramm an. Es schien sie nicht weiter zu stören. »Ich wünsche Ihnen eine gute Reise.«
»Siehst du, Peter. Heute ist mein Glückstag. Ich darf mitnehmen, so viel ich will.«
Wir tranken noch einen Kaffee zusammen, dann mussten wir Abschied nehmen.
»Bitte ruf mich gleich auf dem Handy an, wenn du durch die Passkontrolle bist«, sagte Peter.
Zitternd umarmte ich ihn. »Wird schon alles gut gehen. Du weißt doch, was der Anwalt gesagt hat. Bei der Ausreise wird nicht so streng kontrolliert.«
Vor der Durchleuchtung des Handgepäcks erwartete mich die nächste Schlange. Dann kam die Passkontrolle.
»Maria, du darfst dir deine Nervosität nicht anmerken lassen«, beschwor ich mich.
Der Beamte blickte kurz auf meinen Passersatz. Dann ein freundliches Nicken. Ich durfte passieren.

In der Wartehalle rief ich sofort Peter an: »Es ist geschafft, ich darf fliegen.«
Seine Erleichterung spürte ich buchstäblich durchs Telefon. Die erste große Hürde war geschafft. Jetzt mussten mich die Deutschen nur wieder reinlassen in ihr Land.
Bei Silke meldete ich mich als Nächstes. Auch sie war beruhigt, dass ich es schon bis zum Abflug-Gate geschafft hatte.
»Wie war die Nacht mit Isabel?«
»Gestern Abend war sie sehr aufgedreht und voller Sorgen«, erzählte Silke. »Immer wieder stellte sie die gleiche Frage: Was mache ich, wenn das mit dem Heiraten nicht klappt und Mama nicht zurückkommt? Ich habe den ganzen Abend versucht, sie zu trösten und zu beruhigen. Sie wollte nichts zu Abend essen. In der Nacht ist sie immer wieder im Haus herumgeirrt«, schilderte meine Freundin. »Jetzt schläft sie. Zum Glück ist heute

Samstag, und sie muss nicht in die Schule. Mach dir keine Sorgen, sie wird zu Ruhe kommen.«
Traurig sah ich durch die Glasscheiben den Flugzeugen zu, wie sie über das Flugfeld rollten. Konnte es nicht einmal einen Tag mit nur guten Nachrichten geben? Ich haderte mit meinem Schicksal. Wenigstens gab es von Pablo nichts Besorgniserregendes zu berichten: Er hatte die ganze Nacht gut geschlafen und machte sich scheinbar nicht so viele Sorgen wie seine Schwester, berichtete Thomas am Telefon.
Während meiner Telefonate fühlte ich mich die ganze Zeit beobachtet. Die schicke Südamerikanerin vom Check-in-Schalter kam auf mich zu.
»Aus welchem Land kommst du?«, wollte sie wissen und was ich in Deutschland gemacht hätte. Wie immer in solchen Situationen antwortete ich sehr vorsichtig, ich hätte einen Freund besucht. Sie entgegnete, auch sie habe Freunde besucht.
Gemeinsam begaben wir uns ins Flugzeug, und der Zufall wollte es, dass wir nebeneinander saßen. Sie stellte sich als Fernanda vor, kam aus einem Nachbarland und war schon oft in Deutschland gewesen. Zum ersten Mal in meinem Leben lernte ich eine südamerikanische Prostituierte kennen. Fernanda erzählte mir ihre Geschichte.
Sie hatte eine sehr große Familie: Zwei eigene Kinder musste sie ernähren, die bei ihrer Schwester lebten, während sie in Deutschland arbeitete. Die Schwester hatte keine Arbeit, genauso wenig wie ihr Schwager und ihre beiden Brüder. Außerdem war die Mutter krank und war schon zweimal für teures Geld operiert worden.
Fernanda war eine stolze Frau und hatte sich bewusst für die Prostitution entschieden. Ich konnte sie verstehen. Dadurch, dass sie ihren Körper verkaufte, konnte sie das Überleben ihrer Familie sichern. Früher hatte ich nur Abscheu für die Frauen übrig gehabt, die ihren Körper für Geld verkauften. Nun stellte ich fest, dass die Zeit in Deutschland meine Einstellungen

verändert hatte. Fernanda war auf ihre Art auch eine ehrenhafte Frau.

Drei Monate arbeitete sie in Deutschland in einem Bordell, dann flog sie für sechs Monate nach Hause, um anschließend wieder für weitere drei Monate in Deutschland anzuschaffen. Sechs Tage in der Woche erfüllte sie die ausgefallensten Männerwünsche, montags hatte sie frei.

»Was kann man denn als Prostituierte so verdienen?«

»An den Wochenenden sind es manchmal bis zu fünfhundert Euro am Tag«, beantwortete sie meine Frage. Davon müsse sie allerdings einiges an den »Zimmervermieter« abgeben.

Diese Summen beeindruckten mich sehr. Einen ganzen Monat musste ich putzen, um so viel zu verdienen wie sie in vier Tagen. Doch ich spürte keinen Neid, ich war stolz auf mich, dass ich es geschafft hatte, mit ehrenvoller Arbeit zu überleben. Niemals würde ich mit ihr tauschen wollen.

Zweimal sei sie schon aus Deutschland abgeschoben worden, fuhr Fernanda fort, habe wochenlang im Gefängnis gesessen, doch immer wieder sei ihr die Wiedereinreise über Frankreich oder Spanien geglückt.

»Dann hast du wohl immer Angst, wenn du einen Polizisten siehst?«, fragte ich.

Fernanda nickte, es sei ganz schön anstrengend, sich ständig verstecken zu müssen.

»Weiß deine Familie, womit du dein Geld verdienst?«

»Sie würde es nicht verstehen.«

Ich verriet Fernanda nicht, dass auch ich eine *Illegale* war. Fernanda wusste nicht, dass ich mich vor dem Umsteigen in Madrid genauso fürchtete wie sie.

Gleich nachdem das Flugzeug gelandet war, stockte mir der Atem. Der Pilot steuerte kein Terminal an, sondern parkte die Maschine auf einer Vorfeldposition. Dort standen zwei Busse und zwei Polizeiautos. »Jetzt ist es aus.« Voller Panik erhob ich mich von meinem Sitz. Fernanda war auch ganz blass geworden und bewegte unaufhörlich die Lippen zum stummen Gebet. Ich versuchte mir Mut zuzureden, zwang mich zu Gelassenheit. Gemeinsam mit der Prostituierten lief ich die Gangway hinunter. Uns folgte eine kleine Frau, ebenfalls eine Lateinamerikanerin. Mein Puls stieg auf hundertachtzig, und ich blickte stur geradeaus – nur keine Angst anmerken lassen.

»Sie sind festgenommen«, hörte ich mit Entsetzen eine tiefe Stimme neben mir sagen. Falls ich gemeint war, würden sie mir schon hinterherlaufen. Ich ging entschlossen weiter. Fernanda tat es mir gleich.

Erst als ich im Bus saß, wagte ich einen Blick nach hinten. Sie hatten die kleine Frau hinter uns herausgefischt. Ich atmete tief durch, Fernanda schwitzte noch immer.

»Gott sei Dank«, sagte sie. »Ich dachte, die suchen mich.«

Ich lächelte sie an, allzu gut konnte ich ihre Erleichterung verstehen.

Der Bus brachte uns zum Terminal. Dort hieß es wieder Schlange stehen, wieder Passkontrolle. Als ich an der Reihe war, betrachtete der Beamte meinen Ersatzpass.

»Was ist das für ein Dokument?«

Ich erklärte ihm, dass ich meinen Pass verloren hatte und von der Botschaft meines Heimatlandes diesen als Ersatz erhalten hatte. Mit den Worten »Moment, da muss ich einen Kollegen fragen« verließ er den Abfertigungsschalter.

Neben mir wurden die anderen Passagiere durchgewinkt, während ich die Sekunden zählte. Endlich kam der Beamte zurück: »Alles in Ordnung, Sie können weiterreisen.«

Ich atmete tief durch, erst wenn ich wirklich im Flugzeug saß, würde ich mich entspannt zurücklehnen können.

Wieder rief ich Peter an und gab meine erfolgreich überstandenen Stationen durch. Dabei bemerkte ich einen älteren Herrn, der mich die ganze Zeit beobachtete. Mir fuhr der Schrecken in alle Glieder. Der Mann sah aus wie ein verdeckter Ermittler und hatte meinem Gespräch mit Peter zugehört. Jetzt setzte sich dieser Mensch auch noch neben mich auf die blaue Plastikbank und sprach mich auf Deutsch an. Wie lange ich in Deutschland gewesen sei? Und wohin ich fliegen würde? Ich erzählte ihm etwas von einer dreimonatigen Urlaubsreise und hoffte inständig, er würde endlich aufstehen und mich in Ruhe lassen. Er blieb sitzen. »Für drei Monate Urlaub sprechen Sie aber gut Deutsch.« Dann fragte er, ob er sich kurz mein Handy ausleihen dürfe. Er hätte mich telefonieren sehen und wolle seiner Tochter Bescheid sagen, dass er in Madrid angekommen sei. Voller Misstrauen gab ich ihm mein Telefon, vielleicht wollte er nur nachsehen, welche Nummer ich zuletzt gewählt hatte.

Er drückte einige Tasten, niemand meldete sich, seine Tochter war angeblich nicht da. Dann wollte er es bei seinem Sohn versuchen und verwählte sich mehrere Male. Das ist tatsächlich ein Polizist, der die Nummern auf meinem Handy kontrolliert, dachte ich voller Entsetzen.

Schließlich fing er an zu telefonieren, erzählte etwas von »Freund besuchen in Südamerika« und wünschte seinem Sohn eine schöne Zeit. Dann gab er mir das Handy zurück. In diesem Moment wurde mein Flug aufgerufen. Ich erhob mich, schnappte mein Handgepäck und strebte zum Flugsteig. Der Mann blieb mir auf den Fersen und quatschte irgendwas von angeblichen Urlaubsreisen nach Südamerika.

Im Flugzeug ließ ich mich erschöpft in meinen Sitz fallen. Der Deutsche saß ein paar Reihen vor mir. Endlich rollte die Maschine zum Vorfeld, und ich entspannte mich ein wenig. Vielleicht war er doch kein verdeckter Ermittler. Das konnten sich die Deutschen nicht leisten. Wegen einer einzigen *Illegalen* schickten sie bestimmt keinen Beamten mit nach Südamerika.

Während des langen Fluges in mein Heimatland fühlte ich mich zum ersten Mal nach langer Zeit richtig frei. Ich hatte es geschafft, als versteckte Frau in Deutschland zu überleben. Als

freier Mensch würde ich dorthin zurückkehren. Jetzt freute ich mich auf meine Familie, meine Freunde und den Duft meines Heimatlandes.
Vor meinem inneren Auge ließ ich die letzten viereinhalb Jahre Revue passieren. Als ich den langen Flug über den Atlantik das erste Mal machte, wusste ich nicht, was mich in Deutschland erwartete. Vor mir ein großes Fragezeichen, hinter mir ein Scherbenhaufen. Ich hatte meine Heimat und meine Kinder verlassen. Nur zu gut konnte ich mich an die Tränen meines Bruders und meiner Mutter erinnern. »Ich fühle, dass ich dich nie wiedersehen werde«, hatte sie gesagt. Gott sei Dank hatte sie sich getäuscht.
Ich war mächtig stolz auf das, was ich in den letzten Jahren geleistet hatte. Geschuftet hatte ich, meinen Körper ausgepresst wie eine Zitrone, mir aber stets meine Würde erhalten. Auch bei den schlimmsten Putzjobs hatte ich mich nie als Dienerin anderer Leute gefühlt. Als Haushaltshilfe war es mir gelungen, eine neue Existenz aufzubauen. Bald würde ich ein ganz normales bürgerliches Leben führen können, mit einem Mann, den ich liebte, und meinen beiden Kindern.
Ich war den Deutschen unendlich dankbar. Sie hatten mir die Chance gegeben, ein neues Leben zu beginnen. So erbarmungslos und bedrückend das Leben in der Illegalität in den letzten Jahren auch gewesen sein mochte, es war immer noch besser als das, was mich zu Hause erwartet hätte. Deutschland war ein Rechtsstaat, in dem das Recht nicht nur auf dem Papier stand. Das hatte ich auch als *Illegale* mitbekommen. Meine Arbeitgeber hatten mich als Menschen geachtet.
In meiner Heimat hätte ich von einem auf den anderen Tag im Gefängnis verschwinden können, kein Mensch hätte je erfahren, was aus mir geworden wäre.
Ja, ich hatte Gesetze übertreten – in der Illegalität ging das nicht anders – aber ich habe keinem Menschen Schaden zugefügt. Wenn meine Papiere erst einmal in Ordnung waren, wollte ich

mich an Recht und Ordnung halten und eine gute Bürgerin sein. Den Deutschen war gar nicht bewusst, in welch freiem und menschlichem Land sie lebten.

Über die Einreisekontrollen in meinem Heimatland hatte ich mir keine Gedanken gemacht. Dass ich ausgerechnet dort Probleme bekommen sollte, damit hatte ich nicht gerechnet. Der junge Grenzbeamte betrachtete meinen Passersatz von allen Seiten, dann blickte er mich missbilligend an.
»Das ist nicht Ihr Pass.«
»Ich habe meinen Pass verloren, und die Botschaft in Deutschland hat mir diesen Ersatz ausgestellt«, erklärte ich aufs Neue.
»Ich glaube Ihnen kein Wort, Sie sind abgeschoben worden.«
Ich musste ihm in ein kleines Zimmer folgen.
»Bleiben Sie hier und verlassen Sie nicht den Raum, bis ich wieder da bin. Wir werden sehen, wie es mit Ihnen weitergeht.«
Nervös wartete ich eine halbe Stunde in dem kleinen Raum. Ich wusste, dass Landsleute, die aus den USA oder Kanada abgeschoben wurden, in meinem Heimatland gleich ins Gefängnis weiterwanderten. Wahrscheinlich würde es den Zurückgewiesenen aus Europa genauso ergehen.
Endlich öffnete sich die Tür und ein kleiner dicker Mann, sein feistes Gesicht und die Brille erinnerten mich an den Coronel, baute sich vor mir auf.
»In welchem Land waren Sie in Abschiebehaft?«
»Ich war in keinem Gefängnis, ich war Touristin.«
»Sie reisen aber mit den gleichen Papieren, mit denen die Abgeschobenen kommen. Warum sollte ich Ihnen glauben?«
Jetzt verstand ich. Von meinen Landsleuten auf dem Fußballplatz hatte ich gehört, dass es in Abschiebehaft manchmal helfen konnte, wenn man behauptete, man habe seinen Pass verloren. Die Deutschen hätten die größte Mühe damit, herausfinden, aus welchem Land man käme. Wenn man Glück hätte, würde man nach einer gewissen Zeit wieder aus dem Gefängnis entlassen.

Falls es den Behörden aber gelänge, die Identität zu ermitteln, wurden die Abgeschobenen scheinbar mit den gleichen Ersatzdokumenten ausgestattet, die auch ich besaß, und in die Heimat zurückgeschickt.
Lange diskutierte ich mit dem Einreisebeamten und behauptete steif und fest, meinen Pass bei einer Besichtigungstour verloren zu haben. Er wurde ungeduldig. Ich solle jetzt endlich zugeben, dass ich in Abschiebehaft gesessen hätte. Dann verschwand er unter dem Vorwand, meine Identität klären zu wollen.
Wieder musste ich unendlich lange warten. Als er schließlich wieder auftauchte, erklärte er triumphierend, ich sei überhaupt keine Bürgerin dieses Landes. Er könne mich in keinem Melderegister finden. Ich hatte in den letzten Jahren gelernt, dass es in solchen Situationen eher schadete als nützte, nervös und eingeschüchtert zu erscheinen. Ängste durfte ich hier nicht zeigen, also ging ich in die Offensive. Mit Sicherheit sei ich registriert. Er solle gefälligst noch einmal richtig nachschauen. Dabei zog ich meinen Personalausweis aus der Tasche. Der galt in meinem Land zwar nicht als Reisedokument, aber offensichtlich beeindruckte ich ihn damit.
»Ich verstehe gar nicht, warum wir keine Daten über Sie finden«, erwiderte er schon etwas höflicher.
Der kleine dicke Mann mit der Brille verschwand und betrat mit einem weiteren Uniformierten, der augenscheinlich sein Vorgesetzter sein musste, nach wenigen Augenblicken wieder den Raum. Zu seinem Chef gewandt sagte der kleine Dicke: »Das kann doch gar nicht sein, dass sie nicht abgeschoben worden ist, mit diesen Papieren!«
Sein Chef widersprach ihm: »Doch, doch, das kommt schon vor, dass Leute, die ihren Pass verloren haben, mit solchen Dokumenten reisen.«
Dann stellten mir die beiden eine Unmenge von Fragen, die nur Einheimische richtig beantworten konnten: Wo sind Sie geboren? Wo haben Sie zuletzt gelebt? Wie kommt man am besten in

eine andere Großstadt: Mit der Eisenbahn oder mit dem Bus? Welche Buslinie fährt diesen Ort an? Wie lange braucht der Bus?

Die meisten Fragen konnte ich richtig beantworten, bis auf die letzte. Ich hatte keine Ahnung davon, dass ein paar Monate zuvor eine neue Straße eröffnet worden war, die die Fahrtzeit der Busse auf die Hälfte verkürzte.

Die beiden wirkten verunsichert. Log ich oder nicht? Als Nächstes fragten sie mich nach den Ausreisedaten. Ich behauptete, vor fast drei Monaten das Land verlassen zu haben. Wiederum ließ man mich allein.

»Wir haben alle Ausreisenden der letzten drei Monate überprüft. Sie sind nicht darunter«, stellte der Chef fest.

Ich atmete tief durch und fuhr ihn an: »Es ist unglaublich, dass Sie mich für Ihre Computerpannen oder Schlampereien verantwortlich machen wollen. Das ist wirklich peinlich für unser Land.«

Während ich gekonnt Wut zeigte, dämmerte mir, weshalb sie meine Ausreisedaten nicht finden konnten. Als ich vor viereinhalb Jahren das Land verlassen hatte, gab es überhaupt noch keine Computerregistrierung bei der Ausreise, sondern nur einen Stempel im Pass.

Die beiden Beamten starrten mich ratlos an, scheinbar hatte ich ihnen mit meinen Schimpftiraden imponiert. Immer wieder betrachteten sie meinen Personalausweis.

»Scheint echt zu sein«, beschlossen sie dann einmütig. Weitere Fragen über meine Eltern und meinen Ex-Mann folgten. Ich konnte ihnen exakte Daten liefern, teilte ihnen auch meine Scheidung mit. Alle Angaben wurden überprüft, und endlich entließ man mich gnädig.

Wieder zu Hause

Voll bepackt mit Koffer, Rucksack und Reisetasche schritt ich in die Eingangshalle. Meine Eltern wollten mich abholen, und auch meine Freundin Florencia hatte sich angesagt. Ich konnte es gar nicht erwarten, sie alle in die Arme zu schließen. Doch statt vertrauter Personen fand ich nur eine große anonyme Menschenmenge vor, die sich um den Ausgang drängte. Ob Florencia und meine Eltern schon wieder gegangen waren? Immerhin hatten mich die Einreisebeamten fast zwei Stunden aufgehalten.

Kaum war ich draußen, drückte sich eine Frau neben mich, hakte sich bei mir ein und nuschelte: »Ich bin Elsa Gutierrez. Meine Tochter hat Ihnen ein Paket für mich mitgegeben.«

»Ich kenne Ihre Tochter nicht.«

Ich schüttelte den Kopf und klammerte mich an meinem Gepäck fest.

»Aber Sie sind doch Maria Moreno?«

Davon ließ ich mich nicht beeindrucken, mit großer Wahrscheinlichkeit hatte sie meinen Namen vom Kofferanhänger abgelesen.

»Lassen Sie mich bitte los, ich kann nichts für Sie tun.«

Hartnäckig bedrängte mich die Frau weiter, ihr etwas von meinen mitgebrachten Sachen zu geben.

Endlich entdeckte ich Florencia. Sie war kleiner als die meisten anderen hier, deshalb hatte ich sie in dem Gedränge nicht sofort gesehen. Ich ging auf sie zu, und als Florencia auch mich erkannte, ließ die fremde Frau endlich von mir ab.

»Gott sei Dank, dass du da bist.«

Wir fielen uns in die Arme.

»Ich hatte mir schon große Sorgen gemacht, dass irgendetwas schief gegangen sein könnte.«
»Wo sind meine Eltern?« Meine Augen suchten den Vorplatz ab. Florencia erzählte, das ganze Land sei seit drei Tagen von einem Streik gegen die hohen Benzinpreise lahm gelegt, kein einziger Bus würde mehr fahren. Meine Eltern, die drei Stunden von der Hauptstadt entfernt wohnten, hatten am Morgen angerufen und geklagt, dass es keine Möglichkeit für sie gebe, zum Flughafen zu kommen.
»Ich bin so froh, dass wenigstens du da bist«, seufzte ich zufrieden.
Todmüde, aber glücklich saß ich wenig später in Florencias Auto. Wir kämpften uns durch endlose Staus, und sie bestürmte mich mit Fragen: »Wie sieht es in Deutschland aus? Wie lebst du? Wie geht es Isabel und Pablo?«
Während wir plauderten, betrachtete ich die Berge meiner Heimat, die farbenfrohen Kleider der Menschen und die endlosen Lichterketten der Geschäfte. Wie sehr hatte mir diese vertraute Umgebung in den letzten Jahren gefehlt! Wie genoss ich die Autofahrt durch mein wunderschönes Land.
Florencia brachte mich zum Restaurant ihres Bruders, in dem ihre ganze Familie mitarbeitete, Florencias Eltern, ihre Schwestern und sie selbst. Als wir gegen sieben Uhr abends eintrafen, hatte die Familie ein Festessen für mich vorbereitet. Spanferkel, weißen Mais, gekochte Kartoffeln, Camote, Chilisauce, Baumtomatensaft, Wein und Bier. Achtzehn Freunde und Verwandte von Florencia feierten mit mir meine Ankunft.
Es wurde ein lustiger Abend, auch wenn ich zum Umfallen müde war, der Jetlag machte mir mächtig zu schaffen. Florencia und ihre Familie konnten meine Probleme mit der Zeitumstellung überhaupt nicht verstehen, sie waren noch nie so weit weg gewesen. Gegen zwei Uhr begaben wir uns endlich zu Florencias Wohnung. Sie bestand darauf, dass ich in ihrem Bett schlief, sie selbst würde sich auf das Sofa im Wohnzimmer legen. Ich war

überwältigt von so viel Gastfreundschaft an einem Abend. Eine solche Herzlichkeit hatte ich in Deutschland nur selten erlebt.

Am nächsten Morgen stand ich früh auf und verließ das Haus, um zu joggen. Weit kam ich nicht, die schwüle Luft und die vielen Abgase machten mir zu schaffen. Schon nach einem halben Kilometer streikte mein Kreislauf, und mir wurde schwindlig. Langsam schlich ich zu Florencias Wohnung zurück und wunderte mich über mich selbst. Ich war verrückt, mir am frühen Morgen einen solchen Stress anzutun. In meinem Heimatland tickten die Uhren anders als in Deutschland.

Florencia machte große Augen, als sie mir die Tür öffnete. »Was treibst du denn schon so früh da draußen?«

Sie war gerade aufgestanden und bereitete das Frühstück vor. Ich erzählte ihr, wie gut mir das Joggen in Deutschland tat und dass ich dort jeden Morgen zwischen fünf und sechs aufstand. Florencia bemerkte erstaunt, dass ich recht komische Gewohnheiten aus Deutschland mitgebracht hätte.

Nach dem Frühstück wollte ich gleich anfangen, mich um meine Papiere zu kümmern. Erst wenn alles erledigt war, würde ich meinen Aufenthalt in meinem Heimatland auch ein wenig genießen können. Doch aus meinen Plänen wurde nichts.

Auf den Straßen herrschte das Chaos. Der Streik der Transportunternehmer war auch an diesem Morgen nicht zu übersehen. Kein einziger Bus fuhr, und alle versuchten gleichzeitig mit ihren kleinen Autos in die Stadt zu kommen. Immer wieder sah ich Blaulicht. Mit Hupen und Sirenen versuchten Feuerwehr und Polizei an den Autos vorbeizufahren.

Normalerweise dauerte der Weg von der Vorstadt, wo Florencia wohnte, bis ins Zentrum eine halbe Stunde.

»Das kannst du vergessen. Heute schaffst du den Weg noch nicht einmal in drei Stunden«, meinte Florencia.

Es gab keine Möglichkeit, in die Innenstadt zu gelangen. In Deutschland hätte ich die Strecke mit dem Fahrrad fahren

können. Hier gab es keine Fahrräder. Bei dem mörderischen Verkehr hätte jemand auf einem Rad nicht länger als eine Stunde überlebt.
Mir blieb nichts anderes übrig, als mich mit der Situation abzufinden. Florencia kochte mir einen duftenden Kaffee, und ich rief meine Eltern an. Sie waren selig, dass ihre älteste Tochter, gesund und munter, endlich wieder im Land war. Ich versprach ihnen, so bald wie möglich zu kommen.
»Bitte versuche es nicht mit dem Auto, solange gestreikt wird«, baten sie. Auf der Strecke von der Hauptstadt zu ihrem Wohnort würden wütende Streikende die Autos anhalten und demolieren. Ich versprach, erst dann zu kommen, wenn die Busse wieder fuhren.
Das sollte noch eine ganze Weile dauern. Fast eine Woche verbrachte ich bei Florencia, telefonierte ab und zu mit Peter, Isabel und Pablo und war zur Untätigkeit verurteilt. Endlich war der Arbeitskampf beendet, die Menschen gingen wieder zur Arbeit, und die Busse fuhren wieder. Die Streikenden hatten nichts erreicht. Das Benzin war genauso teuer wie vorher.

Am Morgen nach dem Streikende, einem Freitag, eilte ich zum Busbahnhof. Überall lange Schlangen, alle wollten heute in die Stadt. Kurz nach acht Uhr erreichte ich das Amt, das mir meine Scheidungsurkunde ausstellen konnte. Über fünfzig Leute warteten schon vor mir. Gegen neun Uhr begrüßte uns ein Beamter und bat darum, sich in der Reihenfolge der Ankunft in eine lange Schlange zu stellen. Er verteilte vielleicht zwei Dutzend Nummern an die Leute, die vorn standen. Wer, so wie ich, keine Nummer mehr bekam, hatte umsonst gewartet. Erst am Montag würde es wieder neue Nummern geben.
Genervt beschloss ich, mich als Nächstes um die Geburtsurkunden der Kinder zu bemühen. Das Büro der zuständigen Behörde lag im Zentrum. Ich nahm die Straßenbahn und war zehn Minuten später da. Auf dem Amt wies man mich ab, die Ge-

burtsurkunden gebe es nur bei einer Außenstelle im Süden der Stadt. Dort müsse ich hinfahren.

Diesmal war ich mit dem Bus eine dreiviertel Stunde unterwegs, bis ich im richtigen Stadtteil aussteigen konnte. Kurz vor zwölf fand ich das Haus.

»Kommen Sie bitte um zwei Uhr wieder, wir machen jetzt Mittagspause«, musste ich mir dort anhören. Ich aß eine Kleinigkeit im gegenüberliegenden Restaurant und verbrachte die restliche Zeit vor dem Eingang des Amtsgebäudes. Auf keinem Fall wollte ich heute noch einmal weggeschickt werden, weil ich zu spät gekommen war.

Pünktlich um zwei wurde der Schalter von einer hageren Frau geöffnet.

»Eine Geburtsurkunde, das dauert eine Woche. Sie müssen nächste Woche wieder kommen.«

»Ich habe so wenig Zeit. Wäre es nicht vielleicht möglich, die Urkunden ausnahmsweise schon heute zu erhalten?«, bat ich.

Die Frau hob bedauernd ihren knochigen Schultern, dies sei sehr schwierig, die Urkunden würden viel Arbeit machen.

Ich hatte noch nicht vergessen, wie man hier schneller weiterkam. In den ausgefüllten Antrag legte ich einen Zehn-Dollar-Schein. Die Frau nahm das Formular und verlor kein Wort über das Geld.

»Kommen Sie um fünf Uhr wieder. Ich will sehen, was sich machen lässt.«

Kurz vor fünf kam ich zurück. Die hagere Frau schob mir zwei Computerausdrucke mit den Geburtsdaten meiner Kinder zu.

»Das genügt als Geburtsbescheinigung.« Ihr Chef trat hinzu und forderte mich auf, beide Bescheinigungen zu unterschreiben. Nach meiner Unterschrift reichte ihm die Beamtin wortlos die Hälfte meines Schmiergeldes.

Gegen sieben Uhr konnte ich mich endlich bei Florencia aufs Sofa sinken lassen. Frustriert erzählte ich ihr von meinem Tag.

»In Deutschland sind die Beamten nicht bestechlich, sie funktionieren ohne Bargeld.«

Florencia konnte sich ein Land ohne Bestechung überhaupt nicht vorstellen. Sie hatte noch nie etwas anderes erlebt.

Am Wochenende, als alle Behörden geschlossen hatten, wollte ich endlich zu meinen Eltern. Schon am frühen Morgen gab es gewaltige Menschenansammlungen im Busbahnhof, alle wollten an diesem ersten Samstag nach dem Streik verreisen. Obwohl ich bereits um halb acht da war, konnte ich nur noch ein Ticket für den Bus um drei Uhr nachmittags ergattern. Ich rief meine Eltern an und sagte ihnen, dass ich gegen sechs bei ihnen ankäme.
Der Bus kam kaum vorwärts. Riesige Staus sorgten dafür, dass er allein eine Stunde brauchte, um die Hauptstraße hinter sich zu lassen. Dann hatte sich auf der Landstraße, die zu meinen Eltern führte, ein schlimmer Unfall ereignet. Überall standen Feuerwehr und Polizeiautos. Ein LKW, beladen mit Kartoffeln, war umgekippt. Ein nachfolgendes Auto hatte nicht mehr rechtzeitig bremsen können und war in den Laster hineingefahren. Die Straße war für viele Stunden gesperrt.
Gegen zehn Uhr abends kam ich endlich im Haus meiner Eltern an. Bis auf einen schwachen Kerzenschein war alles dunkel. Verwundert klopfte ich an die Eingangstür. Ein vielleicht neunjähriges Mädchen öffnete.
»Hallo, Tante Maria. Endlich bist du da.«
Jetzt erkannte ich Amelia, die Tochter meines Bruders Gustavo, der mit seiner Familie in der Nähe meiner Eltern wohnte. Ich hatte sie als Kleinkind in Erinnerung, und jetzt stand ein Schulmädchen vor mir.
»Warum kommst du denn so spät, Tante Maria?«
Ich erzählte von der langen Fahrt und wollte wissen, wo der Rest der Familie geblieben sei. Amelia berichtete, meine Eltern, Geschwister, Onkel und Tanten seien seit vielen Stunden im Haus ihres Vaters, um dort meine Ankunft zu feiern. Sie habe als Einzige in der Wohnung ihrer Großeltern ausgeharrt, weil sie mich so gern als Erste begrüßen wollte.

Hand in Hand liefen wir die paar Straßen zum Haus meines Bruders. Gustavo öffnete uns. Voller Freude fielen wir uns in die Arme. Außer Gustavo, meinem zweitältesten Bruder, waren noch meine vier jüngsten Geschwister da. Alle lebten noch zu Hause. Beatriz, unser Nesthäkchen, drei Monate jünger als meine Tochter Isabel, hatte sich zum Teenager gemausert. Besonders freute ich mich, Manuel zu sehen, für den ich über viele Monate das Geld für die teuren Medikamente geschickt hatte. Der Knochenzerfall hatte wirklich aufgehalten werden können. Er hatte Lähmungen auf der linken Seite, konnte aber immer noch selbst gehen.
Meine Eltern standen bei der Begrüßung etwas abseits, meine Mutter links und mein Vater rechts von der Haustür. Wir umarmten uns herzlich, doch hatte ich das Gefühl, dass irgendetwas nicht stimmte. Als wir uns an den großen Tisch setzten, kam keine rechte Stimmung auf. Einige Verwandte waren schon gegangen, und die meisten hatten bereits gegessen. Ich erzählte von Deutschland und meinen Kindern, später spielte Gustavo ein paar Lieder auf der Gitarre. Alle waren nett zu mir. Wo aber war die Fröhlichkeit geblieben, die früher unser Familienleben bestimmt hatte?
Kurz nach Mitternacht verabschiedete sich meine Mutter, sie sei müde und wolle jetzt aufbrechen. Sie habe zu Hause ein Bett für mich vorbereitet. Mein Vater blieb sitzen. Als ich ihn fragend ansah, hob er abwehrend die Hand. »Ich schlafe heute Abend bei Gustavo. Wir sehen uns morgen wieder.«
Beunruhigt lief ich mit meiner Mutter und den jüngeren Geschwistern nach Hause.
»Mama, was ist los mit euch?«
Meine Mutter begann stockend zu erzählen. Mein Vater und sie hätten sich getrennt. Hauptgrund sei ein schon lange anhaltender Konflikt wegen eines Schwagers, den mein Vater nicht leiden konnte und den meine Mutter unterstützte.
Ich wollte nicht glauben, was ich da hörte. Meine Eltern waren

immer mein großes Vorbild gewesen, ihre Ehe schien unantastbar zu sein. Ich kannte kein Paar, das so viel miteinander gelacht hatte wie mein Vater und meine Mutter. Immer war es ihnen gelungen, ihre Probleme zu lösen, ohne je den Respekt voreinander zu verlieren. Sollte jetzt tatsächlich das Band zwischen ihnen zerschnitten sein? Beide waren doch so religiös, hatten anderen immer verkündet, die Ehe sei heilig. Waren sie an ihren eigenen Ansprüchen gescheitert?

Für den nächsten Tag war ein Ausflug in die Berge zu den heißen Quellen geplant. Als Kinder waren wir oft dort gewesen. Mir zu Liebe hatten sich meine Eltern zu dem gemeinsamen Picknick im Grünen verabredet. Sie hatten schon seit vielen Wochen nichts mehr gemeinsam unternommen.

Wir fuhren eine halbe Stunde mit dem Bus und gingen dann an einem kleinen Fluss entlang spazieren. Meine Eltern stellen mir viele Fragen über das Leben in Deutschland, über ihre Enkelkinder und meine Gesundheit.

Ich erzählte ihnen von allem. Die beiden wechselten kein Wort miteinander.

Bei den heißen Quellen angekommen, packte meine Mutter ein herrliches Picknick aus, lauter kleine Köstlichkeiten aus meinem Land. Mein Vater lobte das Essen und versuchte mit meiner Mutter ins Gespräch zu kommen. Sie antwortete distanziert und knapp. Endlich fasste ich mir ein Herz und sprach das heikle Thema an. Beide sagten, sie befänden sich in einer Ehekrise. Sie würden zwar zusammen wohnen, aber in verschiedenen Zimmern leben.

»Wollt ihr euch denn scheiden lassen?«, wollte ich wissen.

»Auf keinen Fall«, wehrte mein Vater ab. »Gott will das nicht.«

Meine Mutter schwieg.

Traurig fuhr ich am nächsten Morgen wieder zurück in die Hauptstadt. So hatte ich mir das Wiedersehen nicht vorgestellt. Im Bus betete ich für die Ehe meiner Eltern. Sie konnten den

Gott, der ihnen all die Jahre so wichtig gewesen war, jetzt gut gebrauchen.
Am nächsten Tag machte ich mich wieder auf, die Heiratspapiere zu organisieren. Heute sollte mich niemand bei der zuständigen Behörde wegschicken. Um rechtzeitig für eine Wartenummer zu kommen, nahm ich bereits um fünf Uhr morgens den Bus und kam um sechs an. Nur wenige waren schon vor mir da. Dieses Mal sollte es mit der Wartemarke klappen.
Um neun Uhr traf derselbe Beamte wie am Freitag ein und forderte wieder alle auf, sich hintereinander aufzustellen. Ich war die Achte in der Reihe und bekam meine Nummer. Gegen elf Uhr durfte ich dann mein Anliegen vorbringen.
»Das ist richtig, Sie können Ihre Scheidungsurkunde hier erhalten«, erklärte mir ein Beamter. »Ich darf sie Ihnen aber nicht einfach so mitgeben. Sie müssen zuerst über einen Anwalt die Scheidungsurkunde beantragen. Der Anwalt muss uns außerdem bescheinigen, dass Ihre Unterschrift echt ist.«
Völlig sinnlos hatte ich einen weiteren Vormittag in einer Warteschlange verplempert. Von einem öffentlichen Telefon aus rief ich im Büro von Fernando Cevallos an, dem Anwalt, der mir damals zu meiner Entlassung aus dem Gefängnis verholfen hatte. Er erinnerte sich gleich an mich, konnte mir aber nicht helfen, mittlerweile war er Notar geworden. Er empfahl mich an seinen Bruder weiter.
Das Büro des Bruders wusste bereits Bescheid, als ich um einen Termin bat. Noch am selben Tag bekam ich die notwendigen Papiere. Jetzt konnte ich erneut versuchen, die Scheidungsurkunde zu beantragen.
Am nächsten Morgen stand ich wieder um fünf auf, erhielt um neun meine Nummer und saß kurz vor zwölf erneut dem Sachbearbeiter gegenüber. Nachdem ich meinen Antrag auf eine Kopie der Scheidungsurkunde gestellt hatte, sollte ich um drei Uhr wiederkommen.
»Es tut mir leid«, empfing mich der Beamte freundlich. »Wir

können Ihre Scheidungsunterlagen leider nicht finden. Wann genau sind Sie denn geschieden worden? Und welches Gericht war zuständig?«
»Aber das habe ich Ihnen doch alles schon heute Morgen gesagt«, unterbrach ich ihn unwirsch.
»Dann können Ihre Angaben nicht stimmen.«
Ich hielt ihm eine Zehn-Dollar-Note unter die Nase. »Bitte helfen Sie mir, ich brauche das Papier unbedingt.«
Zu meinem Erstaunen nahm er das Geld nicht an. »Ihre Dollars helfen nicht weiter.«
Nach längeren Diskussionen bot er mir an, selbst in den Behördenunterlagen nach meinen Scheidungspapieren zu suchen. Sie waren tatsächlich verschwunden.
Am nächsten Morgen musste ich nicht Schlange stehen, sondern durfte gleich zu dem zuständigen Beamten. In einem Nebenzimmer lagen mehrere Ordner mit sämtlichen Scheidungen zwischen 1991 und 1996. Ich wühlte mich durch die Papierberge und wurde immer ratloser. Was sollte ich machen, wenn meine Scheidungspapiere nicht auftauchten? Ohne eine Familienstandsbescheinigung würde ich in Deutschland nicht heiraten können.
Am Nachmittag fand ich endlich die gesuchten Unterlagen. Sie waren in einem falschen Ordner an einer völlig falschen Stelle abgeheftet worden.
Erleichtert brachte ich sie dem freundlichen Beamten. Er sah sich die Unterlagen näher an: »Hier stehen Ihre Personendaten drauf, aber die Nummer der Scheidung stimmt nicht mit dem Antrag Ihres Anwaltes überein.«
Noch einmal musste ich zu Señor Cevallos Bruder gehen. Am nächsten Morgen war es endlich so weit: Ich hielt das richtige Papier in meinen Händen. Zwei Wochen waren vergangen, und ich hatte es gerade einmal zu zwei gültigen Formularen gebracht.

Am folgenden Wochenende wollte ich Luisa besuchen, meine nächstjüngere Schwester. Sie hatte als Kind genauso viel im Haushalt mithelfen müssen wie ich. Von ihr war mir der Abschied besonders schwer gefallen, als ich vor vielen Jahren meine Familie verließ und in die Hauptstadt zog, um mein eigenes Leben zu führen. Seit damals hatte ich nicht mehr viel von ihr gehört.

Von meinen Eltern und meinen Brüdern wusste ich, dass sie sehr wenig Geld hatte. Bereits mit siebzehn Jahren hatte sie geheiratet, einen Mann, der schon bald alkoholkrank wurde. Als ich nach Deutschland aufbrach, hatte sie zwei kleine Kinder. Ab und zu hatte ich ihr geschrieben, aber nur selten eine Antwort erhalten. Eine Briefmarke für den Brief nach Deutschland bedeutete eine große Ausgabe für sie. Vor ein paar Monaten rief mich mein Bruder Juan an und bat, ein wenig Geld für Luisa zu schicken. Luisa habe mittlerweile vier Kinder und wolle sich sterilisieren lassen. Mit zweihundert Euro hatte ich damals geholfen. Jetzt wollte ich Luisa mit meinem Besuch überraschen.

Luisa hatte kein Telefon und somit keine Ahnung, dass ich zu Besuch hier war. Sie lebte im Süden, am Rande der Hauptstadt, in einer Armensiedlung, meine Familie sah sie nur selten.

Mit dem Bus fuhr ich Richtung Vorstadt. Dann stieg ich in ein Taxi um. Der Fahrer konnte mit der Wegbeschreibung meines Bruders nur wenig anfangen. Alles sah hier gleich aus: Zerlumpte Kinder spielten auf aufgeweichten Straßen neben heruntergekommenen Blechhäusern. Schließlich stieg ich aus und fragte die Bewohner nach meiner Schwester. Ein älterer Mann kannte sie und wies mir den Weg in eine verschlammte Gasse. Endlich fand ich ihr bescheidenes Heim.

Als ich die Tür öffnete, stieß Luisa einen Freudenschrei aus. Sie war überglücklich, hatte nicht damit gerechnet, mich jemals wiederzusehen. In ihren Armen hielt sie einen drei Wochen alten Säugling.

»Wer ist das?«, fragte ich. »Dein Neffe Gabriel, mein fünftes Kind.«

Weder meine Eltern noch meine Brüder wussten davon.

»Ich dachte, du wolltest ...« Ich brachte den Satz nicht zu Ende. Luisa sagte, jetzt nach dem fünften Kind hätte sie es fest vor.
Ihr Haus war kaum größer als meine Wohnung in Deutschland, doch hier mussten sieben Personen auf knapp dreißig Quadratmetern leben. Die vier älteren Kinder teilten sich einen separaten Raum, Luisa, ihr Mann und der Säugling schliefen auf Matratzen im Wohnzimmer. Mir ging durch den Kopf, dass ich nicht mehr wusste, was Armut wirklich bedeutete. Trotz seiner Einfachheit war Luisas kleines Reich sauber und gepflegt. Neben dem Eingang lag ein größerer Kleiderberg.
»Wovon lebst du?«, wollte ich wissen. Sie erzählte, sie würde für andere Leute nähen. Das würde gerade so reichen, um für die große Familie jeden Tag etwas zu essen zu haben. Cesar, ihr Mann, könne mit Gelegenheitsarbeiten hin und wieder etwas zum Verdienst der Familie beisteuern. Verlassen könne sie sich darauf allerdings nicht.
Für jedes ihrer Kinder – außer dem Säugling, von dem ich ja noch nichts gewusst hatte – hatte ich eine Hose, ein T-Shirt und ein paar Socken mitgebracht. Luisa freute sich riesig. Den ganzen Tag blieben wir zusammen und quatschten über vergangene Zeiten und meine Eltern. Auch sie war über die Eheprobleme meiner Eltern ziemlich unglücklich.
Zum Abschied umarmten wir uns lange und innig. Ich glaube fest daran, dass ich sie eines Tages wiedersehen werde.

In den nächsten Wochen kümmerte ich mich weiter um meine Heiratspapiere. Bei meiner Abreise hatte ich gedacht, vier Wochen müssten reichen, um alles zu erledigen. Ich hatte mich gewaltig getäuscht.
Vom Gericht brauchte ich eine Bescheinigung über mein Sorgerecht für Isabel und Pablo. Zum Glück hatte mein Ex-Mann nicht versucht, diese Entscheidung des Scheidungsrichters anzufechten. Dieses Papier musste schließlich noch einem Richter zur Beglaubigung vorgelegt werden. Drei Wochen musste ich

auf seine Unterschrift warten, weil er sich gerade im Urlaub befand.
Das deutsche Standesamt verlangte außerdem eine Bestätigung, dass ich nach meiner Scheidung nicht erneut geheiratet hatte. Zwei Zeugen sollten dafür bürgen, dass ich noch immer ledig war. Meine Freundin Florencia und die Sekretärin meines Anwalts unterschrieben das Papier.
Die Meldebescheinigung und der neue Reisepass kosteten mich weitere tagelange Behördengänge und insgesamt fünfzig Dollar Bestechungsgeld.
Nach sechs Wochen hatte ich fast alle notwendigen Papiere zusammen. Jetzt fehlten nur noch wenige Dinge. Das Außenministerium meines Heimatlandes musste die Echtheit der Dokumente bestätigen, anschließend musste ich sie übersetzen und beglaubigen lassen und der deutschen Botschaft vorlegen.
Während all der Wochen telefonierte ich ständig mit Peter und meinen beiden Kindern. Isabel und Pablo fragten immer wieder am Telefon, wann ich endlich zurückkäme. Sie machten auf mich trotz alledem einen zuversichtlichen und zufriedenen Eindruck. Silke und Thomas bestätigten mir, die Kinder seien wohlauf und kämen mit der Trennung gut zurecht.
Von Peter hingegen bekam ich andere Nachrichten. »Komm so schnell wie möglich zurück. Deine Kinder brauchen dich dringend.«
Er unternahm viel mit Isabel und Pablo, ging mit ihnen Minigolf spielen oder in den Zoo. Ich freute mich, dass er so viel Verantwortung übernahm.
»Deine Kinder sprechen ständig von dir. Sie haben Angst, dass du nicht mehr zurückkommst«, sagte er mir bei jedem Telefonat.
Ich hatte mir vorgenommen, keinen Tag länger zu bleiben als unbedingt nötig. Doch ich wusste auch, wenn ich es jetzt nicht schaffte, mit den notwendigen Heiratspapieren nach Deutschland zurückzukehren, war ein legales Leben für uns auf lange Zeit unerreichbar.

Nach sechs Wochen verlor Peter die Geduld. Ich wusste, dass die geplante Hochzeit nicht gerade sein größter Wunsch war. »Bitte komm jetzt nach Hause. Du bist schon viel länger weg, als du gesagt hattest. Ich kann nicht glauben, dass die paar Papiere so lange dauern. Die Kinder brauchen dich. Und ich weiß auch schon nicht mehr, wie du aussiehst. Wir kommen in Deutschland auch ohne Papiere irgendwie klar. Ich möchte nicht mehr länger auf dich warten.«

»Aber dann wären wir ja weiterhin *Illegale*«, reagierte ich entsetzt. »Peter, glaube mir, ich vermisse dich sehr, und Isabel und Pablo fehlen mir, aber ich kann doch jetzt so kurz vor dem Ziel nicht aufgeben.«

Schlecht gelaunt legte Peter den Hörer auf. Zweifel stiegen in mir auf, würde er sich womöglich alles noch einmal anders überlegen, weil eine Partnerschaft mit mir für ihn einfach zu kompliziert war? Ich wusste, dass sich diese andere, reiche Frau noch immer sehr um ihn bemühte.

In der kommenden Nacht schlief ich schlecht. So vieles hatte ich in den letzten Jahren erreicht. Die Hochzeit durfte jetzt nicht in allerletzter Sekunde scheitern. Zum ersten Mal seit langer Zeit war mein Kissen am nächsten Morgen nass vor Tränen.

In aller Frühe fuhr ich zum Außenministerium. In gut einer Woche sollte alles so weit erledigt sein, dass ich wieder nach Deutschland fliegen konnte. Vor dem Ministerium traf mich fast der Schlag: Hunderte von Menschen warteten dort in einer Schlange, die bis in die angrenzende Straße reichte. Mutlos stellte ich mich hinten an. Nach zwei Stunden wurden weit vorn wieder einmal Nummern verteilt. Danach lief ein Mann die Reihen entlang und rief: »Kommen Sie morgen wieder. Heute gibt es keine Nummern mehr.« Eigentlich hätte ich mir gleich denken können, dass das Anstehen hier sinnlos war. Noch nie hatte ich so viele Wartende auf einmal gesehen.

In den letzten Wochen hatte ich gelernt, dass gegen lange Schlangen nur frühes Aufstehen nützte. Am nächsten Morgen hastete ich mit einem mulmigen Gefühl durch die noch schlafende Stadt. Von Überfällen in der Dunkelheit hatte ich in den Zeitungen schon oft gelesen. Als Frau und allein unterwegs war ich alles andere als sicher. Mit beiden Händen umklammerte ich meine Tasche mit all den mühsam besorgten Dokumenten, die ich heute im Außenministerium vorlegen wollte. Die Warteschlange vor dem Gebäude war wesentlich kleiner als am Tag zuvor. Wahrscheinlich hatten sich einige von den heftigen Regenschauern, die an diesem Morgen über die Hauptstadt hinwegfegten, abhalten lassen. Frierend harrte ich bis neun Uhr aus. Dann endlich war der Beamte mit den Nummern in Sicht. Dreißig Leute vor mir erhielten die Letzten ihre Wartemarke.

Wütend schimpften wir, die leer ausgegangen waren, auf die chaotische Bürokratie in meinem Land. Nicht alle fluchten, manche machten Geschäfte mit denjenigen, die Nummern erhalten hatten. Unter den glücklichen Nummernbesitzern waren einige, die die ganze Nacht im Schlafsack auf dem Steinboden vor dem Eingang verbracht hatten, um anschließend ihre Nummer an andere zu verkaufen.

Es ging zu wie auf einem Basar. Hundert Dollar wurden für Wartemarken verlangt und tatsächlich gab es welche, die bereit waren, nach langen Verhandlungen fünfzig Dollar dafür zu zahlen. Angewidert und frustriert fuhr ich nach Hause. Peter und meine Kinder wurden immer ungeduldiger, und ich hatte zwei weitere Tage verloren.

Beim dritten Versuch verließ ich das Haus noch vor vier Uhr morgens mit genügend Geld in der Tasche. Notfalls war ich bereit, eine Wartemarke zu kaufen. Glücklicherweise brauchte ich mein Geld nicht: Ich ergatterte die vorletzte Marke und konnte um fünf Uhr nachmittags, nach vielen Stunden des Wartens, erfolgreich mit den Stempeln zu meiner Freundin fahren.

Ich konnte es kaum erwarten, Peter anzurufen und ihm die gute Nachricht zu übermitteln. Peter saß gerade beim Frühstück und freute sich mit mir. Er hatte eingesehen, dass es so kurz vor dem Ziel für mich keinen Sinn machte, nach Deutschland zurückzufliegen.

»Gestern war ich noch mal beim Standesamt«, erzählte er freudig, »und bin mit der Beamtin die ganze Liste von Papieren durchgegangen, die du mittlerweile hast. Ein kleines Problem gibt es noch, die Computerausdrucke reichen ihnen nicht, sie verlangen beglaubigte Kopien von den Geburtsurkunden der Kinder.«

Wütend fuhr ich ihn an: »Weißt du, was das für mich heißt? Ich muss nicht nur noch mal zum Geburtsregister. Die ganzen Mühen der letzten drei Tage waren auch umsonst. Hast du schon einmal morgens um fünf in einer Menschenschlange im strömenden Regen gestanden?«

Es war zum Verzweifeln, diese Bürokratie machte mich wahnsinnig. Warum hatte Peter mir bloß nicht gleich die richtigen Informationen geben können?

Es half alles nichts, nach einigen Tagen hatte ich die geforderten Kopien und die Stempel vom Außenministerium. Nun musste ich nur noch alles übersetzen lassen.

Von der deutschen Botschaft erhielt ich eine Liste mit anerkannten Übersetzern. Ich wählte eine Frau aus, die in der Nähe meiner Freundin wohnte, und übergab ihr die Papiere.

Vier Tage würde sie für die Übersetzungen brauchen. Diese Zeit wollte ich nutzen, um meine Eltern und Geschwister noch einmal zu sehen.

Die Stimmung zu Hause war unverändert bedrückend. Das Paradies meiner Kindheit gab es nicht mehr. Doch unabhängig davon, wie meine Eltern zueinander standen, ich fühlte mich jedem von ihnen nahe und war ihnen beiden sehr dankbar: Sie hatten mich zu einer selbstbewussten Frau erzogen. Ohne die Hartnäckigkeit, den Mut und die Zuversicht, die meine Eltern mir beigebracht hatten, hätte ich in Deutschland niemals Fuß gefasst. Der Abschied fiel uns dieses Mal weniger schwer als vor fast fünf Jahren. Dieses Mal wussten wir, was mich im fernen

Deutschland erwartete. Irgendwann, so hoffte ich, würde ich sie wieder einmal besuchen kommen.

Mit den Übersetzungen und den beglaubigten Originalen suchte ich ein paar Tage später die deutsche Botschaft auf. Die Echtheitsbestätigung sollte jetzt nur noch eine Formsache sein. Ein freundlicher junger Mann betrachtete meine Papiere und flirtete mit mir auf Deutsch.

»Wollen Sie jetzt ein Heiratsvisum beantragen?«, zwinkerte er mir zu.

»Ein Heiratsvisum?« Verwundert sah ich ihn an.

»Das müssen Sie beim Standesamt in Deutschland vorlegen«, klärte er mich auf.

»Und wie schnell kann ich so ein Visum bekommen?«

»Mit zwei bis drei Monaten müssen Sie schon rechnen.«

Was war das nun wieder für eine neue Schikane? Ich hatte geplant, in Deutschland mit dem Touristenvisum zu heiraten – einer vorübergehenden Aufenthaltserlaubnis, die direkt an deutschen Flughäfen für drei Monate in den Pass gestempelt wurde. Sollte mit dem Touristenvisum die Heirat in Deutschland gar nicht möglich sein? Die Botschaft meines Heimatlandes in Deutschland hatte mir doch zugesichert, dass ein gültiger Reisepass für die Hochzeit genügte. Und vom zuständigen deutschen Standesamt hatte ich dieselbe Auskunft erhalten.

»Sie können es ja probieren, aber ich garantiere Ihnen, in ein paar Wochen sind Sie wieder hier und beantragen das Visum«, flirtete der junge Mann mit geneigtem Kopf. »Ich würde mich zwar freuen, Sie wiederzusehen, aber ich möchte Sie doch davor bewahren, unnötiges Geld für eine zweite Reise ausgeben zu müssen.«

Völlig deprimiert verließ ich die Botschaft. Zwei bis drei Monate warten, das konnte ich Peter und den Kindern nicht antun. Am Abend rief ich ihn an und wir beratschlagten die Lage. Wir wollten die Hochzeit mit dem Touristenvisum riskieren.

Im Reisebüro kaufte ich am nächsten Morgen mein Flugticket

zu einem Sonderpreis: Mit einer amerikanischen Fluggesellschaft konnte ich in wenigen Tagen für tausend Dollar fliegen. Wieder musste ich den Rückflug mitbezahlen, um keinen Verdacht zu erregen.

Am Abend vor der Abreise war ich sehr unruhig. Hoffentlich ging so kurz vor dem Ziel nichts mehr schief. Vielleicht war den deutschen Behörden mittlerweile doch aufgefallen, dass ich viereinhalb Jahre als *Illegale* in Europa gelebt hatte, und sie ließen mich nicht mehr einreisen.

Um drei Uhr nachts musste ich am Check-in-Schalter sein, das Flugzeug sollte um fünf Uhr morgens abheben. Schlaftrunken fuhr ich mit Florencia durch die Nacht. Die grellen Lichter des Terminals holten mich in die Wirklichkeit zurück. Geduldig wartete ich gemeinsam mit vielen Amerikanern in einer langen Schlange. Eine Frau prüfte die Flugtickets und Pässe.

»Wo ist Ihr Visum für die USA?«

»Ich will nicht in die USA«, gähnte ich. »Ich reise nach Deutschland.«

»Für den Zwischenstopp in den USA brauchen Sie ein Transitvisum.«

Sie bat mich, am unbesetzten Schalter nebenan auf einen Kollegen zu warten, der sich um mein Problem kümmern würde.

»Wenn Sie fliegen, garantiere ich Ihnen, dass Sie morgen wieder hier sind«, schnauzte der Kollege mich an.

»Im Reisebüro hat man mir nichts von einem Transitvisum gesagt«, wehrte ich ab.

»Dann hat Sie Ihr Reisebüro ziemlich schlecht beraten.«

Ich hätte platzen können vor Wut und Enttäuschung. Warum hatte ich nicht dreihundert Dollar mehr bezahlt und dafür den Weg über Holland, Spanien oder Frankreich gewählt? Was nun? Florencia behielt einen klareren Kopf als ich.

»Dein Ticket verfällt so oder so, also versuche es. Vielleicht hast du ja Glück. Sie werden dich schon nicht gleich verhaften.

Schließlich hast du das Ticket nach Deutschland und die Einladung von Peter. Was soll schon passieren?«

Ich umarmte sie zum Abschied. »Hoffentlich nicht bis morgen.«

Eine Stunde später saß ich im Flugzeug nach Amerika. Meine Erregung war Gelassenheit gewichen. Rund tausend Dollar hatte ich bereits für die Heiratspapiere bezahlt und noch einmal tausend Dollar für das Flugticket. Das war wahnsinnig viel Geld, aber ich konnte es nicht ändern. Falls die Amerikaner mich zurückschickten, würde ich mir eben Geld für ein neues Flugticket leihen müssen und dafür wieder ein paar deutsche Fußböden mehr wischen. Peter wollte ich auf keinen Fall um Geld bitten, dafür war ich zu stolz.

Am Flughafen in den USA war alles halb so schlimm wie befürchtet. Bei der Passkontrolle wurde ich in ein kleines Nebenzimmer gebeten. Ein freundlicher Amerikaner scherzte mit mir: »Eine so schöne Frau würden wir gern in den USA behalten. Warum wollen Sie nur nach Deutschland?«

Zusammen mit zwei weiteren Reisenden brachte er mich in einen Aufenthaltsraum irgendwo in den Katakomben des Flughafens. Streng bewacht, warteten wir dort gemeinsam auf unsere Flugzeuge nach Europa. In der Vergangenheit sei es immer wieder vorgekommen, dass Latinos über die Toiletten in die USA geflüchtet seien, bemerkte einer der Dienst habenden Sicherheitsleute. Deshalb gebe es jetzt diesen besonderen Raum für Transitreisende.

Vier Stunden blieb ich in der Obhut der Sicherheitsmänner, dann begleitete mich der freundliche Amerikaner zu meinem Flugzeug. Acht Stunden später würde ich in meiner Wahlheimat landen.

Vor der Passkontrolle in Deutschland überkam mich die altbekannte Angst. Ich schwitzte, zitterte und betete. Der Beamte sah flüchtig über meinen Pass. »Was haben Sie in Deutschland vor?«

»Ich will meinen Freund besuchen.«

Er wünschte mir eine gute Reise und stempelte das Touristenvisum in meinen Ausweis. Einfach so.

Hochzeit

Peter wartete ungeduldig in der Ankunftshalle. Mir fiel ein Stein vom Herzen, als ich ihn sah. Zwei Monate Trennung waren eine große Belastungsprobe für unsere Beziehung gewesen. Ich spürte, wie sehr mir seine Liebe und Nähe gefehlt hatten.

»Da ist sie endlich wieder, meine Verlobte«, begrüßte er mich lachend. Wir umarmten uns lange und innig, dann fuhren wir sofort zu meinen Kindern. Endlich schloss ich auch Isabel und Pablo wieder in meine Arme. Das soll für lange Zeit die letzte Trennung von ihnen gewesen sein, hoffte ich inständig. Auch Isabel und Pablo waren unendlich erleichtert, dass wir wieder zusammen waren.

Peter und ich wollten keine Zeit verlieren. Mein Touristenvisum war nur drei Monate gültig, und auch in Deutschland galt es noch einiges an Bürokratie zu erledigen. Bereits am nächsten Morgen steuerten wir das Standesamt an. Die Beamtin warf einen kurzen Blick auf unsere Papiere.

»Ihre Dokumente müssen zur Prüfung in eine andere Stadt geschickt werden. Das wird etwa drei bis vier Wochen dauern.«

»Aber einen Termin für die Hochzeit können wir doch schon jetzt vereinbaren, oder?«

»Nein, erst bei Vorlage aller geprüften Dokumente.«

Hier halfen keine Bestechungsgelder, um die Wartezeit zu verkürzen. Die deutsche Bürokratie würde sich Zeit lassen, und wir konnten nichts dagegen tun.

Drei Wochen vergingen, und noch immer lag uns kein Bescheid vor. Meine Nervosität steigerte sich, ständig dachte ich an das fehlende Heiratsvisum, das mir der junge Botschaftsangestellte in meinem Heimatland so dringend angeraten hatte. War das der Grund für die Verzögerung? Würde unsere Hochzeit von den deutschen Behörden abgelehnt werden?

Nach vier Wochen traf ein Brief vom Standesamt ein. Eine Entscheidung über unsere Hochzeit sei leider noch nicht möglich. Von Peters Scheidung fehle noch ein Dokument.

Vor Ärger hätte ich am liebsten laut losgebrüllt, doch ich beherrschte mich. Peter war genauso wütend wie ich, ihn traf keine Schuld. Die Behörden hatten ihm eine falsche Auskunft gegeben. Alles Lamentieren nützte nichts, Peter musste sich um das fehlende Papier kümmern. Beim Standesamt gab man ihm dann zu verstehen, drei Wochen würden sie schon für die erneute Prüfung brauchen.

Die Zeit, in der mein Touristenvisum gültig war, wurde immer knapper und ich immer verzweifelter. Sollte unsere Hochzeit schlicht und ergreifend an der Trägheit der deutschen Behörden scheitern?

Einen Monat vor Ablauf des Visums rief das Standesamt an, dieses Mal mit guten Nachrichten. Alles sei in Ordnung. Wir könnten jetzt das Aufgebot bestellen, was wir noch am gleichen Morgen taten. Silke und Thomas sollten unsere Trauzeugen sein. Der zuständige Beamte blätterte in einem abgegriffenen Kalender.

»Der nächste freie Hochzeitstermin wäre am dreiundzwanzigsten Juli.«

»Wir müssen aber früher heiraten. Mein Visum läuft bereits am zweiundzwanzigsten Juli ab. Ist denn kein Termin am Vortag möglich?«

»Bei uns können Sie nur montags, mittwochs oder freitags heiraten.« Dann gab er uns den Tipp, beim Ausländeramt mein Visum um einen Tag verlängern zu lassen. Das sei doch bestimmt kein Problem.

»Unmöglich.« Die Beamten vom Ausländeramt schüttelten den Kopf. »Wir dürfen Ihr Visum noch nicht einmal um eine Minute verlängern, selbst wenn wir es wollten.«
Verzweifelt rief ich Peter an. Er sagte einen Arbeitstermin ab und kam sofort zu mir. »Wir reden noch mal mit dem Standesamt.«
Dieses Mal ließen wir uns gleich ins Vorzimmer der Amtsleiterin bringen. Die nette Sekretärin, der wir kurz unser Problem geschildert hatten, winkte uns ins Zimmer ihrer Chefin durch. Die Leiterin des Standesamtes hatte ein Einsehen, wegen eines Tages sollte unsere Ehe nicht scheitern.
»Wir machen für Sie eine Ausnahme, Sie können am Dienstag heiraten.«
Das war der zweiundzwanzigste Juli, der letzte Tag meines Visums.

Am Morgen der Hochzeit standen wir um sieben Uhr auf. Unter der heißen Dusche zitterte ich wie bei zehn Grad minus. Isabel und Pablo frühstückten, ich brachte keinen Bissen herunter. Stattdessen trank ich einen Beruhigungsschnaps auf nüchternen Magen, und prompt wurde mir schlecht. Pablo reichte mir ein Glas Wasser, Isabel drückte mich auf einen Stuhl. »Alles wird gut, Mama.«
Peter war an diesem Morgen früh weggefahren, um unseren Trauzeugen Thomas von irgendeinem Seminar auf dem Land abzuholen. Viertel nach zehn, so hatten wir vereinbart, wollten wir uns vor dem Standesamt treffen.
Isabel und Pablo verbrachten Ewigkeiten mit dem Anziehen. Beide wollten sich für den heutigen Tag besonders schön machen. Für meine Tochter hatten wir ein rosafarbenes Kleid mit weißer Bluse und schwarzen Schuhen besorgt. Pablo zog ein weißes Hemd mit einem schwarzen Jackett an. Immer wieder begutachteten sich beide vor dem Spiegel und merkten nicht, wie die Zeit verging. Ich selbst hatte mittlerweile den Schnaps verdaut und wartete ungeduldig darauf, dass sie endlich fertig wurden.

Als wir die U-Bahn-Station erreichten, war es bereits Viertel vor zehn. Direkt an der Haltestelle lag ein Blumenladen. Peter hatte dort einen Brautstrauß für mich bestellt, ich sollte mir die Blumen selbst aussuchen. Zwei Kunden waren noch vor mir. Nachdem ich endlich an der Reihe war, wählte ich hektisch rote Rosen, weiße Orchideen und blaue Lilien. Erst seit ich Peter kannte, konnte ich den Duft und die Schönheit von Blumen wieder genießen.
Zwanzig nach zehn stiegen wir an der Station in der Innenstadt aus. Zum Standesamt waren es von hier aus noch fünf Minuten. Im Dauerlauf rannten wir durch die Fußgängerzone. Vor dem Standesamt trafen wir unsere Trauzeugen und einen völlig aufgelösten Peter an.
»Ich habe schon befürchtet, du hättest es dir anders überlegt«, umarmte er mich.
»Niemals«, lächelte ich und gab ihm einen sanften Kuss.
Wir betraten das Standesamt. Nachdem wir unsere Ausweise gezeigt hatten, mussten wir noch einmal im Vorraum Platz nehmen. Vom Rennen und der Aufregung war ich nass geschwitzt. Ich starrte zur Tür und erwartete jeden Moment den Beamten, der uns bedauernd sagen würde: »Mit Ihrem Touristenvisum können Sie nicht heiraten, Sie brauchen ein Hochzeitsvisum.«
Nach einer Viertelstunde öffnete sich die Tür. »Sie können jetzt hereinkommen.« Zitternd nahm ich Peters Hand. Im feierlichen Ton hielt die Standesbeamtin ihre Rede, erzählte etwas von Liebe und Treue und dem Bund des Lebens.
»Bitte, bitte, trauen Sie uns endlich«, flehte ich in mich hinein. Noch immer hatte ich Angst, dass in allerletzter Sekunde etwas schief gehen würde.
»Wenn Sie heiraten wollen, dann unterschreiben Sie bitte hier.«
Zuerst setzte Peter seine Unterschrift auf die Urkunde, dann gab er mir den Füller. Mit zitternden Händen unterschrieb ich: »Maria Moreno«.

Als wir das Standesamt verließen, zog ein sommerlicher Wind über die Stadt. Die Bäume tanzten, und ich fühlte mich wie ein Vogel, der seinem engen Käfig entkommen war. Meine Seele atmete den Duft von Freiheit. Noch nie in meinem Leben hatte ich mich so leicht gefühlt.

NACHWORT

Maria ist nicht allein

Ihr sollt wissen, dass kein Mensch illegal ist. Das ist ein Widerspruch in sich. Menschen können schön sein oder noch schöner. Sie können gerecht sein oder ungerecht. Aber illegal? Wie kann ein Mensch illegal sein?

Elie Wiesel
Auschwitz-Überlebender und Friedensnobelpreisträger

Die Wahrheit ist schlicht und unbequem, und kein Politiker traut sich, sie offen auszusprechen: Überall in Deutschland leben »Marias«, keine noch so harte Einwanderungspolitik kann verhindern, dass täglich neue hinzukommen.

Grenzkontrollen haben bestenfalls eine abschreckende Wirkung, wer wirklich kommen will, der versucht sein Glück. Immer wieder wird es Menschen geben, die ein Schlupfloch in der »Festung Europas« finden. Befragungen von *Illegalen* haben ergeben, dass mögliche Schwierigkeiten bei der Einreise für viele Menschen nur ein Randaspekt bei ihrer Entscheidung für oder gegen die Einwanderung waren (siehe auch: Jörg Alt, Leben in der Schattenwelt, Karlsruhe 2003 und: www.joerg-alt.de). Viel entscheidender war die Frage, ob bereits Freunde oder Verwandte in Deutschland leben und ob es eine wirtschaftliche Perspektive gibt: Finde ich einen Job in der Schattenwirtschaft oder nicht? Die Schulden, die gemacht werden müssen, um mit Hilfe von Schleppern die Grenze zu überwinden, werden dabei bewusst in Kauf genommen.

»Wenn wir alle *Illegalen* verhaften wollten, um sie abzuschieben, könnten wir das Olympiastadion füllen«, erklärt ein Szenekenner der Berliner Polizei die Dimension des Problems. Knapp 80 000 Menschen passen in das Stadion, für Berliner Wohlfahrtsverbände ist diese Zahl noch viel zu tief gegriffen: Sie gehen von mindestens 100 000 Menschen aus, die illegal in der Hauptstadt leben.

Bundesweit kursiert bei Kirchen und Verbänden seit Jahren eine geschätzte Zahl – plausibel erscheint demnach eine illegale Wohnbevölkerung, die zwischen 500 000 und einer Million Köpfe zählt, die Zahl der *Illegalen* wäre so groß wie die Einwohnerzahl Leipzigs oder Kölns. Alles Annahmen wohlgemerkt, offizielle Zahlen gibt es nicht: Das Thema »Illegale« ist in der deutschen Öffentlichkeit nach wie vor tabu.

Wer sind diese Menschen, die zu Hause alles stehen und liegen lassen, um in Deutschland in einer Schattenwelt unterzutauchen? Den typischen *Illegalen* gibt es nicht. Zu unterschiedlich sind die Beweggründe der Menschen, die ohne Papiere in unser Land kommen, zu unterschiedlich ihre Lebensziele.

Viele *Illegale* sind ursprünglich – so wie Maria – legal eingereist: Sie kamen als Touristen oder Geschäftsleute und ließen aus den erlaubten drei Monaten Aufenthalt Jahre werden; sie wurden als Ehefrauen von deutschen Männern ins Land geholt, um dann nach einigen Monaten wieder verstoßen zu werden; ehemalige Asylbewerber sind unter ihnen, kurz vor der Abschiebung sind sie untergetaucht.

Manche *Illegale* haben Verwandte hier, bei denen sie bleiben möchten. Sie sind Kinder, Eltern und Großeltern rechtmäßig hier lebender Ausländer. Nach deutschen Gesetzen haben sie kein Recht auf eine Aufenthaltserlaubnis. Ihre Vorstellung von Familie lässt ihnen aber keine andere Wahl als das Leben ohne Papiere.

Auch viele ehemalige Studenten sind unter den *Illegalen*. Sie ziehen ein Leben im deutschen Untergrund der Rückkehr in ihr

Heimatland vor. Und es gibt auch die von Behörden verursachte Illegalität, wenn Ausländer ohne Papiere aus der Abschiebehaft entlassen werden.

Neben diesen zumeist legal Eingereisten hat eine große Gruppe *Illegaler* auf abenteuerliche Weise den Weg nach Deutschland gefunden: Sie überquerten mit seeuntauglichen Booten das Mittelmeer, versteckten sich in Lastwagen oder Containerschiffen oder überschritten nachts die grüne Grenze. Manche von ihnen kamen mit gefälschten Papieren und dem naiven Glauben, irgendwo legal als Bedienung arbeiten zu können, und landeten schließlich im Bordell. Viele *Illegale*, vor allem aus Osteuropa, planten zunächst gar nicht, dauerhaft zu bleiben. Sie wollten nach einigen Monaten Schwarzarbeit in Deutschland wieder in ihr Heimatland zurückkehren und sich später irgendwann erneut einen Saisonarbeiterjob in unserem Land suchen.

Diese »Pendelmigration« wird jedoch zunehmend schwieriger: Immer dichter werdende Grenzkontrollen und schärfere Kriterien bei der Visavergabe führen dazu, dass *Illegale* dauerhaft bleiben, weil ihnen eine erneute Einreise einfach zu riskant erscheint oder die Schleuserkosten zu hoch sind. Stärkere Kontrollen an den EU-Außengrenzen erhöhen auch die Preise bei den Schlepperorganisationen mit allen negativen Folgen. Längst ist bekannt, dass eine Verschärfung der Visavorschriften dem Menschenhandel eher Vorschub leistet. Die Einwanderer haben hohe Schulden, wenn sie ankommen, sind erpressbar und werden massiv ausgebeutet, zum Beispiel als Prostituierte. Umgekehrt wirkt eine liberalere Ausländerpolitik der Zwangsprostitution eher entgegen. Während der Missstände an der deutschen Botschaft in Kiew und der damit verbundenen massenhaften Vergabe von Einreiseerlaubnissen sank in Deutschland die Zahl der Ukrainerinnen, die zur Prostitution gezwungen wurden.

Dem Begriff »illegal« haftet etwas Verruchtes und Verbotenes an. »Illegal« ist gleich kriminell, diese Gleichung spukt in den Köpfen vieler Menschen herum, doch das ist höchstens die halbe Wahrheit. Niemand wird bestreiten, dass es sie wirklich gibt: Die »illegalen Drogendealer« an den Hauptbahnhöfen oder die Banden »illegaler Taschendiebe«, die so manche Großstadt unsicher machen. Doch sie sind die Minderheit unter den *Illegalen*. Professionelle Kriminelle schaffen es meist schnell, irgendwie an legale Papiere zu kommen.
Die große Mehrheit der *Illegalen* hingegen verhält sich absolut gesetzestreu und angepasst. Nur wenn sie es schaffen, nicht aufzufallen in Deutschland, ist ihr dauerhafter Aufenthalt gesichert. Einmal beim Schwarzfahren erwischt, einmal in eine Polizeikontrolle geraten, und die illegale Existenz ist dahin. Die einzige kriminelle Handlung der Illegalen besteht in der Regel darin, dass sie ohne Aufenthaltsrecht hier sind.
Unsere Nachbarländer verwenden deshalb auch nicht den kriminalisierenden Begriff *Illegale*. Im Französischen heißen diese Menschen *sans papiers*, im Spanischen *sin papeles*. Die Engländer sagen *undocumented*, also »nicht erfasst«, obwohl es das Wort »illegal« im Englischen auch gibt. Da sich in der deutschen Sprache bis heute kein alternativer Begriff für Menschen ohne Papiere durchgesetzt hat, wird das Wort *Illegale* auch in diesem Buch verwendet, aber kursiv gesetzt.

Illegale Beschäftigung gibt es in vielen Wirtschaftsbereichen, zum Beispiel in der Bauindustrie: Ein Hauptunternehmer vergibt die Aufträge an verschiedene Subunternehmer, die wiederum weitere Firmen für sich arbeiten lassen. Die Subunternehmer der Subunternehmer können die Preise nur halten, wenn sie neben einer gewissen Anzahl legaler Arbeiter auch *Illegale* beschäftigen. Erst durch diese »Mischkalkulation« sind sie überhaupt noch wettbewerbsfähig. Sie haben keine Probleme, geeignetes Personal zu finden. Einen sogenannten »Arbeiterstrich«

gibt es mittlerweile in jeder größeren Stadt. Für drei bis sechs Euro Stundenlohn erledigen Männer aus Osteuropa fast jede Arbeit auf dem Bau.

Während die Ausbeutung der *Illegalen* in der Baubranche eklatant ist, kommt sie in Haushalten seltener vor. Wer einmal eine zuverlässige Putzhilfe oder ein engagiertes Kindermädchen gefunden hat, versucht alles, um diesen Menschen zu halten. Maria hatte viele Arbeitgeber, die nicht so genau wissen wollten, ob ihre Putzhilfe aus Lateinamerika legal oder illegal in Deutschland lebt.

Auch im Pflegebereich werden verstärkt *Illegale* eingesetzt, vor allem in Privathaushalten. Wer berufstätig ist und zu Hause pflegebedürftige Angehörige betreuen muss, hat den Eindruck, die Beschäftigung von *Illegalen* fast nicht vermeiden zu können. Je zeitintensiver die Betreuung der Mutter oder des Großvaters ist, desto weniger wird nach legalen Arbeitspapieren gefragt.

Auch die Gastronomie ist ein Tummelplatz für *Illegale*. Die Deutschen essen gern beim Inder, Chinesen oder Orientalen. Wer dort in der Küche steht und für die moderaten Preise auf der Speisekarte sorgt, interessiert niemanden.

Vielen Bürgern fehlt jegliches Unrechtsbewusstsein bei der Beschäftigung *Illegaler*. Als die Bundesregierung versuchte, Schwarzarbeit in Haushalten härter zu bestrafen, ging ein Protestschrei durch die Republik. Der angekündigte Gesetzesentwurf verschwand schnell wieder in der Schublade.

Viele *Illegale* ernähren mit ihrem Einkommen in der deutschen Schattenwirtschaft ganze Familienclans in ihrer Heimat. Nicht wenige lassen ihre eigenen Kinder zurück, um ihnen mit dem Geld, das sie in die Heimat schicken, ein besseres Leben zu Hause zu ermöglichen.

Der negativ besetzte Begriff »Wirtschaftsflüchtlinge« diskreditiert die menschlich oft sehr verständlichen Wanderungsmotive dieser Menschen und ist einseitig: Das Augenmerk richtet sich dabei nur auf diejenigen, die einwandern, um ein kleines Stück vom Wohlstandskuchen abzubekommen. Vergessen wird dabei, dass Menschen wie Maria nur nach Deutschland kommen können, weil es hier eine Nachfrage nach ihrer Arbeitskraft gibt. Vor allem die breite Mittelschicht in Deutschland profitiert von der Anwesenheit *Illegaler*, Dienstleistungen werden durch sie erschwinglicher.

Während die Arbeitsleistung der deutschen *sans papiers* gern in Anspruch genommen wird, verschließen viele Menschen die Augen vor den gewaltigen humanitären Problemen, die das versteckte Leben mit sich bringt. Maria war nicht krankenversichert, sie konnte sich nicht gegen die Ausbeutung durch die »Bolivianerin« wehren, und ihre Kinder konnten lange Zeit nicht in die Schule gehen.

Ein demokratischer Staat wie Deutschland, der sich dem Schutz der Menschenwürde verpflichtet hat, sollte diesen Schutz allen Menschen gewähren, die innerhalb seiner Grenzen leben. Die Menschenrechte gelten auch für die in Deutschland lebenden *Illegalen*.

Obwohl Menschen ohne Papiere theoretisch eine medizinische Notfallversorgung zusteht, können sie diese praktisch nicht wahrnehmen. Immer wieder kommt es vor, dass Krankenhausverwaltungen, sobald sie von einem *Illegalen* erfahren, gleich die Sozialämter mit der Bitte um Kostenübernahme informieren. Die Behördenmitarbeiter müssen ihre Kenntnisse über *Illegale* wiederum an die Ausländerämter weiterleiten, die als Nächstes die Polizei informieren. Das Ausländergesetz verpflichtet alle öffentlichen Stellen, diese »Spitzeldienste« zu leisten.

Obwohl Rechtsgutachten belegen, dass diese Datenübermittlungspflicht für Mediziner nicht gilt, haben viele Ärzte Angst, sich strafbar zu machen, wenn sie *Illegalen* helfen. Sie stehen außerdem vor einem anderen Dilemma: Einerseits gebietet die medizinische Ethik eine angemessene Versorgung, andererseits

fordern viele Klinikverwaltungen, dass Kranke, bei denen die Kostenübernahme nicht geklärt ist, abgewiesen werden.
Nicht ganz so problematisch wie der Krankenhausaufenthalt ist die Behandlung von *Illegalen* durch niedergelassene Ärzte. In vielen Großstädten gibt es Netzwerke engagierter Mediziner, die diskret helfen. Maria hatte das Glück, an solche Ärzte zu geraten. Einige Mediziner behandeln heikle Fälle außerhalb der Sprechzeiten, zum Beispiel mittwochnachmittags, wenn die Mitarbeiter nicht anwesend sind. Andere haben ihre Teams eingeweiht. Wenn ein Ausländer erzählt, er sei zu Besuch in Deutschland und habe keine Krankenversicherung, fragt niemand so genau nach. Und bei offensichtlich »geliehenen« Krankenversichertenkärtchen wird einfach ein Auge zugedrückt, Maria hat dies vielfach erlebt.
All diese »privaten« Lösungen sind unbefriedigend. Schwangere trauen sich nicht zu Vorsorgeuntersuchungen, was wiederum die Gesundheit ihrer Babys gefährdet. Chronisch Kranke verschleppen aus Angst vor Enttarnung ihre Behandlung. Eine unbekannte Zahl von *Illegalen* verzichtet ganz auf den Arztbesuch und geht das Risiko ein, andere Menschen mit schweren Krankheiten anzustecken.
Aus diesen Gründen sollte auch der Staat ein Interesse daran haben, dass *Illegale* sich medizinisch behandeln lassen können. So könnten Nothilfefonds eingerichtet werden, die bei »Problemfällen« die Versorgung unter Beachtung des Datenschutzes ermöglichen. Eine andere Möglichkeit wären medizinische Zentren, die – ähnlich wie in Italien – die medizinische Grundversorgung in den städtischen Brennpunkten übernehmen. Dort kann sich jeder, der seine Daten nicht nennen möchte, anonym behandeln lassen. Eine weitere Möglichkeit bestünde darin, Sozialarbeitern in Beratungsstellen das Recht zu geben, bedürftigen *Illegalen* anonyme Krankenscheine auszustellen. Die Kosten dieser Behandlungen könnten dann von den Sozialämtern oder von einem Nothilfefonds beglichen werden.

Ähnliche Probleme wie bei der medizinischen Versorgung gibt es, wenn Kinder von *Illegalen* im schulpflichtigen Alter sind. Trotz ihres illegalen Aufenthalts hatten Marias Kinder theoretisch – wie alle anderen Kinder auch – ein Recht auf Bildung. In der Praxis, so zeigt die Geschichte von Isabel und Pablo, ist der Schulbesuch aber nur schwer möglich.

Wie viele schulpflichtige Kinder von *Illegalen* in den Großstädten leben, liegt im Dunkeln. Allein in München, so Insiderschätzungen, sollen es einige hundert sein. Das Risiko, entdeckt zu werden, steigt mit der Anzahl der illegal in Deutschland lebenden Familienmitglieder. Viele *Illegale* verstecken ihre Kinder, während sie arbeiten, Maria hat dies anfangs auch getan. Da mit dem Nachzug der Familie die Lebenshaltungskosten steigen und meist auch eine größere Wohnung und eine höhere Miete fällig sind, entsteht die Notwendigkeit, mehr bzw. länger zu arbeiten. Die Folge: Die Eltern können sich um die Erziehung ihrer Kinder nur sehr ungenügend kümmern.

Oftmals lehnen Mitarbeiter von Kindergärten und Schulen die Aufnahme von *Illegalen* ab, weil sie Angst um ihren Job haben: Als Angestellte im öffentlichen Dienst glauben auch sie, Kinder von *Illegalen* an die zuständigen Behörden melden zu müssen, obwohl rechtlich umstritten ist, ob die Übermittlungspflicht öffentlicher Stellen auch für Lehrer und Erzieherinnen gilt. Beschäftigte von kirchlichen Einrichtungen haben diese Probleme nicht, doch auch für sie ist die Aufnahme von *illegalen* Kindern nicht einfach. Sie haben keine Möglichkeit, ihre Kosten bei ihren Trägern abzurechnen.

Kinder von *Illegalen*, die keine Schule besuchen können, sind außerordentlich gefährdet. Sie haben kaum Möglichkeiten, die deutsche Sprache zu erlernen, wachsen in einer Subkultur auf und sind durch das Sich-verstecken-Müssen hohen psychischen Belastungen ausgesetzt. Konsumgüter, die für ihre Altersgenossen selbstverständlich sind, bleiben für sie unerreichbar. Die Wahrscheinlichkeit, dass sie auf Grund ihrer

Chancenlosigkeit irgendwann einmal kriminell werden, ist sehr hoch.
Die Integration von Kindern *Illegaler* sollte für die Gesellschaft selbstverständlich sein. Die Töchter und Söhne der *Illegalen* sind nicht schuld an ihrer prekären Lebenssituation, sie sind Opfer der Verhältnisse. Nur durch einen regelmäßigen Schulbesuch können sie überhaupt einmal eine Lebensperspektive bekommen. In unserem Nachbarland Belgien ist das Abgleichen von Schuldaten und Meldedaten verboten. Dort können die Kinder der *sans papiers* angstfrei in die Schule gehen. Warum sollte dies nicht auch in Deutschland möglich sein?

Neben den Problemen bei der Schulpflicht und der medizinischen Versorgung gibt es noch einen weiteren Bereich, in dem *Illegale* Rechte, die ihnen in der Theorie zustehen, in der Praxis nicht einfordern können. Das betrifft vor allem die Männer. Auf Baustellen, dem mit Abstand größten Beschäftigungsfeld für *Illegale*, werden die Arbeiter immer wieder um den Lohn für ihre geleistete Arbeit gebracht.
Die Strategien krimineller Arbeitgeber hierbei sind vielfältig. So gibt es meist keine schriftlichen Verträge. Dann wird nur ein Teil des Lohnes ausgezahlt mit dem mündlichen Hinweis, es gebe derzeit finanzielle Engpässe. Nach Erledigung des gesamten Auftrages erfolgt aber keine weitere Auszahlung. Die Arbeitgeber und Jobvermittler sind auf einmal spurlos verschwunden, und die *Illegalen* wissen nicht, an wen sie sich mit ihren Forderungen wenden können.
Eine andere Betrugsvariante besteht darin, *Illegale* Quittungen unterschreiben zu lassen, die sie nicht verstehen. Fragt doch einmal ein Arbeiter nach, heißt es, die Unterschrift sei nur eine Formsache, um die Bücher in Ordnung zu halten. Fordern dann nach Wochen die Arbeiter endlich ihre Löhne, werden ihnen ihre unterschriebenen Quittungen als Beweismittel vorgehalten: Sie hätten den Erhalt des Lohnes doch bereits bestätigt.

Immer wieder kommt es auch vor, dass Arbeitgeber selbst eine anonyme Anzeige zur Kontrollbehörde schicken: Auf einer bestimmten Baustelle würden *Illegale* arbeiten. Kommt es dann zur Überprüfung, werden die *Illegalen* festgenommen und abgeschoben, ohne jemals einen Cent ihres Lohnes gesehen zu haben. Das rechnet sich, weil die zu bezahlende Strafe für den Arbeitgeber immer noch günstiger ist als die Lohnzahlung an die *Illegalen*.

Bevor solche Praktiken den Behörden auffallen könnten, wird die Firma liquidiert und anschließend unter einem anderen Namen wieder neu gegründet. Auf Grund des komplizierten Beziehungsgeflechts auf Baustellen fällt es den Kontrolleuren sehr schwer, die Verantwortlichen zu überführen.

Die *Illegalen*, das schwächste Glied in der Kette, wagen es in der Regel nicht, gegen ausbeuterische Methoden ihrer Arbeitgeber auszusagen. Sie schweigen und versuchen irgendwie zu überleben. Geht ihnen wegen des nicht gezahlten Lohnes das Geld aus, werden aus unauffälligen illegalen Bauarbeitern Straftäter: Zum Beispiel werden Maschinen auf dem Bau geklaut und anschließend verkauft, es werden Lebensmittel gestohlen, oder es werden mafiöse Gruppen beauftragt, den Lohn gewaltsam einzutreiben.

Eine Gesellschaft, die das nicht will, muss *Illegalen* die Chance geben, vor Gericht ihre Ansprüche zu erstreiten. Wenn die betrogenen Arbeiter angstfrei aussagen könnten, wäre eine wirksamere Bekämpfung der kriminellen Bauunternehmer möglich. Die Beschäftigung von *Illegalen* könnte deutlich eingedämmt werden, was auch für mehr legale Arbeitsplätze auf dem Bau sorgen würde.

Notwendig sind Zeugenschutzprogramme, die nicht automatisch mit der Ausweisung der Opfer enden. Auch die Gewerkschaften könnten dabei helfen, den Lohnbetrug bei *Illegalen* einzudämmen. In Frankreich können die *sans papiers* Gewerkschaftsmitglieder werden, in Deutschland ist das noch nicht möglich.

Lohnbetrug, Ausschluss vom Schulbesuch und unzureichende medizinische Versorgung sind nur drei besonders prekäre Bereiche aus der Lebenswirklichkeit der *Illegalen*. Daneben gibt es für sie noch viele andere Schwierigkeiten in dieser Gesellschaft: *Illegale* können sich nicht wehren, wenn sie Opfer von Verbrechen werden, sie werden als Mieter abgezockt und haben keinen Schutz vor Vergewaltigungen und sexueller Ausbeutung. Auf Dauer sind solche Zustände sowohl für die illegal Eingewanderten als auch für die aufnehmende Gesellschaft unerträglich.
Menschen, die hier schon lange illegal leben, leiden unter massiven psychischen Problemen. Die jahrelange Angst vor der Entdeckung, die Trennung von der Familie und das Leben in extremer Armut zerstören das seelische Gleichgewicht.
Nachdem es immer schwieriger geworden ist, in Deutschland politisches Asyl zu erhalten, steigt die Anzahl der *Illegalen* und damit auch die Zahl der damit verbundenen Probleme. Unsere Gesellschaft kann auf die Dauer nicht hinnehmen, dass in zunehmendem Maß rechtsfreie Räume entstehen, denn daraus entwickelt sich ein Pulverfass, das irgendwann explodiert. Ein Staat, der seine Bewohner nicht kennt, ist politisch nicht handlungsfähig.

Neben all den humanitären Gründen, die für einen anderen Umgang mit *Illegalen* sprechen, gibt es auch ordnungspolitische Gründe für einen anderen Umgang mit dem Problem der illegalen Zuwanderung: Wie soll eine erfolgreiche Terrorismusbekämpfung möglich sein, wenn eine Million Menschen nirgendwo registriert ist?
Andere EU-Staaten machen uns schon seit Jahren vor, wie ein pragmatischerer Umgang mit *Illegalen* aussehen könnte. Regelmäßig gibt es innerhalb einzelner Staaten der Europäischen Gemeinschaft Gnadenakte, die den illegalen Status von Einwanderern beenden, sogenannte Legalisierungen.
In Frankreich fand die erste Legalisierungskampagne 1982 un-

ter einer sozialistischen Regierung statt. Rund 130 000 Menschen bekamen damals eine Aufenthaltserlaubnis. Mitte der neunziger Jahre wurde die französische Ausländerpolitik restriktiver, die Anzahl der *sans papiers* stieg an. Als einige von ihnen 1996 in Paris medienwirksam eine Kirche besetzten, solidarisierten sich breite Teile der französischen Öffentlichkeit mit ihnen.

In der Folge liberalisierte die französische Regierung das Ausländerrecht, auch Legalisierungen waren jetzt wieder möglich. Aufenthaltspapiere wurden bevorzugt an diejenigen *Illegalen* vergeben, die bereits Angehörige in Frankreich hatten. Doch auch Einzelpersonen konnten sich um neue Pässe bewerben. Wer einen Aufenthalt von mindestens sieben Jahren nachweisen und Lohnbelege aus illegaler Beschäftigung vorzeigen konnte, hatte gute Chancen. Mehr als 80 000 Personen haben in den letzten Jahren in Frankreich neue Papiere erhalten.

Erfahrungen mit Legalisierungen hat auch Spanien. Viele Jahrzehnte lang war die Iberische Halbinsel ein klassisches Auswanderungsland, doch seit den achtziger Jahren haben sich die Verhältnisse umgekehrt, und Spanien ist zum attraktiven Ziel für Zuwanderer geworden. Das Land reagiert darauf einerseits mit einer restriktiven Abschottungspolitik, bietet andererseits aber denjenigen, denen die »Einreise« gelungen ist, dauerhafte Perspektiven. Zwischen 1985 und 2004 wurden etwa eine halbe Million *sin papeles* legalisiert, 2005 haben im Rahmen einer großen Amnestie ca. 700 000 Menschen ohne Papiere ein Aufenthaltsrecht erhalten.

Aufgrund seiner Nähe zu Afrika ist Spanien auch ein Transitland für Einwanderer, die in andere Teile Europas möchten. Ein großer Teil wird über die Straße von Gibraltar mit kleinen Booten, sogenannten *pateras*, nach Spanien geschleust, andere fliehen auf die Kanarischen Inseln, die zu Spanien gehören. Das Risiko ist hoch: Hochmoderne elektronische Überwachungsanlagen führen zu täglichen Festnahmen auf dem Meer bzw. nach der Anlandung an der Küste. Oft endet die Flucht auch tödlich: Jedes Jahr lassen Hunderte von Flüchtlingen auf dem Seeweg nach Europa ihr Leben.

Wer trotz all dieser Gefahren bereit ist, die illegale Einreise nach Spanien zu versuchen, für den ist die Frage, ob er im Zielland legale Papiere erhalten wird oder nicht, eher zweitrangig. Die von Kritikern der spanischen Politik behauptete »Sogwirkung« von Legalisierungsmaßnahmen darf deshalb mit gutem Grund bezweifelt werden.

Neben Frankreich und Spanien verhalten sich auch andere Staaten pragmatisch: Im Jahr 2000 bekamen in Belgien 38 000 »versteckte Bürger« legale Papiere. Ein Kriterium für die Legalisierung war der Schulbesuch der Kinder. Wer nachweisen konnte, dass seine Kinder eine Schule besuchen, erhielt die Aufenthaltserlaubnis. In den Niederlanden hat das Parlament im Dezember 2006 mit knapper Mehrheit für eine Amnestie gestimmt. 20 000 Menschen, die vor 2001 illegal eingereist sind, sollen ein Aufenthaltsrecht erhalten.

Legalisierungen fanden in den letzten Jahren auch in Griechenland statt. Dort haben seit 1998 etwa 35 000 Menschen durch rechtmäßige Papiere bessere Lebensperspektiven.

In Italien gab es verschiedene Legalisierungskampagnen in den Jahren 1982, 1988, 1990 und 1998. Die *clandestini*, wie die *Illegalen* in Italien genannt werden, wurden vor allem dann legalisiert, wenn sie eine Beschäftigung nachweisen konnten. Auch Schwarzarbeit wurde anerkannt. In den letzten fünfundzwanzig Jahren haben mehr als 700 000 Menschen auf diesem Weg einen legalen Aufenthaltsstatus erhalten. Es war ein gewünschter Nebeneffekt der Legalisierungen in Italien, dass die *Illegalen* zu pendeln begannen und teilweise freiwillig das Land wieder verließen. Vorher blieben sie, weil sie Angst hatten, nicht wieder einreisen zu können.

Die Erfahrungen der Nachbarländer zeigen: Es ist auch möglich, wesentlich liberaler mit dem Thema »illegale Zuwanderung« umzugehen, als es in Deutschland der Fall ist. Doch Legalisierungen allein lösen nicht alle Probleme. Menschen, die reguläre Papiere erhalten, wechseln nicht automatisch in den legalen Arbeitsmarkt. Solange sie keine besser bezahlten Jobs finden, werden sie auch weiterhin schwarzarbeiten.

Trotz dieser Schwierigkeiten liegen die Vorteile von Legalisierungen auf der Hand: Der Staat »kennt« seine Bürger, und die *Illegalen* haben Schutz vor krimineller Ausbeutung.

Gerade *Illegale* erbringen erstaunliche Integrationsleistungen, Maria ist das beste Beispiel dafür: Sie lernen Deutsch, um möglichst wenig aufzufallen, sind oft jung, gut ausgebildet, flexibel und belastbar. Diejenigen, die kommen, sind die Starken, die Wagemutigen, Pioniere, die auf der Suche nach einer besseren Zukunft für sich und ihre Familien ein hohes Risiko eingehen. Sie sorgen selbst für sich und nehmen keine Sozialleistungen in Anspruch. Vor dem Hintergrund der demographischen Entwicklung kann Deutschland gerade solche Einwanderer gut gebrauchen.

Fast unbeachtet von der Öffentlichkeit werden in Expertenrunden schon lange Lösungen diskutiert. Eine »Schlussstrichamnestie« könnte allen, die schon lange in Deutschland leben und nicht durch Straftaten aufgefallen sind, die Chance geben, legale Papiere zu beantragen. Ein gesellschaftspolitisches Pulverfass wäre damit auf längere Zeit entschärft.

Doch auch jenseits einer solchen »Radikallösung« sind noch viele pragmatische Teillösungen möglich. Illegaler Aufenthalt könnte zum Beispiel verhindert werden, bevor er überhaupt entsteht. Immer wieder kommt es vor, dass abgelehnte Asylbewerber auch nach jahrelangem Aufenthalt in Deutschland abgeschoben werden. Weder eine Arbeitsstelle noch ein Schulbesuch der Kinder können diese Maßnahmen verhindern. Bevor die Polizei die Menschen ergreift, tauchen sie in die Illegalität unter.

Der gesellschaftliche Nutzen solcher Abschiebungen darf mit Recht bezweifelt werden. Als *Illegale* werden sich die Betroffenen mit Schwarzarbeit durchschlagen müssen, die wiederum den regulären Arbeitsmarkt untergräbt. Ihre Kinder werden statt zu lernen auf den Straßen herumlungern, und aus anpassungswilligen Asylbewerbern werden Menschen, die jene Gesellschaft zu hassen beginnen, die ihnen nach vielen Jahren des Aufenthalts die Aufnahme verweigert.
Sinnvoll wäre eine Anwendung der im Aufenthaltsrecht vorgesehenen Härteregelungen auch für *Illegale*, die schon seit vielen Jahren im Land leben. Kriterium für eine Legalisierung könnte zum Beispiel der Grad der Integration, insbesondere die deutschen Sprachkenntnisse sein. Eine Möglichkeit wäre auch, dass bereits in Deutschland lebende Verwandte oder Freunde für den Lebensunterhalt der legalisierten Personen bürgen müssten.
Diskussionswürdig sind auch Legalisierungen für Menschen, die vor Gericht helfen, kriminelle Strukturen aufzudecken. Mit den Zeugenaussagen der *Illegalen* hätte die Polizei wirksame Möglichkeiten, gegen kriminelle Schleppernetzwerke vorzugehen. Durch eine »Kronzeugenregelung« könnten nicht nur auf Baustellen die schlimmsten Ausbeutungsstrukturen aufgedeckt werden. Auch in den Bordellen könnte die Polizei wesentlich gezielter Zuhälter bekämpfen, die Menschenhandel betreiben und Frauen in die Prostitution zwingen.

Auch jenseits aller Legalisierungen gäbe es eine einfache Möglichkeit, die Anzahl der *Illegalen* zu reduzieren. Vor allem Menschen aus Osteuropa, die mit einem Touristenvisum eingereist sind, geben oft an, sie würden gern in ihr Heimatland zurückkehren, wollten aber nicht riskieren, dass bei der Ausreise die Überschreitung der zulässigen Aufenthaltsdauer »auffliegt«. Durch einen Sperrvermerk im Pass wäre für sie ein für alle Mal eine Wiedereinreise als »Tourist« unmöglich. Warum verzichtet die Politik nicht

auf solche Maßnahmen, die die freiwillige Ausreise von *Illegalen* verhindern?
Lösungsmöglichkeiten für die schlimmsten Folgen der illegalen Einwanderung liegen also längst auf dem Tisch, doch sie sind kompliziert. Viel einfacher ist es, den Bürgern vorzugaukeln, man könne das Problem mit Grenzkontrollen und Abschiebungen lösen. Wer ernsthaft den Zuzug von *Illegalen* bekämpfen will, muss stattdessen viel schärfer gegen diejenigen vorgehen, die *Illegale* beschäftigen. In diesem Zusammenhang ist noch eine andere unbequeme Wahrheit von Bedeutung: Die Deutschen müssen bereit sein, für geringere Löhne zu arbeiten. Gerade im Dienstleistungsbereich wird legale Beschäftigung für viele Arbeitgeber erst dann interessant, wenn sie deutlich billiger und unbürokratischer ist als heute üblich.

Eine unheilvolle Koalition des Schweigens hat sich über unser Land gelegt. Verantwortlich für die Tabuisierung des Themas *Illegale* sind drei völlig unterschiedliche gesellschaftliche Gruppen:
All diejenigen, die von der Anwesenheit der *Illegalen* profitieren, haben ein Interesse daran, das Thema unter der Decke zu halten: allen voran Privathaushalte, Gastronomen, Handwerker und Bauunternehmer. *Illegale* gelten als Schmiermittel für die Wirtschaft, sie sind nichts anderes als moderne Sklaven.
Interesse am großen Schweigen haben auch die politisch Verantwortlichen. Sobald eine Partei offensiv für eine Legalisierung oder für mehr soziale Rechte der *Illegalen* eintreten würde, müsste sie damit rechnen, bei den nächsten Wahlen abgestraft zu werden, denn das Thema eignet sich hervorragend für populistische Kampagnen.
Verantwortlich für die Tabuisierung ist aber auch eine andere Gruppe, die sozial Engagierten: Ärzte, Sozialarbeiter, Schulleiter, Pfarrer und wohlmeinende Bürger haben längst die Unsinnigkeit und moralische Verwerflichkeit der gegenwärtigen

Ausländerpolitik erkannt. Aus Angst vor Sanktionen helfen sie im Stillen, reden aber nicht über ihr Engagement.
Ihre Ängste sind meist nicht berechtigt, zu Strafen für die Helfer kam es bislang kaum. Die Allgemeinheit duldet ihr Engagement, weil sie davon profitiert. Solange einzelne Bürger, Kirchengemeinden oder Eine-Welt-Gruppen sich um *Illegale* in Notlagen kümmern, kann sich der Staat seiner Verantwortung entziehen.

Deutschland braucht eine ehrlichere Zuwanderungspolitik, die den Ausgleich sucht zwischen dem Recht des Staates auf Zuwanderungsgestaltung und Terrorbekämpfung einerseits und der massenhaften Anwesenheit von *Illegalen* andererseits. Die rechtliche Besserstellung der Menschen ohne Papiere wäre ein erster Schritt, Gnadenakte wie in unseren europäischen Nachbarstaaten ein Fernziel. Diejenigen, die im Verborgenen helfen, sollten ihr Schweigen endlich beenden.
Und vielleicht sollten auch die Bewohner der Schattenwelt endlich damit beginnen, ihre Ängste und Sorgen nicht mehr für sich zu behalten. Maria hat den Mut dazu aufgebracht, Maria ist nicht allein.

Danksagung

Viele Menschen haben mit ihrer Unterstützung dieses Buch erst möglich gemacht.

Maria Moreno hatte den Mut, mir ihre Geschichte anzuvertrauen. Ohne ihre Offenheit und ihr Engagement wäre dieser intensive Blick in die »deutsche Schattenwelt« nicht möglich gewesen.

Peter Reichenbach, Marias Mann, räumte immer wieder geduldig und mit viel Verständnis das Wohnzimmer, wenn ich auf die Aufnahmetaste des Kassettenrekorders drückte.

Isabel und Pablo mussten einmal mehr auf ihre Mutter verzichten, während sich Maria mit »dem Journalisten« unterhielt.

Mein ganz besonderer Dank gilt meiner Frau Anja und meinen Töchtern Nele, Sofie und Hannah. Meine Frau hat das Entstehen des Manuskriptes mit vielen kreativen Anregungen begleitet. Sie war eine kritische und unverzichtbare Stütze meiner Arbeit. Und meine Kinder mussten viele lange Stunden ohne ihren Vater auskommen, wenn er sich nach Feierabend oder an den Wochenenden immer wieder zum Schreiben zurückzog.

Susanne Buck und Agnes König brachten Marias Gedanken vom Tonband aufs Papier. Ohne diese Gesprächsprotokolle wäre das Buch noch lange nicht fertig.

Dr. Rudolf Blank, der ehemalige Leiter der ZDF-Redaktion Gesellschaftspolitik, hat mir ausführliche Recherchen in der »Schattenwelt« ermöglicht. Ohne ihn hätte die Begegnung zwischen der *Illegalen* und dem Journalisten niemals stattgefunden.

Jesuitenpater Dr. Jörg Alt hat meine Arbeit an diesem Buch mit wissenschaftlichen Ratschlägen begleitet. Sein Wissen über die Lebenswelt der *Illegalen* ist für alle, die sich mit diesem Thema beschäftigen möchten, unverzichtbar.

Steffen Bayer

Klarant Verlag

Die gebürtige Ostfriesin, ***Sina Jorritsma***, aus der Krummhörn studierte in Hamburg Germanistik und Philosophie, bevor sie wieder in ihre Heimat zurückkehrte. Sie veröffentlicht unter Pseudonym, weil sie ihre Umgebung genau beobachtet und Ereignisse aus ihrem Leben in ihre Geschichten einfließen. Das Romaneschreiben ist ihr kleines Geheimnis, das nur wenige Menschen kennen. Bei einer großen Kanne Ostfriesentee mit Sahne und Kluntjes kann sie halbe Nächte durchschreiben, tagsüber hält sie sich mit Joggen fit. Sina Jorritsma lebt mit ihrer Familie in einem kleinen Ort bei Emden.

Sina Jorritsma

Friesenflirt

Ostfrieslandkrimi

Klarant Verlag

Klarant Verlag, www.klarant.de – www.ostfrieslandkrimi.de
ISBN: 978-3-95573-542-5
1. Auflage 2016
Umschlagabbildung: Klarant Verlag

Druck: Verlag Lindemann, 63075 Offenbach-Bürgel
Printed in Germany

Kapitel 1

„Wir haben einen Einsatz. Leichenfund im Hotel *Teutonia*."

Die Worte ihres Kollegen Enno Moll drangen wie aus weiter Ferne in Kommissarin Mona Sanders Bewusstsein. Sie saß an ihrem Schreibtisch in der Polizeiwache Borkum, Enno befand sich auf seinem üblichen Platz ihr direkt gegenüber. Mona hatte soeben die erste Tasse Tee des Tages auf der Schreibtischunterlage vor sich kalt werden lassen. Das war ein untrügliches Zeichen für ihre seelische Unausgeglichenheit.

Langsam blickte sie auf und schaute den Oberkommissar an, als ob sie ihn zum ersten Mal in ihrem Leben sehen würde.

„Meine Mutter kommt zu Besuch, Enno."

„Was du nicht sagst. Dann lerne ich sie ja endlich mal kennen."

Monas Kollege stand von seinem Stuhl auf und reckte sich. Enno war fast zwei Meter groß, dick und bärenstark. Er musste einen Raum nur betreten, um wie von selbst die Aufmerksamkeit aller Anwesenden zu bekommen.

Die Kommissarin erhob sich ebenfalls und griff nach ihrem Anorak, der am Kleiderhaken hinter ihr hing. Sie freute sich auf einen neuen Fall, der sie hoffentlich von ihren Grübeleien ablenken würde.

„Warum willst du denn unbedingt meine Mutter treffen, Enno? Was soll daran interessant für dich sein?"

Die beiden Kriminalisten meldeten sich im Wachlokal der Insel-Polizeiwache ab und stiegen in den zivilen Opel Vectra, der ihnen als dienstliches Fortbewegungsmittel diente. Im Gegensatz zu anderen Nordseeinseln war auf Borkum Autoverkehr gestattet.

„Es ist reine Neugierde", erwiderte Enno. „Immerhin arbeiten wir nun schon einige Jahre lang zusammen, und ich weiß nicht viel über deine Familie und deine Vergangenheit."

Mona machte eine ungeduldige Handbewegung.

„Mein Vater starb schon vor vielen Jahren an einem Verkehrsunfall. Und meine Mutter ist eine starke Frau, die mich allein großgezogen hat. Sie gibt sich keine Blöße und erreicht immer alles, was sie will."

Enno hob seine buschigen Augenbrauen.

„Das klingt nicht nach einem besonders herzlichen Verhältnis zwischen euch."

Mona war sicher, dass man ihrer Stimme nun ihre Gereiztheit anhören konnte.

„Bist du jetzt neuerdings auch noch Hobbypsychologe? Warum berätst du nicht lieber deine Frau, wenn sie wieder mal einen Ostfriesenkrimi schreiben will? Halte dich einfach aus meinem Privatleben heraus, okay? Was weißt du eigentlich über unseren aktuellen Fall?“

„Nur das, was ich dir vorhin sagte, als du völlig geistesabwesend warst. Der Inhaber des Hotels *Teutonia* hat höchstpersönlich auf der Wache angerufen und einen toten Gast gemeldet. Daraufhin hat Oltbeck uns mit der Untersuchung beauftragt.“

Mona nickte. Hauptkommissar Hinrich Oltbeck war der Dienststellenleiter der kleinen Borkumer Polizeistation. Enno brachte den Opel an der Jann-Berghaus-Straße bereits zum Stehen, denn die Entfernung von der Wache in der Strandstraße bis zum Hotel Teutonia war nicht groß. Mona und Enno hätten eigentlich auch zu Fuß dorthin gehen können. Aber der Hotelbesitzer wartete gewiss bereits ungeduldig auf sie. Wenn sie gemütlich herangeschlendert kamen, fühlte er sich womöglich nicht genügend ernst genommen. Immerhin hatte Enno auf Blaulicht und Sirene verzichtet, was in Monas Augen ein guter Kompromiss war.

Sie stiegen aus dem Wagen. Die Fassade des Hotels *Teutonia* fügte sich in die Front der Traditionshäuser ein, die bereits seit der Regierungszeit von Kaiser Wilhelm II. direkt an der Strandpromenade einen unverbaubaren Blick auf die Nordsee boten. Das *Teutonia* befand sich seit Generationen in Familienbesitz, wie Mona von früheren Einsätzen her wusste. Bisher hatten sie und ihre Kollegen es hier allerdings nur mit Hoteldieben und Zechprellern zu tun gehabt. Ein Todesfall war neu für sie.

Der Melder wartete bereits vor dem Eingang auf sie. Dirk Cordsen war ein großer Mann mit blonden Naturlocken, der einen unmodischen blauen Nadelstreifenanzug trug. Mona vermutete, dass er diese Montur ebenso von seinem Vater geerbt hatte wie das Hotel selbst. Cordsen rieb sich unentwegt die Finger, als ob er sich ohne Wasser und Seife die Hände waschen würde. Mona konnte ihm seine innere Unruhe an der Nasenspitze ansehen, wofür sie Verständnis hatte. Die meisten Menschen waren schockiert, wenn sie zum ersten Mal in ihrem Leben einen Toten zu sehen bekamen.

Es war ein schöner Frühherbsttag, der die Urlauber und Kurgäste zur Wasserlinie des Nordstrands zog. Unmittelbar vor dem Hotel befanden sich zahlreiche Ruhebänke, das Borkumer Ferienleben ging hier seinen üblichen Gang. Offenbar hatte sich die Nachricht von dem Leichenfund noch nicht herumgesprochen, sonst würde es vor dem Hotel bereits von Gaffern wimmeln. Darüber machte sich Mona keine Illusionen.

„Da seid ihr ja endlich!“, stieß Cordsen hervor. Der Hotelbesitzer und Enno kannten sich vermutlich von Kindesbeinen an, daher duzten die Männer einander. Mona arbeitete zwar noch nicht so lange auf der Insel, legte aber auch keinen großen Wert auf Förmlichkeiten. Nur Verdächtige wurden von ihr konsequent gesiezt.

„Wir haben uns doch beeilt“, versicherte Enno und deutete auf die Kommissarin. „Dirk, meine Kollegin Mona Sander kennst du bereits?“

„Ja, du hast doch mal diesen Schmuckdieb verhaftet, oder? – Jetzt kommt schon rein, bevor die Urlauber noch etwas merken.“

Cordsen scheuchte die beiden Ermittler in die Hotellobby. Dort schien die Zeit stehengeblieben zu sein. Lediglich einige moderne Errungenschaften wie eine Telefonzentrale oder ein für die Hotelgäste zugänglicher PC mit Internetanschluss zeugten davon, dass man sich im 21. Jahrhundert befand. Die renovierte Inneneinrichtung mit den riesigen Clubsesseln und dem Empfangstresen aus Eichenholz gehörte definitiv in eine andere Zeit. Mona hätte sich nicht gewundert, wenn ein Zeitungsjunge um die Ecke gekommen wäre, um mit lauter Stimme das Attentat auf den österreichisch-ungarischen Thronfolger zu verkünden. Und damit den Beginn des Ersten Weltkriegs.

Sie riss sich von ihren Fantasien los.

„Wie viele Personen wissen bereits von der Leiche?“, wollte sie wissen.

Cordsen legte nachdenklich die Stirn in Falten, während er gemeinsam mit Mona und Enno die breite Treppe zum ersten Stockwerk hochging. Der Kokosläufer knisterte unter ihren Schritten. In den Ecken des holzgetäfelten Treppenhauses standen geschnitzte Skulpturen, die Piraten oder Seebären darstellen sollten. Sie als kitschig zu bezeichnen, wäre nach Monas Meinung noch untertrieben gewesen.

„Außer mir nur das Zimmermädchen, hoffe ich“, erwiderte Cordsen. „Sie heißt Rosa Sanchez und kommt aus Spanien. Ihr Deutsch ist nicht besonders gut. Ich habe sie als Saisonkraft angeheuert. Ich glaube nicht, dass sie hier auf der Insel schon besonders viele Kontakte hat. Sie wird also wohl nichts ausgeplaudert haben. Jedenfalls wollte Rosa den Raum betreten, um aufzuräumen. Da erblickte sie sofort die Selbstmörderin. Rosa kam zu mir gerannt und machte mir mit Händen und Füßen klar, was sich ereignet hatte. Daraufhin rief ich sofort bei euch an.“

„Wann war das?“

„Vor zwanzig Minuten“, sagte Cordsen und bedachte Mona mit einem vorwurfsvollen Blick. Sie zog sich den Schuh nicht an, denn sie und Enno waren ohne Trödelei sofort aufgebrochen. Manche Leute glaubten eben, dass die Polizei nur zu ihrer persönlichen Verfügung stünde und nichts anderes zu tun hätte.

Der Hotelbesitzer steuerte in der ersten Etage tatendurstig auf das Zimmer mit der Nummer 112 zu. Die Tür war nur angelehnt.

„Bleib bitte draußen, Dirk“, brummte Enno. Er zog sich bereits Latexhandschuhe über seine riesigen Pranken, Mona folgte seinem Beispiel. Sie betraten das Hotelzimmer. Es war ein Doppelzimmer, allerdings war nur ein Bett benutzt worden. Es war noch nicht gemacht, was Mona nicht verwunderte. Rosa Sanchez hatte gewiss nicht die Laken stramm gezogen und die Zudecke aufgeschüttelt, nachdem sie die Leiche entdeckt hatte.

Mona stemmte zornig die Fäuste in die Hüften, denn die Tote lag auf dem Teppichboden.

„Wer hat den Körper bewegt?“, fragte sie laut. Ein langer bunter Seidenschal war zu einer Schlinge geknüpft worden. Er befand sich immer noch stramm zusammengeschnürt um den Hals des Opfers geschlungen. Aber die Frau hing nicht mehr an der Vorhangstange, wo sie offenbar ihr Leben ausgehaucht hatte.

„Das war ich“, erwiderte Cordsen, der gehorsam vor der offen stehenden Tür geblieben war. „Ich konnte die Ärmste doch nicht dort hängen lassen.“

Mona nickte. Sie konnte den Hotelbesitzer verstehen. Immerhin wäre es ja theoretisch möglich gewesen, dass die Frau noch gelebt hatte. Nun allerdings konnte davon keine Rede mehr sein. Seit wann das Opfer wohl schon tot war? Diese Frage musste Mona zunächst zurückstellen.

Enno bewegte sich im Zimmer suchend hin und her, wobei er sorgfältig darauf achtete, nichts zu verändern.

„Wie heißt dein toter Gast, Dirk?"

„Die Dame hat sich als Viola Kruse angemeldet. Sie hatte das Zimmer für zehn Tage gebucht und war vorgestern angereist."

Der Oberkommissar notierte sich den Namen, während Mona den Leichnam näher betrachtete. Die Tote musste zu Lebzeiten sehr hübsch gewesen sein. Lange blonde Haare, Modelfigur, puppenhaftes Gesicht – Viola Kruse war in den Augen vieler Männer zweifellos eine Traumfrau gewesen. Mona schätzte das Opfer auf mindestens eine Handbreit größer als sich selbst. Die Tote hatte ein ärmelloses Minikleid getragen, das man gewiss nicht bei einer Billig-Textilienkette erstehen konnte. Und die Pumps konnten kaum weniger als fünfhundert Euro gekostet haben.

Die Designerhandtasche lag offen neben der Toten auf dem Boden. Mona fand darin nicht nur den Personalausweis und Führerschein des Opfers, sondern auch eine Kreditkarte sowie fast tausend Euro in bar.

Mona erhob sich aus ihrer knienden Position und blickte zu der hohen Stuckdecke hoch, unter der sich die metallene Vorhangstange befand.

„Wie viel Gewicht hält diese Stange aus, Dirk?", rief sie dem Hotelbesitzer zu.

„Darüber habe ich mir noch nie Gedanken gemacht. Aber ihr könnt sicher sein, dass die Frau dort hing, als ich hereinkam."

„Daran zweifelt auch niemand", murmelte Mona. Nach ihrer Einschätzung konnte Viola Kruse nicht mehr als fünfundfünfzig Kilo gewogen haben. Es war sehr gut vorstellbar, dass die Stange dieses Gewicht halten konnte, ohne aus der Verankerung gerissen zu werden.

„Hast du die Stange angefasst?"

Cordsen schüttelte den Kopf. Er war inzwischen doch in das Zimmer getreten und hatte die Tür geschlossen. Draußen auf dem Korridor waren die Stimmen von Hotelgästen zu hören. Er wollte zweifellos verhindern, dass sie von den Geschehnissen etwas mitbekamen.

„Nein, ich habe den verflixten Schal mit einer Schere durchgeschnitten."

Das hatte sich Mona schon gedacht, weil das obere Ende des zertrennten Stoffs immer noch an der Vorhangstange hing. Mona dachte laut nach.

„Das Opfer hat offenbar einen doppelten Knoten geknüpft und dabei keine Handschuhe benutzt."

„Worauf willst du hinaus?", hakte Enno nach.

„Es müssten Fingerprints oder zumindest Teilabdrücke von der Frau auf dem Metall zu finden sein", sagte sie und deutete nach oben. „Die Spurensicherung soll das auf gar keinen Fall vergessen."

Der Oberkommissar strich über sein graues kurz geschnittenes Haar.

„Zweifelst du an einem Selbstmord?"

„Zumindest so lange, bis wir Fremdeinwirkung definitiv ausschließen können", sagte Mona. Sie wandte sich an Cordsen.

„Hatte Viola Kruse auf ihrem Zimmer Besuch?"

Der Hotelier hob die Schultern.

„Das weiß ich nicht, Mona. Vielleicht hat jemand vom Personal etwas bemerkt."

„Gut, das müssen wir noch checken. Ich glaube nämlich nicht, dass das Opfer ganz allein das Bett so zerwühlt hat. Es sei denn, sie litt unter heftigen Albträumen."

Mona deutete auf das eine der beiden Einzelbetten, das von Viola Kruse offenbar benutzt worden war. Enno telefonierte inzwischen bereits, um ein Team der Spurensicherung anzufordern und die Leiche nach Oldenburg ins gerichtsmedizinische Institut schaffen zu lassen.

„Glaubst du, dass die Frau umgebracht worden ist? In meinem Hotel?"

Cordsens Stimme klang sehr skeptisch.

„Wenn das geschehen ist, dann gewiss nicht, um den Ruf deines Traditionshauses zu beschädigen", entgegnete Mona frech. Sie deutete auf den kleinen Schreibtisch. „War dein Gast eigentlich Linkshänderin?"

„Woher, zum Henker, soll ich das wissen?", fauchte Cordsen genervt. „Ich muss mich in diesem Hotel zwar um alles kümmern, aber selbst ich kann meine Augen nicht überall haben."

„Vielleicht erinnert sich ja die Angestellte daran, bei der Viola Kruse eingecheckt hat", sagte Mona. „Ich komme darauf, weil sie den Kugelschreiber links neben dem Schreibblock abgelegt hat.

Normalerweise lässt man ihn doch dort liegen, wo sich die schreibende Hand zuletzt befunden hat."

„Das kann aber auch Zufall sein", grummelte der Hotelier. „Werden Linkshänder eher ermordet als Rechtshänder oder wieso kommst du auf diesen Schwachsinn?"

Mona lag die Bemerkung auf der Zunge, dass ihre kriminalistischen Überlegungen Hand und Fuß hatten und dass Cordsen sich gefälligst um seinen eigenen Kram kümmern sollte. Aber sie schaffte es ausnahmsweise, sich zu beherrschen. Früher war Mona öfter aus der Haut gefahren, aber die Zusammenarbeit mit dem tiefenentspannten Enno hatte auf sie positiv abgefärbt.

„Darf ich mit dem Zimmermädchen reden?", bat Mona. Der Hotelier erklärte sich bereit, sie zu holen.

„Ein Abschiedsbrief ist nirgendwo zu entdecken", stellte Enno fest. „Das allein ist allerdings noch kein Hinweis auf ein Tötungsdelikt. Glaubst du, dass hier ein Mord vertuscht werden sollte? Und wieso schaust du alle paar Minuten auf die Uhr?"

„Das Bett sieht mir danach aus, dass die Kruse Spaß mit einem Mann gehabt hat. Bringt man sich danach um? Das kommt mir zumindest unwahrscheinlich vor. Und wenn du es ganz genau wissen willst, Enno – ich muss im Auge behalten, wie spät es ist, weil ich meiner Mutter versprochen habe, sie am Fährhafen abzuholen. Bist du jetzt zufrieden?"

Kaum hatte Mona Enno angeblafft, als sie es auch schon wieder bereute. Sie verstand sich gut mit ihm, und sein Interesse an ihrem Leben war niemals aufdringlich oder penetrant. Außerdem hatte er sich an ihre sprunghafte Art gewöhnt und holte sie mit seiner Bärenruhe meistens schnell auf den Boden der Tatsachen zurück. Auch in diesem Moment war er keineswegs beleidigt, sondern blinzelte sie weiterhin freundlich an.

„Es ist ja noch etwas Zeit, Mona. Der Katamaran wird erst gegen halb zwei Uhr eintreffen. Und die Autofähre kann deine Mutter nicht genommen haben, sonst würde sie sich schon unten am Hafen die Beine in den Bauch stehen. – Wenn Viola Kruse wirklich umgebracht wurde, muss sie sich aber gewehrt haben. Kein Mensch lässt sich einfach so strangulieren. Und auf einen Kampf deutet zunächst nichts hin."

„Das ist mir auch aufgefallen. Das Opfer könnte aber betäubt worden sein. Wie gesagt, wir müssen die Obduktion abwarten."

Bevor Mona noch mehr sagen konnte, kehrte der Hotelier mit dem Zimmermädchen zurück. Die Kommissarin schätzte, dass die junge Spanierin Anfang zwanzig war. Rosa Sanchez machte einen verängstigten Eindruck, was angesichts des Leichenfundes allerdings auch nicht verwunderte. Enno hatte inzwischen ein sauberes Laken über den toten Körper gelegt.

Monas Kenntnisse der spanischen Sprache beschränkten sich auf die Worte „Si", „No" und „Sangria". Also musste sie darauf hoffen, dass ihr Deutsch von der Angestellten verstanden wurde. Immerhin konnte die Kommissarin Rosa Sanchez die Aussage entlocken, dass sie Viola Kruse in Begleitung eines Mannes gesehen hätte. Monas Puls beschleunigte sich.

„Was für ein Mann? Können Sie ihn beschreiben?"

Die Spanierin nagte an ihrer Unterlippe, sie schien nach dem passenden Begriff zu suchen. Schließlich nahm sie ihr Smartphone zu Hilfe und tippte ein Wort in ihrer Muttersprache ein. Gleich darauf erschien die deutsche Übersetzung: Glatzkopf.

„Ein Glatzkopf, sehr schön. Und wo genau haben Sie Frau Kruse mit dem Mann gesehen, Frau Sanchez? Am Strand? Auf der Promenade? Im Hotel?"

„Erst Promenade, dann Hotel", sagte die Zeugin mit Bestimmtheit. Der Hoteldirektor stand ein Stück weit von den beiden Frauen entfernt. Mona sprach ihn an:

„Hast du Überwachungskameras hier in deinem Gebäude?"

Cordsen schüttelte heftig mit dem Kopf.

„Das dachte ich mir, die Technologie gab es ja auch zu Kaisers Zeiten noch nicht."

„Was hast du gesagt?", grollte der Hoteldirektor.

„Nicht so wichtig. Ich brauche eine Liste von allen männlichen Hotelgästen. Es wäre hilfreich, wenn du die Kahlköpfigen unter ihnen herausfiltern könntest."

„Hast du schon mal etwas von Datenschutz gehört?"

„Willst du dir eine Anklage wegen Behinderung der Justiz einhandeln?", feuerte Mona zurück. „Es muss doch in deinem eigenen Interesse sein, wenn wir den Fall so schnell wie möglich aufklären und in deinem alten Schuppen wieder Normalität einkehrt."

Cordsen öffnete den Mund, schloss ihn dann aber schnell wieder. Dadurch erinnerte er Mona an einen Fisch auf dem Trockenen. Sein

Gesicht wurde rot, vermutlich nicht aus Schamgefühl, sondern vor Wut. Aber schließlich gab er klein bei.

„Also gut, ich kümmere mich um die Gästeliste. Aber das mit dem alten Schuppen nimmst du zurück, Mona!“

„Ja, bei Gelegenheit.“

Aber Monas Lässigkeit war nur gespielt. Die Zeiger der Uhr rückten nämlich unaufhaltsam vorwärts, es war schon fast ein Uhr mittags. Sie würde bald zum Fährhafen fahren müssen, wenn sie ihre Mutter pünktlich abholen wollte. Und diese Tatsache machte sie unruhig.

Der Hotelier verschwand. Mona konnte dem Dienstmädchen klarmachen, dass es am nächsten Tag auf der Polizeistation erscheinen musste, um die schriftliche Aussage zu unterzeichnen. Dann durfte auch Rosa Sanchez gehen.

Enno schaute auf die Uhr.

„Warum fährst du nicht schon zum Hafen, Mona? Ich halte hier die Stellung, bis das Spurensicherungsteam vom Festland eintrifft. Wir kommen sowieso nicht weiter, bevor das Obduktionsergebnis vorliegt und Dirk die Glatzkopfliste abgeliefert hat.“

„Ja, so machen wir es, Enno. Und – tut mir leid, dass ich dich vorhin so angepflaumt habe.“

Das wettergegerbte Gesicht des Oberkommissars verzog sich zu einem freundlichen Lächeln.

„Ich weiß ja, dass du eine Kratzbürste bist. Aber ich verrate dir ein Geheimnis: Ich will gar keine weichgespülte Dienstpartnerin.“

Mona grinste, als ob sie in eine saure Zitrone gebissen hätte.

„Na, dann ist es ja gut. Also, bis später!“

Die Kommissarin verließ das Hotel *Teutonia* und setzte sich in den Opel Vectra. Sie bog in die Viktoriastraße ab und fuhr am Neuen Leuchtturm vorbei. Viola Kruses Tod war ziemlich undurchsichtig, wie Mona fand. Wenn die Frau labil gewesen war und der Glatzkopf sie womöglich enttäuscht hatte, war ein Freitod durchaus denkbar. Oder ob sich der Kerl an ihr vergangen hatte und sie ihr Leben danach nicht mehr ertragen konnte? Aber es gab keine Kampfspuren, kein Blut, keine Hinweise auf körperliche Gewalt. Eine Linkshänderin hätte nach Monas Meinung den Knoten an einer anderen Stelle der Vorhangstange geknüpft, weil dort einfach mehr Platz war. Also konnte sie sich nicht selbst aufgehängt haben.

Mona wusste eigentlich, dass wildes Spekulieren überhaupt nichts brachte. Sie fuhr inzwischen auf der Deichstraße, die später in die Reedestraße überging. Es sah ganz danach aus, dass sie rechtzeitig im Fährhafen eintreffen würde. Dann konnte Mama ihr wenigstens keine Unpünktlichkeit vorwerfen.

Die Kommissarin fragte sich, weshalb sie die bevorstehende Begegnung mit ihrer Mutter so unruhig machte. Es war ja nun nicht so, dass Dagmar Sander ihre Tochter ständig nur herunterputzte und ihr das Gefühl gab, aus ihrem Leben nichts gemacht zu haben. Trotzdem blieb bei Mona das Gefühl, sich ständig für ihre Entscheidungen rechtfertigen zu müssen. Ob es anderen Frauen genauso ging?

Mona versuchte sich zu beruhigen, indem sie ihren Blick in die Weite schweifen ließ. Sie hatte den Ortskern der Insel verlassen und fuhr nun durch das flache grüne Land. Weiter vor sich sah sie bereits das Gebäude der Jugendherberge, außerdem im Hafenbecken die unverwechselbaren Aufbauten des Feuerschiffs Borkum, das inzwischen als schwimmendes Standesamt diente und für Eheschließungen vor origineller Kulisse sehr beliebt war.

Das Timing erwies sich als perfekt. Mona hatte kaum den Opel geparkt, als am Horizont auch schon der weiße Katamaran elegant durch die blaue Nordsee glitt. Mit dem Zwei-Rumpf-Wasserfahrzeug dauerte die Überfahrt von Emden aus nur eine Stunde, während die Autofähre weitaus behäbiger war.

Gemeinsam mit Dutzenden anderer Menschen wartete Mona hinter der Absperrung, während der Katamaran wenig später festmachte und die Gangway in Stellung gebracht wurde. Mona ertappte sich dabei, dass sie einen langen Hals machte. An Bord würde nun erfahrungsgemäß eine große Drängelei einsetzen. Manche Urlauber konnten gar nicht schnell genug auf die Insel kommen. Einigen war die Überfahrt zu langweilig, andere wollten ihren Ferienaufenthalt buchstäblich vom ersten Augenblick an genießen.

Und dann erblickte die Kommissarin ihre Mutter. Dagmar Sander trug einen Strohhut auf ihrem schwer zu bändigenden rotblonden Haar, das Mona ebenso in ihren Erbanlagen hatte wie die grünen Augen. Mit dynamischen und kraftvollen Schritten kam sie auf ihre Tochter zu. Wäre Dagmar Sander eine Fremde gewesen, dann hätte Mona sie auf Mitte vierzig geschätzt – also auf rund ein Jahrzehnt weniger als in Wirklichkeit. Der stressige Job als Lehrerin schien ihrer Mutter nichts geschadet zu haben.

Dagmar Sander stellte ihre Reisetasche ab und umarmte ihre Tochter. Doch dann folgte sofort ein kritischer Röntgenblick, wie Mona das Abtaxieren innerlich nannte.

„Du bist so schmal geworden, Kind. Achtest du auf eine ausgewogene Ernährung? Ich kann mir vorstellen, dass man im Polizeidienst öfter auf Fast Food zurückgreift."

Mona hätte am liebsten genervt mit den Augen gerollt.

„Natürlich ernähre ich mich ausgewogen, Mama. Ich lasse bei meinen Hamburgern niemals die Tomatenscheibe und das Salatblatt weg. – Übrigens: Willkommen auf Borkum. Du warst noch niemals hier, nicht wahr?"

Die Kommissarin hatte versucht, die mütterliche Kritik mit einem flotten Spruch ins Leere laufen zu lassen. Aber das funktionierte leider nach wie vor nicht. Dagmar Sander schaute sie so intensiv an, als ob sie ihre Tochter hypnotisieren wollte.

„Du wirkst auf mich unausgeglichen. So, als ob du deine innere Mitte verloren hättest. Bei einem extremen Charakter wie dir besteht die Gefahr, dass du dich von deiner Arbeit zu sehr vereinnahmen lässt. Hast du genügend Ausgleich in der Freizeit? Was macht dein Liebesleben?"

Die will es aber ganz genau wissen, dachte Mona genervt. Und ließ die Frage unbeantwortet.

„Komm, ich bringe dich zu deiner Unterkunft. Du darfst in einem Polizeiauto fahren, was sagst du dazu? Kinder kann man damit immer begeistern."

Mit diesen Worten nahm Mona die Reisetasche ihrer Mutter und steuerte auf den Opel Vectra zu. Einerseits freute sie sich über den Besuch, andererseits ging ihr der Kontrollzwang ihrer Mutter jetzt schon auf den Wecker. Wenigstens würde Dagmar Sander nicht bei ihr wohnen. Sie hatte eingesehen, dass in dem Single-Apartment ihrer Tochter nicht genug Platz für zwei Personen war.

Monas Mutter schaute sich wohlwollend um, bevor sie in den Wagen stieg. Dann atmete sie tief durch.

„Ich habe schon gelesen, dass Borkum über ein gesundes Reizklima verfügt. Die jodreiche Luft ist Balsam für meine Lungen. Und die Haut ist bekanntlich das größte Sinnesorgan des Menschen. Gibt es hier auf der Insel eigentlich die Möglichkeit, sich von einem athletischen Masseur mal so richtig durchkneten zu lassen?“

Dagmar Sander zwinkerte Mona zu, was die Kommissarin noch mehr irritierte als die Anspielungen auf ihre Ernährungsgewohnheiten.

Meine Mutter will jetzt nicht wirklich mit mir über Sex reden, oder?, fragte Mona sich selbst. Sie startete den Motor.

„Was Massagen angeht, müsste ich mich selbst erst mal schlaumachen“, murmelte sie. „Wo hast du eigentlich gebucht, Mama?“

Dagmar Sander wühlte in ihrer Handtasche.

„Wo habe ich noch die Anmeldebestätigung – ah, hier ist sie. Das Hotel heißt *Teutonia*, das klingt doch echt wilhelminisch, nicht wahr? Es war aber das letzte freie Zimmer, das ich bekommen konnte.“

„Das Hotel ist in Ordnung“, sagte Mona mit erzwungener Ruhe. „Allerdings habe ich dort momentan einen dienstlichen Einsatz.“

„Wirklich? Das ist ja spannend.“

Monas Begeisterung hielt sich in Grenzen. Allerdings stellte sie mit einem Seitenblick auf das Buchungsformular fest, dass die Zimmernummer ihrer Mutter mit einer Drei begann. Also würde sie im dritten Stockwerk untergebracht sein und somit nicht in unmittelbarer Nähe des Tatorts einquartiert werden. Mona traute ihrer Mutter nämlich durchaus zu, dass sie ansonsten bei den Ermittlungen ihren Senf dazugeben würde.

Trotzdem versuchte sie schon im Vorfeld, Dagmar Sander den Wind aus den Segeln zu nehmen.

„Ich darf mit dir nicht über einen aktuellen Fall sprechen, Mama. Wir können uns gern treffen, wenn ich Feierabend habe. Dann zeige ich dir die Attraktionen der Insel, zum Beispiel den Alten Leuchtturm oder …“

Ihre Mutter fiel ihr ins Wort.

„Ich bin nur wegen dir gekommen, Mona. Wir haben uns seit drei Jahren nicht gesehen, ist dir das eigentlich bewusst?“

Eine so emotionale Aussage von ihrer Mutter hatte Mona nicht erwartet. Und sie wusste nicht, wie sie darauf reagieren sollte.

„Ich freue mich auch, dich zu treffen, Mama“, plapperte sie. „Du musst doch hungrig sein nach der langen Bahnfahrt und dem

Übersetzen mit dem Katamaran. Lass uns doch heute Abend an der Promenade essen gehen, da gibt es tolle Lokale."

Dagmar Sander schien sich mit dieser Ankündigung vorerst zufriedenzugeben. Mona hielt vor dem Hotel, als gerade Enno herauskam. Es blieb ihr nichts anderes übrig, als ihren Kollegen und ihre Mutter einander vorzustellen.

„Mama, das ist Oberkommissar Enno Moll. Wir bearbeiten die meisten unserer Fälle gemeinsam als Team. – Enno, ich habe dir von meiner Mutter Dagmar Sander ja schon erzählt."

Der hünenhafte Ostfriese lächelte und nahm die Hand von Monas Mutter, die ihm entgegengestreckt wurde.

„Moin, willkommen auf Borkum. – Du hattest mir aber verschwiegen, wie charmant deine Mutter ist, Mona."

Die Kommissarin blinzelte irritiert. Bildete sie es sich nur ein oder versuchte Enno gerade, mit ihrer Mutter zu flirten?

Kapitel 2

Die Kriminaltechniker wurden eingeflogen und nahmen noch am selben Tag ihre Arbeit auf. Der Abtransport des Leichnams erfolgte ebenfalls per Flugzeug. Mona und Enno führten noch weitere Zeugenvernehmungen durch, während sich Dagmar Sander nach der langen Reise zum Entspannen in ihr Hotelzimmer zurückzog. Das war Mona nur recht, so konnte sie sich besser auf ihren Job konzentrieren.

Dirk Cordsen hatte immerhin fix seine Liste männlicher Hotelgäste abgeliefert. Die Kriminalisten konnten schnell zwei haarlose Herren streichen, denen von ihren Ehefrauen Alibis gegeben wurden. Umso interessanter erschien der nächste Kandidat, ein gewisser Garrelt Rieken. Er war momentan nicht auf seinem Zimmer.

„Dieser Gast hat mich gleich beim Einchecken hemmungslos angeflirtet", raunte die Rezeptionistin der Kommissarin zu. „Er hält sich für unwiderstehlich, schätze ich."

„Offenbar ist der Verdächtige dem schönen Geschlecht sehr zugeneigt", stellte Enno fest.

„Das hast du sehr diplomatisch ausgedrückt", erwiderte Mona. Dann wandte sie sich wieder an die Hotelmitarbeiterin: „Wo finden wir Garrelt Rieken um diese Zeit?"

„Er wird am Strand sein, nehme ich an. Jedenfalls hatte er Badesachen dabei, als er vorhin das Hotel verließ."

Die Kriminalisten bedankten sich bei ihr und gingen zum Nordstrand hinunter, der sich unmittelbar unter der Promenade befindet. Sie mussten nur einige Strandkorbvermieter befragen, bis sie fündig wurden.

„Garrelt Rieken? Ja, der Name sagt mir was. An den eitlen Glatzkopf habe ich für die ganze Woche vermietet", sagte Wilko Efken, der wie so viele alteingesessene Insulaner ein Sandkastenfreund von Enno war. Er deutete auf eines der typischen gestreiften Borkumer Strandzelte, das sich einen Steinwurf weit von der Wasserlinie entfernt befand.

„Eitel?" Enno hakte nach. „Wie kommst du denn darauf, Wilko?"

Der braun gebrannte Strandkorbvermieter schob sich seine Kapitänsmütze in den Nacken und blinzelte den Ermittlern zu.

„Och, das war nur so'ne Beobachtung von mir. Rieken zieht nämlich jedes Mal den Bauch ein, wenn er eine hübsche Badenixe sieht."

„Na, dann wollen wir dem selbst ernannten Frauenschwarm doch mal auf den Zahn fühlen", sagte Mona. Sie stapfte durch den lockeren Sand auf das grün gestreifte Strandzelt zu, auf das Efken gedeutet hatte. Eigentlich war es schon etwas zu kühl, um sich in der Sonne braten zu lassen. Aber Mona wusste aus Erfahrung, dass sich eingefleischte Borkum-Urlauber auch von niedrigen Temperaturen nicht abschrecken ließen. Es musste schon verflixt kalt sein, bevor sie ein Bad in der Nordsee verschmähten.

Enno folgte ihr. Daher geriet die Kommissarin als Erste in das Blickfeld des Verdächtigen. Der Strandkorbverleiher hatte nicht übertrieben. Garrelt Rieken warf sich sofort in Pose, als er Mona erblickte. Dabei war sie mit Jeans, Baumwollpulli und Anorak alles andere als aufreizend oder herausfordernd gekleidet.

„Moin!", krähte Rieken und taxierte Monas Figur. „So allein unterwegs, schöne Frau?"

„Nicht wirklich", erwiderte sie und präsentierte ihren Kripoausweis. Nun erschien auch Enno auf der Bildfläche, worauf ein Schatten der Enttäuschung über das flächige Gesicht des Verdächtigen huschte.

„Ich bin Kommissarin Sander von der Polizei Borkum, das ist Oberkommissar Moll", sagte Mona förmlich, wobei sie Rieken genau beobachtete. Er sah irritiert aus, aber nicht ängstlich. Das war natürlich noch kein Beweis für seine Unschuld. Aber Mona versuchte stets, so viele Mosaiksteinchen wie möglich zu sammeln, um sich ein Gesamtbild zu machen.

„Sind Sie Garrelt Rieken?", wollte Enno wissen.

Der Glatzkopf nickte. Er trug eine modische Brille und war ansonsten nur mit knielangen Badeshorts bekleidet. Als Mona vor seinem Strandzelt erschienen war, hatte er ein rotes Frotteetuch von seinen Schultern gleiten lassen, damit sie seinen Oberkörper besser sehen konnte. Aber nun hüllte er sich wieder in die Textilie, als ob ihm plötzlich kalt geworden wäre.

„Ja, der bin ich. Was kann ich für Sie tun?"

Mona hatte das Passbild der Toten mit ihrem Smartphone abfotografiert. Diese Aufnahme zeigte sie nun dem Verdächtigen.

„Haben Sie diese Frau schon einmal gesehen?", fragte Mona.

„Ja, sicher. Sie heißt Viola und wohnt im Hotel *Teutonia*, genau wie ich."

Nun schaltete sich wieder Enno ein.

„Können Sie sich noch erinnern, wann Sie die Frau zum letzten Mal gesehen haben?"

„Das muss gestern Abend gewesen sein. Worum geht es denn überhaupt?"

„Viola Kruse wurde in ihrem Hotelzimmer tot aufgefunden", sagte Enno. „Wir benötigen Ihre Zeugenaussage, Herr Rieken. Bitte kommen Sie morgen Vormittag zur Polizeiwache in der Strandstraße."

„T-tot?", stammelte der Verdächtige. „Das ist ja schrecklich. Wissen Sie schon, wie das geschehen konnte?"

„Unsere Ermittlungen stehen noch ganz am Anfang", meinte Enno. „Also, wir wünschen Ihnen noch einen schönen Tag."

Mit diesen Worten wandte er sich von Garrelt Rieken ab. Mona war sprachlos. Früher wäre sie jetzt herausgeplatzt und hätte ihren Gefühlen freien Lauf gelassen. Aber jetzt schaffte sie es immerhin, sich zurückzuhalten, bis der Glatzkopf außer Hörweite war. Es wäre höchst unprofessionell gewesen, in Riekens Gegenwart ihrem Kollegen in den Rücken zu fallen.

„Hast du zu heiß gebadet, Enno? Warum sollen wir denn bis morgen früh warten? Wir hätten Rieken gleich jetzt auf die Wache schleppen können, um ihn zu grillen."

Der Ostfriese ließ sich nicht aus seiner Bärenruhe bringen. Er lächelte die erzürnte Mona an und zählte an seinen dicken Fingern seine Argumente ab.

„Erstens wissen wir noch gar nicht, ob doch ein Selbstmord vorliegt. Wenn wir Rieken des Mordes beschuldigen und die Kruse sich am Ende doch selbst entleibt hat, reißt Oltbeck uns die Köpfe ab. Zweitens besteht unser Tatverdacht nur darin, dass Rieken offenbar ein Schürzenjäger ist. Das ist etwas dürftig, findest du nicht? Und drittens sollten wir Riekens Vergangenheit überprüfen, bevor wir ihn uns zur Brust nehmen. Wenn er beispielsweise schon mal wegen eines Sexualdelikts vorbestraft sein sollte, können wir unseren Verdacht plausibel untermauern."

Mona war immer noch stinksauer – aber jetzt nicht mehr auf ihren Kollegen, sondern auf sich selbst. Wenn Enno sie nicht gebremst hätte, dann wäre sie wie die Axt im Wald aufgetreten und hätte womöglich die ganze Ermittlung torpediert. Die Überlegungen des Oberkommissars waren absolut nachvollziehbar. Wenn sie einige Minuten lang nachgedacht hätte, wäre sie selbst darauf gekommen. Aber es kam Mona so vor, als ob sie momentan eine Blockade im Kopf hätte. Wurde sie durch den Besuch ihrer Mutter so sehr durcheinandergebracht?

Recht so!, sagte Mona innerlich zu sich selbst. *Schieb nur Mama die Schuld dafür in die Schuhe, dass du so eine schlechte Polizistin bist!*

Enno schien zu ahnen, dass sie sich miserabel fühlte. Er legte seinen Arm um ihre Schultern.

„Zieh doch bitte keine Karpfenschnut, Mona. Komm, ich lade dich zu einem Milchreis ein. Wir haben heute noch jede Menge Arbeit vor uns, und mit vollem Magen denkt es sich viel besser."

„Du musst es ja wissen", erwiderte die Kommissarin und tätschelte den vorgewölbten Bierbauch ihres Kollegen. Enno schaffte es doch immer wieder, sie aufzuheitern. Die beiden Kriminalisten gingen in eine der sogenannten Milchbuden, von denen der Borkumer Strand gesäumt wurde. In diesen von der Promenade aus zugänglichen Imbissen bekam man nicht nur Getränke und kleine Speisen für wenig Geld, den Panoramablick auf die Nordsee erhielt man gratis dazu.

Nachdem Mona sich einige Löffel Milchreis mit Zimt und Zucker in den Mund geschoben hatte, fühlte sie sich wirklich besser.

„Es ist mir gar nicht recht, dass meine Mutter so nahe am Tatort wohnt", gestand sie ihrem Kollegen. „Ich habe das Gefühl, Mama würde mir bei der Arbeit ständig auf die Finger sehen."

„Damit tust du deiner Mutter aber Unrecht. Sie hat sich sofort auf ihr Zimmer zurückgezogen, nachdem sie eingecheckt hatte."

„Ja, weil sie sich von der Reise erholen wollte! Du weißt doch, Enno: Wer schläft, sündigt nicht."

„Also, wie eine Sünderin kommt mir deine Mutter nicht vor", erwiderte der Ostfriese schmunzelnd. „Obwohl man ihr nicht ansieht, dass sie bereits eine erwachsene Tochter hat."

Mona kniff die Augen zusammen.

„Findest du meine Mutter etwa attraktiv?"

„Also, sie muss sich jedenfalls nicht im Kohlenkeller verstecken. Außerdem, von irgendjemandem musst du ja dein eigenes Aussehen geerbt haben, nicht wahr? Aber zurück zum Fall. Wie wäre es, wenn du nach dem Essen die Hintergründe des Opfers und unseres momentan einzigen Verdächtigen recherchierst, während ich mich im Hotel umhöre?“

Mona nickte. Doch noch während Enno redete, schrillten bei ihr die Alarmsirenen. Diese Aufgabenverteilung bedeutete nämlich, dass Mona am Computer auf der Wache arbeiten musste, während ihr Dienstpartner die Hotelgäste und das Personal befragte. Mit anderen Worten: Er konnte ganz unauffällig die Nähe ihrer Mutter suchen.

Kaum war der Kommissarin dieser Gedanke gekommen, als sie ihn auch schon aus ihrem Bewusstsein zu verbannen versuchte. Enno war der ehrlichste Mensch, den sie kannte. Es war bisher völlig undenkbar gewesen, dass er seine Frau betrügen würde. Andererseits hatte der Oberkommissar bisher auch noch nicht die Bekanntschaft von Dagmar Sander gemacht, die sehr offensiv auf Männer zugehen konnte.

Mona schüttelte sich, als ob sie einen bösen Traum loswerden wollte. Auf keinen Fall durfte ihr Kollege mitbekommen, was in ihr vorging. Sie gab sich betont locker, während sie nach dem Verlassen der Milchbude an der Walfisch-Skulptur vorbei auf das Hotel Teutonia zusteuerte.

„Dann nehme ich den Wagen, okay? Du kannst dann ja später zu Fuß zur Wache zurückkehren, Enno. Du weißt ja: Jeder Gang macht schlank.“

Der Oberkommissar lachte.

„Alles klar, Mona. Bis später.“

Die Kriminalistin stieg in den Opel und fuhr am Neuen Leuchtturm vorbei zum Revier. Bevor sie sich an ihren Schreibtisch setzen konnte, bekam Oltbeck sie zu fassen.

„Nun, Frau Sander, wie steht es um den Leichenfund?“

Mona unterdrückte ein Seufzen. Sie folgte ihrem Vorgesetzten in sein Büro und teilte ihm die wenigen Fakten über die Tote mit. Der Hauptkommissar nickte.

„Ich gehe davon aus, dass die Obduktion einen Suizid bestätigen wird. Dann können Sie und Herr Moll diesen Fall schnell abschließen und sich auf die Bekämpfung des Taschendiebstahls konzentrieren. Dafür benötige ich meine Zivilkräfte besonders dringend.“

„Es gibt aber Hinweise auf eine Fremdeinwirkung“, wandte Mona ein.

„Falls Sie mir Fakten liefern, müssen Sie diese Spuren natürlich weiterhin verfolgen“, sagte Oltbeck steif. „Aber momentan scheint mir dieser Todesfall so gut wie aufgeklärt zu sein.“

Mona erwiderte nichts, was sich als brauchbare Taktik erwiesen hatte. Früher ließ sie ihren Vorgesetzten stets wissen, wenn sie anderer Meinung war als er. Inzwischen schaffte sie es gelegentlich, ihr Temperament im Zaum zu halten.

Nachdem Mona hoch und heilig versprochen hatte, Oltbeck auf dem Laufenden zu halten, griff sie endlich zum Telefon und rief in Hannover an. Dort war das Todesopfer nämlich polizeilich gemeldet. Und als eine der ersten Aufgaben nach einem Leichenfund stand natürlich die Benachrichtigung der nächsten Angehörigen auf dem Programm.

Aber Monas Recherchen beim Einwohnermeldeamt ergaben, dass Viola Kruse ein Waisenkind war. Sie schien auch keine Geschwister gehabt zu haben. Ein Datenabgleich mit weiteren Behörden ergab, dass die Tote arbeitslos gemeldet war und Hartz IV bezogen hatte. Mona runzelte die Stirn. Die Kleidung des Opfers stammte keinesfalls aus Billigläden oder Second-Hand-Shops. Und das *Teutonia* mochte kein Luxushotel sein, aber der Aufenthalt dort war für eine Arbeitslose trotzdem unbezahlbar. Und wer von Hartz IV leben musste, konnte sich gewiss weder eine exklusive Handtasche noch Edel-Pumps für fünfhundert Euro leisten. Von dem großen Geldbetrag im Besitz der Toten ganz zu schweigen.

Viola Kruse musste also noch eine geheime Einkommensquelle gehabt haben, die möglicherweise sogar etwas mit ihrem Tod zu tun hatte. Die Heimatadresse des Opfers war eine Straße in Hannover-Linden. Mona rief beim Polizeipräsidium der niedersächsischen Landeshauptstadt an und bat die Kollegen um Amtshilfe. Der Hannoveraner Kommissar versprach, eine Streife dorthin zu schicken. Die Beamten sollten sich in dem Wohnhaus umhören.

Mona widmete sich nun den Finanzen des Opfers. Sie kontaktierte Violas Hausbank und brachte in Erfahrung, dass von dem Girokonto der Toten hauptsächlich die Miete sowie weitere Fixkosten abgebucht wurden. Der einzige regelmäßige Zahlungseingang stammte von der Bundesagentur für Arbeit.

Die Prepaid-Kreditkarte hingegen stammte von einer Privatbank und ließ sich auch mit Bargeldzahlungen aufladen. Die Kommissarin überlegte, welche Einnahmequellen Viola Kruse gehabt haben könnte. Prostitution? Drogenhandel? Falls die Tote selbst Rauschgift konsumiert hatte, würde die Obduktion darüber Aufschluss geben.

Mona kochte sich einen Tee. Ihre uniformierten Kollegen Grietje Smit und Henrik Ekhoff kamen herein. Sie hatten einen Taschendieb festgenommen und führten ihn zur Vernehmung in den Verhörraum.

„Schön, dass wir mal einen von den Kerlen schnappen konnten", höhnte Grietje und warf einen vielsagenden Blick auf Monas Teegeschirr. „Und das ganz ohne Unterstützung durch die Zivilstreife."

„Wolltest du mir irgendetwas sagen, Grietje?", erwiderte Mona. „Ich arbeite auch, falls du daran zweifeln solltest."

„Das sehe ich", erwiderte die Kollegin kess und schloss die Tür des Verhörraums hinter sich. Mona kam es so vor, als ob Grietje immer frecher wurde. Die Kollegin war ein paar Jahre jünger als Mona und ließ es nach ihrer Meinung am nötigen Respekt fehlen. Andererseits erinnerte Grietje sie daran, wie sie selbst sich früher aufgeführt hatte. Deshalb wusste Mona nie so genau, wie sie der jungen Polizistin gegenübertreten sollte. Sie wollte nicht ständig darauf herumhacken, dass sie einen höheren Dienstrang besaß als die vorlaute sommersprossige Polizeimeisterin.

Monas Telefon klingelte und riss sie aus ihren Überlegungen. Sie nahm den Hörer ab.

„Polizei Borkum, Kommissarin Mona Sander am Apparat."

„Kriminalpolizei Hannover, Oberkommissar Berghoff. Sie hatten uns um Amtshilfe bezüglich der verstorbenen Viola Kruse gebeten, nicht wahr?"

„Richtig. Konnten Sie etwas erreichen?"

„Ich denke, ja. Meine Kollegen suchten die Wohnung des Opfers auf. Es lebte offenbar in einer Wohngemeinschaft mit einer gewissen Annette Wagner. Frau Wagner gab an, nichts von dem Urlaub auf Borkum gewusst zu haben. Die beiden Frauen standen sich offenbar nicht sehr nahe, waren auf keinen Fall Freundinnen gewesen. Diesen Eindruck hatten jedenfalls die Streifenbeamten. Frau Wagner machte ansonsten noch aus freien Stücken eine bemerkenswerte Aussage."

„Nämlich?", hakte Mona nach, die es nicht ausstehen konnte, wenn man sie auf die Folter spannte.

„Die Zeugin meinte, dass Viola Kruses Leben früher oder später tödlich enden musste. Ihr Job als Treuetesterin sei zwar sehr einträglich, aber auch hochriskant gewesen."

Kapitel 3

Treuetesterin? Mona hatte bisher immer angenommen, dass es diesen Job nur in Romantikkomödien gab. Sie hakte nach.

„Woher wusste die Mitbewohnerin von dieser Tätigkeit? Ich habe herausgefunden, dass Viola Kruse von Sozialleistungen lebte. Da wird sie wohl kaum herausposaunt haben, dass sie unter der Hand eine Menge Geld einstreicht."

„Ja, das sehe ich auch so", bestätigte Oberkommissar Berghoff. „Annette Wagner wurde nervös, als meine Kollegen sie auf das Mietverhältnis ansprachen. Vielleicht steht der Name dieser Mitbewohnerin gar nicht im Vertrag. Dann hat sie natürlich auch kein Interesse daran, die Hauptmieterin bei den Behörden anzuschwärzen."

„Möglich, aber diese Treuetest-Geschichte erscheint mir wichtiger, Herr Kollege. Hat die Kruse da mit jemandem zusammengearbeitet?"

„Wir konnten die Visitenkarte einer Agentur in Hannover sicherstellen. Ich gebe Ihnen die Daten durch."

Mona machte sich Notizen. Sie vereinbarte mit Berghoff, dass sie sich in den kommenden Tagen noch einmal melden würde, falls weitere Fragen auftauchten. Und sie zweifelte nicht daran, dass es geschehen würde.

Nachdem sie das Telefonat mit dem Hannoveraner Polizeipräsidium beendet hatte, warf Mona zunächst einen Blick auf die Homepage der Treuetest-Agentur. Dort war viel von Seriosität und Diskretion die Rede. Sie schnaubte verächtlich durch die Nase. Wer so darauf herumritt, was für eine weiße Weste er hatte, machte sich dadurch ganz besonders verdächtig. Das war jedenfalls Monas Meinung.

Kurz entschlossen rief sie die Nummer an, die sie von Berghoff bekommen hatte. Das Freizeichen ertönte dreimal, dann hörte sie eine sympathisch klingende Männerstimme.

„Agentur Winter, wie können wir Ihnen helfen?"

„Mein Name ist Mona Sander. Ich weiß nicht recht, wie ich beginnen soll …"

Sie war keineswegs unsicher, jedenfalls nicht in diesem Moment. Es kam ihr nur darauf an, ihren Gesprächspartner aus der Reserve zu locken. Deshalb hatte Mona sich auch noch nicht mit ihrem Dienstgrad gemeldet.

„Seien Sie versichert, dass Ihr Problem bei uns in den besten Händen ist, Frau Sander. Ich nehme an, es geht um Ihren Mann oder Ihren Freund?"

„Nun ja …"

„Sie glauben gar nicht, wie viele Männer nicht treu sein können." Der Agenturmensch klang empört. Mona fragte sich, wie oft er diese Phrase schon von sich gegeben hatte. „Es ist Ihr gutes Recht, die Wahrheit zu erfahren. So viel Respekt hat jede Frau verdient. Und Sie haben den ersten richtigen Schritt getan, indem Sie uns angerufen haben. Darf ich fragen, wie Sie auf unsere Agentur gekommen sind? Melden Sie sich eventuell aufgrund einer persönlichen Empfehlung?"

Nun wurde es Zeit, die Karten aufzudecken. Mona bemerkte selbst, dass ihre Stimme sich nun härter anhörte.

„So würde ich das nicht nennen. Mit wem spreche ich eigentlich? Sie haben nur den Namen der Agentur genannt, nicht Ihren eigenen."

Der Mann lachte, als ob sie gescherzt hätte.

„Nun, ich bin Markus Winter, und mir gehört die Agentur. Aber seien Sie versichert, Frau Sander: Obwohl ich selbst ein Mann bin, kann ich Ihre Sorgen und Nöte durchaus nachvollziehen. Sie sind bei uns in den besten Händen, glauben Sie mir."

„Hier liegt offenbar ein Missverständnis vor", sagte Mona kalt. „Ich rufe nicht aufgrund von Privatangelegenheiten an. Viola Kruse, eine Ihrer Treuetesterinnen, wurde während ihres Aufenthalts auf Borkum vermutlich ermordet. Und das weiß ich, weil ich Kriminalkommissarin bei der hiesigen Polizei bin."

Einen Moment lang herrschte Schweigen. Dem ansonsten so eloquenten Herrn Winter schien die Spucke weggeblieben zu sein. Mona trommelte ungeduldig mit den Fingerspitzen auf die Tischplatte.

„Sind Sie noch am Apparat, Herr Winter?"

„Ja, selbstverständlich. Verzeihen Sie, Frau Sander. Ich musste mich zunächst von dem Schock erholen. Das ist ja schrecklich! Wissen Sie schon, wie diese Tragödie geschehen konnte?"

„Über laufende Untersuchungen darf ich mich nicht äußern", erwiderte Mona in bestem Amtsdeutsch. „Ich möchte von Ihnen wissen, ob Viola Kruse Feinde hatte. Ich kann mir vorstellen, dass man sich nicht nur Freunde macht, wenn man Ehemänner der Untreue überführt. Scheidungsverfahren sind ja für eine bestimmte Klientel so etwas wie finanzieller Selbstmord."

„Finanzieller Selbstmord? Das hört sich für mich doch etwas übertrieben an. Sicher, manche Ehemänner waren nicht begeistert davon, wenn sie aufgrund einer Affäre vor den Scheidungsrichter gezerrt wurden. Aber ich versuche immer, meine Damen vor solchen rachsüchtigen Menschen abzuschirmen."

„Wie viele Frauen arbeiten eigentlich als Treuetesterinnen für Sie?"

„Fünf oder sechs, je nach Auftragslage. Wir sind eine boomende Branche, Frau Sander."

Markus Winter hörte sich wieder sehr selbstgefällig an. Mona beschloss, ihm einen Schuss vor den Bug zu verpassen.

„Begehen Ihre anderen Mitarbeiterinnen ebenfalls fortgesetzten Sozialbetrug? Viola Kruse hat Leistungen der Bundesagentur für Arbeit bezogen, das dürfte Ihnen sicherlich bekannt sein."

„Nein, davon wusste ich nichts!", behauptete der Agenturchef. „Die Damen haben auf freiberuflicher Basis für mich gearbeitet. Ich weiß gar nicht, was die Ladys sonst so tun. Sie sind selbst dafür verantwortlich, ihre Einnahmen ordnungsgemäß zu versteuern oder dem Arbeitsamt zu melden."

Mona glaubte Winter kein Wort, obwohl sie es nicht hätte begründen können. Sie beschloss, dem windigen Geschäftemacher die Steuerprüfer des Finanzamts auf den Hals zu hetzen. In solchen Fällen war Mona nur allzu gern zur Amtshilfe bereit.

„Also können Sie mir keine Namen nennen, die unsere Ermittlungen voranbringen?"

„Nein, Frau Sander. Ich bedaure, auch im Namen der ganzen Agentur. Wir hoffen, dass Sie dieses scheußliche Verbrechen bald aufklären können."

„Wann haben Sie selbst das Opfer zuletzt gesehen, Herr Winter?"

„Das muss vor ungefähr zwei Wochen gewesen sein. Es gab aktuell keinen Auftrag für Viola. Sie wollte die Gelegenheit nutzen, um Urlaub zu machen. Ich wusste aber nicht, dass sie auf Borkum war. Meiner Meinung nach ist … war sie eher der Mallorca-Typ."

Keinen Auftrag? Ich dachte, deine Agentur läuft so super, sagte Mona in Gedanken zu Winter. Sie beschloss, den Agenturchef und dessen Machenschaften genauer zu durchleuchten. Ansonsten bedankte sie sich zunächst einmal brav für die Auskünfte und beendete das Telefonat.

Draußen wurde es bereits dunkel, als Enno zur Polizeiwache zurückkehrte. Mona warf ihm einen misstrauischen Blick zu.

„Wieso hat das denn so lange gedauert?"

„Gut Ding will eben Weile haben." Der Oberkommissar ließ sich nicht aus der Ruhe bringen. „Einige Hotelgäste waren am Strand, die musste ich erst suchen. Ich konnte zwei weitere Zeugen finden, die Viola Kruse und Garrelt Rieken zusammen gesehen haben. Aber du hast recht, ich bin spät dran. Ich wollte eigentlich schon längst das Hotel verlassen haben, aber dann kam ich mit deiner Mutter ins Gespräch."

„Ach, das ist ja nett", murmelte Mona, obwohl ihre innere Anspannung sofort stieg. „Und worum ging es bei eurer Plauderei?"

„Wir sprachen über dieses und jenes. Kann es sein, dass du deiner Mutter noch gar nicht so viel über Borkum erzählt hast? Sie wusste zum Beispiel gar nicht, dass es hier Zäune aus Walknochen gibt oder dass im Musikpavillon kostenlose Konzerte angeboten werden."

Es stimmte. Mona wollte sich ein eigenständiges Leben aufbauen. Solange sie in ihrem Elternhaus gelebt hatte, war sie sich wie ein unmündiges Kind vorgekommen. Auch schon, nachdem sie längst die Volljährigkeit erlangt hatte. Sie hatte das Gefühl, den Anforderungen ihrer Mutter niemals genügen zu können. Aber darüber wollte sie jetzt mit Enno nicht sprechen.

„Nein, wir hatten in den letzten Jahren nicht viel Kontakt. – Hör mal, ich habe einiges über unser Mordopfer in Erfahrung gebracht."

Mona berichtete ihrem Kollegen von dem Telefonat mit dem Polizeipräsidium Hannover. Enno nickte anerkennend.

„Wir sollten morgen diesen Markus Winter genauer unter die Lupe nehmen. Ich hoffe, dass die Obduktionsergebnisse und der Bericht der Spurensicherung rechtzeitig vor dem Erscheinen von Garrelt Rieken eintrudeln. Dann haben wir einfach mehr gegen den Glatzkopf-Gigolo in der Hand."

„Ein Gigolo ist doch eigentlich ein junger attraktiver Typ, aber ansonsten gebe ich dir recht", erwiderte Mona augenzwinkernd. „Ist Rieken dein Hauptverdächtiger?"

„Zumindest hatte er Kontakt zu dem Opfer. Es könnte zu einem verhängnisvollen Date gekommen sein, das aus dem Ruder gelaufen ist. Allerdings benahm er sich ein wenig zu unauffällig, als wir ihn am Strand befragt haben. Ein Mann, der ein Menschenleben auf dem Gewissen hat, wäre nervöser gewesen."

„Nicht unbedingt, Enno. Vergiss nicht, dass der Täter den Selbstmord inszeniert hat – falls wirklich kein Suizid vorliegt. Rieken hatte also genug Zeit, sich auf einen möglichen Besuch durch uns vorzubereiten. Ihm muss auch klar sein, dass sein Kontakt zu Viola Kruse nicht unbemerkt geblieben ist."

„Ist Rieken eigentlich Single? Ich habe vorhin am Strand bei ihm jedenfalls keinen Ehering bemerkt."

„Ich auch nicht, aber das muss nichts bedeuten. Seinen Familienstand können wir im Handumdrehen überprüfen. Allerdings war Viola Kruse auf Urlaub hier, das behauptet zumindest ihr windiger Boss Markus Winter. Aber ich traue dem Knaben nicht. Vielleicht hat er sie auf Rieken angesetzt, und die Sache ging schief. Jetzt wäscht er seine Hände in Unschuld."

„Markus Winter können wir morgen ja auch intensiver durchleuchten", wiederholte Enno seinen Vorschlag. „Wir sollten jetzt Feierabend machen, sonst meckert Oltbeck wegen der Überstunden. – Ach, bevor ich es vergesse: Deine Mutter möchte sich um zwanzig Uhr zum Abendessen mit dir in der *Heimlichen Liebe* treffen. Ich habe ihr das Lokal empfohlen."

Mona war sprachlos.

Sie spürte den Zorn in sich aufsteigen. Gleichzeitig fragte sie sich, weshalb sie eigentlich so wütend wurde. Gegen das Lokal hatte sie überhaupt nichts einzuwenden, womöglich hätte sie selbst ebenfalls das traditionelle Promenadenrestaurant mit dem Nordsee-Panoramablick vorgeschlagen. Aber es ging ihr gegen den Strich, dass ihr Kollege und ihre Mutter hinter ihrem Rücken den Abend geplant hatten.

Mona wollte sich nicht anmerken lassen, wie sauer sie war. Enno konnte noch am wenigsten dafür. Er war kein aufdringlicher Mensch, jedenfalls hatte sie ihn noch niemals so kennengelernt. Wahrscheinlich war es Mama gewesen, die mit ihrer forschen Art auf den Oberkommissar losgestürmt war und die Initiative an sich gerissen hatte.

So, wie sie es immer tat.

„Ist etwas nicht in Ordnung?" Enno hatte natürlich doch erkannt, dass es in ihr brodelte. „Es tut mir leid, wenn der Vorschlag dir nicht gefällt."

„Doch, das tut er", log Mona. „Es kam nur etwas überraschend. Ich muss jetzt auch los, ich wollte noch nach Hause und mich umziehen. Tschüss, wir sehen uns morgen."

Mit diesen Worten verließ sie fluchtartig die Polizeiwache – vorbei an der Skulptur, die Mona von ihrem ersten Arbeitstag an scheußlich gefunden hatte. Ansonsten gefiel ihr aber fast alles auf Borkum, und das war genau der Punkt. Sie hätte ihrer Mutter gerne die Insel selbst gezeigt und ein Restaurant ausgewählt. Aber jetzt war alles schon vorherbestimmt.

Mona schwang sich auf ihr Fahrrad und trat kräftig in die Pedale. Sie fuhr zu ihrer Wohnung in der Walfangerstrate. Immerhin hatte sie es geschafft, ihr Temperament im Zaum zu halten. Noch vor wenigen Monaten wäre Mona scharfzüngig über Enno hergefallen und hätte ihm zahlreiche Gemeinheiten an den Kopf geworfen. Beispielsweise die Frage, ob der Name des Lokals eine Anspielung auf seine Gefühle für ihre Mutter sei. Oder ob er selbst für seine Ehe eine Treuetesterin benötigen würde.

Mona war stolz auf sich, dass sie diesmal ihre Klappe gehalten hatte. Sie neigte dazu, ungerecht und verletzend zu sein, wenn die Pferde mit ihr durchgingen. Das wusste sie selbst. Und sie war dankbar dafür, dass sie in Enno einen so geduldigen Dienstpartner mit einem dicken Fell gefunden hatte. Im Grunde war er viel mehr als ein Kollege für sie. Mona betrachtete ihn als ihren Freund – im Grunde der einzige Freund, den sie hatte. Mit ihrer besten Freundin Kati skypte sie zwar regelmäßig, aber das war nicht dasselbe.

Jedenfalls nervte es Mona kolossal, dass ihre Mutter sich offenbar an Enno heranmachte. Er war eben auch nur ein Mann, und welcher Kerl konnte schon widerstehen, wenn ihm eine auch nur halbwegs attraktive Frau schöne Augen machte?

Mona hoffte, dass Enno standhaft bleiben würde. Aber sie konnte ihre Hand nicht dafür ins Feuer legen.

Nach einer heißen Dusche in ihrer gemütlichen kleinen Wohnung fühlte sich Mona etwas besser. Was sie wohl anziehen sollte? Nach kurzem Nachdenken entschied sie sich für ein betont lässiges Outfit mit ostfriesischer Note. Sie besaß einen blauen Rollkragenpullover mit einem eingestickten Anker. Dazu passte eine abgewetzte Jeans, und ihre Füße steckten in ausgetretenen Doc Martens. Natürlich konnte Mona auch eleganter auftreten, wenn sie wollte. Aber an diesem Abend würde sie das garantiert nicht tun.

Sie war nämlich sicher, dass ihre Mutter in exquisiter Garderobe zum Essen erscheinen würde. Mona wollte einfach einen Kontrapunkt setzen. Leichter Nieselregen setzte ein, als sie wieder losradelte. Aber der Schauer dauerte nur wenige Minuten an. Mona musste an die Redensart denken, dass in Ostfriesland alle vier Jahreszeiten an einem einzigen Tag vorkommen können. Sie ließ ihr Rad die Süderstraße hinunterrollen und traf wenige Minuten nach zwanzig Uhr in dem Traditionslokal ein.

Mit klammheimlicher Freude registrierte Mona, dass ihre Mutter bereits wartete und ihr einen gereizten Blick zuwarf. Sie hasste Unpünktlichkeit. Diese Tatsache war Mona natürlich bekannt. Deshalb hatte sie ja extra noch ein wenig getrödelt. Monas Einschätzung war richtig gewesen: Mit ihrem dunkelblauen Kostüm und der weißen Bluse war Dagmar Sander betont feminin und hochklassig gekleidet.

Monas Mutter hatte einen der besten Fensterplätze ergattern können. Auch bei einsetzender Dunkelheit war der Blick auf die Wasserweiten der Nordsee beeindruckend. Mona liebte es besonders, wenn die vorbeifahrenden Schiffe nur anhand ihrer Positionslaternen zu erkennen waren. Die mit viel dunklem Holz und maritimen Accessoires eingerichtete Gaststube war bereits gut gefüllt.

„Da bist du ja, Schatz“, sagte Dagmar Sander und warf ihrer Tochter einen leicht strafenden Blick zu. „Ich hatte schon angefangen, mir Sorgen zu machen.“

Mona nahm ihrer Mutter gegenüber Platz, nachdem sie ihren Anorak auf einen Garderobenhaken gehängt hatte.

„Ich konnte nicht ganz pünktlich Feierabend machen, Mama. Ich musste noch auf Enno warten, um den morgigen Dienst zu planen. Aber er wurde leider aufgehalten.“

Mona warf ihrer Mutter einen Blick zu, von dem sie hoffte, dass er betont unschuldig wirkte. Aber Dagmar Sander hatte die Spitze natürlich trotzdem bemerkt.

„Dein Kollege ist ein sehr charmanter und wohlerzogener Herr. Ich bin sicher, dass er einen guten Einfluss auf dich hat.“

Das stimmte zwar, aber aus dem Mund von Monas Mutter klang es gar nicht positiv. Es hörte sich eher so an, als ob Enno Monas rechtlicher Betreuer wäre, der ihre sämtlichen Angelegenheiten für sie regeln musste. Aber auch Mona konnte scharfzüngig sein.

„Ja, Mama, Enno ist ein charmanter Herr – ein charmanter verheirateter Herr übrigens. Ich sollte dir bei Gelegenheit einmal seine Gattin vorstellen. Sie ist eine resolute Frau, die nicht nur erstklassige Ostfriesentorte backt, sondern auch noch spannende Krimis zu schreiben versteht."

Die Kellnerin erschien und nahm die Bestellung auf. Dagmar Sander entschied sich für das Seemannsschnitzel, Mona für das Schweinegeschnetzelte mit Tagliatelle.

„Warum betonst du so, dass dein Kollege in festen Händen ist, Mona? Denkst du, ich habe Interesse an ihm?"

„Und – hast du?"

Dagmar Sander ließ die Frage offen und wechselte das Thema.

„Ich weiß, dass du mir über Details deiner Arbeit nichts verraten darfst. Aber ist die Kriminalitätsrate hier auf der Insel eigentlich hoch?"

„Das kann man nicht sagen. Es gibt gelegentlich mal Schlägereien von Touristen, die über den Durst getrunken haben. Aber Borkum ist nicht der Ballermann, Mama. Ansonsten hat man höchstens mal die üblichen Hotel- und Taschendiebe in der Hauptsaison. Im Winter ist es hier ruhig und beschaulich."

Dagmar Sander nickte, aber Monas Worte schienen sie nicht wirklich zu interessieren. Stattdessen schaute sie ihre Tochter forschend an.

„Bist du eigentlich noch mit Keno zusammen?"

Mona hätte sich in den Hintern beißen können, weil sie einmal bei einem Telefonat ihren damaligen Freund erwähnt hatte. Sie schüttelte den Kopf.

„Nein, Keno ist Geschichte."

„Oh, das tut mir leid."

„Kein Grund zum Bedauern, Mama. Keno war ein Idiot."

Zu Monas Erleichterung wurden nun die Getränke serviert. Dadurch entstand eine kleine Pause bei dem Wortwechsel. Ihre Mutter hatte Weißwein bestellt, sie selbst Bier. Die beiden Frauen prosteten sich zu.

„Willst du darüber reden, Mona?"

„Nein, Mama. Und ich wäre dir sehr dankbar, wenn du wenigstens in deinem Urlaub nicht die Inquisitorin spielen würdest. Es geht mir gut auf Borkum, auch wenn du es dir nicht vorstellen kannst. Es gibt hier viel Natur, selbst in der Hauptsaison findet man ruhige Ecken zum Joggen. Ich habe keinen Freund, aber ich werde gelegentlich angeflirtet. Oder vielleicht sogar flachgelegt, wer weiß? Findest du, dass man über solche Dinge mit seiner Mutter sprechen sollte?“

Nun geschah etwas, mit dem Mona nicht gerechnet hatte. Dagmar Sander lachte. Nicht laut, sondern eher damenhaft-dezent. Aber dennoch unüberhörbar.

„Ich muss mich wohl wirklich bremsen. Entschuldige bitte, Schatz. Ich wollte nicht in deinem Leben herumstochern wie in einer ungenießbaren Mahlzeit. Wenn du sagst, dass du glücklich bist, dann wird es schon stimmen. Auf jeden Fall wirkst du gesund, obwohl du einen stressigen Beruf ausübst. Du bist so braun gebrannt. Wahrscheinlich kannst du dich viel an der frischen Luft aufhalten?“

Mona war erleichtert, weil ihre Mutter nicht mehr im Angriffsmodus war. Entsprechend friedlich und entgegenkommend fiel ihre Antwort aus.

„Ja, den lästigen Schreibtischdienst gibt es natürlich auch. Aber hier auf der Insel sind wir als Zivilbeamte ständig unterwegs, um Straftaten idealerweise gar nicht erst entstehen zu lassen.“

„Im Hotel kursieren die wildesten Gerüchte, ist dir das eigentlich bewusst? Einige Gäste behaupten, die tote Frau sei eine Prostituierte gewesen. Das finde ich doch reichlich an den Haaren herbeigezogen. Woher wollen die das wissen?“

An diese Möglichkeit hatte Mona auch schon gedacht, wenn sie sich selbst gegenüber ehrlich war. Sie blickte nachdenklich auf die dunkle Nordsee hinaus und hoffte, dass der nächste Tag mehr Licht auf diesen rätselhaften Todesfall werfen würde.

Kapitel 4

Schlecht gelaunt betrat Mona am nächsten Morgen die Polizeiwache. So harmonisch, wie sie es sich gewünscht hatte, war der Abend mit ihrer Mutter nicht verlaufen. Mona ärgerte sich über sich selbst, weil sie sich so leicht aus der Ruhe bringen ließ.

Enno saß bereits an seinem Arbeitsplatz, hatte eine Tasse Tee vor sich und machte ein Gesicht, als ob er den Hauptgewinn der Nordwestdeutschen Klassenlotterie eingestrichen hätte.

Mona hoffte inständig, dass nicht Dagmar Sander der Grund für seine gute Laune war. Aber bevor sie etwas fragen konnte, platzte der Oberkommissar heraus: „Ich habe einen Anruf vom gerichtsmedizinischen Institut erhalten. Die Obduktion zieht sich noch hin, aber sie wollten uns schon mal ein Zwischenergebnis mitteilen."

„Und deshalb hast du so eine unverschämt gute Laune?"

„Ich hoffe, dass ich dich damit anstecken kann, Mona. Jedenfalls ließ sich in und an Viola Kruses Körper das Sperma von zwei verschiedenen Männern nachweisen."

Die Kommissarin stieß langsam die Luft aus ihren Lungen und holte sich ebenfalls eine Tasse Tee. Sie musste wieder an ihren Prostitutionsverdacht denken.

„Dann ist es nur eine Frage der Zeit, bis wir durch einen DNA-Abgleich die Identität dieser Männer nachweisen können?"

„Richtig, sofern wir Vergleichsproben bekommen. Und ich könnte mir vorstellen, dass zumindest einer der beiden Kavaliere gleichzeitig der Killer ist. Vielleicht haben wir es auch mit einem klassischen Eifersuchtsdrama zu tun. Eine lautstarke Auseinandersetzung gab es jedenfalls nicht, danach habe ich die Zeugen im Hotel befragt. Und Rieken hat übrigens eine weiße Weste, was Vorstrafen anbelangt. Ich habe seine Daten gecheckt. Es gab in der Vergangenheit ein paar Geschwindigkeitsübertretungen, aber keine Gewaltdelikte."

„Einmal ist es immer das erste Mal. Ich bin gespannt, ob der Glatzkopf unserer Vorladung folgt. Wenn nicht, können wir ihm ja noch einmal auf die Bude rücken."

Mona wollte noch mehr sagen, aber nun klingelte das Telefon auf ihrem Schreibtisch. Sie nahm den Hörer ab, meldete sich mit Namen und Dienstgrad. Als sie das kurze Telefonat beendet hatte, war auch ihre Stimmung beträchtlich besser.

„Die Kriminaltechniker haben die Teilabdrücke auf der Gardinenstange ausgewertet. Sie stammen eindeutig nicht von dem Opfer. Wir können also einen Suizid definitiv ausschließen. Wer immer den Knoten geknüpft hat – Viola Kruse war es nicht. Die Fingerabdrücke sind leider nicht im System, das ist der einzige Wermutstropfen."

Bevor die beiden Kriminalisten sich noch intensiver austauschen konnten, betrat Garrelt Rieken die Revierwache. Er wurde von Grietje Smit in Empfang genommen, die den Verdächtigen in den Verhörraum brachte.

„Dann wollen wir mal hören, was dieser ostfriesische Casanova zu sagen hat", meinte Enno. Gemeinsam mit Mona folgte er Rieken in das fensterlose Kabuff. Mona musterte den Glatzkopf. Er hatte sich offenbar bemüht, bei seinem Besuch der Polizeistation seriös zu wirken. Er trug eine dezente lange Freizeithose, außerdem ein Polohemd und ein kariertes Jackett. Mona fand, dass er aussah wie ein Stimmungssänger bei einer Billig-Kreuzfahrt.

„Moin!", rief Rieken. Er versuchte offenbar, Selbstsicherheit auszustrahlen. Außerdem ließ er seinen Blick über Monas Körper schweifen, als ob sie in Spitzendessous vor ihm stünde. Sie beschloss, ihm sofort den Wind aus den Segeln zu nehmen.

„Moin, Herr Rieken. Ich mache Sie darauf aufmerksam, dass wir Sie als Verdächtigen in einer Strafsache vernehmen. Sie müssen keine Aussage machen, mit der Sie sich selbst belasten könnten. Aber alles, was Sie sagen, kann und wird vor Gericht gegen Sie verwendet werden."

Während die Kommissarin Rieken weiterhin über seine Rechte belehrte, ließ sie sein Gesicht nicht aus den Augen. Seine Züge verkrampften sich, er konnte ein nervöses Blinzeln nicht unterdrücken. Enno hatte offenbar beschlossen, die Führung des Verhörs größtenteils Mona zu überlassen. Das entnahm sie seiner Körpersprache. Der Oberkommissar hatte neben ihr Platz genommen und seine großen Pranken vor dem Bierbauch gefaltet. Er ruhte offensichtlich in sich selbst wie eine ostfriesische Version von Buddha.

Wenn Enno diese Haltung einnahm, würde er nur eingreifen, wenn Mona über die Stränge schlug. Was durchaus passieren konnte.

„Sch-Strafsache?“, stammelte der Beschuldigte. „Davon war gestern noch keine Rede. Sie sagten, dass Sie meine Zeugenaussage benötigen.“

„Ich weiß, was ich gesagt habe!“, behauptete Mona. „Aber inzwischen sind unsere Ermittlungen weiter vorangeschritten, Herr Rieken. Sie tun gut daran, bei der Wahrheit zu bleiben. Früher oder später bekommen wir sowieso heraus, was geschehen ist. Und wenn Sie uns etwas verschweigen, dann sieht das gar nicht gut für Sie aus.“

Rieken rang nach Luft. Auf seiner Stirn bildeten sich bereits jetzt kleine Schweißperlen, obwohl es in dem Verhörraum angenehm kühl war. Mona wünschte sich, dass jeder Verbrecher so leicht weichzukochen wäre wie ihr Gegenüber. Aber – hatte dieser Mann überhaupt eine Straftat begangen?

„Es war alles ganz harmlos“, beteuerte Rieken. Mona nickte.

„Wir werden sehen. Erzählen Sie uns bitte zunächst, wie Sie Viola Kruse kennengelernt haben.“

Der Glatzkopf wand sich wie ein Aal.

„Die junge Dame ist mir schon beim Frühstück im Hotel aufgefallen.“

Mona schnaubte ironisch.

„So, wie ich Ihnen aufgefallen bin?“

„W-wie bitte?!“

„Glauben Sie, Frauen bemerken nicht, wenn sie von Männern mit Blicken förmlich ausgezogen werden? Das haben Sie jedenfalls bei mir getan. Und ich kann mir nicht vorstellen, dass Sie sich bei einer so attraktiven Frau wie dem Mordopfer anders benommen haben.“

„Mona“, sagte Enno. Obwohl der Oberkommissar ihren Namen voller Freundlichkeit aussprach, überhörte sie den warnenden Unterton nicht. Und dafür war sie ihrem Kollegen dankbar. Mona kannte ihr überschäumendes Temperament. Wenn sie sich in Fahrt geredet hatte, schoss sie leicht über das Ziel hinaus. Dadurch konnte sie die ganze Untersuchung gefährden, wenn es hart auf hart kam.

„Viola hatte auch Interesse an mir“, gab Rieken trotzig zurück. „Sie können es sich vielleicht nicht vorstellen, aber manche Frauen finden mich anziehend.“

Dank Ennos Intervention war Mona jetzt auf der Hut. Also verkniff sie sich die freche Bemerkung, die ihr bereits auf der Zunge lag.

„Wie wäre es mit einem Tee?“, fragte sie stattdessen mit honigsüßer Stimme. Dazu konnte Garrelt Rieken, dessen Name seine ostfriesische Abstammung nahelegte, nicht Nein sagen. Mona holte höchstpersönlich für den Verdächtigen, Enno und sich selbst die Teekanne, Tassen, Sahne und Kluntjes. Die Kommissarin nahm einen Schluck von der starken Assam-Mischung, bevor sie ihre nächste Frage stellte.

„Sie sagten gestern, dass Sie Viola Kruse abends wiedergesehen hätten. Wie kam es dazu?"

„Nach dem Frühstück traf ich die junge Frau zufällig auf der Promenade wieder. Wir kamen ins Gespräch und fanden uns gegenseitig sympathisch. Sie wunderte sich darüber, dass ich als Ostfriese auf einer ostfriesischen Insel Urlaub mache. Aber ich sagte, dass es ja auch Spanier gäbe, die im Sommer nach Mallorca reisen würden."

Du bist ja ein richtiger Pfiffikus, sagte Mona in Gedanken zu Rieken. Und sie bezweifelte innerlich, dass die Begegnung wirklich zufällig gewesen war. Vermutlich war Rieken seiner Frühstücksbekanntschaft mit der Modelfigur einfach nachgestiegen. Aber Mona hielt einstweilen ihre Zunge im Zaum. Sie forderte den Glatzkopf mit einer Handbewegung auf, weiterzusprechen.

„Viola sagte, dass sie noch etwas erledigen musste. Aber sie wollte sich abends mit mir in der *Heilbutt-Bar* treffen. So heißt die Hotelbar im *Teutonia*. Sie erschien pünktlich, und wir unterhielten uns weiter."

Mona blickte dem Verdächtigen ins Gesicht. Dabei versuchte sie, so unschuldig wie eine Klosterschwester dreinzuschauen.

„Und bei diesem Gespräch ist es also geblieben?"

Riekens nervöses Blinzeln kehrte zurück.

„Warum wollen Sie das wissen, Frau Kommissarin?"

Nun meldete sich erneut Enno zu Wort.

„Beantworten Sie bitte einfach die Frage meiner Kollegin. Aber vergessen Sie nicht, dass wir hier eine Morduntersuchung führen. Uns stehen alle Hilfsmittel modernster Kriminaltechnik zur Verfügung."

Der Verdächtige schien darüber nachzudenken, was der Oberkommissar gemeint haben könnte. Plötzlich zuckte Rieken zusammen und beugte sich vor, als ob er eine schwere Bürde auf seinen Schultern tragen müsste.

„Ja, ich gebe es zu. Viola nahm mich mit auf ihr Zimmer. Wir haben miteinander geschlafen, na und? Wir waren schließlich zwei erwachsene Menschen. Aber als ich ging, da hat sie noch gelebt. Das schwöre ich Ihnen."

Mona machte sich eine Notiz.

„Wann verließen Sie das spätere Opfer, Herr Rieken?"

„Das muss so gegen zweiundzwanzig Uhr gewesen sein."

Mona lehnte sich zurück.

„Ich finde es ungewöhnlich, dass Sie nach dem Sex einfach gingen. Sie hätten doch auch bei ihr bleiben können. Weshalb taten Sie es? Weil Ihre Zeit abgelaufen war?"

„Zeit abgelaufen? Wie meinen Sie das?"

„Bei Prostitution ist es üblich, dass ein bestimmter Zeitrahmen für die Dienstleistung vereinbart wird."

Riekens Augen quollen beinahe aus dem Kopf.

„Was unterstellen Sie mir da? Ich habe noch niemals für Sex bezahlen müssen. Das ist eine bodenlose Unverschämtheit!"

Wer es glaubt, wird selig, dachte Mona. Aber sie sagte: „Wir unterstellen Ihnen gar nichts, Herr Rieken. Tatsache ist jedenfalls, dass im und auf dem Körper der Toten Spermarückstände von zwei verschiedenen Männern nachgewiesen werden konnten. Falls Sie kein Kondom benutzt haben, werden Sie eine dieser beiden Personen sein. Haben Sie eine Ahnung, wer der andere Mann war?"

Riekens Kinnlade klappte herunter. Es dauerte offenbar eine Weile, bis er Monas Information verdaut hatte.

„Da – gab es noch einen anderen?"

„So ist es. Die gerichtsmedizinische Auswertung ist eindeutig."

„A-also ich weiß nichts von einem anderen Mann. Aber ich habe Viola wirklich nicht bezahlt, das müssen Sie mir glauben. Sie bat mich zu gehen, weil sich bei ihr ein Migräneanfall anbahnen würde. Sie bräuchte Ruhe und Dunkelheit und wollte allein sein. Daraufhin begab ich mich in mein eigenes Zimmer. Beim Frühstück am nächsten Morgen hoffte ich noch, sie wiederzusehen."

„Haben Sie an die Zimmertür des Opfers geklopft?"

„Nein, Frau Kommissarin. Ich sagte mir, dass sie vielleicht immer noch unter Migräne leiden würde und nicht gestört werden wollte. Deshalb rief ich sie auch nicht an. Später erfuhr ich dann von Ihnen, dass Viola tot ist."

„Und das Opfer hat definitiv kein Geld von Ihnen erhalten?"

„Nein, zum Kuckuck", erwiderte Rieken ärgerlich.

„Ich frage aus einem bestimmten Grund", erklärte Mona. „Bei der Toten wurde nämlich ein größerer Bargeldbetrag sichergestellt. Hat Frau Kruse Ihnen gesagt, was sie beruflich macht?"

„Sie behauptete, Fotomodel zu sein. Das erschien mir angesichts ihres guten Aussehens auch einleuchtend."

Rieken hatte an diesem Punkt nicht nachgehakt, was Mona nicht verwunderte. Beim Flirten mit dem späteren Opfer war ihm der Verstand vermutlich in die Hose gerutscht. Männer waren Monas Meinung nach sehr leicht um den Finger zu wickeln. Vor allem, wenn auch noch Alkohol im Spiel war.

„Viola Kruse betätigte sich als professionelle Treuetesterin. Daher muss ich Sie fragen, ob Sie in festen Händen sind", sagte Mona und schaute den Verdächtigen forschend an. Rieken kam aus dem Staunen nicht heraus.

„Nein, ich bin Single. Deshalb mache ich ja auch allein Urlaub. Es gibt momentan keine Frau, die meine Zuverlässigkeit auf die Probe stellen könnte."

„Das glaube ich Ihnen aufs Wort." Diese Bemerkung konnte sich Mona nun doch nicht verkneifen. „Sind Sie mit einem freiwilligen DNA-Test einverstanden?"

Rieken nickte heftig.

„Wenn sich dadurch meine Unschuld beweisen lässt, dann auf jeden Fall. Könnte nicht dieser andere Kerl, mit dem Viola etwas gehabt hat, für ihren Tod verantwortlich sein?"

„Das wird sich zeigen", erwiderte Mona.

Enno erhob sich, um den Verdächtigen zum Erkennungsdienst zu bringen. Dort wurde er nicht nur fotografiert, man nahm auch seine Fingerabdrücke und dokumentierte Riekens Größe und Gewicht.

Für einen Haftbefehl reichten die Beweise einstweilen nicht aus, darüber machte sich Mona keine Illusionen. Rieken wurde auf freien Fuß gesetzt, nachdem er die Prozedur über sich hatte ergehen lassen. Es mussten schon sehr schwerwiegende Haftgründe vorliegen, um Rieken in Untersuchungshaft wandern zu lassen.

Mona blieb noch im Verhörraum sitzen und trank eine weitere Tasse Tee, bis Enno zurückkehrte.

„Ich habe höchstpersönlich eine Speichelprobe des Verdächtigen genommen. Ich dachte mir schon, dass du es nicht gern tun wolltest. Wenn du Rieken ein Wattestäbchen gegen den Gaumen drückst, ist es für ihn fast so schön, als wenn du deine Zunge in seinen Mund stecken würdest.“

Mona lachte.

„Ich hätte es nicht plastischer ausdrücken können, mein Lieber. Wir sind uns also darüber einig, dass Rieken ein Lüstling ist. Aber haben wir auch schon unseren Mörder gefasst?“

Enno schüttelte den Kopf.

„Ich kann es mir nicht vorstellen. Den Geschlechtsverkehr hat Rieken ja schon eingeräumt, der DNA-Abgleich mit den Spermaproben wird es beweisen.“

„Es sei denn, die Körperflüssigkeiten unseres kahlen Casanovas sind anderswo gelandet und es war noch ein dritter Mann im Spiel.“

„Manchmal wundere ich mich über deine Fantasie, Mona.“

Sie zuckte mit den Schultern.

„Als Kriminalistin ziehe ich eben jede Möglichkeit in Betracht. Aber in diesem Fall finde ich die Teilabdrücke auf der Gardinenstange entscheidend. Wer immer den Knoten geknüpft hat, ist entweder Violas Mörder oder dessen Komplize.“

„Du meinst also, es könnten auch zwei Männer gleichzeitig bei dem Opfer gewesen sein, von denen keiner Rieken war?“

„Unmöglich ist es nicht. Es stellt sich die Frage nach dem Motiv. Rieken behauptet zwar, er sei nicht Violas Freier gewesen, aber auf diese Aussage würde ich mich nicht verlassen. Glaubst du, eine hübsche junge Frau wie unser Mordopfer geht ohne finanziellen Anreiz mit einem alten Kerl wie Rieken ins Bett?“

Enno grinste.

„Erwartest du eine ehrliche Antwort, Mona? Dir ist aber schon klar, dass ich auch ein alter Kerl bin, oder?“

„Du weißt, wie ich es meine. Was für einen Beweis haben wir überhaupt dafür, dass Markus Winter wirklich eine Treuetest-Agentur betreibt und keinen Hostessen-Service? Vielleicht ist der Kerl einfach nur ein mieser Zuhälter. Wie soll denn kontrolliert werden, was seine Damen wirklich hinter verschlossenen Türen veranstalten?“

„Also haben wir es mit einem Prostituiertenmord zu tun? Aber wo sind die Kampfspuren?“

„Das wäre zumindest eine weitere Möglichkeit“, sagte Mona. Plötzlich klingelte das Telefon auf ihrem Schreibtisch. Sie lief durch die offen stehende Tür des Verhörraums dorthin und nahm den Hörer ab. Der Pathologe aus dem gerichtsmedizinischen Institut war am Apparat.

„Ich habe im Magen der Toten Rückstände von Schlaftabletten nachweisen können."

„Also sprechen Sie von einem Suizidversuch?"

„Nein, Frau Sander. Jedenfalls nicht, wenn sich die Frau wirklich das Leben nehmen wollte. Die Menge an Medikamenten hätte allenfalls für einen tiefen Schlaf gereicht."

Durch diese Information war für Mona die Selbstmordtheorie endgültig vom Tisch. Der spätere Mörder hatte dem Opfer vermutlich das Schlafmittel eingeflößt, um leichteres Spiel zu haben. Dafür sprach auch die Tatsache, dass es keinen Kampf gegeben hatte. Die Frau wehrte sich nicht, als sie an der Gardinenstange aufgeknüpft wurde. Vermutlich blieb die Kommissarin dem Gerichtsmediziner zu lange eine Antwort schuldig.

„Sind Sie noch am Apparat, Frau Sander?"

„Ja, verzeihen Sie bitte. Gibt es Hinweise auf erzwungenen Geschlechtsverkehr oder andere Abwehrverletzungen?"

„Nein, das ist nicht der Fall. Das Opfer hatte wenige Stunden vor dem Tod intimen Kontakt, aufgrund der Spermaspuren vermutlich mit mehreren Männern. Aber auf Gewalt deutet nichts hin. Unter den Fingernägeln der Toten konnten wir Hautpartikel feststellen, die DNA des Mannes haben wir allerdings nicht in den Datenbanken."

Mona informierte den Pathologen darüber, dass eine Vergleichsprobe bereits auf dem Weg ins Labor sei, und bat um baldige Bearbeitung. Dann bedankte sie sich artig und beendete das Gespräch.

Auch Enno kam zu seinem Schreibtisch zurück, nachdem er im Verhörraum Ordnung geschaffen hatte. Aber bevor er etwas sagen konnte, sprach Grietje die beiden Zivilfahnder an.

„Das wird euch bestimmt interessieren: Aus dem Hotel *Teutonia* kam gerade eine Alarmmeldung. Dort werden Frauen von einem Spanner belästigt."

Nähere Informationen hatte die uniformierte Kollegin noch nicht. Mona und Enno übernahmen den Einsatz. Sie eilten nach draußen und fuhren mit heulender Sirene zur Jann-Berghaus-Straße. Mona ärgerte sich wieder einmal über die Gaffer. Sie begannen sofort mit ihren Smartphones zu filmen, sobald sie das zivile Polizeifahrzeug erblickten. Dabei gibt es objektiv gesehen noch gar nichts zu glotzen, dachte Mona grimmig.

Sie stürmte gemeinsam mit Enno ins Hotel *Teutonia.* Cordsen gestikulierte wild.

„Kommt mit, der Kerl hat sich in der Sauna herumgedrückt!"

Der Hotelbesitzer führte die beiden Ermittler ins Kellergeschoss seines Hauses, wo sich die Sauna befand. In dem dazugehörigen Ruheraum warteten drei Frauen unterschiedlichen Alters. Monas Herz blieb beinahe stehen, als sie erkannte, dass eine von ihnen ihre Mutter war. Die Damen hatten sich in hoteleigene Bademäntel gehüllt. Aber ihre erhitzten und verschwitzten Gesichter zeugten davon, dass sie sich zuvor in der eigentlichen Saunakabine aufgehalten hatten.

Dagmar Sander strahlte, als sie Mona und Enno erblickte.

„Das sind meine Tochter und ihr tüchtiger Dienstpartner. Sie werden diesen Fall gewiss im Handumdrehen aufklären!"

Mona erwiderte nichts, sondern lächelte nur verlegen. Als sie sich für den Polizeiberuf entschied, hatte sie sich nicht vorstellen können, einmal in eine solche Situation zu geraten. Zum Glück ergriff Enno das Wort, außerdem zeigte er seine Dienstmarke.

„Moin. Können Sie uns berichten, was sich genau ereignet hat?"

Bevor eine der anderen Frauen auch nur den Mund aufbekam, riss Monas Mutter die Initiative an sich.

„Die Damen und ich hatten gerade mit dem zweiten Saunagang begonnen, als plötzlich die Tür aufgerissen wurde. Wir dachten uns nichts Böses dabei. Es hätte ja sein können, dass noch eine weitere Frau hereinkommen wollte. Heute ist immerhin Damentag, wenn ich das richtig verstanden habe. Aber stattdessen sahen wir einen maskierten Mann, der mit seinem Smartphone filmte. Wir hatten kaum Gelegenheit, unsere Blöße zu bedecken."

Bei dem letzten Satz schaute Dagmar Sander Enno so an, als ob sie ihm nur allzu gern ihren nackten Körper präsentiert hätte. Mona wäre vor Scham am liebsten im Erdboden versunken. Sie versuchte, sich auf die Untersuchung zu konzentrieren.

„Ist dir denn etwas Besonderes an dem Täter aufgefallen, Mama? Ich denke da an Größe, Aussehen oder unveränderliche Kennzeichen."

Natürlich duzte Mona Dagmar Sander. Sollte sie ihre eigene Mutter vielleicht siezen? Den beiden anderen Zeuginnen schien es einstweilen die Sprache verschlagen zu haben. Das wunderte Mona nicht. Sie wusste ja, wie dominant Mama sein konnte.

Dagmar Sander legte nachdenklich ihren Zeigefinger an die Nase. Sie hatte die Beine übereinandergeschlagen, ihr Bademantel klaffte ein wenig auseinander. Mona schickte ein Stoßgebet zum Himmel, dass ihre Mutter nicht „zufällig" das Kleidungsstück gänzlich aufgehen lassen würde. Sonst würde sie nämlich aus dem Fremdschämen nicht mehr herauskommen.

„Lass mich kurz nachdenken, Schatz. Es ging ja alles so schnell, der Widerling kann sich keine halbe Minute an unserem Anblick ergötzt haben. Er trug jedenfalls eine blaue Jeans und einen grauen Kapuzenpulli. Und er hatte so eine Motorradmaske auf, die man unter dem Helm trägt. Ah, da fällt mir noch etwas ein. Seine linke Hand war verkrüppelt, ihm schienen mehrere Finger zu fehlen."

„Dann weiß ich, wer es gewesen ist!", rief Cordsen dazwischen. Der Hoteldirektor war bei der Befragung ebenfalls anwesend. Enno wandte sich ihm zu.

„Du hast also einen bestimmten Verdacht, Dirk?"

„Das kann man wohl sagen, Enno. Du kennst doch Hauke Frerichs auch noch, oder?"

Monas Dienstpartner nickte.

„Er hat mal vor Jahren als Küchenhilfe für dich gearbeitet. Als er damals wegen Exhibitionismus angeklagt wurde, hast du ihn gefeuert. Wie kommst du darauf, dass er der Täter sein könnte?"

„Weil Hauke sich hier im Hotel auskennt! Er hat schließlich fast ein Jahr lang hier Teller gewaschen. Aber vor allem komme ich auf ihn, weil seine linke Hand kaputt ist. Nachdem ich Hauke rausgeworfen habe, ging er aufs Festland und jobbte im Emder Hafen. Da hat er einen Arbeitsunfall erlitten, bei dem seine linke Hand mehr oder weniger zerquetscht wurde."

„Woher weißt du das?"

„Seine Mutter hat es mir erzählt, als ich sie mal zufällig auf der Bismarckstraße getroffen habe. Sie versuchte, mir ein schlechtes Gewissen zu machen. Dabei habe ich ihn nicht dazu ermuntert, vor Frauen blankzuziehen."

„Wie auch immer, wir haben nun einen Anfangsverdacht", sagte Mona schnell. „Wir werden diese Spur verfolgen. Ich nehme noch die Personalien der Damen auf. Gehst du schon mal vor, um die Fahndung einzuleiten, Enno?"

Monas Kollege schien sie nicht gehört zu haben. Denn in diesem Moment war ihre Mutter aufgestanden und hatte damit begonnen, den Ruheraum der Sauna zu durchqueren. Ausgerechnet in der Nähe von Enno geriet sie ins Schwanken und stieß einen theatralischen Seufzer aus.

Bevor Mona es verhindern konnte, hatte Enno seine Arme ausgebreitet und ihre Mutter aufgefangen. Wenigstens löste sich der Knoten des Bademantelgürtels nicht. Das war allerdings das einzig Positive, das Mona der Situation abgewinnen konnte. Es kam ihr so vor, als ob weder ihre Mutter noch Enno die anderen Anwesenden wahrnehmen würden. Sie schienen nur noch Augen füreinander zu haben.

Nach einem Moment, der Mona wie eine halbe Ewigkeit vorkam, ließ der Oberkommissar ihre Mutter wieder los.

„Haben Sie vielen Dank“, sagte Dagmar Sander mit einem koketten Augenaufschlag. „Mein Kreislauf hat den Vorfall wohl doch nicht so unbeschadet verkraftet, wie ich gehofft hatte.“

„Sie sind eine tapfere Frau“, sagte Enno. „Und eine attraktive noch dazu.“

Mona reichte es. Mit erzwungener Ruhe wandte sie sich an ihren Dienstpartner.

„Hattest du nicht gerade vor, zum Revier zurückzukehren?“

„Ja, sicher.“

Enno drehte sich um und verließ gemeinsam mit dem Hoteldirektor den Ruheraum. Dabei warf er Monas Mutter noch einen äußerst interessierten Blick zu. Oder bildete die Kommissarin sich das nur ein? Sie zückte nun ihr Notizbuch und schrieb die Namen und Adressen der Frauen auf, wobei sie möglichst professionell aufzutreten versuchte. Das ging so lange gut, bis ihre Mutter an der Reihe war.

Dagmar Sander blinzelte belustigt.

„Warum hast du denn deinen Kollegen so schnell weggeschickt, Mona? Glaubst du, er hat noch nie ein paar halb nackte Frauen gesehen?“

„Es war gewiss nicht angenehm für dich und für die übrigen Damen, von einem Spanner belästigt zu werden“, erwiderte Mona kühl. „Daher sollte es in deinem eigenen Interesse liegen, dass wir den Täter so schnell wie möglich ermitteln.“

„Ja, natürlich." Monas Mutter hörte sich an, als ob sie ihrer Tochter kein Wort glauben würde. „Ich werde dann später auf der Polizeiwache erscheinen und meine Aussage schriftlich zu Protokoll geben. Das ist doch so üblich, oder?"

Mona nickte. So, wie sie Dagmar Sander kannte, wollte sie diese Gelegenheit nutzen, um Enno zu treffen. Aber nicht, wenn Mona es irgendwie verhindern konnte.

Die Kriminalistin verabschiedete sich von den drei Frauen und eilte zurück zum Dienstwagen, wo Enno gerade das Mikrofon des Funkgeräts zurück in die Halterung hängte.

„Ich habe eine Personenbeschreibung des Verdächtigen an die Kollegen durchgegeben. Als ich Hauke Frerichs das erste Mal verhaftet habe, warst du noch nicht auf Borkum, Mona. Er hatte seinerzeit besonders gern den FKK-Strand unsicher gemacht und sich dort als Schamverletzer betätigt. Wir sollten dort nach ihm fahnden, außerdem rücken wir natürlich seiner Mutter auf die Bude."

Da kam Mona eine Idee.

„Was hältst du davon, wenn wir uns aufteilen? Du fährst zu Frau Frerichs und setzt mich vorher am Dünenbudje ab. Ich werde von dort aus zu Fuß am Strand und in den Dünen nach ihm suchen."

„Das könnte aber gefährlich werden, Mona."

Sie zog die Augenbrauen zusammen.

„Glaubst du, ich kann nicht auf mich selbst aufpassen? Dann hätte ich wohl nicht bei der Polizei anheuern dürfen. Ich habe meine Pistole dabei. Und außerdem werde ich wohl mit einem Verdächtigen fertig, der nur eine Hand richtig benutzen kann."

„Und du kannst schneller laufen als ich", stellte Enno selbstkritisch fest. „Okay, so machen wir es. Allerdings kann ich mir nicht vorstellen, dass Hauke so dämlich ist, sich bei seiner Mutter zu verstecken."

„Solange es Einbrecher gibt, die ihren Personalausweis am Tatort vergessen, müssen wir mit allem rechnen", gab Mona zurück. Sie hatte natürlich nicht ohne Hintergedanken vorgeschlagen, sich zeitweilig von Enno zu trennen. Er setzte sich hinter das Lenkrad, startete den Opel Vectra und fuhr zunächst ortsauswärts Richtung Ostland. Der Oberkommissar setzte Mona rund einen Kilometer hinter dem Flugplatz bei der Bushaltestelle FKK-Strand ab.

„Bis später, Mona. Wir bleiben über die Handys in Verbindung."

Sie nickte. Sobald das Einsatzfahrzeug außer Sichtweite war, griff Mona zu ihrem Smartphone und rief in der Polizeistation an. Grietje Smit war am Apparat.

„Moin, Polizei Borkum. Was können wir für Sie tun?“

„Hier ist Mona. Grietje, du musst mir einen Gefallen tun.“

„Nämlich?“

„Nachher kommt wahrscheinlich irgendwann meine Mutter vorbei. Sie heißt Dagmar Sander und wird eine Zeugenaussage abgeben wollen.“

„Und?“

„Bitte sage ihr, dass Enno und ich nicht anwesend sind und dass du die Aussage selbst zu Protokoll nimmst.“

„Dann kommt ihr also heute nicht mehr rein?“

„Doch, wahrscheinlich schon. Aber ich möchte verhindern, dass meine Mutter uns bei der Arbeit stört. Sie soll vor allem Enno in Ruhe lassen.“

Grietje lachte.

„Oh, hängt bei euch der Haussegen schief? Ja, ich kann das machen. Und was springt dabei für mich heraus?“

„Du hast etwas gut bei mir.“

„Das werde ich ausnutzen. Bis später, Mona.“

Die sommersprossige Polizeimeisterin beendete das Telefonat. Mona fragte sich, ob sie nicht soeben einen schweren Fehler begangen hatte. Es war womöglich nicht sehr clever, sich von einer so frechen und scharfzüngigen Kollegin wie Grietje abhängig zu machen. Aber das hätte sie sich früher überlegen müssen.

Mona stapfte durch den feinen hellen Sand. Das Dünenbudje war ein Lokal oberhalb des FKK-Strands von Borkum, der sich unweit vom Hooge Hörn befand. Hier boten die mit Strandhafer bewachsenen Dünen einige Versteckmöglichkeiten für Spanner, die in Ruhe die Nudisten belauern wollten.

Bevor Mona hinunter zum Strand ging, betrat sie die Terrasse des Dünenbudjes und sprach die Bedienung an, wobei sie ihren Dienstausweis zeigte.

„Moin. Ich suche nach einem Verdächtigen.“

Mona beschrieb die Person, die im Hotel *Teutonia* die Frauen belästigt hatte. Die Kellnerin legte nachdenklich ihre Stirn in Falten. Sie antwortete mit polnischem Akzent, was Mona nicht verwunderte.

Während der warmen Jahreszeit arbeiteten zahlreiche Saisonkräfte aus aller Herren Länder auf der Insel.

„Ja, so einen Kerl habe ich gesehen. Er schleicht hier öfter herum, kommt aber nie ins Lokal."

„War er heute auch in der Nähe?"

„Vorhin habe ich einen Mann mit Kapuzenpulli gesehen. Aber ich bin nicht sicher, ob es der gleiche war."

Mona bedankte sich für die Auskunft. Sie rief Enno an.

„Warst du schon bei der Mutter?"

„Ja, ich habe die Befragung vor ein paar Minuten beendet. Gesine Frerichs lässt nichts auf ihren Goldjungen kommen, aber das war damals auch schon so. Sie findet es nach wie vor ungerecht, dass ihr Sohn wegen exhibitionistischer Handlungen verurteilt wurde. Ihrer Meinung nach sind die Frauen selbst schuld, weil sie sich so freizügig präsentieren."

„Die Opfer sind schuld – war ja klar!", grollte Mona. „Dann gibt sie Hauke gewiss auch ein Alibi?"

„Ja, angeblich war er die ganze Nacht und den ganzen Tag lang bei ihr daheim. Wo er sich momentan aufhält, kann sie seltsamerweise nicht sagen. Immerhin hat sie mich ins Haus gelassen, obwohl ich keinen Durchsuchungsbeschluss vorweisen konnte. Ich habe mich genau umgesehen, sie scheint ihn wirklich nicht versteckt zu haben. Die Mutter bewohnt so ein kleines schmales Friesenhaus. Da kann Hauke sich nicht verborgen halten."

„Dann bin ich wahrscheinlich näher an ihm dran, Enno. Die Bedienung vom Dünenbudje hat ihn gesehen, und … hey, da ist er ja!"

Mona unterbrach sich selbst, denn nun erblickte sie eine Gestalt, die sich weiter westlich auf den Strand zu bewegte. Noch schien der Mann Mona nicht bemerkt zu haben.

„Brauchst du Unterstützung, Mona?"

„Es kann nichts schaden, wenn du herkommst. Aber ich warte jetzt nicht auf Verstärkung, sonst ist er verschwunden."

Mit diesen Worten beendete Mona das Telefonat und sprintete los. Da sie begeisterte Joggerin war und täglich trainierte, verfügte sie über eine gute Kondition.

Mona hatte im Handumdrehen den Strand erreicht. Zum Glück war der Sand feucht, weil noch vor Kurzem ein Schauer niedergegangen war. So konnte sie auf dem weichen Untergrund besser vorankommen, ihr Widersacher allerdings ebenfalls. Immerhin hatte der Regen die Nudisten vertrieben. Das Letzte, was Mona jetzt gebrauchen konnte, war eine Geiselnahme durch Frerichs. Sie musste bei ihm mit allem rechnen.

Der Verdächtige schien es nicht besonders eilig zu haben. Er schlenderte Richtung Strandcafé Seeblick. Mona war jetzt noch ungefähr zehn Mannslängen von ihm entfernt. Sie bemühte sich, möglichst geräuschlos aufzutreten. Außerdem hatte sie schon die Handschellen von ihrem Gürtel gelöst, um den Täter sofort fixieren zu können.

Aber in diesem Moment kam eine der zahlreichen Möwen im Tiefflug auf Frerichs zu und gab einen ihrer typischen Schreie von sich. Der Kerl erschrak, vielleicht war er in Gedanken versunken gewesen. Jedenfalls drehte er sich um.

Und er bemerkte Mona.

Im nächsten Moment begann er zu rennen. Und sie musste ihm zugestehen, dass er ein beachtliches Tempo vorlegte.

„Polizei!“, rief Mona mit gellender Stimme. „Bleiben Sie stehen, Frerichs!“

Der Verdächtige hörte nicht auf sie. Stattdessen änderte er seine Richtung, schlug einen Haken und stürmte nun vorwärts Richtung *Olde Düne*. Mona runzelte die Stirn, während sie die Verfolgung fortsetzte. War Frerichs einfach nur panisch oder hatte er einen Notfallplan? Er bewegte sich nun mit hoher Geschwindigkeit auf das menschenleere Ostland von Borkum zu. Aber falls er die Olde Düne hinter sich brachte und dann wieder Richtung Ort lief, konnte er auf dem Campingplatz an der Ostfriesenstraße Menschen treffen. Wenn Frerichs jetzt in Panik geriet, musste Mona mit dem Schlimmsten rechnen.

Mona zog ihre Pistole.

Es gab keinen Hinweis darauf, dass Frerichs bewaffnet war. Aber sie musste damit rechnen. Seit ihrer Zeit bei der Bereitschaftspolizei hatte sie immer sorgfältig auf Eigensicherung geachtet.

„Stehen bleiben, oder ich schieße!“

Frerichs lief weiter.

Mona hob ihre Dienstwaffe und feuerte einmal in die Luft. Der Flüchtende zuckte zusammen, als ob er von einer unsichtbaren Riesenfaust getroffen worden wäre. Er blieb abrupt stehen und hob die Hände.

Mona hatte ihn innerhalb von kürzester Zeit erreicht. Sie umrundete den Verdächtigen und ließ ihn sehen, dass sie ihn im Visier hatte. Frerichs' Mund war aufgerissen, sein Gesichtsausdruck spiegelte Panik wider. Seine Kleidung entsprach genau der Beschreibung, die von den Saunabesucherinnen abgegeben worden war.

„Auf die Knie, Frerichs."

Er gehorchte.

„Und jetzt flach auf den Boden legen, die Hände hinter den Rücken."

Der Täter kam auch dieser Aufforderung nach. Mona näherte sich ihm langsam und drückte ihm ihr Knie ins Kreuz. Sie atmete erst auf, als die metallenen Armbänder sich um seine Gelenke schlossen.

„Was soll der Mist, ich habe nichts gemacht."

Diese Worte stieß der Verhaftete hervor, als Mona ihm unter die Arme griff und ihm beim Aufstehen behilflich war.

„Darüber können wir uns in aller Ruhe auf der Wache unterhalten", erwiderte Mona. „Ich werde Sie jetzt durchsuchen. Haben Sie irgendwelche spitzen Gegenstände dabei, an denen ich mich verletzen könnte?"

Frerichs schüttelte den Kopf. Seine Augen wurden glasig und sein Atem ging schneller, als Mona in seine Hosentasche griff und sein Smartphone an sich nahm. Offenbar hatte diese leichte Berührung schon ausgereicht, um den Sextäter zu erregen.

„Das war es, das Vorspiel ist vorbei. Den Rest der Leibesvisitation macht mein Kollege."

Die Kommissarin stieß den Verhafteten vor sich her. Nachdem sie ihn über seine Rechte belehrt hatte, griff sie zum Telefon und rief ihren Kollegen an.

„Enno, ich konnte den Verdächtigen verhaften. Komm zum Parkplatz beim Dünenbudje, da kannst du uns einsammeln."

Auf der Terrasse des Strandlokals hatten sich inzwischen noch mehr Gäste eingefunden. Da sie einen Panoramablick auf den breiten Sandstreifen hatten, war ihnen die Verhaftung nicht entgangen. Außerdem war der Schuss natürlich auch im Dünenbudje zu hören gewesen. Deshalb wunderte sich die Kommissarin nicht darüber, dass einige Gaffer aus sicherer Entfernung sie und Frerichs mit ihren Handykameras filmten.

Sie zog die Kapuze über den Kopf des Verdächtigen, sodass von seinem Gesicht kaum noch etwas zu erkennen war.

„Haben Sie schon mal was vom Recht auf das eigene Bild gehört?", rief sie wütend. „Jedes Smartphone, auf dem wir zu sehen sind, wird konfisziert!"

Mona war nicht sicher, ob ihre Drohung etwas nutzte. Vermutlich waren die ersten Clips von der Verhaftung schon auf YouTube hochgeladen worden. Aber sie hatte es wenigstens versucht. Sie musste den Täter jedenfalls an dem Lokal vorbeiführen, um den Parkplatz zu erreichen. Erleichtert stellte sie fest, dass Enno dort bereits wartete.

„Du musst Frerichs noch filzen, Enno. Aber pass auf, dass er sich nicht in dich verknallt", sagte Mona zu ihrem Kollegen. Der Täter wirkte plötzlich verlegen. Damit hatte sie nicht gerechnet.

„Ich kann auch nichts dafür, Sie sehen nun mal verdammt gut aus."

Mona konnte sich über ein Kompliment von einem verurteilten Sexualstraftäter nicht wirklich freuen. Also ignorierte sie Frerichs' Bemerkung einfach. Enno fand keine Waffen oder andere verdächtige Gegenstände, als er den Verhafteten durchsuchte. Der hünenhafte Ostfriese setzte sich zu Frerichs auf die Rückbank des Opels, während Mona auf dem Fahrersitz Platz nahm.

„Du solltest allmählich mal Vernunft annehmen, Hauke."

Diesen väterlichen Rat gab Enno dem jungen Mann auf dem Weg zur Polizeistation. Frerichs antwortete nicht. Mona war allgemein daran gewöhnt, dass Inselfriesen nicht allzu redselig waren. In diesem Fall gab es einfach nicht viel zu sagen. Das Beweisstück für Frerichs' Spannertätigkeit hatte sie in ihrer Tasche. Mona zweifelte nicht daran, dass sie auf dem Smartphone einen Privatporno aus der Hotelsauna finden würde. Plötzlich fiel ihr siedend heiß ein, dass man darauf vermutlich auch ihre Mutter splitternackt sehen konnte!

Ob es irgendeine Möglichkeit gab, das Filmchen Enno vorzuenthalten? Mona kannte die Männer, jedenfalls war sie davon überzeugt. Und sie wollte ganz gewiss nicht, dass ihr Dienstpartner ein noch größeres Interesse an Dagmar Sander bekam, als er es ohnehin schon hatte. Eigentlich traute Mona es Enno nicht zu, dass er fremdgehen würde. Aber inzwischen wollte sie dafür nicht mehr die Hand ins Feuer legen.

Wir könnten hier eigentlich auch mal dringend eine Treuetesterin gebrauchen, dachte die Kommissarin. Aber sie konnte diesem Gedanken nichts Komisches abgewinnen.

Als Mona und Enno wenig später den Verhafteten ins Wachlokal führten, wartete dort bereits Gesine Frerichs. Sie sprang wie von der Tarantel gestochen auf, als sie ihren Sohn in Handschellen erblickte.

„Lassen Sie Hauke sofort gehen! Er hat nichts getan!“

Die Mutter des Täters war eine abgehärmt wirkende Frau, die bei Mona spontan Mitleid erregte. Es war gewiss kein Vergnügen, einen Sexualstraftäter als Sohn zu haben. Das galt überall auf der Welt, aber ganz besonders auf einer Insel, wo jeder jeden kannte. Darauf konnte die Kommissarin allerdings bei ihren Ermittlungen keine Rücksicht nehmen.

„Wenn Ihr Sohn unschuldig ist, hat er von der Justiz nichts zu befürchten“, sagte Mona zu Gesine Frerichs. Dabei versuchte sie, möglichst vertrauenerweckend zu wirken.

Der Verdächtige selbst hielt nach wie vor den Kopf gesenkt. Da er die Kapuze tief ins Gesicht gezogen hatte, konnte man sein Mienenspiel unmöglich erkennen. Mona führte Frerichs sofort in den Verhörraum. Ihr war inzwischen eine Idee gekommen, wie sie Enno den Anblick ihrer nackten Mutter vorenthalten konnte.

„Ich besorge Ihnen erst mal einen Tee“, sagte Mona freundlich zu Frerichs. „Und die Handschellen nehme ich Ihnen auch ab, wenn Sie mir versprechen, keinen Unsinn zu machen.“

Der Täter nickte. Auf Mona wirkte er nicht aggressiv, sondern apathisch. Sie hatte allerdings in der Vergangenheit die Erfahrung gemacht, dass die Stimmung von Kriminellen sehr schnell umschlagen konnte.

Die Kommissarin bereitete den Tee vor. Als Enno den Verhörraum ansteuerte, hielt sie ihn zurück.

„Auf ein Wort, mein Lieber.“

Der hochgewachsene Ostfriese hob seine buschigen Augenbrauen.

„Machst du dir Gedanken wegen Gesine Frerichs, Mona? Ich konnte sie abwimmeln und davon überzeugen, dass wir ihren Jungen fair behandeln. Immerhin kenne ich die beiden ja schon eine halbe Ewigkeit.“

„Das ist es ja gerade, Enno. Deine Vertrautheit mit dem Verhafteten könnte ein Problem sein. Die Beweislast ist sowieso ziemlich schwer. Und so, wie ich Frerichs einschätze, knickt er eher vor der Autorität ein. Deshalb wollte ich Oltbeck bitten, mit mir gemeinsam das Verhör durchzuführen. Du könntest ja in der Zwischenzeit schon mal Markus Winter genauer unter die Lupe nehmen. Das wollten wir doch sowieso tun. Dann sparen wir Zeit."

Enno hob seine breiten Schultern.

„Wie du möchtest, Mona. Es ist natürlich eine bittere Pille für mich, dass ich anscheinend nicht genug Autorität ausstrahle."

Er zwinkerte Mona zu, und sie musste lächeln.

„Du lässt mich eben nie spüren, dass du Oberkommissar bist und ich nur Kommissarin. Also bist du selbst schuld!"

Mona war erleichtert, dass Enno ihre kleine List nicht durchschaut hatte. Während er sich zu seinem Schreibtisch begab, ging Mona zum Büro des Dienststellenleiters. Oltbeck erklärte sich sofort dazu bereit, ihr bei dem Verhör zu helfen. Sie berichtete ihrem Vorgesetzten im Telegrammstil von den neuen Ereignissen im Hotel sowie der Verhaftung.

„Dann steht die Schuld des Verdächtigen also eindeutig fest, Frau Sander?"

„Was die Sexualstraftat in der Sauna angeht, so dürften wir auf der sicheren Seite sein. Ob Frerichs allerdings der Mörder von Viola Kruse ist, muss sich erst noch zeigen."

„Ich verstehe. Dann wollen wir mal hören, was die Person uns zu erzählen hat."

Mona und Oltbeck betraten den Raum. Da der Hauptkommissar erst nach Frerichs' erster Verhaftung Dienststellenleiter auf Borkum geworden war, kannte der junge Mann ihn auch noch nicht. Nun stellte Mona ihren Chef vor. Es war dem Täter unmöglich anzumerken, ob ihn die Anwesenheit des ranghöchsten Polizeibeamten der Insel beeindruckte. Immerhin hatte er inzwischen seine Kapuze vom Kopf gestreift.

Nachdem Mona alle Anwesenden mit Tee versorgt hatte, kam sie sofort zur Sache. Sie legte Frerichs' Smartphone auf den Tisch. Der Beschuldigte zuckte bei diesem Anblick zusammen.

„Ich will nicht lange um den heißen Brei herumreden, Frerichs. Wir legen Ihnen zur Last, dass Sie heute Vormittag in die Sauna des Hotels Teutonia eingedrungen sind und die dort anwesenden weiblichen Gäste in voyeuristischer Absicht angeschaut und außerdem gefilmt haben. Geben Sie die Taten zu?"

Frerichs blickte Mona an. Er wirkte geistesabwesend. Und offenbar hatte er nicht vor, zu kooperieren. Er nagte an seiner Unterlippe und sagte nichts. Die Kommissarin zuckte mit den Schultern.

„Wie Sie wollen. Ich bin gespannt, was wir auf Ihrem Smartphone finden."

Mona benötigte keine Minute, um das passende Video zu finden. Der Täter hatte mit dem Filmen angefangen, bevor er die Saunatür aufgerissen hatte. Als er es tat, wurden die Frauen völlig überrumpelt. Eine von ihnen hielt sich sofort den Unterarm vor die Brüste, eine andere verkroch sich in die hinterste Ecke. Dagmar Sander hingegen schaute direkt in die Kamera. Mona musste ihrer Mutter neidlos zugestehen, dass ihre Figur wirklich apart war. Nun war sie doppelt und dreifach froh darüber, dass Enno diesen Anblick nicht zu sehen bekam.

Gewiss, Oltbeck schaute sich den Clip ebenfalls an. Aber er wusste nicht, dass eines der drei Opfer Monas Mutter war. Und wenn es nach ihr ging, konnte das auch gern so bleiben.

Der Hauptkommissar wandte sich nun direkt an den Beschuldigten.

„Nun, Herr Frerichs, diese Aufnahme ist doch eindeutig. Oder wollen Sie uns erzählen, Ihre Kamera hätte von selbst mit dem Filmen angefangen?"

Der junge Mann senkte das Kinn auf die Brust.

„Ja, verflucht. Ich habe es getan. Es überkam mich eben, und danach bin ich sofort abgehauen. Ich fuhr mit dem Fahrrad zum FKK-Strand, das ist eine meiner Lieblingsstellen auf Borkum."

Das kann ich mir lebhaft vorstellen, dachte Mona. Sie fragte: „Was wollten Sie dort? Hatten Sie eine bestimmte Absicht?"

„Keine Ahnung, jedenfalls wollte ich mich nicht schnappen lassen. Deshalb hatte ich im Hotel ja auch eine Maske getragen."

„Wie sind Sie überhaupt in das *Teutonia* eingedrungen?", wollte Mona wissen. „An der Rezeption werden Sie wohl nicht vorbeigegangen sein."

Frerichs grinste, sein Gesichtsausdruck zeigte nun eine Art kläglichen Stolz.

„Nee, aber ich hab ja früher mal in dem alten Schuppen gearbeitet. Damals ließ ich mir heimlich meine Schlüssel nachmachen. Als ich rausgeworfen wurde, musste ich ja meine Schlüssel abgeben."

Monas Interesse war geweckt. Ob sie den Mordfall jetzt wirklich abschließen konnte?

„Und wie oft sind Sie nach Ihrem Rauswurf noch im Hotel *Teutonia* gewesen?"

„Ein paar Mal, Frau Kommissarin. So genau kann ich das nicht sagen."

„Und was haben Sie dort gemacht?"

Die Frage beantwortete Frerichs mit beredtem Schweigen. Die Polizeibeamten warteten ein paar Minuten, dann ergriff Oltbeck das Wort.

„Wir finden es sowieso heraus, Herr Frerichs. Sie sind doch vorbestraft, wie Frau Sander mir verraten hat. Gerade Sie sollten wissen, dass ein Verdächtiger immer nur profitieren kann, wenn er mit den Behörden kooperiert."

Frerichs schien wirklich über die Worte des Hauptkommissars nachzudenken. Jedenfalls öffnete er gleich darauf den Mund.

„Ich habe mich zur Umkleide für das weibliche Hotelpersonal geschlichen. Es gibt da einen Abstellraum, wo man sich gut verstecken kann. Wenn die Tür einen Spalt breit geöffnet bleibt, hat man einen guten Blick in die Kabine. Dort habe ich ein paar gute Fotos gemacht."

Mona musste innerlich mit ihrer Wut kämpfen. Wenn sie sich vorstellte, selbst zum heimlichen Lustobjekt dieses Widerlings zu werden, dann wurde ihr ganz schlecht. Allerdings brachte das freimütige Geständnis der schamverletzenden Fotoaufnahmen keine neuen Erkenntnisse in dem Mordfall.

„Also haben Sie sich öfter an den nackten Zimmermädchen hochgezogen", stellte die Kommissarin mit kalter Stimme fest. „Und warum sind Sie dann plötzlich auf die Sauna umgeschwenkt?"

„Ich wollte Abwechslung", behauptete Frerichs.

Mona knallte ein Foto von Viola Kruse auf den Tisch.

„Und was ist mit dieser Frau? Haben Sie die schon mal gesehen?"

Frerichs bekam große Augen, denn das Bild zeigte die Blonde mit der Modelfigur von ihrer Schokoladenseite. Kein Wunder, dass ein Kerl wie Frerichs da sofort nervös wurde. Es kam Mona so vor, als ob er das Opfer jetzt zum ersten Mal erblicken würde. Diese Empfindung war allerdings noch kein Beweis für irgendetwas.

„Nein, Frau Kommissarin. Daran würde ich mich erinnern."

„Tatsache ist, dass Sie sich durch den Personaleingang unbemerkt Zugang zum Hotel verschaffen konnten. Diese Frau heißt Viola Kruse und wurde in der Nacht von Montag auf Dienstag ermordet. Wo waren Sie zu der Zeit?"

Frerichs erbleichte. Ganz offensichtlich hatte er nicht damit gerechnet, eines Mordes beschuldigt zu werden.

„Ich war daheim, bei meiner Mutter. Wir haben ferngesehen. Danach bin ich ins Bett gegangen."

„Allein?", hakte Mona nach.

„Ja, leider."

Die Kommissarin lehnte sich zurück.

„Geben Sie den Mord zu?"

„Nein, das war ich nicht!"

„Wir können sehr einfach überprüfen, ob Sie lügen. Da Sie schon einmal strafrechtlich in Erscheinung getreten sind, haben wir Ihre Fingerabdrücke in unserer Datenbank. Außerdem haben Sie sich bei Ihrer ersten Verhaftung zu einer freiwilligen DNA-Probe bereit erklärt. Das Mordopfer hatte während der Nacht mit zwei Männern Geschlechtsverkehr, einer von ihnen ist vermutlich der Täter."

„Gut, denn ich bin es wirklich nicht gewesen."

„Sie könnten aber als Komplize infrage kommen", sagte Mona. „Woher wissen wir, ob Sie Ihren Schlüssel nicht verliehen haben? Die Rezeption im Hotel *Teutonia* ist Tag und Nacht besetzt, auf dem Weg kann man nicht ungesehen hineingelangen. Wenn jemand aber den Personaleingang benutzt, sieht die Sache schon ganz anders aus."

„Das habe ich aber nicht getan!"

Nun schaltete sich Oltbeck wieder in die Befragung ein.

„Was machen Sie beruflich, Herr Frerichs?"

„Momentan habe ich keinen Job. Es ist schwierig, mit nur einer gesunden Hand eine Stelle zu finden."

Der Verdächtige hielt seine linke Hand hoch. Dem Ringfinger und dem Mittelfinger fehlten die Kuppen.

„Das ist ein Grund mehr, sich Geld nebenbei zu verdienen – indem man beispielsweise den Schlüssel zu einem Hotel gegen Gebühr verleiht."

Frerichs schüttelte den Kopf.

„Mit dem Mord habe ich nichts zu tun. Ich glaube, ich sollte erst mal mit einem Anwalt reden."

„Das ist Ihr gutes Recht. Wenn Sie sich keinen Rechtsbeistand leisten können, wird Ihnen ein Pflichtverteidiger zugewiesen", erklärte Oltbeck förmlich.

Das Verhör war einstweilen beendet. Frerichs wurde in die Arrestzelle gebracht. Er sollte noch am selben Tag aufs Festland überstellt werden, um dort einem Haftrichter vorgeführt zu werden. Der würde entscheiden, ob Untersuchungshaft verhängt werden sollte.

Mona war jedenfalls erleichtert, als sie Frerichs' Smartphone in eine Tüte für Beweisstücke legte, um es an das kriminaltechnische Labor nach Oldenburg zu schicken. Nun hatte sie endgültig verhindert, dass ihr Kollege das Filmchen zu sehen bekam.

„Halten Sie den Voyeur für den Mörder?“, wollte Oltbeck von ihr wissen, als Frerichs außer Hörweite war.

„Die Frage wird sich durch die Indizien klären lassen, Herr Hauptkommissar. Wenn Frerichs die junge Frau umgebracht hat, müssten sich zumindest seine Fingerabdrücke und seine DNA in dem Zimmer nachweisen lassen. Ich persönlich glaube es nicht, denn ein Mord weicht doch sehr stark von seinem übrigen Verbrechensmuster ab. Ich halte ihn für einen kleinen Fisch, der ein gestörtes Verhältnis zu Frauen hat. Aber es wäre sehr wohl möglich, dass er seinen Schlüssel verliehen hat. Dadurch wird der Verdächtigenkreis natürlich enorm ausgeweitet, denn ansonsten hätten wir uns auf die Hotelgäste und das Personal beschränken können.“

„Sagen Sie Bescheid, wenn Sie Unterstützung benötigen, Frau Sander.“

Oltbeck zog sich in sein Büro zurück. Er war eigentlich ein umgänglicher Vorgesetzter, wenn man die Dienstvorschriften punktgenau befolgte. Das hatte Mona allerdings in der Vergangenheit nicht immer getan.

Sie ging zu Enno hinüber, um ihm von dem Verhör zu berichten. Ihr Dienstpartner hatte gute Laune, das sah sie ihm schon an der Nasenspitze an. Der wuchtige Ostfriese legte soeben den Telefonhörer auf.

„Schönen Gruß von Oberkommissar Berghoff aus Hannover. Die Kollegen nehmen sich noch einmal Markus Winter zur Brust. Ich habe diesen Herrn nämlich etwas gründlicher durchgecheckt, wodurch wir jetzt einen weiteren Hauptverdächtigen haben.“

Mona warf Enno einen fragenden Blick zu.

„Du sagtest doch, dass dieser Markus Winter Viola Kruse angeblich vor zwei Wochen zum letzten Mal gesehen hat.“

„Ja, und weiter?“

„Dann ist es doch sehr seltsam, dass sich Markus Winter während der letzten Tage auf Borkum aufhielt, oder? Er ist erst am Morgen nach dem Mord abgereist.“

Kapitel 5

Mona benötigte einen Moment, um die Information zu verarbeiten.

„Und ein Irrtum ist ausgeschlossen? Ich meine, Markus Winter ist doch ein ziemlicher Allerweltsname."

„Da gebe ich dir recht, Mona. Allerdings hat der Markus Winter, der auf Borkum war, als Heimatadresse die Anschrift der Agentur in Hannover angegeben. Und die Kollegen werden ihm in wenigen Minuten auf den Zahn fühlen. Ob sie ihn verhaften können, ist allerdings eine ganz andere Frage. Schließlich ist es ja nicht verboten, auf unserer Insel Urlaub zu machen."

„Nein, aber es ist nicht besonders clever, eine Mordermittlerin anzulügen. Weißt du was, Enno? Ich finde, wir haben uns jetzt unsere Mittagspause verdient."

Die beiden Kriminalisten verließen die Inselwache und gingen hinüber ins Il Faro, um mit Blick auf den Neuen Leuchtturm eine Pizza zu verspeisen.

„Mona, ich halte diese ganze Treuetest-Agentur nur für eine Fassade. Und durch seine Schwindelei hat sich Winter erst recht verdächtig gemacht. Wir sollten davon ausgehen, dass er nichts anderes als ein Zuhälter ist. Vielleicht wollte ja das Opfer aus seinem schmutzigen Geschäft aussteigen. Viola Kruse flieht nach Borkum, er reist ihr hinterher, will sie zurückgewinnen. Dann eskaliert die Situation und der Zuhälter täuscht den Tod seiner Prostituierten vor."

„Das klingt auf den ersten Blick plausibel. Aber hat Winter wirklich darauf gehofft, dass seine Tat unentdeckt bleiben würde? Und warum hat er nicht wenigstens das Bargeld mitgenommen? Nach meiner Erfahrung sind Zuhälter ziemlich wild auf schnell und mühelos verdiente Scheine. Er hätte die tausend Euro einstecken können und damit trotzdem den fingierten Selbstmord aufrechterhalten."

„Sicher, das wäre möglich gewesen. Aber ich halte Verbrecher in diesem Gewerbe nicht gerade für Geistesgrößen. Vielleicht hat er schlicht und einfach vergessen, das Geld einzustecken."

Mona dachte über Ennos Worte nach, während sie ein Stück von ihrer Pizza Funghi abschnitt. Der Platz um den Neuen Leuchtturm war gut besucht, so wie meistens. Ganze Schulklassen warteten vor dem aus schwarzbraunen Ziegeln gemauerten denkmalgeschützten Bauwerk. Tagsüber konnte der Turm besichtigt werden, und die Aussicht von der Spitze reichte viele Kilometer weit.

„Die Zuhälterei werden wir Winter nicht sofort nachweisen können, falls nicht eine seiner anderen ‚Damen' redet. Die Hannoveraner Kollegen können bei den Frauen nachhaken, aber da bin ich nicht sehr optimistisch. Wenn Winter nicht der zweite Sexpartner in der Mordnacht war und sich weder seine DNA noch seine Fingerabdrücke im Hotelzimmer finden, sehe ich für eine Mordanklage schwarz."

Enno nahm einen Schluck alkoholfreies Weizenbier und blinzelte seine Kollegin freundlich an.

„So verzagt kenne ich dich ja gar nicht, Mona. Seit wann lässt du dich bei einer Ermittlung von solchen Schwierigkeiten aus der Bahn werfen? Immerhin hast du doch heute schon eine wichtige Verhaftung vorgenommen."

„Die aber leider so gar nichts mit dem Mord zu tun hat." Mona stieß einen langen Seufzer aus, bevor sie fortfuhr: „Wahrscheinlich hätte ich bessere Laune, wenn ich nicht ständig das Gefühl hätte, meiner Mama etwas beweisen zu müssen."

„Nach deinen Erzählungen hatte ich den Besuch einer richtigen Schreckschraube erwartet, ehrlich gesagt. Ich weiß gar nicht, was du für Probleme mit deiner Mutter hast. In meinen Augen ist sie eine sehr sympathische und lebenskluge Frau."

Mona kniff die Augen zusammen.

„Und sie sieht auch noch gut aus, oder? Man könnte sie für zehn Jahre jünger halten, als sie in Wirklichkeit ist!"

Enno hatte seine Pizza bereits aufgegessen und tupfte sich mit der Serviette die Lippen ab.

„So, wie du es formulierst, klingt es nicht nach einem Kompliment. Ist das so ein Frauending, eine Mutter-Tochter-Geschichte, die wir dummen Kerle sowieso nicht kapieren?"

Obwohl Ennos Frage gewiss selbstironisch gemeint war, brachte er Mona damit auf die Palme.

„Nein, nicht wirklich. Es geht nur darum, dass euch Männern bei jeder Gelegenheit das Gehirn in die Hose rutscht!"

Enno ließ sich nicht aus der Ruhe bringen.

„Du hast heute einen Sexualstraftäter festgenommen. Vielleicht ist deine Sichtweise dadurch etwas einseitig."

„Mag sein", fauchte Mona. „Aber es geht mir einfach auf die Nerven, dass meine Mutter dir die ganze Zeit schöne Augen macht und du absolut nichts dagegen zu haben scheinst. Was sagt denn eigentlich deine Frau dazu?“

„Birte ist seit gestern auf dem Festland, um ihre Schwester in Freepsum zu besuchen. Hatte ich dir das noch gar nicht gesagt? Muss ich wohl vergessen haben.“

Monas Zorn wich augenblicklich einer starken Beklemmung. Bisher hatte sie das offenkundige Interesse ihrer Mutter gegenüber Enno immer nur als harmlose Versuche einer älteren Frau abgetan, männliche Anerkennung zu finden. Aber dadurch, dass Enno jetzt „sturmfreie Bude“ hatte, bekam die Sache noch eine ganz andere Dynamik.

Mona öffnete den Mund, bremste sich aber im allerletzten Moment. Wenn sie jetzt ihren Dienstpartner des geplanten Ehebruchs beschuldigte, setzte sie damit wahrscheinlich ihre Freundschaft zu Enno aufs Spiel. Aber sie konnte doch nicht zulassen, dass dieser hünenhafte Ostfriese sehenden Auges in sein Unglück lief!

In diesem Moment ertönten schrille Schreckensschreie aus Richtung Leuchtturm. Menschen liefen wild gestikulierend von dem Bauwerk fort. Mona sprang auf. Selten war sie so dankbar für ein Ereignis gewesen, das offenbar polizeiliches Eingreifen erforderte.

„Wir müssen nachsehen, was da los ist!“, sagte Enno. Er warf Geld für Pizza und Getränke auf den Tisch, während Mona bereits lossprintete. Er folgte ihr keuchend. Die Kommissarin zog ihren Dienstausweis hervor und hielt ihn gut sichtbar hoch. Sie stellte sich einem jungen Mädchen, das gerade fliehen wollte, in den Weg.

„Polizei Borkum. Was ist geschehen?“

Die Angesprochene war schreckensbleich, sie zitterte.

„Wir wollten zur Turmspitze hoch, aber da ist eine Frau. Sie hat ein Messer und eine Bombe. Sie sagt, sie will sich umbringen. Und uns alle mit ihr.“

„Hast du die Bombe gesehen?“

Das Mädchen schüttelte den Kopf.

„Nein, aber das Messer. Es ist fast so lang wie mein Unterarm.“

Mona nickte und gab den Weg frei. Die Fliehende rannte hinter ihren Freundinnen her, die ebenfalls im Eiltempo verschwunden waren. Die Panik begann sich auszubreiten wie ein Flächenfeuer. Die Kommissarin wandte sich an ihren Dienstpartner.

„Wir brauchen Verstärkung. Alle verfügbaren Kollegen sollen hier erscheinen und absperren. Ich gehe hoch, du bekommst hier unten die Lage in den Griff.“

„Eigentlich sollten wir das Bombenräumkommando anfordern, aber dafür ist wohl nicht genug Zeit.“

„Du sagst es.“

Mona wollte bereits den Turm betreten, als Enno sie am Arm festhielt.

„Pass gut auf dich auf. Ich will dich nicht verlieren.“

Aus seinen Worten sprach echte Besorgnis. Wieder einmal wurde ihr bewusst, was sie an Enno hatte. Aber über ihre Gefühle konnte sie auch später noch nachdenken, jetzt war Handeln gefragt.

Mona rannte die mehr als dreihundert Stufen der Wendeltreppe so schnell wie möglich hoch. Die Arbeitsteilung zwischen ihr und Enno hatte durchaus ihren Sinn, denn die Kommissarin war weitaus sportlicher als ihr alter und übergewichtiger Kollege. Erleichtert stellte sie fest, dass ihr auf dem Weg nach oben keine weiteren Turmbesucher mehr entgegenkamen. Man konnte sich nicht von der Spitze des Leuchtturms in die Tiefe stürzen. Eine solche Absicht wurde durch Schutzgitter verhindert. Aber wenn jemand dort oben eine Bombe zündete, war auch das Leben von zahlreichen Unbeteiligten gefährdet. Trümmerteile des einstürzenden Turms konnten Menschen verletzen oder töten.

Als Mona beinahe die oberste Ebene erreicht hatte, wurde sie unwillkürlich langsamer. Sie wollte nicht wie ein Wirbelwind auf die potenzielle Gefährderin losstürmen, um eine Panikreaktion zu verhindern. Deshalb kündigte sie ihr Eintreffen an.

„Moin, hier ist die Polizei. Mein Name ist Mona Sander. Ich will nur mit Ihnen reden, in Ordnung?“

Obwohl Monas Herz raste, versuchte sie, ihrer Stimme einen ruhigen und vertrauenerweckenden Klang zu geben. Das war gar nicht so einfach, denn der schnelle Turmaufstieg hatte auch die durchtrainierte Kommissarin außer Atem geraten lassen.

„Kommen Sie nur. Ich weiß, wer Sie sind.“

Die Stimme war Mona nicht unbekannt. Und als sie die oberste Ebene des Leuchtturms erreicht hatte, wurde die Ahnung zur Gewissheit. Gesine Frerichs stand mitten auf der Plattform. Neben sich hatte sie eine große Einkaufstasche auf dem Boden platziert, außerdem hielt sie ein Küchenmesser direkt an ihr linkes

Handgelenk. Sie war offenbar bereit, sich die Pulsadern aufzuschneiden.

Mona presste die Lippen aufeinander. Sie war nicht in Verhandlungstaktik ausgebildet, sondern musste sich auf ihren gesunden Menschenverstand verlassen. Das Gespräch dürfte nicht ganz einfach werden, denn ihr Gegenüber schaute sie mit unverhohlenem Abscheu an.

„Sie sind dieses junge Ding, das meinen Sohn ins Gefängnis stecken will."

„Frau Frerichs, ich kann gut verstehen, dass Sie sehr aufgebracht sind …"

„Gar nichts können Sie verstehen!"

Die Augen der älteren Frau waren gerötet, vermutlich hatte sie viel geweint. Mona empfand Mitleid, aber sie musste trotzdem ihren Job erledigen.

Gesine Frerichs fuhr fort: „Hauke ist einsam, er braucht einfach nur eine Frau an seiner Seite. Aber die Mädchen sind ja heutzutage alle so hochnäsig, denen ist ein ehrlicher und einfacher Kerl nicht gut genug. Sehen Sie sich doch selbst an, Frau Sander. Würden Sie mit Hauke ausgehen?"

Die will mich jetzt nicht wirklich mit einem Sexualstraftäter verkuppeln, oder? Diese Frage stellte Mona sich innerlich. Gleichzeitig führte sie sich vor Augen, dass sie die Worte dieser Frau nicht auf die Goldwaage legen durfte.

„Ich habe Verständnis für Einsamkeit, Frau Frerichs. Aber jeder muss sich an die Gesetze halten, das begreifen Sie doch? Wir klagen Ihren Sohn nicht aus purer Willkür an. Er hat mit seinem Smartphone nackte Frauen ohne ihr Einverständnis gefilmt."

„Na und? Diese Flittchen sind doch selbst schuld, wenn sie sich so schamlos den Männern präsentieren."

„Frauen, die in die Frauensauna gehen? Das ist Unsinn, und das wissen Sie selbst, Frau Frerichs. Wenn Sie Ihrem Sohn helfen wollen, dann ist das hier der falsche Weg."

„Und was wäre der richtige? Wissen Sie, wie es ist, wenn die Menschen hinter Ihrem Rücken die Köpfe zusammenstecken und sofort zu tuscheln beginnen? Hier auf Borkum kennt doch jeder jeden, und als Hauke damals diese Dummheit gemacht hatte, war er doch bei allen Leuten untendurch. Was glauben Sie, weshalb er sich eine neue Arbeit auf dem Festland gesucht hat? Aber dort schlug das

Schicksal ja noch härter zu. Seine linke Hand kann er nicht mehr richtig gebrauchen, und dadurch ist es nicht einfach geworden, eine Stelle zu finden. Und wer so viel freie Zeit hat, der kommt leider auf dumme Gedanken. Und jetzt wollen Sie meinen Sohn auch noch zum Mörder machen! Er hat mich vom Fährhafen aus angerufen und mir alles erzählt.“

Hauke Frerichs war es gestattet worden, vor seinem Abtransport nach Emden noch einmal seine Mutter anzurufen. Mona sagte sich, dass dies vermutlich keine gute Idee gewesen war. Aber wer hätte denn ahnen können, dass die Sache so aus dem Ruder laufen würde?

„Das ist ein Missverständnis, Frau Frerichs. Ich persönlich halte Ihren Sohn nicht für einen Mörder. Aber die Tat ist nun einmal geschehen, und wir müssen den Täter ermitteln. Das verstehen Sie doch sicher? Wollen Sie nicht lieber das Messer weglegen?“

Mona trat einen Schritt auf die Insulanerin zu. Aber Gesine Frerichs richtete die Messerspitze drohend auf die Kommissarin, nur um sie im nächsten Moment wieder gegen ihr Handgelenk zu pressen.

„Kommen Sie nicht näher, sonst passiert ein Unglück!“

Mona hob beschwichtigend die Handflächen. Sie führte sich vor Augen, dass sie es mit einer echten Borkumerin zu tun hatten. Die Inselfrauen waren ein ganz besonderer Menschenschlag. In früheren Jahrhunderten waren die meisten Männer von Borkum als Besatzungen von Walfangschiffen im Nordmeer unterwegs gewesen, und die Frauen hatten sich daheim den größten Teil des Jahres um alles kümmern müssen. Dieses harte Leben prägte die Insulaner bis heute.

„Schon gut, wir finden eine Lösung.“

„Mein Junge muss freigelassen werden, etwas anderes akzeptiere ich nicht.“

Mona versuchte noch einmal, an die Vernunft der Verzweifelten zu appellieren. Sie konnte Ennos Stimme hören, die durch ein Megafon verstärkt die Menschen dazu aufforderte, Abstand zum Leuchtturm zu halten. Enno hatte dort unten das Kommando, das war gut. Jetzt musste bloß noch Mona selbst die Situation auflösen.

„Wir können Hauke nicht davonkommen lassen, und das wissen Sie. Allerdings wird er womöglich um eine Gefängnisstrafe herumkommen. Ich verspreche Ihnen, dass ich vor Gericht für ihn aussagen werde. Hauke hat sich widerstandslos festnehmen lassen, so etwas wirkt sich immer positiv aus. Hinzu kommt, dass ich vielleicht eine der Frauen aus der Sauna dazu bewegen kann, von einer Anzeige abzusehen."

Gesine Frerichs schnaubte verächtlich.

„Weshalb sollte sie das wohl tun?"

„Weil sie meine Mutter ist."

Mona hatte diesen Satz kaum ausgesprochen, als sie ihn auch schon bereute. Aber jetzt war es zu spät. Ihr Gegenüber kniff misstrauisch die Augen zusammen.

„Ach, jetzt verstehe ich alles. Sie haben meinen Sohn verhaftet, weil Sie unbedingt Ihre Mutter beeindrucken wollen. Schämen Sie sich gar nicht?"

„Nein, ich schäme mich nicht!", rief Mona. „Und wenn Sie es genau wissen wollen: Meiner Mutter kann man gar nichts recht machen. Denn während Sie bedingungslos hinter Ihrem Sohn stehen, findet meine Mama bei mir immer ein Haar in der Suppe. Ich bin nie gut genug, egal, was ich tue!"

Mona wusste selbst, wie unprofessionell ihr Gefühlsausbruch war. Der enorme Stress, unter dem sie stand, tat ein Übriges. Doch die Worte der Kommissarin riefen bei Gesine Frerichs eine unerwartete Reaktion hervor.

„Ich habe mich geirrt, als ich Sie für hochnäsig hielt. Das sind Sie gar nicht. Sie sind ein ganz armer Mensch, der noch nicht mal mit einer alten Frau fertigwird."

Während die Mutter des Sexstrolchs sprach, ließ sie plötzlich ihr Messer auf den Boden fallen. Mona reagierte sofort und beförderte es mit einem Tritt in die hinterste Ecke. Dann beugte sie sich über die Einkaufstasche. Wie Mona es sich schon gedacht hatte, enthielt das Behältnis keine Höllenmaschine. Vielmehr befand sich allerlei harmloser Krimskrams darin. Die Energie der älteren Frau schien jedenfalls verpufft zu sein.

„Ein ganz armer Mensch", wiederholte Gesine Frerichs, während sie von Mona abgeführt wurde. Die Wangen der Kommissarin brannten vor Scham. Es wäre ihr lieber gewesen, wenn man sie angespuckt oder geschlagen hätte, wie es ihr schon öfter passiert war. Das konnte sie besser verkraften als das Mitleid der potenziellen Selbstmörderin.

Die Erleichterung auf den Gesichtern von Enno und ihren anderen Kollegen war nur ein kleiner Trost für Mona, als sie wenig später mit Gesine Frerichs aus dem Leuchtturm heraustrat. Da die alte Frau mit

Suizid gedroht hatte, musste sie zur Untersuchung in eine Nervenklinik gebracht werden. Mona übergab die Verhaftete an Grietje Smit und Hinderk Ekhoff.

„Ein ganz armer Mensch“, sagte Gesine Frerichs noch einmal, während sie auf dem Rücksitz des Streifenwagens Platz nahm. Enno wandte sich an Mona.

„Von wem spricht die Frau? Von ihrem Sohn?“

„Sicher“, erwiderte Mona mit belegter Stimme. „Von wem denn sonst?“

Glücklicherweise ließ der Oberkommissar die Sache auf sich beruhen. Es gab jetzt ohnehin viel zu tun. Zeugen mussten befragt werden. Es ließ sich schnell rekonstruieren, was geschehen war. Gesine Frerichs war mit ihrer Einkaufstasche bis zur Turmspitze gestiegen. Dort hatte sie das Messer hervorgezogen und mit dem Zünden einer angeblichen Bombe gedroht. Da niemand zu Schaden gekommen war, ließ sich der Fall noch am selben Tag abschließen. Eine Beurteilung des geistigen Zustands der Täterin lag in den Händen der medizinischen Spezialisten. Oltbeck sprach seinen Beamten eine Belobigung aus.

„Ich bin sehr stolz auf Sie alle, weil Sie diesen plötzlichen Notfall so souverän gemeistert haben. Insbesondere Frau Sander hat sich dabei hervorgetan, die Selbstmordkandidatin mit den passenden Worten und völlig gewaltlos zum Aufgeben zu bewegen.“

Die anderen Polizisten applaudierten nach dieser kleinen Ansprache auf der Inselwache. Mona senkte den Kopf. Wenn ihre Kollegen gewusst hätten, was sie wirklich gesagt hatte, hätte man sie gewiss mit anderen Augen betrachtet. Darüber machte sie sich keine Illusionen.

Wenig später nahm Grietje Mona beiseite.

„Deine Mutter ist übrigens wirklich hier erschienen, bevor der Selbstmordeinsatz kam. Ich habe ihre Aussage zu Protokoll genommen, wie du es wolltest. Mann, du hast echt eine coole Ma. Die tritt ja wie so eine richtige Lady auf.“

Toll, wie viele Fans meine Mutter schon auf der Wache hat, dachte Mona. Aber sie sagte einfach nur: „Danke, Grietje.“

„Jetzt habe ich etwas gut bei dir.“

Dieser Satz klang in Monas Ohren wie eine Drohung. Aber vielleicht lag das auch nur an ihrer miserablen Laune. Nach ihrem kurzen Wortwechsel mit der sommersprossigen Polizeimeisterin kam Enno auf sie zu.

„Oberkommissar Berghoff aus Hannover hat gerade noch mal angerufen. Sie haben Markus Winter befragt, aber für eine Verhaftung reichen die Indizien nicht aus. Immerhin hat er sich zu einer freiwilligen DNA-Speichelprobe bereit erklärt. Außerdem ist der Verdächtige erkennungsdienstlich behandelt worden. Wir werden also hoffentlich bald erfahren, ob Winter im Hotelzimmer des Opfers gewesen ist oder sich vielleicht sogar mit der Frau vergnügt hat."

Mona zwang sich zu einem Lächeln.

„Das sind doch gute Neuigkeiten, Enno. Ich mache dann jetzt mal Feierabend, momentan kommen wir ja sowieso nicht weiter."

„Klar. Übrigens bin ich auch ganz besonders froh darüber, wie gut du mit Gesine Frerichs fertiggeworden bist."

Obwohl Mona normalerweise nichts gegen Anerkennung einzuwenden hatte, wurde ihr das Lob nun allmählich zu viel. Sie erwiderte nichts, sondern winkte zum Abschied und trat an der scheußlichen Skulptur vorbei auf die Strandstraße hinaus.

Die Kommissarin liebte es, sich einfach nur unter die Menschen mischen zu können. Borkum hatte zwar nur wenige Einwohner, aber die zahlreichen Besucher brachten nicht nur in der Hauptsaison frisches Leben auf die Insel. Den meisten Passanten sah Mona sofort an, ob sie Einheimische waren. Umgekehrt war das allerdings nicht der Fall. Welcher Tourist aus Bochum oder Wuppertal hätte in dieser rotblonden Frau mit Jeans und Anorak schon eine Inselpolizistin gesehen?

Mona hatte ihr Fahrrad an der Polizeistation stehen gelassen. Sie schlenderte Richtung Hindenburgstraße. Ein Zug der Borkumer Kleinbahn näherte sich dem Inselbahnhof, um eine Ladung Neuankömmlinge abzuladen. Wer nicht als Tourist das Eiland betrat, wurde von den Krankenkassen aufgrund eines chronischen Leidens hierher geschickt. Über Besuchermangel konnte sich Borkum jedenfalls zu keiner Jahreszeit beklagen.

Die Kommissarin schämte sich, weil sie vorhin so sehr die Nerven verloren hatte. War ihr Verhältnis zu ihrer Mutter denn wirklich so angespannt? Hatte Mama nicht öfter schon verlauten lassen, dass sie stolz auf eine Kriminalistin als Tochter sei? Ja, das stimmte wohl.

Doch so perfektionistisch wie Dagmar Sander war Mona nicht und würde es vermutlich auch niemals werden.

Sie erinnerte sich an die Kämpfe, die sie aufgrund ihres Berufswunschs ausgefochten hatte. Die Polizeilaufbahn war in den Augen von Monas Mutter nun wirklich nichts Erstrebenswertes. Dagmar Sander hätte es viel lieber gesehen, wenn ihre Tochter Lehrerin geworden wäre, so wie sie selbst. Und dann hatte Mona zu allem Überfluss auch noch die Polizeiakademie mit äußerst mäßigen Leistungen abgeschlossen.

Mona holte sich in der Eisdiele am Inselbahnhof eine Frusttüte mit viel Stracciatella, Nougat und Schokolade. Sie kannte ihre eigenen Stärken, und die lagen ganz eindeutig in der Praxis. Sie hasste Protokolle, Lageanalysen und den ganzen übrigen Papierkram, den sie als Kriminalistin über sich ergehen lassen musste. Aber sie hatte gemeinsam mit Enno schon genug Fälle gelöst, um sich selbst auf die Schulter klopfen zu können.

Sie beschloss, den Stier bei den Hörnern zu packen. Mona musste ihrer Mutter deutlich machen, dass sie ihr eigenes Leben hatte und niemandem Rechenschaft ablegen musste. Sie fischte ihr Smartphone aus der Tasche und rief Dagmar Sander an.

„Hallo, Mona."

„Moin, Mama. Ich habe gerade Feierabend gemacht und wollte fragen, ob du nachher Zeit hast. Wir könnten etwas trinken gehen und …"

„Ach, das tut mir aber leid, Schatz. Das hätte ich eine halbe Stunde früher wissen müssen. Aber jetzt bin ich schon verabredet."

Mit Enno? Diese Frage lag Mona auf der Zunge, aber sie konnte gerade noch rechtzeitig den Mund halten. Ihr Schweigen schien ihre Mutter zu irritieren, jedenfalls redete sie unbeirrt weiter.

„Das ist doch nicht so schlimm, oder? Ich will ja nicht die ganze Zeit an deinem Rockzipfel hängen, solange ich auf der Insel bin. Wir können uns doch morgen verabreden. Da wollte ich ins Heimatmuseum gehen, aber ansonsten habe ich noch nichts vor."

„Ja, Mama. Das ist kein Problem."

„Wirklich nicht? Du klingst angespannt, ehrlich gesagt."

„Ich hatte einfach nur einen anstrengenden Arbeitstag, das ist alles."

„Konntet ihr etwas erreichen, was diesen Perversen angeht?"

„Allerdings. Ich habe ihn verhaftet. Ein paar Stunden später wollte seine Mutter sich umbringen, aber wir haben sie davon abgehalten."

„Du hast ziemlich oft mit menschlichen Tragödien zu tun, Mona. Es ist wichtig, dass du dir einen emotionalen Ausgleich schaffst."

„Ja, und dass ich regelmäßig meine Vitamintabletten nehme."

„Du musst nicht immer alles ins Lächerliche ziehen."

„Nein, wahrscheinlich nicht. Ich bin jetzt einfach nur müde und schlecht gelaunt. Wir telefonieren morgen wieder, okay? Ich wünsche dir einen schönen Abend."

„Den werde ich haben", erwiderte Dagmar Sander kühl und legte auf.

Mona war froh, dass sie wenigstens nicht gefragt hatte, mit wem sich ihre Mutter treffen wollte. Allein würde sie ganz gewiss nicht um die Häuser ziehen. Dafür ist Mama einfach nicht der Typ, dachte die Kommissarin.

Unentschlossen trottete Mona die Bismarckstraße hinunter, vorbei am *Pferdestall*, dem *Lord Nelson*, dem *Borkum Riff* und den anderen Lokalen. Ob sie das Hotel Teutonia observieren sollte? Beschattung von Verdächtigen gehörte zu ihren Spezialitäten. Damit würde ihre Mutter gewiss nicht rechnen. So konnte Mona ganz unauffällig herausfinden, wer der Glückliche war.

Als ihre Gedanken an diesem Punkt angelangt waren, stoppte sie sich selbst. Ihre Mutter war schließlich ein erwachsener Mensch und konnte sich treffen, mit wem sie wollte. Was war eigentlich so schlimm daran, wenn Dagmar Sander ein Auge auf Enno geworfen hatte?

Und doch kam es Mona so vor, als ob ihre Mama ihr den einzigen Freund wegnehmen wollte. Dabei hatte es zwischen der Kommissarin und ihrem Dienstpartner niemals romantische Gefühle gegeben, weder von der einen noch von der anderen Seite. Aber Enno war ihr einziger Vertrauter, und das sollte er auch bleiben. Sie wollte ihn nicht in der Rolle eines Stiefvaters sehen. Allein der Gedanke war schon völlig absurd.

Mona drehte sich auf dem Absatz um, denn sie war dem Hotel *Teutonia* schon viel zu nahe gekommen. Wenn sie jetzt ihrer Mutter zufällig über den Weg lief, würde Dagmar Sander wirklich noch glauben, dass ihre Tochter ihr hinterherspionierte. Die Kommissarin eilte zur Polizeistation zurück, schnappte sich ihr Fahrrad und düste heim in die Walfangerstrate.

Sie beschloss, mit ihrer besten Freundin über Skype zu plaudern. Wenn sie Glück hatte, würde Kati den Abend in ihrem Apartment in London verbringen und Mona mit ihren Erlebnissen aus der britischen Metropole von ihren Grübeleien ablenken.

Kapitel 6

Mona war am nächsten Morgen schon vor Dienstbeginn an ihrem Arbeitsplatz, um Ordnung zu schaffen und sich auf die Begegnung mit Enno vorzubereiten. Das Skypen mit Kati hatte wirklich funktioniert. Ihre Freundin war sehr angetan davon gewesen, dass Mona sich wieder einmal gemeldet hatte. Mona hatte ihr hoch und heilig versprechen müssen, während ihres nächsten Urlaubs nach London zu fliegen.

Aber nun saß sie wieder in der Polizeistation und überlegte, wie sie den Fall Viola Kruse voranbringen könnte. Ob es etwas nutzen würde, wenn Oltbeck im kriminaltechnischen Labor Druck machte? Bevor Mona diese Frage für sich selbst beantworten konnte, betrat ihr Dienstpartner den Raum.

Mona versuchte, sich ihr Misstrauen nicht allzu stark anmerken zu lassen. Sie konnte Enno ja nicht fragen, ob er mit ihrer Mutter geschlafen hatte. Die Kommissarin wusste, dass Unbeherrschtheit ihre Achillesferse war. Sie musste sich wohl oder übel zusammenreißen.

„Moin, Mona. Ist der Tee schon fertig?"

Enno strahlte sie an. Die Kommissarin holte eine Tasse für ihren Kollegen, schob ihm das Kännchen mit Sahne und die Kluntjes hinüber. Der Oberkommissar schenkte sich selbst eine Tasse ein.

„Du hast ja so gute Laune. Langweilt es dich gar nicht, wenn Birte fort ist?"

Enno schüttelte seinen mächtigen Schädel.

„Nee, das kann man wirklich nicht sagen. Ich hatte gestern einen richtig guten Abend. Allerdings bin ich noch ziemlich verspannt. Das kommt davon, wenn man sich körperlich so richtig verausgabt."

Mona konnte nicht glauben, was sie zu hören bekam. Wollte ihr Dienstpartner wirklich in allen Einzelheiten von seinem Abenteuer mit Dagmar Sander berichten? Falls er das vorhatte, würde Mona sich die Geschichte jedenfalls garantiert nicht anhören. Sie blockte ab, bevor Enno ihr noch mehr Details auftischen konnte.

„Dein Privatleben in allen Ehren, aber wir sind nicht zu unserem Vergnügen hier. Oltbeck erwartet uns zur Dienstbesprechung. Hast du alle Unterlagen beisammen?"

„Selbstverständlich. Warum bist du denn so gereizt, Mona? Geht dir der Fall nicht schnell genug voran?"

„Du hast mich durchschaut", knurrte die Kommissarin. Den wahren Grund für ihre schlechte Laune wollte sie natürlich nicht preisgeben. Wie hatte sie sich nur so in ihrem Kollegen täuschen können! *Die Männer sind doch wirklich alle gleich,* dachte Mona grimmig. *Bei der erstbesten Gelegenheit gehen sie fremd, auch nach dreißig Jahren Ehe. Kein Wunder, dass Markus Winter mit seiner dämlichen Treuetest-Agentur mit Aufträgen überschüttet wird.*

Mona und Enno traten in das penibel aufgeräumte Büro ihres Vorgesetzten. Der einzige Wandschmuck bestand aus einem Porträt des Bundespräsidenten. Der Hauptkommissar schaute die Ermittler erwartungsvoll an.

„Nun, können wir bald mit einer Verhaftung rechnen? Die Lokalpresse stürzt sich auf den Mord in einem renommierten Traditionshotel, und Dirk Cordsen ruft mindestens zehnmal täglich bei mir an. Er beklagt sich darüber, dass dieses Verbrechen geschäftsschädigend sei."

„Jammern ist der Gruß der Kaufleute, und das scheint auch für Hoteliers zu gelten", meinte Enno. „Soweit ich weiß, ist das Hotel Teutonia momentan ausgebucht, und von Stornierungen ist mir auch nichts bekannt."

Oltbeck hob die Schultern.

„Das freut mich zu hören. Im Übrigen verweise ich alle Anfragen an die Pressestelle der niedersächsischen Polizei weiter. Aber auch die Kollegen brauchen Material, das sie veröffentlichen können."

„Das Opfer hatte in der Mordnacht Sex mit zwei verschiedenen Partnern." Mona rief diese Tatsache noch einmal in Erinnerung. „Aus meiner Sicht ist der zweite Gespiele von Viola Kruse auch ihr Mörder. Der andere Kavalier heißt Garrelt Rieken. Er ist ein eitler Schürzenjäger, kommt aber aufgrund der Indizienlage als Täter nicht in Betracht. Rieken gehört zu den Männern, die sich an jede Frau heranmachen müssen."

Irgendwie schaffte es Mona, Enno nicht anzuschauen, während sie den letzten Satz von sich gab. Aber ihr Dienstpartner fühlte sich sowieso nicht angesprochen. Er saß so selbstzufrieden und entspannt neben ihr, dass sie ihn am liebsten geohrfeigt hätte.

„Gibt es Hinweise auf den zweiten Mann?", wollte Oltbeck wissen.

„Es könnte sich um Viola Kruses Chef Markus Winter handeln, der bei seiner ersten Befragung gelogen hat", sagte Enno. „Er wurde in

Hannover erkennungsdienstlich behandelt, ein DNA-Abgleich dürfte uns Gewissheit bringen."

„Während seines Aufenthalts auf Borkum ist Winter im Hotel *Westfalia* am Bahnhof abgestiegen", sagte Mona. „Das habe ich inzwischen herausgefunden. Ich wollte dort mit dem Personal sprechen. Möglicherweise gibt es Zeugen, die Winter gemeinsam mit dem späteren Opfer gesehen haben."

„Und ich werde die Vergangenheit von Viola Kruse noch stärker unter die Lupe nehmen", kündigte Enno an. „Es stand der Verdacht auf Prostitution im Raum. Wenn wir in diesem Zusammenhang Markus Winter Zuhälterei nachweisen könnten, wären wir schon einen großen Schritt weiter."

Ennos Arbeit würde also hauptsächlich per Telefon und Computer zu erledigen sein.

Aber das ist ihm wahrscheinlich nur recht, weil er sich in der vorigen Nacht ja so verausgabt hat, dachte Mona wütend. Sie hätte ihren Kollegen erwürgen können. So betrachtet war es ein großer Vorteil, dass sie selbst die Polizeistation gleich verlassen musste. Momentan konnte sie Ennos Gegenwart wirklich nicht ertragen.

Der Hauptkommissar nickte den Kriminalisten zu.

„Gut, dann erledigen Sie bitte diese Aufgaben. Je eher wir den Fall zu den Akten legen können, desto schneller wird wieder Ruhe auf der Insel einkehren."

Und das war für Oltbeck äußerst wichtig, denn er sehnte sich nach Harmonie und scheute Konflikte. Nach Monas Meinung war er dadurch bei der Polizei eigentlich fehl am Platz, denn in ihrem Job musste sie sich ständig Hals über Kopf in Schwierigkeiten stürzen. Aber immerhin hatte Oltbeck es mit seiner buchstabengenauen Befolgung der Dienstvorschriften bis zum Leiter der kleinen Polizeistation gebracht.

„Ich bin dann mal weg", sagte Mona kurz angebunden, nachdem sie das Büro ihres Vorgesetzten wieder verlassen hatten. Ohne Enno eines weiteren Blickes zu würdigen, schnappte sie sich ihren Anorak und trat hinaus auf die Strandstraße.

Das strahlende Sonnenwetter passte nicht zu ihrer Laune. Allerdings war es inzwischen dank des kräftigen Seewindes so frisch, dass man wirklich besser mit Windjacke oder Anorak nach draußen ging. Einige mit dem Nordseeklima nicht vertraute Touristen liefen unverdrossen in kurzen Hosen und T-Shirts herum und blickten dadurch vermutlich der ersten Erkältung des heraufziehenden Herbstes entgegen.

Das Hotel *Westfalia* war genau wie das *Teutonia* während der Regierungszeit des letzten deutschen Kaisers errichtet worden. Nicht nur die Namen, auch die Bauweise im Stil der damals üblichen Bäderarchitektur ähnelte sich. Allerdings hatte das *Teutonia* einen Stern weniger als der Übernachtungsbetrieb an der Promenade.

Mona stiefelte verdrossen auf das Hotel *Westfalia* zu, das sich nur einen Steinwurf weit vom Bahnhof entfernt befand.

„Moin, Mona!"

Die Kommissarin zuckte zusammen. Sie war so in Gedanken versunken gewesen, dass sie Dimitrios gar nicht bemerkt hatte. Der dicke schwarz gelockte Athener arbeitete als Koch in einem der griechischen Lokale von Borkum. Außerdem trainierte er regelmäßig mit Enno Ringen im griechisch-römischen Stil. Die beiden Männer waren Schwergewichte, wobei Dimitrios einen Kopf kleiner war als der Ostfriese.

Der Koch grinste Mona an.

„Du kannst Enno ausrichten, dass er gestern einfach nur vom Glück begünstigt war. Es ist noch nie vorgekommen, dass er gleich drei Kämpfe hintereinander gegen mich gewonnen hat."

„Kämpfe? Gewonnen?"

Mona verstand kein Wort. Dimitrios rollte ungeduldig mit seinen dunkelbraunen Augen.

„Gestern war doch unser Trainingstag, und Enno wollte mir unbedingt zeigen, wie gut er den Kopfhüftschwung beherrscht. Ich bin so oft auf die Matte geknallt, dass mir heute noch der Schädel brummt."

Der Koch fasste sich an die Stirn und verzog das Gesicht.

„Dann habt ihr also gestern gerungen?"

„Ja, Mona, so wie wir es jede Woche tun. Mann, Enno war gestern echt in Höchstform! Aber wenigstens beim Ouzo-Trinken hinterher habe ich ihn nass gemacht."

Die Kommissarin wusste, dass die Männer sich nach ihrem Training stets mit griechischem Essen stärkten und es mit viel Bier und Anisschnaps herunterspülten. Erst jetzt fiel ihr wieder ein, dass Enno mit einer starken Knoblauchfahne zur Arbeit erschienen war. Monas Mutter hasste diesen Geruch, sie hätte sich gewiss nicht mit einem Mann eingelassen, der griechisches Essen liebte.

Mit anderen Worten: Mona hatte Enno gründlich missverstanden.

Spontan fiel sie Dimitrios um den Hals und gab ihm einen Kuss auf die Wange. Sie wurde von einem Gefühl unendlicher Erleichterung durchströmt.

Der Koch hatte mit einer solchen Attacke offenbar nicht gerechnet. „Hey, wofür war das denn?“

Mona errötete. „Äh, einfach nur, weil … ich es so toll finde, dass ihr so sportlich seid.“

„Verschaukeln kann ich mich allein“, brummte Dimitrios lächelnd und strich über seinen Bauch. „Du bist schon eine Marke, Mona. Enno kann froh sein, dass er mit dir zusammenarbeiten darf. So, jetzt muss ich aber weiter. Bis demnächst, *Adiosu*!“

Der Koch ging Richtung Georg-Schütte-Platz davon und ließ Mona mit gemischten Gefühlen zurück. Einerseits war sie sehr glücklich darüber, dass Enno offenbar nichts mit ihrer Mutter gehabt hatte. Er verzichtete niemals auf sein geliebtes Ringen, das hätte sie eigentlich wissen müssen. Aber andererseits fühlte sie sich schuldig, weil sie ihrem Dienstpartner sofort einen Ehebruch unterstellt hatte. Wie gut, dass Mona ausnahmsweise die Klappe halten konnte!

Es wäre nicht auszudenken gewesen, wenn sie Enno mit ihren Vorwürfen konfrontiert hätte. Wenn er ihr daraufhin die Freundschaft aufgekündigt hätte, wäre das sogar verständlich gewesen. Mona nahm sich fest vor, ab sofort mehr Vertrauen zu den Menschen zu entwickeln. Obwohl das in ihrem Beruf nicht gerade einfach war.

Mona betrat das Hotel *Westfalia*, wodurch für sie wieder eine Zeitreise in die Jahre vor dem Ersten Weltkrieg begann. Sie zeigte dem Rezeptionspersonal und den Bedienungen Fotos von Viola Kruse und Markus Winter. Ein Bild des Agenturchefs hatte sie sich von dessen Homepage heruntergeladen. Auf den ersten Blick war Winter durchaus ein attraktiver Mann, wenn man auf schleimige Vertretertypen stand. Dort konnte man den Kerl nämlich nach Monas Meinung am besten einordnen. Eine Rezeptionistin konnte sich daran erinnern, Winter als Gast begrüßt zu haben. Aber in Begleitung des späteren Mordopfers hatte man ihn nicht gesehen. Die Kommissarin hörte sich auch noch unter den Gästen um, aber auch dabei erzielte sie keinen Treffer.

Solche ergebnislosen Befragungen gehörten zur Polizeiarbeit, dadurch ließ sich Mona nicht beirren. Sie kehrte zum Revier zurück.

Dabei konnte sie es kaum erwarten, Enno gegenüberzutreten. Sie wollte sich für ihr ruppiges Verhalten am Morgen entschuldigen und hatte ihm ein Marzipancroissant als Friedensangebot mitgebracht. Dieses Gebäck aß er nämlich besonders gern.

Mona betrat die Polizeistation, trat lächelnd auf Enno zu und hob die Bäckereitüte.

„Schau mal, was ich dir mitgebracht habe."

Der hünenhafte Ostfriese nickte ihr zu.

„Vielen Dank, aber das muss warten. Wir haben unerwarteten Besuch bekommen. Ich wollte dich schon anrufen, aber jetzt bist du ja zum Glück da."

Unerwarteter Besuch? Bevor die Kriminalistin nachhaken konnte, ging Enno zum Verhörraum. Sie folgte ihm. Dort wartete bereits eine Person, die Mona vom Foto her schon kannte.

Es war Markus Winter, der Agenturchef.

Enno stellte Mona vor. Offenbar hatte er selbst schon kurz zuvor mit dem Verdächtigen gesprochen. Die Kriminalistin war glücklich darüber, dass ihr Dienstpartner nicht sauer auf sie war. Allerdings konnte sie sich auch kaum daran erinnern, Enno jemals wütend gesehen zu haben.

„Sie sind also die Dame, die bei mir angerufen hat. Ich bin persönlich nach Borkum gekommen, um unser kleines Missverständnis aus der Welt zu schaffen."

Mit diesen Worten sprach Markus Winter Mona an. Seine verbindliche Art war beim persönlichen Kontakt noch penetranter als am Telefon. Vermutlich hatte er bei unzähligen Motivationsseminaren und Verkaufstrainings gelernt, sympathisch und vertrauenerweckend aufzutreten. Bei Mona erreichte er damit allerdings überhaupt nichts. Sie ließ sich auf den Stuhl gegenüber von Winter fallen und schaute dem Verdächtigen direkt ins Gesicht.

„Für Sie ist es also nur ein Missverständnis, wenn Sie die Polizei anlügen? Das finde ich sehr interessant."

Winter warf einen hilfesuchenden Blick auf Enno, der sich aber wieder einmal mit einer passiven Rolle zufriedengeben wollte. Jedenfalls hatte er die Hände über seinem Bauch gefaltet und tat nichts, um in den Wortwechsel einzugreifen.

„Ich bin aus freien Stücken hierhergekommen, nachdem Ihre Kollegen in Hannover mich gestern schon ausführlich durch die

Mangel gedreht haben. Vielleicht ist es besser, wenn ich einen Anwalt hinzuziehe."

Mona zuckte mit den Schultern.

„Wenn Sie glauben, einen Rechtsbeistand zu benötigen – tun Sie sich keinen Zwang an."

Winter öffnete den Mund. Die Kriminalistin spürte, dass er eine scharfe Antwort abfeuern wollte. Aber dann hielt er sich doch lieber zurück.

„Ich bleibe dabei, es handelt sich um ein Missverständnis. Sie fragten mich am Telefon, wann ich meine Mitarbeiterin zum letzten Mal gesehen hätte. Das geschah vor zwei Wochen in meinem Büro in Hannover. Viola sagte mir, dass sie Urlaub machen wollte. Ich fragte sie nicht nach ihrem Reiseziel, weil es mich nicht interessierte. In meinen Augen war sie eher der Mallorca-Typ. Deshalb wäre es mir auf keinen Fall in den Sinn gekommen, dass Viola ihre freien Tage hier auf Borkum verleben wollte."

„Soso. Es ist also reiner Zufall, dass Sie ebenfalls unsere schöne Insel besucht haben?"

„Sie sagen es, Frau Kommissarin. Ich fliege nicht gern, und die Streiks und Terrorwarnungen haben meine Flugangst nicht gerade reduziert. Deshalb fahre ich für einen Kurzurlaub immer mal wieder nach Borkum, um die Seele baumeln zu lassen."

„Und dann lassen Sie außerdem noch Ihre Mitarbeiterin baumeln, indem Sie einen Suizid inszenieren!"

Kaum hatte die Kommissarin Winter diesen Satz an den Kopf geworfen, als sie auch schon Ennos mahnende Stimme vernahm.

„Mona."

Sofort war die Kriminalistin wieder konzentriert und geerdet. Sie durfte den Bogen nicht überspannen. Mona hatte Winter bewusst provozieren wollen. Aber sie musste aufpassen, dass die Pferde nicht mit ihr durchgingen.

Winter wollte aufstehen.

„Ich fürchte, mein Gesprächsangebot war vergeblich. Es ist wohl wirklich besser, wenn ich mir in Hannover einen Rechtsbeistand nehme und nur noch über einen Juristen mit Ihnen kommuniziere."

„Behalten Sie doch bitte Platz." Mona zwang sich zu einem Lächeln. „Je mehr Sie dazu beitragen, die Lebensumstände von Viola Kruse zu erkunden, desto eher können wir dieses Verbrechen aufklären. Das sollte übrigens auch in Ihrem Sinn sein, denn der Tod einer Treuetesterin ist sicher keine gute Werbung für Ihr Unternehmen."

Monas Argument bewirkte immerhin, dass der Verdächtige sich wieder setzte. Erneut zeigte Winter sein schönstes Zahnpastalächeln.

„Ich kann Sie gut verstehen, Frau Kommissarin. Vermutlich stehen Sie unter einem enormen Erfolgsdruck. Daher will ich alles tun, um an der Lösung des Rätsels mitzuwirken. Sie werden sicher schon gehört haben, dass ich mich zu einer freiwilligen Speichelprobe bereit erklärt habe."

Mona nickte.

„Dann wird sich schon sehr bald zeigen, ob Sie der zweite Mann sind, mit dem Viola Kruse in der Mordnacht Sex hatte."

„Wie bitte?"

Winters Überraschung war entweder gut gespielt oder diese Eröffnung verblüffte ihn tatsächlich. Oft konnte Mona gut einschätzen, wenn ein Verdächtiger sie für dumm verkaufen wollte. Aber in diesem Fall nicht.

„Hat man Ihnen nicht gesagt, wozu wir eine DNA-Probe von Ihnen benötigen? Eine Person konnte bereits entlastet werden. Mithilfe des genetischen Fingerabdrucks können unsere Spezialisten zweifelsfrei feststellen, wer der zweite Mann in Viola Kruses Hotelzimmer gewesen ist."

„Es freut mich, das zu hören. Dann wird sich ja wirklich bald herausstellen, dass ich mit dem Mord nichts zu tun habe."

„Das ist noch lange nicht bewiesen, Herr Winter. Sie könnten beispielsweise einen Täter dazu angestiftet haben, Ihre Mitarbeiterin für immer zum Schweigen zu bringen."

„Warum hätte ich das tun sollen?"

Kam es Mona nur so vor oder fühlte sich der Agenturchef immer weniger wohl in seiner Haut?

„Darüber kann ich nur spekulieren. Ich bin noch nicht hundertprozentig überzeugt davon, dass Sie rein zufällig zeitgleich mit Viola Kruse auf Borkum waren. Womöglich haben Sie Ihre Mitarbeiterin auf einen besonders hochkarätigen untreuen Ehemann angesetzt, und die Sache lief komplett aus dem Ruder. Vielleicht hielten Sie es für sicherer, Ihre Mitwisserin für immer zum Schweigen zu bringen."

„Sie haben wirklich eine blühende Fantasie, Frau Kommissarin. Sie sollten Kriminalromane schreiben."

„Die Wirklichkeit ist aufregender als jede ausgedachte Handlung. Aber zurück zu unserem Fall. Sie sagen also aus, dass Sie Frau Kruse während Ihres Inselaufenthalts nicht getroffen haben, weder zufällig noch gezielt?“

Winter zögerte mit seiner Antwort für Monas Geschmack einen Moment zu lange.

„Ich bin ihr nicht begegnet. Wenn ich meine Mitarbeiterin auf dieser so ruhigen und idyllischen Insel gesehen hätte, wäre niemand überraschter gewesen als ich. Viel weiß ich nicht über Viola Kruse, aber ich hielt sie für eine Partymaus.“

Mona versuchte, den Verdächtigen möglichst streng anzuschauen.

„Ihnen ist bewusst, dass eine Lüge im Zusammenhang mit einer Mordermittlung ein sehr schlechtes Licht auf Sie wirft?“

Winter hatte inzwischen seine aufgesetzt entgegenkommende Art aufgegeben. Er wirkte jetzt nur noch verärgert.

„Denken Sie doch von mir, was Sie wollen. Der DNA-Abgleich wird meine Unschuld beweisen.“

„Zumindest, was die Mordtat selbst angeht.“ So leicht ließ Mona ihren Fisch nicht vom Haken. „Sie haben behauptet, von Viola Kruses Sozialbetrug nichts gewusst zu haben. Hatten Sie denn Kenntnis von anderen Einkünften Ihrer Mitarbeiterin?“

„Ich weiß nicht, worauf Sie anspielen.“

„Hat das Opfer auch als Prostituierte gearbeitet? Und wenn ja, inwieweit waren Sie darin verwickelt?“

„Was soll diese Frage? Ich führe eine seriöse Agentur, meine Mitarbeiterinnen werden nicht zum Sex mit den Testobjekten gedrängt.“

Nun meldete sich Enno zu Wort.

„So nennen Sie die Männer, die auf die Probe gestellt werden? Testobjekte?“

Winter hob die Schultern.

„Eine etwas unglücklich gewählte Bezeichnung, Herr Oberkommissar. Aber das Kind muss einen Namen haben, und etwas Besseres ist uns nicht eingefallen. Die Kunden sind ja schließlich nicht die Männer, sondern deren Ehefrauen oder Freundinnen.“

„Das haben wir inzwischen kapiert!“, sagte Mona grob. „Prostituierte werden überdurchschnittlich oft Opfer von Straftaten. Daher wäre es sehr hilfreich, wenn Sie vor uns die Karten auf den Tisch legen.“

„Das habe ich getan, Frau Kommissarin. Falls Viola Kruse wirklich nebenbei Liebesdienste angeboten haben sollte, wusste ich davon nichts. Wenn Sie mir nicht glauben, dann ist das Ihr Problem. Für mich ist diese Unterredung beendet.“

Der Verdächtige stand auf. Diesmal versuchte Mona nicht, ihn daran zu hindern.

„Bleiben Sie noch länger auf der Insel, Herr Winter?“, fragte Enno.

„Zumindest bis morgen früh. Ich hoffe, dass Sie mich nicht noch einmal behelligen.“

„Da wäre ich mir nicht so sicher“, sagte Mona, als Winter außer Hörweite war. Nachdem der Agenturchef die Polizeiwache verlassen hatte, beriet sie sich mit Enno.

„Was hältst du von dem Schmierlappen, Partner?“

Enno grinste und goss für Mona und sich selbst Tee ein.

„Winter ist so falsch wie eine Sieben-Euro-Banknote. Und ich bin sicher, dass er keine weiße Weste hat. Sein Treuetest-Business eignet sich erstklassig für Nebeneinkünfte durch Erpressungen.“

„Du meinst, er kassiert doppelt ab?“

„Das würde ich jedenfalls an seiner Stelle tun, wenn ich kriminell wäre. Angenommen, ein Ehemann hat bei Viola den Treuetest nicht bestanden. Dann würde ich zu dem Kerl marschieren und ihm anbieten, die Sache unter den Teppich zu kehren. Natürlich gegen ein entsprechendes Schweigegeld. Und von der Ehefrau kassiere ich trotzdem das Honorar, weil die Dienstleistung erbracht wurde.“

Mona pfiff durch die Zähne.

„Was für ein Glück, dass du eine ehrliche Haut bist! – So könnte Winters Geschäftsmodell wirklich aussehen. Ich wünschte, dass ich mir einige seiner Treuetesterinnen persönlich vornehmen könnte. Wenn ich die Chance hätte, von Frau zu Frau mit den Mädels zu reden, wären sie vielleicht zu Aussagen gegen ihren Boss bereit. Vor allem, wenn man ihnen Viola Kruses Schicksal vor Augen führt.“

„Oltbeck wird dir eine Dienstreise nach Hannover niemals genehmigen“, brummte Enno. „Wir müssen uns also auf die Amtshilfe der Kollegen verlassen.“

Er griff zum Telefon und rief Oberkommissar Berghoff an. Mona verließ die Polizeiwache, um erneut im Hotel *Westfalia* nach Zeugen zu suchen. Einige Mitarbeiter hatte sie zuvor nicht angetroffen. Aber es war wie verhext. Das spätere Mordopfer und der Verdächtige schienen sich zumindest in dem Hotel nicht getroffen zu haben.

Die Kommissarin kehrte an ihren Arbeitsplatz zurück, wo Enno gerade den Telefonhörer auflegte. Sein missmutiger Gesichtsausdruck verhieß nichts Gutes.

„Was hat Berghoff gesagt? Kann er niemanden für die Befragungen der Zeuginnen erübrigen?“

„Doch, das läuft. Er will sich melden, sobald die Treuetesterinnen ins Gebet genommen wurden. Ich habe gerade nicht noch mit Hannover telefoniert, sondern mit dem kriminaltechnischen Labor in Oldenburg. Sie haben den DNA-Abgleich durchgeführt.“

Mona seufzte.

„Lass mich raten: Winter war nicht der zweite Mann in Violas Bett.“

Enno nickte.

Kapitel 7

Obwohl Mona mit diesem Ergebnis schon halbwegs gerechnet hatte, musste sie sich von dem Schock erst einmal erholen. Sie beriet sich mit ihrem Dienstpartner bei einer Tasse Tee.

„Ich bin sicher, dass Winter trotzdem Dreck am Stecken hat, Enno. Er hat uns nicht die Wahrheit gesagt, das spüre ich. Aber solange wir ihm nichts beweisen können, macht er sich auf Borkum ein paar schöne Tage und fährt dann munter nach Hause zurück."

„Ruf doch mal diese Mitbewohnerin in Hannover an", schlug Enno vor. „Das ist zwar kein Ersatz für ein Gespräch Auge in Auge, aber vielleicht kriegst du trotzdem mehr aus ihr heraus als die dortigen Kollegen. Wir müssen mehr über das Opfer erfahren, um den Täter ermitteln zu können."

Das war eine gute Idee, wie Mona fand. Sie setzte Ennos Vorschlag sofort in die Tat um. Es dauerte nicht lange, bis sie die Telefonnummer von Annette Wagner herausgefunden hatte. Die Mitbewohnerin von Viola Kruse nahm bereits nach dem dritten Freizeichen ab.

„Ja, bitte?"

„Mein Name ist Mona Sander, ich bin Kommissarin bei der Polizei Borkum. Ich habe noch ein paar Fragen zu dem Mordfall."

„Hören Sie, es tut mir leid, dass Viola tot ist. Aber ich weiß nicht, wie ich Ihnen helfen kann. Ich habe Ihren Hannoveraner Kollegen doch schon alles gesagt, was ich weiß."

„Ich will mir ein genaueres Bild von dem Opfer als Mensch machen. Laut Ihren eigenen Worten musste Violas Job als Treuetesterin früher oder später tödlich enden. Wie kamen Sie zu dieser Annahme?"

„Ich will keine Schwierigkeiten."

„Sie bekommen nur dann Probleme, wenn Sie nicht mit der Polizei kooperieren. Ich plane hier keinen Kindergeburtstag, sondern suche nach einem Mörder. Ich bin sicher, dass Sie Informationen zurückhalten."

„Viola war eine Bitch, okay? Ist es das, was Sie hören wollten?"

„Mir kommt es auf die Wahrheit an. Wodurch wurde das Opfer in Ihren Augen zur Bitch? Durch wechselnde Männerbekanntschaften?"

„Ich kann gar nicht so genau sagen, was Viola so getrieben hat, Frau Kommissarin. Jedenfalls hat sie keine Kerle mit nach Hause geschleppt, und dafür bin ich ihr sogar dankbar. In unserer Wohnung kann man nämlich die Flöhe husten hören, weil die Wände so dünn sind. Aber sie hat mit Sicherheit nicht wie eine Nonne gelebt. Manchmal blieb sie über Nacht weg, nachdem sie sich abends tierisch aufgebretzelt hatte. Und wenn sie morgens auf der Bildfläche erschien, sah sie ziemlich derangiert aus."

„Was ist mit Violas Finanzen?"

„Ich habe nie Kontoauszüge von ihr gesehen, falls Sie das meinen. Aber es war klar, dass sie nicht jeden Cent dreimal umdrehen musste, bevor sie ihn ausgab. Ich arbeite als Verkäuferin in einem Drogeriemarkt, kann mir keine großen Sprünge leisten. Aber Viola trug immer diese Designerklamotten, hatte ständig neue Schuhe, Schmuck, Kosmetik, ging zu einem Trend-Frisör – das volle Programm."

„Aber durch einen aufwändigen Lebensstil gerät man ja nicht automatisch in Gefahr."

„Das weiß ich auch, Frau Kommissarin. Aber ein paar Wochen vor Violas Tod wurde ich von einem Typen angesprochen, als ich gerade unser Wohnhaus betreten wollte. Er fragte mich, wann Fenja heimkäme. Ich erwiderte, dass ich niemanden kennen würde, der Fenja hieße."

„Was sagte der Mann daraufhin?"

„Er lachte und schien mir nicht zu glauben. Der Typ war gruselig. Er meinte noch, ich solle Fenja ausrichten, dass sie liefern müsse. Dann verschwand er, und ich habe ihn zum Glück nie wiedergesehen."

„Haben Sie Ihrer Mitbewohnerin von dieser Begegnung erzählt?"

„Ja, sicher. Bei uns im Wohnhaus leben hauptsächlich türkische Familien, außerdem zwei Rentnerehepaare. Von denen heißt niemand Fenja, das weiß ich. Aber als ich Viola darauf ansprach, wurde sie bleich und fahrig. Trotzdem behauptete sie, dass ihr der Name Fenja nichts sagen würde. Sie meinte, der Kerl wäre einfach nur auf Droge gewesen. Aber es kam mir so vor, als ob sie genau wüsste, wer mich da angequatscht hat."

„Können Sie mir den Mann genauer beschreiben?"

„Er war groß und schlaksig, trug einen dunklen Kapuzenpullover und zerschlissene Jeans. Ich schätze ihn auf Ende zwanzig. Und er wirkte ungepflegt. Er kam mir vor wie einer von den armen Teufeln, die vor dem Hauptbahnhof Geld schnorren."

„Dieses Erscheinungsbild passt aber nicht zu dem Luxuslebensstil Ihrer Mitbewohnerin."

„Ja, deshalb glaubte ich im ersten Moment auch an ein Missverständnis. Trotzdem bin ich sicher, dass meine Mitbewohnerin sich heimlich auch Fenja genannt hat."

„Warum haben Sie das nicht schon der Hannoveraner Polizei gesagt?"

„Ich war im ersten Moment perplex, als ich von Violas Tod erfuhr. Außerdem habe ich mich bemüht, die Begegnung mit diesem Kerl zu vergessen. Obwohl er mich nicht bedroht hat, fand ich ihn total zum Fürchten."

„Sind Sie diesem Mann noch einmal begegnet?"

„Zum Glück nicht."

„Könnten Sie den Verdächtigen einem Phantombildzeichner beschreiben?"

Annette Wagners Antwort bestand zunächst in einem langen Seufzer.

„Ich will keinen Ärger bekommen."

„Den kriegen Sie aber garantiert, wenn Sie die Polizei bei einer Mordermittlung nicht unterstützen. Sie müssen keine Angst vor diesem Kerl haben."

Es gelang Mona wirklich, die Mitbewohnerin zu beruhigen. Die Kommissarin beendete das Telefonat. Danach rief sie noch bei Oberkommissar Berghoff an und bat ihn, die Anfertigung eines Phantombilds zu organisieren. Dann legte sie auf.

„Die Beschreibung von diesem ‚Gruseltypen' ist ziemlich vage", meinte Enno. Er hatte das Gespräch mitgehört, da der Lautsprecher eingeschaltet gewesen war. „In Großstädten gibt es viele junge Burschen, die so gekleidet sind."

„Da spricht der Mann von Welt", erwiderte Mona augenzwinkernd, „aber ich gebe dir recht. Die Preisfrage lautet doch, was diese Fenja liefern sollte. Können wir uns für den Moment darauf einigen, dass Viola und Fenja ein und dieselbe Person sind?"

„Ja, dafür spricht einiges. Falls unser Mordopfer in Drogengeschäfte verwickelt war, dann hat sie zumindest nicht selbst konsumiert. Jedenfalls hat die Obduktion keine Hinweise auf regelmäßigen Rauschgiftkonsum ergeben. Die Schlaftabletten und eine geringe Menge Alkohol waren die einzigen Gifte, die sich in der Leiche nachweisen ließen.“

„Du sagst es, Enno. Für Viola als Dealerin spricht ihr aufwändiger Lebensstil und die Tatsache, dass sie offenbar im Geld schwamm. Aber andererseits sehe ich keine Verbindung zwischen ihr und der Drogenszene.“

„Abgesehen vom Gruseltyp.“

Mona grinste.

„Ja, obwohl man einen Kerl mit dieser Aufmachung eher am untersten Ende der Verwertungskette vermuten würde. Das passt nicht zusammen, Enno. Schau mal, Viola trägt Fünfhundert-Euro-Pumps und verprasst offenbar ihr illegal erworbenes Geld. Und dann erscheint ein Komplize bei ihr, dem man höchstens den Straßenverkauf von Crystal-Meth-Kleinmengen zutrauen würde?“

„Berghoff könnte auch noch das Hannoveraner Drogendezernat in die Ermittlungen einbinden“, schlug Enno vor. „Vielleicht sagt den Kollegen der Name Fenja etwas. Es ist überhaupt nicht nach meinem Geschmack, die Ermittlungen sozusagen fernsteuern zu müssen. Aber es wird uns wohl nichts anderes übrig bleiben, obwohl wir unseren Hauptverdächtigen momentan auf der Insel haben.“

„Dann denkst du also auch, dass Markus Winter unser Mann ist?“

Enno nickte.

„Meiner Meinung nach spielt er mit gezinkten Karten. Dass er Viola Kruse nicht selbst umgebracht hat, beweist noch gar nichts. So ein Schleimbolzen wie Winter macht sich doch sowieso nicht selbst die Finger schmutzig. Er wird einen Komplizen gehabt haben, der ihm die Drecksarbeit abgenommen hat.“

„Wobei sich dann wieder die Frage stellt, warum er das Risiko auf sich nahm, höchstpersönlich auf der Insel zu erscheinen.“

Monas Smartphone klingelte, wodurch der Wortwechsel zwischen der Kommissarin und ihrem Dienstpartner unterbrochen wurde. Auf dem Display war zu erkennen, dass Dagmar Sander anrief. Mona machte gegenüber Enno eine entschuldigende Geste und eilte nach draußen. Sie wollte nicht, dass er das Telefonat mitbekam.

Draußen vor der Polizeiwache lehnte sich Mona gegen die Backsteinmauer des schmucklosen Zweckgebäudes.

„Moin, Mama. Was gibt es?“

„Frage mich lieber, was es nicht gibt. Männer über fünfzig, die nicht völlig verkorkst sind, beispielsweise.“

Dagmar Sander war normalerweise stets beherrscht und kontrolliert. Wenn sie sich ihre schlechte Laune so eindeutig anmerken ließ, dann musste ihre Verabredung am Vorabend wirklich sehr mies gelaufen sein. Mona hakte nach.

„Also war dein gestriges Treffen ein Reinfall?“

„Das ist noch gelinde ausgedrückt.“ Monas Mutter seufzte. „Wenn ich dir einen guten Rat geben darf: Verabrede dich niemals mit einem frisch geschiedenen Immobilienkaufmann. Ich bin froh, dass die Hexenverfolgungen schon vor mehreren hundert Jahren abgeschafft wurden. Andernfalls wäre die bedauernswerte Ex dieses Wichtigtuers unweigerlich auf dem Scheiterhaufen gelandet. Und der Kerl hätte selbst die Fackel an die Holzstöße gelegt.“

Mona lachte.

„Wer weiß, vielleicht war die Frau ja wirklich so ein Besen. – Wie wäre es, wenn du heute Abend mit deiner ungezogenen Tochter vorliebnehmen würdest?“

Die Kommissarin wollte ihrer Mama ein Friedensangebot machen. Sie fühlte sich schuldig, weil sie in ihrer Fantasie Dagmar Sander und Enno eine Affäre angedichtet hatte. Immerhin war ihre Mutter nach Borkum gereist, um sie wiederzusehen. Da konnte es ja nicht schaden, mehr Zeit miteinander zu verbringen.

„Ja, sehr gern, wenn du dich mit deiner alten Mutter nicht langweilst.“

„Wer ist hier alt, Mama?“ Mona lachte. „Diesmal möchte aber ich das Lokal aussuchen. Wie wäre es, wenn wir uns direkt an der Promenade treffen, und zwar in *Ria's Beach Café*? Du kannst es nicht verfehlen, es befindet sich in der Nähe vom Musikpavillon.“

Dagmar Sander schien sich auf die erneute Begegnung zu freuen. Die beiden Frauen verabredeten sich für zwanzig Uhr. Mona steckte ihr Smartphone wieder ein und wollte gerade in die Polizeistation zurückkehren, als sie angesprochen wurde.

„Entschuldigen Sie, wo finde ich denn hier die Kriminalpolizei?“

Mona musterte die Frau, die ihr diese Frage gestellt hatte. Ihr Gegenüber war groß und blond. Vor zwanzig Jahren wäre die Unbekannte vermutlich als Modeltyp durchgegangen. Sie bemühte sich offenbar redlich, den Zahn der Zeit aufzuhalten. Doch es ließ sich nicht leugnen, dass sie bereits im fünften Lebensjahrzehnt stand. Attraktiv war sie allerdings nach wie vor, wenngleich ihr Gesichtsausdruck eine große innere Unruhe widerspiegelte.

Aber wer keine Probleme hat, braucht auch nicht die Hilfe der Kriminalpolizei, philosophierte Mona.

„Da sind Sie bei mir richtig, ich bin Kriminalkommissarin Mona Sander von der Polizei Borkum. Möchten Sie eine Straftat zur Anzeige bringen?“

„Ja, genau.“

Das ältliche Model nickte, sie wirkte nun entschlossen. So wie jemand, der sich endgültig zum Sprung vom Zehn-Meter-Brett durchgerungen hat. Mona bat die Dame, ihr zu folgen. Sie führte die Melderin zu ihrem Besucherstuhl. Enno blickte auf.

„Das ist mein Kollege, Oberkommissar Enno Moll. Und wie lautet Ihr Name?“

„Ich bin Barbara Winter.“

Unaufgefordert legte die Blonde ihren Personalausweis auf Monas Schreibtisch. Die Kriminalistin sah, dass Barbara Winter eine geborene Lohwinkel war und dieselbe Anschrift hatte wie Markus Winter. Nun war Monas Interesse endgültig geweckt.

„Ihr Ehemann hält sich zurzeit ebenfalls hier auf.“

Barbara Winter schlug ihre langen Beine übereinander.

„So, tut er das? Darüber wundere ich mich eigentlich nicht, Frau Kommissarin. Allerdings hat er mir nicht mitgeteilt, dass er nach Borkum zu reisen gedenkt. Ich habe in seinem Computer eine Onlinebuchung für ein Fährticket der AG Ems gefunden. Also habe ich mir zusammengereimt, dass er wohl auf Borkum sein wird.“

„Das klingt nicht danach, als ob Sie in Ihrer Ehe oft miteinander reden würden. Aber deshalb sind Sie nicht zu uns gekommen, oder?“

Barbara Winter straffte sich, bevor sie antwortete.

„Nein, Frau Sander. Ich habe Sie aufgesucht, weil ich glaube, dass mein Ehemann von Viola Kruse erpresst wurde.“

Mona und Enno tauschten einen überraschten Blick.

„Wie kommen Sie zu dieser Annahme, Frau Winter?“

Die Angesprochene begann an ihrer Unterlippe zu nagen, wodurch sie auf Mona eher wie eine Häsin als wie ein Model wirkte. Während Barbara Winter offenbar noch nach den passenden Worten suchte, holte Enno Tee für alle. Schließlich öffnete die Melderin den Mund.

„Mein Mann und ich haben uns auseinandergelebt. Ich bin mir schon seit Jahren sicher, dass er mich betrügt. Unsere Ehe existiert praktisch nur noch auf dem Papier. Er hat ja immer diese jungen, gut aussehenden Schnepfen in seiner Agentur, mit denen er die

Fremdgeher ködert. Eigentlich ist das doch eine Ironie des Schicksals, oder? Ein untreuer Ehemann, der mit einer Treuetest-Agentur das große Geld macht."

„Dann ist Ihr Ehemann also wirklich gut im Geschäft?"

„Ja, das kann man sagen. Und das ist auch der Grund dafür, dass ich mich nicht schon habe scheiden lassen. Sie mögen mich für ein geldgieriges Luder halten, Frau Kommissarin – aber ich mache mir über meine berufliche Zukunft keine Illusionen. Ich bin vierundvierzig Jahre alt und habe zuletzt vor zwanzig Jahren gearbeitet. Die Welt wartet nicht auf mich, und als Ehefrau von Markus Winter kann ich sehr bequem und sicher leben."

„Das leuchtet mir ein", erwiderte Mona. „Aber Sie zeigen Ihren Mann trotzdem bei der Polizei an?"

Barbara Winter warf Mona einen seltsamen Blick zu. Die Kommissarin kam sich plötzlich so vor, als ob sie etwas unglaublich Dummes gesagt hätte.

„Aber das ist doch überhaupt nicht meine Absicht, Frau Sander! Ich weiß inzwischen von dem Mord in diesem Borkumer Hotel, die Medien sind ja voll davon. Aber ich glaube nicht, dass mein Mann seine Mitarbeiterin Viola Kruse umgebracht hat."

„Wie kommen Sie zu der Annahme, dass er nicht der Mörder ist?"

Die Blonde stieß ein trockenes Lachen aus.

„Sind Sie verheiratet, Frau Kommissarin?"

„Ich weiß nicht, was mein Privatleben zur Sache tut", erwiderte Mona frostig.

„Ganz einfach. Wenn Sie so lange mit einem Mann zusammen wären, wie ich es bin, dann würden Sie ihn in- und auswendig kennen. Er könnte Ihnen nichts vormachen. Und das trifft auch auf Markus zu. Ich wüsste, wenn er so eine Bluttat begangen hätte. Das könnte ich ihm an der Nasenspitze ansehen."

Darauf hätte Mona einiges erwidern können. Sie hatte oft genug Ehefrauen und Ehemänner erlebt, die angesichts von Verbrechen ihres Partners aus allen Wolken fielen und sprichwörtlich eine Bruchlandung auf dem harten Boden der Tatsachen machten.

„Lassen wir die Schuldfrage bei der Mordsache mal für einen Moment beiseite, Frau Winter. Wir sollten über die Erpressung oder versuchte Erpressung sprechen. Was könnte Viola Kruse gegen Ihren Ehemann in der Hand gehabt haben?"

„Sie war schwanger von ihm. Das hätte sich durch einen DNA-Test leicht beweisen lassen."

„Woher wollen Sie das wissen?", hakte Enno nach, der sich bisher in den Wortwechsel nicht eingemischt hatte.

„Ich habe einmal zufällig ein Telefonat zwischen meinem Mann und seiner Mitarbeiterin belauscht. Da sagte Markus: ‚Und du bist sicher, dass dein Baby von mir ist, Viola? Wir wissen doch beide, wie du herumvögelst'."

Mona führte sich vor Augen, dass das Opfer vor seinem Tod mit zwei verschiedenen Männern Sex gehabt hatte. Diese Tatsache wollte sie Barbara Winter allerdings nicht auf die Nase binden.

„Ging denn Ihr Gatte auf den Erpressungsversuch ein?"

„Das kann ich Ihnen nicht sagen, Frau Kommissarin. Um die finanziellen Belange von Markus' Agentur kümmere ich mich nicht. Er hat im Zweifelsfall immer genug Geld flüssig, um Schweigegeld zahlen zu können. Es sei denn, die Summe wäre zu hoch gewesen. Aber ich weiß nicht, ob Viola Kruse so wirklichkeitsfremd war."

„Haben Sie das Mordopfer eigentlich persönlich gekannt?"

„Ja, einmal gab es eine Art Betriebsfeier in einem noblen Hannoveraner Restaurant. Da fand dann der Aufmarsch dieser durchgestylten Hühner statt. Für mich war das eine bittere Pille, denn ich muss zugeben, dass ich vor zwanzig Jahren genauso ausgesehen habe wie diese aufgebretzelten Schlampen."

Selbsterkenntnis ist der erste Schritt zur Besserung, dachte Mona. Sie sagte: „Wenn Sie Viola Kruse einmal auf einer Betriebsfeier begegnet sind, ist das nach meiner Meinung keine sehr intensive Bekanntschaft."

„Das war es auch nicht, Frau Kommissarin. Aber sie fragten mich danach, und ich habe wahrheitsgemäß geantwortet. Aber ich könnte Ihnen keine persönlichen Einzelheiten über Viola nennen. Ich kenne weder ihre Lieblingsfarbe noch ihr Lieblingstier. Ich weiß nicht, wo sie wohnt und ob sie noch einer anderen Tätigkeit nachgegangen ist."

Mona hob die Augenbrauen.

„Als Prostituierte beispielsweise?"

Barbara Winter stieß ein hartes Lachen aus.

„Das haben Sie gesagt, Frau Kommissarin."

Mona beugte sich vor.

„Wissen Sie, was ich nicht verstehe? Sie sagen aus, dass Sie Ihren Ehemann nicht für Viola Kruses Mörder halten. Aber warum erzählen Sie uns dann von dieser versuchten Erpressung?“

Die Melderin hob die Schultern.

„Ganz einfach. Ich dachte mir, wenn das Luder von Markus Geld will, wird er vermutlich nicht der Einzige sein, den sie unter Druck setzt. Als Treuetesterin saß die Kleine doch sozusagen an der Quelle, wenn es um Männer mit dunklen Geheimnissen ging.“

Das hätte mir auch selbst einfallen können, dachte Mona verdrossen. Es stimmte natürlich, was die Ehefrau des Verdächtigen sagte. Enno hatte angenommen, dass Winter als Nebengeschäft den „Testobjekten“ Schweigegeld abgeknöpft hatte. Aber ebenso gut wäre es Viola Kruse möglich gewesen, sich auf diese Art eine sprudelnde Nebeneinnahmequelle zu erschließen.

Dadurch erhöhte sich die Anzahl der möglichen Täter mit überzeugendem Motiv beträchtlich.

„Aber Sie können nicht mit Sicherheit sagen, ob von Ihrem Mann eine größere Summe Geldes an das spätere Mordopfer geflossen ist?“, vergewisserte sich Enno.

Barbara Winter schüttelte den Kopf.

„Leider nein, Herr Oberkommissar. Vielleicht sollten Sie ihn selbst danach fragen.“

„Das werden wir tun, keine Sorge“, gab Mona zurück. Sie wechselte das Thema.

„Sagt Ihnen eigentlich der Name Fenja etwas?“

Barbara Winter blinzelte, sie wirkte überrascht.

„Nein. Das ist ein friesischer Vorname, nicht wahr?“

„So ist es.“

„Ich kenne niemanden, der so heißt. Jedenfalls trägt keine von Markus’ Schnepfen diesen Namen. Und auch sonst fällt mir keine Person ein.“

Mona nickte und beschrieb der Ehefrau des Verdächtigen den Mann, der von Annette Wagner als „Gruseltyp“ bezeichnet worden war. Aber Barbara Winter gab an, ihm niemals bewusst begegnet zu sein.

„So, wie Sie mir den Mann schildern, würde ich vermutlich die Straßenseite wechseln, wenn er mir entgegenkäme“, beteuerte die Melderin. Das konnte sich Mona lebhaft vorstellen. Barbara Winter machte nicht den Eindruck, als ob sie allzu viel mit Leuten zu tun hätte, die nicht auf der Sonnenseite des Lebens standen.

„Beabsichtigen Sie, noch länger auf der Insel zu bleiben?“, fragte Mona, als Barbara Winter sich verabschieden wollte.

„Wenn ich noch irgendwo ein Hotelzimmer finde, dann ja. Jedenfalls werde ich meinem Mann aus dem Weg gehen. Er wird vermutlich nicht begeistert davon sein, dass ich mich an Sie gewandt habe.“

Mona ließ sich noch die Mobilfunknummer der Ehefrau geben, dann bedankte sie sich für die Aussage. Barbara Winter nickte den Ermittlern zu und war gleich darauf verschwunden.

„Da wird doch der Hund in der Pfanne verrückt“, brummte Enno. „Unser Freund Winter wird immer undurchsichtiger.“

„Das stimmt. Die Geschichte mit der Schwangerschaft ist allerdings kompletter Unsinn. Die Obduktion hat zweifelsfrei ergeben, dass Viola Kruse nicht in anderen Umständen war.“

„Das ist ja auch für eine Erpressung nicht nötig. Entweder glaubte sie wirklich, ein Kind zu bekommen …“

„… oder sie hat ihrem Boss einen Bären aufgebunden, um abzukassieren“, beendete Mona Ennos Satz. Eigentlich fiel sie ihm nicht gern ins Wort, aber die Kommissarin war nun vom Jagdfieber gepackt worden. Dass der Agenturchef die versuchte Erpressung gegenüber der Polizei verschwiegen hatte, machte ihn nur umso verdächtiger.

„Es wird Zeit, dass Winter Farbe bekennt“, stellte Enno fest. Mona nickte.

„Ja, lass uns ihm gleich auf die Bude rücken. Man muss das Eisen schmieden, solange es heiß ist.“

Mona und Enno meldeten sich bei ihren Kollegen ab und gingen zum Hotel *Westfalia* hinüber. Die Strandstraße, in der sich die Polizeistation befand, gehörte zu den beliebtesten und am meisten frequentierten Straßen der Insel. Bis zu dem Hotel des Verdächtigen waren nur wenige hundert Meter zurückzulegen. Dennoch kamen die Kriminalisten nur langsam voran, denn um die Mittagszeit füllten sich die Straßen mit hungrigen und shoppingwütigen Touristen und Kurgästen.

Mona präsentierte an der Rezeption erneut ihren Kripoausweis.

„Moin, wir müssen mit Herrn Winter sprechen.“

Die Kommissarin erfuhr, dass der Agenturchef auf seinem Zimmer war. Als sie im zweiten Stockwerk vor der Tür ankamen, bemerkten sie das „Nicht stören"-Schild an der Klinke. Mona hob die Augenbrauen. Ob Winter Damenbesuch hatte?

Sie drückte ihr Ohr gegen das Türblatt. Von drinnen war eine Männerstimme zu hören, die ärgerlich klang. Aber es fehlte die Gegenrede. Winter telefonierte offenbar. Und intime Zweisamkeit fand bei ihm auch nicht statt, jedenfalls war nichts von typischen Lustgeräuschen zu hören.

Mona klopfte mit der Faust an die Tür.

„Hier ist die Polizei Borkum! Öffnen Sie uns bitte, Herr Winter. Wir müssen Sie erneut befragen."

Daraufhin verstummte der Verdächtige. Stattdessen erklang ein leises Klirren, für das es nach Monas Meinung nur einen Grund geben konnte.

„Verflixt, der will durch das Fenster abhauen!"

Enno nickte und warf einen prüfenden Blick auf die Zimmertür. Aber sie war so massiv, dass sie nicht von dem hünenhaften Oberkommissar und erst recht nicht von seiner zierlichen Kollegin per Schulterstoß aufgebrochen werden konnte. So etwas gab es nur im Actionfilm.

Zum Glück erschien in diesem Moment ein Zimmermädchen mit ihrem Wäschewagen am anderen Ende des Ganges.

„Polizei!", rief Enno. Er war so laut wie das Nebelhorn der Borkum-Fähre. „Schließen Sie uns sofort diese Tür auf!"

Die junge Frau eilte herbei und schob ihren Generalschlüssel in das Schloss. Gleich darauf war die Tür offen. Mona benötigte nur einen Moment, um sich einen Überblick zu verschaffen. Zimmer und Nasszelle waren leer, dafür hatte Winter das zweiflügelige Fenster sperrangelweit geöffnet. Im Eifer des Gefechts war dabei eine der Scheiben zersprungen.

„Der Verdächtige wird doch wohl nicht in die Tiefe gesprungen sein?"

Ennos Stimme klang nun besorgt, aber Mona winkte ab. Sie hatte sich bereits weit aus dem Fenster gelehnt.

„Nee, unten auf der Straße ist nichts von ihm zu sehen. Es gibt hier einen schmalen Sims, auf dem ich Schuhabdrücke erkenne. Eigentlich eine Einladung an Hoteldiebe. Winter ist flüchtig."

Enno griff zum Funkgerät.

„Ich gebe eine Fahndungsmeldung heraus. Wenn die Kollegen den Fährhafen und den Flugplatz im Auge behalten, kann er zumindest nicht von der Insel herunter."

Das wusste Mona natürlich auch. Sie fragte sich, weshalb sich Winter zu dieser Verzweiflungstat hatte hinreißen lassen. Obwohl er offenbar nicht das Gleichgewicht verloren hatte, war eine Flucht über das schmale Sims nicht ungefährlich. Oder hatte er sich überhaupt keine Gedanken über die Folgen seines Handelns gemacht?

Diese Fragen konnte sie ihm stellen, wenn sie ihn erst einmal verhaftet hatte. Während Enno den Alarm auslöste, schaute Mona mithilfe des Zimmermädchens in alle übrigen Räume der Etage. Es stellte sich schnell heraus, dass Winter durch ein offen stehendes Fenster eines anderen Zimmers wieder hereingeklettert sein musste. Da sich in der Nähe die Notausgangstür befand, war er vermutlich auf diesem Weg entwischt. Sein Vorsprung konnte allerdings nicht mehr als fünf Minuten betragen.

„Enno, ich laufe Winter nach. Vielleicht schnappe ich ihn ja gleich, er wird keinen ausgeklügelten Fluchtplan haben."

„Alles klar. Wir bleiben über die Handys in Verbindung."

Mona verließ das Hotel ebenfalls durch den Notausgang und schaute sich draußen um. Sie versuchte, sich in den Flüchtenden hineinzuversetzen. Winter war nicht dumm. Er musste wissen, dass er die Insel nicht so einfach verlassen konnte. Wenn er seine Chancen erhöhen wollte, dann versteckte er sich am besten bis zum Einbruch der Dunkelheit. Dann hätte er beispielsweise versuchen können, an Bord einer der Yachten im Borkumer Hafen zu gelangen.

Das Hotel Westfalia befand sich nur einen Steinwurf weit vom Inselbahnhof entfernt. Mona lief quer über den Hof an Abfallbehältern vorbei auf die Apotheke am Bahnhof zu. Momentan stand gerade ein Zug der Kleinbahn mit seinen farbigen Waggons zur Abfahrt Richtung Reede bereit. Der Bahnsteig war voll mit Passagieren, die sich vor den offenen Plattformen der nostalgischen Wagen drängten. Es war schwierig, den Überblick zu behalten. Besonders, wenn man so klein war wie Mona.

Sie hatte die Apotheke und den Fahrkartenschalter gecheckt, auch in die Eisdiele und den Zeitschriftenladen warf sie einen Blick. Winter war nirgendwo zu erblicken.

Aber dann sah sie ihn hinter dem letzten Waggon über die Gleise gehen!

Mona rannte hinterher und stolperte über eine Reisetasche, die mitten auf dem Bahnsteig stand. Sie fiel der Länge nach hin und fluchte laut. Da drehte Winter sich um. Er hatte sie bemerkt und gab nun noch extra Gas. Die Kommissarin hätte sich wegen ihrer Ungeschicklichkeit in den Hintern beißen können. Aber Lamentieren half jetzt nichts.

„Stehen bleiben, Polizei!", rief sie mit heller Stimme.

Winter hörte nicht auf sie. Nachdem er die Gleise überwunden hatte, rannte er quer über den parkähnlichen kleinen Georg-Schütte-Platz, wo Senioren auf Holzbänken saßen und verblüfft die Verfolgungsjagd betrachteten.

Mona hatte den Vorteil der Ortskenntnis und war außerdem gut trainiert. Allerdings musste sie zugeben, dass auch der Agenturchef nicht schlecht in Form war. Obwohl er einige Jahre älter war als sie, legte er ein beachtliches Tempo vor.

Jenseits des offenen Parkgeländes musste er allerdings langsamer werden, denn am Bahnhofspfad kam ihm eine größere Reisegruppe entgegen. Es blieb dem Flüchtenden nichts anderes übrig, als sich zwischen den Menschen hindurchzudrängen. Einen anderen Weg konnte er nicht nehmen, denn Mona hatte inzwischen aufgeholt und war ihm dichter auf den Fersen.

Die Touristen protestierten, als sie ebenfalls an ihnen vorbei wollte. Mona machte einen langen Hals, um Winter nicht aus den Augen zu verlieren. Sie musste mitkriegen, ob er Richtung Westerstraße oder Richtung Alte Schulstraße abbog. Als Mona endlich an der Reisegruppe vorbei war, hatte Winter den Abstand zu ihr wieder vergrößern können. Aber sie sah, dass er sich am *Kaffeepöttchen* vorbei Richtung Strandstraße bewegte.

Das darf doch nicht wahr sein!, dachte die Kommissarin. *Ob dem Typen klar ist, dass er direkt auf die Wache zurennt?*

Sie fischte ihr Smartphone aus der Tasche und holte im Laufen die Nummer der Dienststelle aus dem Kurzwahlspeicher.

„Moin, Polizei Borkum."

Das war die Stimme von Grietje Smit.

„Hier ist Mona, kannst du mal eben nach draußen gehen und Winter verhaften? Er müsste gleich aus der Alten Schulstraße hervorgeschossen kommen."

„Sehr witzig."

„Das ist kein Scherz, Grietje. Ich rede von Winter, diesem Schleimbeutel, den wir heute verhört haben. Also los, beweg deinen Hintern!“

„Wenn du mich so nett bittest …“

Das Telefonat war beendet. Grietje mochte frech sein, aber ihre Arbeit nahm sie ernst. Daher hatte Mona keine Zweifel, dass ihre Kollegin dem Verdächtigen den Weg abschneiden würde. Und so war es auch.

Mona war immer noch ein Stück weit hinter dem Flüchtenden, als Winter die Einmündung der Strandstraße erreicht hatte und sich bei *Opa sein klein Häuschen* nach rechts wandte. Er bemerkte nicht die junge Polizeimeisterin, die nun wie ein blau uniformierter Springteufel aus Richtung Revierwache kam. Grietje packte Winter von hinten am Arm und trat ihm gleichzeitig in die Kniekehlen.

Damit hatte er nicht gerechnet. Der Verdächtige ging zu Boden, und Grietje drückte ihm ihr Knie ins Kreuz. Außerdem versuchte sie, seine Arme hinter den Rücken zu reißen. Im nächsten Moment hatte auch Mona die beiden erreicht. Mit vereinten Kräften gelang es den Beamtinnen, dem Geflüchteten Handschellen anzulegen.

„Warum so eilig, Herr Winter?“, fragte Mona. Sie triumphierte innerlich. Ihr Herz raste, sie war nach der Verfolgungsjagd außer Atem. Aber es war ein herrliches Gefühl, endlich einen Hauptverdächtigen aus dem Verkehr ziehen zu können. Nun würde die Lösung des Rätsels in greifbare Nähe rücken, dessen war Mona sicher.

Gemeinsam mit Grietje stellte sie den Verhafteten auf seine Beine. Dann wurde Winter zur Polizeistation gebracht, noch bevor die verdutzten Umstehenden mit ihren Smartphones zu filmen beginnen konnten.

Kapitel 8

Winter hatte sich am Telefon und bei seiner ersten persönlichen Begegnung mit der Kommissarin sehr entgegenkommend und scheinbar kooperativ gezeigt. Davon konnte jetzt keine Rede mehr sein.

„Wir vernehmen Sie jetzt als Beschuldigten in einem Strafverfahren“, erklärte Mona. „Sie können einen Rechtsbeistand hinzuziehen, wenn Sie es wünschen.“

Der Agenturchef sagte kein Wort, sondern warf ihr nur einen düsteren Blick zu. Die Kriminalistin zuckte mit den Schultern.

„Gut, Sie können auch die Aussage verweigern. Das ist Ihr gutes Recht, und außerdem müssen Sie sich nicht selbst belasten. Da wir mit Ihnen nicht weiterkommen, muss der Untersuchungsrichter in Emden über eine mögliche Untersuchungshaft entscheiden. Aber das wird am heutigen Tag nichts mehr, also verbringen Sie die Nacht in unserer Arrestzelle.“

Diese Ankündigung schien den Verhafteten nicht zu beeindrucken, jedenfalls protestierte er nicht dagegen. Enno hatte Winter bereits gründlich durchsucht, dabei aber keine Waffen oder gefährlichen Gegenstände gefunden. Der Verdacht auf Anstiftung zum Mord blieb trotzdem bestehen, bis er entkräftet werden konnte.

Mona schmierte für Winter höchstpersönlich ein paar Graubrote mit Leberwurst, damit er sich nicht später über schlechte Behandlung beklagen konnte. Dazu bekam er Hagebuttentee in seine Zelle serviert.

„Das ist doch fast wie in der Jugendherberge, nur ohne Stockbetten, nicht wahr?“

Aber Winter konnte über Monas Scherz nicht lachen, jedenfalls verzog er keine Miene und hielt nach wie vor den Mund.

„Mal sehen, wie lange das Schweigegelübde anhält“, meinte Enno, als Mona sich wenig später an ihrem Arbeitsplatz mit ihm beriet. Sie hielt Winters Smartphone in der Hand, das bei der Verhaftung beschlagnahmt worden war.

„Ja, am Telefon war der Knabe ja noch sehr redselig … mal sehen, mit wem er vorhin telefoniert hat. – Du glaubst es nicht, Enno, aber seine Frau hat ihn angerufen!“

„Wahrscheinlich hat sie ihm aufs Butterbrot geschmiert, dass sie bei uns war und ihn verpfiffen hat.“

„Ja, aber wie kann man so dämlich sein? Uns will Barbara Winter weismachen, dass sie die Begegnung mit ihrem Gatten vermeiden wollte – und dann hat sie nichts Besseres zu tun, als ihn zu kontaktieren?“

„Ich werde die Frauen niemals verstehen“, seufzte der Oberkommissar und faltete die Hände über dem Bauch. Mona hingegen griff zu ihrem eigenen Handy und rief nun ihrerseits die Ehefrau des Verdächtigen an.

Schon nach dem zweiten Freizeichen meldete sich Barbara Winter.

„Hallo?“

„Raten Sie mal, wen wir gerade verhaftet haben!“

„Mit wem spreche ich?“

„Kommissarin Sander von der Polizei Borkum. Wollen Sie uns eigentlich für dumm verkaufen, Frau Winter? Erst behaupten Sie, jeden Kontakt zu Ihrem Mann vermeiden zu wollen – und dann rufen Sie ihn an, kaum dass Sie die Revierwache verlassen haben!“

„Ich habe meine Meinung eben geändert, wo ist das Problem?“

„Das Problem besteht darin, dass Ihr Gatte einen Fluchtversuch unternommen hat, als wir an seine Zimmertür klopften.“

„Oh, das tut mir leid. Geht es ihm gut?“

„Jedenfalls wurde Markus Winter nicht verletzt, obwohl er Kopf und Kragen riskiert hat. Wir fragen uns jetzt natürlich, weshalb er sich unbedingt der Befragung entziehen wollte.“

„Woher soll ich das wissen? Fragen Sie ihn doch selbst, wenn er sich schon in Ihrer Gewalt befindet.“

Die herablassende Art von Barbara Winter ging Mona gewaltig auf den Wecker.

„Erzählen Sie mir nicht, wie ich meine Arbeit zu erledigen habe! Worum ging es in dem Telefonat zwischen Ihnen und Ihrem Ehemann?“

„Das ist privat und geht Sie überhaupt nichts an, Frau Kommissarin.“

„Ich führe eine Mordermittlung, und die verläuft nach ihren eigenen Regeln. Wir werden Ihren Gatten wegen Anstiftung zum Mord anklagen. Falls Sie mit Informationen hinter dem Berg halten oder Mitwisserin sind, dann befrage ich Sie das nächste Mal als eine Beschuldigte.“

„Wie gesagt, der Inhalt meines Telefongesprächs ist nicht Ihre Angelegenheit. Wenn ich das nächste Mal mit Ihnen rede, ziehe ich besser einen Rechtsanwalt hinzu."

Barbara Winter legte auf. Das Adrenalin jagte durch Monas Adern. Sie musste einige Male tief durchatmen, bevor sie wieder einen klaren Gedanken fassen konnte.

„Was für eine dumme Kuh!", schimpfte die Kommissarin. Enno kam zu ihr herüber und legte beruhigend seine große Pranke auf ihre Schulter.

„Lass dich doch von der Schnepfe nicht ärgern, Mona. Wir haben bisher noch gar nicht die Rolle von Winters Gattin beleuchtet. Hat sie in seiner Agentur mitgearbeitet? War sie eventuell sogar selbst eine Treuetesterin, bevor sie den Kerl geheiratet hat? Und ist die Winter vielleicht nur zur Polizei gerannt, um von ihrer eigenen Mitschuld abzulenken?"

Mona nickte.

„Du hast recht, Enno. Das sind alles Dinge, die wir herausfinden müssen."

„Aber nicht mehr heute, sonst meckert Oltbeck wieder wegen der Überstunden. Morgen ist ja auch noch ein Tag."

Mona stand auf.

„Ja, und vielleicht wird Winter nach einer Nacht in der Zelle redseliger. Wenn seine Frau von ihrer eigenen Mitschuld ablenken wollte, hat sie das jedenfalls sehr ungeschickt gemacht. Jetzt habe ich sie nämlich erst recht auf dem Radar. Und austricksen lasse ich mich von so einer Sumpfeule schon mal gar nicht."

Enno lachte gemütlich.

„Mit Mona Sander legt man sich eben besser nicht an."

Die Kommissarin musste ebenfalls grinsen.

„Du sagst es, mein Lieber. Also, ich wünsche dir einen schönen Feierabend. Wir sehen uns morgen."

Mona verließ die Wache, stieg auf ihr Rad und fuhr zunächst nach Hause. Jetzt hatte sie gute Laune, obwohl das Telefonat mit Barbara Winter sie genervt hatte. Aber unter dem Strich konnte sich die bisherige Bilanz dieses Falls sehen lassen, wie sie fand. Markus Winter war zumindest als Anstifter dringend tatverdächtig, und die versuchte Erpressung konnte ein überzeugendes Tatmotiv sein.

Aber wie passte der junge „Gruseltyp" in dieses Bild? Und war Fenja wirklich ein Pseudonym, unter dem Viola ganz andere

Machenschaften abgewickelt hatte? War sie vielleicht doch als Edel-Callgirl tätig gewesen? Aber solche Frauen benutzten eher mondän oder exotisch klingende Künstlernamen wie beispielsweise Coco, Trixi oder Chantal. Das war jedenfalls Monas Meinung.

Während die Kriminalistin in ihrer Wohnung unter die Dusche ging, konnte sie endlich abschalten. Das heiße Wasser schien die Gedanken an ihren Fall wegzuspülen. Sie freute sich darüber, dass nun doch keine heiße Liebesaffäre zwischen Dagmar Sander und Enno stattfand. Es war ja nicht so, dass Mona ihrer Mutter neue Sinnlichkeit missgönnte – aber doch nicht unbedingt mit dem Oberkommissar!

Mona nahm sich fest vor, weniger zickig zu sein. Und als Zugeständnis an den Geschmack ihrer Mutter warf sie sich diesmal mehr in Schale als bei der vorherigen Verabredung. Sie zog einen knielangen Rock an, außerdem ein modisches Oberteil und eine leichte Strickjacke gegen die Abendkälte.

Auf dem Weg zur Promenade genoss die Kriminalistin wieder einmal den Panoramablick auf den Nordseehorizont. Die untergehende Sonne tauchte die Wolken in pfirsichfarbenes Licht, und selbst das dissonante Kreischen der Möwen klang in diesem Moment friedlich. Monas Stimmung wurde noch gelöster und heiterer, als sie es bereits war. Nun freute sie sich richtig auf die Begegnung mit ihrer Mutter.

Das änderte sich allerdings, als Mona ihr Fahrrad angeschlossen hatte und auf *Ria's Beach Café* zuging. Dagmar Sander saß auf der Terrasse, sie hatte ihre Tochter bereits entdeckt und winkte begeistert. Mona erwiderte den Gruß, doch ihr Enthusiasmus hielt sich in Grenzen.

Ihre Mutter saß nämlich nicht allein am Tisch.

Bei ihr waren zwei Männer, offenbar Vater und Sohn. Die Familienähnlichkeit ihrer Gesichtszüge war für Monas geschulten Kriminalistinnenblick nicht zu übersehen. Beide waren große, kräftige und flachsblonde Kerle. Sie sahen so aus, wie Mona sich alteingesessene Borkumer vorstellte. In früheren Jahrhunderten hatten die Insulaner als Harpuniere oder Matrosen auf den Walfangschiffen im Nordmeer angeheuert.

Aber die Männer waren in diesem Moment für Mona zweitrangig. Sie ahnte bereits, dass Dagmar Sander nicht rein zufällig in

Begleitung war. An anderen Tischen gab es nämlich noch genug Platz.

Ihre Mutter hatte sie offenbar überrumpeln wollen. Und die Kommissarin hasste Überraschungen.

Mona schaffte es immerhin, ein Lächeln anzuknipsen. Es sah vermutlich falsch aus, aber daran konnte sie auch nichts ändern.

„Moin, Mama. Störe ich?"

„Nein, wie kommst du denn darauf, Schatz?" Dagmar Sander stieß ein gekünsteltes Lachen aus. „Ich möchte dir zwei nette Bekannte von mir vorstellen. Das sind Sönke Ibbenga und sein Sohn Harm."

Mona musste nicht lange rätseln, welcher der beiden Männer bei diesem unfreiwilligen Doppel-Date für sie bestimmt war. Harm Ibbenga sah auf den ersten Blick ganz manierlich aus. Allerdings schien er nicht zu wissen, wo er seine großen roten Hände lassen sollte. Mal faltete er sie, dann verschränkte er die starken Finger ineinander. Außerdem konnte er Mona nicht ins Gesicht sehen, obwohl (oder weil) sie direkt neben ihm saß.

Der Typ ist mindestens dreißig, muss aber wahrscheinlich noch entjungfert werden, dachte Mona gehässig, *aber bitte nicht von mir!*

Harm Ibbenga wirkte viel selbstbewusster als sein Sprössling. Für ihn schien es bereits eine ausgemachte Sache zu sein, dass die Sander-Frauen in seine Familie einheiraten würden. Mona fragte sich, ob ihre Mutter dieses Vater-Sohn-Gespann bereits länger als nur wenige Minuten kannte. Es war, als ob Dagmar Sander ihre Gedanken gelesen hätte.

„Ich bin schon etwas länger hier, weil ich die Aussicht genießen wollte. Da kam ich mit Herrn Ibbenga ins Gespräch, und später stieß sein Sohn dazu. Ist das nicht ein fantastischer Zufall?"

Mona lächelte, als wenn sie in eine saure Zitrone gebissen hätte.

„Ja, wie das Leben so spielt. Aber wir wollen Sie nicht länger aufhalten, meine Mutter und ich haben uns miteinander verabredet …"

Dagmar Sander fiel ihrer Tochter ins Wort.

„Es spricht doch nichts dagegen, wenn wir gemeinsam mit diesen sympathischen Herren zu Abend essen. Oder?"

Seit wann steht es mir zu, deine Pläne zu durchkreuzen?, sagte Mona innerlich zu ihrer Mutter. Aber momentan konnte sie sich noch beherrschen und hielt den Mund. Dagmar Sander betrachtete ihr Schweigen offenbar als Zustimmung.

„Herr Ibbenga besitzt einen landwirtschaftlichen Großbetrieb in der Nähe von Jever."

„Ach, wie interessant." Monas Stimme hörte sich zuckersüß an. „Dann ist Ihre Gattin gewiss sehr stolz auf Sie."

Der Friese seufzte und musterte die Kommissarin mit seinen blassblauen Augen.

„Meine Frau hat mich schon vor Jahren verlassen, sie führt ein Abenteuerleben. Zum Glück hält mein Junge zu mir, er wird eines Tages die Firma übernehmen."

Mona kam sich plötzlich vor wie in einer Fernsehshow, in der Landwirte mit heiratswilligen Kandidatinnen verkuppelt werden. Mit dem kleinen Unterschied, dass sie überhaupt kein Interesse bekundet hatte.

Immerhin tröstete es die Kriminalistin, dass die Situation nicht ihr allein unangenehm war. Auch Harm schien sich nicht wohl in seiner Haut zu fühlen.

„Dann haben Sie gewiss nicht viel Freizeit, Herr Ibbenga. So ein landwirtschaftlicher Großbetrieb fordert doch vollen Einsatz."

Der jüngere Mann zuckte zusammen, als Mona ihn ansprach. Er tat ihr leid, gewiss hatte er sich diese Situation auch nicht herbeigesehnt.

„J-ja, ich muss immer ganz früh raus, um die Schweine zu füttern."

„Meine Tochter Mona ist Kriminalbeamtin hier auf Borkum. Sie hat erst vor Kurzem ganz allein einen gefährlichen Sexualstraftäter verhaftet, der mich belästigt hat."

Mona konnte mit Lob noch weniger umgehen als mit Kritik, also winkte sie ab.

„So riskant war der Zugriff gar nicht, die Person hat praktisch keinen Widerstand geleistet."

Der Landwirt öffnete den Mund.

„Trotzdem, ist das nicht ein zu gefährlicher Beruf für …"

Die Kommissarin fiel Sönke Ibbenga ins Wort.

„Sie wollten jetzt aber nicht sagen, dass Frauen bei der Polizei nichts verloren haben, oder?"

Dagmar Sander spürte offenbar, dass ihre Tochter einen Streit vom Zaun brechen wollte. Sie ging verbal dazwischen.

„Ich verhungere gleich, wollen wir nicht schon mal das Essen bestellen?"

Mona versuchte krampfhaft, sich zu beherrschen. Am liebsten wäre sie aufgestanden und gegangen, aber dann würde ihre Mutter wahrscheinlich nie wieder ein Wort mit ihr reden. Also vertiefte sie sich in die Speisekarte und entschied sich für Scampi in Knoblauchöl, während Dagmar Sander einen Salat wollte und die Herren saftigen Steaks den Vorzug gaben.

„Ich liebe Knoblauch“, gestand Mona im Plauderton, „nur darf ich dann heute Nacht keine Zungenküsse mehr verteilen.“

Da ihre Mutter weder diese Gewürzpflanze noch anzügliche Bemerkungen schätzte, fing sie sich einen strafenden Blick ein. Aber Mona wollte deutlich machen, dass dieses gemeinsame Abendessen nicht ihren Vorstellungen entsprach.

Nun waren nicht nur Harms Hände, sondern auch seine Ohren knallrot geworden. Ob er sich wohl gerade vorstellte, dass Mona ihn küsste?

„Der Humor meiner Tochter ist etwas gewöhnungsbedürftig. Durch ihre unregelmäßigen Arbeitszeiten fällt es ihr nicht leicht, Kontakte zu knüpfen. So bleibt man leicht Single, wenn man nichts dagegen unternimmt.“

„Meine Mutter wünscht sich so sehr, dass ich ihr Enkel schenke. Ich hätte Lehrerin werden sollen, aber ich habe mich für die Polizeilaufbahn entschieden. Mama hofft vermutlich, dass die nächste Generation dann wieder in ihre Fußstapfen tritt.“

Die Ibbengas lauschten dem Wortgefecht zwischen den beiden Frauen. Schließlich schüttelte der ältere Mann den Kopf.

„Ja, die Uhr tickt. Mein Sohn muss auch dringend unter die Haube. Aber auf dem Land ist es schwer, die passende Braut zu finden.“

„Oh, ich habe bei meiner Arbeit auch öfter mal Gummistiefel an“, sagte Mona. „Und in einem Stall war ich auch schon mal. Allerdings nur, um mir die sterblichen Überreste eines Mordopfers anzuschauen.“

„Das ist kein Thema für diesen schönen Nordseeabend“, erklärte Dagmar Sander in ihrem besten Zurechtweisungston. Zum Glück wurde nun das Essen serviert, sodass Mona sich zunächst mit den Scampi befassen konnte. Ihre Mutter warf ihr zwischendurch immer wieder missbilligende Blicke zu. Die Kriminalistin trank jetzt nämlich den Frascati wie Wasser, und mit zunehmendem Alkoholpegel entwickelte sie einen verzweifelten Plan.

Als Mona aufgegessen hatte, tupfte sie ihre Lippen ab und wandte sich an Harm.

„Das war lecker, aber ich brauche jetzt unbedingt Bewegung. Haben Sie Lust, mich bei einem kleinen Strandspaziergang zu begleiten?“

Der Bauernsohn zuckte abermals zusammen, aber dann nickte er heftig. Vermutlich konnte er sein Glück kaum fassen. Mona stand auf und wandte sich an ihre Mutter.

„Ihr werdet euch gewiss auch ohne uns gut unterhalten. Wir sind bald wieder da.“

Die Kommissarin freute sich innerlich diebisch über die Verwirrung, die sie von Dagmar Sanders Gesicht ablesen konnte. Vermutlich wusste sie jetzt gar nicht mehr, was ihre Tochter wollte.

Mona hakte sich bei Harm Ibbenga ein, und sie gingen zum Nordstrand hinunter, der sich unmittelbar vor der Promenade befindet. Es war inzwischen schon fast dunkel, aber sie waren nicht allein auf dem breiten Sandstreifen. Man konnte mehrere Liebespaare in inniger Umarmung erkennen.

Mona blieb abrupt stehen.

„Lass uns eine Sache klarstellen, Harm. Ich glaube, dass du dir diesen Abend anders vorgestellt hast, genau wie ich auch. Ich finde dich nett, aber wir werden niemals heiraten oder uns auch nur küssen. Und das nicht nur wegen meiner Knoblauchfahne.“

In der Finsternis konnte sie sein Gesicht nicht gut erkennen. Aber Harms Worte waren nicht misszuverstehen.

„Ich bin froh, dass du so denkst, Mona. Wir sind uns einig. Es ist nämlich so, dass ich schwul bin.“

„Und dein Vater weiß nichts davon, oder?“

„Nein, das würde er niemals begreifen. Und er sucht immer wieder nach einer Frau für mich.“

„Eines Tages wird er die Wahrheit erfahren müssen, oder?“

„Ja, das stimmt. Aber ich habe Angst, ihn zu enttäuschen.“

Mona fasste spontan nach Harms großen Händen, die sich sehr hart anfühlten.

„Weißt du was? Das Gefühl kenne ich. Ständig bilde ich mir ein, meiner Mutter etwas beweisen zu müssen. Ist das nicht bescheuert?“

„Ja, ist es. Aber wir können nicht aus unserer Haut.“

Die beiden standen nahe an der Brandung, das Wasser erreichte beinahe ihre Schuhe. Die frische Brise schmeckte salzig auf den Lippen. Weit draußen auf der Nordsee war das Nebelhorn eines Schiffs zu hören. Mona hätte in eine romantische Stimmung geraten können, wenn sie auch nur ein wenig in Harm verliebt gewesen wäre. Warum musste das Leben immer so kompliziert sein? Sie seufzte.

„Und wie kommen wir aus dieser Nummer wieder raus, Harm? Du hast ja bestimmt gemerkt, dass meine Mutter ein Auge auf deinen Vater geworfen hat und außerdem uns beide miteinander verkuppeln will."

„Ja, das ist mir nicht entgangen. Ich lebe zwar auf dem Land und habe außerdem keine Erfahrung mit Frauen, aber dumm bin ich deshalb noch lange nicht."

Mona errötete, was man bei den Lichtverhältnissen zum Glück nicht sehen konnte. Ihr wurde bewusst, dass sie Harm unterschätzt hatte. Sie sagte sich, dass sie einen Menschen viel zu schnell beurteilte und dabei oft danebenlag. Ob das auch auf ihren aktuellen Fall zutraf?

„Deine Mutter wird ja nicht ewig auf Borkum bleiben. Vielleicht können wir einfach auf Zeit spielen. Mein Papa ist nämlich ein schwieriger Charakter, er eckt bei vielen Leuten an. Wenn sie das Interesse an ihm verliert, wird sie auch nicht mehr eine Verbindung zwischen uns gutheißen."

„Das ist eine gute Idee. Notfalls können wir ja immer noch einen Plan B entwickeln. Aber ich werde dich heute Abend nicht mit zu mir nach Hause nehmen, kapiert? Wenn ich das täte, hielte mich meine Mutter nicht nur für eine Versagerin, sondern auch noch für eine Nymphomanin."

Harm lachte leise.

„Das hatte ich auch nicht angenommen, Mona. – Wollen wir wieder hochgehen? Es wird allmählich kalt."

Damit war Mona einverstanden, und sie stapften durch den kühlen feuchten Sand zur Promenade zurück. Die Kommissarin war erleichtert, weil sie mit Harm an einem Strang ziehen konnte. Er tat ihr leid, denn sein Handlungsspielraum war definitiv viel kleiner als ihr eigener. Während Harm unter der Fuchtel seines konservativen Vaters stand und in seinem Kuhdorf keinen Liebhaber finden konnte, würde Mona früher oder später ihre Freiheit zurückgewinnen. In dem Moment, in dem Dagmar Sander die Insel verließ, konnte sie aufatmen. Darauf freute sie sich schon jetzt.

Als sie an den Tisch zurückkehrten, bemühte sich Mona nach Kräften, dem Bauernsohn verliebte Blicke zuzuwerfen. Dabei durfte sie allerdings auch nicht zu dick auftragen, denn ihre Mutter war intelligent und würde den Schwindel sonst vermutlich durchschauen.

„Wir hatten uns viel zu erzählen, aber es ist schon spät“, sagte Mona und berührte Harms große rote Hand. „Leider muss ich morgen arbeiten, deshalb möchte ich mich bald verabschieden.“

„Aber wir werden uns wiedersehen“, ergänzte Harm.

Die Kommissarin warf ihrer Mutter einen unauffälligen Seitenblick zu. Aber Dagmar Sander schien nicht Lunte gerochen zu haben. Vielmehr wirkte sie so selbstzufrieden wie die Profi-Kupplerin der TV-Show, die mit Bauernliebschaften ein Millionenpublikum zu begeistern vermochte.

Und Sönke Ibbenga? Der Vater ihres vermeintlichen Bräutigams musterte sie von oben bis unten. *Vermutlich denkt er darüber nach, ob ich nicht doch zu klein und schwach für die Stallarbeit bin*, sagte sich Mona. *Aber wenn sich keine andere Heiratskandidatin für Harm findet, wird er sich wohl mit mir zufriedengeben. Getreu dem Sprichwort: In der Not frisst der Teufel Fliegen.*

Mona stand auf und verabschiedete sich brav von allen Anwesenden. Trotz ihres Temperaments war sie keineswegs streitsüchtig, und der ständige Zwist mit ihrer Mama zermürbte sie auf die Dauer. Deshalb verstand sie sich mit ihrer Mutter immer dann am besten, wenn sie selbst auf Borkum blieb und Dagmar Sander nach Braunschweig zurückkehrte.

„Schlaf gut, Schatz“, flötete Monas Mutter. „Ich bleibe noch einen Moment und leiste den Herren Gesellschaft. Wir haben es ja nicht weit bis zu unseren Hotels.“

Die Kommissarin nickte. Sie hatte vorhin mitbekommen, dass die Ibbengas in einem der anderen Traditionshäuser an der Jann-Berghaus-Straße abgestiegen waren. Man konnte innerhalb weniger Minuten von der Promenade aus dorthin gelangen.

Mona hatte doch mehr getrunken, als sie es vorgesehen hatte. Doch der Alkohol hatte sie nicht ermüdet, sondern aufgekratzt. Als sie später in ihrem Bett lag, suchte sie vergeblich nach Ruhe. Während dieses unglückseligen Abendessens war es ihr zeitweise gelungen, ihren aktuellen Fall auszublenden. Aber nun drehten sich ihre Gedanken fortwährend und quälend um die offenen Fragen, bis sie schließlich in einen unruhigen Schlaf fiel.

Am nächsten Morgen fühlte sich Mona wie gerädert. Da war es umso erfreulicher, Ennos gut gelauntes Gesicht zu sehen. Zumal sie jetzt sicher sein konnte, dass seine positive Stimmung nichts mit Flirtversuchen ihrer Mutter zu tun hatte.

„Moin, Mona. Du rätst nie, wer heute Morgen dringenden Gesprächsbedarf hat."

Sie musste grinsen und versuchte, ein möglichst nachdenkliches Gesicht zu machen.

„Lass mich raten – vielleicht Markus Winter?"

Der Oberkommissar nickte.

„So ist es. Die Nacht in unserer Arrestzelle muss eine durchschlagende Wirkung auf den Agenturchef gehabt haben. Ich habe ihm schon höchstpersönlich ein Frühstück gebracht, wir können also gleich mit dem Verhör loslegen.

Das war ein Beginn des Arbeitstages ganz nach Monas Geschmack. Gemeinsam mit Enno betrat sie den Verhörraum, in dem Winter bereits wartete. Er schien keine erholsame Nachtruhe hinter sich zu haben. Jedenfalls ähnelte die Farbe seines Gesichts der des Graubrots, mit dem die Borkumer Polizei ihre unfreiwilligen Gäste verpflegte.

Mona belehrte den Verdächtigen noch einmal über seine Rechte, aber er winkte ab.

„Schon gut, ich kenne die Litanei inzwischen. Einen Anwalt brauche ich nicht, denn diesmal werde ich die Wahrheit sagen."

„Darüber freuen wir uns natürlich, falls Ihre Angaben wirklich den Tatsachen entsprechen. Vor Gericht wird sich Ihre Kooperationsbereitschaft positiv für sie auswirken", sagte Mona.

Winter nickte gedankenverloren und nippte an der Teetasse, die Enno ihm gebracht hatte.

„Ja, dann ist diese Sache endlich vom Tisch."

Der Oberkommissar beugte sich vor.

„Nun mal *Butter bei die Fische*, Herr Winter: Warum sind Sie wirklich nach Borkum gekommen?"

„Viola hat mich darum gebeten. Ach, was heißt gebeten. Sie flehte mich am Telefon förmlich an. Und obwohl ich wichtige andere Termine hatte, bin ich sofort auf die Insel gereist. Ich habe schließlich eine gewisse Fürsorgepflicht gegenüber meinen Mitarbeiterinnen."

„Also war Viola Kruse wirklich nur Ihre Treuetesterin und nicht Ihre Geliebte?"

Winter beantwortete Monas Frage mit einem Nicken.

„Ja, zwischen uns lief nichts. Sie war attraktiv, sonst hätte sie Ihren Job wohl auch nicht machen können. Welcher Mann will schon mit einer grauen Maus fremdgehen? Aber sie war nicht mein Typ Frau, außerdem trenne ich strikt zwischen Beruf und Privatleben."

„Ich glaube Ihnen nicht", sagte Mona. „Ihre Gattin hat uns erzählt, dass Viola Kruse von Ihnen schwanger war und Sie erpresst hat."

Der Agenturchef lachte, aber er klang nicht amüsiert.

„Diesen Bären hat Barbara Ihnen aufgebunden? Meine Frau rief mich an, kurz bevor Sie an meine Hotelzimmertür klopften. Sie drohte mir mit der Polizei und wollte mir einreden, dass sie meine Pläne durchkreuzt hätte. Ich würde angeblich meines Lebens nie wieder froh werden. Kurz danach wollten Sie dann mit mir reden. Da bekam ich Panik und türmte durch das Fenster. Das war vermutlich mein größter Fehler, aber in dem Moment wollte ich nur noch weg."

„Wir wissen, dass das Mordopfer nicht in anderen Umständen war", erklärte Mona. „Die Frage ist nur, ob Ihnen diese Tatsache bekannt war. Eine Erpressung hätte ja auch funktioniert, wenn Viola Kruse Ihnen einreden konnte, dass sie von Ihnen schwanger sei."

„Nein, denn ich hatte nie etwas mit dieser Frau. Das klingt für Sie vielleicht nicht glaubhaft, aber so war es. Außerdem habe ich Ihnen nicht umsonst meine DNA-Probe gegeben. Damit lässt sich beweisen, dass ich in der Mordnacht nicht mit Viola zusammen war."

Das stimmte natürlich, aber nach Monas Meinung war Winter dadurch keineswegs vom Verdacht befreit. Sie lehnte sich in ihrem Stuhl zurück.

„In Ordnung, lassen wir diese angebliche Erpressung für einen Moment beiseite. Weshalb wünschte sich denn Viola Kruse so dringend Ihren Besuch, wenn sie doch gar nicht Ihre Geliebte war?"

„Das fragte ich mich auch, Frau Kommissarin. Und da ich neugierig bin, fuhr ich nach Borkum und traf mich mit Viola."

„Wo?"

„An der Promenade, in einer von diesen Milchbuden. Ich kannte mich ja auf Borkum nicht aus und musste mir von einem Taxifahrer erklären lassen, wie ich dahin komme. Nach einigem Suchen fand ich dann wirklich Viola. Sie hatte sich in eine Ecke verkrochen, trug eine Sonnenbrille und wirkte auf mich sehr verängstigt."

„Aus welchem Grund?"

„Das fragte ich sie natürlich auch, Frau Sander. Aber Viola wollte nicht mit der Sprache heraus. Sie sagte mir, je weniger ich wüsste, desto besser wäre es auch für mich. Aber andererseits wollte sie von mir beschützt werden. Ist das nicht verrückt?“

„Ja, so verrückt, dass es mir unglaubwürdig erscheint“, sagte Mona. Winter nickte eifrig.

„Sehen Sie? Genau aus diesem Grund wollte ich nicht die Wahrheit preisgeben. Mir war klar, dass Sie mir sowieso nicht glauben würden.“

„Sind Sie jetzt auch noch Gedankenleser?“, höhnte die Kommissarin. „Überlassen Sie es gefälligst uns, wie wir die Informationen einordnen. Auch eine unwahrscheinliche Geschichte kann trotzdem stimmen. Sie sollten also Viola Kruse vor einer nicht näher bezeichneten Gefahr abschirmen?“

Winter nickte.

„Ich sagte ihr, dass ich mich dazu nicht in der Lage fühlte. Ich bin zwar kein Feigling, aber ich betreibe eine Treuetest-Agentur und kein Personenschutzunternehmen. Aber als sie sich überhaupt nicht mehr beruhigen wollte, gab ich ihr einen Revolver.“

Mona horchte auf. Jetzt wurde es wirklich interessant, zumal bei der Durchsuchung des Hotelzimmers keine Waffe gefunden worden war.

„Was für einen Revolver?“

„Ein Smith & Wesson Kaliber .38 mit kurzem Lauf. Eine klassische Damenwaffe, wie man so schön sagt. Passt in jede Handtasche. Und er war mit scharfer Munition geladen.“

„Wo hatten Sie die Waffe her?“

Der Agenturchef zögerte kurz, bevor er antwortete.

„Ich habe da so meine Quellen.“

„Also Schwarzmarkt“, stellte Mona klar. „Deswegen kriegen Sie auf jeden Fall Ärger. Aber Sie sollten sich jetzt ernsthaft überlegen, ob Sie noch jemanden decken wollen.“

Winter schüttelte den Kopf.

„Das ergibt keinen Sinn, Frau Kommissarin. Warum sollte ich einerseits zugeben, eine illegale Waffe besessen zu haben, und andererseits den wahren Mörder von Viola decken wollen?“

Damit hatte der Beschuldigte recht, aber Mona ließ sich nicht so schnell den Wind aus den Segeln nehmen. Sie zeigte Winter Fotos von Garrelt Rieken. Der Agenturchef verneinte, ihn jemals gesehen zu haben.

„Dann ist dieser Mann also kein Testobjekt Ihrer Agentur? Ich frage das, weil er mit Viola geschlafen hat."

Winter machte ein verblüfftes Gesicht.

„Mit dem Kerl hat sie sich eingelassen? Ich hätte ihr einen besseren Geschmack zugetraut."

„Erotische Anziehungskraft ist ja nicht die einzige Motivation für einen Geschlechtsakt", stellte Enno fest. „Wenn Sie Viola Kruses Zuhälter waren, dann wäre jetzt der passende Zeitpunkt für ein Geständnis."

„Nein, verflucht", fauchte Winter. „Was haben Sie eigentlich für ein Bild von Viola und von mir? Ich wiederhole mich ungern, aber an meinem Geschäft ist nichts Anrüchiges. Ich zahle Steuern wie jeder andere Unternehmer auch. Der Staat hatte bisher kein Problem damit, mein Geld anzunehmen. Wenn das Testen von ehelicher Treue wirklich kriminell wäre, gäbe es längst ein Gesetz dagegen."

„Sie sind ja ein ganz ausgeschlafener Typ!", ätzte Mona. „Und der Name Fenja sagt Ihnen wahrscheinlich auch nichts, oder?"

„Nein, der Name sagt mir nichts. Ist das verboten?"

Der Agenturchef verschränkte die Arme vor der Brust. Seine ganze Körpersprache drückte Ablehnung aus. Obwohl Mona Winter nach wie vor nicht mochte, kam er ihr in diesem Moment doch glaubhaft vor. Das wollte sie ihm allerdings nicht auf die Nase binden.

„Es wäre aber möglich, dass Viola Kruse nebenbei Dinge am Laufen hatte, von denen Sie nichts wussten?"

„Ja, selbstverständlich. Falls meine Mitarbeiterin sich wirklich prostituiert haben sollte, dann entweder auf eigene Rechnung oder mit einem anderen Zuhälter. Aber ganz gewiss nicht in meinem Auftrag!"

„Die Hannoveraner Kollegen von der Abteilung für Wirtschaftskriminalität werden Ihr Unternehmen genau unter die Lupe nehmen", erklärte Mona mit zuckersüßer Stimme. „Und falls Sie illegale Einnahmen haben, wird die Wahrheit ans Licht kommen."

„Tun Sie doch, was Sie nicht lassen können."

Enno nickte langsam.

„Wenn Viola Kruse gar nicht Ihre Geliebte war, weshalb hat Ihre Ehefrau uns dann von der angeblichen Erpressung erzählt?"

„Weil sie krankhaft eifersüchtig ist, Herr Oberkommissar. Es war für Barbara noch niemals ein Problem, mein Geld auszugeben. Aber die Tatsache, dass ich es mithilfe von jungen, attraktiven Mitarbeiterinnen verdiene, schmeckt ihr überhaupt nicht. Ich hatte gehofft, dass die falschen Beschuldigungen durch meine Frau mit den Jahren zurückgehen würden. Stattdessen ist es immer schlimmer geworden. Aber dass sie mich bei der Polizei anschwärzt, hat es bisher noch nicht gegeben."

Mona stand auf.

„Das Verhör ist beendet, Sie werden noch heute dem Haftrichter vorgeführt. Ob er Untersuchungshaft anordnet, kann ich nicht beurteilen. Bei Ihnen besteht allerdings auf jeden Fall Verdunkelungsgefahr, solange die Hannoveraner Kollegen Ihre Firmenunterlagen noch nicht geprüft haben."

Winter warf der Kommissarin einen hasserfüllten Blick zu, während er von Hinderk Ekhoff weggebracht wurde. Mona kochte eine frische Kanne Tee, dann beriet sie sich mit Enno.

„Was hältst du von Winters Aussage, Partner?"

„Ich habe ihm geglaubt, ehrlich gesagt. Es wäre natürlich hilfreich, wenn wir den Revolver fänden. Die Annahme einer Bedrohung passt auch zu dem Unbekannten, dem die Mitbewohnerin begegnet ist. Und es wäre möglich, dass Viola unter dem Namen Fenja ein Doppelleben geführt hat."

„Ein Doppelleben, das sie sogar vor Ihrem Boss erfolgreich verbergen konnte", stimmte Mona zu. „Ich werde die Ehefrau genauer unter die Lupe nehmen, dazu sind wir ja leider noch nicht gekommen."

Die Kommissarin warf ihren Computer an und loggte sich in die Datenbanken des Landeskriminalamtes ein. Es dauerte nicht lange, bis sie fündig wurde.

„Unsere eifrige Zeugin Barbara Winter ist kein unbeschriebenes Blatt, Enno! Als sie noch ihren Mädchennamen Lohwinkel trug, wurde sie von einem gewissen Bernd Neubert angezeigt, und zwar wegen Belästigung und Einbruch."

„Tatsächlich?" Der Oberkommissar blickte von seinen Unterlagen auf. „Was war damals geschehen?"

„Als Barbara Winter ein Teenager war, gab es den heutigen Stalking-Paragrafen 238 noch nicht. Laut diesem Protokoll hier konnte ihr die Belästigung nicht nachgewiesen werden, obwohl sie den Melder Bernd Neubert Tag und Nacht verfolgte. Aber als sie in sein Zimmer einbrach und dort ein Sweatshirt klaute, wurde sie gesehen. Die Kollegen stellten später das Kleidungsstück in ihrem Mädchenzimmer sicher. Sie hatte es mit ins Bett genommen."

„Das klingt ja wirklich so, als ob sie ein sehr großer Fan von Neubert gewesen wäre."

„Barbara Winter gab damals in der Vernehmung zu, bis über beide Ohren in Neubert verliebt gewesen zu sein. Sie wurde zu fünfzig Sozialstunden verurteilt."

„Hat das Stalking danach aufgehört?"

„Jedenfalls kam es zu keinen weiteren Strafanzeigen."

„Also hat diese Frau schon einmal Symptome eines Liebeswahns gezeigt", stellte Enno fest. „Es ist vorstellbar, dass Winter die Wahrheit gesagt hat. Immerhin belastet er sich selbst, wenn er zugibt, Viola Kruse den Revolver beschafft zu haben."

„Solange ich die Waffe nicht sehe, existiert sie für mich nur in Winters Fantasie. Vergiss nicht, dass der Geschäftemacher gerissen ist. Er könnte ein groß angelegtes Ablenkungsmanöver starten, um uns auf eine falsche Fährte zu lenken."

Mona wollte noch mehr sagen, wurde aber durch das Telefon auf ihrem Schreibtisch unterbrochen. Sie nahm das Gespräch an, es dauerte nur kurz. Als sie den Hörer wieder aufgelegt hatte, sprach Enno sie an.

„Gute Nachrichten, Mona? Du lächelst so glücklich."

„Tue ich das, Enno? Dazu habe ich auch allen Grund, und du ebenfalls. Berghoff war am Apparat. Der Kollege konnte ermitteln, wer sich hinter dem Pseudonym Fenja verbirgt. Und die Identität des ‚Gruseltypen' dürfte ebenfalls geklärt sein. Er schickt uns die Dateien gleich rüber."

Kapitel 9

Wenig später war das Material auf Monas Rechner gelandet.

„Das ist doch kaum zu glauben, Enno. Viola Kruse war unter dem Namen Fenja Petersen Aktivistin bei den *Meropis Warriors*."

„Bei wem?"

„Ich habe auch noch nie von der Vereinigung gehört. Aber laut unseren Kollegen handelt es sich um eine radikale Umweltschutzgruppe, die den Kampf gegen Verseuchung und Ausbeutung von Böden auf ihre Fahnen geschrieben hat. Ich habe hier auch einen Link zu einer Homepage, das musst du dir anschauen."

Der Oberkommissar kam zu Mona herüber und linste ihr über die Schulter, während sie die Seite öffnete.

„*Warriors* sind Krieger, so weit reicht mein Englisch gerade noch. Und was soll ich mir unter *Meropis* vorstellen?"

„Das wusste ich bis vor einer Minute auch noch nicht, Enno. Aber hier steht, dass Meropis eine Art untergegangener Idealstaat war, so wie Atlantis. Nur eben weitaus unbekannter."

„Es gibt ja sogar Leute, die glauben, Atlantis hätte unweit von Borkum in der Nordsee gelegen", brummte der Oberkommissar. „Dann sind diese *Warriors* also eine Art von Idealisten?"

„Ja, aber Idealisten, die Straftaten begehen. Darum sind sie auch ins Visier der Hannoveraner Kollegen geraten. – Hier, sie brüsten sich sogar selbst damit."

Mona klickte auf ein Video, das die *Meropis Warriors* auf ihre Homepage gestellt hatten. Darauf waren drei vermummte Gestalten zu sehen, die das Schaufenster einer Bank mit Steinen einwarfen und dann davonliefen. Eine Alarmsirene gellte. Der Clip dauerte nicht länger als eine Minute.

„Hier ist auch ein Bekennerschreiben veröffentlicht. Das Kreditinstitut finanziert angeblich einen finsteren Diktator, der seine eigene Bevölkerung und die Naturschätze seines Landes hemmungslos ausbeutet", sagte Mona.

„Die Motivation dieser Gruppe steht also fest, aber ich sehe die Verbindung zu Borkum noch nicht. Außerdem: Woher wissen wir, dass Viola Kruse da mitgemischt hat? Ich kann sie mir nur schwer als Aktivistin in Jeans und Kapuzenpulli vorstellen."

„Ich auch nicht, aber es gibt einen Aussteiger, der die *Meropis Warriors* verlassen hat. Sein Name lautet Jens Kaminski. Er hat offenbar kalte Füße bekommen und bietet sich als Kronzeuge an, weil seine ehemaligen Kumpane schwerere Straftaten planen als das Einwerfen von Fensterscheiben."

„Attentate?"

„So weit bin ich noch nicht mit dem Lesen. Ich druck dir die Protokolle einfach aus, und wir schauen sie uns parallel an, was hältst du davon? Und dann erzählen wir uns gegenseitig, was wir von den Informationen halten."

Damit war Enno einverstanden, da er sowieso nicht gern am Bildschirm las. Die beiden Kriminalisten vertieften sich in ihre Lektüre, bis Enno nach einiger Zeit das Wort ergriff.

„Dieser Jens könnte derjenige sein, der die Mitbewohnerin vor der Haustür angesprochen hat. Er sagte aus, dass die *Warriors* eine Zeit lang den Kontakt zu Fenja verloren hatten und befürchteten, sie würde sich verabschieden. Und Jens sollte sie unter Druck setzen."

„Dass ausgerechnet er es war, der dann zu den Behörden lief, ist wohl als Ironie des Schicksals zu sehen. Hast du schon gelesen, auf wen Fenja angesetzt war?"

Enno nickte.

„Sie sollte im Auftrag der *Meropis Warriors* Hauke Tamminga ausspionieren. Weißt du, wer das ist?"

Die Kommissarin schüttelte den Kopf.

„Du bist ja auch noch nicht so lange auf der Insel, Mona. Tamminga ist ein bekannter Unternehmer, der schon seit vielen Jahren ein sehr repräsentatives Ferienhaus auf Borkum besitzt."

„Mit anderen Worten: Er ist stinkreich. Aber diese Tatsache allein reicht ja nicht aus, um ins Visier der Umweltgruppe zu gelangen. Oder?"

„Die Antwort findest du in dem zweiten Vernehmungsprotokoll mit Jens Kaminski. Tamminga steht im Verdacht, Giftmüll illegal nach Afrika zu exportieren. Das ist ein Riesengeschäft, weil eine ordnungsgemäße Entsorgung in Deutschland vergleichsweise viel teurer ist. Sogar dann, wenn man die Schmiergelder für den Zoll dieser Länder mit berechnet."

Mona nippte nachdenklich an ihrem Tee.

„Also war Tamminga sozusagen Fenjas Zielobjekt. Findet sich irgendwo ein Hinweis, was genau sie tun sollte?"

„Jens Kaminski behauptet, die Einzelheiten wären nur der Führungsebene der Meropis Warriors bekannt gewesen."

„Die Idealisten haben also auch ein paar Bosse", spottete Mona. „Angenommen, Winter sagt die Wahrheit und Fenja/Viola hat sich wirklich gefürchtet. Wäre es nicht denkbar, dass sie vor Tamminga und seinen Handlangern Angst hatte? Wenn ein Unternehmer so massiv gegen Gesetze verstößt, dann wird er sich gewiss nicht von ein paar Vermummten die Butter vom Brot nehmen lassen. Womöglich hat er das spätere Mordopfer durchschaut."

Enno war skeptisch.

„Und sie dann durch einen Auftragskiller um die Ecke bringen lassen? Du weißt aber schon, dass wir hier auf Borkum sind und nicht in Chicago, oder?"

„Das Wort Auftragskiller hast du in den Mund genommen, mein Lieber. Ob sich wohl Tamminga gerade in seinem Ferienhaus aufhält?"

„Es wäre jedenfalls einen Versuch wert, ihm auf die Bude zu rücken. Allerdings sollte ich besser allein gehen."

Mona schaute Enno ungläubig an.

„Muss ich so dringend zum Friseur? Schämst du dich, mit mir in der Öffentlichkeit gesehen zu werden?"

Der Oberkommissar lächelte.

„Du weißt genau, wie ich es meine, Mona. Diplomatie gehört nicht zu deinen stärksten Eigenschaften, und ein Mann wie Tamminga kann uns ernsthaft Schwierigkeiten machen."

Mona lag die Bemerkung auf der Zunge, seit wann Enno vor einflussreichen Persönlichkeiten kuschte. Aber sie bremste sich gerade noch rechtzeitig, weil sie erkannte, dass er sie nur schützen wollte. Mona hatte die seltene Gabe, sich um Kopf und Kragen zu reden, wenn sie in der entsprechenden Stimmung war.

„Also gut, dann horche den kriminellen Geldsack mal mit viel Fingerspitzengefühl aus. Ich selbst werde mich in der Zwischenzeit ebenfalls nützlich machen und mir Barbara Winter vorknöpfen. Ich will ihr deutlich machen, dass sie sich mit einer Falschaussage in Teufels Küche bringen kann."

„Eine ausgezeichnete Arbeitsteilung."

Enno war hocherfreut. Er brach sofort auf, um zu dem Unternehmer zu fahren. Tammingas Ferienhaus befand sich im Ostland, ein Stück weit vom Ortskern entfernt. Mona griff zum Telefon und rief Barbara

Winter an. Die Ehefrau klang gereizt, als sich die Kommissarin bei ihr meldete.
„Was wollen Sie denn schon wieder von mir?"
„Ich muss mich noch einmal mit Ihnen treffen, es haben sich neue Gesichtspunkte ergeben."
„Ihre Gesichtspunkte sind mir offen gestanden egal, Frau Kommissarin."
„Das sollten sie aber nicht sein, Frau Winter. Ich kann Sie auch auf die Polizeistation vorladen, das wird dann weitaus weniger angenehm für Sie."
Barbara Winter stieß einen langen Seufzer aus.
„Also gut, dann kommen Sie in Gottes Namen zu mir. Ich bin momentan im Yachthafen-Restaurant."
Mona blickte auf die Uhr. Ob die Frau mit der nächsten Fähre abdampfen wollte? Jedenfalls war noch genügend Zeit, bis das Schiff ablegte. Die Kommissarin schwang sich auf ihr Fahrrad. Da sie gut im Training war, legte sie die Strecke auf der schnurgeraden Reedestraße schnell zurück. Eigentlich war es ihr lieber, sich den frischen Wind um die Nase wehen zu lassen. Den Dienstwagen wusste sie hauptsächlich bei Dauerregen oder in der Wintersaison zu schätzen.
Das Restaurant bot einen Panoramablick auf die offene Nordsee und die Boote im Yachthafen. Leichter Nieselregen setzte ein, als Mona das Lokal betrat. Sie fand Barbara Winter an einem der Fensterplätze. Sie blickte nicht auf, als die Kommissarin sich zu ihr setzte. Stattdessen konnte sie sich nicht von der Horizontlinie lösen.
„Wie halten Sie es bloß aus, das ganze Jahr lang auf so einer kleinen Insel zu wohnen? Oder sind Sie hier nur saisonal eingesetzt, Frau Sander? Ich würde mir eingesperrt vorkommen, wenn ich nur so wenig Raum um mich herum hätte."
„So winzig ist Borkum gar nicht. Außerdem ist unsere Insel immer noch größer als eine Gefängniszelle. Behinderung von Ermittlungen ist nämlich kein Kavaliersdelikt, Frau Winter."
Nun hörte die Gattin des Verdächtigen damit auf, Mona zu ignorieren. Stattdessen warf sie der Kriminalistin einen bösen Blick zu.
„Ich weiß nicht, wovon Sie reden."
Es gab eine kleine Pause, weil die Bedienung kam und Mona sich einen Kakao bestellte. Als die junge Frau wieder gegangen war, sagte

Mona: „Wirklich nicht? Es spricht alles dafür, dass Sie diese Erpressung frei erfunden haben. Viola Kruse war vermutlich in kriminelle Machenschaften verwickelt, die aber absolut nichts mit Ihrem Ehemann zu tun haben. Mehr darf ich Ihnen nicht sagen. Sie haben diese Frau fälschlicherweise eines Verbrechens beschuldigt."

„Na, und wenn schon!", platzte Barbara Winter heraus. „Dieses Luder wirft sich verheirateten Männern an den Hals. Da muss sie doch damit rechnen, dass es mal schiefgeht."

Mona hatte alle Mühe, ihre Wut im Zaum zu halten.

„Dann sind Sie also der Meinung, Viola Kruse hätte ihren Tod verdient gehabt?"

Die Verdächtige lachte gehässig.

„Wie lautet doch die Redensart: Wer sich in Gefahr begibt, kommt darin um."

„Sie stehen auf Binsenweisheiten? Mir sind Bibelzitate lieber: ‚Wer von euch ohne Sünde ist, der werfe den ersten Stein'. So heißt es im Johannes-Evangelium."

„Ich hätte nicht gedacht, dass Sie so bibelfest sind, Frau Kommissarin."

Der Spott in Barbara Winters Stimme war nicht zu überhören, aber Mona ließ sich nicht beirren.

„Das bin ich normalerweise auch nicht. Aber dieser Satz hat sich fest in mein Gedächtnis eingebrannt. Und wissen Sie auch, warum? Weil ich ihn in meinem Beruf immer wieder passend anwenden kann. Ich muss Sie wohl nicht daran erinnern, dass Sie in die Wohnung von Bernd Neubert eingebrochen sind. Sie beschuldigen eine Tote einer Straftat und haben dabei selbst keine weiße Weste."

„So, diese alten Kamellen haben Sie also ausgegraben? Wie schön für Sie. Aber ich kann es nun einmal nicht ertragen, wenn meine Liebe mit Füßen getreten wird. Über Bernd bin ich schon lange hinweggekommen. Ich glaubte, in Markus den Mann fürs Leben gefunden zu haben. Aber stattdessen erwies er sich als Playboy, der den ganzen Tag lang mit diesen billigen kleinen Flittchen arbeitet – wenn man das so nennen kann."

„Also dachten Sie sich die Erpressung aus, um Ihren Mann unter Mordverdacht geraten zu lassen?"

Monas Stimme war anzuhören, wie fassungslos sie war. Aber Barbara Winter zeigte keine Reue. Sie zuckte nur mit den Schultern.

„In meinen Augen war das reine Notwehr. Ich kann doch nicht sehenden Auges zulassen, dass Viola und diese anderen jungen Dinger meinem Ehemann den Kopf verdrehen. Man kann gegen das Gefängnis sagen, was man will. Aber immerhin gibt es dort keine Frauen."

Mona schüttelte den Kopf.

„Das mag sein, aber Sex gibt es im Strafvollzug mehr, als Sie sich vorstellen können. Fremdgehen könnte er also auf jeden Fall. Fest steht, dass Sie die Ermittlungen in einem Mordfall behindert haben. Sie werden Post von der Staatsanwaltschaft bekommen. Und die Fähre wird ohne Sie fahren."

„Bin ich verhaftet?"

„Nein, das nicht. Aber Sie begleiten mich jetzt zur Polizeidienststelle, wo ich Ihre Aussage protokolliere. Wenn Sie unterschrieben haben, können Sie meinetwegen bleiben, wo der Pfeffer wächst."

Die beiden Frauen machten aus ihrer gegenseitigen Abneigung kein Hehl, als sie wenig später in einem Taxi vom Hafen zum Ort zurückkehrten. Das eisige Schweigen half Mona, ihre Gedanken zu ordnen. Immerhin konnte man die nicht stattgefundene Erpressung nun als Mordmotiv ausschließen. Das war aber auch das einzig Positive, das sie der Befragung von Barbara Winter abgewinnen konnte.

Mona versuchte, diese Frau so schnell wie möglich loszuwerden. In der Polizeistation ließ sie sich das Geständnis der eifersüchtigen Gattin in den Computer diktieren. Und nachdem Barbara Winter das ausgedruckte Protokoll signiert hatte, rauschte sie grußlos nach draußen.

„Fahr zur Hölle!", zischte Mona halblaut. Aber Enno, der gerade zurückkehrte, hatte ihre Worte trotzdem verstanden.

„Ich kann auch wieder gehen, wenn du meinen Anblick nicht erträgst", sagte er augenzwinkernd.

„Quatsch, du warst doch nicht gemeint! Diese Gewitterziege …"

Der Oberkommissar fiel Mona ins Wort.

„Ich weiß nicht, wie es dir geht – aber mein Denken leidet eindeutig unter meinem Magenknurren. Hast du schon Mittagspause gemacht? Warum essen wir nicht etwas und tauschen dabei unsere Informationen aus?"

„Schon überredet."

Mona hatte sich so über Barbara Winter aufgeregt, dass allein schon dieses Gefühl vermutlich unzählige Kalorien verbrannt hatte. Sie war nicht so ein Genussmensch wie Enno, aber eine anständige Mahlzeit würde auch ihre Stimmung wieder aufmöbeln und ihre Leistungsfähigkeit stärken. Jedenfalls hoffte sie das.

Die beiden Ermittler gingen zum *Knurrhahn* in der Franz-Habich-Straße. Wie durch ein Wunder fanden sie in dem gut besuchten Fischimbiss noch einen Platz an der langen Holztheke. Mona gönnte sich eine Fischsuppe, während Enno sich für den Smutjeteller entschied. Der Oberkommissar nahm einen Schluck von seinem alkoholfreien Bier, während sie auf ihr Essen warteten.

„Also, warum konnte dich Barbara Winter so auf die Palme bringen?“

„Weil sie ein verlogenes Miststück ist, Enno! Sie sollte besser eine Psychotherapie machen oder sich von ihrem Göttergatten trennen. Oder beides.“

Mona fasste kurz zusammen, was bei der Unterredung mit der Frau des Verdächtigen herausgekommen war. Enno nickte bedächtig.

„Ja, die Erpressungsgeschichte können wir endgültig abhaken. Mein Besuch bei Tamminga war allerdings auch nicht von Erfolg gekrönt.“

„Wie kommt es, dass ich nicht verwundert bin?“, seufzte Mona genervt. „Erzähl mir bitte mehr, Enno.“

„Ich erschien in dem Ferienhaus und wurde von einem aalglatten jungen Mann empfangen. Zunächst glaubte ich, den Sohn des Unternehmers vor mir zu haben. Ich kenne Tamminga vom Sehen und weiß, wie er aussieht.“

„Aber den Jüngling kanntest du nicht?“

„Als Jüngling würde ich die Person auch nicht beschreiben. Ich schätze ihn auf Mitte zwanzig. Er stellte sich mir als Dennis Grave vor, nachdem ich mich als Polizist zu erkennen gegeben hatte. Grave ist angeblich Tammingas Assistent.“

„Du hörst dich nicht so an, als ob du ihm geglaubt hättest. Was ist Grave denn deiner Meinung nach in Wirklichkeit für Tamminga? Vielleicht sein Lustknabe?“

„Ich weiß es nicht. Tamminga und Grave machen auf mich nicht den Eindruck eines homosexuellen Liebespaares. Aber ich kann mich auch täuschen. In diesen Dingen bin ich nicht so erfahren.“

„Es ist nicht deine Schuld, dass du auf Borkum geboren wurdest und nicht in San Francisco“, erwiderte Mona mit gutmütigem Spott. „Gehen wir also einfach davon aus, dass Grave wirklich nur eine Art Geschäftsführungsassistent ist.“

„Oder sein Job besteht darin, Maxi auszuführen.“

Enno bekam seinen Smutjeteller und machte sich über das Fischgericht her.

„Maxi? Also ist Tamminga auf den Hund gekommen?“

„Ja, er hat eine Labradorhündin. Grave nahm das Tier mit hinaus, damit ich in Ruhe mit dem Verdächtigen sprechen konnte. Maxi ist nämlich sehr anhänglich, sie wich kaum von Tammingas Seite.“

„Dann kann zumindest Maxi dem Verdächtigen ein lückenloses Alibi liefern. – Okay, das war ein dummer Witz von mir. Wie ging es weiter?“

„Ich sprach Tamminga direkt auf Viola Kruse an und zeigte ihm ein Foto der Ermordeten. Er behauptete, sie noch niemals gesehen zu haben und auch ihren Namen nicht zu kennen. Tamminga blieb auch ruhig, als ich das Pseudonym Fenja Petersen erwähnte.“

„Fandest du ihn glaubhaft?“

„Die Frage ist schwer zu beantworten, Mona. Wenn man den Angaben über unseren Verdächtigen glauben kann, dann ist er ein knallharter Geschäftsmann. Umso mehr, falls an dem Vorwurf des Giftmüllexports etwas dran sein sollte. Ich traue es Tamminga zu, ein erstklassiger Lügner zu sein.“

„Also müssen wir seine Aussagen auf ihren Wahrheitsgehalt überprüfen. Hast du auch die *Meropis Warriors* erwähnt?“

„Ja, wenngleich ich die Giftmüll-Geschichte selbst nicht ansprach. Ich sagte nur, dass diese Umweltgruppe es auf Tamminga abgesehen hätte. Er reagierte wieder gelassen und behauptete, uneingeschränktes Vertrauen in die Polizei zu haben.“

Mona schnaubte ironisch.

„Zu viel der Ehre! Für mich ist Tamminga jetzt der Hauptverdächtige. Allerdings bleibt die spannende Frage, was genau Viola Kruse von ihm wollte. Und ob sie überhaupt nahe genug an ihn herangekommen ist.“

„Laut den Hannoveraner Kollegen konnte der Kronzeuge Jens Kaminski dazu keine konkreten Angaben machen. Aber falls die Kruse nicht gerade eine Meistereinbrecherin war, wird sie wohl kaum heimlich in sein Ferienhaus eingedrungen sein können. Und zwar nicht, weil Maxi so ein hervorragender Wachhund wäre. Ich habe mir das Anwesen genau angeschaut, bevor ich an die Tür geklopft habe. Tamminga besitzt Sicherheitstechnik vom Feinsten: Bewegungsmelder, Fensterriegel, Alarmanlage, Kameraüberwachung – das volle Programm."

Mona hatte inzwischen ihre Fischsuppe aufgegessen. Sie schüttelte den Kopf.

„Nein, sie sollte nicht heimlich ins Haus eindringen. Dafür wäre es nicht nötig gewesen, einen so verführerischen Vamp zu schicken. Ich bin sicher, dass Viola Kruse den Unternehmer bezirzen sollte. Das war schließlich in Winters Agentur ihr Job, davon verstand sie etwas. Ich nehme an, dass es letztlich um Firmengeheimnisse ging. Eigentlich ist es auch piepegal, was genau sie in Erfahrung bringen sollte. Wir müssen beweisen, dass das Mordopfer Kontakt zu Tamminga hatte und er dich angelogen hat."

„Und wenn uns das nicht gelingt? Ich meine, wenn der Kontakt noch gar nicht zustande gekommen ist, bevor Viola Kruse ermordet wurde?"

„Mal den Teufel nicht an die Wand", erwiderte Mona und legte Geld für die Fischsuppe und das alkoholfreie Bier auf die Theke. „Wir müssen den Verdächtigen rund um die Uhr observieren, anders geht es nicht."

Die Ermittler kehrten zur Polizeiwache zurück und baten den Revierleiter darum, eine Überwachungsmaßnahme zu genehmigen. Wie Mona es erwartet hatte, hielt sich Oltbecks Begeisterung in Grenzen.

„Wie stellen Sie sich das vor, Frau Sander? Sie kennen doch unsere angespannte Personalsituation. Ich habe einfach nicht genügend Beamte für eine solche Observierung."

„Dann müssen Sie eben Verstärkung vom Festland anfordern. Das wäre sowieso nicht schlecht, weil Tamminga die wenigen Polizisten auf Borkum zumindest vom Sehen kennt."

Oltbeck seufzte und schüttelte den Kopf.

„Ich wüsste nicht, wie ich diese Maßnahme gegenüber der Führungsebene rechtfertigen sollte. Es ist nicht bewiesen, ob Herr Tamminga gegen geltendes Recht verstoßen hat. Nur, weil er von einer obskuren Gruppe als Umweltterrorist beschuldigt wird, muss dieser Vorwurf noch lange nicht gerechtfertigt sein."

Bevor Mona sich aufregen konnte, griff Enno ein.

„Ob Tamminga Giftmüll nach Afrika exportiert oder nicht, sollen die Kollegen vom Dezernat für Wirtschaftskriminalität klären. Das ist nicht unser Bier. Uns geht es nur um die Frage, ob es einen Kontakt zwischen dem Unternehmer und dem späteren Mordopfer gab."

„Das habe ich verstanden", sagte der Vorgesetzte. „Trotzdem kann ich Ihnen keine Rund-um-die-Uhr-Überwachung genehmigen. Das hätte Ihnen doch klar sein müssen."

„Allerdings", murmelte Mona.

Oltbeck beugte sich vor.

„Wie war das, Frau Sander?"

„Nichts, ich habe nur laut gedacht."

„Soso. Ich schlage vor, dass Sie sich nicht ausschließlich auf einen unbescholtenen Bürger konzentrieren, sondern auch noch anderen Spuren nachgehen. Was ist mit dem zweiten Liebhaber, den das Mordopfer vor seinem Tod empfangen hat?"

„Das könnte auch Tamminga gewesen sein, aber er wird uns wohl kaum freiwillig eine DNA-Probe zur Verfügung stellen."

„Es reicht, Frau Sander! Sie haben sich offenbar völlig verrannt, ich muss Sie vor sich selbst schützen. Daher werden Sie ab morgen nicht mehr an diesem Fall arbeiten, sondern Ihre uniformierten Kollegen bei der Bekämpfung von Taschendieben unterstützen."

„Sie suspendieren mich?"

Mona traute ihren Ohren nicht, aber Oltbeck winkte ab.

„Es ist keine Suspendierung, wenn ich Ihnen eine andere Aufgabe zuweise. Aber ich kann es nicht verantworten, dass ich noch länger zwei Beamte auf diesen Fall ansetze. Ich bin sicher, dass Herr Moll den Mord auch ohne Ihre Mithilfe aufklären wird."

Mona hatte das dumme Gefühl, sich wieder einmal um Kopf und Kragen geredet zu haben. Also nickte sie einfach nur und hielt ausnahmsweise ihre Zunge im Zaum, bis die Besprechung mit Oltbeck beendet war.

Als sie das Dienstzimmer ihres Vorgesetzten verließen, legte der Oberkommissar seinen Arm um ihre Schultern.

„Ärgere dich nicht, Mona." Er blinzelte ihr verschwörerisch zu. „Du kannst meinetwegen gern weiter an den Ermittlungen teilhaben. Oltbeck kriegt doch sowieso nicht alles mit, was wir dort draußen tun. Wir dürfen uns eben einfach nicht erwischen lassen."

Die Kommissarin lächelte ihm dankbar zu. Wieder einmal wurde ihr bewusst, dass sie mit ihrem Dienstpartner das große Los gezogen hatte. Wenn Enno ihr zuliebe klare Dienstanweisungen ignorierte, dann konnte er selbst in Teufels Küche kommen.

„Danke, Enno. Ich nehme mir noch mal dieses Zimmermädchen vor, Rosa Sanchez. Sie war auf der Etage eingesetzt, wo die Kruse ermordet wurde. Vielleicht sind ihr ja doch noch andere Männer eingefallen, die als mögliche Lover des Opfers infrage kommen."

„Das ist eine gute Idee. Und ich checke die Datenbanken und suche nach Informationen über Dennis Grave. Möglicherweise haben wir ihn schon im System. Vielleicht kommen wir über ihn an seinen Herrn und Meister heran, wenn wir ihn ins Gebet nehmen. Falls der persönliche Assistent eine kriminelle Vergangenheit hat, wäre das sehr aufschlussreich."

Mona hob die Augenbrauen.

„Du hast nicht zufällig Vorurteile gegen ehemalige Strafgefangene?"

„Nur dann, wenn sie in den Diensten eines anderen Kriminellen stehen."

„Dann glaubst du also auch, dass Tamminga ein Giftmüllexporteur ist?"

Enno hob seine breiten runden Schultern.

„Mein Bauchgefühl sagt mir, dass er Dreck am Stecken hat. Aber damit kann ich Oltbeck nicht überzeugen."

„Ja, unser Chef wird erst tätig, wenn Tamminga vor seinen Augen ein Fass mit Industrielauge in die Nordsee kippt", höhnte Mona. „Und das wird wohl nicht geschehen."

Kapitel 10

Als Mona ins Hotel Teutonia zurückkehrte, wurde sie von Dirk Cordsen mit wenig Begeisterung empfangen.

„Moin, Mona. Was willst du denn hier? Ich dachte, der Perverse hätte meinen Gast umgebracht. Und der Amoklauf seiner Mutter war ja auch nicht von schlechten Eltern."

Der Hotelier wedelte mit der Hand, als ob er sich verbrannt hätte.

„Weder Hauke noch Gesine Frerichs haben etwas mit dem Mord zu tun", erwiderte die Kommissarin kurz angebunden. „Ich muss noch einmal mit Rosa Sanchez reden."

Cordsen seufzte theatralisch.

„Wenn es sein muss … Aber halte dich zurück, wenn es geht. Meine Gäste sollen nicht mitbekommen, dass ich dauernd die Polizei im Haus habe."

„Das dachte ich mir, deshalb bin ich ja auch nicht in meiner Paradeuniform gekommen."

Mona fand, dass sie in Anorak und Jeans sehr zivil wirkte. Cordsen führte sie in das zweite Stockwerk, wo das Zimmermädchen gerade in leer stehenden Räumen die Betten neu bezog. Der Hotelier tippte mit dem Zeigefinger auf seine Angeberuhr.

„Also, Mona, Zeit ist Geld!"

„Es dauert so lange, wie es dauert. Ich kann Rosa auch aufs Revier vorladen, dann vergeht noch mehr Zeit."

Cordsen warf der Kriminalistin einen gereizten Blick zu und verdrückte sich. Die Spanierin wirkte unsicher, ihre ganze Körpersprache drückte Abwehr aus. Mona lächelte und versuchte, Vertrauen auszustrahlen. Dass ihre Spanischkenntnisse noch schlechter waren als das Deutsch der Angestellten, machte die Sache nicht einfacher.

„Es geht noch einmal um die Nacht vor dem Mord." Mona redete langsam, betonte jedes Wort. „Ist Ihnen jemand aufgefallen, der nicht zum Hotel gehört?"

Rosas Gesichtsausdruck zeigte Verwirrung und Unverständnis. Mona suchte in ihrem Gedächtnis.

„*Hombre*", fügte sie schließlich hinzu und war stolz darauf, dass sie sich wieder an das Wort für Mann erinnerte.

Das Zimmermädchen nickte eifrig. Gleich darauf lächelte es sogar schüchtern.

„*Chico guapo*.“

Nun verstand Mona nur Bahnhof. Aber zum Glück hatte sie ihr Smartphone dabei. Sie aktivierte das Übersetzungsprogramm. Mit vereinten Kräften gelang es den beiden Frauen, Rosas Worte ins Deutsche zu übertragen. Sie hatte offenbar einen attraktiven jungen Mann gesehen. Die Kommissarin hakte nach und fand heraus, dass der Mann groß und dunkelhaarig gewesen sei. Allerdings gab es keinen Hinweis auf eine Verbindung zwischen dem Unbekannten und Viola Kruse.

Mona wusste, dass Zeugenaussagen mit Vorsicht zu genießen waren. Bei der ersten Befragung hatte Rosa Sanchez den Mann nicht erwähnt. Da hatte sie allerdings auch noch unter Schock gestanden. Angeblich war dieser Dunkelhaarige nach der Mordnacht nie wieder aufgetaucht. Das musste allerdings nichts zu bedeuten haben.

Die Kommissarin bedankte sich bei der Spanierin und wollte das Hotel schon wieder verlassen, als sie an der Rezeption Halt machte.

„Moin, ist meine Mutter gerade anwesend? Dagmar Sander lautet der Name.“

„Ich weiß, Mona. Deine Mama hat überall erzählt, dass ihre Tochter bei der Borkumer Polizei arbeitet. Das ganze Hotel weiß davon, spätestens seit dem Spanneralarm in der Sauna. – Nein, deine Mutter wurde nach dem Frühstück von einem adretten Herrn abgeholt. Seitdem habe ich sie nicht mehr gesehen.“

Mona bedankte sich mit einem Kopfnicken bei der Rezeptionistin. Mit gemischten Gefühlen kehrte sie zur Polizeiwache zurück.

Sollte ihre Mutter am Ende doch stolz auf sie sein? Wenn Dagmar Sander der Beruf ihrer Tochter peinlich wäre, dann würde sie doch gewiss nicht damit prahlen. Oder? Und der „adrette Herr“ war vermutlich niemand anders als Sönke Ibbenga. Ob sich zwischen den beiden etwas entwickelte? Mona widerstand dem Impuls, ihre Mutter anzurufen. Dagmar Sander sollte nicht das Gefühl bekommen, dass ihre Tochter sie kontrollieren wollte.

Enno hatte gerade seine Internetrecherche beendet, als die Kommissarin zurückkehrte.

„Dennis Grave scheint so unschuldig wie ein Rauschgoldengel zu sein, Mona. Er hat keine Vorstrafen, ist niemals polizeilich in Erscheinung getreten. Er hat seit drei Jahren ein festes Beschäftigungsverhältnis in Tammingas Unternehmen. Die Kreditauskunfteien haben auch nichts über ihn vorliegen.“

„Du hast mir noch nicht erzählt, wie Grave aussieht, Enno“, erwiderte Mona und berichtete von der Befragung des Zimmermädchens. Der Oberkommissar nickte.

„So, wie Rosa Sanchez den Unbekannten beschreibt, könnte es sich durchaus um Grave handeln. Allerdings dürfte er nicht der einzige große Dunkelhaarige auf Borkum sein.“

„Wie wäre es mit einer Gegenüberstellung? Das müsstest dann aber du veranlassen, denn ich bin ja offiziell auf Taschendiebfang.“

„Ich werde das Kind schon schaukeln, Mona. Momentan habe ich allerdings noch keine zündende Idee, wie ich Oltbeck diese Maßnahme schmackhaft machen kann. Ich kann mich nicht daran erinnern, dass wir jemals hier auf Borkum eine Gegenüberstellung durchgeführt hätten.“

„Dir wird schon etwas einfallen. Ich hau jetzt wieder ab, um der Straßenkriminalität zu trotzen. Danach mache ich Feierabend.“

Mona arbeitete noch ein paar Stunden lang, indem sie hauptsächlich um den Inselbahnhof herum und auf der Bismarckstraße patrouillierte. Einige Male erblickte sie verdächtige Gestalten, und einmal führte sie eine Personenkontrolle durch. Aber sie ertappte keinen Taschendieb auf frischer Tat und musste schließlich ergebnislos abbrechen.

Am nächsten Morgen wachte die Kommissarin mit einer zündenden Idee auf. Sie blickte auf den wolkenverhangenen Horizont, den sie vom Fenster ihrer Wohnung aus in der Ferne erkennen konnte. Mona wollte joggen, so wie sie das meistens zu dieser frühen Morgenstunde tat. Es half ihr dabei, den Kopf freizubekommen.

Sie schlüpfte in ihre Laufklamotten und rannte los. Diesmal wählte sie eine andere Route als sonst. Meistens lief sie Richtung Norden, um im menschenleeren Ostland der Insel frühmorgens nur wenige andere Jogger oder Nordic Walker zu Gesicht zu bekommen. Aber jetzt lief sie die Ostfriesenstraße hinunter, an *Byls Fisshus* vorbei und dann die Deichstraße entlang.

Ihr Ziel war der Hundestrand unweit der Greunen Stee.

Auf Borkum existieren insgesamt drei Hundestrände. Es gab natürlich keinen Beweis dafür, dass Tamminga mit seiner Maxi ausgerechnet den Bereich des Südbades aufsuchte, der den Vierbeinern und ihren Besitzern vorbehalten war. Und dann auch noch zu einer so unchristlichen Zeit. Aber Mona wollte ihr Glück zumindest versuchen.

Wie der Unternehmer aussah, wusste sie. Mona hatte sich Tammingas Foto von seiner Firmenhomepage heruntergeladen. Sie wollte diesem Mann selbst begegnen. Mona hoffte, einen Ansatz für ihre Ermittlungen zu finden. Solange Enno und sie nichts gegen ihn in der Hand hatten, waren offizielle Vernehmungen oder gar Hausdurchsuchungen undenkbar.

Die Luft war an diesem Morgen noch kühl. Mona liebte diese Tageszeit, wenn der Sand noch feucht war und der Tau im Dünengras schimmerte. Später würden überall die Urlauberscharen erscheinen, von denen Borkum immer noch sehr gut lebte. Aber vor acht Uhr früh waren nur wenige Unerschrockene unterwegs.

Mona hatte das Naturschutzgebiet erreicht. Sie lief links am Nordseeaquarium vorbei und erreichte den Strand. Dort waren nur wenige Menschen mit ihren Hunden unterwegs. Die Kommissarin verlangsamte ihr Tempo, um die Leute unauffällig mustern zu können. Drei von ihnen fielen sofort durchs Raster, weil es sich um Frauen handelte und ihre Vierbeiner anderen Hunderassen angehörten. Mona hielt nach einem Labrador Ausschau. Und sie wurde fündig.

Ein älterer Mann kam ihr entgegen, der einen Labrador vorschriftsmäßig an der Leine führte, wie es auf Borkum gewünscht wurde. Mona nickte ihm grüßend zu, die Hündin kam schwanzwedelnd auf die Kommissarin zu. Mona stoppte, um den Kopf des Tiers zu kraulen. Sie hielt nichts von dem Vorurteil, das Jogger und Hundebesitzer als natürliche Gegner betrachtete. Mona hatte noch nie Probleme mit Vierbeinern gehabt. Vielleicht, weil die Tiere spürten, dass die Kommissarin sie liebte. Mona hätte selbst gern einen Hund gehabt, aber das war angesichts ihrer Arbeitszeiten illusorisch.

„Na, Maxi, du bist ja eine ganz Hübsche!“

Die Hündin war begeistert, in ihr hatte Mona sofort eine neue Freundin gefunden. Die Reaktion des Besitzers fiel anders aus.

„Woher wissen Sie, wie meine Hündin heißt?“

Mona hätte sich selbst in den Hintern beißen können. Wie konnte sie nur so unkonzentriert sein! Ob es daran lag, dass sie noch keinen Tee getrunken hatte? Wie auch immer, ihre Tarnung konnte sie jetzt vergessen. Ihr vages Vorhaben bestand darin, Tamminga mehr oder weniger unauffällig auszuhorchen. Aber ihr Gegenüber war intelligent. Er würde sie durchschauen. Also blieb ihr nichts anderes übrig als die Flucht nach vorn.

„Mein Kollege hat es mir verraten, Oberkommissar Enno Moll. Mein Name ist Mona Sander, Kommissarin bei der Polizei Borkum. Und Sie müssen Herr Tamminga sein."

„Allerdings", knurrte der Unternehmer. „Und es ist gewiss kein Zufall, dass Sie mir bei meinem Morgenspaziergang begegnen."

„Doch, das lag gar nicht in meiner Absicht", log Mona. „Als Polizeibeamtin muss ich mich fit halten, und das morgendliche Joggen gehört seit Langem zu meinem Sportprogramm."

„So, tut es das? Umso seltsamer kommt es mir vor, dass ich Sie noch niemals hier gesehen habe, Frau Sander."

„Borkum ist ja nun nicht gerade die kleinste der ostfriesischen Inseln." Mona breitete die Arme aus. „Und gelegentlich wechsle ich meine Laufstrecken, damit es mir nicht zu langweilig wird. Sie sind ja auch nicht ganzjährig auf der Insel, nicht wahr? Schließlich haben Sie ein Unternehmen, das geführt werden muss."

Die Kriminalistin musterte ihr Gegenüber, während sie versuchte, sich möglichst unbefangen zu geben. Aber Tamminga hatte die Deckung oben, um es in der Boxersprache auszudrücken. Das war jedenfalls Monas Eindruck. Sein breites, flächiges Gesicht mit den großen Tränensäcken zeigte absolut keine Gefühlsregung. Sie wusste, dass der Verdächtige verwitwet war. Das hatte sie von Enno erfahren. Ob Tamminga eine neue Liebe in seinem Leben hatte, konnte sie allerdings nicht sagen. Und falls er nicht mit seinem jungen Assistenten liiert war, dann wäre er gewiss empfänglich für den Charme einer attraktiven Frau. So gesehen hatten die *Meropis Warriors* genau die richtige Person auf ihn angesetzt. Die Frage war nur, ob Viola Kruse ihre Mission wirklich zum Verhängnis geworden war.

„Ja, meine Firma scheint Sie sehr zu interessieren." Tammingas Stimme riss Mona aus ihren Überlegungen. „Wenn Sie es wünschen, dann kann ich gerne für Sie eine Besichtigung meines Betriebsgeländes in Jever organisieren. Gewiss ist Ihnen schon bekannt, dass ich eines der führenden deutschen Unternehmen für Entsorgung von Industrieabfällen besitze. Dabei geht alles streng nach dem Buchstaben des Gesetzes zu."

Mona hob die Augenbrauen.

„Weshalb sollte ich daran zweifeln?“

„Die Schmierenkomödie können Sie sich sparen, Frau Sander. Ich weiß genau, was hier gespielt wird. Diese weltfremden Spinner haben sich in den Kopf gesetzt, dass ich ein Umweltterrorist bin. Sie hingegen benötigen dringend einen Erfolg in dem Mordfall. Ich lese jeden Tag die Lokalzeitung. Und seit Tagen gehört die Unfähigkeit der Borkumer Polizei zu den beliebtesten Themen.“

„Diese Schmierfinken können schreiben, was sie wollen“, feuerte Mona zurück. „Und ich kann nicht beurteilen, ob Ihr Unternehmen in illegale Machenschaften verstrickt ist, Herr Tamminga. Für mich ist nur entscheidend, dass Viola Kruse alias Fenja Petersen auf Sie angesetzt wurde. Sie werden verstehen, dass wir diesem Verdacht nachgehen müssen.“

„Es mag ja sein, dass diese Frau mir ans Leder wollte. Aber ich sagte schon Ihrem Kollegen, dass ich ihr nie begegnet bin.“

„Das wird sich zeigen“, sagte Mona und schaute ihrem Gegenüber direkt ins Gesicht. Tamminga zog unheilverkündend seine Augenbrauen zusammen.

„Wollen Sie mir unterstellen, dass ich lüge?“

„Das haben Sie gesagt, Herr Tamminga.“

„Ich werde mich über Sie beschweren, Frau Sander. Es geht nicht an, dass unbescholtene Bürger von der Polizei belästigt werden.“

„Nun, ich habe lediglich Ihre Hündin gestreichelt. Wenn das für Sie eine Belästigung ist, dann bedaure ich unser zufälliges Zusammentreffen. Ich wünsche Ihnen noch einen schönen Tag.“

Mit diesen Worten lief Mona weiter, an dem Hundebesitzer vorbei Richtung *Heimliche Liebe*.

„Zufällig? Das glauben Sie doch wohl selbst nicht“, rief Tamminga ihr hinterher. Die Kommissarin antwortete nicht. Sie hatte sich gerade wieder einmal Ärger eingehandelt, aber das war sie gewohnt. Viel wichtiger war für Mona die Erkenntnis, den Schuldigen gefunden zu haben. Sie konnte sich nicht vorstellen, dass Tamminga die Aktivistin selbst getötet hatte. Doch Anstiftung zum Mord war schließlich auch kein Kavaliersdelikt!

Mona hatte sich innerlich bereits auf Dennis Grave eingeschossen. Wenn das Zimmermädchen den Assistenten des Unternehmers identifizieren konnte, dann wurde es verflixt eng für dieses saubere Gespann.

Die Kommissarin schaute auf die Uhr. Sie musste sich jetzt schon beeilen, wenn sie pünktlich zum Dienstbeginn auf dem Revier erscheinen wollte. Also zog sie ihr Tempo an und sprintete nach Hause zurück, wo sie im Eiltempo duschte und ihre normale Alltagskleidung anlegte. Für ein ausgiebiges Frühstück war jetzt keine Zeit mehr. Aber sie konnte ja später zwischendurch etwas essen, wenn sie den ungeliebten Dienst als Taschendieb-Bekämpferin verrichten musste.

Mona konnte ihre Aufregung nicht verbergen, als sie eine Minute vor Dienstbeginn die Polizeiwache betrat. Enno war auch gerade erschienen. Sie berichtete ihm von der Begegnung mit Tamminga.

„Ich bin jetzt felsenfest davon überzeugt, dass wir den Richtigen im Visier haben. Wir sollten gleich mal eine Gegenüberstellung anschieben, und zwar so schnell wie möglich."

„Oltbeck wird ausflippen, wenn wir mit diesem Vorschlag kommen. Das weißt du, Mona."

„Ja, aber Rosa Sanchez ist sehr kooperativ", entgegnete die Kommissarin eifrig. „Vielleicht können wir ja auch einen Dolmetscher für Spanisch organisieren, um eine ausführlichere Aussage zu bekommen. Ich rufe gleich mal an und frage, wann das Dienstmädchen freihat."

Mona griff tatendurstig zum Telefon, aber das Gespräch dauerte nur kurz. Und das, was sie zu hören bekam, ließ ihren Enthusiasmus zerplatzen wie eine Seifenblase.

„Wie bitte? Heimaturlaub? Und seit wann? Wieso erfahre ich das nicht? Nein, Frau Sanchez ist keine Mordverdächtige. Aber sie ist eine sehr wichtige Zeugin, verflixt noch mal!"

Mona beendete grollend das Telefonat. Enno öffnete den Mund.

„Lass mich raten: Die Spanierin ist noch gestern in ihr sonniges Land geflogen."

„Ja, genau", seufzte Mona gereizt. „Der blöde Cordsen behauptet, dieser Urlaub wäre schon lange geplant gewesen. Vielleicht hat er das Zimmermädchen aber einfach nur aufs Festland geschickt und in den nächsten Billigflieger nach Barcelona gesetzt, um sie aus der Schusslinie zu bringen."

„Du meinst, Cordsen steckt mit Tamminga unter einer Decke?"

„Das will ich ihm gar nicht unterstellen, Enno – obwohl reiche und mächtige Männer stets bemerkenswert viele Freunde haben. Ich dachte eher daran, dass der Hotelier um den Ruf seiner wilhelminischen Absteige besorgt ist und jedes weitere Aufsehen auf Teufel komm raus vermeiden will."

„Da ist er dann aber zu kurz gesprungen", erwiderte der Oberkommissar. „Rosa Sanchez ist ja nicht aus der Welt. Die spanischen Kollegen können ihre Aussage ebenfalls aufnehmen. Und die Gegenüberstellung würde auch per Videokonferenz funktionieren. Wir müssten zunächst die Anschrift des Zimmermädchens herausbekommen. Ob dieser Beweis dann vor Gericht verwertet werden darf, steht auf einem anderen Blatt. Aber wir hätten zumindest eine Zeugenaussage, um Grave in die Enge zu treiben."

„Du bist ein Schatz, an diese Möglichkeit hatte ich noch gar nicht gedacht."

Aber bevor Mona sich so richtig freuen konnte, erschien ihr Vorgesetzter auf der Bildfläche.

„Frau Sander, kommen Sie bitte sofort in mein Büro."

Mona hatte den Anpfiff schon erwartet. Trotzdem versuchte sie, ihrem Gesicht einen möglichst unschuldigen und überraschten Ausdruck zu verleihen. Oltbeck hatte sich bereits wieder hinter seinem Schreibtisch verschanzt und trommelte mit einem Kugelschreiber rhythmisch auf die Platte.

„Hatte ich Ihnen nicht die klare Dienstanweisung gegeben, sich auf die Fahndung nach Taschendieben zu konzentrieren?"

„Ich bin gerade eben erst an meinem Arbeitsplatz erschienen, Herr Hauptkommissar. Ich hatte nur kurz mit Herrn Moll gesprochen und wollte dann mit meiner Arbeit beginnen."

Oltbeck seufzte.

„Sie haben nicht zufällig schon vor einer Stunde ermittelt, Frau Sander? Als Sie Herrn Tamminga aufgelauert haben?"

„Ich würde es nicht auflauern nennen, wenn …"

Aber Monas Vorgesetzter ließ sie nicht ausreden.

„Sie werden sich von Herrn Tamminga und auch von seinem Assistenten fernhalten, haben wir uns verstanden? Die Mordermittlung liegt nun ausschließlich in den Händen von Herrn Moll. Ihr Ehrgeiz ist ja begrüßenswert, aber heute sind Sie mal wieder über das Ziel hinausgeschossen. Herr Tamminga hat mich angerufen und sich über Sie beschwert. Sie können ihn nicht einfach beschuldigen, wenn Ihnen der Sinn danach steht."

„Aber das Zimmermädchen kann Dennis Grave identifizieren, wir müssen nur eine Gegenüberstellung in die Wege leiten!“

Oltbeck hatte entweder nicht zugehört oder wollte sich nicht länger mit Mona auseinandersetzen.

„Gehen Sie jetzt bitte, Frau Sander. Es wäre für Borkum sehr erfreulich, wenn Sie einige Taschendiebe aus dem Verkehr ziehen könnten. Das Sicherheitsgefühl der Inselbesucher würde sich sofort verbessern.“

Mona wusste aus Erfahrung, wie stur ihr Vorgesetzter sein konnte. Es war, als ob sie gegen eine Backsteinmauer anrennen würde. Oltbeck war in ihren Augen kein schlechter Polizist, aber es fehlte ihm eindeutig an Fantasie. Die Kommissarin konnte ihre Wut nur schwer im Zaum halten. Aber bevor sie sich endgültig um Kopf und Kragen redete, nickte sie nur und verließ das Büro. Und zwar, ohne die Tür hinter sich zuzuknallen.

Als sie an Ennos Schreibtisch vorbeiging, zwinkerte er ihr zu.

„Lass dir die Laune nicht verderben, ich halte dich dann später auf dem Laufenden.“

Das war leichter gesagt als getan, aber Mona lächelte ihrem Kollegen trotzdem dankbar zu. Wenigstens auf Enno war Verlass. Er würde sein Möglichstes tun, um die Ermittlung voranzutreiben.

Bevor Mona die Wache verließ, warf sie noch schnell einen Blick auf die Homepage von Tammingas Unternehmen. Sie wollte nun auch ein Bild von Grave vor Augen haben, den sie bisher nur aus Ennos Erzählungen kannte. Sie fand ein Foto des Verdächtigen, der als Assistent der Geschäftsleitung ausgewiesen war. Die Kommissarin musste zugeben, dass er wirklich attraktiv aussah. Schnell verließ sie ihren Arbeitsplatz, bevor Oltbeck sie erwischte.

Es war ein sonniger, aber schon etwas kühler Vormittag, als Mona sich unweit des Bahnhofs zwischen die Passanten mischte. Da sich das Wetter inzwischen weniger für lange Stunden im Strandkorb eignete, erkundeten viele Urlauber zu Fuß oder mit dem Fahrrad die Insel. Mona schlenderte zunächst Richtung Neuer Leuchtturm und achtete dabei auf Personen, die sich weniger für ihre Umgebung als für die Geldbörsen und Smartphones ihrer Mitmenschen interessierten.

Doch ihre Gedanken wanderten immer wieder zu dem Mordfall zurück. Der Dreh- und Angelpunkt war die DNA des zweiten Liebhabers von Viola Kruse. Es wäre ein großer Schritt vorwärts, wenn Dennis Grave das Beisammensein mit dem Opfer nachgewiesen werden konnte. Aber wie sollte das geschehen?

Während Mona noch über diese Frage nachdachte, kam plötzlich ein Mann aus Richtung Goethestraße auf sie zu. Die Kommissarin hätte sich am liebsten die Augen gerieben. Sie zweifelte nicht daran, Dennis Grave vor sich zu haben. Und während er sich ihr näherte, hinterfragte Mona ihre eigenen bisherigen Überlegungen. Sie musste sich eingestehen, dass sie den Dunkelhaarigen auf Anhieb sympathisch fand. Das war natürlich noch kein Beweis für seine Unschuld. Aber war es nicht auch möglich, dass sie sich in eine völlig unsinnige Theorie verrannt hatte?

„Moin. Sie müssen Frau Kommissarin Mona Sander sein."

Die Stimme des Mannes war dunkel, samtig und volltönend. Er trug Jeans und eine Wildlederjacke, seine Figur wirkte sportlich. Ein „Gruseltyp" war er ganz und gar nicht, jedenfalls dem ersten Eindruck nach. Mona blieb trotzdem distanziert.

„Sieht man mir meinen Beruf an der Nasenspitze an? – Ich bin Kommissarin Sander, das ist richtig. Und Sie müssen Dennis Grave sein. Stalken Sie mich jetzt, sozusagen als Retourkutsche für meine morgendliche Begegnung mit Ihrem Boss?"

Grave lachte, als ob Monas Bemerkung scherzhaft gewesen wäre.

„Nein, Stalking würde ich das nicht nennen. Herr Tamminga war wirklich etwas aufgebracht, nachdem er sie heute Morgen kennengelernt hatte. Er berichtete mir davon. Und ich hielt es für besser, das Missverständnis sofort aus der Welt zu schaffen. Also machte ich mich auf, um nach Ihnen zu suchen. Ich war gerade auf dem Weg zur Polizeistation, als ich Sie entdeckte. Herr Tamminga hat Sie mir als eine gut aussehende rotblonde Dame beschrieben."

Mona wusste nicht, ob sie sich über ein Kompliment von einem Mordverdächtigen wirklich freuen sollte. Also erwiderte sie zunächst nichts.

Grave fuhr fort: „Wollen wir uns nicht einen Moment lang setzen? Ich habe Ihnen einiges zu sagen, das Sie interessieren dürfte."

Der Verdächtige deutete auf eine der weiß gestrichenen Parkbänke zu Füßen des Leuchtturms. Mona zögerte nicht. Sie hatte sich gewünscht, diesem Mann gegenübertreten zu können. Zwar war dies hier kein offizielles Verhör, aber sie konnte hoffentlich trotzdem Licht ins Dunkel dieses geheimnisvollen Mordfalls bringen.

Nachdem sie Platz genommen hatten, verschränkte Grave seine Finger ineinander. Es schien, als würde er nach den richtigen Worten suchen.

„Frau Sander, ich will mit offenen Karten spielen. Ich bin in jener Nacht mit Viola Kruse zusammen gewesen."

Mona hatte nicht erwartet, dass der Verdächtige so offen sein würde. Trotzdem hakte sie nach.

„Also hatten Sie auch Sex mit ihr?"

„Ja, das ist richtig. Aber mit ihrem Tod habe ich nichts zu tun."

„Ich frage mich natürlich, warum Sie nicht schon längst auf meiner Dienststelle erschienen sind und eine Aussage gemacht haben. Ihnen muss doch klar gewesen sein, dass wir nach dem Mörder von Viola Kruse fahnden. Die Zeitung wirft uns seit Tagen Unfähigkeit und Untätigkeit vor."

„Das haben Sie sicher nicht verdient, Frau Sander. Und doch irren Sie sich, denn Viola wurde nicht ermordet. Jedenfalls nicht von mir."

„Wie könnte sie denn Ihrer Meinung nach ums Leben gekommen sein?"

„Viola war sehr niedergeschlagen, als ich sie in jener Nacht allein ließ. Ich mache mir heute noch Vorwürfe deshalb, daher habe ich auch noch nicht bei der Polizei ausgesagt. Das können Sie mir zu Recht vorwerfen. So gesehen trifft mich vielleicht wirklich eine Mitschuld – aber wie hätte ich ahnen sollen, dass sie Selbstmord begehen würde?"

„Sie behaupten also, das Opfer hätte sich selbst an der Gardinenstange aufgehängt?"

„Ich bin nicht dabei gewesen, Frau Kommissarin."

„Dann hätten Sie also nichts dagegen, wenn wir Ihre Fingerabdrücke mit jenen am Tatort vergleichen?"

Grave zögerte nur einen Moment lang, bevor er antwortete.

„Nein, Sie können ruhig meine Fingerabdrücke nehmen. Ich bin auch zu einer DNA-Probe bereit, falls das gewünscht wird."

Die Kooperationsbereitschaft des Verdächtigen nahm Mona den Wind aus den Segeln. Aber bevor sie reagieren konnte, ertönte eine wohlbekannte Stimme hinter ihr.

„Ich hoffe, dass wir nicht stören."

Mona drehte sich um. Sie hatte nicht gehört, dass ihre Mutter auf der Bildfläche erschienen war. Dagmar Sander war nicht allein gekommen, Sönke Ibbenga war bei ihr. Die beiden gingen Arm in Arm, und sie schauten Mona missbilligend an.

Die Kommissarin konnte sich den Grund denken. Für ihre Mutter und den Landwirt musste es so aussehen, als ob sie ein vertrautes Stelldichein mit Grave hätte. Die beiden sahen vermutlich die erträumte Verbindung zwischen Mona und Harm sich in Luft auflösen. Aber darauf konnte die Kriminalistin jetzt wirklich keine Rücksicht nehmen.

„Mama, ich bin gerade bei der Arbeit. Wir können später telefonieren, in Ordnung?“

„Bei der Arbeit, soso.“

Dagmar Sander warf Grave einen süffisanten Blick zu. Natürlich entging auch ihr nicht, dass der Verdächtige sehr attraktiv war. Ob sie ihn im Geist bereits mit Harm verglich?

„Ich bin Zeuge in einem Kriminalfall, Frau Sander. Ihre Tochter hat mir gerade ein paar Fragen gestellt.“

Mona konnte nicht glauben, dass ausgerechnet Grave ihr jetzt zu Hilfe kam. Leider nutzte auch das nichts.

„Ja, selbstverständlich.“ Der ironische Tonfall war nicht zu überhören. „Ich dachte immer, Verhöre würden auf der Polizeidienststelle durchgeführt.“

„Erzähle mir nicht, wie ich meinen Job zu erledigen habe, Mama!“, tobte Mona. Sie stand kurz vor der Explosion. „Kommen Sie, Herr Grave. Es ist wirklich besser, wenn wir auf dem Revier weiterreden. Außerdem müssen Sie auch noch erkennungsdienstlich behandelt werden.“

Mona drängte sich an ihrer Mutter vorbei und würdigte weder sie noch Ibbenga eines Blickes. Es war wirklich ein großes Glück, dass sich Grave so kooperativ zeigte. Der Verdächtige folgte Mona wie ein treues Hündchen.

Die Kommissarin konnte förmlich spüren, wie sich die Blicke ihrer Mutter in ihren Rücken bohrten.

Vermutlich will sie sehen, ob Grave und ich nicht doch Händchen halten.

Aber davon konnte natürlich keine Rede sein. Stattdessen marschierte sie in Begleitung von Grave in die Polizeistation und dort direkt zu ihrem Vorgesetzten. Oltbeck sollte gar nicht erst auf die Idee kommen, dass sie hinter seinem Rücken irgendwelche Heimlichkeiten abzog.

„Das ist Dennis Grave, der Assistent von Herrn Tamminga. Er hat sich freiwillig dazu bereit erklärt, eine Aussage zu machen und sich erkennungsdienstlich behandeln zu lassen.“

Der Verdächtige nickte zustimmend.

„Das ist richtig. Ich möchte dazu beitragen, dass dieser Todesfall aufgeklärt wird.“

Oltbeck war begeistert, obwohl er es sich kaum anmerken ließ. Aber Mona kannte den Revierleiter inzwischen. Man konnte ihn sehr leicht glücklich machen, indem man sich penibel an die Dienstvorschriften hielt. Und in diesem Fall hatte Mona absolut nichts dagegen.

Kapitel 11

Während der Verdächtige die erkennungsdienstliche Prozedur über sich ergehen ließ, konnte sich Mona mit ihrem Dienstpartner beraten.

„Grave tritt die Flucht nach vorn an, Enno. Wenn du mich fragst, dann will er uns an der Nase herumführen, um von seiner Schuld abzulenken. Ihm muss bewusst sein, dass wir in ihm früher oder später Violas zweiten Liebhaber aus der Mordnacht erkannt hätten. Also wird er versuchen, sich als Unschuldslamm zu verkaufen und womöglich einen anderen Mann als Sündenbock aufzubauen."

„Du bist also fest überzeugt von Graves Schuld?"

„Bist du es nicht, Enno? Er hatte Motiv und Gelegenheit, was will man mehr?"

„Ich halte ihn ebenfalls für den Täter, Mona. Aber ich fürchte, dass wir mit der Beweisführung Probleme bekommen werden."

„Immerhin werden wir seine DNA bekommen ..."

„Damit können wir aber nur den Geschlechtsverkehr beweisen. Und das Liebesspiel hat er ja dir gegenüber schon zugegeben, oder?"

„Ja, aber da sind auch noch die Fingerabdrücke auf der Vorhangstange. Es ist sicher keine gängige Sexpraktik, die Partnerin zu erhängen. Noch nicht mal bei den SM-Leuten. – Ich werde versuchen, Grave aus der Reserve zu locken und zu provozieren. Vielleicht lässt er dann die Maske des Biedermanns fallen und verrät sich selbst."

„Du provozierst doch jeden Verdächtigen", erwiderte Enno.

Mona streckte ihm die Zunge heraus.

„... Aber diesmal erscheint es mir als die einzige sinnvolle Taktik", fügte der Oberkommissar hinzu. Die Kommissarin war ihm dankbar, weil er sie an der Befragung teilnehmen ließ, obwohl Oltbeck ihr ja eigentlich eine andere Aufgabe zugewiesen hatte. Enno spürte wahrscheinlich, wie wichtig ihr dieser Fall war. Dann mussten sie ihre Unterredung beenden, denn Polizeimeister Hinderk Ekhoff brachte den Verdächtigen zu ihnen.

Grave nahm im Verhörraum Platz. Er fühlte sich seiner Sache offenbar sehr sicher. Jedenfalls drückte seine Körpersprache so viel Entspannung und Lässigkeit aus, als ob er sich in seinem eigenen Wohnzimmer befinden würde. War das nun ein gutes oder ein schlechtes Zeichen? Mona ermahnte sich selbst dazu, vorbehaltlos an die Befragung heranzugehen. Das fiel ihr allerdings nicht leicht.

Die beiden Kriminalisten setzten sich gegenüber von Grave an den Tisch.

„Wir machen Sie darauf aufmerksam, dass wir Sie als Zeugen befragen und nicht als Beschuldigten“, sagte Enno. „Sie können natürlich trotzdem einen Rechtsbeistand hinzuziehen, wenn Sie es wünschen.“

Grave leitete seine Antwort mit einem charmanten Lächeln ein.

„Das ist nicht nötig. Ich habe nichts zu verbergen.“

Mona ergriff das Wort.

„Bitte schildern Sie uns, wie sich die letzten Stunden vor dem Tod von Viola Kruse abgespielt haben.“

„Das will ich tun, Frau Sander, obwohl es mir nicht leichtfällt. Ich habe nämlich diese Frau aufrichtig geliebt.“

Mona war eigentlich nicht so leicht aus der Fassung zu bringen. Dennoch musste sie den letzten Satz kurz auf sich wirken lassen, bevor sie antwortete.

„Dann ist Ihr Herz offenbar leicht zu entflammen, Herr Grave. Ich nehme an, dass Sie Viola Kruse erst kurz zuvor kennengelernt hatten?“

„Nein, wie kommen Sie denn darauf? Viola und ich waren über ein halbes Jahr lang ein Liebespaar.“

Nun schaltete sich Enno in den Wortwechsel ein.

„Sie leben aber in Jever, wenn ich das richtig sehe. Außerdem begleiten Sie Herrn Tamminga, wenn er sich in seinem Ferienhaus auf Borkum erholt. Frau Kruse hingegen wohnte in Hannover und war meines Wissens nicht öfter auf der Insel.“

Der Verdächtige nickte.

„Das ist alles richtig, Herr Oberkommissar. Aber wir leben in einer mobilen Zeit, nicht wahr? Ich habe in meinem Beruf als Assistent der Geschäftsleitung öfter Termine in anderen Städten, unter anderem auch Hannover. Viola ist ebenfalls viel unterwegs gewesen, weil sie diesen unseligen Job als Treuetesterin hatte. Wir führten also eine Fernbeziehung, wenn Sie so wollen.“

„Das haben Sie sich ja schön ausgedacht, Grave“, höhnte Mona. „Können Sie diese Lovestory des 21. Jahrhunderts denn auch beweisen?“

Der Verdächtige blieb freundlich, jedenfalls nach außen hin. Aber die Kommissarin war sicher, dass er nicht ihrem Fanclub beitreten würde.

„Wie soll das funktionieren? Verlobungsringe haben wir jedenfalls nicht ausgetauscht."

„Und wie wäre es mit Verbindungsnachweisen? Wir haben bei der Toten kein Smartphone gefunden. Bisher war ich davon ausgegangen, dass der Mörder es mitgenommen hat, um Beweise zu vernichten. Aber Sie behaupten, Viola Kruse hätte sich selbst das Leben genommen?"

„Zumindest habe ich sie nicht getötet", erwiderte Grave ruhig. „Ich kann Ihnen nicht sagen, wo Violas Telefon ist, Frau Kommissarin. Womöglich hat sie es verloren."

„Das ist kein Problem. Wenn Sie uns Ihr eigenes Smartphone aushändigen, können wir die Kontakte zwischen Ihnen und Ihrer Geliebten problemlos zurückverfolgen."

„Bedauerlicherweise wurde mir mein Gerät gestohlen, Frau Sander. Ich bin leider noch nicht dazu gekommen, den Diebstahl anzuzeigen. Aber das kann ich ja hier im Anschluss an unser Gespräch tun, nicht wahr?"

Einen Moment lang hätte Mona den Verdächtigen für seine Dreistigkeit beinahe bewundert. Aber dann gab es für sie kein Halten mehr: „So, das eine Telefon wurde verbummelt und das andere geklaut. Was für ein merkwürdiger Zufall, finden Sie nicht auch?"

Grave hob die Schultern.

„Das ist die Wahrheit. Ich bedaure, wenn es sich unglaubwürdig anhört."

„Unglaubwürdig ist gar kein Ausdruck. Aber wir benötigen die Geräte gar nicht, um bei Ihrem Telekommunikationsanbieter die Einzelverbindungsnachweise anzufordern."

„Damit bin ich nicht einverstanden, Frau Sander. Es geht hier um sehr persönliche Daten. Außerdem bin ich kein Beschuldigter, wenn ich das richtig verstanden habe. Ein Verteidiger würde mir zweifellos auch davon abraten, Ihnen diese Daten auszuhändigen."

Darauf kannst du wetten, dachte Mona. Sie sagte: „Gut, klammern wir die Telekommunikation für den Moment aus. – Zurück zu Ihrer Beziehung. Gewiss hatten Sie doch mit Viola Kruse gemeinsame Lieblingslokale oder andere Plätze, wo Sie mit ihr gesehen wurden? Oder wie steht es mit Freunden und Bekannten, die als Zeugen auftreten könnten?"

„Ja, so eine Person gibt es tatsächlich. Viola hat mich einmal in Jever von der Arbeit abgeholt. Da begegnete sie Herrn Tamminga, und ich stellte ihm meine Freundin gleich vor.“

„Das ist aber seltsam“, warf Enno ein. „Als ich Ihrem Arbeitgeber ein Foto des Mordopfers zeigte, gab er an, Viola Kruse noch niemals gesehen zu haben.“

„So merkwürdig ist das gar nicht. Viola trug eine Perücke, als sie mich an dem Tag besuchte. Außerdem war sie sehr konservativ gekleidet. Sie besaß sehr unterschiedliche Klamotten, die zu ihrer jeweiligen Rolle passten.“

„Wer ist Fenja Petersen?“, fragte Mona plötzlich. Sie hatte gehofft, Grave aus dem Konzept bringen zu können. Aber er blieb scheinbar unbeeindruckt.

„Diesen Decknamen benutzte Viola bei den *Meropis Warriors*. Sie hat mir gestanden, dass sie in dieser Gruppe aktiv ist.“

„Und Sie gerieten dadurch nicht in Gewissenskonflikte? Immerhin haben die Umweltaktivisten doch Ihrem Arbeitgeber den Kampf angesagt.“

„Das war wirklich ein Dauerstreitthema zwischen Viola und mir, Frau Kommissarin. Sie haben diese Frau nicht gekannt. Viola war widersprüchlich und faszinierend zugleich, aber leider bekam sie ihre eigenen Emotionen und Gedanken nicht in den Griff.“

„Wollen Sie damit andeuten, dass Viola Kruse geisteskrank war?“

„Ich bin kein Psychiater. Auf jeden Fall lebte Viola sehr exzessiv. Manchmal tauchte sie unter, dann hörte ich tagelang nichts von ihr. Dann erschien sie mitten in der Nacht in meiner Wohnung und hielt mich in Atem.“

Mona nickte.

„Zeugen sprechen von einer Bedrohung, vor der sich Viola Kruse gefürchtet haben soll. Können Sie uns dazu etwas Näheres sagen?“

„Ich vermute, das waren ihre eigenen Wahnvorstellungen. Dazu passt übrigens auch Violas Engagement bei den *Meropis Warriors*, finden Sie nicht? Sie verstrickte sich immer tiefer in Verschwörungstheorien, fühlte sich nicht nur von Herrn Tamminga, sondern auch von der halben übrigen Welt verfolgt.“

„Das haben Sie sich ja schön ausgedacht, Grave. Psychische Probleme passen ja erstklassig zu einem späteren Freitod, nicht wahr?“

Der Verdächtige atmete tief durch. Seiner Stimme war nun eine gewisse Gereiztheit anzumerken.

„Sie waren in der fraglichen Nacht nicht dabei, Frau Kommissarin. Sonst würden Sie anders reden. Viola war völlig außer sich."

„Hat sie sich deshalb erst von Garrelt Rieken und dann von Ihnen vernaschen lassen?"

Aber auch mit dieser Frage konnte Mona Grave nicht aus dem Konzept bringen.

„Ich weiß, dass Viola andere Liebhaber neben mir hatte. Sie ließ sich teilweise mit diesen Kerlen ein, um mich zu verletzen. Andererseits wollte sie mich an sich binden, es war völlig verrückt. Vielleicht hat sie sich bei dieser Umweltgruppe nur eingeklinkt, um mich zu beeindrucken. Oft konnte ich nicht nachvollziehen, was sich in ihrem Kopf abspielte."

„Oh, für eine Verrückte war Viola Kruse aber ziemlich erfolgreich, finden Sie nicht? Woher stammte das Geld, das wir in ihrer Handtasche sichergestellt haben?"

„Jedenfalls nicht von mir. Ich habe Viola nicht für den Sex bezahlt, falls Sie so etwas annehmen sollten. Das habe ich nämlich nicht nötig."

Grave schaute Mona tief in die Augen. Er wusste natürlich, dass er auf das weibliche Geschlecht sehr anziehend wirkte. Und die Kommissarin machte da keine Ausnahme. Wenn Mona ihm unter anderen Umständen begegnet wäre, hätte sich vielleicht sogar etwas zwischen ihnen entwickeln können. Aber jetzt war diese Vorstellung für die Kommissarin völlig absurd.

Sie würde gewiss nicht mit einem Mordverdächtigen flirten.

„Was Sie nötig haben oder nicht, spielt für uns keine Rolle", sagte Mona kühl. „Sie können also nicht erklären, woher das Bargeld in Viola Kruses Tasche stammt?"

Grave schüttelte den Kopf.

„Zum Zeitpunkt des Todes war das Opfer vollständig bekleidet", stellte Enno fest. „Das ist deshalb auffällig, weil Viola Kruse sowohl mit Garrelt Rieken als auch mit Ihnen Sex hatte."

„Dafür habe ich auch keine Erklärung", beteuerte der Verdächtige. „Als ich das Hotelzimmer verließ, war Viola nackt. Mir kam es nicht so vor, als ob sie noch ausgehen wollte. Aber ihre Stimmungen konnten sich schlagartig ändern."

„Wenn Sie das sagen, muss es wohl stimmen." Monas Ironie war unüberhörbar. „Mir leuchtet aber das Motiv für den angeblichen Suizid noch immer nicht ein."

„Darüber kann ich nur spekulieren, Frau Kommissarin. Violas Seele war ein dunkler Abgrund für mich. Und obwohl ich sie liebte, tat sie mir nicht gut. Sie brachte mein Leben durcheinander, wegen ihr hatte ich Albträume. Also beendete ich die Beziehung mit ihr. So gesehen trage ich eine Mitverantwortung für ihren Tod."

Grave ließ den Kopf hängen.

„Mich beeindruckt Ihr Lamento überhaupt nicht!", stellte Mona klar. „Und es wird sich schon sehr bald zeigen, dass Sie Viola Kruse getötet haben. Und zwar nicht, indem Sie ihr den Laufpass gaben. Wenn man einen Menschen an der Gardinenstange aufknüpft, dann ist das in meinen Augen eiskalter Mord. Zum Glück für uns waren Sie dumm genug, dabei Ihre Fingerabdrücke zu hinterlassen."

Die Augen des Verdächtigen bekamen einen seltsamen Glanz. Mona konnte seinen Gesichtsausdruck unmöglich deuten.

„Sind Sie fertig, Frau Sander?", fragte er mit rauer Stimme.

Mona knallte ihre Visitenkarte auf den Tisch.

„Hier haben Sie meine Telefonnummer. Sie können mich jederzeit anrufen, wenn Sie ein komplettes Geständnis ablegen wollen."

„Das wird nicht geschehen. Aber ich möchte jetzt gern den Diebstahl meines Smartphones anzeigen."

Enno stand auf.

„Darum kümmert sich eine Kollegin. Folgen Sie mir bitte."

Der Oberkommissar und der Verdächtige gingen hinaus. Dabei zwinkerte Grave Mona zu, als ob sie ein gemeinsames Geheimnis teilen würden. Die Kriminalistin runzelte die Stirn. Wollte der Mörder sie mit seinem Verhalten verwirren und an ihrem Urteil zweifeln lassen? Falls das seine Absicht war, erreichte er damit das genaue Gegenteil. Mona war jetzt felsenfest davon überzeugt, den Mörder verhört zu haben. Und es tat ihr in der Seele weh, ihn laufen lassen zu müssen.

Kapitel 12

Mona hörte Stimmengewirr aus dem Wachlokal, dann kehrte Enno allein zurück und schloss die Tür des Verhörraums von innen.

„So, Grietje nimmt die Diebstahlanzeige auf. – Du hast ja Grave ganz schön Feuer unter dem Hintern gemacht“, sagte der Oberkommissar lächelnd. „Ein Verdächtiger mit weniger Selbstbeherrschung wäre dir längst ins Gesicht gesprungen.“

„Ja, ich wollte seine schwachsinnige Geschichte entkräften. Aber der Typ ist glatt wie ein Aal. Wie gut, dass wir jetzt seine Fingerabdrücke haben.“

„Ich würde mich nicht auf Indizien verlassen“, warnte Enno. „Wahrscheinlich konnten auf der Metallstange nur Teilabdrücke sichergestellt werden. Jeder halbwegs begabte Pflichtverteidiger würde eine Mordanklage anfechten, die sich nur darauf stützt.“

„Du kannst einem ja richtig Mut machen“, fauchte Mona. Sie fügte ruhiger hinzu: „Aber du hast recht, wie immer.“

„Soll ich mich jetzt als der große weise Ostfriese fühlen?“

Mona lachte.

„Das musst du selbst wissen. Ich werde jetzt lieber Taschendiebe jagen gehen, bevor Oltbeck wieder auf die Idee kommt, dass ich seine Anweisungen missachten würde.“

„Und ich versuche, Graves Vergangenheit zu durchleuchten. Wenn der Chorknabe auch nicht vorbestraft ist, hat er vielleicht doch eine Leiche im Keller. Oder mehrere.“

Die Kommissarin zwinkerte ihrem Kollegen zu und streckte den Daumen nach oben.

„Wir verstehen uns. Also, bis später.“

Mona verließ die Polizeiwache. Nach der Mittagszeit waren noch mehr Passanten unterwegs als in den Morgenstunden. In den Geschenkläden hielten sie nach mehr oder weniger originellen Souvenirs Ausschau, vom Plastik-Seehund bis zu Tellern mit Borkum-Motiven. Ein besonderer Hit der Insel waren alle möglichen Lebensmittel, die unter Verwendung von Sanddorn hergestellt wurden – von der Marmelade bis zum Schnaps.

Die Kriminalistin mischte sich auch in den Andenkenshops unter das Volk. Sie wurde natürlich von den meisten Verkäuferinnen erkannt, denn die Polizei patrouillierte regelmäßig in Zivil durch die Geschäfte. Mona hatte einen Verdächtigen entdeckt. Sie tat so, als ob sie sich für einen Aschenbecher in Rettungsringform interessieren würde. Dabei ließ sie den Mann nicht aus den Augen.

Monas Telefon klingelte.

Sie verließ schnell den Laden, um in Ruhe reden zu können. Allerdings beobachtete sie den mutmaßlichen Taschendieb durch die Schaufensterscheibe.

Ihre Mutter war am Apparat.

„Ich hoffe, dass du nicht immer noch *arbeiten* musst, Mona.“

„Die ironische Betonung kannst du dir sparen, Mama. Ich bin kein Teenager mehr, der seine Mutter belügt, um auf eine Party gehen zu dürfen.“

„Hast du das etwa früher getan?“

„Ja, selbstverständlich. Was glaubst du, weshalb aus mir nur eine Polizistin geworden ist und keine hoch angesehene Oberstudienrätin?“

„Du bist gereizt, dabei hast du aus meiner Sicht überhaupt keinen Grund dazu. Sönke und ich sollten sauer auf dich sein. Findest du es nicht ein bisschen unfair, Harm falsche Hoffnungen zu machen? Er ist so ein netter Junge, etwas unerfahren vielleicht, aber gutmütig. Und mit seinem ruhigen Temperament könnte er einen wohltuenden Kontrapunkt zu deiner aufbrausenden Art darstellen.“

„Ja, das leuchtet mir ein. Habt ihr auch schon einen Hochzeitstermin für Harm und mich festgelegt? Du wirst doch bestimmt ein Kleid für mich aussuchen wollen, oder?“

„Ich weiß wirklich nicht, weshalb du dich so unmöglich aufführst, Mona.“

„Wirklich nicht? Wenn ich mit einem Verdächtigen auf einer Parkbank sitze, dann tue ich das nicht zu meinem Vergnügen. Ich bin professionell genug, um Arbeit und Privatleben strikt zu trennen. Und wenn du dann glaubst, ich würde dich anlügen, ist das sehr verletzend für mich.“

„Dann ist dieser gut aussehende Mann also ein Verbrecher?“

„Ich habe schon zu viel gesagt, Mama. Warum musst du dich in mein Leben einmischen? Ich finde Harm nett. Aber bist du schon mal auf den Gedanken gekommen, dass ich momentan vielleicht überhaupt keinen Freund haben will? Oder dass ich sehr gut allein auf Männerfang gehen kann?“

„Schatz, ich wollte dich wirklich nicht kränken. Ich war nur völlig durcheinander, als ich dich mit diesem attraktiven Dunkelhaarigen gesehen habe. Da glaubte ich nämlich, du hättest ihn mir vorenthalten, weil du dich meiner schämst."

„Wie kommst du denn auf diese Idee? Du bist doch eine beruflich erfolgreiche und sozial engagierte Frau, eine der gesellschaftlichen Stützen von Braunschweig."

„So, wie du das sagst, klingt es gar nicht so positiv."

„Ich will mich nicht mit dir streiten, Mama. Gibt es einen bestimmten Grund für deinen Anruf? Ich habe nämlich wirklich noch Dienst."

„Mir ging es nur darum, nach unserem unerwarteten Zusammentreffen die Fronten zu klären. Übrigens habe ich selbstverständlich mitbekommen, dass du dich als junges Mädchen heimlich auf Partys geschlichen hast."

„Ja, dir kann man eben nichts vormachen. Warum treffen wir uns nicht heute Abend, um in Erinnerungen zu schwelgen? Ich könnte dich im Hotel abholen. – Es sei denn, du bist schon verabredet."

„Nein, Sönke und ich wollen es langsam angehen lassen. Ich traue mich schon fast gar nicht mehr zu fragen – aber wie steht es denn um dich und Harm?"

Mona lachte.

„Ich finde Harm sympathisch. Aber das heißt nicht, dass du bald die Hochzeitsglocken läuten hörst, Mama."

„Ja, Gefühle müssen eben wachsen. Ich erwarte dich dann heute Abend im Hotel."

Während die Kommissarin mit ihrer Mutter telefonierte, hatte sie den Mann in dem Souvenirshop nicht aus den Augen gelassen. Er war definitiv ein Profi, und er verstand sein Handwerk. Aber das tat Mona auch.

Sie schätzte ihn auf Anfang zwanzig. Sein Haar hatte eine Farbe, die Mona als *straßenköterblond* bezeichnete. Er trug eine Windjacke und Jeans sowie eine Umhängetasche. Darin hatte er während der letzten fünf Minuten zwei Geldbörsen sowie ein Smartphone verschwinden lassen. Er kaufte brav irgendein kitschiges Souvenir und grüßte zum Abschied, dann trat er aus dem Laden heraus.

Mona hängte sich sofort an seine Fersen. Natürlich hätte sie ihn sofort verhaften können, aber sie wollte nichts überstürzen. Taschendiebe arbeiteten oft in Bandenstrukturen. Wenn der Kriminelle Kontakt zu seinen Komplizen aufnahm, dann konnte sie womöglich noch weitere Täter aus dem Verkehr ziehen.

Der Taschendieb ging an der Volksbank vorbei. Er schien kein Ziel zu haben, aber Mona ließ sich davon nicht täuschen. Er hatte sich darauf spezialisiert, seine Opfer inmitten von gut gefüllten Geschäften oder Lokalen zu bestehlen. Der Täter überquerte die Westerstraße und steuerte auf das Restaurant Rhodos zu.

Doch plötzlich änderte er seine Richtung und rannte zum Alten Damenpfad davon!

Mona unterdrückte einen Fluch. Sie hatte sich so sehr bemüht, unauffällig zu bleiben. Aber wahrscheinlich hatte sie zu lange vor dem Souvenirladen verharrt, als sie mit ihrer Mutter telefoniert hatte. Der Verdächtige wusste nun jedenfalls, dass er beschattet wurde. Vielleicht gehörte er auch zu den Kriminellen, die einen sechsten Sinn für Polizeibeamte zu haben scheinen.

Die Kommissarin wusste es nicht. Für sie stand nur fest, dass sie ihn nicht entkommen lassen wollte.

„Polizei!“, rief sie mit gellender Stimme. „Bleiben Sie stehen!“

Der Blonde hielt sich natürlich nicht daran, aber das hatte Mona auch nicht erwartet. Stattdessen verließ sie sich auf ihre Kondition, denn Kleinkriminelle pflegten nach ihrer Erfahrung selten einen gesunden Lebensstil. Und wem schnell die Puste ausging, der hielt auch keine längere Verfolgungsjagd durch. Mit dieser Einschätzung lag Mona scheinbar richtig. Der Dieb überquerte die Straße Am Langen Wasser und rannte auf den Lokschuppen der Inselbahn zu.

Hier gab es keine Menschenmassen mehr, die sich durch die Fußgängerzone schoben. Die Kommissarin hatte die Distanz zu dem Flüchtenden weiter verkürzt und wollte ihn packen.

Da drehte er sich plötzlich um, zog einen Teleskopschlagstock aus der Tasche und fuhr ihn aus.

„Lassen Sie den Unsinn!“, rief Mona. Aber da attackierte der Kriminelle sie bereits. Sein Plan war einfach. Vermutlich wollte er sie niederschlagen, um dann unangefochten von der Insel entkommen zu können. Aber die Kommissarin war nicht zum ersten Mal in einer solchen Situation.

Das Schlaginstrument sirrte durch die Luft. Mona wich aus, blockte den Arm des Diebes und drückte seinen Kopf nach unten. Gleichzeitig trat sie ihm eines seiner Standbeine weg. Der Blonde keuchte, geriet ins Taumeln. Im nächsten Moment lag er bäuchlings auf dem Boden.

Mona verdrehte sein Handgelenk so weit, dass er den Schlagstock loslassen musste. Das Adrenalin jagte durch ihren Körper, während sie sich auf seinen Rücken kniete und die Handschellen um die Gelenke schloss.

Die Kommissarin fischte ihr Funkgerät aus der Tasche.

„Moin, Kommissarin Sander hier. Ich bräuchte mal eben schnell ein Einsatzfahrzeug zum Langen Wasser. Ich habe einen Festgenommenen, der sich dringend in der Arrestzelle ausruhen muss."

„Das ist verstanden, wir kommen sofort", erwiderte Hinderk Ekhoff. Der Taschendieb leistete keinen weiteren Widerstand, gab allerdings nicht druckreife Flüche von sich.

„Wenn Sie Pluspunkte sammeln wollen, dann wäre jetzt der Zeitpunkt, um Ihre Komplizen zu verpfeifen", sagte Mona. Aber der Kriminelle reagierte nicht. Entweder handelte es sich um einen Einzeltäter oder er wollte dichthalten.

Mona freute sich über die erfolgreiche Verhaftung. Sie wünschte nur, dass sie Grave ebenso schnell und unkompliziert hinter Gitter bringen konnte.

Es dauerte nicht lange, bis der Polizeibus auftauchte. Inzwischen hatten sich auch bereits einige Gaffer angefunden, die aber in sicherer Entfernung blieben und mit ihren Smartphones filmten.

Hinderk Ekhoff stieg aus und half Mona dabei, den Kriminellen vom Boden aufstehen zu lassen. Außerdem durchsuchte der Polizeimeister die Taschen des Festgenommenen. Dort fanden sich zwar keine Personaldokumente, dafür aber ein Butterflymesser.

„Gleich zwei verbotene Gegenstände, das wird ja richtig spannend", kommentierte Mona. Der Blonde warf ihr nur einen wütenden Blick zu. Ansonsten schien seine Energie einstweilen verpufft zu sein, jedenfalls ließ er sich widerstandslos in den Kleinbus setzen. Auch auf weitere Beschimpfungen verzichtete er.

In der Polizeistation kümmerten sich Hinderk Ekhoff und Grietje Smit um den Taschendieb, während Mona dessen Beute sichten wollte. Sie hatte sich bereits Latexhandschuhe übergezogen. Enno blickte auf, als sie zu ihrem Schreibtisch zurückkehrte.

„Wie ich sehe, hast du Erfolg gehabt."

„Ja, in diesem Fall ist die Beweislast eindeutig. Der Knabe kann leugnen, soviel er will. Es wird ihm nichts nützen."

Mona drehte die Tasche des Kriminellen um, sodass der Inhalt auf ihrem Tisch landete.

„Das ist doch genauso, als ob man eine Wundertüte öffnen würde. Ich – oh, verflixt, schau dir das an!“

Außer einigen Portemonnaies lagen nun auch diverse Smartphones auf Monas Schreibunterlage. Ein Gerät fiel ihr direkt ins Auge. Es war ein iPhone mit Silbermetallic-Hülle. Und darauf befand sich ein Werbeaufkleber von Tammingas Unternehmen.

„Ich will ja nicht Sherlock Holmes spielen, aber das könnte Graves Telefon sein“, sagte Enno.

„Messerscharf geschlussfolgert“, erwiderte Mona. Dann nahm sie das Smartphone und ging damit zu ihren Kollegen hinüber.

„Grietje, entspricht dieses iPhone der Beschreibung aus der Diebstahlanzeige?“

Die sommersprossige Polizeimeisterin nickte.

„Du merkst aber auch alles, Mona.“

Die Kriminalistin hatte viel zu gute Laune, um sich über die Unverschämtheit ihrer jüngeren Kollegin zu ärgern. Sie kehrte an ihren Schreibtisch zurück, schnappte sich das Borkumer Telefonbuch und tippte die Festnetznummer des Ferienhauses von Tamminga ins Display. Schon nach dem dritten Klingeln wurde der Hörer abgehoben. Grave war am Apparat.

„Ich habe eine gute und eine schlechte Nachricht für Sie“, sagte Mona ohne vorherige Begrüßungsfloskeln.

„Es ist auf jeden Fall gut, so schnell schon wieder Ihre Stimme zu hören.“

Mona war irritiert. Sie hatte eigentlich angenommen, dass sich Grave nach ihrem rüden Benehmen bei der Befragung zugeknöpfter verhalten würde. Stattdessen schien er sich wirklich zu freuen, dass die Kriminalistin anrief. Aber vielleicht war das auch nur Taktik.

„Wie Sie meinen, Grave. Wir konnten einen Taschendieb festnehmen, in dessen Besitz sich Ihr Smartphone befand. Sie haben also die Wahrheit gesagt, das Gerät wurde Ihnen wirklich geklaut.“

„Ich habe Sie in keiner Hinsicht angelogen, Frau Sander.“

„Wer es glaubt, wird selig. – Das Smartphone bekommen Sie einstweilen nicht zurück, es ist nun ein Beweisstück in einer Mordermittlung.“

„Das ist aber schade. Ich hatte gehofft, Sie würden es mir persönlich bringen.“

„Träumen Sie weiter, Grave! Das Smartphone wird vom kriminaltechnischen Labor untersucht, danach wird sich Ihre Story von der Fernbeziehung zwischen Ihnen und Viola Kruse in Wohlgefallen auflösen. Ganz zu schweigen von den Fingerabdrücken, die wir abgleichen werden."

„Sie scheinen sich ja richtig auf mich eingeschossen zu haben. Man könnte glauben, dass Sie auf mich fixiert sind."

„Durch ein Geständnis können Sie Ihre Lage nur verbessern, denn die Schlinge um Ihren Hals zieht sich unaufhaltsam zu."

Der Verdächtige lachte leise.

„Ich war der Meinung, die Todesstrafe wäre in Deutschland schon längst abgeschafft worden."

„Verschaukeln kann ich mich selbst, Grave. Ich wünsche Ihnen noch einen angenehmen Nachmittag."

„Den werde ich haben, Frau Kommissarin."

Das Telefonat war beendet. Enno hatte mitgehört, da der Lautsprecher eingeschaltet gewesen war. Er stützte seinen mächtigen Schädel auf seine Hände.

„Hältst du es für eine gute Idee, den Hauptverdächtigen in unsere Karten schauen zu lassen?"

„Du hast recht, ich hätte mich zurückhalten müssen. Aber Grave kann uns sowieso nicht entkommen."

„Bist du sicher? Noch haben wir keinen dringenden Tatverdacht gegen ihn, obwohl du und ich ihn für den Mörder halten. Aber wenn er die nächste Fähre besteigt oder einen Flug aufs Festland nimmt, dann können wir ihn momentan nicht daran hindern."

Mona musste sich eingestehen, dass sie über diese Konsequenz nicht nachgedacht hatte. Nun ärgerte sie sich über ihre eigene Voreiligkeit. Es wäre besser gewesen, den Verdächtigen in Sicherheit zu wiegen und ihm dann eine lückenlose Beweiskette zu präsentieren.

Der Oberkommissar schien zu spüren, was in ihr vorging.

Enno fuhr fort: „Grave ist clever. Er wird wissen, dass er uns auf Dauer nicht entkommen kann. Du hast nichts falsch gemacht."

Der letzte Satz stimmte definitiv nicht, aber Mona war Enno trotzdem für die aufmunternden Worte dankbar.

„Ich werde jetzt erst mal die Beweisstücke gegen unseren kleptomanischen Blondschopf registrieren."

Der Rest des Nachmittags verging damit, die gestohlenen Gegenstände zu dokumentieren und mit den Besitzern Kontakt aufzunehmen. Der Taschendieb verweigerte jede Aussage. Daher konnte Mona auch nicht erfahren, wann er Grave dessen Handy gestohlen hatte. Die Identität des Verhafteten ließ sich trotzdem klären.

Er hieß Jesko Jansen, wohnte in Emden und war strafrechtlich kein unbeschriebenes Blatt.

„Die Kollegen in Emden haben Sie schon öfter wegen BTM-Delikten und Widerstands gegen Vollstreckungsbeamte verhaftet, Jansen. Die medizinische Untersuchung wird zeigen, ob Sie momentan drogenabhängig sind. Hielten Sie Borkum für ein lukrativeres Pflaster für ein wenig Beschaffungskriminalität? Haben Sie deshalb einen kleinen Ausflug auf die Insel gemacht?"

Der Taschendieb schwieg verbissen, aber die Indizien waren ohnehin eindeutig. Den Besitz von diversen fremden Geldbörsen und Smartphones konnte Jansen nicht leugnen. Bei der Leibesvisitation hatten die Polizisten bei ihm außerdem eine Rückfahrkarte der AG Ems für die Borkumfähre gefunden. Jansen hatte offenbar vorgehabt, auf der Insel einen Raubzug zu veranstalten und dann abends mit der letzten Fähre in seine Heimatstadt zurückzukehren.

Das geschah nun auch wirklich, wenn auch ohne Beute und in Handschellen. Mona telefonierte mit dem Polizeikommissariat Emden, um die Übergabe zu veranlassen. Hinderk Ekhoff übernahm es, den Verhafteten aufs Festland zu begleiten. Oltbeck war zwar wegen der anfallenden Überstunden nicht begeistert, freute sich aber andererseits über einen kleinen Erfolg bei der Bekämpfung des Taschendiebstahls.

Als Mona den übrigen Papierkram erledigt hatte, dämmerte es bereits. Enno hatte schon Feierabend gemacht, und sie hielt nun ebenfalls nichts mehr in der Dienststelle. Die Kommissarin verabschiedete sich von den Kollegen der Nachtschicht und stieg auf ihr Fahrrad.

Ob sie gleich ins Hotel Teutonia fahren sollte? Mona entschied sich dagegen. Sie wollte erst noch kurz nach Hause, um sich umzuziehen. Jansen hatte zwar in ihrer Gegenwart nicht gequalmt, doch seine Ausdünstungen nach Tabakrauch und Körperschweiß waren alles andere als angenehm gewesen. Mona wollte noch schnell duschen und sich umziehen, bevor sie ihre Mutter abholte.

Sie schob ihr Fahrrad in den Schuppen. Plötzlich wurde sie von hinten gepackt und gegen die Wand geschleudert. Die Tür klappte zu. Und dann ertönte eine raue Stimme.

„Endlich bin ich wieder allein mit dir.“

Kapitel 13

Mona wusste sofort, mit wem sie es zu tun hatte.

„Grave, sind Sie jetzt völlig durchgedreht? Mit Ihrem Angriff auf mich haben Sie Ihr Schicksal endgültig besiegelt."

„Ach, ist das so? Da bin ich aber völlig anderer Meinung, Mona. Glaubst du, ich hätte nicht gespürt, wie es zwischen uns knistert? Ich weiß genau, weshalb du mich so provoziert hast. Du magst es gern auf die harte Tour, nicht wahr?"

Monas Verstand arbeitete im Krisenmodus. Konnte es wirklich wahr sein, dass der Mörder ihre schroffe Art als Anmache oder Ermutigung verstanden hatte? Offenbar war das wirklich so. Und wer konnte schon beurteilen, was in seinem Gehirn vor sich ging? Die Kommissarin musste die Situation schnell beenden und dabei auf ihre Eigensicherung achten.

Denn sie spürte nun den kalten Stahl einer Messerklinge an ihrer Kehle.

Mona brach der Schweiß aus. Sie versuchte, ihre Atmung in den Griff zu bekommen. Wenn sie jetzt in Panik verfiel, konnte der Kriminelle mit ihr machen, was er wollte. Und das durfte nicht geschehen. Immerhin redete er noch mit ihr. Solange die Verbindung zu ihm nicht abriss, gab es noch eine Chance.

„War es mit Viola Kruse genauso, Grave? Stand die auch auf Gewalt?"

Während Mona diese Frage stellte, versuchte sie sich zu orientieren. Der Abstellraum für die Räder war eng, er bot Platz für bis zu sechs Drahtesel. Monas Vermieterin Frau Klasing hatte immer auch Feriengäste, und denen bot sie kostenlose Benutzung ihrer Fahrräder an. Als Mona in den Schuppen trat, hatte sie nicht darauf geachtet, ob andere Räder fort waren oder nicht. Falls gleich ein paar Mieter von einer Tour zurückkehrten, konnte Mona die Situation vielleicht zu ihren Gunsten drehen.

Oder Grave würde völlig die Kontrolle über sich verlieren.

„Viola?" Der Mörder sprach den Namen seines Opfers lachend aus. „Sie war ganz anders als du, Mona. Eine richtige Schlampe. Was meinst du, weshalb sie es mit Rieken getrieben hat, mit diesem hässlichen Glatzkopf? Sie brauchte Bares."

„Dann hat sich Viola Kruse also doch prostituiert?"

„Darauf kannst du wetten! Aber sie bekam nicht genug, deshalb trieb sie es ja wenig später auch noch mit mir.“

Mona hatte Schwierigkeiten damit, sich auf die Aussage zu konzentrieren. Das lag einfach daran, dass Grave sie immer noch gegen die Wand drückte und das Messer an ihren Hals hielt. In der Dunkelheit des fensterlosen Schuppens konnte die Kommissarin ihren Angreifer nicht sehen. Aber sie fühlte seine Nähe, konnte sogar seinen heißen Atem auf ihrem Gesicht spüren.

Grave benutzte ein teures After Shave und roch viel angenehmer als der drogensüchtige Taschendieb. Aber das war für Mona nicht wirklich ein Trost.

„Und wieso glauben Sie, dass ich auf Sie stehe?“

„Weil du gern mit dem Feuer spielst. Das habe ich schon erkannt, als wir uns zum ersten Mal begegnet sind. Du hast mich doch mit deinen Blicken fast ausgezogen – obwohl du genau wusstest, dass ich Viola getötet habe. Oder vielleicht gerade deswegen. Ich weiß ja, dass ich gut aussehe.“

Einbildung ist auch eine Bildung, dachte Mona. Aber sie hielt ausnahmsweise ihre Zunge im Zaum. Wenn sie Grave wieder eine freche oder patzige Antwort gab, würde er das vielleicht als zusätzliche Ermutigung auffassen. Immerhin hatte er bisher noch nicht versucht, ihr an die Wäsche zu gehen.

Aber es war, als ob sie durch diesen Gedanken das Unglück heraufbeschworen hätte. Plötzlich fühlte sie, wie Grave an ihrem Ohrläppchen zu knabbern begann. Und seine Stimme klang nun geradezu liebestrunken.

„Du und ich, wir sind füreinander bestimmt, Mona. Die Polizistin und der *Bad Boy*. Gib doch einfach zu, dass die Gefahr dich heißmacht. Ich könnte dich ausziehen und fesseln, wie würde dir das gefallen?“

Monas ehrliche Antwort hätte den Verbrecher gewiss wütend gemacht. Aber sie musste gar nichts sagen, denn in diesem Moment geschah das, worauf sie gehofft hatte.

Jemand öffnete von außen die Schuppentür, Licht von der nächstgelegenen Straßenlaterne fiel in das Gelass. Die Kommissarin erblickte zwei schemenhafte Gestalten mit Fahrrädern.

Genau das war die Chance, auf die sie gewartet hatte. Mona griff mit beiden Händen nach Graves Gelenk und drückte es von ihrer

Kehle weg. Gleichzeitig rammte sie ihm mit voller Wucht ihr Knie in die Magengrube. Er taumelte keuchend einige Schritte zurück.

„Laufen Sie ins Haus, rufen Sie die Polizei!“, rief die Kommissarin in Richtung der beiden Personen, die sie nicht genau erkennen konnte. Sie hatte es geschafft, sich aus Graves Umklammerung zu lösen, aber nur für einen Augenblick. Dieser Mann war stark und gefährlich, das hatte er bewiesen.

Grave packte Mona an den Ohren und stieß ihren Kopf gegen die Wand. Sie sah Sterne, biss sich auf die Zunge und schmeckte ihr eigenes Blut. Außerdem hörte sie eine fremde Männerstimme.

„Herrgottsakra, was ist denn da los?“

Mona ging zu Boden. Sie war nicht bewusstlos, nur benommen. Immerhin bekam sie mit, dass Grave abhaute. Eine junge Frau kniete sich neben die Kommissarin.

„Haben S’ Streit mit Ihrem Freund gehabt? Brauchen S’ einen Arzt?“

Mona erkannte in der Frau mit dem bayerischen Akzent und ihrem Mann ein Urlauberpärchen, das eines von Frau Klasings Apartments bewohnte.

„Nein, mir fehlt nichts“, murmelte die Kommissarin. Abgesehen von ihren heftigen Kopfschmerzen war sie glimpflich aus der bedrohlichen Situation herausgekommen.

„I kann dem Sauhund nachradeln“, bot der Bayer wütend an.

„Nein, besser nicht. Das war nämlich nicht mein Freund, sondern ein gefährlicher Verbrecher. Ich bin Polizistin“, erklärte Mona und zeigte ihren Dienstausweis. Den führte sie immer bei sich, während sich ihre Pistole vorschriftsmäßig eingeschlossen auf der Wache befand.

Mona erhob sich vom Boden, wobei die Urlauberin sie stützte. Ihr war etwas schwindlig, aber nach einigen Atemzügen fühlte sie sich besser. Sie griff zum Smartphone, wandte sich aber zunächst an die Feriengäste.

„Haben Sie gesehen, in welche Richtung der Täter geflohen ist?“

„Die Straße runter“, erwiderte der Bayer und deutete Richtung Wilhelm-Feldhoff-Straße. Mona wohnte in der Walfangerstrate – eine ruhige Wohnstraße, die ein Verbindungsglied zwischen der Kajütwachterstrate und der Wilhelm-Feldhoff-Straße war.

Mona nickte und rief ihre Kollegen an.

„Ich wurde von Dennis Grave angegriffen, der Täter ist flüchtig. Er könnte zum Ferienhaus seines Arbeitgebers Hauke Tamminga laufen, also Richtung Bantjedünen."

„Das ist verstanden, wir leiten sofort eine Nahbereichsfahndung ein."

Die Kommissarin beendete das Gespräch und rief Enno zu Hause an. Ihr Dienstpartner klang hörbar angespannt, als sie ihm von ihrem Erlebnis berichtete.

„Bist du in Ordnung, Mona?"

„Mir hat noch nie zuvor ein Mörder am Ohr geknabbert, aber unser Job hält eben immer neue Überraschungen bereit. Holst du mich daheim ab? Dann knöpfen wir uns Tamminga und seinen Erfüllungsgehilfen vor."

Der Oberkommissar versprach, umgehend zu erscheinen. Obwohl Mona lässig erscheinen wollte, hatte sie die unerwartete Bedrohung durch Grave doch gewaltig aufgewühlt. Hatte sich der Killer wirklich in sie verknallt? Oder waren seine Avancen nur eine besonders perfide Art gewesen, um sie zu demütigen?

Mona bemerkte plötzlich, dass das bayerische Urlauberpärchen sie immer noch besorgt anschaute. Sie hatten sich wahrscheinlich nicht träumen lassen, auf der idyllischen Nordseeinsel in einen dramatischen Polizeieinsatz zu geraten.

„Ich danke Ihnen für Ihre Hilfe. Wenn Sie nicht im passenden Moment von Ihrem Ausflug zurückgekehrt wären, hätte die Sache ganz anders ausgehen können."

„Jo mei, das ist doch selbstverständlich. Dann läuft hier jetzt also ein Mörder frei herum?"

„Nicht mehr lange, das verspreche ich Ihnen", knurrte Mona.

Wenig später erschien Enno in dem Opel Vectra. Das rot-blaue Blinklicht hinter dem Kühlergrill war eingeschaltet, aber auf die Sirene hatte der Ostfriese verzichtet.

Mona ließ sich auf den Beifahrersitz fallen. Enno warf ihr einen prüfenden Blick zu.

„An dir scheint ja wirklich noch alles dran zu sein. Wie kommt dieser Dreckskerl dazu, dir aufzulauern? Woher wusste er überhaupt, wo du wohnst?"

„Das ist ja nun wirklich kein Geheimnis auf so einer kleinen Insel. Vielleicht hat er mich auch schon beschattet, was weiß ich. – Grave ist ein echter Psycho. Er hat mir gegenüber den Mord gestanden! Wir müssen jetzt nicht mehr auf die Ergebnisse der kriminaltechnischen Untersuchung warten. Durch seine heutige Aktion hat sich Grave eine Freifahrt in die Arrestzelle gesichert."

Enno nickte. Sie standen über Funk in Verbindung mit dem Streifenwagen, der ebenfalls die unmittelbare Umgebung von Monas Wohnhaus absuchte.

„Grave könnte jenseits der Ostfriesenstraße ins offene Gelände geflohen sein, in die Dünen", meinte Mona. „Er kann sich denken, dass wir ihn im Haus seines Chefs zuerst suchen werden. Andererseits bietet auch der Ort genug Versteckmöglichkeiten. Er wäre nicht der erste Verbrecher, der in ein leer stehendes Ferienhaus einbricht."

„Trotzdem sollten wir Tamminga auf den Zahn fühlen. Ich gehe davon aus, dass er Grave zu dem Mord angestiftet hat – was wir ihm allerdings nicht beweisen können."

„*Noch* nicht", betonte Mona. „Aber das ist für mich nur noch eine Frage der Zeit. Allerdings könnte Tamminga auch auf den Gedanken kommen, seinen Mitwisser zu beseitigen. Aber nicht, indem er seinen Hund auf ihn hetzt. Maxi ist nämlich das sanfteste Geschöpf, das man sich vorstellen kann."

Enno zwinkerte ihr zu.

„Ich bin froh, dass du deinen Humor noch nicht verloren hast."

„Ja, obwohl ich mich im Zaum halten sollte. Auf manche Männer wirken ja meine rüden Sprüche scheinbar erotisierend – sag jetzt nichts Falsches!"

„Wie käme ich dazu?", brummte Enno gemütlich. „Du könntest meine Tochter sein."

Wenn das Mama gehört hätte, dachte die Kommissarin. Je länger sie mit Enno sprach, desto mehr beruhigte sie sich. Trotzdem fühlte sie das Jagdfieber in sich aufsteigen. Sie wollte Grave unbedingt die Handschellen anlegen, und das so schnell wie möglich. Plötzlich fiel Mona ein, dass sie mit ihrer Mutter verabredet war. Den Termin musste sie absagen. Also rief sie sofort auf dem Handy von Dagmar Sander an.

Aber dort war nur die Mailbox zu hören.

„Mama, ich bin es. Wir haben leider einen dringenden Einsatz, deshalb können wir uns heute nicht sehen. Wir telefonieren morgen, ja? – Tschüss, mach's gut."

„Wie gefällt es deiner Mutter denn auf Borkum? Wird sie noch länger bleiben?“

„Schwer zu sagen.“

Mona wich aus. Sie wollte mit Enno nicht über Vater und Sohn Ibbenga und Mamas Verkupplungsversuche reden. Sonst würde ihr Dienstpartner ihre Mutter am Ende noch für ein Luder halten, das ständig auf Männerfang war.

Die beiden Ermittler hatten systematisch das Gebiet zwischen der Ostfriesenstraße und der Commandeursstrate durchstreift. Von den wenigen abendlichen Passanten ähnelte keiner dem flüchtigen Mörder. Und als Enno die Leute direkt fragte, hatte auch keiner von ihnen eine Person gesehen, auf die Graves Beschreibung zutraf. Die Zeugen wirkten glaubhaft.

„Wir fahren jetzt zu Tamminga“, entschied Enno. Aber zuvor fuhren sie zur Wache und holten ihre Pistolen. Da der Oberkommissar von seinem Haus aus zu Mona gefahren war, hatte er seine Dienstwaffe ebenfalls nicht dabei. Mona wollte nicht noch einmal die Messerklinge des Mörders an ihrer Kehle spüren. Sie fühlte sich jedenfalls besser, als sie ihre Pistole ins Clipholster schieben konnte.

Auf dem Weg zu Graves Arbeitgeber hielten sie besonders wachsam nach verdächtigen Personen Ausschau. Aber sie konnten niemanden entdecken, der auch nur entfernte Ähnlichkeit mit dem Gesuchten aufwies. In dem luxuriösen Ferienhaus bei den Bantjedünen brannte Licht.

Mona und Enno zogen ihre Waffen, bevor sie an die Tür klopften. Tamminga öffnete höchstpersönlich. Der Unternehmer trug einen altmodischen Hausmantel. Sein Gesichtsausdruck zeigte Widerwillen.

„Was soll dieser martialische Auftritt zu nachtschlafender Zeit?“

„Sie sind ja noch wach“, erwiderte Mona. „Ist Dennis Grave bei Ihnen?“

„Das geht Sie überhaupt nichts an.“

„Herr Grave steht unter dringendem Mordverdacht, außerdem hat er meine Kollegin mit einem Messer bedroht“, sagte Enno. „Wir werden uns jetzt in Ihrem Haus umsehen, Herr Tamminga.“

„Das dürfen Sie ohne Durchsuchungsbefehl gar nicht tun.“

„Doch, bei Gefahr im Verzug liegen die Dinge anders.“

Mit diesen Worten trat Enno ein, wobei er Tamminga einfach beiseiteschob. Der Hausherr hatte dem Oberkommissar körperlich nicht viel entgegenzusetzen, obwohl auch Tamminga kein Schwächling war. Allerdings ließ er sich nicht auf eine Rangelei ein, sondern beschränkte seinen Widerstand auf hasserfüllte Blicke.

Mona und Enno schauten in alle Räume des Ferienhauses, wobei sie sich gegenseitig Deckung gaben. Doch Grave war nirgendwo zu finden. Die Kommissarin hatte eigentlich nichts anderes erwartet. Der Verbrecher war gewiss nicht so dumm, sich ausgerechnet hier verstecken zu wollen. Im Arbeitszimmer tippte Tamminga hastig auf seiner Computertastatur herum.

„Haben Sie schnell noch Dokumente gelöscht, die Sie belasten?“, fragte Mona mit Unschuldsmiene. „Die Spezialisten vom Landeskriminalamt können sehr viele Daten wiederherstellen. Es ist wirklich erstaunlich, wozu sie in der Lage sind.“

„Dieser Abend wird ein Nachspiel haben“, drohte Tamminga.

„Da bin ich ganz Ihrer Meinung. Es fragt sich nur, für wen. – Wo hält sich Grave auf? Wenn Sie ihn decken, machen Sie sich der Beihilfe strafbar.“

Monas Worte schienen den Unternehmer nicht zu beeindrucken. Trotzig verschränkte er die Arme vor der Brust.

„Ich werde ohne meinen Rechtsbeistand nicht mehr mit Ihnen reden.“

„Wie Sie wünschen.“

Bevor Mona weiterreden konnte, klingelte ihr Smartphone. Das Gespräch dauerte nur kurz. Aber es reichte, um die Kommissarin erbleichen zu lassen. Ihr Kreislauf spielte plötzlich verrückt.

„Was ist passiert, Mona?“, fragte Enno besorgt.

„Es gibt eine Geiselnahme im Hotel *Teutonia*. Der betroffene Gast heißt Dagmar Sander.“

Kapitel 14

Diesmal stellte Enno die Sirene an, als sie Richtung Jann-Berghaus-Straße rasten. Auf Tammingas Verhaftung hatten die Kriminalisten einstweilen verzichten müssen, weil die Beweislast noch zu dürftig war. Die Tatsache, dass der Mörder für den Unternehmer arbeitete, machte ihn nicht automatisch zum Anstifter oder Mitwisser. Dennoch gab es für Mona keinen Zweifel daran, dass Tamminga der eigentliche Strippenzieher im Hintergrund war.

Aber momentan hatte sie Probleme damit, einen klaren Gedanken zu fassen. Es war gewiss kein Zufall, dass ihre eigene Mutter sich in den Händen eines Geiselnehmers befand. Und Mona konnte sich lebhaft vorstellen, um wen es sich bei diesem Täter handelte.

Als Mona und Enno beim Hotel eintrafen, waren schon mehrere Kollegen vor Ort. Auch Oltbeck war anwesend, was bei dieser Gefahrenlage nicht verwunderlich war. Natürlich lag die Einsatzleitung in den Händen des ranghöchsten Beamten. Der Hauptkommissar verstellte Mona den Weg, als sie das Gebäude betreten wollte.

„Bleiben Sie bitte draußen, Frau Sander. Wenn ich alles richtig verstanden habe, handelt es sich bei der Geisel um Ihre Mutter."

„Ja, und deshalb muss ich unbedingt hinein!"

Monas Herz raste, das Blut rauschte in ihren Ohren. Nun bereute sie jede spitze Bemerkung, die sie ihrer Mama jemals an den Kopf geworfen hatte. Dagmar Sander mochte ein schwieriger Mensch sein, aber das war sie selbst schließlich auch. Die Vorstellung, dass ihre Mutter sich in Graves Händen befand, fand sie unerträglich.

Oltbeck schüttelte langsam den Kopf und breitete die Arme aus, als ob er einen Segen spenden wollte.

„Sie kennen die Dienstvorschriften, Frau Sander. Da Sie persönlich involviert sind, muss ich Ihnen die Mitwirkung an diesem Fall verwehren. Ich habe bereits Verstärkung vom Festland, das SEK sowie ein Kriseninterventionsteam angefordert. Ein in Verhandlungsführung geschulter Kollege ist ebenfalls unterwegs. Bis er hier eingetroffen ist, wird Herr Moll den Kontakt zu dem Geiselnehmer halten."

„Selbstverständlich", sagte Enno. Außerdem legte er seinen Arm um Monas Schultern. Und seine Berührung bewirkte tatsächlich, dass sie sich ein klein wenig besser fühlte. Sie neigte zu

Kurzschlussreaktionen, das war ihr selbst klar. Wenn sie unter diesen Umständen mit Grave kommunizierte, konnte die Sache gewaltig nach hinten losgehen.

Und immerhin stand das Leben ihrer Mutter auf dem Spiel.

Wie aus weiter Ferne drang der Wortwechsel zwischen Enno und Oltbeck zu ihr durch.

„Welche Erkenntnisse haben wir denn bisher, Herr Hauptkommissar?"

„Der Täter hat sich offenbar als Polizist ausgegeben und an der Rezeption gezielt nach Frau Dagmar Sander gefragt. Daraufhin erhielt er die Zimmernummer der Dame."

„Hat sich die Rezeptionistin denn nicht seinen Dienstausweis zeigen lassen? Normalerweise kennen die Hotelangestellten doch sämtliche Polizeibeamten der Insel zumindest vom Sehen."

„Das stimmt. Aber laut Herrn Cordsen arbeitet die junge Frau erst seit einer Woche im Hotel *Teutonia*. Sie kommt vom Festland und war noch nie zuvor auf Borkum. Übrigens trifft die Beschreibung des Geiselnehmers auf Ihren Mordverdächtigen Dennis Grave zu."

„Gibt es Erkenntnisse über die Bewaffnung des Täters?"

„Grave besitzt zumindest eine Pistole oder einen Revolver. Genaue Angaben habe ich noch nicht. Der selbst ernannte Polizist fuhr jedenfalls mit dem Lift hoch in das dritte Stockwerk. Wenig später alarmierte mich ein Zimmermädchen. Es hatte Grave gesehen, wie er mit seiner Geisel die Treppe hinunterging. Dabei bedrohte er Dagmar Sander mit einer Schusswaffe."

„Dann steht also fest, dass es sich bei dieser Person um Dagmar Sander handelt?"

„Ja, das Zimmermädchen hat sie eindeutig erkannt."

„Sie sagten, Grave sei die Treppe abwärts gestiegen. Wissen wir, wo er sich befindet?"

Oltbeck nickte. Er bewahrte zumindest äußerlich die Ruhe, was Mona von sich nicht behaupten konnte. Sie stand kurz vor einem Nervenzusammenbruch.

„Laut Cordsens Aussage rief der Täter von Zimmer 112 aus bei der Rezeption an und gab bekannt, dass er eine Frau in seiner Gewalt hätte."

Mona führte sich vor Augen, dass in Zimmer 112 die tote Viola Kruse aufgefunden worden war.

„Dort hat sich Grave also verschanzt“, stellte Enno fest. „Dass er genau dieses Zimmer ausgewählt hat, ist natürlich eine Botschaft an uns. Es könnte aber auch sein, dass er einfach ein gutes Schussfeld haben will. Von dem Eckfenster aus kann man sowohl in die Jann-Berghaus-Straße als auch in die Strandstraße feuern.“

„Wir haben jedenfalls das erste Stockwerk komplett evakuiert“, erklärte Oltbeck. „Momentan sind wir dabei, mithilfe des Hotelpersonals auch die Gäste der weiteren Etagen in Sicherheit zu bringen. Bisher konnte eine Panik vermieden werden.“

Mona hatte mitbekommen, dass die Menschen durch die Notausgänge nach draußen strömten und sich vor dem Hotel versammelten. Noch hatte wirklich keine Panik um sich gegriffen, aber das konnte jederzeit geschehen. Spätestens dann, wenn Grave zu schießen begann.

Sie versuchte, diesen Gedanken nicht zuzulassen. Wenn sie sich nicht als die schlechteste Polizistin der Welt fühlen wollte, dann musste sie jetzt ihre Pflicht tun. Oltbeck hatte ihr verboten, das Gebäude zu betreten. Aber sie konnte zumindest draußen arbeiten.

Mona unterbrach den Wortwechsel zwischen Enno und dem Dienststellenleiter.

„Ich helfe den uniformierten Kollegen bei den Absperrmaßnahmen.“

Oltbeck nickte, offenbar überrascht von Monas einsichtigem Handeln.

„Tun Sie das, Frau Sander. Jetzt ist jede Hand gefragt.“

Mona befestigte ihren Dienstausweis an ihrem Anorak. Sie blickte zu dem Erkerfenster im ersten Stockwerk hoch. Dort brannte Licht, aber die Vorhänge waren zugezogen. Natürlich, früher oder später würden SEK-Scharfschützen das Hotel ins Visier nehmen.

„Absperrgitter könnten wir jetzt gut gebrauchen, aber die können wir uns ja nicht aus den Rippen schneiden.“

Dieser Spruch von Grietje, die neben ihr stand, riss Mona aus ihren Überlegungen. Es gelang ihnen mehr schlecht als recht, die beunruhigten Hotelgäste und die Gaffer zurückzudrängen.

„Bitte räumen Sie die Straße, es gibt hier nichts zu sehen!“, rief Mona mit gellender Stimme. Aber die Polizeifahrzeuge sowie der ebenfalls angerückte Rettungswagen übten scheinbar eine magnetische Wirkung auf die Neugierigen aus. Die Leute bestürmten Mona und ihre Kollegen mit Fragen.

„Ist das ein Terroranschlag?“
„Hat es schon Tote gegeben?“
„Sind im Hotel Bomben versteckt?“
Mona musste sich auf die Zunge beißen, um sich eine gepfefferte Antwort zu verkneifen. Wenn sie jetzt hysterisch wurde, konnte sie ihrer Mutter damit auch nicht helfen. Die Nachricht von dramatischen Ereignissen im Hotel Teutonia schien sich auf der Insel wie ein Lauffeuer zu verbreiten. Menschen, die an anderen Abenden auf der Promenade flanierten oder in den Strandrestaurants saßen, drängten sich nun vor dem Beherbergungsbetrieb.
Falls Grave wirklich auf den Gedanken kommen sollte, aus dem Fenster zu feuern, dann konnte er ein wahres Blutbad anrichten.
„Zurück!“, rief Mona einem Kerl mit Spiegelreflexkamera zu, der an ihr vorbei zum Eingang wollte.
„Wieso, ich wohne hier.“
„Verschaukeln kann ich mich alleine, Sie sind Fotoreporter, ich kenne Sie!“
Mona stieß ihn vor die Brust. Aber der Pressevertreter ließ nicht locker.
„Frau Kommissarin, ich bin nur ein armer freier Mitarbeiter. Wenn ich exklusives Material bekomme, kann ich es an überregionale Medien verkaufen.“
„Ich muss Sie enttäuschen, noch gab es keine Leiche“, wütete Mona. „Und jetzt zurück mit Ihnen, das gilt für alle.“
Aber die Unruhe verbreitete sich schneller als eine Seuche. Mona hatte schon mitbekommen, dass ihr Wortwechsel mit dem Reporter von einigen Smartphone-Besitzern gefilmt worden war. Schon bald würden die Clips durch die sozialen Medien geistern, aber das war Mona egal. Sie konnte sich nicht auf die Arbeit konzentrieren, musste pausenlos an ihre Mutter denken. Es war wirklich gut, dass Enno mit dem Geiselnehmer verhandelte. Sie fühlte sich momentan nicht dazu in der Lage, mit Grave zu sprechen.
Wenigstens traf jetzt die Verstärkung vom Festland ein. Die Kollegen von der Landesbereitschaftspolizei waren eingeflogen worden, die Fähre hätte zu lange gebraucht. Mit ihrer Unterstützung gelang es den Inselpolizisten, Ordnung zu schaffen. Im Handumdrehen stand die dünne blaue Linie vor dem Hotelportal.
Auch die schwer bewaffneten und maskierten Spezialisten vom SEK waren eingetroffen. Mona sah aus dem Augenwinkel, dass

Oltbeck mit dem Kommandanten der Eliteeinheit sprach. Plötzlich kam Enno aus dem Hoteleingang. Er eilte zu dem Hauptkommissar, der daraufhin Mona zu sich winkte.

Der Kommissarin lief ein eiskalter Schauer über den Rücken, während sie sich ihren Kollegen näherte. Sie versuchte, Ennos Gesichtsausdruck zu deuten. Aber er wirkte einfach nur ernst und angespannt, was angesichts der Situation kein Wunder war.

„Der Geiselnehmer will mit Kommissarin Sander sprechen“, sagte Enno.

„Das halte ich für keine gute Idee“, warf der SEK-Kommandant ein, bevor Oltbeck etwas sagen konnte. „Der Unterhändler ist auf dem Weg hierher, er muss innerhalb einer halben Stunde auf dem Flugplatz eintreffen.“

„Die Geisel ist meine Mutter“, erklärte Mona mit belegter Stimme. Sie benötigte momentan ihre ganze Kraft, um sich zusammenzureißen. In ihren Augen war Grave ein hinterhältiger Verbrecher, dessen kriminelle Energie man nicht unterschätzen durfte. Als sein Überfall auf Mona gescheitert war, hatte er offenbar im Handumdrehen einen Plan B entwickelt. Und falls er vorgehabt hatte, die Kommissarin unter Psychostress zu setzen, dann war ihm diese Absicht hundertprozentig gelungen.

„Also gut“, sagte der SEK-Kommandant. „Versuchen Sie, den Täter am Telefon hinzuhalten. Meine Männer nehmen momentan ihre Positionen auf den Dächern der umliegenden Hotels ein.“

„Meiner Mutter darf auf keinen Fall etwas geschehen!“

„Die Kollegen schießen nur im Notfall. Zurzeit befinden sich ohnehin Vorhänge vor den Fenstern. – Gehen Sie, lassen Sie den Geiselnehmer nicht warten.“

Mona nickte und lief mit Enno ins Hotel zurück.

„Ich hätte Grave nicht so in die Enge treiben dürfen“, sagte sie. „Es ist alles meine Schuld.“

„So etwas will ich von dir nicht hören, Mona. Es ist unser Job, Verbrecher zu überführen. Es war nicht absehbar, dass Grave dich angreift und sich deine Mutter schnappt. Er ist nicht vorbestraft, es gab keine Hinweise auf Gewalttätigkeit.“

„Wenn man von dem Mord an Viola Kruse absieht“, erwiderte Mona düster. „Trotzdem, danke für deine aufbauenden Worte.“

Sie gingen zur Telefonzentrale des Hotels, die sich hinter der Rezeption befand. Mona wusste von einem Undercover-Einsatz, wie solche Anlagen funktionieren. Sie wählte die Nummer von Zimmer 112.

Das Freizeichen ertönte zweimal. Dann wurde der Hörer abgenommen.

„Hallo?“

Die Stimme des Mörders klang wieder so trügerisch sanft wie in dem Moment, als er sein Messer gegen Monas Kehle gedrückt hatte. Sie glaubte immer noch, den kalten Stahl auf ihrer Haut spüren zu können.

„Was wollen Sie, Grave?“ Immerhin zitterte ihre Stimme nicht. Oder? „Warum haben Sie meine Mutter in Ihrer Gewalt?“

„Warum denn so förmlich, Mona? Wollen wir uns nicht duzen? Wir sind uns doch schon körperlich näher gekommen.“

Die Kommissarin biss sich auf die Unterlippe. Natürlich genoss der Verbrecher seinen scheinbaren Triumph. Genau deshalb hatte er ja Dagmar Sander in seine Gewalt gebracht, jedenfalls nach Monas Meinung.

„Wir haben nur beruflich miteinander zu tun, Grave. Vergessen Sie das nicht. Und nun will ich mit meiner Mutter sprechen.“

„Du bist nicht in der Position, Forderungen zu stellen, Mona. Das hast du wohl vergessen. Momentan halte ich alle Trümpfe in der Hand. Wenn ich hier auf der Etage eine Polizeiuniform zu sehen bekomme, dann stirbt deine Mama. Hast du das kapiert?“

Monas Herz hämmerte. Sie wischte sich mit der freien Hand den Schweiß von der Stirn.

„Was wollen Sie, Grave?“

„Ich will einen Hubschrauber, teile das deinen Bossen mit. Leider ist unsere kleine Romanze schon vorbei, bevor sie richtig angefangen hat. Es hätte wirklich etwas werden können mit uns, Mona. Ich habe deine Signale leider falsch eingeschätzt. Dabei wären wir so ein schönes Paar.“

Die Kommissarin hätte Grave am liebsten den Hals umgedreht. Aber sie durfte sich jetzt nicht provozieren lassen.

„Die Forderung mit dem Hubschrauber werde ich an meine Vorgesetzten weitergeben. Trotzdem würde ich jetzt gern mit meiner Mutter reden.“

„Du hast das Zauberwort noch nicht gesagt.“

Das Zauberwort? Ja, natürlich. Mona hätte es bewusst sein müssen, dass der Verbrecher sie noch weiter demütigen wollte.

„Bitte, kann ich mit meiner Mutter sprechen?“

Einen Moment lang herrschte Schweigen. Mona schaute Enno an, der neben ihr stand. Was für ein Glück, dass er in ihrer Nähe war. Sonst hätte sie diese Situation nicht durchgestanden.

„Mona?“

Es war die Stimme ihrer Mutter. Die Kommissarin kämpfte mit den Tränen, obwohl sie normalerweise nicht nahe am Wasser gebaut hatte. Aber das hier war eine Ausnahmesituation.

„Mama, geht es dir gut?“

„Ich habe mich schon mal besser gefühlt, aber ich bin unverletzt.“

Dagmar Sander sprach beherrscht, laut und deutlich. Mona glaubte, dass sie mit Stress viel besser umgehen konnte als sie selbst. Die Kommissarin konnte sich vorstellen, wie ihre Mutter dem Geiselnehmer gegenübertrat: Kinn nach oben gereckt, Schultern zurück, Körperspannung und kühler Blick. Sie konnte Furchtlosigkeit ausstrahlen, auch wenn sie diese vielleicht gar nicht empfand.

„Wir holen dich hier raus, du musst nur Geduld haben, wir …“

Mona unterbrach sich selbst, denn nun war wieder der Verbrecher zu hören.

„Schluss mit dem Familienidyll, du weißt jetzt, was ich will. Der Helikopter soll in einer halben Stunde auf dem Strand unterhalb des Hotels landen. Bis dahin können du und die anderen Bullen sämtliche Leute fortschaffen. Ich will niemanden sehen, wenn ich mit deiner Mutter in den Helikopter steige, kapiert?“

Graves Stimme klang jetzt anders. Er hörte sich gefährlicher an, unberechenbarer. Ob er kurz vor dem Ausrasten stand? Mona hatte keine Erfahrung mit Geiselnehmerverhandlungen. Sie war auch keine ausgebildete Psychologin. Mona hatte große Angst davor, einen Fehler zu machen.

Sie wollte nicht für den Tod ihrer Mutter verantwortlich sein.

„Ja, natürlich. Wir tun alles, was möglich ist.“

„Davon bin ich überzeugt, Mona. Denn du und ich sind noch nicht fertig miteinander.“

Der Kidnapper hatte aufgelegt. Die Kommissarin stand einen Moment lang regungslos da, den Telefonhörer immer noch in der Hand. Enno packte sie sanft bei den Schultern.

„Was hat er gesagt, Mona?“

Sie gab den Inhalt des Telefonats kurz wieder und fügte hinzu: „Grave plant eine Teufelei, das spüre ich ganz genau.“

„Wir müssen uns sofort mit Oltbeck und dem SEK beraten. Eine halbe Stunde ist keine lange Zeit.“

Damit hatte der Oberkommissar zweifellos recht. Sie eilten gemeinsam zu ihren Kollegen, die außerhalb von Graves Schussfeld Position bezogen hatten. Mithilfe der Bereitschaftspolizei war es gelungen, das Gelände um das Hotel weiträumig frei zu bekommen. Aber wenn der Täter die Nerven verlor, konnte er immer noch viel Schaden anrichten. Nachdem Mona Bericht erstattet hatte, kratzte sich Oltbeck nachdenklich im Nacken.

„Wir können einen Helikopter von der Hubschrauberstaffel in Rastede anfordern, aber das wird zeitlich knapp. Außerdem sollte ich das nicht allein entscheiden.“

„Aber Sie sind der Einsatzleiter!“, rief Mona. „Und wenn wir uns eine Maschine von der Bundespolizei ausleihen? Die haben doch ständig einen Helikopter in der Luft, der die Seegrenze sichert.“

„Das ist mir bekannt, Frau Sander. Bitte beruhigen Sie sich. Wir werden alles tun, um die Situation in den Griff zu bekommen.“

Der SEK-Kommandant schaltete sich ein.

„Meine Leute sind in den beiden Treppenhäusern postiert, von denen aus man in die erste Etage gelangt. Sie haben mir über Funk Meldung gemacht, dass es einen Wortwechsel zwischen dem Täter und seiner Geisel gibt. Einzelne Worte sind nicht zu verstehen, aber es klingt nach einem Streit.“

Monas Herz krampfte sich zusammen.

„Ich befürchte, dass dieser Psycho durchdreht. Wir müssen sofort einen Hubschrauber anfordern, denn jede verschwendete Minute …“

Die Kommissarin unterbrach sich selbst. Denn in diesem Moment ertönte im Hotel Teutonia ein Schuss.

Kapitel 15

Der SEK-Kommandant sprach in sein Mikrofon.

„Habt ihr gefeuert? Nein? In Ordnung – sofortiger Zugriff!"

Mona hörte die letzten Worte schon nicht mehr richtig, denn für sie gab es nun kein Halten mehr. Sie hatte ihre eigene Dienstwaffe gezogen und sprintete ins Hotel. Dort hörte sie, wie offenbar eine Tür demoliert wurde, laute Rufe von den Männern der Spezialeinheit erklangen. Aber es wurde nicht noch einmal gefeuert.

War das ein gutes oder ein schlechtes Zeichen? Mona wusste nicht mehr, was sie glauben sollte. Aber wenn dieser Dreckskerl ihrer Mama etwas angetan hatte, dann konnte sie für nichts mehr garantieren. Sie fürchtete sich vor der Wahrheit, und dennoch jagte sie mit Höchstgeschwindigkeit auf das Zimmer 112 zu.

Dort war die Lage offenbar entschärft.

Grave lag blutend auf dem Boden, zwei SEK-Beamte knieten auf ihm und hatten ihm die Waffe entrissen. Es waren noch weitere Elitepolizisten im Raum, einer von ihnen legte einen zweiten Revolver in eine Tüte für Beweismittel.

Und Dagmar Sander saß in einem Sessel, sie trug über ihrer Kleidung ein weißes Bettlaken. Sie sah verwirrt aus, war aber offenbar unverletzt. Erst jetzt begriff Mona, was geschehen sein musste.

Ihre Mutter hatte geschossen.

Aber die Tatumstände konnten später geklärt werden. Jetzt fiel Mona der älteren Frau erst einmal um den Hals. Sie schämte sich nicht, ihren Emotionen freien Lauf zu lassen. Sie bekam nur nebenbei mit, dass Rettungssanitäter und ein Notarzt eintrafen, die Grave auf eine Trage legten. Unter strenger Bewachung wurde er fortgeschafft. Wie schwer der Verbrecher verletzt war, konnte Mona auf Anhieb nicht erkennen. Ihr reichte es völlig aus, dass er für den Moment den Mund hielt.

Mona hörte die Stimme von Dagmar Sander.

„Ich hätte es niemals für möglich gehalten, dass ich so etwas fertigbekomme. Auf einen Menschen schießen, meine ich."

Die Kommissarin trocknete ihre Tränen. Die Adrenalinwellen in ihrem Körper verebbten allmählich. Nach und nach war sie dazu in der Lage, wieder klare Gedanken zu fassen.

„Was ist denn überhaupt geschehen? Warum trägst du dieses Bettlaken, Mama?“

„Das war eine Idee von diesem Kriminellen. Er war nach dem Telefonat mit dir richtig aufgebracht. Ich halte diesen Menschen für psychisch gestört, obwohl ich keine Expertin bin. Aber er drohte damit, dass du ihn niemals vergessen würdest. Mir kommt es so vor, als ob er eine Art Hassliebe für dich empfindet. Der Kerl hatte die Idee, dass ich mich in ein Bettlaken hüllen sollte, als eine Art Leichentuch. Das fand er wohl komisch. Er zwang mich, auf den Korridor zu gehen, wo sich ein Wäscheschrank befindet. Ich öffnete ihn, griff nach einem Laken – und da spürte ich plötzlich einen harten kalten Gegenstand.“

„Winters Revolver. Dort hat Viola ihn also versteckt gehabt.“

„Wie bitte?“

„Ich habe nur laut nachgedacht, Mama. Erzähl bitte weiter.“

„Ich konnte ertasten, dass es eine Waffe war. Ich handelte instinktiv, nehme ich an. Jedenfalls verfolgte ich keinen Plan. Es gelang mir, den Revolver unter dem Laken zu verstecken. Der Entführer merkte davon nichts, denn er drehte immer mehr durch. Ich fragte ihn, was er mit seiner Aktion überhaupt bezwecken wollte. Aber ich bekam keine vernünftige Antwort mehr. Er fuchtelte mit seiner eigenen Waffe herum, ich hatte wirklich Angst um mein Leben. Und dann geschah es. Ich richtete den Revolver auf ihn und schoss. Er war völlig perplex, wehrte sich überhaupt nicht. Der Verbrecher landete blutend auf dem Boden. Ein paar Sekunden später brachen die Polizisten die Tür auf und entwaffneten ihn.“

Mona stieß langsam die Luft aus den Lungen. Sie konnte immer noch nicht richtig begreifen, dass die Gefahr vorbei war. Dagmar Sander hatte Monas Meinung nach in Notwehr gehandelt. Vielleicht wäre es auch möglich gewesen, den Täter gewaltlos zu entwaffnen. Aber konnte man das von einer panischen Zivilistin ohne entsprechende Ausbildung wirklich verlangen?

Der Notarzt riss Mona aus ihren Überlegungen.

„Der Verletzte wird ins Städtische Krankenhaus gebracht, der Schuss hat nach meiner ersten Einschätzung keine lebenswichtigen Organe verletzt. Ich würde jetzt gern die Geisel untersuchen.“

„Mir fehlt nichts“, sagte Dagmar Sander resolut.

„Das ist aber Vorschrift, Mama“, erklärte Mona. „Dein Gesundheitszustand muss dokumentiert werden, das ist für die spätere Gerichtsverhandlung wichtig. Hat Grave dich misshandelt oder drangsaliert?"

„Körperlich nicht. Aber er sagte schlimme Dinge über dich, Mona. Ich kann kaum glauben, dass ich diesen Widerling noch heute Vormittag für deinen Liebhaber gehalten habe. Natürlich wollte er mich mit seinen Bemerkungen quälen, schließlich bin ich deine Mutter."

Mona runzelte die Stirn.

„Was genau hat er denn von sich gegeben?"

„Das möchte ich nicht wiederholen. Dieser Mann hat wirklich abartige sexuelle Fantasien. Dabei sieht er auf den ersten Blick so normal und vertrauenerweckend aus."

„Ja, die Mörder sind nur in schlechten Filmen düstere Finsterlinge", murmelte Mona. Der Mediziner wollte Dagmar Sander mit ins Krankenhaus nehmen, um sie dort durchzuchecken. Plötzlich wurde Mona von ihrer Mutter spontan in die Arme genommen.

„Ich fand es richtig gut, wie sehr du dich um mich gesorgt hast. Dann kannst du mich ja doch nicht so schlimm finden, wie ich befürchtet hatte."

Mona blinzelte.

„Glaubst du das wirklich von mir?"

„Ich hatte zeitweise das Gefühl, mein Besuch wäre dir unangenehm."

Die Kommissarin schüttelte den Kopf.

„Nein, das nicht."

Sie wollte noch mehr sagen, aber das war jetzt nicht der passende Zeitpunkt. Monas Mutter stand höchstwahrscheinlich unter Schock, wenn es ihr auch auf den ersten Blick nicht anzumerken war. Daher überließ sie Dagmar Sander der Obhut des Arztes und versprach, spätestens am nächsten Tag Kontakt mit ihr aufzunehmen.

Als ihre Mutter fortgebracht worden war, wandte sich Mona an ihren Chef.

„Herr Hauptkommissar, ich halte Hauke Tamminga für den Drahtzieher, Grave ist nur seine Marionette. Ob der Unternehmer auch die Geiselnahme angeordnet hat, kann ich nicht beurteilen. Aber den Mordbefehl hat er garantiert gegeben. Wir müssen ihn verhaften, bevor er sich absetzen kann."

Oltbeck zögerte einen Moment lang, aber dann nickte er.

„In Ordnung, dann setzen Sie den Verdächtigen bitte umgehend fest. Ich werde bei der Staatsanwaltschaft umgehend einen Haftbefehl beantragen. Aber wir können nicht so lange warten, bis das Dokument hier eingetroffen ist."

Das wusste Mona natürlich auch. Angesichts der Situation galt immer noch Gefahr im Verzug. Außerdem musste man damit rechnen, dass Tamminga genau wie sein Handlanger bewaffnet war. Daher ließ sich Mona darauf ein, dass sie und Enno bei dem Zugriff von einer SEK-Einheit begleitet wurden. Eigentlich hielt sie die Maßnahme für übertrieben, aber immerhin waren die Spezialkräfte ja schon auf der Insel.

In Begleitung von vier SEK-Männern fuhren die Kriminalisten noch einmal zu den Bantjedünen. In Tammingas Ferienhaus brannte kein Licht mehr.

„Ich kann mir nicht vorstellen, dass dieser Heuchler in den Schlaf des Ungerechten versunken ist, Enno."

„Ich auch nicht."

Die Ermittler standen vor der Haustür, links und rechts neben ihnen je ein Elitepolizist. Die anderen zwei SEK-Beamten umrundeten das Gebäude, um eine Flucht durch ein Fenster oder eine Hintertür auszuschließen.

Mona hämmerte gegen die Tür.

„Hier ist die Polizei! Öffnen Sie, Tamminga!"

Im Inneren des Gebäudes herrschte Totenstille.

„Der Verdächtige ist fort!" Monas Stimme zitterte vor Anspannung. „Er hat einen Hund, der hätte jetzt garantiert gebellt, falls er noch da wäre!"

„Okay, treten Sie bitte zur Seite, Frau Kommissarin."

Mit diesen Worten drängte sich der SEK-Mann nach vorn, der eine metallene Ramme bei sich hatte. Er benötigte nur zwei Anläufe, dann splitterte das Schloss aus seiner Verankerung. Die Tür klappte auf.

Mona hatte ihre Waffe gezogen und wollte hineinstürmen, aber der vermummte Kollege hielt sie am Ärmel fest.

„Was soll das? Glauben Sie, ich hätte noch nie das Haus eines Verdächtigen durchsucht?"

„Manche von diesen Typen haben mehr kriminelle Energie als andere", erwiderte der SEK-Mann ruhig. Er richtete den Lichtstrahl seiner Taschenlampe auf einen Nylonfaden, der nur einen Meter vor der Tür quer über den Flur gespannt worden war. Monas Kehle trocknete augenblicklich aus. Sie musste sich selbstkritisch eingestehen, dass sie die Falle nicht bemerkt hatte. Sie wäre vermutlich in ihr Unglück gelaufen und hätte ihre Kollegen gleich mitgerissen. Wieder einmal verfluchte sie ihre eigene Voreiligkeit.

„Entschuldigen Sie, dass ich Sie so angepampt habe“, murmelte sie.

„Schon gut. Ich schlage vor, dass meine Kollegen und ich zunächst das Haus sichern.“

Damit war Mona einverstanden. Während sich die vier Elitepolizisten per Funk untereinander verständigten, warteten Mona und Enno auf einer Gartenbank. Die Kommissarin stützte ihren Kopf in ihre Hände.

„Ich bin so ein Trampel! Ich hätte uns alle in die Luft jagen können.“

„Hast du aber nicht.“

Mona seufzte.

„Danke, Enno. Manchmal wundere ich mich wirklich, wieso du es mit mir aushältst.“

„Ja, das frage ich mich auch immer wieder.“

Die Kommissarin musste lachen.

„Doofmann!“

„Trampel.“

Im Haus flammte Licht auf, in einem Raum nach dem anderen. Einige Minuten lang herrschte Schweigen, bevor Enno weitersprach.

„Deine Mutter war sehr tapfer, Mona. Sie hat Grave überrumpelt und sich dadurch selbst gerettet.“

„Ja, und ich konnte nichts für sie tun.“

„Was hättest du denn schon machen können? Als friesische Actionheldin an der Fassade hochklettern und Grave mit einem geheimen Kung-Fu-Trick außer Gefecht setzen? Bei einer Geiselnahme hat das Leben der Opfer absoluten Vorrang, das weißt du so gut wie ich.“

„Du liegst richtig, wie immer. Es ist nur so, dass ich mich als Versagerin fühle.“

„Rede dir bloß nichts ein, Mona! Wenn du Graves Smartphone nicht gefunden hättest, wäre er vermutlich mit seinem Lügengebilde durchgekommen. Jedenfalls lange genug, um sich abzusetzen.“

„Flucht ist ein gutes Stichwort. Ich wette, dass Tamminga nicht mehr in seinem Haus ist. Mit jeder Minute, die verstreicht, steigt seine Chance, sich der Strafverfolgung zu entziehen.“

„So leicht kommt man nicht von der Insel herunter“, brummte der Oberkommissar.

Mona war anderer Meinung, aber sie hielt ausnahmsweise ihren Schnabel. Sie fand, dass sie sich schon zu viele Fehleinschätzungen geleistet hatte. Eigentlich hätte sie erleichtert sein sollen, weil ihre Mutter äußerlich unbeschadet die Geiselnahme überstanden hatte. Aber ihre Unzufriedenheit blieb bestehen. Und daran würde sich auch nichts ändern, bis nicht sowohl Grave als auch Tamminga vor Gericht standen und sich wegen ihrer Verbrechen verantworten mussten.

Nach einer gefühlten halben Ewigkeit gab ihnen ein SEK-Mann grünes Licht für das Betreten des Ferienhauses.

„Der Nylonfaden war mit einem Giftgasbehälter verbunden“, erläuterte der Spezialist. „Wenn er sich geöffnet hätte, wäre das Haus innerhalb weniger Minuten verseucht gewesen. Wir haben die Stolperfalle beseitigt und den toxischen Stoff gesichert. Weitere Hinterhalte konnten nicht festgestellt werden. Und in dem Haus wurde keine Person angetroffen.“

„Tamminga ist bestimmt schon über alle Berge.“

Mona machte aus ihrer schlechten Laune kein Hehl. Dennoch schaute sie sich in dem Haus gewissenhaft um. Auch Grave hatte hier gelebt. Ein Zimmer fiel ihr besonders auf. Dort war es penibel sauber und aufgeräumt, im Regal standen nur wenige Bücher. Allerdings handelte es sich nicht um die übliche Ferienlektüre. Die Autoren trugen Namen wie Marquis de Sade oder Leopold von Sacher-Masoch.

„Unterwerfungsfantasien sowie die Kombination von Sex und Gewalt“, sagte Mona zu Enno, während sie auf die Buchrücken deutete.

„Ich will gar nicht so genau wissen, woher dir solche Dinge bekannt sind.“

„Du wirst es auch nie erfahren“, gab Mona zurück. Aber sie erinnerte sich an den Moment, als sie allein und wehrlos Grave ausgeliefert gewesen war. Wenn es nach ihr ging, musste sich diese Erfahrung niemals wiederholen.

Sie fuhr fort: „Ich wette mit dir, dass der Mörder in diesem Zimmer gelebt hat. Man sagt ja, dass die Wohnung der Spiegel der Seele sei. Diese offensichtliche Pedanterie passt jedenfalls zu Graves Charakter, und seine SM-Neigungen ebenfalls.“

„Du hast vermutlich recht, aber wir sollten eine genauere Durchsuchung des Hauses den Kriminaltechnikern überlassen."

Enno nahm Kontakt mit Oltbeck auf und erfuhr, dass ein Spurensicherungsteam vom LKA Hannover erst am Morgen anrücken konnte. Die Polizisten versiegelten einstweilen das Ferienhaus. Die Fahndung nach Tamminga lief inzwischen auf Hochtouren.

Aber während der Flugplatz und die Fähren leicht zu überwachen waren, blieb der Yachthafen die Achillesferse von Borkum. Der Unternehmer hatte viele Freunde und Bekannte auf der Insel, da er sich jedes Jahr monatelang in seinem Ferienhaus aufhielt.

Mona vergewisserte sich, dass Grave im Krankenhaus streng bewacht wurde. Sie traute es dem Killer zu, selbst in verletztem Zustand zu türmen. Und dann hätten sie ein echtes Problem, denn noch einmal würde sich so ein brandgefährlicher Mann wie Grave nicht austricksen lassen.

Aber nach Mitternacht machte sich auch bei der Kommissarin die Erschöpfung breit. Sie fuhr zu ihrer Wohnung und Enno zu seinem Haus, damit sie sich ein paar Stunden Schlaf gönnen konnten.

Mona wurde von Albträumen geplagt, als ihr Wecker klingelte. Sie hatte sich selten so sehr gewünscht, endlich wieder aufzuwachen. Sie schüttelte die illusorischen Fantasiebilder ab und duschte abwechselnd heiß und kalt. Ihr war immer noch übel, denn in ihrem Nachtmahr war sie von Ratten verfolgt worden. Grave hatte ihr die Nager auf den Hals gehetzt gehabt.

Wieso verfolgt mich dieser Dreckskerl bis in mein Unterbewusstsein?

Die Kommissarin konnte sich diese Frage nicht beantworten. Sie zwang sich dazu, etwas zu essen, obwohl sie immer noch ein flaues Gefühl im Magen hatte. Mona braute sich einen besonders starken Friesentee und aß ihre Rühreier, während sie aus dem Fenster schaute.

Ihre Stimmung verbesserte sich sofort, als sie den Nordseehimmel mit den leichten Schleierwolken sah. Möwen glitten in der Ferne durch die Luft, ihr Kreischen drang nur als leises Naturgeräusch zu Mona durch. Es war noch kühl an diesem Morgen, aber die Inselbewohner wurden allmählich aktiv. Vermutlich würde die Geiselnahme das beherrschende Gesprächsthema auf Borkum sein.

Die Polizei musste sich auf eine Belagerung durch Medienvertreter vom Festland einstellen.

Als die Kommissarin sich angezogen hatte und das Haus verlassen wollte, wurde sie von ihrer Vermieterin abgefangen.

„Moin, Frau Sander. Ich habe gerade im Radio gehört, was passiert ist. Gab es wirklich einen Terroranschlag auf unsere Insel?“

Mona hätte am liebsten mit den Augen gerollt.

„Nein, Frau Klasing. Da hatte wohl ein Reporter zu viel Fantasie. Es gibt heute bestimmt noch eine Pressekonferenz der Polizei. Aber ich kann Ihnen versichern, dass wir die Lage im Griff haben.“

„Na, dann will ich Sie nicht länger aufhalten.“

Mona schwang sich auf ihr Rad und traf fast zeitgleich mit Enno bei der Polizeistation ein. Sie begrüßte ihren Kollegen. Doch bevor sie mit ihm gemeinsam zur Dienstbesprechung eilte, wollte sie noch schnell ihre Mutter anrufen.

Dagmar Sander nahm bereits nach dem dritten Klingeln ab.

„Moin. Wie geht es dir, Mama?“

„Den Umständen entsprechend gut, Schatz. Zum Glück war ja mein eigenes Hotelzimmer kein Tatort, sonst hätte ich mir eine andere Unterkunft suchen müssen. Im Krankenhaus wollten sie mich zur Beobachtung dabehalten. Aber ich konnte die Mediziner überzeugen, dass mir nichts fehlt.“

Diese Aussage überraschte Mona nicht. Sie wusste ja, wie resolut ihre Mutter sein konnte.

„Ich bin allerdings enttäuscht“, fuhr Dagmar Sander fort.

„Von mir?“

„Nein, Schatz. Wie kommst du denn darauf? Sönke Ibbenga ist es, auf den ich überhaupt nicht mehr gut zu sprechen bin. Ich rief ihn gestern Abend noch von der Klinik aus an, weil ich ihm von meinen Erlebnissen berichten wollte. Und was soll ich dir sagen? Dieser Stumpfbock hat mir anscheinend kein Wort geglaubt. Hält er es für ausgeschlossen, dass ich gekidnappt werden könnte? Ich hätte mir von ihm schon etwas Anteilnahme und Empathie gewünscht, vielleicht sogar die sprichwörtliche Schulter zum Anlehnen. Wahrscheinlich endet sein geistiger Horizont am Tor seines Kuhstalls.“

Mona musste sich ein Lachen verkneifen.

„Ja, wahrscheinlich. – Mama, bei uns hier auf der Wache ist immer noch die Hölle los. Ich wollte mich nur vergewissern, dass du okay bist."

„Du bist lieb, Schatz. Wir hören dann später voneinander."

Halbwegs beruhigt betrat Mona Oltbecks Dienstzimmer. Enno hatte bereits auf einem der Besucherstühle Platz genommen. Der Hauptkommissar legte den Telefonhörer auf.

„Ich habe gerade mit dem Krankenhaus telefoniert", sagte Oltbeck zu den Ermittlern. „Grave wurde noch während der Nacht operiert, das Geschoss hat keine lebenswichtigen Organe verletzt. Der Patient ist vernehmungsfähig, wenn wir die Befragung kurz halten."

„Das wird sich machen lassen", erwiderte Enno. „Angesichts der erdrückenden Beweislast wird der Richter gewiss Untersuchungshaft anordnen, sodass wir noch genügend weitere Verhöre anberaumen können."

„Was hat die Durchsuchung des Ferienhauses Tamminga ergeben?"

Mona erstattete Bericht. Ihr Vorgesetzter zog die Augenbrauen zusammen, als er von der Giftgasfalle hörte.

„Sie haben offenbar die kriminelle Energie von Tamminga richtig eingeschätzt. Konnte das Gefahrgut beseitigt werden?"

„Das SEK hat sich darum gekümmert, die Kollegen haben öfter mit solchen Teufeleien zu tun. Es deutet alles darauf hin, dass Tamminga hastig ein paar Dinge zusammengerafft hat und mitsamt seinem Hund geflohen ist."

Enno ergänzte: „Der Verdächtige hat wahrscheinlich die Zeit zwischen unserem ersten und zweiten nächtlichen Besuch in seinem Ferienhaus genutzt, um zu fliehen. Wir müssen überprüfen, welche Motoryachten während der Nacht Borkum verlassen haben. Ich kann mir lebhaft vorstellen, dass Tamminga ins Ausland flieht."

„Wenn er wirklich Giftmüll nach Afrika exportiert hat, wird er dort über Kontakte verfügen", sagte Mona. „Es gibt auf dem Schwarzen Kontinent Länder, in denen man sehr leicht untertauchen kann. Wir benötigen einen internationalen Haftbefehl."

„Ich will sehen, was ich tun kann", erwiderte der Hauptkommissar. „Es wäre natürlich gut, wenn Grave seinen Arbeitgeber durch seine Aussagen belasten würde. Dadurch hätten wir beim Prozess eine bessere Position."

In Monas Augen war der Fluchtversuch des Unternehmers schon Beweis genug für seine Schuld. Aber sie wusste natürlich, dass handfestere Hinweise nötig waren. Und sie wollte sich dabei nicht allein auf das bereits anrückende Spurensicherungsteam des LKA verlassen.

Während Oltbeck mit der Staatsanwaltschaft telefonieren und eine Pressekonferenz organisieren musste, machten sich die Ermittler auf den Weg zum Städtischen Krankenhaus in der Gartenstraße. Enno warf Mona einen Seitenblick zu.

„Ich kann das Verhör auch allein oder mit einem Kollegen über die Bühne bringen. Du wirkst ziemlich angespannt. Das wäre ja auch kein Wunder, immerhin hat der Kerl dich mit einem Messer bedroht und deine Mutter gekidnappt."

„Wenn ich so etwas nicht aushalte, dann hätte ich nicht Polizistin werden dürfen. Ich verspreche dir, dass ich mich zusammenreiße."

Die Kriminalisten verschafften sich mithilfe ihrer Polizeiausweise Zugang zur Station für Innere Medizin, wohin Grave verlegt worden war. Vor der Tür des Krankenzimmers wachte ein uniformierter Kollege, der ihnen zunickte. Der diensthabende Arzt hieß Dr. Michels. Enno stellte ihm Mona vor.

„Mit Ihnen hatte ich vorhin ja schon telefoniert, Herr Oberkommissar. Sie dürfen mit dem Patienten sprechen, aber bitte nicht länger als eine Viertelstunde."

„Das wird reichen", behauptete Mona. Sie betraten das Krankenzimmer. Grave lag in einem Bett, die Zudecke bis zur Nase hochgezogen. Sein Gesicht war bleich. Eine Flasche mit Infusionslösung war durch einen Schlauch mit einem Katheter in seinem Arm verbunden. Trotzdem grinste er frech, als er die Kommissarin erblickte.

„Ah, Mona. Was für ein erfreulicher Anblick an diesem tristen Morgen. Jetzt weiß ich endlich, woher du dein Temperament geerbt hast. Wer hätte gedacht, dass so eine seriöse Dame wie deine Mutter mich niederknallen würde?"

„Lassen Sie den Unsinn, Grave. Für Sie bin ich immer noch Kommissarin Sander. Ich habe Ihnen niemals das Du angeboten. Wir befragen Sie jetzt als Beschuldigten in einer Straftat. Sie haben das Recht, die Aussage zu verweigern oder einen Rechtsbeistand hinzuzuziehen. Außerdem müssen Sie sich nicht selbst belasten."

„Diesen Spruch haben Sie ja schön heruntergebetet, Frau Kommissarin. Nun schauen Sie nicht so streng, ich werde ja meine Karten auf den Tisch legen. Aber warum nehmen Sie nicht Platz? So redet es sich doch viel angenehmer."

Mona ging auf die Ironie des Mörders nicht ein. Sie wollte streng nach den Regeln vorgehen.

„Wo und wann lernten Sie Viola Kruse kennen?"

„Auf der Promenade von Borkum, wenige Stunden vor ihrem Ableben."

„Bevor die Frau von Ihnen ermordet wurde", präzisierte Enno. Aber Grave ignorierte ihn. Er tat so, als sei er mit Mona allein im Zimmer. Die Kommissarin ließ sich davon nicht beirren. Wenn er ein Psychoduell wollte, dann konnte er es haben.

„Es war ganz einfach, mit Viola zu flirten. Ich wusste ja, dass sie ein Profi war. Und sie hat es mir nicht schwer gemacht, sie zu verführen."

„Wie schön für Sie, Grave. Und was sagen Sie zu der Feststellung meines Kollegen? Haben Sie nun diese Frau ermordet oder nicht?"

„Eins nach dem anderen, Frau Sander. Ist es nicht herrlich, wie ungezwungen wir miteinander plaudern können?"

„Wie Sie meinen, Grave. Sie haben also bei einer früheren Befragung gelogen, als Sie behaupteten, eine monatelange Beziehung mit dem späteren Mordopfer gehabt zu haben."

Der Täter zuckte mit den Schultern.

„Es war wohl wirklich etwas ungeschickt von mir, die Wirklichkeit in meinem Sinn zurechtbiegen zu wollen. Vielleicht habe ich auch Sie als Inselpolizisten einfach unterschätzt."

„Aus welchem Grund haben Sie Viola Kruse angesprochen?"

Mona hatte nun die entscheidende Frage gestellt. Und Grave zögerte nicht mit der Antwort.

„Ich wurde von Hauke Tamminga beauftragt, diese Frau aus dem Weg zu räumen. Sie war uns unter dem Pseudonym Fenja Petersen bekannt. Zu der Zeit wusste ich nicht, welcher von beiden Namen echt war. Aber es machte auch keinen Unterschied, finden Sie nicht?"

„Sie erhielten also einen klaren Mordauftrag von Ihrem Arbeitgeber?"

„Ja, auf jeden Fall. Warum soll nur mein Kopf rollen? Ich habe keine Veranlassung, Tamminga zu decken. Er wird nichts für mich tun, das weiß ich. Vermutlich ist er schon längst dorthin geflohen, wo der Pfeffer wächst. Es würde mich wundern, wenn Sie ihn erwischen."

Abwarten und Tee trinken, dachte Mona. Sie fragte: „Was wussten Sie über Ihr späteres Opfer?"

„Tamminga hatte mitbekommen, dass diese *Meropis Warriors* im Internet Stimmung gegen seine Firma machten. Sie hatten es irgendwie geschafft, von seinen Giftmüllexporten Wind zu bekommen. Vielleicht hat einer seiner afrikanischen Verbindungsleute den Mund nicht halten können, was weiß ich. Jedenfalls wollte mein Chef den Skandal im Keim ersticken. Er heuerte einen Privatdetektiv an. Und der bekam heraus, dass die *Warriors* eine attraktive Frau auf Tamminga ansetzen wollten. Der Plan lautete, dass sie sein Vertrauen gewinnen und Beweise für seine Machenschaften beschaffen sollte."

„Wir haben Zeugenaussagen darüber, dass sich Viola Kruse bedroht gefühlt hat und Markus Winter um Hilfe bat. Was sagen Sie dazu?"

„Gar nichts, Frau Sander. Ich kann es mir nur so erklären, dass dieser Privatschnüffler sich zu dilettantisch angestellt hat. Womöglich bemerkte sie, dass sie von ihm beschattet wurde. Er hat uns ja viele Informationen geliefert. Wir fanden also heraus, dass sie für diese Treuetest-Agentur von Markus Winter arbeitete. So gesehen haben die *Warriors* die richtige Frau für die Aufgabe ausgewählt. Bedauerlich nur, dass wir ihnen einen Schritt voraus waren."

Die Selbstgerechtigkeit des Mörders ging Mona auf den Wecker. Andererseits fand sie es gut, dass er sich selbst so gern reden hörte. Je umfassender das Geständnis war, desto wasserdichter würde die Anklageschrift sein.

„Dann fürchtete sich Viola also vor dem unbekannten Verfolger, vor diesem Detektiv? Wie heißt der Mann überhaupt?"

„Das kann ich Ihnen leider nicht sagen. Tamminga hat immer selbst mit ihm verhandelt."

Ob diese Aussage stimmte? Die Kommissarin stellte den Punkt zunächst zurück.

„Wussten Sie, dass Winter Viola Kruse einen Revolver besorgt hat? Das war übrigens die Waffe, mit der meine Mutter auf Sie geschossen hat."

„Wirklich? Ich habe diesen schmierigen Agenturchef einmal gesehen. Ich habe ihm gar nichts zugetraut. Und wieso lag die Waffe in dem Schrank auf dem Flur und nicht in Violas Zimmer, Frau Kommissarin?“

Diese Frage hatte Mona sich selbst auch schon gestellt. Vielleicht fürchtete sich Viola vor Schusswaffen und wollte den Revolver deshalb nicht in ihrer unmittelbaren Nähe haben? Befriedigend würde sich diese Frage wohl niemals klären lassen, denn das Opfer konnte man nicht mehr befragen.

„Darüber müssen Sie sich nicht den Kopf zerbrechen, Grave. Zurück zur Mordnacht. Sie kamen also mit Viola Kruse zusammen?“

Der Mörder nickte.

„Es war ganz einfach, sie herumzukriegen. Und zwar nicht etwa nur deshalb, weil ich gut aussehe. Viola machte einen aufgekratzten Eindruck, als ich ihr begegnete. Sie war angeheitert, aber nicht sternhagelvoll. Sie warf sich mir regelrecht an den Hals. Ich glaubte schon, sie hätte mich durchschaut und witterte eine Falle. Entsprechend vorsichtig war ich, als sie mich mit auf ihr Hotelzimmer nahm. Womöglich hätten mich dort ein paar von ihren Fanatiker-Freunden mit Baseballschlägern erwartet. Aber stattdessen erblickte ich nur das bereits zerwühlte Bett. Viola beichtete mir, dass sie in der Nacht schon einen Liebhaber empfangen hätte, der aber eine ziemliche Nullnummer gewesen wäre.“

Mona konnte sich lebhaft vorstellen, was Grave damit meinte. Der selbst ernannte Frauenschwarm Garrelt Rieken war vermutlich innerhalb weniger Minuten zum Höhepunkt gekommen und hatte Viola unbefriedigt zurückgelassen. Kein Wunder, dass sie sich einen ausdauernderen Liebhaber gesucht hatte. Nur war dieser Wunsch ihr leider zum Verhängnis geworden.

„Hatten Sie keine Sorge, dass Sie auf dem Weg zum Zimmer von Zeugen bemerkt werden würden?“

„Nein, Frau Kommissarin. Das ist ja der Vorteil von Hotels: Die Menschen kommen und gehen. Es war einfach eine perfekte Gelegenheit. Es lief alles viel einfacher, als ich befürchtet hatte.“ Grave grinste anzüglich, bevor er fortfuhr. „Bei mir ist Viola auf ihre Kosten gekommen. Sie wissen wirklich nicht, was Sie versäumt haben …“

„Das bezweifle ich“, erwiderte Mona kühl. „Und wie haben Sie Ihr Opfer dazu gebracht, die Schlaftabletten einzunehmen?“

„Ich behauptete, es wäre eine Partydroge. Violas Stimmung hatte sich gebessert, nachdem wir … nun ja, im Verlauf der Nacht eben. Sie ahnte nicht, dass ich etwas mit Tamminga zu tun hatte. Also schluckte sie das Medikament, ohne sich dagegen zu sträuben. Danach war es kein Problem mehr, sie an der Vorhangstange aufzuhängen. Viola leistete kaum Widerstand, sie war ziemlich durch den Wind.“

Abwehrverletzungen waren an der Leiche wirklich nicht festgestellt worden, wie sich Mona vor Augen führte. Außerdem verfügte Grave über eine gewaltige Kraft, das hatte sie am eigenen Leib spüren müssen. Er hatte die nötige körperliche Konstitution, um die Tat auszuführen. Trotzdem blieb eine Sache unklar.

„Weshalb war Ihr Opfer vollständig bekleidet, als es gefunden wurde? Sie hatten doch zuvor Sex mit Viola Kruse?“

„Das stimmt, Frau Sander. Aber ich redete ihr ein, dass wir noch gemeinsam ausgehen wollten, irgendwo auf der Promenade. Sie zog sich also wieder an, aber die Pillen wirkten sehr schnell. Das kann auch an der Dosis gelegen haben. Ich glaube nicht, dass sie sehr viel gespürt hat.“

„Wie rücksichtsvoll von Ihnen!“, höhnte Mona. Diese Bemerkung konnte sie sich nun doch nicht verkneifen. Nach ihren eigenen Informationen musste das Hängen eine ziemlich widerwärtige Todesart sein. Aber das war Grave offenbar egal gewesen.

„Wie kamen Sie eigentlich auf die Idee, meine Mutter zu kidnappen?“

„Ich musste mir dringend etwas einfallen lassen, nachdem Sie unser Stelldichein im Fahrradschuppen so abrupt beendeten. Ich hatte schon zuvor etwas spioniert, da ich mich ja für Sie interessiere, Frau Kommissarin. Es war ein Kinderspiel gewesen, die Hoteladresse Ihrer Mutter zu ermitteln. Ihre Frau Mama ist sehr damenhaft gekleidet, daher nahm ich nicht an, dass sie in einer billigen Frühstückspension wohnen würde. Also begann ich damit, die Hotels direkt am Strand abzutelefonieren. Schon im dritten Haus wurde ich fündig. Dann musste ich nur noch dort hingehen und mich als Polizist ausgeben. Ist das nicht komisch?“

„Ja, ich sterbe gleich vor Lachen. Aber warum entführten Sie ausgerechnet meine Mutter?“

„Können Sie sich das nicht denken, Frau Sander? Wegen Ihnen, nur wegen Ihnen. Ich wollte, dass Sie leiden und Todesängste ausstehen.“

Das hast du Mistkerl ja auch erreicht, dachte Mona grimmig. Aber sie war clever genug, ihre Gefühle jetzt nicht herauszulassen.

„Welche Summe hat Tamminga Ihnen für den Mord bezahlt?“, wollte Enno wissen.

Der Mörder wandte sich dem Oberkommissar zu, als würde er ihn erst jetzt bemerken.

„Es ging um keinen festen Betrag. Stattdessen bot er mir eine zehnprozentige Teilhaberschaft an seinem Unternehmen an. Das ist mehr, als Sie sich vorstellen können.“

„Im Gefängnis wird Ihnen das Geld aber auch nichts nutzen“, meinte Enno trocken.

Kapitel 16

Das Verhör war einstweilen beendet, denn Details konnten später immer noch geklärt werden. Jetzt stand für Mona und Enno die Fahndung nach dem flüchtigen Anstifter im Vordergrund. Grave sollte aufs Festland verlegt werden, sobald ihn der Arzt für transportfähig erklärte.

Schnell fand Mona heraus, dass in der vorigen Nacht wirklich eine Motoryacht den Borkumer Hafen verlassen hatte. Ihre Befürchtungen bestätigten sich, denn die *Frisian Sphinx* hatte wirklich Tamminga an Bord gehabt. Allerdings bekam das Boot auf der Fahrt nach Emden einen Motorschaden, sodass der Unternehmer wertvolle Zeit verlor.

Zwar gelang es ihm danach noch, das Land zu verlassen. Doch als er auf dem Brüsseler Flughafen Zaventem einen Flug in den Kongo buchen wollte, klickten die Handschellen. Tamminga wurde umgehend nach Deutschland überstellt, verweigerte allerdings jede Aussage. Stattdessen engagierte er einen Starverteidiger.

„Ich glaube nicht, dass Tamminga durch juristische Winkelzüge seinen Kopf noch aus der Schlinge ziehen kann“, meinte Enno, als er von diesen Ereignissen erfuhr. „Hast du den KTU-Bericht schon gesehen, Mona? Es ist den Kollegen gelungen, zahlreiche verschlüsselte Dokumente auf dem Rechner des Unternehmers zu dechiffrieren. Und die Abteilung für Wirtschaftskriminalität kann inzwischen den illegalen Müllexport lückenlos nachweisen.“

„Der Privatdetektiv ist ebenfalls verhaftet worden“, erwiderte die Kommissarin, die an ihrem Schreibtisch Enno gegenübersaß. „Berghoff hat mir gerade eine Mail geschrieben. Der Kerl heißt Walter Sobottka und wird sich wegen Beihilfe zu Tammingas Machenschaften zu verantworten haben.“

„Wenn wir Glück haben, wird auch Sobottka seinen Auftraggeber ans Messer liefern. Die Beweislast ist aber schon jetzt erdrückend.“

Mona nickte gedankenverloren. Es waren immer noch Detailfragen offen. Beispielsweise, ob sich Viola Kruse zumindest zeitweise prostituiert hatte. Die Kommissarin konnte sich nicht vorstellen, dass die attraktive junge Frau dem Charme von Garrelt Rieken erlegen war. Aber ihr Urteil wurde natürlich auch durch ihren eigenen Geschmack geprägt.

Sie schaute auf die Uhr.

„Kann ich mal eben für eine halbe Stunde verschwinden, Enno? Meine Mutter fährt heute nach Braunschweig zurück und ich wollte mich von ihr verabschieden."

„Kein Problem, ich halte hier die Stellung. Aber du könntest mir einen Gefallen tun."

„Nämlich?"

„Wenn deine Mutter die Fähre um zehn Uhr dreißig nimmt, dann wird Birte mit diesem Schiff eintreffen. Könntest du sie zu mir nach Hause bringen?"

„Natürlich spiele ich gerne die Chauffeuse für deine Frau", lachte Mona. „Also, bis später."

Die Kommissarin stieg in den Opel Vectra und fuhr Richtung Reede. Nun tat es ihr doch fast leid, dass ihre Mutter schon wieder fort wollte. Aber andererseits war sie auch erleichtert. Mona lebte als erwachsene Frau ihr eigenes Leben. Selbst wenn ihre Mama nicht mit allem einverstanden war, was sie tat – sie war schließlich kein kleines Kind mehr.

Ihre Mutter bemerkte sie nicht sofort, als sie sich vom Parkplatz aus dem Fähranleger näherte. Dagmar Sander war nämlich fleißig damit beschäftigt, etwas in ihr Smartphone zu tippen. Aber als Mona direkt vor ihr stand, blickte sie auf.

„Das ist aber schön, dass du mich verabschieden willst, Schatz. Ich habe gerade mit Sönke Ibbenga Schluss gemacht, und zwar per SMS. Ich habe gehört, das tun die jungen Leute heutzutage."

Mona lachte.

„Du liegst voll im Trend, Mama."

„Es war schön, dich wiederzusehen. Die Insel ist wunderbar, und du hast hier deinen Platz gefunden, glaube ich. Nur auf die Geiselnahme hätte ich verzichten können."

Die beiden Frauen umarmten einander.

„Ich habe mich auch über deinen Besuch gefreut, Mama. Mit der Fähre kehrt auch Ennos Frau zurück. Ich nehme sie dann mit in den Ort."

Dagmar Sander seufzte.

„Ja, Enno ist verheiratet, das hat er immer betont. Und ich habe wirklich nicht versucht, mich an ihn heranzumachen. Das musst du mir glauben, Schatz."

Die Autofähre war mittlerweile in Sicht gekommen, und die Wartenden wurden unruhig.

„Du kannst gerne wieder zu mir kommen, Mama“, sagte Mona. „Borkum ist nämlich immer eine Reise wert.“

Ostfrieslandkrimi Empfehlungen des Klarant Verlages

„Mord in Greetsiel“ von Susanne Ptak
Taschenbuch ISBN: 978-3-95573-272-1
eBook ISBN: 978-3-95573-271-4

In Greetsiel geschieht ein Mord nach dem anderen: Erst eine Journalistin, die einer heißen Story auf der Spur war, dann mehrere Pharmavertreter, denen nach dem Mord brutal die Pulsadern aufgeschnitten werden. Treibt ein kranker Serienmörder sein Unwesen in Ostfriesland? Die zuständigen Kriminalbeamten geraten bei den Ermittlungen an ihre Grenzen, doch dann stößt eine Rechtsmedizinerin mit ihren unorthodoxen Ermittlungsmethoden auf den Fall und ermittelt auf eigene Faust. Natürlich missfällt dies dem Mörder - so sehr sogar, dass die tödliche Gefahr nun auch auf die Ermittlerin lauert…

Leserstimmen zu „Mord in Greetsiel“
„Der Ostfriesenkrimi ist spannend von Anfang bis Ende! Einmal angefangen konnte ich es nicht mehr aus der Hand legen. Toller Lokalkolorit der Ostfriesen, mit Witz, Spannung und Mord. Die Autorin hat einen schnellen Spannungsbogen aufgebaut, der das Buch so lesenswert macht. Eigenwillige Ermittlerin, eigenwillig gut. Fesselnd geschrieben!“

„Ein lockerer Ostfrieslandkrimi für zwischendurch. Er überzeugt sowohl durch Charme als auch durch Spannung. Eine klare Leseempfehlung!

„Ein wirklich wieder sehr gelungener Krimi aus der Feder dieser Autorin!“

„Mord in Wiesmoor“ von Susanne Ptak
Taschenbuch ISBN: 978-3-95573-336-0
eBook ISBN: 978-3-95573-337-7

In Wiesmoor wird die Mutter eines Landwirts tot aufgefunden erstickt, mitten auf dem Hof. Zufällig sind Josefine und Jessica gerade vor Ort, denn auf dem Bauernhof in Ostfriesland wollten die beiden ein gemütliches Strickwochenende verbringen. Jetzt, wo es eine Leiche gibt, ermittelt Josefine, die Rechtsmedizinerin im Ruhestand, kräftig mit. Mit ihren unorthodoxen Ermittlungsmethoden findet sie schnell heraus: Die Ermordete hatte sich im Leben nicht viele Freunde gemacht. Steckt die Leiterin des auf dem Hof stattfindenden Strickkurses Maria Fokken dahinter? Sie und die Tote hatten eine unschöne gemeinsame Vergangenheit ... Oder hat ihre Schwiegertochter Tomke die endlosen Beleidigungen einfach nicht mehr ertragen? Seit der Tat ist auch Tomkes Bruder verschwunden, auf der Suche nach ihm taucht eine weitere Leiche auf, und ausgerechnet Jessica gerät in tödliche Gefahr...

Leserstimmen zu „Mord in Wiesmoor“
"Top Spannung und Unterhaltung, von mir gibt es dafür 5 Sterne!"

"Toll geschrieben, viel ostfriesische Mentalität, die Reihe könnte mir ans Herz wachsen. Daumen hoch!"

"Susanne Ptak hat eine so fesselnde Art zu schreiben, dass man um sich herum alles vergisst. Ich liebe diese Bücher und hoffe auf viele Fortsetzungen.......und ich fühle mich meinem geliebten Ostfriesland beim Lesen so nahe!"

Klarant Verlag

Lernen Sie die Ostfrieslandkrimi-Titel des Klarant Verlages kennen und besuchen Sie uns im Internet unter:

www.ostfrieslandkrimi.de

und

www.klarant.de

Sie können dort Näheres über unsere Autoren erfahren, viele weitere interessante Bücher und eBooks finden und Leseproben herunterladen. Mit dem kostenlosen Newsletter auf

www.ostfrieslandkrimi-lesen.de

erhalten Sie aktuelle Informationen rund um das Verlagsprogramm, wie beispielsweise spannende Neuerscheinungen und Gewinnspiele.